国家出版基金项目
NATIONAL PUBLICATION FOUNDATION

王力全集　第二十四卷

王力译文集
（一）

王　力　译

中华书局

图书在版编目（CIP）数据

王力译文集/王力译. —北京:中华书局,2015.4 （2015.7 重印）
（王力全集;24）
ISBN 978-7-101-10898-9

Ⅰ.王…　Ⅱ.王…　Ⅲ.世界文学–作品综合集　Ⅳ.I11

中国版本图书馆 CIP 数据核字（2015）第 078513 号

书　　名	王力译文集(全八册)	
译　　者	王　力	
丛 书 名	王力全集　第二十四卷	
出版发行	中华书局	
	（北京市丰台区太平桥西里 38 号　100073）	
	http://www.zhbc.com.cn	
	E-mail:zhbc@zhbc.com.cn	
印　　刷	北京天来印务有限公司	
版　　次	2015 年 4 月北京第 1 版	
	2015 年 7 月北京第 2 次印刷	
规　　格	开本/880×1230 毫米　1/32	
	印张 112⅝　插页 17　字数 2920 千字	
印　　数	1001－2000 册	
国际书号	ISBN 978-7-101-10898-9	
定　　价	460.00 元	

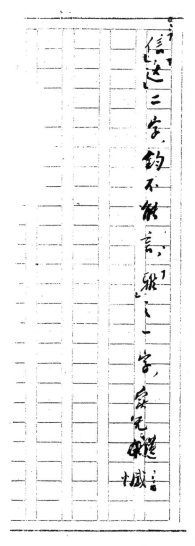

信达二字钧不能讳，雅之一字，实宜斟酌。

叶圣陶对王力译文的评语

《王力全集》出版说明

　　王力（1900—1986），字了一，广西壮族自治区博白县人，我国著名语言学家、教育家、翻译家、散文家和诗人。

　　王力先生毕生致力于语言学的教学、研究工作，为发展中国语言学、培养语言学专门人才作出了重要贡献。王力先生的著作涉及汉语研究的多个领域，在汉语发展史、汉语语法学、汉语音韵学、汉语词汇学、古代汉语教学、文字改革、汉语规范化、推广现代汉语普通话和汉语诗律学等领域取得了杰出的成就；在诗歌、散文创作和翻译领域也卓有建树。

　　要了解中国语言学的发展脉络、发展趋势，必须研究王力先生的学术思想，体会其作品的精华之处，从而给我们带来新的领悟、新的收获，因而，系统整理王力先生的著作，对总结和弘扬王力先生的学术成就，推动我国的语言学及其他相关学科的发展，具有重要的意义。

　　《王力全集》完整收录王力先生的各类著作三十余种、论文二百余篇、译著二十余种及其他诗文等各类文字。全集按内容分卷，各卷所收文稿在保持著作历史面貌的基础上，参考不同时期的版本精心编校，核订引文。学术论著后附"主要术语、人名、论著索引"，以便读者使用。

　　《王力全集》的编辑出版工作,得到了王力先生家属、学生及社会各界人士的帮助和支持,在此谨致以诚挚的谢意。

中华书局编辑部

2012 年 3 月

本卷出版说明

本卷收入王力先生的译著。根据题材,将译著按小说、剧本及其他等,编为八册。

第一册收入法国左拉所著小说《小酒店》。原译名《屠槌》,1934 由上海商务印书馆出版。1958 年由人民文学出版社再版,改名为《小酒店》,译者写了一篇再版序。此次收入《王力全集》,我们以人民文学出版社本为底本进行了整理和编辑,同时恢复了译后赘语。

第二册收入左拉所著小说《娜娜》。译本于 1935 年由上海商务印书馆出版(收入"万有文库")。此次收入《王力全集》,我们以万有文库本为底本进行整理和编辑,并收入两篇王力先生关于翻译的文章。

第三册所收有小说:《女王的水土》,法国莫鲁华著,译本于1929 年由上海启智书局出版;《少女的梦》,法国畸德著,译本于1931 年由上海开明书店出版;《幸福之年》,挪威温玳瑟夫人著,译本于 1934 年由上海启智书局出版。此次收入《王力全集》,我们以初版为底本进行了整理和编辑。

第四册所收有小说:《沙弗》,法国都德著,译本于 1947 年由上海开明书店出版;《小芳黛》,法国乔治·桑著,译本于 1934 年由上海商务印书馆出版。此次收入《王力全集》,我们以上述版本为底本进行了整理和编辑。另收录了几篇短篇小说。

　　第五册收入《莫里哀喜剧选》。该书 1935 年由上海国立编译馆出版,原名《莫里哀全集》(后称"编译馆本"),只收录了《糊涂的人》《情仇》《斯卡纳赖尔》《丈夫学校》《装腔作势的女子》《嘉尔西爵士》六种,文前附有《莫里哀传》。1959 年人民文学出版社出版《莫里哀喜剧选》(后称"人文本"),收录了王力先生翻译的《冒失鬼》(即《糊涂的人》)、《情仇》《斯卡纳赖尔》和《丈夫学堂》(即《丈夫学校》)共四种。其中《丈夫学堂》,1958 年人民文学出版社出了单行本;《糊涂的人》,1959 年作家出版社有重印单行本,译者写了重印后记等。此次收入《王力全集》,我们以编译馆本为底本,参以人文本和各单行本等进行编校,并补收后记。

　　第六册收有多幕剧《半上流社会》,法国小仲马著,译本于 1931 年由上海商务印书馆出版;《生意经》,法国米尔波著,《讨厌的社会》,法国巴越浪著,二书译本均于 1934 年由上海商务印书馆出版;《婚礼进行曲》,法国巴达一著,译本于 1935 年由上海商务印书馆出版;我们以上述各版本为底本进行了整理和编辑。另收入两出独幕剧。

　　第七册收入多幕剧《卖糖小女》《我的妻》,法国嘉禾著;《爱》,法国奢拉尔第著;《伯辽赉侯爵》,法国赉复旦著;《恋爱的妇人》,法国博多里煦著;《佃户的女儿》,法国爱尔克曼、夏特里安合著。以上六种译本,均于 1934 年由上海商务印书馆出版。本次收入《王力全集》,我们以上述版本为底本进行了整理和编辑。另收入独幕剧《绝交的乐趣》。

　　第八册所收有:诗歌《恶之花》,法国波德莱尔著,王力先生的部分译文最初发表于《中法文化》1945 年第 1 卷第 4 期,1946 年第 1 卷第 6、7、10 期。1980 年,王力先生在旧译的基础上略加修改,并补译四十余首,由外国文学出版社出版。社会学著作《社会分工论》,法国涂尔干著,译本于 1935 年由上海商务印书馆出版(收入"万有文库")。此次收入《王力全集》,我们分别以外国文学出版社本和万有文库本为底本进行了编辑整理。另收录两篇关于语言和著作的译文。

　　根据记载,王力先生尚译有《小物件》《银婚》《塞维尔的理发师》《费加罗的结婚》《巴士特》,但我们没有找到《小物件》之王先生译本,另外几篇则或遗失,或毁于战火,至于《巴士特》,王先生在序中说(上海商务印书馆1933年):"自觉化学及医学知识之不足,不敢冒昧从事。适清华同学孙逸先生者,研究化学有年……本书第二章第一段以后,皆出孙君手笔。力仅批阅一过,点窜数处。"因此,这五种书此次均未收入《王力全集》。

中华书局编辑部
2014 年 3 月

总　目

小酒店

[法]左拉　著

目　　录

《屠槌》再版译者序

这书译成中文后，我觉得原名有双关意，非常难译，踌躇了许久，没法子，只好暂时译为《屠槌》。同时又在书末加上一段译后赘语，说明我不能表达双关意的苦衷：

> 本书原名 l'Assommoir，这字有两个意思：屠夫所用来打杀牲畜的大槌叫做 assommoir，下流人的酒店也叫做 assommoir。我译这书的名字的时候很觉得困难。因为"酒店"的意思乃是从"屠槌"的意思引申出来的；工人们喝酒中毒，就像被屠槌打杀了一般，所以工人们的酒店叫做"屠槌"。assommoir 一字有双关意，我找不出一个有双关意的中国字来翻译。我想叫做《酒店》，又想叫做《屠槌》，犹豫未决；后来译到姞尔瑰斯的一段话："不良的社会好像一柄屠槌，会打破了我们的头，会把一个女人弄成毫无价值。"我想著者也许根据着这个意思定了这书的名字，所以我就决定叫做《屠槌》了，我觉得似乎比叫做《酒店》好些。

这一段言语就等于书名的一个脚注（foot note），我想要把这"脚注"补充那不能译出的双关意。直到现在，我仍旧认"L'Assommoir"是有双关意的，换句话说，就是除了"酒店"的意思之外，还有一个譬喻的意思；而这一个譬喻的意思绝对不是"酒店"或"下等酒店"等字所能表达的。

不过，当时我把这譬喻的意思认为"屠槌"，未免把譬喻的范围看得小了<u>些</u>。assommoir 并不仅指屠槌而言,而是指槌、棍、杖,及一切可用以殴打的东西;其所殴打的不限于牲畜,还可以打人。这 assommoir 一字是从动词 assommer 演变出来的,固然可以译为"打杀",但有些地方只能译为"打得很重"或"拼命殴打"。由此看来,L'Assommoir 所含的譬喻的意思只是把人打得发昏以喻烧酒令人昏醉。

为了更明了书名的意义起见,我曾写了一封信到巴黎,请教于巴黎大学的法国文学史教授摩奈先生(D.Mornet)。因为他不懂中国文,所以我只举些英译的名字,例如 Barker 的 Guide to the Best Fiction 里把 l'Assommoir 译为 The Dram Shop,而 dram shop 只有"小酒店"的意思,没有双关意,不能算是把 assommoir 原字的意义译得很对的。我问他我这种猜想对不对,如果是对的,那么,请他另译一个名词,我好依照他的译法来译成中文。

摩奈先生大约自谦英文懂得不透,所以又把我的信转交给巴黎大学的英国文学教授加萨绵先生(L.Cazamian),请他代为答复。加萨绵先生在 1934 年 12 月 23 日写给我下面的一封信:

Monsieur et cher collègue,

　　Monsieur Mornet me communique votre lettre du 6 Novembre et me prie d'y répondre.

　　Vous avez bien raison, et "Dram Shop" n'est pas une traduction exacte de "L'Assommior". Mais il est souvent impossible de trouver dans une langue un équivalent exact à un mot ou une expression d'une autre langue, et l'anglais n'ai rien qui corresponde au mot que Zola a choisi pour le titre de son roman. La raison en est que le parler populaire francais a dégagé, pour une métaphore spontanée, la qualité qu'a l'alcool d "assommer"—de réduire à un état hébété—ceux qu'il a d'abord excité, et a tiré de cette métaphore un nom expressif pour les débits de boisson; tandis que

le parler populaire anglais n'a rien fait de pareil.On dit en anglais
"a pub," pour "a public house;" mais c'est une simple abriviation,sans valeur explessive.

"Assommoir", en ce sens, ne peut done être traduit;et ce
n'est qu'un cas entre mille.Un bon dictionnaire,que je consuite,
donne comme traductions, toutes imsuffisantes "low tavern",
"drinking-den", "low dram‑shop", qui rendent l'idée, mais
point l'image. La moins imparfaite serait, je crois, "drinking-
den,"dont la force péjorative est la plus grande.

现在让我先把加萨绵先生的话译成中文如下：

先生，亲爱的同行：

　　摩奈先生把您的信转交给我，请我答复您。您很有道理，
dram shop 不是 l'Assommoir 的适合的译文。但是，如果要在某
一族语里找与另一个族语一个字或一句话完全相当的译文，
这往往是不可能的。左拉所择定为他的小说的名称的字，在
英语里没有什么字与它相符。理由是：法国的大众语里有一
个自然的譬喻，把酒精的 assommer 的德性取了出来，——所谓
assommer 的德性就迫人入了昏乱的状态；——酒精先使人受
刺激，结果使人昏乱，而大众语就从这一种譬喻里替那些零拆
的酒店造出了这一个很活现的名称，至于英国的大众语就没
有同样的譬喻了。英语里说 a pub 以替代 a public house；但这
只是一种简化作用，没有很活现的价值。由此看来，assommoir
在这意义之下是不能译的；这只是千百例中之一例罢了。我
查过一部好字典，里面所译的都不甚妥当；low tavern，drinking-
den，low dram-shop 都只能表达意思，不能表示影像。我想，缺
陷少些的还算 drinking-den，因为它对于坏影像的表现力是比
较大的。

看了这一封信之后，我更深信 L'Assommoir 有双关意，我们不能随便用"酒店"或"下等酒店"等名称来译它。"屠槌"只能表示影像，不能表示意思，也不妥当。我们现在仍该努力找一个含双关意的名称，纵使不能完全表现 assommer 的意思与影像，至少也要带着它的双关意的轮廓。我与几个朋友商量过，都没有得到好结果。后来我又写了一封信到日本去问梁宗岱先生，承他回信讨论。他说：

> L'Assommoir 译名的确极费踌躇，最稳当的或者就是"下等酒店"，不过原名的精彩就丢光了。平常称抽大烟的处所为"烟窟"，这"窟"大有鄙薄的意思，不知可以借用来称为"酒窟"否。我想无论如何，应该从这方面着想。你是文字学家，这一点自然比我强。——刚写完这几句，打开《辞源》一看，发见"酒窟"一名古已有之，而且又很阔气的。那么这名字不用说又不适用了。

宗岱先生虽然自己取消了他提出的译名，我仍觉得可用。《辞源》里的"酒窟"虽表示阔气，但我们不妨给予它一个新意义。普通人看见了"酒窟"二字，所得的影像一定是个坏影像。我也曾想到"醉窝"及"买醉窝"，但终不及"酒窟"来得熟。加萨绵先生比较地觉得 drinking-den 译得好些，恰巧 den 字就有"窟"的意思。于是我决意把《屠槌》改为《酒窟》了。我把我的意思写信告诉宗岱先生，他回信也说："'酒窟'这译名，经你这么一说，我倒觉得可用起来了。"现在我请商务在再版时改用《酒窟》为名，虽未能完全表示 assommoir 的意思，但是，它对于坏影像的表现力已经够大了。

王了一
二十四年四月十九日

原载《商务印书馆出版周刊》，1935 年第 129 号

作者原序

  《卢贡-马加尔》应当是以二十部小说来组成的。这部书的总计划在 1869 年已经定下来了，我是极端严格地遵守这一计划的。到了该写《小酒店》的时候，我就和写其他几部一样①把它写成了；在我原定的路线上，我一秒钟也没有停顿。并且这件事也赋予我一种力量，因为我有一个前进的目标。

  当《小酒店》在报纸②上发表的时候，它受到史无前例的粗暴的攻击，人家谴责它，说它应负一切罪行的责任。是否必须在这里用几行文字来解释一下作者我的意图呢？我想描写的是我们城郊腐败的环境中一个工人家庭的不幸的衰败情况。酗酒和不事生产的结果，使家庭关系也十分恶劣，使男女杂居，无所不为，使道德的观念逐渐沦丧；到头来就是羞辱和死亡。

  其实《小酒店》是我的作品中最谨严的一部。我在别的作品中往往还触及到更可怕的创伤。只是小说的形式上有点叫人害怕。人们对我用的字眼很生气。我的罪过是不该有文学上的好奇性，把人民的语言收集起来在文学作品中大量地使用。啊！这种形式就是我最大的罪行！不过，这种语言的字典却有的是，许多文人还

---

① 《小酒店》已是《卢贡-马加尔》的第七部。前六部如《卢贡家族的家运》《卢贡大人》等俱已如期发表。

② 指《公共福利报》，《小酒店》在该报上发表了一部分以后，因受到攻击，竟中途停止登载。

在研究它,对它的新鲜活泼之气,对它在刻绘形象方面的生动而有力的地方,他们还大感兴趣。至于那些虎视眈眈的文法家,人民的语言,简直是他们的宝贝。不过,不论如何,总不会有人认为我的志趣是在作纯粹的语言学的工作,认为我在这上面会感到一种历史的和社会的深刻的兴趣吧。

再说,我也不加辩护。我的作品就会替我辩护。它是一部描写现实的作品,是第一部不说谎的、有人民气味的描写人民①的小说。不应当作出这样的结论,说全体人民都是坏人,因为我的许多人物也并非全是坏人。只是他们生活于贫困之中而又作着极其笨重的工作,因而变得愚蠢而且败坏了。在大家对我和我的作品使用可笑的、可厌的、带有成见的判断之前,应当先看看我的那些书,了解它们。大家都知道,我的朋友们是多么喜欢那种使大家娱乐的惊险的传奇故事!我希望大家知道,大家所谓的吸血鬼,专写杀人流血的小说家,其实是社会上的一个正人君子、艺术家、研究者;他只在自己的角落里过其谨慎的生活,唯一的野心就是使自己有一部作品广为传播而且万古长存。任何无稽之谈我都不加以否认,我只是工作,让时间和读者的信任来把我从这愚蠢的包围圈中拯救出来。

左　拉

1877 年 1 月 1 日于巴黎

----

① 　这里原文用的“人民”(peuple),实际上是指与贵族、资产阶级对立的平民,在《小酒店》一书的具体情况中,多半指手工业工人。

一

　　绮尔维丝等候郎第耶，直等到了深夜两点钟。她穿着一件短小的寝衣，在窗口冷风中站立久了，弄得全身发抖，只好横倒在床上打瞌睡；她身心如焚，眼泪湿透了脸颊。自从她和他在双头牛饭店吃了饭，出来之后，他便叫她回家同孩子们睡觉；至今已有八天，他仅仅在每天夜深的时候才回来，依他说他是在找工作。今天晚上，当她凭窗等候他的时候，她看见大阳台舞场的十个窗子里射出一带灯光，映在外面的马路的黑魆魆的地上，她又似乎看见他走进了舞场，他的后面跟的是那个小阿黛儿。阿黛儿是一个擦铜女工，常常和他同在一个饭店里吃饭，现在她垂着手跟在他的后面，相离五六步远，好像她不愿意在舞场门前的强烈灯光下挽着他的手臂一同走路，所以才放了手似的。

　　将近早上五点钟，绮尔维丝醒过来的时候，她的身体发僵，腰酸痛，不由得放声呜咽起来。原来郎第耶还没有回家。这是第一次他在外面过夜。她坐在床边上，头上是天花板下悬挂着的一幅破旧的、褪了色的花布幔。她的双眼蕴着泪珠，懒洋洋地向凄惨的卧房内四处望了一望，房里有一个核桃木的横柜，柜上还缺少一只抽屉，又有三张麦秸垫的椅子，一张油腻的小桌子，桌子上放着一个缺口的水壶。为了孩子们，又在横柜前面加放一张铁床，竟占了全房间的三分之二。绮尔维丝和郎第耶的箱子摆在一个角落上敞开着，里面空无所有，只有一顶破旧的男帽压在一些肮脏的内衣和袜子下面;沿着墙,在椅子的背上挂着一件已经有破洞的披肩,一条沾满泥的裤子,都是些估衣店的商人们所不肯收买的破旧东西。在壁炉上,两个已经不能配成一对的铅铁蜡台中间放着一叠粉红色的当票。这算是这个旅馆里的漂亮房间,非但在二楼,而且窗子正对大街。

　　这时候,两个孩子并头躺在枕上睡得正好。克罗德八岁了,他的双手露在被窝外面,缓缓地呼吸着;爱弟纳只有四岁,他的一只手臂搁在他的哥哥的颈上,脸上现出笑容。他们的母亲眼泪汪汪地注视到他们的时候,重新又呜咽起来。她用一条手帕掩住自己的嘴,以免漏出呜咽的声音。她赤着脚,简直忘了重新穿上脱落下来的旧拖鞋,竟又转身去凭倚着窗子,仍旧像每夜一样等候着,远远地望着马路的人行道。

　　那旅馆是在教堂路,卖鱼巷的左边。这是一所三层楼的破旧房子,墙上涂的是紫红色,直到三楼,都装有百叶窗,不过已经被雨打得糟朽了。门前两个窗子中间一盏星形玻璃灯的上面,塑着黄色大字招牌"好心旅馆,馆主人马肃利耶",因为墙上长霉,字迹已经斑斑脱落。绮尔维丝,手帕捂在嘴上,因为那盏灯阻碍她的视线,于是踮高了身子。她向右方望去,望到洛歇叔雅路那边,看见成群的屠夫们穿着染血的围裙,在屠牛场的门前排列着;凉风吹来,不时把被屠杀的畜生的腥臭气味传送到她的鼻子里;她向左面那条带形的马路望去,把视线停在她面前的那座白色的拉里布吉埃医院——当时那医院正在兴工建筑。她慢慢地来回眺望着把视线移到税卡的墙上,她往往在夜里听见墙后有被凶杀者的喊声;她想到了凶杀,便用眼睛搜寻那些黑暗偏僻潮湿污秽的路角,生怕发现肚子被刀戳穿了的郎第耶的尸体。当她抬起了眼睛向那静悄悄地围绕着这个都市的一望无际的灰色城墙以外看去的时候,她发现了一道太阳的光芒,阳光里已经充满了巴黎喧嚣的晓声。但是她始终把眼睛转向卖鱼巷,伸着脖颈,在苦闷中自娱地看那些从蒙马特和教堂大街下来的人群、牲畜、货车川流不息地在税卡的两座矮屋中间通过。这里面有成群的牛羊,有因一时的障碍而拥挤在道路上的人群,有去上工的络绎不绝的工人队伍,背上扛着工具,臂下夹着面包,所有这巨大的人群,接连不断地淹没在茫茫大海似的巴黎之中。当绮尔维丝在这些人当中以为看到郎第耶的时候,她更探出身子,冒着坠楼的危险。随后她又把手帕堵着嘴,堵得更紧,像是要掩盖她的痛苦似的。

一个少年人的快活的声音使她离了窗子。

"先生不在家吗,郎第耶太太?"

"可不是吗,古波先生。"她勉强微笑着回答说。

古波是一个锌工,住在本旅馆最高层的十法郎一间的小房子里。他的肩上挎着一个口袋。他因为看见她的房门外面插有钥匙,所以像一个朋友那样径自进来。他继续说:

"您晓得吗?现在我就在这里医院里做工……喂,您看,多么好的五月天气!今天早上的风,真有些刺骨呢!"

他说着便注视绮尔维丝被眼泪渍红了的脸孔。他看见床上的被褥依然整齐,便轻轻地摇了摇头;后来他又走到孩子们的床前,看见他们仍旧睡着,面色粉红,像两个小天使一样。他把声音放低,又说:

"唉!先生有点不老成,是不是?……郎第耶太太,您不要伤心。他很关心政治;前几天人家选举尤金・许①的时候,据说是个好人,他就热烈得几乎发狂。也许昨晚他整夜同朋友们在大骂那下流的波拿巴呢。"

"不,不",她很吃力地说,"他不会像您所猜想的。我晓得郎第耶在什么地方……我们女人总是一样,总有些不如意的事情,天啊!"

---

① 尤金・许(Eugène Sue,1804—1857)是法国的通俗小说作家。

　　古波眨了眨眼，表示他不受她哄骗。他临走的时候还说如果她不愿意出去，他可以替她去买牛奶。她是一个美丽而且善良的妇人，假使她有困难的一天，她可以靠他帮助。绮尔维丝等到他走远了之后，仍旧凭窗眺望。

　　在清晨的冷空气里，城边一队一队的人畜还不住地进来。人们辨出穿蓝色衣服的是些锁匠，穿白色衣服的是些泥水匠，大衣里面露出长工作服的是些油漆匠。这群人，在远处看来，色彩都不甚鲜明，好像混成一片土灰色；其中只有淡蓝色和灰黑色特别显眼。有时候，一个工人停了脚，重新燃着了他的烟斗；他的前后左右的人们不住地向前走，也不笑一笑，也不向同伴说一句话，土色的面孔朝着巴黎，卖鱼巷好像一张大嘴，把他们一个一个吞噬了。卖鱼巷的两个转角处有两个卖酒商人正在打开门窗板，便有许多人在门前放慢了脚步。在未进店门以前，他们先停留在人行道上，斜着眼睛望着巴黎，两臂松弛一下，就算是一天的逍遥。在柜台前，一群一群的人正在那里买酒喝；一个个都得意忘形地站在那里，挤满了店堂，吐痰，咳嗽，把小杯的酒一杯一杯地喝下去，润他们的喉咙。

　　绮尔维丝向马路的左方窥探，似乎看见郎第耶走进了哥仑布伯伯的酒店，正在这个时候，忽然有一个不戴帽子、穿着围裙的胖女人在街道的中心向她问话：

　　"喂，郎第耶太太，您起来得很早啊！"

　　绮尔维丝俯身向下望着说：

　　"呃！原来是您，博歇太太！……唉！我今天要做的事情多得很！"

　　"对了。事情不办是不会成的，是不是？"

　　于是一个在窗子里一个在街道上就攀谈起来。博歇太太是这所房子的女门房，楼下就是双头牛饭店。有许多次，绮尔维丝在她的门房里等候郎第耶，以免独自一人和那些吃饭的男子们同席。

那女门房告诉绮尔维丝,说有一个职员要缝补一件外衣,而她的丈夫不能把那外衣领来,所以她今天早上特地到离此不远的卖炭路,趁那个职员未起床的时候去找他。后来她又说昨天晚上有一个房客引了一个女人进来,直闹到夜里三点钟,扰得大家都睡不着。她一面说着,一面审察着绮尔维丝,像是想要知道她的秘密;她好像是专为打听消息才到这里来的一样。她忽然问道:

"郎第耶先生还没有起来吗?"

"是的,他还睡着呢。"绮尔维丝答时,忍不住涨红了脸。

博歇太太看见她的眼泪涌上了眼睛,当然,她已感到了满意,所以她嘴里喃喃地骂着男子们是些懒汉而走开了。忽然她又回来,叫道:

"您今天早上要到洗衣场去,是不是? ……我也要洗些东西,我在我旁边替您留一个位置,我们可以再谈谈。"

后来她似乎忽然起了怜悯心,说:

"我的可怜的小姑娘,您最好不要停留在这里,这样会惹出病来的……您看,您的脸都发紫了。"

绮尔维丝仍旧在窗前死等了整整的两个钟头,直等到了八点钟。各商店的门都开了。从蒙马特走下来的工人们渐渐稀少,只剩有几个迟到的人,大跨步走进城来。在卖酒商人的店里还站着先前那一班人,在喝酒,吐痰,咳嗽。在男工人之后又来了好些女工,擦铜的、做帽子的、做假花的,一个个都紧束了她们的薄薄的衣衫沿着外面的马路奔走。她们三五成群,兴高采烈地谈话,轻轻地笑着,把光亮的眼睛向前后左右张望。更远些,有一个孤零零的、瘦削的、脸色惨白而态度严肃的女子,避开了那些垃圾堆沿着税卡的墙走着。随后走过去的是些商店的伙计们,一面走着,用手指吹着哨,一面吃他们的一个铜子的面包。又有些枯瘦的青年人,穿着很短的衣服,眼皮下垂,走着还打瞌睡。更有些小老头子们,他们的脸色因为整天守着办公室而变得苍白,一面蹒跚地走,一面看他们的表,好计算他们行路的时间。随后大马路上又现出了一片清晨的安静景象,有些附近的有钱的人正在太阳下散步;有些母亲们不戴帽子,穿着肮脏的裙子,摇哄着她们的婴儿,在街道的长凳上换他们的褓裸。又有一群拖着鼻涕的孩子们,袒着胸,互相撞碰,时而倒在地上,叫呀,笑呀,哭呀,闹个不了。这时候绮尔维丝觉得又气闷,又绝望,焦急得要晕过去。她似乎觉得一切都完了,连时间都完了,郎第耶永远不会再回来了。她以失望的目光,从那些肮脏黑臭的屠宰场直望到崭新洁白的医院。从一排一排的开着的窗子望进去,看见医院里面的房子还是空空的,好像是死神光临过的样子。在她的面前,税卡的墙的后面,天空透出光辉,渐渐升起的太阳普照着初醒的巴黎,炫耀在她的眼里。

年轻的绮尔维丝坐在一张椅子上,两手无力地下垂,不再哭了,这时候郎第耶安然地走了进来。

"是你!是你!"她叫了起来,一面想上前去搂他的脖颈。

"呃,是我,怎么样?"他回答说,"我想你也许不会胡闹吧!"

他把她推在了一边。后来他又用一种耍坏脾气的样子把黑呢帽子向横柜上一扔。这是一个二十六岁的青年男子,身材很矮,头发很黑,一张漂亮的面孔,稀稀的胡子,他时常不知不觉地用手卷着它。他穿着一件工衣,外面罩着一件紧紧地裹着他的身体的挺脏的旧大衣,他说话时带着很重的普罗旺斯省的口音。

绮尔维丝重新倒在椅子上,和婉地用简短的话埋怨他:

"我一夜不曾合眼……我以为也许人家害了你……你是到哪里去了?你在什么地方过夜?天啊!你不要再这样吧,要不然我就要发疯了……说吧,奥古斯特,你是到哪里去了来?"

"天知道!我是到我有事情的地方去啦!"他说时耸了耸肩,"我在八点钟到哥拉西耶去看一个朋友,他打算开一个制帽厂。我耽搁得很晚,所以我宁愿在他家过夜……再说,你要知道,我是不喜欢人家盘问我的。不要再唠叨!"

　　绮尔维丝又哭起来。他们争吵的声音不小,而且郎第耶的举动粗暴,把椅子撞倒了,孩子们因此惊醒。他们在床上坐了起来,裸着一半身体,用小手分开他们的乱发;他们听见母亲哭泣,还没有睁开眼睛就大声喊叫,跟着也哭起来。

　　"唉! 又闹起来了!"郎第耶气冲冲地说,"我警告你们,我又要走了,我。这一次我真的走了……你们不肯住口吗? 再见! 我要回到我来的地方去了!"

　　他说着早已在横柜上把帽子拿了起来。但是绮尔维丝连忙上前,(吃吃地)说:

　　"不,不!"

　　随后她同孩子们温存了一番,使他们收了眼泪。她吻他们的头发,说了许多亲爱的话叫他们再睡。那两个孩子忽然安静了,在枕上笑着,互相捻着皮肤玩耍。这时候父亲靴子都不脱,早已倒在床上,因为一夜不曾入睡,所以露出疲倦的样子,脸上花一块白一块。他睡不着,眼睛睁得很大,向卧房内的四面张望了一会咕噜着说:

　　"真干净,这里!"

　　他对绮尔维丝注视了一会以后,又接着凶恶地说:

　　"你也不打算收拾一下吗?"

　　绮尔维丝只有二十二岁。她的身材很高,略为瘦一些。眉清目秀,可惜已经被艰难的生活糟蹋了。她散着头发,穿着破旧的拖鞋,在一件白色的短寝衣里打寒战。家具上的尘土和油腻沾污了她的寝衣。方才经过的那一阵哭泣和烦恼,竟使她好像老了十岁。她本来怕他,一味忍耐着,现在听了他的话,忍不住发作了,说:

　　"你真没有道理。你分明晓得我已经尽我的能力做了。我们落到这步田地,并不是我的罪过……我倒要看看你,如果你带着两个孩子,在一个房间里,连烧热水的炉子都没有,你怎么办? ……你从前说过,到巴黎之后我们即刻找一个地方安顿下来,假使你不把钱吃光了,会弄到这地步吗?"

"喂! 钱是你同我一起吃光的;今天你要借这个机会赖我一个人却不行!"

她似乎没听见,只顾继续地说:

"总之,如果肯发奋,还有法子想……昨天晚上我看见了福公尼耶太太——就是新开路的那一个洗衣妇人;她在星期一就可以雇用我。如果你到哥拉西耶你的朋友那边工作去,在半年之内我们就可以翻身了,我们可以渐渐买些衣服,到别处租一所小房子,我们就有了家……唉! 应当工作,努力工作……"

郎第耶转过身去向着床的里面,现出厌烦的样子。于是她生起气来:

"呃! 对了! 人家晓得你是不爱工作的。你的野心很大,要像一位老爷一样穿好衣服,要同着穿绸穿缎的娼妇去游逛。是不是?自从你把我的衣服都送到当铺里去了之后,你就觉得我不够漂亮了……奥古斯特,我本来还想等一等,不愿意同你说起这件事,其实我知道你在什么地方过夜。昨天晚上我看见你同那娼妇阿黛儿走进了大阳台舞场。唉! 你真会挑选女人! 那个女人倒是干净!怪不得她摆王妃的架子! ……饭馆里吃饭的人们谁没有同她睡过觉!"

郎第耶一跳就跳下了床。他的煞白的脸上瞪着一双墨一样黑的眼睛。这矮子的怒气简直就像一阵狂风。然而绮尔维丝还是照样说下去:

"是的! 是的! 饭馆里的人一个个都同她睡过觉! 博歇太太就要把她和她的娼妇姊姊赶到别处去住,因为常常有一大群男子在楼梯上守候着她们。"

郎第耶举起了两个拳头;后来又抑止了打她的意思,只捉住了她的两臂猛烈地摇晃她,把她推倒在孩子们的床上,孩子们重新又哭起来。他再躺在床上,口里喃喃自语,形容凶悍,似乎打了一个

主意,却没有十分决定。他说:

"绮尔维丝,你不晓得你刚才做了什么事……其实你错了,将来你看!"

孩子们哭了一会。他们的母亲在床边上俯身搂着他们;口里用单调的声音说这么一句话,说了又说:

"唉!假使没有你们,我的可怜的孩子!……假使没有你们!……假使没有你们!……"

郎第耶安然地躺着,举眼望上面的一幅破旧褪色的布幔,心里正在默默地打主意,不再听她的话。他这样支持了差不多一个钟头,虽然因为身子疲倦,眼睑渐渐睁不开,然而他还不肯睡觉。他转过身来,用肘支着腮,面色无情而坚定。这时候绮尔维丝也把房间收拾好了。她让孩子们起了床,替他们穿好了衣服,正在整理他们的被褥。他望着她把卧房打扫了一遍,把家具也揩了一揩;房子仍是黑暗可怜,天花板被烟熏黑了,墙上的纸也因潮湿而脱落下来,三张椅子和一个横柜都是跛脚的,抹布一揩过去,油垢成堆,始终揩不干净。当她对着挂在窗户插销上的他所用来剃胡子的一面小圆镜子梳理了一下头发,正用水洗涤的时候,他似乎在审视她的赤裸的双臂、赤裸的酥胸和其他赤裸的地方,好像心中在作比较似的。这以后,他把嘴歪了一歪。绮尔维丝的右脚是有点跛的,但是除非在她劳累得支持不住的日子里,人家才会发现她的毛病。今天早上她因昨夜太疲倦了,所以拖着她的右脚,把身子靠在墙上。

他们默不作声,彼此再也不交谈一句话。他呢,他似乎在等候;她呢,她忍气吞声,勉强装作无事的神气,只忙着工作。她把箱子后面角落上丢着的脏衣服打成一个包裹,正待出去,他终于开口问道:

"你在做什么?……你到哪里去?"

起初她还不回答。后来他气冲冲地再问,她只好回答道:

"你该看得出来吧……我要去洗这些东西……孩子们不能常

常穿泥污的衣服啊。"

他等她拾起了两三块手帕。又静默了一会,然后才说:

"你有钱吗?"

忽然间,她站了起来,正眼望着他,手里仍旧拿着孩子们的脏衣服。

"钱!你要我从哪里去偷得来?……你分明晓得前天晚上我那黑裙子只当了三个法郎。我们已经把这钱吃了两顿中饭,猪肉店里是很容易花钱的……呃,我当然没有钱了。我有四个铜子要用到洗衣场去……我不能像有些女人那样赚钱。"

他并不因为她这隐语而罢休。他下了床,巡视过房里悬挂着的许多破旧衣服。末了,他把那裤子与那披肩取了下来,再打开了横柜,把一件寝衣和两件女衬衫取了出来,加进包袱里;然后他把一切都交到绮尔维丝的手里,说:

"喂,把这些都拿到当铺里去。"

"你不要我把孩子们也抱了去吗?唉!假使人家肯让我们典当孩子,这倒是避免拖累的好法子呢!"

她虽然这样说,还是到当铺里去了。半个钟头之后她回来,把一个五法郎的银币摆在壁炉上,又把那当票加进了两个蜡烛台当中的那一叠当票里。她说:

"这是他们给我的。我想要六个法郎,但是没有法子。唉!他们不会破产的……那里头的顾客多着呢!"

郎第耶没有立刻拿着那五个法郎。他似乎想要她去兑换零钱,好给她留下几个铜子。后来他看见横柜上的纸包里还剩有一些火腿,一块面包,于是他就决意把那银币溜进他的背心口袋里去。这时绮尔维丝向他解说:

"我还不曾到卖牛奶的妇人那里去,因为我们欠了她八天的钱。但是我很快就可以回来的,我出去之后,你先下楼去买些面包,再买些炸排骨,等一会我们一块儿吃中饭……你再买一瓶酒上来。”

他没有说不肯的话。他们似乎是和平了结了。绮尔维丝继续把那些脏衣服放进了包袱。但是当她想要把箱底的郎第耶的内衣和袜子拿去的时候,他嚷着叫她把那些东西留下。

“把我的衣服留下!你听见了吗?我不愿意!”

“你怎么不愿意呢?”她站了起来问,“你难道还想穿这些长霉的东西么!这非洗一洗不行。”

她说着,很担忧地审视着他,看见他那美少年的脸上仍旧露出无情的样子,竟像此后没有什么可以使他回心转意似的。他生了气,从她的手里抢过了衣服,扔在箱子里。

“妈的!你顺从我一次吧!我对你说不愿意就是不愿意!”

“为什么呢?”她问时起了重大疑心,脸色变得煞白,“这时候你不出门,用不着你的内衣……我拿去了有什么关系呢?”

她说着把眼睛紧紧地盯住他;他觉得难为情,犹像了一会,然后吞吞吐吐地说:

“为什么?为什么?……好!你会到处逢人便说你照料我,你替我洗衣服,替我缝补。呃!我却讨厌这个!你做你的事情,我做我的事情好了……洗衣妇们并不是替猪狗洗衣服的,我尽可以找她们去啊!”

她哀求他,而且自辩说她从来不曾向人说过埋怨的话;但是他粗暴地把箱盖一关,自己坐在上面,狠狠地对着她的脸说了一声“不行!”他的东西,当然由他做主!后来他为了要避免她的视线,仍旧回到床上躺下,说他困倦了,叫她不要再啰唆。这一次他真的像是入睡了。

绮尔维丝一时拿不定主意。她有意把那些脏衣服一脚踢开,坐在床前缝纫。后来她听见郎第耶的呼吸均匀,才放了心。她拿了前次洗衣用剩的一块肥皂与一块青矾,走近孩子们,看见他们正在窗前安然地玩弄些旧瓶塞子。她吻他们,低声向他们说:

"你们要乖乖的,不要吵。爸爸在睡觉呢。"

当她离了卧房之后,黑暗的天花板下面,异常的静默里,只剩有克罗德与爱弟纳的轻微的笑声。这时是十点钟了,一道阳光从半开的窗子外透了进来。

到了马路上,绮尔维丝向左拐弯,沿着新开路走。经过福公尼耶太太的铺子前面的时候,她轻轻地点头敬礼。那洗衣场正在马路的中间,恰是石路高低交界之处。在一座平台上有三个用铆钉钉得很坚固的巨大的灰色的圆形的铅铁蓄水筒。圆筒后面是晾衣场,是高高的两层平台,四面尽是些百叶窗围着,窗是薄铁片做的,外面的风可以吹进来,从百叶窗望过去,可以望见一根一根的小铜线上晾着的那些衣服,蓄水筒的右边是一具蒸汽机,细长的蒸汽管子呼呼地响,声音又粗又匀,吐出一股一股的白烟。绮尔维丝是见惯了秽水的人,也不撩起裙子,竟向那堆着一瓶一瓶的漂白水的门口走了进去。她已经认识了洗衣场的女主人,这是一个瘦弱的妇人,眼睛有病,坐在一个玻璃小室里,面前摆着些账本,货架上摆着一块一块的肥皂,瓶子里盛着些青矾,还有成包的一磅一磅的苏打。绮尔维丝走过的时候,向那女人要了她的捣衣杵和刷子——这是她上次洗完了衣服时交给她收管着的。后来她又取了她的号码,然后进场。

这是一间很大的敞厅,天花板是平的,大梁露在外面,四边是生铁的柱子,周围是些很宽阔透亮的窗子。淡白的阳光很容易照进来,把热烘烘的水蒸气映成乳白色的云雾。有些地方也有烟升起,渐渐展开,形成一幅淡蓝色的布幕,笼罩着整个的敞厅。这里湿气很重,杂着一种又淡又湿又绵延不绝的肥皂气味。有时候还有漂白水的浓烈的气味。沿着捣衣处的中央走道的两旁,有一队一队的妇人在那里,从胳臂到肩头都赤裸着,胸也裸着,裙子收短了,露出颜色的袜子和用带系着的粗大的鞋子。她们狠狠地捣打,一面笑着,仰起身子为的是在喧哗里嚷一句话,平时却把身子俯在她们的水桶上;她们的话很下流,举动很粗鲁,很不检点,身上透湿得像是遇了骤雨,肌肤发红而且冒出热气来。她们的周围,她们的下面,有一股大水潺潺地奔流,一桶一桶的热水搬来,向下一倾,自来水管开着,冷水从上面滴下来;至于那捣衣所溅出的水,拧衣所榨出的水,和她们脚下所踏着的水,却像一条一条的小沟,向那斜铺着的石砖上流下去。在这潮湿的天花板下面,有着混成一片的喧闹的人声,有韵节的捣杵声、流水声、泼水声,还有那被一层蒸汽白雾所笼罩的机器,也在不住地呼呼喘气,它的轮子旋转时的震动声,好像要给这些乱哄哄的喧哗打拍子似的。

这时绮尔维丝小步地沿着走道走,同时放眼左右张望。她的臂下夹着她那一包衣服,被来来往往的洗衣妇们冲来撞去,她的脚越发跛得厉害,臀部也颠踬得更高了。

"喂! 亲爱的,这儿来!"博歇太太用粗壮的声音叫。

绮尔维丝走到敞厅的尽头右边,与那女门房会合;博歇太太在用力搓洗一只袜子,一面不住地工作,一面用简短的语句和她谈话:

"您就在这里吧,我给您留下了一个位置……唉! 我不久就可以洗完了的。博歇的衣服是不太脏的……您呢? 您不至于要洗许久吧? 您的衣包小得很。到不了正午我们就可以做完了,我们就可以吃中饭去……从前我把衣服交给小鸡路那洗衣妇;但是她用漂白水一泡,刷子一刷,把我的东西都给弄坏了。所以我情愿自己洗,一切都省了下来。只花些肥皂钱……喂,您那些内衣,您应该放水冲一冲。唉! 这些淘气孩子,屁股上都有煤灰!"

绮尔维丝解开了包袱,把孩子们的内衣拿了出来;博歇太太劝她要一桶碱水,她回答说:

"呀,不,热水就行了……我会作。"

她把那些脏衣服拣了一拣,把有颜色的几件放在一边。她在她的身后的自来水龙头上放了四桶冷水,倒在她那大桶里,然后把一堆白衣服放在水里。她把裙子撩起,夹在她的两条大腿中间,她跨进一个大木桶里去,这个木桶是竖着放的,和她的肚子一样高。博歇太太又说:

"您很内行,嗳?从前您在家乡做过洗衣妇,是不是,亲爱的?"

绮尔维丝撩起了袖子,露出金色头发女子的美丽的双臂,臂还很娇嫩,只肘上稍红一些。她开始洗涤那些脏衣服。她把一件内衣放在捣衣的一块狭小木板上面,这板已经被水漂白了,侵蚀了。她用肥皂擦那内衣,擦过之后翻转另一面再擦。在未答话以前,她拿起了捣衣杵先打衣服,一面按着拍子用力打,一面高声说她的话:

"是的,是的,我从前洗衣服……那时是十岁……到现在已经十二年了……我们是到河边去的……您要知道,河边比这里的气味好闻些……树荫下面有一个好地方……还有奔流着的清水……在布拉桑那边……您不晓得布拉桑吗?……在马赛的附近,您不知道吗?"

博歇太太看见她捣得那样猛,不觉惊叹说:

"好粗壮的丫头。看不出她这一双小姐的手,铁也会被她打扁呢!"

她们高声地继续谈话。那女门房有时候因为听不见,不得不把身子俯下去。绮尔维丝把那些白衣服一件一件都捣完了,而且捣得很好!她把衣服又放进桶里,然后一件一件捞起来,把肥皂再擦一次,用刷子刷过。她左手把那一件内衣按在捣衣板上,右手拿着一把短刷子,刷出了许多肮脏的泡沫,那些泡沫拖得很长,然后落在地上。在这刷子的小声中,她们彼此凑得更近,谈得更亲密。绮尔维丝说:

"不,我们没有结过婚,我并不瞒人。郎第耶为人不见得怎样好,值不得人家希望做他的妻子!假使没有孩子们,去他的!……当我们生第一个的时候,我只十四岁,他十八岁。另一个是四年后生的……您要知道,这类子事说起来也很平常。我从前在家并不幸福;那马加尔伯伯,为了些小事,就对我的腰间乱踢。因此我想要到外面来开开心……我们本预备结婚的,但是我不晓得后来怎样弄的,我的父母竟不愿意。"

她把手摇了几摇,手在白色的泡沫里发红了。

"巴黎的水性好硬啊。"她说。

这时博歇太太只是有气无力地洗着衣服,她索性停下来,慢慢地擦她的肥皂,好留在这里听这一段历史,因为半月以来她已经很想知道了。她的肥胖的脸上,嘴半张开着,凸凸的眼睛,放出了光芒。她很满意,她猜着了,自己想道:

"对了! 这个女子太喜欢说话,所以从前常有吵嘴的事。"

后来又高声问道:

"那么,他为人不好,是不是?"

"请不要和我说这个!"绮尔维丝回答,"在那边的时候,他曾经对我很好;但是自从我们到了巴黎,我再也管不住他了……我告诉您,他的母亲在去年死了,遗留给他一点儿钱,约莫有一千七百法郎,他想要到巴黎来。因为那时节马加尔伯伯常常不加警告就打我几巴掌,我就答应跟他走;我们来时,把两个孩子都带了来。他本想叫我做洗衣妇,而他自己做他的制帽工人的行业。我们很可以弄得很幸福……但是,您要知道,郎第耶是一个有野心的好花钱的只顾玩乐的男子。总之,他是不中用的……我们就这样到了蒙马特路,住在蒙马特旅馆。那时候,吃酒席呀,坐车子呀,看戏呀,他一个手表,我一件绸衣服;当他有钱的时候,他倒不是没良心的人。您是懂得的,他这样乱来,所以不到两个月,我们便弄得干干净净。自从那时候起,我们就搬到好心旅馆来住,我们的苦生活就开始了……"

她说到这里,住了口,一时喉咙紧了,勉强收了眼泪。这时她已经把衣服刷完了,她说:

“我要取热水去了。”

博歇太太静听这些心腹话，听得兴致正浓，忽然中止，她心上很不舒服，她看见一个伙计走过，便叫住了他：

“我亲爱的查理，请您费心去替这位太太取一桶热水来，她忙得很。”

那伙计拿了桶去，取了满满的一桶热水来。绮尔维丝把钱付了，一个铜子一桶。她把热水倒在大桶里，弯着腰在捣衣板上，最后一次用肥皂擦衣服，一缕一缕的灰色水蒸气侵进了她金黄色的头发里。

“喂，您该放一些苏打，我这里有。”那女门房殷勤地说。

她说着便把她所带来而用剩的一袋苏打倒在绮尔维丝的桶里。她还要送她一些漂白水，但是绮尔维丝不肯要：油酒的污点才用得着漂白水呢。

“我以为他有些爱追女人。”博歇太太说的是郎第耶，却没有指出名字。

绮尔维丝弯着腰，双手伸在桶里抓住她所洗的衣服，只摇了一摇头。

“是的，是的，我发现好几件小事情……”博歇太太说。

绮尔维丝突然站起来，面色大变，把眼睛盯着她；她只得急忙改口声明说：

“唉，不，我什么也不晓得……我相信他喜欢开玩笑罢了……您看，在我们那里住的那两个女子——阿黛儿与维尔吉妮，您是认识她们的。呃！他虽然同她们开玩笑，却没有更进一步的事，我敢断定。”

绮尔维丝直挺挺地站在她跟前，脸上流汗，臂上也流汗，始终把眼睛紧紧地盯着她。于是那女门房生气了，拍了一拍她自己的胸膛，说出用人格担保的话来。她说：

“我对您说，我自己也不晓得！”

后来她息了怒,假装了和婉的声音,像是犯不着和这样一个人说真话似的。她说:

"我呢,我觉得他的眼神很直爽……他将来一定会娶您的,亲爱的,我敢担保!"

绮尔维丝用她的湿手擦去她额上的汗,又从桶里取出另一件衣服,同时又把头摇了一摇。两人保持了一会静默。这时洗衣场里,她们的周围也安静了。十一点钟响了。有一半的洗衣妇们一只腿坐在大桶边,脚边放着一瓶开了的酒,把香肠夹着面包吃。只有那些拿着小包衣服来洗的家庭主妇们,眼望着柜台上挂着的时钟,忙着要走。还有几个人开始捣衣,但是杵声渐渐疏了,笑声渐渐轻了,在咀嚼食物的声音中流出含糊的谈话声。同时那汽机并不休息,仍旧工作,似乎提高了它的声音,呼呼地、震耳地充满了全场。但是没有一个女人听得见它的声音;它好像是洗衣场本身的呼吸器官,它喘出热烈的气使天花板大梁下面永远浮聚着一片云雾。场里的热度使人难以忍受;一道一道的太阳光从左边的高窗子透进来,在氤氲的水蒸气上映现出十分柔和的粉灰色和蓝灰色。因为大家在抱怨,那伙计查理便从这窗子走到那窗子,把粗布的帘子放下来把窗门遮着。后来他又走到没有太阳的一边把那些小窗开了。人们对他喝彩,大家拍手,一时都快活起来。不久以后,最后的杵声也停止了。那些洗衣妇们的嘴满含着食物,只是用手里拿着的刀子做手势。这时什么声音都没有了,只听见火夫的铲声均匀地响,原来他在用铲子从地下铲取煤炭,放进机器的炉子里。

这时候,绮尔维丝把她那些有颜色的衣服放在她所留下来的热肥皂水里洗涤,她洗完了之后,走近一张四脚长桌子,又把所有洗过的衣服都抛在桌子上,绿的水向地上流成一片带蓝色的水,于是她开始把衣服过清水。她的身后有冷水龙头,水流到固定在地上的大桶里面,有两条挂衣服用的横木棍横贯这个木桶,上面当空另有两条木棍,那是使湿衣服的水滴干用的。博歇太太说:

"呃,快完了,还不算倒霉。我停留在这里帮您拧一拧。"

绮尔维丝一面在清水里搓洗她的两个拳头并且涮洗她那些带颜色的衣服,一面回答道:

"唉! 用不着,谢谢您。假使我有大件的床单,我就不推辞了。"

但是她终于不得不接受那女门房的帮助。她们各在一头,两人把一条裙子,是一件颜色不好的毛织品,拧了又拧,拧出了些淡黄的水,忽听得博歇太太嚷道:

"哟! 那个高个子的维尔吉妮也来这里! ……她那几件破衣服,一条手巾就可包了,她到这里来洗什么呀?"

绮尔维丝连忙把头抬起来。维尔吉妮是和她年龄相仿的女子,身体比她高些,头发是棕色的。虽然面孔长了些,倒还漂亮。她穿着一件旧的黑长袍,袍上有些飘带,颈子上围了一条红色的领巾。她的头发梳得很整齐,用蓝色的丝绒网子罩住发髻。一会儿,她到了走道的中央,眯缝着眼睛,似乎在找人。后来她看见了绮尔维丝,便从她的身边走过,挺着身子,摇摆着两股,很是无礼;她终于在同一排相隔五个桶的地方安顿了下来。博歇太太低声接着说:

"这真是一种怪脾气! 她从来连一副衣服袖子也不洗的……唉! 这是一个有名的懒骨头,您相信我的话吧! 亏她是一个女裁缝,连她自己的鞋子也不缝一缝! 她像她的妹妹一样,那个高大的擦铜女工,那贱丫头阿黛儿,她三天里倒有两天不到车间去! 不知道她们有没有父母,也不知道她们靠什么生活,假使我们愿意说的话……她所搓的是什么呀? 吖? 是一条短裙吗? 唉! 真使人恶心,不晓得脏成什么样,这条裙子!"

博歇太太显然是想要博取绮尔维丝的欢心。其实当阿黛儿与维尔吉妮有钱的时候还常常请她喝咖啡呢。绮尔维丝并不回答,手在忙着快一点把衣服洗完。她在一个小三脚桶里拌好了青矾,于是把白色衣服浸在青矾水里搅了一会,水的回光像一种油漆的光彩,她轻轻地把衣服拧过了之后,便搁在上面的木棍上。当她做这些工作的时候,她故意把背向着维尔吉妮。但是她听见她冷笑,而且觉得她斜着眼睛看她。维尔吉妮,似乎专为向她挑战而来的。一霎时,绮尔维丝刚转过身来,两人便紧紧地用眼睛互相盯着。博歇太太说:

"您让她去吧。我想你们不至于互相揪打吧?……没有什么,并不是她,您相信我的话!"

这时绮尔维丝正在挂她最后一件衣服,只听得洗衣场门外有一阵笑声。查理嚷道:

"有两个孩子在找他们的妈妈!"

所有的妇女们都探头望去。绮尔维丝看出是克罗德与爱弟纳。他们一眼望见了她,便向她跑过去;他们脱了带的鞋子,踏在积水的石砖上。克罗德哥哥手拉着他的弟弟。洗衣妇们在他们走过的时候,一个个都发出疼爱的欢声,因为看见他们虽然微笑着却还带几分害怕的样子。他们停留在他们的母亲跟前,仍旧互相牵着手,抬起了他们的金发的头。

"是爸爸让你们来的吗?"绮尔维丝问。

但是,当她低头系好爱弟纳的鞋带的时候,却见克罗德在摇晃着套在他一个指头上的一把带铜牌号码的卧房钥匙,她很诧异地问:

"嗯!你把钥匙带来给我!为什么?"

那孩子早已忘了他的钥匙,现在给她一提,看了一看指头,似乎想起来了,便用他清朗的声音嚷道:

"爸爸走了。"

"他是买中饭去了吗?是他叫你们来这里找我的吗?"

克罗德望着他的弟弟,迟疑地不知道怎样说。后来他一口气接下去说:

"爸爸走了……他从床上跳下来,把衣服什物都放进了箱子,把箱子搬下楼去,放在一辆车子里……他就走。"

绮尔维丝原是蹲着的,她慢慢地站了起来,脸色变白了,用双手捂着脸颊和太阳穴,似乎觉得头脑要爆裂似的。她只能找出一句话来,用不变的语调说了又说:

"呀! 天啊! ……呀! 天啊! ……呀! 天啊! ……"

博歇太太随着也询问那孩子,因为她遇见了这一场事变,自己也兴奋起来。

"喂,好孩子,你要把话说清楚……是他把门关上了,叫你们把钥匙带来给妈妈,是不是?"

她说到这里,把声音放低,向克罗德的耳边问道:

"车子里有没有一个女人?"

那孩子的心又乱了。他仍旧很得意地再说那一套话:

"他从床上跳了下来,把衣服什物都放进了箱子,他就走了……"

于是博歇太太让他走开,他就拉着他的弟弟走到自来水管的前面。他们两人都弄着水玩耍。

绮尔维丝哭不出来。她的气窒住了,腰依着水桶,双手始终捧着头。她的身子频频打寒战,口里不时长吁一声,更把拳头掩住了眼睛,好像想要把自己消灭在黑暗里似的。她现在竟像在一个黑洞的深处了。

"好了,亲爱的! 吥!"博歇太太喃喃地说。

"您还不晓得! 您还不晓得!"绮尔维丝终于低声地说,"今天早上他让我拿我的披肩和内衣到当铺去,竟为的是付他的车钱! ……"

她说着哭了,因为她想起了早上当衣服的事,她窒住气的喉咙发出哭声来了。这一次的当衣服是一件可恨的事情,是她的绝望中最大的痛苦。她的眼泪又流到已经被她手沾湿的下巴上来,而她并没有想到用手帕揩一揩。博歇太太在她身边献殷勤地说：

"我劝您清醒些，不要哭了吧，大家在看您呢。为着一个男子，值得这样伤心吗？……亲爱的，哟，您始终还爱他吗？刚才您为他很生气，这时您又为他哭起来，不怕伤您的心……天啊！我们女人真愚蠢！"

后来她又做出慈爱的样子，说：

"像您这样标致的一个女人，如果允许这样说！……现在我可以把一切都告诉您，对不对？您记得吗？我从您的窗子下面经过的时候已经猜到这一层……您不晓得，昨天夜里，阿黛儿回来的时候，我听见一个男人的脚步的声音。我想要晓得，所以我向楼梯张望。那男人已经到了二楼，但是我很认得郎第耶先生的那一件外衣。今天早上，博歇窥探着，看见他安然地下楼来……同着他的人就是阿黛儿，您听见吗，维尔吉妮现在有了一位先生，她每星期到他家里去两次。不过，这总不算方便，因为她们只有一个房间，而且只有一张床，我不晓得维尔吉妮怎样睡觉的。"

她说到这里，顿了一顿，掉转了身子，气喘喘地又说：

"那边，那没有良心的，她看见您哭，她还在笑呢！我敢赌咒，她洗衣服原是假装的……她把那一对男女打发走了，却来这里看您的脸色，好去告诉他们。"

绮尔维丝放开了手，用眼望去，果然看见维尔吉妮在她跟前，低声在对周围的三四个女人说话，而且在用眼睛紧紧地审视她，惹得她大怒起来。她向前伸着两臂，眼望着地下好像在找什么东西，身子像风车儿打转，四肢都颤动了。她走了几步，遇着满满的一桶水，于是她双手把桶举起，拼命向前一泼。

"肮脏东西！"维尔吉妮骂了这么一句。

她向后跳了一跳，只有她的鞋子给水泼湿了。洗衣场的人们看见绮尔维丝流泪的时候早已骚动了，现在就拥挤上前，来看打架。有些洗衣妇啃着面包，趴在木桶上观看。又有些蜂拥地跑了来,手上满是肥皂。绮尔维丝与维尔吉妮的身边围了一圈人。

"呀,肮脏东西!"维尔吉妮又说,"这疯婆子,她犯了什么病!"

绮尔维丝住了手,伸长了下巴,脸上的肉颤抖着,一言不答,因为她还不会学巴黎的泼妇的口吻。只听得维尔吉妮又说:

"呸,去你的吧! 贱娼妇,在外省做生意做不下去了,才到巴黎来,不到十二岁,就把身子给兵士们做褥子,她还在家乡的时候,一条腿就弄坏了……"

这时起了一阵笑声。维尔吉妮看见自己得了势,便迫近了两步,把高大的身子挺直了,越发高声嚷道:

"喂,你上前来,看我能不能对付你! 你要知道,你不该到这里来和我们捣乱……这娼妇,我知道的! 假使她来碰我一碰,我立刻把她的裙子撩起来,你们总会看得见的! 只要她说得出我怎样得罪了她……说,卖淫的,人家到底怎样得罪了你?"

"您不要多说了吧",绮尔维丝吃吃地说,"您很明白……昨天晚上人家曾经看见了我的丈夫……您快住口,不然我一定要扼死您!"

"她的丈夫! 呀! 好不害羞! 亏她说得出口! ……太太的丈夫! 看她这副嘴脸,也有一个丈夫! ……他丢弃了你,这并不是我的罪过。也许不是我偷了你的人吧? 你可以来搜查一下……你愿意我直说出来吗? 你把他害苦了,这个男子! 他从前对你太好了……他的颈子上带的有名牌吗? 谁能找到太太的丈夫? ……是有赏钱的! ……"

场中的笑声又起了。绮尔维丝的声音渐低,始终只晓得喃喃地说:

"您很明白,您很明白……是您的妹妹,我要扼死她。"

"是的,呃,你就找寻我的妹妹去吧",维尔吉妮冷笑地说,"呃,是我的妹妹! 这是很可能的,我的妹妹比你风雅得多……但是这与我有什么相干? 难道我不能好好地洗我的衣服吗? 你不要再唠叨,我受够了,你懂吗?"

她把衣服捣了五六杵,越骂越狂,而且越生气,竟又再骂起来。她静默了一会儿,又把下面这一段话说了三遍:

"呃,是的,是我的妹妹。好,你满意了吗?……他们两人十分亲爱,你该看看他们是怎样亲嘴!他丢弃了你和你那两个私生子!好漂亮的孩子,脸上满是疮疤!其中有一个是一个巡逻兵的,是不是?另外你又弄死了三个,因为你不愿意带这许多到巴黎来,加重你的行李……这是你那郎第耶告诉我们的。呀!他说了许多好听的话,因为他讨厌你这付贱骨头!"

"脏货!脏货!脏货!"绮尔维丝忿怒得吼叫起来,并且周身发抖。

她回身又向地上找东西,只看见一个小木桶,于是她抓住了桶脚,把一桶青矾水泼在维尔吉妮的脸上。维尔吉妮被泼湿了一只肩膀,而且她的左手也给青矾染青了。她嚷道:

"贱货!她竟敢弄坏我的衣服!等一等,臭东西!"

她也抓了一个水桶,照着绮尔维丝泼来,于是一场恶战开始了,她们争先沿着那些桶子走,看见了满盛着水的桶子便抓起来,回身互相泼在头上,每次泼水,都带着谩骂声。这时连绮尔维丝自己也回骂起来了:

"呃!脏东西!……你收到了这桶水!让你的屁股凉一凉,你可以安静些!"

"呀!娼妇!这一桶水给你洗一洗你的污秽,把你一生的罪孽消除了吧!"

"是的,是的,让我把你的身子清一清,大咸鱼!"

"再来一桶……洗一洗你的牙齿,打扮一下子,今晚好到美男街角头上勾引客人去!"

后来桶里没有水了,她们就去开自来水管取水。在桶里的水没有流满的时候,她们继续互相辱骂。起先的几桶水泼得不准,没有泼着人。但是她们泼惯了之后就泼得准了,维尔吉妮先受了当头一桶,水从她的脖颈流入,流到她的背与胸部,由她的衣服里沙沙地流下地去。她正在昏乱的当儿,忽又来了一桶,斜泼在她的左耳上,砰然有声,浸湿了她的发髻,她的头发因此披散了。绮尔维丝起先是被泼在两腿上;又有一桶泼满了她鞋子,直溅到了她的大腿;还有两桶泼湿了她的臀部。不久以后,人家竟分辨不出那一桶泼着什么地方。她们两人从头淋到脚,上衣粘在肩上,裙子粘在腰间,她们显得瘦了,直挺挺的,发抖了,身上四面滴水,竟像在滂沱大雨中的雨伞一般。

“她们有趣得很!”一个洗衣妇嗄声地说。

洗衣场的人们都非常开心。大家向后退,以免桶水溅到身上。喝彩的声音,取笑的声音,和桶水猛然泼出的声音互相应和。地上积着许多水,她们两人踏在水里,直淹到她们的踝骨。这时候维尔吉妮准备使用一个毒计,她突然抢得一桶滚热的碱水,是另一个洗衣妇买来的,竟向绮尔维丝身上泼去。只听得大喊一声,大家以为绮尔维丝被滚水烫坏了。但是她只在左脚上受了轻伤。她痛极了,一时发怒,也不再去取水,只拼命地把桶子一扔,打在维尔吉妮的腿上,把她打倒了。

那些洗衣妇们一个个都在谈论着:

“她把她的一只爪子打折了。”

“说哩!另一个还想要把她煮熟呢!”

“总之,是那金发的有理。人家抢了她的男人,也难怪她!”

博歇太太举臂向天,正在惊叹。她很谨慎地躲在两个大木桶之间。克罗德和爱弟纳吓哭了,揪着她的衣服,连声只叫“妈妈!妈妈!”一面叫,一面哽咽着。当博歇太太看见维尔吉妮倒在地上的时候,她连忙上前拉开了绮尔维丝,说:

“嗳呀!您走吧!我劝您省些事吧……我看了怪难受。人们从来不曾看见过这样的拼命!”

但是她又退回两个大桶之间,与孩子们躲藏着。维尔吉妮对准了绮尔维丝的胸膛跳过去,握着她的脖颈,想要扼杀她。绮尔维丝尽力一挣,挣脱了身子,抓住了维尔吉妮的发髻向后扳,像是想要揪掉她的头似的。搏斗重新开始,两人一声不响,也不叫,也不骂。她们并不互相扭住身子,专对面部攻击,她们的手指头,作着要抓人的姿势,摸着什么就乱掐乱抓。维尔吉妮的头巾和发网都被扯落了;她的上衣领口也被撕破了,露出肩膀一大块肉来。绮尔维丝的衣服扯破了,她也不知道她的白色的内衣怎样脱落了一只袖子,她的衬衫裂了一个缝,露出她身体的曲线。碎布一片一片地飞舞。先是绮尔维丝流血,从嘴上到下巴有了三道很长的爪痕;她顾全她的眼睛,每一交锋先把眼睛闭了,恐怕维尔吉妮抓瞎了她。这时维尔吉妮还没有流血,绮尔维丝瞄准她的耳朵,恨不能抓住它们,后来她终于抓着了她的一只耳环,是黄色的玻璃做成的;她把耳环一扯,扯破了维尔吉妮的耳朵,血流了。

"她们行凶了,快拉开她们吧! 这两个下流女人!"许多人这样叫。

洗衣妇们都走近来,她们分为两个壁垒:有些唆使她们,像唆使两只打架的母狗似的;有些更急躁些,全身发抖,看够了,掉过头去,一再说,再看下去真要受不了啦。险些儿全场大打起来,彼此互骂没有良心,不中用;许多赤裸的手臂纷纷伸了出来;只听得三个耳光响了。

博歇太太终于去找洗衣场的伙计了。

"查理! 查理! ……他在哪里?"

她放眼看时,恰好看见他站在头排,交叉着双臂观望着。他是一个彪形大汉,脖颈很粗。他在笑,他在欣赏这两个妇人身上露出来的肉。那个金发的像鹌鹑一样肥,假使她的衬衫破了,那就更滑稽了。

"呃?"他眨着眼说,"她的臂下有一个红痣!"

"怎么！您在这里吗！"博歇太太瞥见他就说，"请您帮我们把她们拉开！……您尽可以拉得开她们，您！……"

"嗯！不，谢谢！只叫我一个人去？"他安然地说，"您想要我像前几天一般，给人家抓破我的眼睛吗？……我来这里，并不是管这事情的；要管，我的事情岂不太多了？……你们放心，不要怕！放一放血，倒于她们的身体有益处。这会使她们温柔些。"

于是博歇太太说要去报告警察；但是那洗衣场的女主人——那瘦弱而眼睛有病的少妇坚决反对她这意见。她连声说：

"不，不，我不肯。这么一来，岂不连累了这个买卖了吗？"

那两个妇人在地上又打起来。忽然间，维尔吉妮弯下身去，拾着一根捣衣杵，便举起来晃了几晃。她喘着气，变了声音说：

"妙极了！等一等！预备好你的脏衣服！"

绮尔维丝连忙伸长了手臂，也拾起了一根捣衣杵，举起来像一根棍棒。她的声音也变粗了，说：

"呀！你想要叫人给你好好冲刷一下！……把你的皮肉送上来，让我像捣抹布一样把你捣一捣！"

一时间，她们跪在那里互相威吓。头发掩着脸孔，胸上频频喘气，身上沾满泥污而且肿了，她们互相窥伺着，缓一口气，等待着。绮尔维丝先下手打一杵；那杵在维尔吉妮的肩上滑过。维尔吉妮也一杵打来，她向旁边一闪，杵在她的屁股上掠过。于是她们交上了手，两人互相打击，竟像洗衣妇捣衣一般，用力而有节拍。当她们打着了身体的时候，杵声发出哑音，好像打在桶里的水上一样。

她们的周围，那些洗衣妇不笑了，有许多动身走了，说她们看了胃里不好受；还有那些不走的正在伸长了颈项，眼睛里放出残忍的光芒，觉得这两个妇人很有勇气。博歇太太把克罗德和爱弟纳带走了；这两个孩子远远的哭泣声和两杵相击的声音混成一片。

绮尔维丝突然喊了一声嗳唷，原来维尔吉妮狠狠地在她的肘上面赤裸的臂上打了一下，皮肤一红立刻肿起来。于是她急得跳起来,人们以为她要打死维尔吉妮。

"够了！够了！"大家这样嚷着。

她的脸色这样凶,没有一个人敢近她。她的力气大了十倍,于是她擒住了维尔吉妮,揽着她的腰,把她压下去,使她的脸贴在石砖上,屁股朝天。维尔吉妮虽然挣扎,她竟把她的裙子撩得很高。裙子下面有一条短裤。绮尔维丝把裤缝扯开了,弄得维尔吉妮的大腿和屁股都赤裸裸地露出来。后来她举起了捣衣杵,便向屁股上打下去,竟像当年她在布拉桑的时候她的老板娘教她在维奥纳河边给驻防军人捣衣一般。木杵落在白肉上很软,发出带湿的声音。每打一杵,白肉上就现出一道红痕。

"哦！哦！"看得起劲的伙计查理瞪大了眼睛,喃喃地说。

场中笑声又起。但是不久之后大家又嚷:"够了,够了！"绮尔维丝听不见,也不松手。她低头看她的战果,生怕留下一块不流血的肉。她要打得她体无完肤,血肉模糊。绮尔维丝想起了一首洗衣歌,凶狠而快乐地唱道:

"磅！磅！马尔哥到洗衣场……磅！磅！尽力捣衣裳……磅！磅！去洗净她的心肠……磅！磅！心里充满了悲伤……！"

她唱了又说:

"这是给你的,这是给你妹妹的,这是给郎第耶的……你看见他们的时候把这个带给他们……当心！我又来了。这是给郎第耶的,这是给你妹妹的,这是给你的……'磅！磅！马尔哥到洗衣场……磅！磅！尽力捣衣裳……'"

人们只好从她的手里把维尔吉妮抢救出来。那高大棕发的维尔吉妮满面流泪,脸色青紫,羞愧难当,拿起她的衣服就走了;她被打败了。这时候绮尔维丝再穿上她的内衣的袖子,系好她的裙子。她的臂痛得很,她请博歇太太替她把所洗的衣服放在她的肩上。博歇太太谈到那一场搏斗,说出她自己的感触,而且她说她要替她检查一下全身,看有没有重伤的地方。

"你也许断了什么骨节……刚才我曾听见一声响……"

但是绮尔维丝就要走了。许多洗衣妇，穿着围裙直挺挺地站着，围着她，说了许多赞扬她和可怜她的话，而她也不回答。当她把所洗的衣服都放在肩上之后，便出了大门，她的孩子们正在门外等候她。这时候那洗衣场女主人已经再回到了玻璃室里，看见她走过，便拦住了她说：

"两个钟头了，要两个铜子。"

为什么要两个铜子？人家向她要洗衣位置的租钱她都不懂了。后来她终于付了两个铜子。她的肩上扛着挺重的湿衣服，使她的脚越发踹跚了。她的肘发青了，脸上冒血了，周身湿淋淋，用赤裸的手臂拉着爱弟纳和克罗德。那两个孩子在她的两旁走着，还是心惊胆战地哽咽着。

她走了之后，洗衣场里重新又起了挺响的洗濯的声音。那些洗衣妇已经吃完了她们的面包，喝完了她们的酒，把衣服捣得更起劲；因为看了绮尔维丝与维尔吉妮打架，一个个快乐得脸上都显出高兴的神气。沿着两排木桶，有许多手臂又猛烈活动起来。那些瘦骨嶙峋的木偶人似的身子，折着腰，扭着肩头，像那门上的百叶连环扣一样。从这一头到那一头，大家继续在谈话。腻语声与喧笑声都堕入潺潺的水声里。自来水管喷出来的水，水桶泼出来的水，使捣衣处下面流成一条小河。这是下午捣洗衣服正热闹的时候。从窗帷的裂缝里射进来的一道一道的金色的阳光，透过广大场所里冒起的烟雾，映成黄赭色。人们在闷热的肥皂的气味里呼吸着。忽然间，敞厅里充满了白雾；原来是砖灶里煮碱水的铜锅的巨大锅盖，自动地升了起来。从敞着的铜锅口里吐出一股一股带有养化钾甜味的浓烟。这时候那些干衣机也在旁工作着，一包一包的衣服在铁筒里经过那机器一辗就被吸收了水分。这呼呼冒烟的机器的钢臂不断的动作，使洗衣场震动得更厉害了。

当绮尔维丝的脚刚踏进好心旅馆的小路的时候，她的眼泪又流了下来。这是一条又黑又狭的小路,沿墙有一条小沟,沟里是污垢的水。她闻了那种臭味,联想到她和郎第耶曾经在这里住了十五天,过了十五天贫苦和吵闹的生活,现在想起来真是一种断肠的懊恼,她似乎进入了心灰意懒的境界。

到了楼上,卧房是空空的,窗子开着,太阳满屋。这一道金色的阳光映着飞舞的微尘,更衬托出那黑暗的天花板和脱了纸的墙壁的凄惨。在壁炉上面的一个钉子上只剩下一条妇人的颈巾,像一条细绳那样袅绕着。孩子们的床移到了房间的中央,露出那横柜,柜里的抽屉大开着,里面都是空的。郎第耶曾洗过脸,一张纸牌上的两个铜子买来的头发膏已经给他用尽了。脸盆里留下他洗油腻手的水。他什么也不曾忘掉,平日放箱子的屋角现在空旷了,在绮尔维丝的眼睛里显得是一个很大的窟窿,甚至于窗棂上挂着的一面小圆镜子,现在她也找不到了。于是她有一种预感,连忙向壁炉上望去:郎第耶已经把当票带走了,烛台中间的那叠粉红色纸片已经不见了。

她把洗过的衣服搭在一张椅背上;她站着,转身四面审视那些家具,大吃一惊,以致眼泪都不能再流了。她原来保存了四个铜子以为洗衣的费用,现在只剩一个了。克罗德和爱弟纳已经安定下来了,在窗前欢笑着,她听见,走了过去,用手臂搂着他们的头,一时忘掉了痛苦,注视着那灰色的街道,联想到清晨所看见巴黎的工人们上工的情形。这时候马路被熙来攘往的人们踏得发热了,税卡的墙壁的后面冲起一种反射的热气笼罩着城市。在这马路上,在这火热的空气里,人们遗弃了她,使她孤零零地伴着两个孩子生活。她放眼向外面的许多大马路左右望去,直望到两头为止,感受到一种说不出的恐怖,她似乎知道此后她的生命就要滞留在这医院和那屠宰场之间了。

二

　　三个星期之后,有一天,太阳很好,将近十一点半钟的时候,绮尔维丝和那锌工古波在哥仑布伯伯的酒店里一同吃李子。古波原是在人行道上吸香烟的,恰巧她拿着洗过的衣服回来,经过马路,他便强拉她进了酒店。她把盛衣服的大方筐子放在那锌制的小桌子后面,靠近她身边的地上。

　　哥仑布伯伯的酒店在卖鱼路,洛歇叔雅路的转角处。招牌上只有"蒸馏处"三个蓝色大字。门前有两个破瓮,瓮里栽着染满尘土的夹竹桃。柜台很宽阔,台上摆着一排一排的酒杯,还有自来酒管子与锡制的量酒器,这一切都在入门的左边。那大厅的周围摆着一些光可照人浅黄色漆的大酒桶,桶上的铜箍和龙头闪闪发光。在更高处,在许多层货架上,有一瓶一瓶的烧酒,一罐一罐的果子,还有种种的小瓶,排列整齐,遮掩住了墙壁。在柜台后面的大镜子里反映出这些东西的鲜明的颜色:苹果绿、金黄色、柔和的漆光。但是店里的新奇事物却是:厅的后方,一排橡木的栏杆的另一边,是一个玻璃隔着的院子,院子里有蒸馏机,顾客们可以看见机器的动作,长颈的蒸馏罐,和深入地下的弯曲盘香管。那是一个神怪的作坊,是引起爱喝酒的工人们幻想的地方。

　　在这午饭的时候,酒店里还没有什么人。哥仑布伯伯是一个四十岁的胖男子,穿着有袖的套褂,正在把酒倒在一个约摸十岁的小女孩的杯子里,这个女孩子向他买了四个铜子的酒。一道阳光从门口照进来,晒热了那常被吸烟的人们的痰浸湿了的地板。而且柜台上,酒桶里,厅里各处充满了烧酒的气味,似乎把太阳所照着的飞尘弄得更浓密而且也醺醺然了。

这时候古波又卷了一支香烟。他的装束很干净,穿的是一件工衣,戴的是一顶蓝布小帽,他笑着,露出一口洁白的牙齿。他的下腭突起,鼻子稍嫌低些,但是他有一双栗色美丽的眼睛,一张快活而和蔼可亲的脸。他的丰盛鬈曲的头发直挺着。二十六岁的人,他的皮肤还很嫩。他的面前是绮尔维丝,穿的是黑上衣,她没有戴帽子,用指尖夹着李子把,快要吃完了。柜台前沿着那些酒桶排着四张桌子,他们两人坐的是靠近马路旁边的第一张。

锌工燃着了香烟之后,把手肘支在桌上,脸向前凑近,凝视着绮尔维丝,一句话也不说。这一天金黄色头发的绮尔维丝脸上现出像精致瓷器的透亮的乳白色。他们两人之间早已讨论过只有他们自己知道的一件事,现在他只低声地说了两句隐语:

“喂,不行吗? 您说不行吗?”

“唉! 当然不行啦,古波先生”,绮尔维丝安然地笑着说,“您最好不要在这里和我提起那话吧。您不是答应过我,要有理智些……假使我知道您这样,我不会接受您的款待的。”

他不再说话了,凑得更近,继续望着她,露出大胆温柔的神情。他尤其是爱她那湿润粉红色的唇角和她微笑时鲜红的小嘴。她并不退避,现出很安静很有情的样子。静默了一会儿以后,她又说:

“真的,您没有想一想。我是一个年岁不小的妇人,我有一个八岁的大儿子……我们在一块儿怎么办呢?”

“呼!”古波眨着眼睛说,“别人怎么办,我们就怎么办!”

她现出厌烦的态度说:

“啊! 您以为这是很开心的事吗? ……可见您没有过过家庭生活……不,古波先生,我应该想想正经的事情。寻开心是毫无益处的,您懂吗? 我的家里有两张嘴,吃得很凶,您不晓得! 如果我只晓得自己胡闹寻开心,您叫我怎能养活我的孩子们呢?……再说,您听我说,我的不幸已经是一种很好的教训。您要知道,我现在不想要男人了,人们再也不能使我上当了。"

她说时并不发怒,很冷静,很老成,人家一见就知道她经过成熟的考虑已经打定了主意的。

古波很感动,一再说:

"您使我很伤心,很伤心……"

"是的,我看得出来。我因此对您很抱歉,古波先生……您不要因为这个伤心。天啊!假使我有要寻开心的意思,我宁愿找您,不愿找别人。您为人很忠厚,很和气。如果我们同居的话,倒可以走到哪里说哪里,对不对?我并不是摆架子,我也不说这是办不到的……不过,既然我没有兴趣,还提它做什么呢?我到福公尼耶太太家里已经十五天了,孩子们也到学校里去了。我工作,我很满意……最好是不必变更现状,您以为是不是?"

她说着便低头拿起了筐子。

"您留我谈话,我的老板娘该在等候我了……古波先生,您可以找另一个比我更美的,而且没有两个孩子累您。"

他注视着镜子上嵌着的时钟,又叫她坐下来,嚷道:

"请您等一等!现在才十一点三十五分……我还有二十五分钟的工夫……您不至于怕我胡闹吧,我们的中间还隔着一张桌子呢……难道您讨厌我吗?稍微谈一谈也不肯吗?"

她把筐子重新放下,为的是怕得罪了他。于是他们像好朋友似的谈起话来。她在未送衣服以前已经吃过饭了;至于他呢,他今天忙着喝了汤,吃了牛肉,好早来守候她。绮尔维丝一面殷勤地回答他的话,一面从那些果子罐中间的玻璃望过去,看马路上的热闹。这是吃中饭的时候,街上的人特别多。两边狭窄的人行道上,人们匆匆地急走,摇摆着手臂,也时时互相撞着手肘。有些为工作所勾留而来迟的工人们饥容满面,纷纷地大踏步穿过了街道,走进了对面的一家面包店里。他们再出来之后,臂下夹着一磅面包,向前走过三个门口,到双头牛饭店里,去吃六个铜子一份的家常饭。面包店的旁边又有一个卖菜的妇人,在卖油炸马铃薯和香菜拌牡蛎。有长长的一队女工穿着很长的围裙,买了好些纸角包的马铃薯和几碗牡蛎带走了;还有些不戴帽子的标致小姑娘形容瘦削,买了几把小萝卜。绮尔维丝一探头,又看见一家熟肉店,店里挤满了人,有些孩子们从店里出来,手里捧着油渍的纸包,里面包一块炸排骨,一条香肠或一截很热的灌肠。这时候,沿着那周年积着黑泥的街道,在纷纭奔走的行人当中,已经有一些工人离开了那些廉价的饭店,成群地下了台阶,无目的地游荡着,张开手拍着大腿,肚子饱饱的,安然地走进人丛里去了。

小酒店门前这时站立了一群人。一个人嗄声问道:

"喂,烤肉,你肯不肯请我们喝几杯烧酒?"

五个工人进了门后就站在那里。刚才那人又说:

"呀!哥仑布伯伯那老东西!您要知道,我们要老酒,要大杯子,不要小的!"

哥仑布伯伯镇静地给他们斟着酒。这时候另有三个工人来了。许多工人渐渐地挤满了马路转角处的人行道,在那里先停留了一会,后来才拥进了那两盆染满了尘土的夹竹桃之间的厅子里。

"您真傻!您还在想到那个脏货!"绮尔维丝向古波说,"我当然爱过他……不过自从他那样可恨,把我抛弃了之后……"

他们说的是郎第耶。绮尔维丝从他走后就没有再见过他;她以为他带了维尔吉妮的妹妹到哥拉西耶去同居,依靠他那开帽厂的朋友去了。她并没有去追赶他的意思。起初,她十分伤心,甚至于想要投水自杀;但是现在她细想过了,一切都很好。郎第耶是会把钱吃光的,如果他在家,也许她还不能养活两个孩子呢。他可以来同克罗德与爱弟纳亲近亲近,她不会把他驱逐出门的。不过,她自己呢,她宁愿死也不愿让他的手指头再摸一摸。她说话的时候像一个有主意的妇人，一切生活计划都决定了；古波仍旧希望把她得到手，同她说了许多淫秽的笑话，询问郎第耶许多事情，问得很唐突而且笑嘻嘻地露出很白的牙齿，她没有感觉得他的话得罪她。

"是您常常打他"，他说，"唉！您也不是一个好心肠的人！您还用鞭子打别人呢。"

他这话惹得她大笑了一场，他因此住了口。真的，她曾经当众打了那高大的维尔吉妮。那一天，她尽可以扼杀一个人，毫不懊悔。古波告诉她，说维尔吉妮因为一切都被众人看见了，羞惭得很，竟离了这一区到别处居住去了。绮尔维丝听了，笑得更厉害。然而她的面容却像小孩一般温和，她把丰腴的手一伸，说她连一个苍蝇都不忍踏死；又说她因为一生中被人家打得太多了，否则还不晓得打人呢。于是她又谈起她的少年时代，在布拉桑的事情。说她并不是勾引男子的女人；而且讨厌男子；当她在十四岁郎第耶把她弄到手的时候，她觉得那是一件好事，因为郎第耶自命为丈夫，她自以为有了家。她又说他唯一的短处是富于感情，泛爱众人，遇一个恋一个，以致后来他累她受许多痛苦。当她爱上一个男子的时候，她总往坏处想，只希望和他永远相处，十分幸福。古波嘲笑她，说她有两个孩子，决不会是她放两个蛋在褥子下孵出来的，她听了便狠狠地把他的手指头打了几下，说她当然是和别的女人同样的生理，不过人们以为女子专为性欲冲动而要男子，这却不对。妇女们总是惦念着家，在家里分身不开，终日工作，晚上睡时十分疲倦，所以总是立刻就睡着了。她自己像她的母亲，她的母亲是一个肥胖而爱工作的女人，做了马加尔伯伯二十多年的牛马，终于辛苦死了。她自己还算瘦小，至于她的母亲呢，肩膀宽大，进门出门的时候，几乎要挤破门。但是她与她有一点最相像，因为她也一样，与男人们一粘着就离不开。她的脚走路不好，也是母亲的遗传，因为马加尔伯伯常常痛打她可怜的母亲。她的母亲告诉她不止一次，说马加尔伯伯往往在夜里喝醉了回来，很粗暴地与她温存,几乎要压折了她的四肢。她显然是在这样的一夜受胎的,所以是一个跛脚。

"唉,这不算什么。看不出来。"古波说这话为的是对她谄媚。

她摇了一摇她的下巴。她分明知道她的跛脚是看得出来的;如果一到四十岁她的腰就会直不起来了。后来她和婉地微笑说:

"您的口味真奇怪,您爱一个跛脚的女人!"

这时他的手肘虽然仍旧支在桌子上,但他的脸却向前凑得更近了,说了许多风流的话赞赏她,仿佛要使她迷醉一样。她始终摇头不肯,不受他的诱惑,然而她却给他的柔声弄得心软了。她耳边听他说,眼睛向外看,似乎她又注意到外面越聚越多的人群。这时候各商店都空了,人们正在打扫;那卖菜妇人收起了那些炸马铃薯,那卖熟肉的人正在收拾整齐柜台上的碟子。工人们纷纷从各廉价饭店里出来;有些满脸胡须的快活汉子互相推着走,像在路上游戏的孩子;他们钉了铁的鞋,发出橐橐的声音,踏破了马路的路面。还有些人把两手插在衣袋里,一面吸烟,一面沉思,眨巴着眼睛望着天。人行道上,马路上,都堆满了人,他们懒懒地沿着各处开着的店门走,又停留在许多车子的当中,许多褪色的破旧的种种工衣呈现在马路上金黄色的阳光里。远处的工厂的钟响了;那些工人们不慌不忙,重新点着了他们的烟斗;后来他们在各酒店里互相呼唤,然后弯着背,拖着脚步,懒洋洋地走向工作场所的路上去了。绮尔维丝望着三个工人很感兴趣:一个高大的,两个矮小的,他们每走几步必一回头。他们终于走下了马路,直向着哥仑布伯伯的酒店里走来。

"好啊!"她喃喃地说,"这三个家伙真是懒得出奇!"

"呃?"古波说,"我认识那高大的;那是靴子,是我的朋友。"

酒店里充满了人。他们说话的声音很高,在乱哄哄的闷哑的声音中时常突出些刺耳的声浪。有时候有人用拳打柜台,震得杯子叮当地响。他们都站着,手交叉在肚子上或背后,一群一群地彼此拥挤着。酒桶旁边有些人等候了一刻钟,才能轮到向哥仑布伯伯买酒喝。

"怎么! 原来这是杨梅酒少爷!""靴子"嚷时,在古波的肩上猛然拍了一拍,"一位漂亮的先生,吸纸烟,穿好衣服! ……请相识喝酒,替她付糖果费用!"

"呃! 你不要啰唆吧。"古波很不如意地回答说。

但是那人又冷笑说:

"够了! 好汉子,你不要摆架子……坏蛋终久是坏蛋!"

他说着,凶恶地斜看了绮尔维丝一眼,然后转过身去。绮尔维丝向后退了一退,有几分害怕。充满酒味的空气里升起了烟斗的浓烟和那些男人们身上发出来的汗味。她闷得出不来气,咳嗽了一下。

"唉,喝酒真不好!"她低声说。

她因此说起当年她和她的母亲在布拉桑的时候曾喝过茴香酒,后来她险些儿因此丧命,所以她就痛恨烧酒,再也见不得它了。

"您瞧",她说时举起杯子给他看,"我吃了我的李子;不过我却不喝那酒汁,因为我恐怕伤了身体。"

古波也不懂人们为什么能喝满满的一杯一杯的烧酒。偶然吃一两个泡过酒的李子,并没有什么害处。至于茴香酒和其他种种的烧酒,谢谢吧,这是喝不得的。每次他的朋友们喝酒时,无论如何嘲笑他,他也不肯跟着进来。古波的父亲古波伯伯也是一个锌工,他在喝醉了酒的那一天从科克纳路二十五号的房子的滴水檐上跌了下来,竟跌破了头,死在马路上。这一个记忆使他全家的人都变老实了。他呢,当他经过科克纳路,看见了父亲跌死的地方的时候,他宁愿喝沟渠的水,也不愿进酒店里喝一小杯不要钱的酒。他的结论是:

"在我们的职业里,要有结实的腿才行。"

绮尔维丝又拿起了她的筐子,然而她并不站起来,只把筐子放在膝头上，眼怔怔地出神，想入非非，好像古波的言语引起了她当年的心绪。她慢慢地又说，在表面上并没有转弯的意思：

"天啊！我不是存奢望的女人，我所要求的没有什么……我的心愿只在乎能够安然地工作，常常有面包吃，有一个干净的地方睡觉，您要知道，一张床，一张桌子，两张椅子，就够了……呀！我也希望抚养我的孩子们，叫他们将来好好地做人，如果这是可能的话……我还有一个心愿：假使我有一天和一个男子同居，我希望不被他打，是的，我不愿意被人家打……这样就行了，您看，只这样就行了。"

说到这里，她就在想，她所需要的到底是什么呢？好像没有一件东西是她真正需要的。不过她踌躇了一会，仍然说：

"是的，一个人最后总希望能在自己的床上死去……我呢，我劳碌了一辈子之后，我愿意在我自己家里的床上死去。"

她说着便站了起来。古波非常赞成她的希望，他因为怕时间太晚了，所以也站了起来。然而他们并不立刻出去，她想要去看一看橡木的栏杆后面那赤铜的蒸馏器，那机器正在小院子明亮的玻璃天窗下面工作着；古波跟着她，向她解释那机器的动作，手指着机器里种种不同的机件，又指着那很大的蒸馏管，管下流出一道清彻的酒精。那蒸馏机有许多形状古怪的容器和弯曲的管子，它保持着一种沉默的状态，没有一道轻烟透出来；人家只听见地下有一种轻微的鼾声。这好像一个沉静而有力的工人在白天做夜里的工作一样。这时候"靴子"陪着两个朋友来凭倚着栏杆，等候柜台上有空闲的位置。他的笑声好像抹油不足的滑车的声音，他摇着头，用垂涎的目光注视着那醉人的机器。妈的！这机器真可爱！在这大肚子的铜锅里，足够沾润喉咙八天的酒！他深愿人家把蒸馏管焊接在他的牙齿中间，好叫那些热烧酒像一条小河流进他的肚子里，直流到他的脚跟，日夜不停！唉！这么一来，他用不着动了，那驴子哥仑布伯伯也用不着酒杯了！那些朋友们冷笑，说"靴子"那家伙简直是个疯子。那蒸馏器继续地工作着,也不吐一些火焰,也不放一些铜光,只让它的酒精流下来,像一道缓缓的流泉,渐渐溢出了酒店,侵入了外面的大马路,淹没了广大的巴黎。这时绮尔维丝打了一个寒战,将身后退,勉强笑着说:

"真没出息! 这使我发冷,这机器……那酒使我发冷……"

后来她回想到她的愿望,越想越以为是完美的幸福。

"呃? 是不是? 这样好得多了:工作,吃面包,自己有一个家,养活自己的孩子,在自己的床上死去……"

"而且不被男人打",古波快活地接着说,"但是我是不会打您的,如果您愿意的话,绮尔维丝太太……没有什么可怕的,我从来不喝酒,而且我太爱您了……好,就是今天晚上吧,我们一块儿暖一暖脚好不好?"

他放低了声音,凑近她的耳边说话,同时她向前举着筐子,在人丛里拨开一条去路。她仍旧屡屡摇头表示不肯。但是她却转身向他微笑,似乎因为知道他不喝酒而感到快乐。当然,假使她没有赌过咒不要男人,她会应承他的。后来他们两人到了门口,都走了出去。他们走了之后,酒店里仍旧充满着人,浑浊的人声和烧酒的气味直冲到马路上。只听得"靴子"骂哥仑布伯伯是个坏蛋,说他斟酒只斟了半杯,他自己却是一个好人,一个时髦的男子,很会做事情,呸! 老猴子自己想想。我"靴子"不高兴,再也不到这地方来了。他向那两个朋友提议到咳嗽小汉子酒店去,这是圣德尼的一家酒店,人们在那里喝的酒好极了。

"啊! 现在可以呼吸了!"绮尔维丝到了人行道上说,"喂,再会吧,古波先生……我很快就可以回来的。"

她打算沿着大马路走去。但是他拉住她不放手,说:

"请您陪我兜一个圈子,由金滴路走,在您并远不了许多……我在未到工场以前,要先到我的姐姐家里走一趟……您送我,我也送您呢。"

她终于应允了，于是他们并肩地从容地向卖鱼路走上去，两人并不挽着手。他对她谈起他的家庭，他的母亲古波妈妈当年是一个缝制背心的女工，现在因为眼睛不行了，才替人家收拾屋子。在上月三日她已经是六十二岁了。他是她最小的儿子。他有一个姐姐是勒拉太太，是一个三十六岁的寡妇，做卖花的生意，住在巴第诺尔区的和尚路。另有一个姊姊三十岁，嫁了一个名叫罗利欧的链子匠。她住在金滴路，现在他想去看她。她住在左边的那所大房子里。每天晚上他到罗利欧夫妇家里吃一顿便饭，三个人都可以省钱。现在他要告诉他们，叫他们不必等他吃晚饭，因为今天有一个朋友请他。

绮尔维丝听着他说，忽然打断他的话，微笑地问他：

"古波先生，您名字又叫杨梅酒少爷吗？"

"唉！"他答，"这是朋友们给我起的一个绰号，因为他们每次迫我进酒店去的时候，我只要一杯杨梅酒……'杨梅酒少爷'和'靴子'都是一样的绰号，是不是？"

"当然啦，'杨梅酒少爷'的名字并不坏。"绮尔维丝回答说。

于是她又问到他的工作。他常常在税卡的墙壁后面那新建筑的医院里做锌工。唉！有的是工作，今年内他一定不会离开这工场。有许多尺许多尺的滴水檐还没有装好呢。

"您不晓得，"他说，"我在医院上面的时候看得见好心旅馆……昨天您在窗前，我伸臂向您打招呼，您却没有看见。"

这时候他们已经走进了金滴路，走了一百多步，他就停了脚，抬起头来向她说：

"就是这所房子……我出世的地方离这里还要远一些，在二十二号……但是这所房子建筑得很好。里面像一个兵营那样宽大！"

绮尔维丝抬起头来审视那所房子的门面。这所房子面临马路，共有六层楼，每层平排着十五个窗子，百叶窗是黑的，窗条都破了，在那很大很大的墙壁上现出颓废的景象。楼下是四家店铺：门的右边是一家廉价饭店的宽敞的餐厅,布满了油腻;左边是一家煤炭店,一家杂货店,另一家是雨伞店。紧挨着这所房子的左右两边各有一所很低很小的房子,所以越发显得中间的房子高大无比;这一座四方的房子好像一块粗炼的灰沙,被雨水打坏了,在邻屋的屋顶上向青天露出它的侧面,是一块粉刷脱落的立方体的建筑物,泥土的颜色,像监狱的长墙一般没有遮掩;这所房子的两侧还突出一排一排准备和邻房联接的石块,像脱落不齐的牙齿露在空中。绮尔维丝所最注意的是那门,这是一个很大很大的圆门,高与三楼相等,门下有一个长廊,廊的尽头是一个大天井,天井上有一片淡白的阳光。长廊像马路一般地铺着石块,廊的中央有一条沟渠,沟里流着一道桃红色的水。

　　"请进吧,我不会吃了您的。"古波说。

　　绮尔维丝想要在马路上等他,但是她不由自主地走进了门廊,直到右边的门房的前面。到了门口,她重新又抬头观看。房子的里面有七层楼,广阔的天井的四面都有整齐的房屋。墙壁是灰色的,好像生了一种黄癞,房顶滴下的水留了许多潮湿的痕渍,从地面到屋顶墙面都是平的,并没有什么装饰;只有各层楼所装的下水管的破旧铅铁箱显出斑斑点点的锈痕。没有百叶窗的窗户只剩有光溜溜的玻璃,是混浊的水绿颜色。有些窗子是开着的,挂着一些蓝方格的褥子在那里吹风;另有些窗子的前面悬着一些绳子,绳子系着洗过的衣服在那里晾干。这是一家人的衣服,有的是男人的衬衫、女人的亵衣、孩子的短裤;又有四楼的一扇窗子前搭着一件小儿的褓褓,十分肮脏。自上而下,那些住宅太小了,容不下他们的穷苦,所以穷苦的景象都从裂缝里露出来。楼下的四面,每面有一个高而狭的门,门是就着灰沙的墙开的,两边并没有木框,门内是铁栏杆的楼梯,梯级上满是污泥。四边共是四个楼梯,墙上漆着头四个字母,分别标明着它们的方向。楼下是许多宽阔的工场,场壁的玻璃上挂满尘土。有一个制锁的打铁场,融融的烈火正在燃烧着;更远些,她听见木匠的刨声;靠近门房有一个染房,从长廊下面流出许多染衣的桃红水。天井里满是颜色的浊水、刨花、煤灰,四面不整齐的石缝中生着蔓草,强烈的太阳光照进来,好像把天井隔为两段。在阴暗的一边有一个自来水管,水管下面的土地常常是潮湿的,三只小母鸡啄着土地,寻找蚯蚓,鸡爪沾满了污泥。绮尔维丝慢慢地移动她的视线,从七楼望到地下,又从地下望到楼上;她对这所房子的庞大觉得很惊奇,她仿佛处在一个都市的中心,在一个活跃的器官里,她对这所房子很感兴趣,好像她的面前是一个巨人似的。

"太太是不是要找一个人?"那女门房不放心,走出了房门这样问。

绮尔维丝向那门房解释,说她在等候一个人。她回到了马路上,然而古波迟迟不出来,她又回去很感兴趣地望着那房子。她似乎觉得那房子并不丑陋,在那些窗前所搭着的破旧衣服之间竟有些令人愉快的角落,譬如小盆里的一株丁香花,鸟笼里的几只正在歌唱的黄鸟,还有放在黑暗地方现出几个小圆星的剃胡须的镜子。楼下有一个木匠在唱歌,歌声和他的长刨的声音相应和。同时那制锁场里有音节的锤声也在那里叮叮咚咚地震响。随后,她从那些开着的窗子望进去,在穷愁的境况里望见蓬头垢面的儿童们正在嬉笑,又有些女人低着头安然地做她们的针线。午饭后是重新做工的时候了,男人们到外面去工作,剩下来一些空房,房内是一片寂静,只有那些工场的种种工具之声,经过好几小时始终没有变化。一切都不错,只有天井是比较潮湿一点。假使绮尔维丝住在这里,她宁愿要后面的房间,那是有太阳可以照到的。她走了五六步,呼吸着那些穷人家的气味;有的是旧尘土的霉气和脏东西的酸臭气。然而染坊的气味很浓烈,掩住了其他种种的气味,所以她觉得这里比好心旅馆的气味还好闻些。她已经选定了她的窗户,就是在左边靠墙角的那一扇,窗前有一只小盆,盆里种着些西班牙的

豆子,纤细的豆苗开始卷绕在一个线网的架上。忽然间,她听见古波在她的身边说:

"我让您等得太久了,是不是? 当我不在他们家里吃晚饭的时候就要费许多话,尤其是今天,我的姐姐已经买了些小牛肉。"

她打了一个小寒战表示惊异,古波也跟着用眼向四面张望着说:

"刚才您仔细看过了这房子吗? 从上到下都租出去了。我想大约有三百个房客……我呢,假使我有家具,我早就要设法在这里找一个小房间……在这里住很好,是不是?"

"对了,在这里住很好",绮尔维丝喃喃地说,"布拉桑那边,我们住的街上没有这许多人居住……喂,你看,六楼那扇窗子,窗前种着豆子的那一扇,不是很好吗?"

古波不放松,仍旧问她肯不肯。他说等到买了一张床之后就在这里租房住下。但是她连忙由门廊走出去,请他不要再说这种糊涂话。就是屋子坍了,她也一定不会和他同盖一条被。然而古波在福公尼耶太太的门前和她分别的时候同她握手,她却很有情谊地让他握了一会。

在一个月内,那少妇和那锌工的交情仍旧很好。他觉得她很知道发奋,努力工作,调护她的孩子之外,晚上还能够缝补许多衣服。世上有些女人很不干净,爱寻开心,爱吃好东西;至于她呢,唉! 她并不像别的女人,她能把生活看得很认真! 于是她笑着说了些谦逊的话。她说不幸得很,她从前并不像现在这样老成。她隐隐地说她自从十四岁之后就怀了许多次孕,后来她又说当年她和她的母亲喝了不少的茴香酒。现在生活的经验也只是把她改变了一些罢了。人们以为她的意志很强,实在是错了。恰恰相反,她是一个很软弱的人。她任凭人家摆弄,生怕使人伤心。她的理想是在一个善良的社会里生活,因为她说不良的社会好像一柄屠牛的槌,会打碎了我们的头颅,会把一个女人弄成毫无价值。她一想到前途便汗流浃背,她觉得自己好比那掷在空中的一个铜子,坠到地上的时候是面还是背,只有听凭命运支配。她由童年到现在,所见过的人事却是不少,那些不良的榜样就是她的很好的教训。但是古波笑她不该这样颓唐,劝她向前途努力,说着便伸手试捏她的大腿。她把他推开,把他的手痛打了几下,他笑着嚷着说,一个很弱的女人却是很不好惹的。他呢,他是快活的人,他不顾虑前途,做一天和尚撞一天钟,管它呢!吃的住的还怕没有吗?他觉得本区还干净,只嫌有一部分醉汉,却也不难把他们清除的。他不是个恶人,有时候他的话很有道理,而且他也相当风流,头上有光亮的一道发纹,颈上有很漂亮的领结,星期日还有一双漆皮鞋。除此之外,他又很乖巧,脸皮很厚,和一般巴黎工人一样专会大胆说笑话,从他年轻的嘴里说出来还能讨人喜欢。

　　在好心旅馆里,他们终于不止一次地互相帮忙。古波替她买牛奶,替她办事,替她把所洗的衣服送给顾客;晚上往往是他做了工先回来,于是他就领着那两个孩子到外面的大马路上去玩耍。绮尔维丝为着报答他的礼貌,也常常到楼顶上他所住的小室里察看他的衣服,替他缝纽扣,补衣服。因此他们都很熟了。当他在家的时候她就不闷了,因为他从外面学了些巴黎的滑稽歌曲回来唱给她听,在她觉得还是很新鲜的呢。他常常在她的身边盘桓着,心里越来越难熬。但是他一动手,她老实不客气就拒绝。他终于觉得太不方便了。他虽然仍旧说笑,然而他的心里太不舒服了,也就不觉得快活了。事情还是糊里糊涂地继续着,他每次遇见她就嚷着问:“什么时候?”她懂得他的话的用意,但是她推延了又推延,于是他捉弄她,手拿着睡鞋走进她的卧房,竟像搬家似的。她也同他开玩笑,他整天用隐语调戏,她的脸并不红一红,倒反觉得有趣。但愿他不用强迫手段,一切都可以宽宥。只有一天她动了气,因为他强要和她接吻,竟致扯脱了她的几根头发。

　　将近六月底的时候,古波失去了乐趣,他变得满腔心事的样

子。绮尔维丝看见他的眼神变了，很不放心，所以夜里把房门堵紧
了然后睡觉。从星期日到星期二，他们赌了三天气，忽然间，在星
期二晚十一点钟的时候他去敲她的门。她不愿意给他开门，但是
他的声音这样的和婉、这样的颤动，使她终于把那堵着房门的横柜
移开了。他进来之后，她看见他的颜色惨白，两眼发红，脸上显出
红一块白一块的斑纹，她以为他病了。他站着吞吞吐吐地说话，又
摇了摇头。不，不，他并没有病。他在上面他的卧房里哭了两个钟
头，他像一个孩子一般地哭，咬着他的枕头，不教邻房的人听见。
到现在三夜他没有睡觉了，这再也不能继续下去了。

　　"绮尔维丝太太，您听我说"，他说时声音哽咽，几乎又流下泪
来，"事情是该设法解决的，是不是？……我们就结婚吧。我很愿
意，我已经决定了。"

　　绮尔维丝十分诧异。她的神色非常严重，说：

　　"唉！古波先生，您为什么想到这上头来？我从来没有要求过
您这件事，您是分明知道的……这对我是不相宜的，没有别的话可
说……唉！不，不，这是很严重的一件事；请您考虑考虑吧。"

　　但是他继续地摇头，表示他的主意是不可动摇的。一切他都
考虑过了。他下楼来，为的是要好好地睡一夜。她不会赶他上楼
去再哭一夜吧！只要她说一个"是"字之后，他就不再缠她，她就可
以安然地睡觉了。他只想要她回答一个"是"字，一切都等到明天
再谈。

　　"当然，我不能这样应承了您"，绮尔维丝又说，"我不愿意将来
您说我逼迫您做了一件糊涂事……您要知道，古波先生，您这样固
执，那是您错了。您自己也不晓得您对我是什么心理。我敢打赌，
您只要一星期不见我的面，您就可以忘怀了。男子们结婚，往往为
的是第一夜的欢乐，后来一夜一夜的过去，在漫长的岁月里，他们
一辈子都受了累……请坐，我愿意立刻同您谈谈。"

　　黑暗的卧房里烧着荧荧的一支蜡烛，他们忘了剪烛花，只顾讨

论他们的婚姻问题,直到早上一点钟。他们低声说话,以免惊醒两个孩子。克罗德和爱弟纳轻轻地喘气,他们的头同在一个枕上;绮尔维丝说来说去,总是说到他们,用手指给古波看。这是她的唯一的妆奁,她不能让这两个孩子累他。再说,她也替他害羞。试问本区的人该说什么话?曾经看见她和她的情人同居过,大家都知道她的历史,只隔了两个月,他们就结婚了。她说了这许多很好理由,古波只耸耸肩膀作为回答。他瞧不起本区的人,他也不管别人的事情,生怕别人玷污了他!呃!是的,不错,在他之前,她曾经有过郎第耶。但是,这有什么害处呢?她不赚钱,她不勾引男人们到家里来,比别的许多女人好,有许多富人家的妇女还比不上她呢。至于说到孩子们,他们会长大的,我们养活他们就是了!这样发奋、这样善良、种种美德都有的一个妇人,他永远再也找不着!再说,这都不必提;即使她做过野鸡在街上拉过人,即使她貌丑,即使她懒惰,即使她有一大堆肮脏的孩子,在他眼里看来,都不算什么!他还是要她。

"是的,我要您",他一再说并且把拳头屡屡拍他自己的膝盖,"您仔细听我说,我要您……我想,没有什么可说的了吧?"

绮尔维丝渐渐地被感动了。她被他强烈的愿望所包围,一则意志不强,二则为肉欲所冲动,于是她只怯弱地争持了几句,她的手垂在裙上,她的脸色变得和婉了。六月的良宵热风从半开的窗子吹进来,吹动了烛光,烛芯渐积渐高。本区的人都睡着了,只听见外面躺在马路中间的一个醉汉像孩子般哽咽着。远远地,在某饭店里晚会尚未散场,提琴正在演奏荡漾心神的舞曲,乐声传来,十分清晰,犹如吹口琴的轻音乐声。古波看见绮尔维丝词穷了,她只一言不发,模糊地微笑,于是他握了她的手,把她拉向他。她原是容易上手的人,所以她自己提防自己,此刻她又被古波占了她的心,她太感动了,不能拒绝他,而且怕他伤心,所以自愿牺牲。但是那锌工没有理会到她已经肯委身于他,他只晓得捏紧了她的手腕用力揉搓,便算是占有了她。他们两人都叹了一口气,这一点手上轻微的疼痛,好像使他们的柔情稍稍的满足了。

"您肯了吗,是不是?"他问。

"您真缠死了我!"她喃喃地说,"您愿意这样?那么,好吧……天啊!也许我们做的是一件大大的糊涂事。"

他站了起来,抱住了她的腰,不管高低地在她的脸上猛然吻了一下。这吻响得很厉害,他先很担心,他眼望着克罗德和爱弟纳,一面蹑着脚走路,一面把声音放低说:

"嘘!我们应该老成些!不要惊醒了孩子们……明天见吧。"

他说着便上楼去了。绮尔维丝的心魂震撼,在床沿呆坐了一个钟头,也不想到脱衣服。她感动了,她觉得古波是一个很忠厚的人;刚才她以为完了,他一定要在这里睡了。窗下那醉汉像一只被抛弃的小狗,呻吟得更厉害了。远远的提琴奏的淫荡的曲调这时也停止了。

从这一天以后,古波想要绮尔维丝在某一天晚上到金滴路去见一见他的姐姐。但是绮尔维丝是一个胆小的人,很不敢去拜访罗利欧夫妇。她注意到古波对于罗利欧夫妇有一种说不出的畏惧的心理。其实他并不受他姐姐的管束,而且她也不是长姊。古波妈妈生平不让她的儿子不如意,她一定满口赞成。不过,在家庭里,罗利欧夫妇算是每天能赚十个法郎的人,因此他们在家里很有实际上的权威。假使他们不承认古波的妻子,古波就不敢结婚。古波又向绮尔维丝解释说:

"我已经同他们说起过您,他们知道我们的计划。天啊!您真是孩子气!您今晚就去吧……我早就告诉过您,我的姐姐有几分生硬,罗利欧也不是十分客气的人。老实说他们也不甚高兴,因为如果我结了婚,我就不再到他们家里吃饭,他们就少赚钱了。但是这都不要紧,他们不至于把您赶出门来……您为我做这件事吧,这是绝对必要的。"

这些话更使绮尔维丝担心了。但是有一个星期六的晚上，她终于顺从了他。古波在八点半钟的时候来找她去。她打扮齐整了：身上一件黑长袍，加上一件黄色的羊毛印花披肩，头上戴了一顶白色小帽，帽上有一条小花边。她工作了六个星期，积下了七个法郎买了一件披肩，两个半法郎买了一顶小帽；那黑袍原是旧的，经她洗过改过后，也可以将就了。他们从卖鱼路绕过去，古波在路上对她说：

"他们在等您。唉！他们对我要结婚的事情，现在也听惯了。今晚他们的神色很客气……再说，如果您没有看见过人家做金链子，您去看一看倒很可以开心。他们恰好有一件紧急的定货，星期一就要的。"

"他们家里有金子吗？"绮尔维丝问。

"可不是吗，墙上有，地上有，到处都有金子。"

这时候他们已经从那圆门走进去，穿过了那天井。罗利欧夫妇住在 B 号楼梯的七楼上。古波笑着叫她抓紧了栏杆，不要放手。她抬起了眼睛，把眼皮眨了几眨，看见了高高的楼梯的梯洞，每隔两层楼有一盏煤气灯照着。最高的一盏好像一颗星星在黑暗的天空里颤动着；其他的两盏却照得很远，把那望不到尽头的螺旋形梯级都照耀得光明了。那锌工到了二楼的楼梯口说：

"呃？这很像葱头汤的气味。他们一定喝了葱头汤了。"

真的，那 B 号楼梯是灰色的，脏的，栏杆和梯级都染了油腻，墙破了皮，露出了石灰，这时候果然有很浓的厨房发出来的气味。每一个楼梯口通达许多走廊，人声喧阗。有些房门开着，门是黄色的，门锁处被手的油垢染黑了。窗子里有湿臭的气味吹来，和煮熟了的葱头的气味相混合。从楼下直到七楼，都听见碗碟的声音，许多人在那里洗锅，用羹匙刮铁罐。到了二楼，绮尔维丝瞥见半开的一扇门上有"画匠"两个大字，两个男子坐在一张桌子的前面，桌上的食具撤去了，只剩一块漆布，他们兴高采烈地谈话，同时吞云吐雾地吸他们的烟斗。三楼和四楼比较安静些,只在门缝里透出摇篮的声音,一个小儿啼哭的声音,一个妇人粗大的声音、那女人放着自来水潺潺地响,她的言语却听不清楚。绮尔维丝细看那房门钉着的牌子上的名字,是"梳羊毛女工哥特龙太太"。更远一些是"马第尼耶先生的纸匣制造室"。他们又向五楼走上去,只听得人们践踏的声音很重,把地板都震动了,家具翻倒的声音、骂人打人的声音也不绝于耳。然而对面邻居却正在打牌,房门开着,为的是把空气放进来。但是绮尔维丝到了六楼的时候忍不住气喘,她还没有上楼的习惯。那墙频频地转弯,那些住房像走马灯般在眼前过去,几乎令她头昏。这时候有一家人横拦住楼梯的平台;那父亲在平台上就着铅铁水管在一个土灶上洗碟子,同时那母亲背倚着栏杆,在替一个小孩子擦身,擦完好抱他睡觉去。古波鼓励绮尔维丝上楼,说他们已经快到了。到了七楼,他微笑着用手拉她。她抬起头,静听一种声音。她在上二楼梯级时就听见了,这是明朗而清越的声音,掩盖了其他的杂音。原来这是楼顶最高层的一个老婆子在唱歌,同时在替一些值十三个铜子的玩偶穿衣服。绮尔维丝又看见隔壁的房间里有一个高大的女子提了一桶水进去,房里的床没有铺好,一个男人只穿着衬衫,眼睛朝天直挺挺地躺在床上等候着;那房门又关上了以后,只见门上有一个名片,上面有手写的几个字:熨衣女工克莱曼斯姑娘。绮尔维丝到了最高层,腿酸了,气喘了,好奇地俯身凭着栏杆向下一望;现在那楼下的煤气灯活像是七层楼下的井底里一颗星一样。这一所房子里的臭气和人声都冲上她的鼻里耳里,她竟像到了一个深渊的旁边,使她脸上发热,显出不安的神气。古波说:

"我们还没有到呢。唉!这真像一次旅行!"

他沿着左边的廊子走去,拐了两个弯,第一次向左,第二次向右。那走廊很长,墙皮脱落龟裂,分成两岔,显得更窄;每隔很远才有一盏小灯照着。有许多式样相同的房门,像监狱或修道院里的房间一般排列着。这些门差不多都是洞开着的,露出了里面的穷苦与工作的景况,六月的暑天的夜晚,房间里面氤氲着赭色的烟气。末了,他们到走廊尽头一个完全黑暗的地方。那锌工又说:

"我们到了。当心!请您挨着墙走,这里有三个台阶。"

绮尔维丝在黑暗里小心谨慎地又走了十来步。她用脚蹴着台阶,数着一二三。到了这里,古波并不敲门,便把门一推。明亮的灯光照在地砖上。于是他们走了进去。

这是一个窄长的房间,好像是把走廊截下一段来做成的一样。一幅褪色的毛织幔帐把房间隔成两段,这时候幔帐是用一条绳子吊着。第一段里有一张床,在顶楼天花板的一角的下面;一个还带了做晚饭时剩余的暖气的铁炉,一张桌子,两张椅子,还有一张高柜,柜子的雕角被锯断了,因为不锯断就不能把它放在床和门之间。第二段的房间算是一间工作室:尽里面是一个风箱和一个熔炉;右边是嵌在墙上的一个老虎钳,上面是一个货架,架上放着些旧铁零件;左边靠窗户是一张小长桌,桌上堆着些钳子、剪刀、小锯等物,都是油腻的,脏的。

"是我们来了!"古波嚷时,早已走到幔帐下面。

里面的人没有立刻回答。绮尔维丝的感触很大,尤其是想到她就要走进满是金子的地方,她跟在古波的后面,吞吞吐吐地说话,预备点头施礼。长桌上的一盏灯和熔炉里的一堆炭火所发出来明亮的光,使她更心慌了。她终于看见了罗利欧太太,身材矮小,却很强壮,头发是赭色的,她伸长了短短的双臂,拿着一把很粗的钳子,尽力地把一根黑色的铁丝穿在老虎钳上的抽丝板的孔里。罗利欧先生的身材也一样地矮小,然而他的肩膀窄些,他在长桌前像猴子一般灵活,正在用钳子尖端做工作,作品是这样的纤细,夹在他瘦干露节的手指中间都看不清了。是那丈夫先抬起头来,他的头发稀少,面如黄蜡,脸很长,好像有病的样子。他嚷道:

"噢!是你们来了,好,好!我们忙得很,你们晓得……请你们不必到工作室里来,以免妨碍我们。请你们就在卧房里坐吧。"

他说着仍旧做他的细致的工作,他的脸重新沉在水绿色的回光里,通过玻璃罩而射出来一片强烈的圆光照在他的作品上。罗利欧太太接着说:

"在椅子上坐下吧! 就是这位太太,是不是? 好极了,好极了!"

她卷起了那铁丝,放在熔炉里,拿一把大木扇子扇旺了炭火,把铁丝烧红,然后穿在抽丝板最后的一个孔里。

古波把椅子向前移动,让绮尔维丝在幔帐旁边坐下。房间太窄了,他不能坐在她的身边。他坐在她的后面,俯身在她的耳边解释他们的工作。绮尔维丝受了罗利欧夫妇的奇异的待遇,被他们斜视的眼光窘着了,十分不舒服,耳朵嗡嗡地响,竟听不见他的话。她觉得那妇人以三十岁而论未免太老了,而且态度倔强,蓬头垢面,头发像牛尾巴似的,直垂到她没有扣好的褒衣上。丈夫只比妻子大一岁,已经像一个老头儿,嘴唇薄得来有一股凶气,只穿着衬衫,赤脚拖着睡鞋。最使她惊愕的,是那工作室的狭小,墙壁的污垢,工具的乌黯;这一堆肮脏杂乱的东西竟像一家破旧的铁器店。房中热得很厉害。罗利欧的蜡黄面孔上流了许多汗珠;同时罗利欧太太决意把她的褒衣脱了,露出她赤裸的手臂,她的内衣紧贴在她那下垂的两乳之上。

"金子呢?"绮尔维丝低声问。

她担心地用眼向四面油垢的地方搜寻,寻她所梦想的辉煌的东西。

然而古波笑起来说:

"金子吗? 您瞧,这里有,这里也有,您的脚边也有!"

他说着把他姐姐所做的细丝和墙上老虎钳子旁边挂着的像铁丝一样的一捆细丝先后指给她看;他又爬在地下,从掩盖着地砖的木板条下面拾起了一点灰屑,像一根上锈的针尖一样的细丝。绮尔维丝惊叫起来,这也许不是金子,这带黑色的东西像铁一般难看!他只好把那铁屑一咬。给她看那咬断发亮的断痕。他继续解释给她听:那些商店老板把合金的金丝交给工人们,工人们先把那金丝在抽丝板的孔里抽成适宜的粗细程度,注意把它烧红五六次,好使它不至于折断。唉!这需要手劲,同时又要有习惯!他的姐姐不许她的丈夫摸那些抽丝板,因为他常咳嗽。她的臂力很好,他曾看见过她把金丝拉得像头发一样细呢。

这时候罗利欧的咳嗽发作了,弯着腰坐在一张小凳子上。他一面咳嗽,一面端着气说话,他始终不看绮尔维丝,只像对他一人解释:

"我呢,我做的是柱形链子。"

古波使绮尔维丝站起来。说她尽可以走近些,她就看得明白了。那链子匠喃喃地赞成。他把他妻子所预备好了的金丝绕在一根很细的钢棒上。然后他轻轻地锯了一锯,每一圈金丝就成了一个链子的环节。随后他把各链环都焊接起来。那些链环放在一大块木炭上面,他在他身边的一个破杯子的底里取了一滴硼砂水,把链环点湿了;于是他很快地用吹管就着灯吹,把链环烧红。他有了一百多个链环之后,还得做一番细致的工作,他把这些链环靠在一块板架上,那板架被他的手都磨光了。他用小钳子钳弯一个链环,把一头钳紧,套进那已经装好的另一链环,他的动作很有规则,一环连接一环,连接得那样敏捷,以致那链子渐渐地加长而绮尔维丝都还没有看清楚,还没有懂得其中的奥妙。

"这就是柱形链子",古波说,"还有项链、粗链、短链等等,但是罗利欧只做这一种。"

罗利欧冷笑了一声表示满意。他一面继续地钳他的链环,一面说:

"杨梅酒少爷,您听我说……今天早上我算了一笔账。我在十二岁就做链工,是不是?呃,你知道我做到今天,所做的链子有多么长呢?"

他抬起了他的黄脸,眨着他发红的眼皮,又说:

"八千公尺,你看,有二法里长了! ……呃! 二法里长的链子! 足够把本区妇女的脖颈都绕上……而且你要知道,链子是越做越长的,我希望可以从巴黎拉到凡尔赛。"

绮尔维丝回到她的座位上,大失所望;她觉得这一切都很丑。她勉强微笑,以博罗利欧夫妇的欢心。最使她难堪的是:他们绝口不提婚姻二字;而她却认为是一件大事,否则她绝不会到这里来。罗利欧夫妇继续把她当做古波所引来的古怪而讨厌的女人。这时候谈话开始了,而他们却专谈这所房子里的房客们的事情。罗利欧太太问他的弟弟在上楼的时候是否听见五楼的人打架。那贝纳夫妇是天天打架的:那丈夫喝醉了酒回家像一只猪;那妻子也有许多错处,她说了许多不堪入耳的话。后来大家又谈起二楼的那个画匠,他名叫博特根,是一个大个子,欠人家许多债,常常吸烟,常常和朋友们吵嘴。那马第尼耶先生的纸匣工场也很不行,昨天那老板还辞退了两个女工呢。假使他破了产,却是一个好报应,因为他把一切都吃光了,让孩子们都光着屁股。哥特龙太太梳羊毛也梳得不好,而且她怀孕了,以她这年纪,真是太不相宜! 近来房东刚赶走了六楼的高该夫妇,因为他们欠了三期的房租,又因为他们硬要在平台上烧炉灶,上星期六,七楼的洛门舒姑娘把玩偶送下楼的时候,恰好抢救了险些儿被烧死了的小林克洛。至于说到那熨衣女工克莱曼斯姑娘,她任她的性情做事,但是人家没有法子说她,她很爱畜类,她有很好的心肠。唉! 可惜得很! 这样一个美丽的女子勾搭许多男人! 将来人家一定有一夜会在街道上遇见她的。

这时候罗利欧把他自从中饭后做到现在所做成的一条链子交给他的妻子,说:

"喂,这是一条。你可以把它弄端正一下。"

他虽然轻易不说笑话,可是还接下去说:

"再加四尺半……就可以延长到凡尔赛了。"

罗利欧太太先把链柱子烧红,然后经过校正用的抽丝板孔,把它弄直。后来她又把链子放进一个长柄的小铜锅里,锅里有冲淡的硝酸水,她把链子放在里面浸了一浸,然后在熔炉的火上烧去污垢。绮尔维丝在古波的怂恿下又跟着看那最后的工作手续。那链子过了硝酸之后就变成一种猩红的颜色。这链子算是完工了,可以交货了。锌工向绮尔维丝解释说:

"就像这样把货交出去,然后再由女工们用呢布去细擦它。"

然而绮尔维丝没有勇气了,房间里越来越热,使她都不能呼吸了。门是关着的,因为一点儿风就足以使罗利欧受感冒。这时候他们始终还不谈起婚姻问题,她想要走了,她悄悄地扯了一扯古波的衣服。古波懂得了,他自己看见他们故意不开口,也觉得难为情。他说:

"好,我们走吧,让你们好好地做工。"

他踌躇了一会儿,等候着,希望他们能说一句牵涉到这个问题的话。到后来他忍不住了,便决定自己开口。他说:

"喂,罗利欧,我们打算请您做我的妻子的证婚人。"

那链子匠抬起了头,假作惊异,冷笑了一声;同时他的妻子放下了抽丝板,站在工作室的中间。罗利欧说:

"真的吗?这宝贝杨梅酒少爷常常不说正经话。"

接着罗利欧太太望了绮尔维丝一眼,说:

"呃!是吗,就是这一位太太吗?天啊!我们没有什么意见可以贡献给你们……然而结婚真是一个奇怪的想法。总之,如果你们两方面都觉得好,也自然是可以的。如果结果不好,那也只有怨自己。而且结果往往是不好的,不好的,不好的……"

她说到最后两句,声音变慢了,摇了摇头,从绮尔维丝的脸望到她的手,从她的手望到她的脚,好像她要脱了她的衣服看她的肌

肤,她觉得她比她意料中的绮尔维丝好些。她冷冷地说:

"我的弟弟是很自由的。当然,他的家庭也许希望……计划总是有的。但是事情变得这样奇怪……我呢,我首先不愿意同他争论。哪怕他领了一个下流而又下流的女人来,我也说:'你就娶她吧,不要啰唆我了!'……他在我们这里并不坏。他长得胖胖的,可见他在这里并没有挨饿。晚上的热汤,没有误过他的时间……喂,罗利欧,你不觉得这位太太很像黛列丝吗?黛列丝是对面住的那个妇人,生肺痨病死了的,你记得吗?"

"是的,倒有几分相像。"那链子匠回答说。

"而且您有两个孩子,太太。呀!这个!我曾经向我的弟弟说过:'我不懂你为什么娶一个有两个孩子的女人……请您不要生气,我关心他是很自然的……而且您不像一个强壮的人……呃,罗利欧,看这位太太的样子并不强壮,是不是?"

"是的,是的,她并不强壮。"

他们不谈她的腿。但是绮尔维丝从他们斜视的眼光和他们嘴唇的动作中,就懂得他们的话的用意了。她默然坐在他们跟前,身上紧裹着那黄色的披肩,只唯唯否否地答应,好像向法官说话一般。古波看见她难受的样子,终于忍不住嚷道:

"这不是这样说的……无论你们怎样说,事情是决定的了。我在7月29日,星期六就要行结婚礼。我在历书上计算过了。行了吧?这和你们相宜吧?"

"唉!这对我们总是相宜的!"他的姐姐说,"你本来用不着征求我们的意见……我不至于阻挡罗利欧做你们的证婚人。我只求耳边清净就完了。"

绮尔维丝低了头,不晓得做什么才好,不知不觉地把脚尖伸进了那铺在方砖上面的木板条格子里。后来她恐怕提起脚的时候踢动了什么,所以她俯下身去,用手摸索。罗利欧连忙把灯移近,很不放心地审验她的手指,说:

"您应该当心,那些碎金子往往粘在鞋底上,不知不觉地您就把金子带走了。"

这是很重要的事情,老板不容许有一毫克的金子糟蹋了。他给她看一把刷子,这是他常常拿来刷木板架上的碎金子的;刷的时候,他总是用一块皮子放在膝头上接着那些金屑。他们每星期小心地打扫工作室两次,把垃圾留下来燃烧,把烧下来的灰筛过,每月可以筛出二十五至三十法郎的金子。

罗利欧太太紧紧地望着绮尔维丝的鞋子,很客气地微笑着说:"太太,这没有什么可生气的。就请您看一看您的鞋底吧。"

绮尔维丝满面通红,重新坐下,举起她的双脚给他们看,表示没有什么。古波早已开了门,粗暴地说了一声:"晚安!"他在廊子里呼唤她。她跟着也出来了,未出来之前先吞吞吐吐地说了两句客气话。她说她希望能够再见,并且希望大家合得来。但是罗利欧夫妇已经到黑洞洞的工作室里做工去了,那小熔炉好像是火热的炉灶里的最后的一块炭一样,放出白亮的光芒。罗利欧太太内衣的领子都掸在肩头上了,炭火把她的皮肤映得很红。她重新又拉一条金丝,每一用力,颈上便膨胀一次,颈筋显露像一些细绳子。那丈夫在水绿色的反光下俯身又做起一段链子来,用钳子弯好链环,插进另一个链环里,继续机械地工作着,竟没有工夫揩一揩他脸上的汗。

绮尔维丝走出了走廊,到了七楼的平台上,忍不住流泪,说:"这不是吉祥的预兆!"

古波不住地摇头。说他要报复罗利欧今晚的事情,谁看见过这样一个守财奴!以为人家要带他的碎金子走!这一切都可以看出他悭吝到了万分。他的姐姐也许以为他永远不会结婚,好叫她赚四个铜子的煮牛肉!总之,7月29日他是要结婚的。他实在瞧不起他们!

绮尔维丝下楼的时候觉得心烦闷得很,又伤感,又害怕,担心

地摸索那黑暗的铁栏杆。这时候屋子里的人都睡了,楼梯上没有
人了,只三楼还有一盏煤气灯,灯光黯淡,像一支守夜灯照着楼梯
下这一口黑暗的深井。在关着的房门内有工人们吃了饭就睡觉的
鼾声,然而那熨衣女工的房间里却传出一阵和婉的笑声;从洛门舒
姑娘的房门的锁孔也溜出一线灯光,同时还听得见她用剪刀的声
音,原来她还在用透明纱裁剪值十三个铜子的玩偶的衣服。下面
哥特龙太太的房里那小儿还在继续啼哭。在这黑暗的沉寂里,那
铅铁栏杆透出的臭气更加浓烈了。

　　后来到了天井里,古波高声叫门房开门,同时绮尔维丝转过身
子,对这所房子看了最后一次。在这无月光的天空下,那房子似乎
显得更大了些。那灰色的门面加上了黑影,也显得更高大更宽阔
了。日间晾着的破旧衣服都收去了,房子更显得赤裸裸的一片平
了。关着的窗子似乎都在睡觉。有几个窗子露出强烈的灯光,好
像在睁开眼睛斜视各个黑暗的角落。在每一个进门处自下而上,
六个楼梯口的玻璃窗里放出淡白的灯光,好像一个透明的宝塔。
三楼的纸匣工作室里吐出一道黄色的灯光落在天井的地面上,穿
透了楼下各工场的暗影。在黑暗的深处,由于自来水管没有关紧,
一滴一滴的水声冲破了沉寂。绮尔维丝似乎觉得那所房子冰冷地
沉重地压在她的肩膀上,她像小孩子似的害怕的心理始终在作怪,
后来她自己想起也觉得好笑。

　　"当心!"古波嚷着说。

　　原来是染坊里流出了一涡很大的积水,她被迫得跳了过去。
这一天,那积水的颜色是蓝的,好像夏日的青天,门房里的小灯映
在水里便成为天空的星斗。

三

绮尔维丝不愿意做喜酒。何苦花钱呢？再说，她觉得有几分惭愧，似乎用不着在全区里显耀他们的婚姻。然而古波不服气:不在一块儿吃一点儿东西还算结婚吗？他呢，他是不怕本区人嘲笑的！唉！只要简简单单地，下午出去散一会儿步，随便到一家小饭店里吃一只兔子就是了。当然，宴后也用不着音乐。在各人回各人的地方睡觉以前，要大家交一交杯，如此而已。

那锌工半说半笑，竟说服了绮尔维丝，因为他说大家决不胡闹。他要监视大家喝酒，不让他们喝醉了喧哗。他预备在教堂路奥古斯特所开的银坊酒楼里请客，是一场小小的聚餐，每一份只预备用五个法郎。奥古斯特是一个小酒商，他的酒价很公道，他的店后院子里的三株槐树下面有一个小小的跳舞场，在二楼请客，一定好得很。他花了十天的工夫，到金滴路他姐姐的房子里去邀请宾客，请的是马第尼耶先生、洛门舒姑娘、哥特龙太太和她的丈夫。他甚至于说服了绮尔维丝让他邀请他的两个朋友"烤肉"和"靴子"。"靴子"虽然酒量大些，然而他吃饭很滑稽，所以人们聚餐都请他参加，因为当他一吃就是十二磅面包的时候那饭店老板的神气也就够好看了。绮尔维丝一方面也答应邀请她的老板娘福公尼耶太太和博歇夫妇，都是些好人。计算起来，一共是 15 个人吃饭。这就够了。人太多了，结果会吵闹的。

然而古波并没有钱。他虽然不求铺张，却愿意做得像一回事。

于是他向他的老板借了五十法郎。在这五十法郎内,他先买了结婚的戒指。这金戒指值十二法郎,罗利欧替他设法照批发价格买进,只花了九个法郎。后来他又在米拉路的一家裁缝店里定做了一件礼服,一条裤子,一件背心,他仅仅交了二十五个法郎的定钱;他的漆皮鞋和高帽子还可以将就。他把十个法郎收起来,作为他和绮尔维丝的聚餐费,至于那两个孩子要算是白吃的了。此外仅仅剩下六个法郎,恰够为穷人祝福的一场弥撒费用。当然,他不愿意把六个法郎送给教堂里那一群老乌鸦,这些毫无用处的人又何必叫他们喝喜酒呢? 然而无论怎样说,不做弥撒总算不得婚姻。他亲自到教堂里去讲价钱,他同一个穿着肮脏道袍像奸商一样爱钱的老教士争持了一个钟头,他有意打他几个耳光,随后,古波对教士开玩笑说:能不能在他的商店里找到一份不太破旧的廉价弥撒,他们一对好夫妇也就可以成礼了。那老教士一面骂一面说上帝不会高兴保佑这一桩亲事,但同时他依然让了价,只要他五个法郎。这总算节省下了一个法郎。于是他只剩了一个法郎了。

　　绮尔维丝也想打扮得整齐一点。自从婚期决定之后,她在晚上加做几点钟的工,竟积蓄下了三十法郎。她极想要买一件绸的短外衣,是她在卖鱼巷看见的,标价十三法郎。她买了这件短外衣,后来她打听到福公尼耶的店里有一个洗衣妇死了,她的丈夫要把她的一件蓝呢的女衣出卖,她就花了十个法郎去买了来,依照自己的身材改缝过。剩下了七个法郎,她还可以买一副棉手套,一朵玫瑰花,预备插在帽子上的。又替她的长子克罗德买了一双鞋。幸亏孩子们的衣服还可以过得去。她四夜没有睡,把一切都洗干净,甚至于内衣和袜子的小孔也都缝补好了。

　　最后,到了星期五晚上,是盛大日子的前一天,古波和绮尔维丝工作回来之后还忙到夜里十一点钟。在各自睡觉以前,他们还一块儿在她的房间里坐了一个钟头,他们对事情办妥了都很喜欢。他们虽然决定不要为了本区人而过于费事,然而他们还是尽心尽力办这桩喜事,终于弄得劳累不堪。当他们互相道了晚安之后,他们都困倦极了,然而他们不由得大大地松了一口气。现在一切都办妥了,古波的证婚人是马第尼耶先生和"烤肉";绮尔维丝打算请罗利欧和博歇。他们准备六个人悄悄地到市政厅和教堂里去,并不要后面拖着一大队人。甚至于新郎的两个姐姐也声明留在她们家里,说用不着她们到场。只有古波妈妈哭了起来,说她只好早两天离开家去躲在一个人家不知道的角落里……结果大家只好答应把她带了去。至于集合的时间是午后一点钟,地点是银坊酒楼。在银坊酒楼喝了酒之后,就到圣德尼郊外去野餐,去时坐火车,回来时沿着大路步行回来。这一场娱乐预备得很好,虽然没有什么好吃的,然而倒还有趣,而且很诚恳亲热。

星期六的早上,穿衣的时候,古波摸了摸身上的一个法郎,不觉担心起来。他细想了想,为了礼貌起见,他应该在未吃晚饭以前先给证婚人们喝一杯酒、吃一块火腿才是道理。再说,说不定还有意外的开支。一个法郎实在不够。于是他把克罗德和爱弟纳送到博歇太太家里去请她在吃晚饭的时候把他们带去,随后他跑到了金滴路,硬着头皮上楼去向罗利欧借十个法郎。唉!他真不容易开口!他分明知道要看他的姐夫的嘴脸的。罗利欧果然咕噜了半天,冷笑了一会,然后才借给他两个五法郎的银币。古波听见他的姐姐喃喃地说:"好,开头了……"

市政厅的婚礼是十点半钟。天气很好,太阳炙透了马路。为着不惹人家注目起见,新郎、新妇、妈妈和四个证婚人分为两队走。前面是绮尔维丝挽着罗利欧的臂,同时马第尼耶先生扶着古波妈妈,二十步之外,在另一边的人行道上走的是古波、博歇和"烤肉"。这三个人穿的是黑色礼服,背是圆的,两手摇摆着。博歇穿着一条黄色的裤子。"烤肉"把纽扣一直扣到颈口,他没有穿背心,只露出一条领结。惟有马第尼耶先生穿着一件后面方角的大礼服。走路的人们停住脚步观看这位先生挽着那肥胖的古波妈妈的臂。古波妈妈穿的是绿色的披肩,戴的是黑色的女帽,帽子上系有红色缎带。绮尔维丝很温和,很快活,身上一件深蓝的女袍,上身穿着一件挺紧的短外衣。殷勤地听罗利欧的说笑;天气虽热,他还穿着一件挺宽大的外衣。她往往在转弯的时候稍为回头向古波嫣然一笑,古波穿着新衣在太阳下放光,使他感觉不自然。

　　他们虽然走得很慢,走到市政厅的时候还整整的早了半个钟头。而且市长迟到,所以等到十一点钟才轮着他们。他们坐在大厅角落里的椅子上等候着,瞻仰着很高的天花板和庄严的墙壁,低声说话,每遇办公的差役走过的时候他们尽量把椅子向后移,表示他们的礼貌。然而他们悄悄地骂市长是懒骨头,说他一定是在他那金黄色头发的女人家按摩他的风湿痛,忘了时刻。他也许是把他的典礼绶带卖钱吃了。但是市长到来的时候,他们仍然恭恭敬敬地站了起来。人家叫他们再坐下。于是他们参观了三桩婚礼,都是中产阶级的人,新娘们穿的是白色,伴娘们腰上围着桃红的带子,后面跟着一队一队的先生夫人们,都是三十来岁的,举止都很大方。后来人家叫到古波和绮尔维丝,他们险些儿结不成婚,因为"烤肉"已经不见了。博歇在下面的广场上找到他正在吸他的烟斗。他说人们瞧不起他们,因为他们穿的不够阔绰!后来市长按着手续,先把婚姻法读了,问了些问题,把许多证件签了名,草草完事。他们你望我,我望你,以为结婚的仪式被人家省了一大半。绮尔维丝昏乱得心里十分难受,只好把手帕掩着嘴唇。古波妈妈的热泪汹涌。各人都在注册簿上签了名,字写得又大又不整齐,新郎不会写字,只画了一个十字。他们每人都拿出四个铜子来给穷人。当那差役把结婚证书交给古波的时候,绮尔维丝推了推他的手肘,他只好又拿五个铜子出来作为赏钱。

　　从市政厅到教堂的一路很好。在路上,那些男人们喝了些啤酒,古波妈妈和绮尔维丝喝了些掺水的杨梅酒。他们沿着一条很长的马路走去,太阳光直晒下来,没有一丝黑影。一个仆役在空着的教堂里等候他们,把他们引进了一个小礼拜堂,气冲冲地问他们是否轻视宗教,为什么这样迟才来? 一个教士大踏步进来,板着面孔,脸上似乎因饥饿而发黄;前面走的是一个穿着肮脏白衣的教徒。教士匆匆地做弥撒,省略了许多拉丁文,时而转身,时而弯腰,时而伸开两臂,却始终把眼斜望着新婚夫妇和那些证婚人。那一对新婚夫妇在祭台之前十分为难,不晓得什么时候应当跪下,什么时候应当站起来或坐下;他们只等候那教徒的指挥。那些证婚人为着守礼起见,始终站着,古波妈妈向旁边一位女的借了一本弥撒经文,现在她又哭了起来。这时候十二点钟响了,最后的弥撒做完了,堂役们充满了教堂,把椅子搬得哗啦地响。人们大约是要把正祭台布置好预备开一个盛会,因为在外面听见扎彩匠们正在用锤子钉彩绸。同时在小礼拜堂的深处,堂役正在打扫地上的尘土,那板起面孔的教士在两场庄严的弥撒之间把他那一双干枯的手在绮尔维丝和古波的头上匆匆地晃了两晃,好像是代表上帝为他们结合似的。大家在更衣室结婚礼簿上签了字。她回到了大门外阳光底下之后,在那里喘吁吁地停了一会,好像奔跑疲倦了似的。

"好了!"古波说时勉强笑了一笑。

他摆动身子,觉得找不出什么有趣的话来说;但是他又说:

"您看! 事情完得很快。他们只一动手就完了……这好像在牙科医生那里,人家连叫一声'嗳哟'的时间都没有! 他们让我们毫无痛苦地结了婚!"

"是的,是的,工作做得真好",罗利欧冷笑着说,"五分钟就弄妥了,一生的大事……啊! 可怜的杨梅酒少爷!"

四个证婚人都拍了拍锌工的肩,锌工很是得意。同时绮尔维丝微笑地同古波妈妈接吻,然而她的眼里却含着泪。古波妈妈哽咽地问了她一些问题,她回答说:

"请您不要怕,我尽我的能力做去。假使事情弄不好,也不会是我的罪过。不,真的,我太希望幸福了……总之,事情已经做成了,是不是? 该是他和我两人一同努力来做一个和睦的家庭。"

　　于是他们一直向银坊酒楼走去。古波挽着他妻子的臂,他们夫妇二人走得很快,笑嘻嘻地像是十分兴奋,比那些证婚人超前了两百多步,也不看房屋,也不看行人和车子。街上的喧嚣像钟声一样震动他们的耳鼓。当他们到了那酒店的时候,古波即刻叫了两瓶酒、一些面包和火腿,他们坐在楼下的一间有玻璃窗的小屋子里,没有盘子,没有桌布,只顾草草地吃些东西。后来他看见博歇和"烤肉"的食量很大,他又叫了一瓶酒和一块干酪。古波妈妈肚子不饿,气闷得吃不下东西。绮尔维丝渴极了,喝了好几大杯水,里面只略为掺一点红葡萄酒。

　　"让我来付钱",古波说时立刻到柜台前面,付了四个法郎零五个铜子。

　　这时候是一点钟了,宾客们来了。福公尼耶太太先到,她是一个肥胖的女人,还美丽;她穿的是一件生丝印花女袍,颈上系着粉红的领结,头上是一顶小帽,帽上有许多花朵。随后来的是洛门舒姑娘,她的身材很瘦,穿的老是那千年不变的一件黑袍,大约她在睡觉的时候也还穿着的。再后面的是哥特龙夫妇,丈夫的身体笨重,稍为一动就会把他的棕色上衣绷开;妻子的身材又宽又大,肚子突出,显示她是怀了孕,紫色的裙子紧紧地裹着,越发显得圆了。古波说他们不必等候"靴子",因为"靴子"会在去圣德尼的路上赶上他们的。

　　"好呀!"洛拉太太一进门便嚷说,"等一会儿就会有一场大雨,我们可要淋得好看了!"

　　她说着便在酒店门前叫众人出来看天上的乌云,这云是忽然从巴黎的南方起来的。洛拉太太是古波的长姊,身材高大,态度冷静,大有男子气概,说话带鼻音,她穿着一件很不合身的太肥的褐色女袍,袍上许多很长的飘带,使她竟像一只刚从水里出来的瘦狗。她玩弄她的阳伞像是要一根棍子似的。当她同绮尔维丝接吻之后，又说：

"你们想不到，街上的风很热……好像火扑在您的脸上似的。"

于是人人都说早已料到要有一场大雨。在出了教堂的时候，马第尼耶先生早就看出天色在转变了。罗利欧说自从早上三点钟以后他脚上的鸡眼就痛起来，使他睡不着觉。再说，这三天以来天气实在太热，结果非下雨不可。古波站在门前审察着天空，很担心地说：

"唉！也许就要下雨了！我们只等我的姐姐一个人，假使她来了，我们就可以走了。"

真的，罗利欧太太迟到了。洛拉太太刚才经过她家邀她同来；但是她遇见她正在穿束胸带，于是她们两人吵了一场。洛拉太太又附着古波的耳朵说道：

"我不管她，我就先来了！她好大脾气！……等一会你看她是怎样一副嘴脸！"

众人只好耐心再等了一刻钟，大家在酒店里踱来踱去，互相拥挤，和那些进来就柜台上喝一杯酒的人们混杂在一起。有时候，博歇，或福公尼耶太太，或"烤肉"，离了众人，走到街上仰眼望天。天并没有下雨，日光暗了，旋风卷地，把白色的尘土吹起来。第一声雷响的时候，洛门舒姑娘在胸前画了一个十字。众人都担心地注视那大镜上面的时钟：已经是两点差二十分了。古波忽然嚷道：

"好！来了！天使们流泪了！"

一阵暴雨冲洗了街道，街道上的妇女双手撩起了裙脚匆匆地奔走。正在大雨的当儿，罗利欧太太终于气喘喘怒冲冲地来了，在门口直着急，因为她的雨伞收不拢来。她吃吃地说：

"谁见过这样的！恰好在门口淋了我一身！刚才我本想回到楼上，脱了衣服不来了。假使那样我倒做对了！……呀！好一场婚礼！我早就说过，我要把一切都推移到下星期六。因为他们不听我的话，所以天下雨了！这样更好！天崩塌了也是活该！"

古波竭力劝慰她，但是她不理他。假使她的衣服被雨淋坏了，他也不会另买一件来赔她的！她穿的是一件黑绸的女袍，箍得很紧，使她都喘不过气来；纽扣都绷着的、太窄的上衣，紧裹着她的肩膀。裙子裁得也很窄小，紧紧地裹住她的大腿，使得她只能小步走路。座上的妇人们都噘着嘴望她，对她的装束显出忿懑的神气。她甚至于假装看不见坐在古波妈妈身边的绮尔维丝。她呼唤罗利欧，向他要了一块手帕，然后坐在酒店的一个角落上小心地把她的衣服上的雨点一滴一滴地揩干。

这时候大雨忽然停止了。光线更暗，几乎成为黑夜，铅色的天空不时发出闪电的光亮。"烤肉"笑着说，等一会儿一定有些教士从天上降下来为你们做洗礼。于是狂风暴雨一时又发作了。在半个钟头之内，大雨倾盆，隆隆的雷声也不停止。男人们站在门前瞻望那暴雨形成的灰色幕帘，沟渠渐渐满了，雨点打在积水上溅起水花。妇人们害怕得一个个坐在那里用双手掩着眼睛。大家不再谈话了，喉咙有点儿发紧了。博歇故意说一个笑话，说雷鸣是圣彼得在天上打喷嚏，也没有惹起任何一个人发笑。然而当雷声渐疏渐远之后，众人又不耐烦起来，他们恼恨那大雨，捏着拳向天上的乌云咒骂。现在天空变为灰色，细雨不住地下来。罗利欧太太嚷道：

"两点多钟了！我们究竟不能在这里睡觉啊！"

洛门舒姑娘提议仍旧到乡下去，全场的人想到一到护城河边就得停下来的时候，不免说道："道路可不好走啊！草地上恐怕不能坐吧；而且，雨似乎还不会停呢，也许还要来一场倾盆大雨哩。"古波远远地望见一个工人安然地在雨中行走，他嚷道：

"如果那'靴子'在圣德尼的路上等候我们，他不会被太阳晒得中暑的！"

这话令大家笑了一场。然而他们渐渐不耐烦起来。终于忍不住了。总该决定一件事情来做才好：这样白眼相对，呆呆地等吃晚饭是不行的。于是足有一刻钟大家在那下得不停的大雨面前，竭力想法子消遣。"烤肉"提议打纸牌;博歇是一个风流坏种子,他提议一种有趣的玩意儿,叫各人供认自己的隐秘的事;哥特龙太太提议到克里酿古路去吃葱饼;洛拉太太希望人家讲一些故事;哥特龙先生并不觉得闷,他认为在这里就很好,只提议立刻就吃晚饭。每一个人提议的时候,大家争论了一番,生气地说:这是没有意义的!这岂不令大家都要打瞌睡? 这岂不令人们说我们都是些小孩子吗? 后来轮着罗利欧说话的时候,他有一种简单的意见,只希望大家到外面的马路上去散步直到拉歇斯神父路,如果有时间,还可以进去参观爱鲁瓦斯和阿贝拉尔的坟墓。这时候罗利欧太太忍不住气,便发作起来。她说她就要走了! 她就要这样做了! 这不是给人开玩笑吗? 她装扮了许久,冒着大雨赶了来,为的是关在一间酒店里纳闷吗? 不行,不行,她不高兴吃这样的喜酒,她宁愿回到自己家里去。古波和罗利欧只好拦住了门口。她又说:

"你们走开! 我说我要走,你们听见吗?"

她的丈夫终于劝她息了怒。古波走近绮尔维丝,看见她始终安静地在一个角落上同她的婆婆和福公尼耶太太在一起谈话。

"您呢,您什么也不提议吗?"他向她说话时还不敢你你我我地称呼。

"唉! 人家要怎样都可以",她笑着回答,"我不是难相处的人。出去或不出去,对我都是一样。我觉得很好,我什么也不要求。"

真的,她的脸上露出安乐的神气。自从宾客们来了以后,她同各人说话声音颇低,而且带感动的语调,她有很理智的样子,不肯参加他们的争论。当大雨的时候,她瞪着眼睛呆呆地望着闪电的光亮,好像在电光里远远地看见她的前途的许多重大的事情似的。

直到现在,马第尼耶先生还不曾提议什么。他倚在柜台的旁边,大礼服的衣裾分开,保持着他那做老板的尊严态度。他咳了许久,把大眼睛转了又转,说:

"喂,我们可以到博物院里去……"

他说着，摸了一摸他的下巴，眨了一眨眼睛，征求众人的意见。

"博物院里有的是古物、图画，东西多得很。这是很能增长知识的……也许他们还没有看见过，唉！该看一看，至少一次！"

众人你望我，我望你，互相探寻意见。是的，绮尔维丝还没有看见过，福公尼耶太太也没有看见过，博歇也没有，其他各人也没有。古波以为在某一个星期日去过一次，然而他记不清楚了。大家还在迟疑，但是罗利欧太太羡慕马第尼耶先生的身份，首先赞成，说这是很好很正当的建议。他们既然牺牲了一天的工作，又穿好了衣服来，何不参观些东西，增一增见识？于是人人都赞成了。这时天还在下细雨，他们向酒店老板借了些雨伞，蓝的、绿的、栗色的，都是些顾客遗失了的。于是他们就动身到博物院去了。

众人向右转弯，从圣德尼路向巴黎走下去。古波和绮尔维丝仍旧走在众人前面，跑得很快。现在马第尼耶先生挽着罗利欧太太的臂，因为古波妈妈腿不灵便，留在酒店里。后面是罗利欧和洛拉太太、博歇、福公尼耶太太、"烤肉"和洛门舒姑娘，最后是哥特龙夫妇。一共 12 个人，在人行道上成为一长列。罗利欧太太向马第尼耶先生说：

"唉！这和我们毫不相干！我们不晓得他从哪里把她找来的，或者可以说我们太晓得了！但是这轮不着我们说话，是不是？……我的丈夫不得不给他买了结婚的戒指。今天早上，他才爬起床就要借给他们十个法郎，否则事情就办不成……这样一个新娘，竟不带一个亲人来参加她的婚礼！她说在巴黎她有一个姐姐，是一个卖熟肉的。那么，为什么她不邀请她来呢？"

她顿了一顿，指着绮尔维丝，这时候绮尔维丝在人行道上从高处走下低处，更显得是一个跛子了。

"您瞧！如果许可这样说的话……噢！这个瘸子！"

"瘸子"这个名字传遍了这一群人。罗利欧冷笑着说本来应该给她起这个名字的，但是福公尼耶太太替绮尔维丝辩护，说大家不应该轻视她,她很干净,而且很努力洗衣服。洛拉太太始终好说许多风流隐语,她把绮尔维丝的腿叫做"爱情的腿";她说许多男人喜欢这种腿,为什么,她却不肯加以解释。

众人走出了圣德尼路,穿过了大马路。许多车辆挡住了去路,他们等候了一会儿;后来他们在泥泞满脚的街道上走着。天又下大雨了,众人都把雨伞打开;在男人们擎着的破旧的雨伞下面,女人们撩起了衣裳,在两边的人行道上,队伍在泥泞中相隔的更远了。这时候有两个无赖骂了些粗言野语;有些散步的人们奔跑了过来;有些商店伙计有趣地蹾高了脚在店窗里观望。在淋湿了的灰黑色的街道上,纷纭的人丛里,这成双成对的行列,衣服上都溅了水渍,特别是绮尔维丝的深蓝色的袍子、福公尼耶太太的生绸印花袍子、博歇的黄色裤子溅得更多。这些穿节日服装的人的那种严肃态度,便把古波发亮的礼服和马第尼耶先生的大礼服形成为狂欢节出会时那样可笑了。至于罗利欧太太美丽的装束、洛拉太太的飘带、洛门舒姑娘起皱的裙子,参差不齐,很像穷人穿的旧货店的奢华衣服。尤其是男人们的帽子令人发笑,都是些藏在黑暗的柜子里许久而变色的帽子,形状奇怪,有的是很高的,有的是很宽的,有的是很尖的,帽边也是奇形怪状的,有卷的,有平的,有太宽的或太窄的。人们看到后面最后的一幕更好笑了,那梳羊毛女工哥特龙太太穿着她刺目的紫色袍子,挺着她突得很高显然是一个怀孕许久的女人的肚子。这一班人从容地走,不慌不忙,以被人注视为乐事,听见人们取笑倒觉得开心。一个无赖指着哥特龙太太嚷道:

"你瞧那新娘!唉!倒霉!她已经怀了那么大的一个胎了!"

所有的人都笑起来。"烤肉"回身说那无赖的话说得不错。哥特龙太太笑得最厉害,自己夸张说这并不是耻辱;有许多女人走过的时候还斜眼望她,希望像她一样哩。

他们走到了克列里路,后来又向马逸路走。走到胜利广场停了一停,因为新娘的左鞋的鞋带脱了。她在路易十四的铜像前系鞋带,大家都拥挤在她的后面,等候着她,而且取笑她所露出来的腿肚子。末了,从小野路下去之后,就到了卢佛故宫博物院的门前。

马第尼耶先生很客气地请求他们允许他做领导者。

这博物院很宽大,他们说不定会迷路的。他呢,他认识那些好地方,因为他常常同一个艺术家来,这艺术家是一个很聪明的男子,有一家纸匣店向他买些图画贴在匣子上。在楼下,他们到了阿西里陈列厅的时候,大家都打了一个小小的寒战。嘿!这里可不暖,这个大厅很像一个地窖!他们一对一对地向前走,仰着头,眨着眼睛,看那些很大的石雕刻。这里有黑大理石的神像,都是埃及的古物,有些神怪的畜类,一半是猫,一半是女人,脸像死人,鼻很瘦,唇很厚。他们觉得这一切都很丑。现在的人做的石工好得多了。一种腓尼基文的碑刻使他们吃惊,他们从来不曾读过这样难懂的文字,真是想象不到的。这时候马第尼耶先生同罗利欧太太已经到了二楼楼梯口了,他在穹窿下面对大家叫道:

"请你们来吧。这些东西不算什么……应当到二楼来看。"

楼梯赤裸而庄严的景象令他们变得严肃了。一个服装华丽的守卫员穿着红色的背心,袖章是金的,似乎在平台上等候他们,越发令他们激动了。他们走进法国厅的时候非常恭敬,尽量地慢走,以免失礼。

于是他们目迷五色,不停地沿着那些小厅去看图画,图画太多了,叫他们无法细看。假使他们要看懂,除非预备一个钟头看一幅图画!满眼是图画,真是数不清!大约要值许多钱啊!到了尽头处,马第尼耶突然叫他们止步,叫他们看《墨都斯船的沉没》;而且他解释了那题材。众人都呆着不动,也不说话。当他们又走的时候,博歇总结众人的意见说:这是成功的作品。

到了阿波罗厅,那地板最使众人叹赏:这是像一面镜子一样光滑的地板,它能把凳子的脚都反映出来。洛门舒姑娘把眼睛闭上,因为她以为在水面上行走。大家叫哥特龙太太把脚放平,因为她有了身孕,生怕她摔了跤。马第尼耶先生要他们看天花板上的图画和描金,但是他们仰着头把脖颈累酸了也看不分明。这时候他在未进那四方厅以前先用手指着一个窗子说:

"你们看这阳台,这是查理第九对民众射击的地方。"

他监视着队伍。他把手一挥,命令众人在四方厅的中间停住。依他说这里有的都是些杰作;他说话的声音很低,像在教堂里一般。他们在厅子里绕着圈走。绮尔维丝询问《嘉娜的婚礼》的事迹,大家都说不把事迹写在画框上,真是糊涂。古波在《卓恭特》的前面停下步来,因为他觉得卓恭特有几分像他的一个姑母。博歇和"烤肉"望着那些裸体的美人,相视而笑;尤其是那打瞌睡的安调璞的两条大腿最使他们动心。尽后面是哥特龙夫妇,丈夫张着嘴,妻子把双手捧着肚子,两人在很感动地呆看墨里约所画的《圣母像》。

他们在厅里兜完了一个圈子,马第尼耶先生想要大家再看一遍;这是值得再看的。他很留心照顾罗利欧太太,因为她穿着一件绸衣;每次她询问他的时候,他很庄重地回答。她留心看第田的《情妇》,她觉得那女人的黄头发和她自己的头发相像。他不晓得,却胡说那女人是那美丽的费洛尼耶,是亨利第四的情妇,说安比丘戏院里还把她编成一出戏剧演出呢。

后来他们走进了一道长长的画廊,这里是意大利派与佛兰德派的作品。这边是画,那边又是画,有圣人,有男子,有妇女,他们的面孔为什么画成那样,不容易理解;有很黑色的风景,变黄的禽兽,人物混杂,颜色零乱,使他们看得头昏。马第尼耶先生不说话了,慢慢地引着众人走,众人排队跟着他,一个个扭着头,眼睛向上望着。好几个世纪的美术作品在这一班没见识的人的眼前经过,原始派的轻描淡写,威尼斯派的辉煌成就,荷兰的美丽风光,都给他们忽略过了。他们所关心的却是那些摹仿古画的人们,一个个把画架摆在人丛里毫不在意地绘画。有一个老妇人登在一架很高的梯子上,挥着一支刷墙大笔,在一块很大很大的画绢上描绘,越发令他们注目。这时候博物院里渐渐传说有一群结婚的人来参观,于是有些画家笑嘻嘻地走了过来;有些好事的人们先坐在凳子上等候着,为的是舒适地观看他们的队伍。同时那些守卫员们咬紧了嘴唇,忍着些笑话不说。那结婚的人群已经疲倦了,忘了保持恭敬的态度,把有钉的鞋子拖着走,用脚跟踏得地板咚咚地响。再也不顾那些清洁而严谨的厅堂了。

马第尼耶先生不声不响在心里安排一件事。他一直地走向卢班士的《大节日》。他始终不开口,只是指着那画,眼睛现出嘻笑的样子。那些女人们看见了那画之后不禁低声叫起来。后来她们满面通红,转过头去。那些男人们拉住她们,大家取笑着,在研究那些淫秽的细节。

"你们看呀!"博歇说,"这可值钱呀。这一个在呕吐,那一个在撒尿,还有那一个,唉!那一个……好!他们干净得很!"

"我们走吧",马第尼耶先生说时,对他的成功表示非常得意,"这一方面再也没有什么好看的了。"

众人重循来路,再经过四方厅和阿波罗厅。洛拉太太和洛门舒姑娘抱怨起来,说她们的腿累得支持不了啦。但是马第尼耶先生要领罗利欧去看古代的首饰。他说那首饰就在这旁边,一个小房间里,那是他闭了眼睛也找得着的。然而他终于走错了路,领着众人穿过了七八个厅,那些厅都是空无一人的,冷落的,里面只有些同样的玻璃柜,柜里摆着许多破坛子和一些很丑的泥偶像。众人都打寒战,讨厌极了。他们正在另找一个门,却进入了漫画室。这又是一场大奔波,因为那些画一厅又一厅没有个完。这些画都陈列在靠墙的玻璃窗下,看去也没有多大情趣。马第尼耶先生迷了路了,却不肯承认。于是走到一处楼梯,又叫众人再上一层楼。

这一次他们在海军馆中间巡视着仪器、大炮、地图、轮船的模型,其中有些大船像些儿童的玩具。走了一刻钟的路,又遇见一处楼梯。他们下了楼梯,又遇着那些漫画,于是他们绝望了,任意向各厅乱撞;然而一对一对的男女仍旧排列整齐,跟随着马第尼耶先生。马第尼耶先生一面揩额上的汗,一面生气,怪管理的人把门户的地位改变了。守卫员和参观的人们很诧异地望着他们走过。不到二十分钟的工夫,人家重见他们在法国厅的四方厅里,沿着许多东方神像的玻璃橱旁边匆匆地走过。他们竟找不着出路。众人的腿酸了,意懒了,大家喧哗起来,把那大肚子的哥特龙太太丢在后面。

“就关门了,就关门了!”守卫员们用力地喊叫。

他们险些儿被关在馆里,幸亏有一个守卫员把他们领到了一个门口。后来他们到了出口,在存衣处取了他们的雨伞,然后他们才喘了一口气。马第尼耶先生才明白过来,说他错了,刚才他本该向左边转弯,现在他记得首饰室是在左边。大家都假装高兴,觉得这一次增加了见识。

四点钟响了。还要两个钟头才到吃晚饭的时间,大家决定散一会儿步来消磨时间。那些妇人们非常疲倦,很希望能坐一坐;但是没有一个人肯做东道请进咖啡馆,大家只好沿着河岸再走。这时候天又下了一阵骤雨,雨势很猛,虽有雨伞,妇人们的衣服都淋坏了。罗利欧太太每见一滴水落在她的绸衣上,她的心就痛一阵,于是她提议到御河桥下面去避雨。她说如果他们不下去,她就独自一人下去。众人听从了她的话,都到御河桥下面来,大家都觉得很好。呀!这可以说是一个绝妙的主意!那些妇人们把她们的手帕子铺在地上,坐在那里休息,撒开了两膝,双手拔了些石缝里的青草,两眼望着黑水奔流,以为到了乡间。那些男子们寻开心,高声噪嚷,为的是激动对面的桥洞的回声。博歇和“烤肉”先后向空中辱骂,拼命地叫了几声“猪猡!”等到对面有了回声,他们就大笑起来。后来他们的喉咙都喊哑了,便捡了些石片抛水凫儿玩耍,这时候雨已经停止了,然而他们觉得这地方很舒服,竟不想走开。赛纳河里流来许多油腻的水,有些旧瓶塞子,有些蔬菜的皮,许多污秽的东西混入一个旋涡,在桥洞下阴暗的水里荡漾了一会。同时桥的上面有许多公共马车和自用马车经过,全巴黎正在纷纭,众人在桥下向左右望去,只看见车子的顶,如同在一个井底看东西一样。洛门舒姑娘叹息了一声,她说假使这里有些树叶,会使她回忆起 1817 年陪着一个青年男子到马恩河岸去散步的往事,现在她还觉得伤感呢。

这时候马第尼耶先生请大家准备起身走。众人从推勒里公园穿过去,园里有些儿童在那里玩木环和气球,扰乱了这几对男女的队伍。众人到了旺多姆广场,注视着那巨大的圆柱,马第尼耶先生想要博女人们的欢心,他提议从那柱子里登上去眺望巴黎的全景。他的提议似乎很有趣。是的,是的,非上去不可,上去之后,会叫人欢笑不止呢。再说,有许多人从来没有离过平地,他们上去一定会感兴趣的。

"你们以为那瘸子有了她那样一条腿,还敢冒险上去吗?"罗利欧太太说。

"我呢",洛拉太太说,"我很愿意上去,但是我不愿意有男人跟在我后面。"

众人于是都上去了。在那螺旋形的狭小的楼梯里,十二个人鱼贯而上,手扶着墙壁,脚踏着陈旧的梯级。到了完全黑暗里的时候,他们都哗然大笑起来。那些女人们不住地小声噪嚷,原来那些先生们搔她们的胳肢窝,捻她们的腿。但是她们真傻,何苦唧唧喳喳地嚷!叫人家以为是些老鼠在叫呢!再说,这是不要紧的;他们知道适可而止,并不超过道德的范围!后来博歇想出了一个笑话,众人都跟着他说。大家呼唤哥特龙太太,又问她的肚子过来了没有,好像她停留在中途上过不来似的。你们想一想!假使她被卡在那里,上不来,也下不去,岂不塞住了柱子,叫人家怎能下去呢?

大家嘲笑那怀孕的女人的大肚子,笑得前仰后合,几乎把柱子都撼动了。博歇说得起了兴,又说这烟囱式的柱子会使人变老了,难道走不完了吗?要走到天上去吗?他又想法子恐吓那些妇人们,嚷着说柱子摇动了。然而古波一句话也不说,他跟在绮尔维丝的后面揽住她的腰,觉得她任他摆布。忽然间,大家到了柱顶端的光明处,看见古波正在吻绮尔维丝的脖颈。

"好,好!你们真有规矩!你们两个人真不怕难为情!"罗利欧太太说时现出替他们害羞的样子。

"烤肉"似乎很生气,喃喃地说:

"我正在计算这柱子里有多少梯级,给你们一嚷,我就算不成了!"

马第尼耶早已到了上面的平台上,指着许多古迹给大家看。福公尼耶太太和洛门舒姑娘绝对不肯离开楼梯,因为她们一想起下面的街道早已胆寒了。她们只由那小门看看就算了。洛拉太太的胆子大些,她在狭小的平台上紧贴着铜像绕了一圈。但是这到底是动心荡魄的事情,只要一失足,天啊!什么都完了!那些男人们的面色变了些,注视下面的广场。真叫人以为是身在天空,与一切都隔绝了!唉!谁能不胆寒呢!然而马第尼耶先生叫他们举起眼睛向很远的地方望去,这可以免得头昏。他继续指示给他们看残废军人纪念馆、国葬馆、圣母院、圣约克塔、蒙马特的峰峦。后来罗利欧太太忽然想起来,便问大家是否看见教堂路的银坊酒楼——等一会儿他们去吃饭的地方。于是足有十分钟的工夫大家寻找,大家争论,每人把那酒楼安置在一个地点。灰色广漠的巴黎围绕着他们,远处呈现浅蓝色,深坳处浮着许多起伏的屋顶,河的右岸沉在一片红铜色云彩下面的阴影里,云边镶着金黄色的霞光,一道宽阔的阳光照在左岸的千万个玻璃窗上,映成闪闪的星光,在大雨洗净了的天空下面,这个都市的一角,显得分外光明。

"我们犯不着上去吃风!"博歇说时气冲冲地走下楼梯。

众人都下楼梯，大家赌气不说话，只剩有急忙的脚步声。到了下面，马第尼耶先生想要付钱。但是古波抢着上前，把二十四个铜子放在守卫员的手里，算是每人两个铜子。这时候差不多五点半钟了，仅够他们回去的时间，于是众人又从大马路和卖鱼路走回去。然而古波觉得散步不能这样就收场，于是把众人推进了一家酒店里喝了些威尔姆特酒。

晚饭预定是六点钟，银坊酒楼里的人等候他们，已经等了二十分钟。博歇太太把门房交托给了一个女友，早已到了银坊酒楼，在二楼上对着那摆好的酒席和古波妈妈谈话；那两个孩子——克罗德和爱弟纳——由她领了来，在桌子下面，许多椅子的当中，东钻西躲地玩耍。绮尔维丝整天没有看见她的孩子们，所以一进来就把他们抱在膝上温存他们，热烈地同他们接吻。她向博歇太太问道：

"他们刚才还老实吧？没有太叫您麻烦吗？"

博歇太太叙述今天下午那两个孩子所说的令人笑煞的话，绮尔维丝又把他们抱起来，紧贴着自己，露出疼爱的热情。

"这对古波说来，真是一件奇怪的事！"罗利欧太太在餐厅的一头对那些妇人们说。

绮尔维丝本来保持着上午的安然微笑的态度，然而自从散步以后，她不时露出愁容，怔怔地望着她的丈夫和罗利欧夫妇，露出深思而沉着的样子。她觉得古波在他的姐姐跟前是一个没志气的人。昨天他还嚷着，发誓说如果他们那一对毒蛇夫妇放肆的时候，他一定给他们碰钉子。然而今天在他们跟前的时候，她是看得清楚的，他像一条驯服的狗，生怕他们发怒，不敢争辩一声。只是这一层就使绮尔维丝担心她的前途了。

这时候大家只等"靴子"一个人，他始终还没有来。

"啊！不管他吧！"古波说，"我们就席吧。等一会儿，包管你们会看见他滚了来的；他的鼻子很灵，有好酒好肉的地方他不会嗅不着的……喂,如果他还在圣德尼的路上守候着,那真好笑了!"

于是众人很快活地就席,把椅子移动得很响。绮尔维丝坐在罗利欧和马第尼耶先生当中,古波却坐在福公尼耶太太和罗利欧太太当中。其他各人随意就席,因为指定座位常常会引起争吵和妒忌的心理。博歇坐在洛拉太太的旁边,"烤肉"的左右是洛门舒姑娘和哥特龙太太。至于博歇太太和古波妈妈却在桌子的尽头,她们照管那两个孩子,她们担任替他们切肉斟酒,尤其是注意不让他们多喝酒。

"没有一个人做饭前的祈祷吗?"博歇这样问。这时妇人们正把她们的裙子放在桌布之下,因为恐怕染上油污。

但是罗利欧太太不喜欢这种玩笑。面条汤差不多是冷的,大家很快地喝干,调羹就着嘴唇,发出嗞嗞的声音。两个侍者伺候着,都穿的是油腻的裤子,围着肮脏的白围裙。院子里的槐树的上面的四个窗子是开着的,太阳从窗子里照进来,这是大雨后的余辉,空气虽清,暑气还未尽散。在这潮湿的角头上,树木的回光把氤氲的饭厅映成浅绿色;树叶的影子也在桌布上欢舞,而桌布却发出一种霉味。厅里有两面大镜子,镜子上满是苍蝇屎;镜子在桌子的两头,把桌子照得长到无边,桌上是密密层层的杯盘,盘子变了黄色,洗盘子时没有洗干净,好些油垢还存在盘子上的刀痕里。厅的一头,每次一个侍者从厨房上楼的时候,门一开一合,一阵强烈的油腻的气味也跟着吹上楼来。

"我们不要大家同时说话。"博歇说时,各人都不开口,只顾低头就着盘子吃东西。

大家开始喝第一杯酒,眼睛望着侍者们送肉馅面盒上来,忽然看见"靴子"进来了。他嚷道:

"好!好!你们这一班坏蛋!我在路上守候了三个钟头,甚至于有一个巡警来向我要证件看……你们看见过谁是像这样对待朋友的?你们该雇一辆马车去接我才是!呀!把我丢在路上,你们的心肠狠不狠？而且天又下雨，雨点大得很，以致我的衣袋里满装着水……真的，你们在我的衣袋里还可以钓鱼呢！"

众人捧腹大笑。"靴子"很激动，他一定已经喝了两瓶酒，只是因为大雨把他溅了一身泥水觉得不舒服罢了。

"唉！羊腿伯爵！"古波说，"你快去坐在哥特龙太太身边吧，你看，人家等候你呢。"

噢！他不会因为迟到而吃亏，他尽可以赶得上别人；他连叫了三次汤，几盘面条，还切了几块很大很大的面包放在汤里。当大家吃面盒的时候，席上人人都钦佩他的食量。他真贪吃得很！侍者们排成一串把面包传递给他，那些面包切得很薄，他一口就吞下去。他终于生气了，他要整个一个大面包摆在他的面前。那酒店老板很担心，亲自到饭厅门口望了一会。众人预料他会这样，重新又捧腹大笑起来。酒店老板竟给他吓倒了！这"靴子"真是一个宝贝！那一天十二点钟响的时候他不是喝了十二杯酒，吃了十二个熟鸡蛋吗？这种食量真是少有的！洛门舒姑娘很受感动，怔怔地望着"靴子"咀嚼，同时马第尼耶也很诧异，想找一句话称赞他的特殊的能力。

大家静默了一会。一个侍者把一只盘子放在桌子上，盘底很深，盘内有一味兔子肉。古波是一个很爱开玩笑的人，他取笑说：

"喂，伙计，这是一盘猫肉，这个……我还听见猫叫呢。"

他说了之后，果然有一阵猫叫的声音，叫得十分逼真，竟像在盘子里传出来似的。这是古波用喉咙做的，他的嘴唇并不动弹。他在酒席上专会做这种受人欢迎的把戏，所以他每次在外面吃饭一定叫一味兔子肉。后来他又哄哄地作猫儿喜悦的声音。那些妇人们都用饭巾掩着脸，因为她们笑得太厉害了。

福公尼耶太太要一个兔头；她只喜欢吃头。洛门舒姑娘喜欢吃肥肉。博歇说他喜欢吃葱头，葱头煮得好的时候比什么都好吃；洛拉太太听了，抿着嘴说：

"这个,我懂得。"

她的身子干瘦得像一根木杆子,过的是女工的忙碌奔走的生活,自从守寡以后,不曾有过一个男人,然而她却关心男女间的事情,爱说而且爱听双关的言语,她的理解力很高,有许多双关语,只有她一人懂得。博歇俯身贴近她的耳朵,低声地要求她解释。她又说:

"当然,那些小葱头……这已经够明白的了,我想。"

这时候谈的是正经话了,各人谈各人的行业。马第尼耶赞扬纸匣的事业,说这行业里真的有许多艺术家。于是他叙述那些很奢华的年礼纸匣子,夸奖说有些式样真是好极了。罗利欧冷笑起来,他做金子的工作,他很自负,他觉得他的指头与他的全身都是金光。他说古时候的首饰匠往往佩带宝剑,他叙述俾纳尔·巴里希①,其实他也莫名其妙。古波叙述一个旗杆顶上的定风针,说是他的一个朋友的作品;这定风针先是一根柱子,柱子上一束花,花上一筐果子,花果之上是一面国旗。这一切都做得很好,而且只是用一些锌片焊接而成的。洛拉太太教"烤肉"怎样做花茎,说时用瘦骨突出的手指头旋转那刀柄。这时候人声嘈杂,渐说渐高;大家听见福公尼耶太太高声埋怨她的女工们,说昨天还有一个学徒烧焦了她的两条被单。这时候罗利欧一拳打在桌子上,嚷道:

"随便你们怎样说,金子总是金子!"

这一句真理的话使众人都静默了,只有洛门舒姑娘用微弱的声音在说话。她说:

"……这样,我撩起她们的裙子,我在里面缝几针……又在她们的头上加一个别针别住她们的帽子……这样就完工了,人家拿去卖十三个铜子一个。"

她在向"靴子"讲解她做玩偶的情形,而"靴子"却慢慢地咀嚼,

---

① 巴里希(Bernard Palissy)是 16 世纪法国有名的一个作家和美术家,他是首先发明烧制珐琅的人。

像一盘磨石在磨麦粉似的。他并不听她的话，只摇了一摇头，一方面却放眼窥探着那侍者们，生怕他们把没有吃完的盘子撤了去。大家吃了一盘油炸肉和一盘豆角。侍者把烤盘送上来，是两支瘦鸡，摆在一堆水芹上面，水芹烤得又焦又软。外面的阳光在槐树的高枝上快要没落了。在饭厅中，浅绿的回光里，夹杂着由餐桌上升起的烟气，桌布被酒与菜汁染污了，刀叉零乱地放着；沿着墙侍者们放着些脏了的盘子和空了的酒瓶，看去好像是桌布上扫下来的秽物一般。天气热得很。男人们脱了礼服，只穿着衬衫继续地吃着。绮尔维丝很少说话，只远远地照顾着克罗德和爱弟纳。这时候她说：

"博歇太太，我请您不要给他们吃这许多东西吧。"

她站了起来，走到孩子们的椅子后面站着谈了一会。孩子们不懂得道理，他们一天到晚吃东西也不会拒绝的；她亲自撕了些鸡肉给他们吃。但是古波妈妈说他们害一次不消化的病也不妨啊。博歇太太低声在怪博歇捏了洛拉太太的大腿。唉！这个家伙真坏，他假装贪吃；其实她分明看见他的手放在桌子下面。如果他再动手，她要把一个水瓶打在他的头上呢！

在大家的静默中，马第尼耶先生谈论政治：

"5 月 31 日的法律①是可恨的。现在要在本地居住二年以上才有公民资格。有三百万公民被除名了……人家对我说波拿巴自己也很不高兴，因为他是一个爱老百姓的人，他所做的许多事足可以证明这个。"

他本人是一个共和党员，但是他所以敬仰亲王，是因为亲王的叔父是一个空前绝后的人物。"烤肉"生气了，他说他曾在总统府做过工，他看见过波拿巴好像他现在看见"靴子"一般，正和他面对面；这个粗鲁的总统有什么稀罕，只像一匹驴子！人家说他要到里

---

① 指 1850 年反动的议会通过的选举法，波拿巴（即拿破仑第三）当时尚为总统。下面所说的亲王，即波拿巴，其叔父即拿破仑第一。

昂巡游一次。好！假使他跌在水沟里死了，民众倒可以松快些！
这一场辩论渐渐变得不客气了，于是古波出头干涉说：

"嗳呀！你们的见识还不够谈政治！……笑话！什么政治！
政治与我们有什么关系呢？……人家捧什么出来都好，国王也好，
皇帝也好，哪怕什么也没有，我仍旧可以赚五个法郎一天，可以吃
饭睡觉，对不对？……呃！这太傻了！"

罗利欧把头摇了一摇。他是1820年9月29日生的，恰好和尚
博伯爵①同一天生日。这种巧合使他很动心，使他常常做模糊的幻
梦，他希望国王回到法国来，而他自己也可以有好命运了。他没有
说得很清楚他希望什么，但是他暗示他总会有一场意外的喜事。
所以每逢他有了一种大希望而不能达到目的的时候，他就自己安
慰说："不要紧，等到国王回来就好了。"

"而且有一天晚上我还看见过尚博伯爵呢。"他说。

人人的脸都转过来向着他。

"一点儿也不错。那伯爵是一个胖男子，穿着一件大衣，看他
的样子很仁厚……我在一个名叫贝基诺的朋友那里，就是在教堂
路卖家具的那一位朋友，伯爵在前一天遗落了一把雨伞在他的店
里，于是他进店来，简单地像这样说：'请您还我那雨伞好不好？'天
啊！这就是他，不错，贝基诺以人格担保！"

席上没有一个人表示有丝毫的怀疑。这时吃到饭后果品了。
侍者们正在撤去桌上的餐具，盘碟乱响。罗利欧太太一直都很有
礼貌，很有太太的风度，这时却忽然骂了一声"脏货！"因为一个侍
者撤盘子的时候误把一些什么流在她的颈上。当然，她的绸衣是
被染污了！马第尼耶看了看她的背，告诉她说什么也没有，他可以
向她发誓。现在桌布上摆着一个生菜碗，里面盛着些奶油蛋花，旁
边另有两盘干酪和两盘鲜果。奶油蛋花里的蛋白太熟了，浮在奶

① 尚博伯爵（Le Comte de Bhamlord）就是亨利第五，他自以为是法国王室的嫡系，在
　1873年准备称王而未成功。

油上面,惹得众人都很注意。大家说这蛋花做得很好,出乎意料之外。"靴子"始终只管吃。他又向侍者要了一个面包。他把两盘干酪都吃完了;看见那生菜碗里还剩有一些奶油,于是他请人家把碗递给他,他切了许多很大的面包片放进了碗里如同放在汤里一般。马第尼耶又钦佩地说:

"先生真是了不起的人。"

这时候那些男人们都站了起来吸他们的烟斗。他们在"靴子"的后面停留了一会儿,拍他的肩,问他是否觉得舒服些。"烤肉"把他连椅子抱起来,妈的,他的身子加重了一倍了!古波取笑说他这朋友这样吃,只算是一个开端,他要照这样吃一个整夜的面包呢!侍者们惊愕得都走开了。博歇下楼呆了一会儿,又上楼来告诉大家,说酒店老板的嘴脸可好看得很啊。他在柜台里脸色都变了,那老板娘着了慌,叫人出去看面包店还开着门没有,甚至于店里的猫都担心怕要破产似的。真的,这太好笑了,这顿晚饭的钱花得真值,聚餐如果没有这个狼吞虎咽的"靴子"是不行的!男人们燃着了烟斗,用羡慕的眼光望着他;他吃得这样多,身体一定是很结实!哥特龙太太说:

"假使人家要叫我养活您,我可不愿意。呀!不行,可真不行!"

"靴子"斜着眼睛望着哥特龙太太的肚子,回答说:

"喂,小妈妈,不要开玩笑。您吞下肚子的东西比我还长得多呢!"

众人齐声喝彩,说他回答得好。这时候天色已经黑了,饭厅里燃着了三盏煤气灯,在烟斗的浓烟里现出混浊的灯光。侍者们上了咖啡和白兰地酒,把那些脏了的盘子都收了去。楼下的槐树下面的跳舞开始了,一个喇叭和两个提琴演奏的声音很高,与妇女们的笑声相混合;夜里的天气还热,笑声还有几分带嗄。

"我还要喝酒!""靴子"嚷着说,"两瓶黄烧,要多放柠檬,少放白糖!"

古波看见对面的绮尔维丝有忧虑的脸色,于是站起来声明大家不要再喝酒了。大家已经喝了二十五瓶酒,连孩子也当大人计算,每人已经喝了一瓶半,这已经不少了。刚才大家小吃了一顿,大家互相亲爱,互相敬重,好像家庭的庆乐,一切经过都很好,都很快乐,如果大家尊重女人们,就不该闹得太凶。总之,大家到这里来聚会,为的是祝新夫妇健康,并不为的是喝得醉醺醺的。古波深信不疑地这样演说了一番,每说一句就用手按一按胸,罗利欧和马第尼耶先生都很热烈地赞成他的话。然而博歇、哥特龙、"烤肉",尤其是"靴子",四个人都很生气地冷笑起来,说他们的舌头干得很,口渴得很,非喝酒不可。"靴子"说:

"口渴的,就是口渴;口不渴的,就是不渴。我们要叫酒喝……我们并不勉强你们。可以叫伙计们也送几碗糖水来给少爷们喝。"

古波正想要再说,"靴子"早已站起来,把自己屁股一拍,嚷道:

"啊!不要唠叨了,少爷……伙计,快送两瓶老酒上来!"

于是古波说,这样倒很好,不过大家应该立刻把账算清,以免后来争吵,品格高尚的人犯不着替醉汉们付钱。"靴子"听说,自己搜了搜钱包,只拿得出三个法郎又七个铜子。但是,谁叫他们让他在圣德尼路上候了许久呢?他不能让雨水淹死了他,所以他破了那五个法郎。这是众人的罪过,却不是他自己的罪过!后来他终于拿了三法郎出来,留着七个铜子以为明天买烟草之用。古波气极了,就想要打"靴子",绮尔维丝大吃一惊,连忙扯住他的礼服哀求他。他终于向罗利欧再借两个法郎,罗利欧表面上拒绝他,却悄悄地借了给他;因为假使罗利欧太太知道了,她一定不肯的。

这时候马第尼耶先生拿了一个盘子来。洛拉太太、福公尼耶太太、洛门舒姑娘,都悄悄地先把五法郎放在盘上。男子们在厅的另一边算账。一共十五个人,该是七十五个法郎。等到七十五个法郎都放在盘子上之后,每一个男子又加五个铜子作为侍者们的小账。他们辛辛苦苦地计算了一刻钟,才算使得人人满意。

马第尼耶先生担任与老板接洽,及至他请了老板上来的时候,大家听了那老板的话都吃了一惊,原来他赔着笑脸说这些钱和他的账不相符,因为还有外加的账。众人听见了"外加"二字,都气愤愤地嚷起来,于是他不慌不忙地同他们算账:事前说定二十瓶酒,现在喝到了二十五瓶;他看见饭后的果品不很够,说奶油蛋花是他格外加的;又有连同咖啡送上来的一瓶罗姆酒,预备喜欢喝罗姆酒的人加在咖啡里喝的。于是一场吵闹起来了。大家埋怨古波不曾说好;古波就同那酒店老板争论:他并没有说过二十瓶酒的话;至于那奶油蛋花呢,既然与饭后果品一起送来,就该算在饭后果品的账内,老板自己甘心多给东西吃,亏了本也是活该;至于罗姆酒呢,那更是老板的诡计,故意把些烧酒放在桌子上,人家一时不当心就喝了,他因此就好格外加钱。他说:

"那罗姆酒是放在咖啡的托盘上的,应该归在咖啡的账内才是……您不要再向我们唠叨了!您把您的钱拿去吧。妈的!我们再也不踏进您这破屋子里来了!"

"另外要加六个法郎",那酒店老板说,"请你们再给我六个法郎……那位先生吃的三个面包还没有计算在内呢!"

大家紧紧围住了他,指手画脚地表示了他们的怒气,嚷得喉咙都哑了。尤其是那些妇人们,也忍不住了,说要她们再加一个生丁也不行。呀!好!谢谢吧!好一场喜酒!洛门舒姑娘说她再也不会参加这种宴会了。福公尼耶太太也说她没有吃好,说在她家里买两个法郎的菜就可以吃得很满意了。哥特龙太太埋怨大家把她安排在一个不好的地方,坐在"靴子"的旁边,那"靴子"很没有规矩。总之,这种聚会的结果总是不好的。一个人想要在他结婚的时候有人来参加,就应当请客呀,是不是!绮尔维丝躲在窗前古波妈妈的身边,一句话也不说,心中惭愧,觉得这一切责骂的话,都落在她一人的身上。

　　马第尼耶先生终于和酒店老板走下楼去。大家听见他们在楼下争论。半个钟头之后，马第尼耶上楼来了；他把事情办妥了，只加了三个法郎。但是众人还是很生气，不住地还在谈论外加的账目。在这噪嚷的场合里又加上了博歇太太的一种粗暴的举动。她始终窥探着博歇，她在一个角落上看见他搂着洛拉太太的腰。于是她拼命地把一个水瓶扔了过去，扔在墙上碰碎了。

　　"太太，可见得您的丈夫是个裁缝"，洛拉太太说时抿着嘴唇，表示她的话另有深意，"这是一个会做裙子的好手……然而刚才我在桌子下面踢了他好几脚呢。"

　　这次宴会完全失败了，他们越来越不高兴了。马第尼耶先生提议唱歌，但是那有好嗓子的"烤肉"已经不见了，洛门舒姑娘手肘倚着窗子，看见他在槐树下抱着一个不戴帽子的胖姑娘在跳舞。那喇叭和那两个提琴奏着《芥酱商人》舞曲，人们都拍手合着它的节拍。于是楼上的人涣散了，"靴子"和哥特龙夫妇下楼去了，博歇自己也溜了。大家从窗子里望见下面一对一对的男女在绿叶间打旋转，树枝上悬挂着的灯笼射出绿光照映着他们。暑热犹盛，夜景昏昏欲睡。在饭厅里，罗利欧和马第尼耶先生正在谈论正经事情；同时那些妇人们不晓得怎样泄愤，只好用眼睛望她们的衣服，看有没有染了污点。

　　洛拉太太的飘带大约是浸在咖啡里弄脏了。福公尼耶太太的生绸袍子也满是菜汁。古波妈妈的绿披肩从一张椅子上掉在地上，后来才在一个角落上找到，可是它早已皱了，被践踏脏了。尤其是罗利欧太太还不能息怒，她的背上染了一个污点，人家尽管发誓说没有，她自己却觉得有的。她把背扭过来，向镜子里照了一照，终于给她照见了。她说：

　　"我说过什么话来？这是鸡汁。我要那伙计赔偿我的袍子。我要告他一状……唉！这一天可是过得真够了！我倒不如在家睡觉呢！……我要走了！这样倒霉的喜酒，我受够了！"

　　她果然气愤愤地走了,她的脚跟把楼梯都踏得震动了。罗利欧连忙下楼追她,但是她无论如何不肯上楼,只说如果大家想要一块儿走,她愿意在街上再等候五分钟。她本想在大雨后就走了呢!今天的事,她将来还要向古波算账哩。古波看见她这样发怒,显出惊慌失措的样子,绮尔维丝为了避免麻烦,赞成大家就走。于是大家匆匆地互相接吻。马第尼耶先生送古波妈妈回家。博歇太太在这第一夜,只好把克罗德和爱弟纳领到她家去过夜;他们的母亲可以不必担心,他们因为吃奶油蛋花吃得太多,消化不好,早已在椅子上睡着了。于是新郎和新娘跟着罗利欧走了,把众人留在酒楼上;同时下面的舞场里起了一场争吵,是博歇和"靴子"同其他的一群人在争执。他们两人吻了一个妇人,这妇人是属于两个军人的,他们不肯把她还给那两个军人,并且声称要同他们打架,同时那喇叭和提琴正在奏着珍珠河畔的波尔卡舞曲。

　　这时候还不到十一点钟。教堂路上和金滴全区里喧哗得很厉害;原来工厂发工资的日子恰恰落在这个星期六,所以工人们可以大醉一番。罗利欧太太在银坊酒楼的二十步之外,站在一盏路灯下面等候着。她拉着罗利欧的手臂便向前走,并不回头;他们走得那样快,累得绮尔维丝和古波气喘喘地追赶他们。他们不时走下人行道,为的是躲避一个躺在地上、四脚朝天的醉汉。罗利欧回头,想要弥补这些不愉快的事情。

　　"让我们送你们到你们的门口吧。"他说。

　　罗利欧太太提高了声音说,她觉得在好心旅馆的一间邋遢的房间里度过新婚之夜真是可怪的事情。难道他们不能把婚期展缓,搏下两个钱买几件家具,自己租一间房子然后结婚吗?呀!今天晚上他们两个人堆叠在顶楼上十法郎一间的小屋子,连空气都没有,那才好呢!古波胆怯地回答说:

　　"我已经退了房间,我们并不住在屋顶楼上。我们保留着绮尔维丝的房间,因为它大一些。"

罗利欧太太一时忘情，突然转身嚷道：

"唉！这更不行！你竟要到瘸子的房间里去睡觉吗？"

绮尔维丝的脸色大变，她第一次听见人家当面叫她的绰号，好像挨了一个耳光。后来她还听见罗利欧太太气愤愤地说：瘸子的房间是她和郎第耶同居过一个月的房间，她过去的秽迹还留在房间里呢。古波没听明白，只恨她说出绰号得罪了他的妻子，于是气愤愤地说：

"你不该给人家起绰号。你不晓得，本区的人因为你的头发不好，大家都把你叫做牛尾巴呢。呃，你不喜欢这名字，是不是？……我们为什么不可以保留二楼的房间呢？今晚孩子们不在那里，我们这一夜一定会过得很好的。"

罗利欧太太听见了"牛尾巴"这个名字，心中十分难受，却一句话也不说，保持着她的尊严。古波为着要安慰绮尔维丝，悄悄地揽紧了她的手臂；他甚至于使她能够开心，因为他附着她的耳朵说他们仅仅有七个铜子成家，三个大铜子，一个小铜子，他并且用手在裤袋里把铜子弹得铮铮地响。他们到了好心旅馆门口的时候，大家没好气地互相道了晚安。古波正在勉强拉绮尔维丝和他的姐姐吻抱，并且说她们是傻瓜的当儿，有一个醉汉似乎要向右边走过，突然又转到左边，把身子投在那两个妇人的当中。罗利欧说：

"呃？这是巴苏歇伯伯！他今天领到工钱了。"

绮尔维丝吃了一惊，把身子紧靠着旅馆的门。巴苏歇伯伯有五十多岁了，是一个殡仪馆的职员，他的黑裤子上满是污泥，一件黑外衣搭在肩上，一顶黑皮帽子戴在头上，这帽子因为跌跤而弄得又皱又扁了。

"你们不要怕，他并不是凶恶的人"，罗利欧继续说，"这是我们的一个邻居，在未到我们的房间以前，廊子里的第三间就是他的家……嗬！假使他的老板看见他这样，他就该倒霉了！"

然而巴苏歇伯伯看见绮尔维丝怕他，却大大地不高兴，说：

"呃,怎么样?我不会吃人的……好孩子,你放心,我并不比别人坏……当然,我喝了不少酒!一个人做工的时候,轮子上不能不加点儿油!我们只两个人便把一个有六百磅重的死人从四层楼搬到街道上,而且还没有把他摔坏,你们做得来吗?……我呢,我是喜欢逗笑的人。"

绮尔维丝更把身子躲在门里面,满心想要哭出来,整天的快乐都打消了。她再也想不起同罗利欧太太吻抱,只恳求古波支使开那醉汉。于是巴苏歇蹒跚地走着,挺有理智地表示出他的藐视的态度,说:

"谁也拦不住您过这一关,我的孩子……也许有一天您很愿意过这一关呢……是的,我知道好多女人,她们巴不得人家把她们抬走呢。"

罗利欧夫妇决定把他带走,他转过身来,打了两个噎,吃吃地说了最后的一句话:

"一个人死了的时候……您听我说……一个人死了的时候,就永远活不转来了。"

四

　　古波和绮尔维丝经过了四年的辛苦的工作。他们在本区里算是一对好夫妇，两人安静地过生活，并不打架，每逢星期天一定到圣杜安去散步一次。绮尔维丝在福公尼耶家里每天工作十二小时，还有时间把自己的房子弄得干干净净，每天早晚又照料全家的饮食。古波不喝酒，把每半月所得的工钱都拿回家来，每晚在未睡之前当着窗户吸一吸他的烟斗，为的是换一换空气。他们这样和气，所以人们常常称道他们。他们两个人每天几乎能赚九个法郎，所以人家猜他们贮蓄了许多钱。

　　尤其是起初的时候，他们得努力地工作，才能弥补亏空。在结婚的时候，他们已经负了二百法郎的债。后来他们又嫌好心旅馆太不好，他们觉得旅馆里来往的人都不是正经的，实在令人看不过眼；他们希望自己有家，自己料理自己的家具。有许多次，他们预算必需的款子，屈指一算，至少要花三百五十法郎。假使他们不愿手头太紧，而且希望有钱买一只蒸罐或一口小锅，那么，这个预算是不可能再减了。他们正在垂头丧气，以为不到两年的功夫想要撙节下来这样大的一笔款子是没有希望的，哪知道他们忽然有了一个好机会：布拉桑有一位老先生向他们请求把长子克罗德送进那边的中学里去，因为那老先生是一个慷慨而古怪的人，爱好图画，他看见了这个孩子以前所乱涂的小人竟使他非常赞赏。克罗德在家里实在累他们用许多钱。现在他们只负担幼子爱弟纳了，

所以他们在七个半月之内就积下了三百五十法郎。某一天,他们
到美男路去买些转售的家具;买了之后,在回家以前,先在马路上
散一会步,心中快乐得了不得! 他们买到了一张床,一个床边的小
柜,一个大理石面的横柜,一个高柜,一张漆布面的圆桌,六把椅
子,这一切都是旧红木的;此外还有床单被褥,桌布饭巾和几乎全
新的厨房用具。在他们看起来,这才算是正正经经地进了生活之
门,他们有了家具,便成为有产的人,本区内有身份的人也都对他
们重视了。

　　两月以来,他们心心念念在乎找一个住宅。他们首先就想在
金滴路那所大房子里租到一个住宅。但是那边没有一间房子空出
来,他们只好放弃了他们的旧梦。老实说,绮尔维丝并不觉得可
惜:她一想起要与罗利欧夫妇同住在一处,她就很害怕。于是他们
向别处寻找。古波很有道理地主张不要远离福公尼耶太太的洗衣
厂,好叫绮尔维丝不至于走太远的路,随时都可以回家来。他们终
于找着了一处,是一间很大的卧房,一间梳妆室,一间厨房,恰在金
滴新路,差不多是那洗衣厂的对面。这是一所小房子,只有一层
楼,楼梯很陡,楼上只有两所住房,一在右边,一在左边。楼下住的
是一个出赁车辆的商人,他的车辆都停放在沿着马路的一个挺大
天井的敞房里。绮尔维丝十分喜悦,以为回到了外省;这里没有邻
居,不怕有人同他吵闹,这样安静的地方令她回忆起布拉桑的城堡
后面的一条小路;还有一个最大的好处,她在洗衣厂里用不着离开
她熨衣服的桌子,一探头就可以望见她的窗子。

　　迁入新宅的时期定在四月月终。这时候绮尔维丝已经怀孕八
个月了。但是她表示她很强壮,笑着说她工作的时候肚里的婴儿
还在帮助她呢,她觉得一双小手在肚子里推她,于是她更有气力
了。每逢古波要她睡着静养的时候,她偏不肯,她说她一睡就会害
病。这未免太早了;现在多了一张嘴,该加紧工作才行呢! 于是她
亲自洗刷她的住房,然后帮助她的丈夫把家具摆好。她非常爱惜

这些家具,很小心谨慎地揩擦它们,只要看见小小的伤痕就非常地心痛。当她扫地误撞着家具的时候,她停住了脚发呆,竟像自己被撞伤了似的。她尤其爱那横柜;她觉得它很美丽,很结实,而且式样很堂皇! 她的好梦是买一个时钟放在大理石面上,那一定会好看得很,然而她不敢说出口来。假使她不怀孕,她一定买一个时钟。现在她叹了一口气,把那事情展缓了。

他们夫妇在新宅里住得非常舒服。爱弟纳的床摆在梳妆室里,而且那里头还可以摆放一张婴儿的床。厨房像手掌一般大小,而且是黑暗的;但是,如果把门打开,屋里还很明亮。再说,绮尔维丝并不要做几十个人的饭,只要有地方做她的炖肉就够了。至于说到他们的大卧房,他们因此而骄傲。他们在早上把白色的床帷拉上了,卧房就改为饭厅,桌子在中央,横柜与高柜相对着。那壁炉每天要烧十五个铜子的煤炭,于是他们把壁炉堵塞了;天气十分冷的时候,他们把一个小铁火炉摆在大理石板上,每天只烧七个铜子的煤就可以取暖。后来,古波又竭力点缀他的卧房的墙壁,说将来还要再弄漂亮些:镜台上是一个雕刻像,刻的是法兰西的一个元帅,手里拿着一根指挥棒,在一尊大炮和一堆炮弹之间徘徊着;横柜上是许多家人的相片排成左右两行,中央是金色的一个圣水瓷盘,盘里放着些火柴。高柜上有巴斯加和贝朗瑞的半身塑像,一个庄严,一个微笑,好像在静听那小时钟嘀哒的响声。这实在是一个漂亮的卧房。

“您猜我们的房租是多少呢?”绮尔维丝每逢一个客人来拜访的时候一定这样问一句。

当人家把房租估计得太高的时候,她得意得嚷起来,因为她花这样少的钱住这样舒服的地方。她说:

“每年一百五十法郎,不多一个铜子! ……呃! 这真便宜!”

金滴新路的本身也是使他们快乐的一个大原因,绮尔维丝住在这里可以从自己家里到福公尼耶太太家里不断地来往。现在到了晚上古波却下楼来,在门口吸他的烟斗。那马路是没有人行道的,渐上渐高。路面的石砖是坍了的,往上去在金滴路的一方面,有些黑暗的商店,店窗是肮脏的。有几家补鞋店,几家箍桶店,一家凌乱的杂货店,还有一家倒闭了的酒店,店门关了几个星期了,门上贴着许多广告。朝着巴黎的另一头却是些直上云霄的有四层楼的房子,楼下是许多洗衣店,一家挨着一家。只有一家绿色门面的小理发店,橱窗内摆着许多色彩柔和的香水瓶和擦得挺亮的铜盘,使这个阴暗的角落呈现出一些鲜艳活泼的景象。但是最令人舒服的地方是路的中间,因为房子渐低渐少,空气与日光也渐多。这里的出租车辆商人的存车房、旁边的一家汽水制造厂和对面的一个洗衣场仿佛把这个寂静的空地是格外扩大了。洗衣场上洗衣妇的喧哗声与机器均匀的声音似乎都有一种自乐其乐的意味。在深一点的地方,黑墙中间夹着的小路,竟使这里酷似一个村落。古波看见有少数的行人从洗衣场里流出来的肥皂水上跨过去,觉得有趣,便说他记得在五岁的时候他的一个叔父曾经把他领到这么一个地方去过。绮尔维丝最爱她的窗子左边的天井里所种着的一株槐树,只要一条伸出墙外的碧绿的树枝,就够替全路增加风景了。

　　直到四月底,绮尔维丝才分娩,那时是下午四点钟,她正在福公尼耶太太家里熨一对布帷,忽然肚子痛起来。她不愿意立刻回家,还在一张椅子上忍受着痛,痛止了些的时候又熨那些布帷,布帷是等着要用的,她硬要把它熨好;再说,这也许是一场普通的肚子痛,何苦为这个就娇养起来?但是,当她想要再熨几件男子的衬衫的时候,她的面色变得煞白了。她只好离了工作室,穿过了马路,弯着腰,用手扶着墙走。一个女工愿意陪送她,她谢绝了,只请她替她到附近的卖炭路去找一个产婆来。当然,她的家这时候还没有举火。她自己想这大约要整夜的工夫,她不妨在回去的时候先预备古波的晚饭,做好了饭之后她再看,不脱衣服就倒在床上也可以的。然而到了楼梯上的时候，她的肚子忽然大痛起来，她只好坐在楼梯中间的梯级上；她用双拳堵住了嘴不肯叫喊，因为她生怕被男人们在上楼时候撞见她。痛过了之后，她才能开了房门，心里安定了，又以为自己一定误会了。这一天晚上她用里脊肉做红烧肉，当她剥马铃薯皮的时候，一切都还顺利。然而在肉下锅的当儿，她的汗又流，肚子又痛了。她一面站在灶前做菜，一面痛得流了许多眼泪，她虽然要分娩，断不能因此就让古波没有饭吃，是不是？肉在微火上渐渐煮烂了。她回到卧房里，以为她还有时间把一副刀叉摆在桌子上，然而她连忙把酒瓶放下，已经没有气力跑到床上，竟倒在地上，在擦鞋的草垫上生下了孩子。一刻钟之后，产婆来了，就在草垫子上给她收生。

古波始终在医院里做锌工。绮尔维丝不许人家去惊动他。到了七点钟，他回家的时候，他看见她裹紧了被单躺在床上，惨白的脸贴着枕头。那婴儿被一幅披肩裹着在她的脚边，正在啼哭。

"唉！我可怜的妻子！"古波说时和绮尔维丝接吻，"一个钟头以前我正在和人讲笑话，你却在家受痛苦生孩子！……喂，你真不费事，不到打一个喷嚏的工夫就生下来了！"

她无力地微笑了一笑，后来她又喃喃地说：

"是一个女孩。"

"正好！"那锌工说笑话来安慰她，"我本来要你生一个女儿！呃！现在遂了我的心愿了。这样看来，我希望什么你就做什么。"

他说着，把那女孩抱了起来，又说：

"让我看您一看，黑炭小姐！……您的小脸黑得很。您不要怕，将来会变白的。您将来长大了，要和爸爸妈妈一样做个正经人，不可做坏人。"

绮尔维丝很严肃地望着她的女儿，眼睛睁得很大，一时悲哀，眼珠儿渐渐黯淡了。她摇了摇头，她本来希望得一个男孩，因为男子在巴黎总不怕没有法子谋生，而且没有这许多危险。那产婆从古波手里把婴儿抢了过来,并且禁止绮尔维丝说话,说人家在她身边这样喧嚣已经是不好的了。古波说应该去报告古波妈妈和罗利欧夫妇;但是他饿极了,想要吃了饭再去。绮尔维丝看见他自己到厨房里拿红烧肉,放在一个深凹的盘子里吃,又找不着面包,她的心里非常难过。她不顾产婆的禁止,竟在被窝里翻来覆去呻吟叹息。可惜她没有把晚饭安排好,一场肚子痛竟像一顿恶棍子,把她打倒在地上了。她自己在那里安然地躺着,她可怜的丈夫吃得这样坏,一定会恼她的! 那马铃薯到底熟了没有? 她记不得是否已经放了盐。

"您不要说话!"那产婆说。

"呀! 您不许她操心!"古波说时满嘴是菜,"假使您不在这里,我敢打赌,她一定会起来替我切面包……胖母鸡,你好好地躺着吧,不要毁了自己的身体。否则在半个月内你也起不了床呀……你做的红烧肉很好吃。这位太太可以同我一块儿吃一些,可以不可以,太太?"

那产婆不肯吃,但是她愿意喝一杯酒,因为依她说她看见绮尔维丝在草垫子上生孩子真令她心里激动了。古波终于出去把消息报告他的家里人。半个钟头之后,他回来了,他家里的人也都跟他来了。他到了罗利欧夫妇家里恰巧遇见了洛拉太太,所以古波妈妈和他的两个姐姐、一个姐夫都来了。罗利欧夫妇看到了这个家庭的兴旺景况,变得很客气了,过分地赞扬绮尔维丝,同时却摇头摆手眨眼流露出他们对未来的真感想。总之,他们所晓得的他们自己心里明白;不过他们不肯违反全区的人的意见罢了。

"我把他们领来了",古波向绮尔维丝嚷着说,"也罢! 他们想要看看你……你不要开口,这是禁止的。他们留在这里,安安静静地望着你,大家也不必客气,对不对? ……我呢,我去替他们做些咖啡,你看我还会作出很好的咖啡!"

他进厨房里去了。古波妈妈同绮尔维丝接吻之后,极口称赞那婴儿的肥壮。洛拉太太与罗利欧太太也在产妇的脸上重重地吻了几吻。三个妇人站在床前议论这一次的生产，说只像拔一根牙齿，容易得很，真是稀奇。洛拉太太审视那婴儿的五官四肢，说长得很好，并且特意地说将来会成一个有名的女人；她觉得婴儿的头太尖了些，于是她用手揉她的头，想要揉圆些，也不管她啼哭。罗利欧太太把婴儿抢了过来，生气地说婴儿的头骨这样嫩的时候就被人家这样揉捏，将来一定会使她有种种的毛病。后来她又找那婴儿和父母相像之处。罗利欧从众妇人的身后伸长了脖子，说那婴儿没有一点像古波，只鼻子有几分相像，而且还说不定呢！大家因此几乎吵起嘴来。他又说那婴儿完全像母亲，尤其是眼睛，这一双眼睛决不像古波家里的人。

　　这时候古波还没有出来。大家听见他在厨房里正在为了炉灶和咖啡壶而忙乱呢。绮尔维丝很不放心：唉！做咖啡不是男人的事啊！于是她高声教给他怎样做；那产婆在旁边连声叫"嘘"，她也只当听不见。

　　"把东西拿开！"古波说时，把咖啡壶拿了进来，"唉！她真爱管事！时时刻刻要她担心！……我们用酒杯喝咖啡好不好？因为瓷杯还在商店里呢。"

　　大家围着桌子坐下，那锌工要亲自斟咖啡。咖啡的味道是很浓的。当那产婆喝了咖啡之后，她就告别了：一切都很顺利，人家用不着她了。假使今夜过得不好，明天再叫人去找她来就是了。她才下了楼梯，罗利欧太太就骂她，说她嘴馋爱吃喝的妇人，而且是不中用的，说她放了四块白糖在她的咖啡里，又要了十五个法郎的酬金，却让产妇独自一人生下了婴儿，她并没有帮忙。古波却替她辩护，说他很甘心给她十五个法郎；总之，这种妇人她们的青春都葬送在学习中去了，她们本有要求高价的理由。后来罗利欧又同洛拉太太吵嘴：他说如果要生男孩，必须把床头朝着北方；她耸了耸肩，说他的见识很幼稚，依她所得的秘诀是由丈夫在向阳的地方摘一把新鲜的苎麻,悄悄地放在褥子底下,不让妻子知道。大家把桌子推到了床前。一直到了晚上十点钟,绮尔维丝渐渐地疲倦了,微笑而发呆,把头伏在枕上。她看见人,听见人说话,然而她自己再也没有气力动一动手或开一开口,她似乎觉得自己死了,而且是一种很舒服的死,还能欣幸地看见别人活着。有时候,那婴儿大声呱呱地啼哭,令人不住地联想到昨天教堂路尽头处好井路上的凶杀案。

后来那些亲眷们预备走了,大家谈到洗礼的问题,罗利欧夫妇答应做婴儿的代父代母;在背地里他们却说不愿意;然而假使古波夫妇不请他们做,他们的脸上又会显出难看的神气。古波觉得没有行洗礼的必要,行洗礼并不会给她带来一万法郎的年金,恐怕反要使她伤风,越少和神父打交道越好,但是古波妈妈骂他是不信教的人。罗利欧夫妇虽然不到教堂里去,却自夸他们有宗教信仰。

“星期日就办,如果你们愿意的话。”罗利欧说。

绮尔维丝点头赞成,众人都与她接吻告别。大家也向那婴儿告别,每人走到那发抖的小身体的旁边,都弯着身子说了些疼爱的话,竟像那婴儿能懂得似的。大家叫她做娜娜,因为她的代母的小名叫做安娜的缘故。

“晚安,娜娜……喂,娜娜,您将来会做一个好女儿啊……”

当他们走了之后,古波把他的椅子移到床前,握着绮尔维丝的手,同时吸着他的烟斗。他慢慢地吸烟,一面喷着烟,一面说着话,现出很感动的样子。

“喂?我的太太,他们打扰了你吧?你要知道,我没有法子叫他们不来的。总之,这为的是证明他们的情谊……但是,清清静静地在家更好些,是不是?我呢,我须要像现在一样独自一人陪着你。这一晚上我觉得很长!……唉!可怜的乖乖,刚才你受了痛苦了!这些小娃娃到了世上来,不晓得要累人家怎样吃苦!真的,这大约好像人家剖开了你的腰子那样痛……痛苦在哪里?我可以吻一吻吗?"

他把一只粗大的手轻轻地伸到她的背下,把她揽过来,隔着被单吻她的肚子,显出为她的痛苦而伤感的样子。他问她是否弄痛了她,他在肚子上面吹气,为的是要她减少痛苦。绮尔维丝十分快乐,她对他发誓说她没有痛苦了。她只想要趁早起床,越早越好,因为现在她不应该抱着手臂不做工。但是他又用话安慰她,难道他不能担任赚那婴儿的面包吗?假使他累她忧虑婴儿的衣食,他就成了一个没有出息的人了。在他看来,生孩子不算稀奇,养孩子才是功劳,是不是?

这一夜古波差不多没有睡,他在火炉里添上了火,他每隔一小时又起来给那婴儿喝些微温的糖水。然而第二天早上他仍旧照常上工,他甚至于能利用吃中饭的时间到市政厅里报告婴儿的出世。同时他通知了博歇太太,她赶忙到来陪伴绮尔维丝一整天。但是绮尔维丝沉沉地睡了十个钟头以后,便埋怨起来,说她总躺在床上躺得疲倦极了,假使人家不让她起床,她会害起病来。到了晚上,古波回来的时候,她向他诉苦:说她对于博歇太太未尝没有信任心,不过她看见一个外面的人停留在她的卧房里,开她的抽屉,摸她的什物,她实在看不过眼!第二天的下午博歇太太替她出去买东西,回来的时候却看见她站着,衣服穿好了,正在扫地,而且为她的丈夫预备晚餐。她总也不肯再睡了,也许人家会取笑她吧!假愁装病是贵夫人们所做的事,一个人没有钱的时候就没有空闲的工夫。她分娩的第三天早上已在福公尼耶太太家里熨起裙子来了,在火炉里烧烙铁热得她一身的汗珠。

到了星期六的晚上,罗利欧太太早已把代母的礼物送了来:一顶值三十五个铜子的小帽,一件洗礼的衣服,这衣服镶着花边,是她用六个法郎买来的,因为已经是半旧的了。第二天,罗利欧送了六磅白糖来,算是代父给产妇的礼物。他们很会做事情,甚至于当天晚上古波夫妇请他们吃晚饭的时候,他们也不肯空手到来。罗利欧先生左右臂各挟着一瓶上等原封好酒,他的妻子也在克里酿古街的一家远近驰名的糕点铺里买了一个很大的蛋糕送来。不过后来他们向全区的人都夸说自己慷慨:说他们差不多花了二十法郎。人家把他们这一番话传到了绮尔维丝的耳里,绮尔维丝就气愤得不感激他们的盛情了。

趁这洗礼的晚饭的机会,古波夫妇与同楼的邻居联系得更密切了。这所小房子里另有一份住房,里面住着两个人,是母子二人,人家说他们姓顾奢。在这以前,他们两家的人在楼梯里或马路上相遇的时候大家只是点点头,没有什么别的;他们母子似乎是不很爱交际的人。绮尔维丝分娩的第二天,那母亲替她拿了一桶水上楼来,绮尔维丝以为应该请他们吃一顿饭,因为她平日也觉得他们是很好的缘故。当然,他们因此就互相认识了。

顾奢母子是诺尔省的人,那母亲缝补花纱,那儿子本是个铁匠,现在在一家螺丝钉制造厂里做工。他们在这住宅里已经住了五年了。他们虽然悄悄地过安静的生活,其实他们有许多旧日的痛苦:当年顾奢伯伯喝醉了酒,一时动了气,在里尔地方用铁棍打死了一个朋友,后来他在监狱里用手帕自缢死了。那寡妇和孤儿自从遇祸之后到了巴黎,脑海里常印有这个悲剧,所以他们愿意做好人补赎罪孽,待人十分和蔼,自己做事也十分发奋。在这情形之下,他们有几分自负,因为他们终于觉得自己比别人好些。顾奢太太始终穿的是黑衣服,头上戴着修女式的帽子,脸色很白,态度安详,那些花纱的白色和她的纤细的工作似乎能使她显出这种幽静的神气。顾奢是一个二十三岁的高大汉子,容貌魁梧,脸色粉红,眼睛是蓝色的,力大如牛。在工厂里,朋友们叫他做“金嘴”,因为他有一嘴漂亮的黄色胡子的缘故。

绮尔维丝立刻觉得对于这两个人有了很好的感情。当她第一次走进他们的住房的时候,忍不住惊叹他们收拾得很干净,没有什么好说的,人家尽可以到处用嘴来吹,不会有一点微尘飞起,地砖也亮得像镜子一般。顾奢太太请她进她儿子的卧房里看一看。这房很洁白,很幽美,竟像一个少女的卧房:一张小铁床,带有一顶纱帐,一张桌子,一张梳妆台,墙上挂着一个小书架;而且自上而下满是些图画!有些从书报上剪下来的人物,用四个钉子钉在墙上,还有许多伟人的肖像与种种画刊。顾奢太太微笑地说她的儿子是一个大孩子,晚上,他看书疲倦了的时候,他就注视墙上的图画寻开心。绮尔维丝一时忘情,在她邻居那里滞留了一个钟头,只见顾奢太太早已在窗前工作了。她看见那织花边的许多针签感到十分有趣,她欣幸她能呼吸这家人家的清洁的空气,因为这种精细的工作实在有一种幽静的乐趣。

顾奢母子很值得交往。他们每天工作的时间很多,把他们的工钱的四分之一以上撙节下来,送去储蓄。在本区里,人家对他们致敬,常常说起他们的节俭。顾奢的衣服没有一个小洞,每一出门都穿的是很洁净的工衣,没有一点污垢。他很有礼貌,虽然他长得魁伟,却带有几分怕事的样子。马路的尽头处那些洗衣妇们看见他低着头经过的时候,都拿他作为笑谈。他不喜欢她们的粗言野语,他觉得女人们常常有些污秽的话挂在嘴边是最可憎恶的事情。然而有一天他却喝醉了酒回家,不过顾奢太太并不怎样责骂他,只从柜子的深处拿出他父亲的肖像来摆在他的面前。自从这一次教训之后,他每逢饮酒只是适可而止;然而他并不恨酒,因为工人是需要酒的。每逢星期天,他挽着母亲的臂出去游逛,往往领她到文新尼森林方面去;有时候他又领她到戏院里看戏。他很爱他的母亲,他对她说话的时候还像一个小孩。他被砧锤的工作弄得身体笨重,头脑简单,竟像一个愚蠢的人;不过他虽然不很聪明,为人却很忠厚。

起初的几天,绮尔维丝使他感觉很不自然。几个星期以后,他渐渐和她熟了。他每天窥伺着她回家,替她把包袱拿上楼来,把她当做姊姊看待;他忽然和她亲热起来,她要什么图画他都剪给她。

　　但是,有一天早晨,他没有敲门就推门进了绮尔维丝的房里,撞见她半身裸露,正在洗她的酥胸。从此之后,他隔了一个星期不敢正眼望她,终于使她自己也脸红起来。

　　古波的说话是没遮拦的,巴黎习气很重,觉得金嘴是一个傻瓜。不喝酒是好的,不在街上调戏女人,也是好的;然而男人终是男人,否则何不索性穿裙子呢?他当着绮尔维丝的面取笑他,故意说他在用媚眼勾引全区的女人们,于是这个大傻瓜顾奢激烈地替自己辩护。他们虽然这样,终不免成为好朋友。他们在每天早上互相招呼,一块儿出去,晚上在未回家以前,有时候还一同去喝一杯啤酒。自从洗礼的晚餐以后,他们便你你我我地称呼起来,因为他们说"你"字比"您"字简便些,省了许多麻烦。他们就这样保持着友谊,而金嘴竟为杨梅酒少爷帮了一次大忙,这竟成了他一辈子不能忘的恩德。12 月 2 日①的那一天,古波为了寻开心竟异想天开地去看骚乱,什么共和国呀,波拿巴呀,一切动荡呀,他都不关心,他只是很爱火药,觉得枪声砰砰是很有趣的事情。他在街垒后面险些儿被人家捉住了,幸亏顾奢恰好到来遇见了他,用他的神力把他抢救出来,帮他逃了生。顾奢在走上卖鱼路的时候,走得很快,神气严重。他很诚挚地关心政治,是一个维护正义和全民利益的共和党员,然而他自己并没有拿过枪。他的理由是这样的:民众再也不愿意牺牲自己,为资产阶级火中取栗,供他们享受了;2 月和 6 月的事就是好教训;所以此后民众不会任凭政府随它的意思处理一切问题了。走到卖鱼路的最高处,他回头望着巴黎,人家在那边毕竟做了些事情,将来有一天民众会后悔不该袖手旁观。但是古波又冷笑,说那些蠢驴拿性命去冒险,为的是维持议院里的一些懒骨头的二十五法郎的日俸。到了晚上,古波夫妇请顾奢母子吃饭,吃到饭后果品的时候,杨梅酒少爷与金嘴互相拥抱,在脸上彼此重

_____

① 指 1851 年 12 月 2 日波拿巴政变的日子。

重地吻了两吻,现在他们成为生死之交了。

　　三年里,门对门的两家照常过生活,并没有非常的事件发生。绮尔维丝每周至多牺牲两天的工作,来抚养她的小女孩子。她终于成了一个能干的女工,每天可以赚到三个法郎,所以她决定把八岁的爱弟纳送到夏尔特路的一个小小的寄宿学校去,费用是五个法郎。古波夫妇虽然要顾儿女的衣食,每月竟能储蓄二三十法郎。当他们节省的款子达到了六百法郎的时候,绮尔维丝睡不着了,一心只想实现她的奢望:她希望做老板,开一家店铺,也招些女工。她把一切都计算过了。二十年之后,假使生意顺利的话,他们可以撑下一大笔钱,到乡下去收年金生活。然而她还不敢冒险,她说要找一个店铺,为的是给自己有考虑的时间。其实款子放在储蓄处是不用担心的;非但安全,而且可以生息。三年内,她已经遂了她的一种心愿,她买到了一个时钟:这是一个红木的时钟,柱子是螺旋花纹的,钟摆是铜质镀金的,货款是分期支付的,每逢星期一支付一个法郎,一年付清。古波说要上发条的时候她竟动了气;她亲自把时钟的玻璃罩捧了起来,诚惶诚恐地揩拭那些柱子,竟像是摆在横柜大理石上的神龛似的。她把存款的簿子藏在玻璃罩内时钟的后面。往往当她梦想她的店铺的时候,她忘情地对着那钟盘怔怔地望着长短时针转动,好像要等候吉祥的时刻然后决定主意似的。

　　古波夫妇差不多每逢星期日都同顾奢母子出去游玩,这是些风雅的娱乐,或在圣杜安吃些油炸鱼,或在文新尼森林吃一些兔子肉,吃时并不择地方,只在卖饭小商人的亭榭里吃。男人们喝酒只是为了解渴,归途上十分清醒,挽着妇人的手臂走路。晚上在睡觉以前,他们两家算账,每家担任一半的费用;多了一个铜子或少了一个铜子,大家从来没有争论过。罗利欧夫妇妒忌顾奢母子,他们觉得古波夫妇放着自己的亲眷不往来,却常常同外人出去游玩,是一件可怪的事情。好!是了!他们以为亲眷们不吉利!自从他们有了两个钱存放之后,他们就摆起架子来。罗利欧太太非常怨恨她的弟弟离开了她,所以重新又辱骂绮尔维丝。洛拉太太恰恰相反,她替绮尔维丝辩护,往往叙述在夜晚的时候,有许多男子在马路上勾引绮尔维丝,被她奋勇地拒绝了,并且给了那些没有出息的人几个耳光。至于古波妈妈呢,她努力要调停众人,希望孩子们都同她要好:她的眼力越发弱了,只能收拾一个人家的房子,所以她欣幸能在孩子们家里不时得到五个法郎。

娜娜三周岁生日的那一天,古波晚上回来,看见绮尔维丝有些心神不安,她不肯说话,然而她又说她没有什么。但是她把饭桌上的东西摆得很乱,拿着盘碟发愣,只管沉思,她的丈夫一定要知道她的心思。她终于承认说:

"好,我就说了吧!金滴路那一家线店要出租……一个钟头以前,我去买线,看见了门上的招贴,我的心就有些激动。"

这是一个很干净的店铺,恰在他们从前所希望居住的那所大房子楼下。那商店有店面,有后店,左右还有两间卧房。总之,这是很合他们用的;房子虽然小了些,然而分配得很合宜。不过,她觉得太贵了:那店主要五百法郎。

"那么,你是进去看过,而且问过价钱了吗?"古波问。

"唉!我因为好奇,进去看了一看!"她回答时勉强装做不关心的样子,"我看见了招贴便进去看一看,这也花费不了什么……但是这一家未免太贵了。再说,叫我自己做老板也许是一件傻事呢。"

然而在晚饭后,她又说起那线店来,她在报纸的边上画着那店铺的位置,她渐渐说到布置房子,竟像明天就要把家具搬进店里去似的。于是古波看见她这样有意,便极力劝她去租;假使她不肯花五百法郎,她一定找不到适当的地方;再说,也许还可以叫店主减一点价呢。只有一件事他认为讨厌:她要到罗利欧夫妇住的那座大房子里去居住,他恐怕她忍受不了。她听了他的话就生起气来,说她并不恨任何一个人;她因为欲望熏心,甚至于替罗利欧夫妇辩护,他们究竟不是什么凶恶的人,大家还可以希望合得来。当他们上床之后,古波早已睡着了,她还在心里盘算搬家的事情,然而她终于未能毅然地决定。

第二天,她独自在家的时候,忍不住捧起时钟的玻璃罩,看她那存款簿子。唉! 看不出这一本涂得黑邋邋的簿子,她的一家店铺竟在这里头呢! 在未去工作以前,她向顾奢太太请教,顾奢太太很赞成她自己做老板的计划;她的丈夫是一个好帮手,并不喝酒,包管她能赚钱,而且不会被他吃光的。到中饭的时候,她甚至于走到罗利欧夫妇家里征求他们的意见,她希望人家不说她瞒着亲眷做事。罗利欧太太听了惊得发呆,怎么! 瘸子在这个时候竟要开起店来了! 她的心很难受,然而只好表示欢喜,吃吃地说:当然,这个店铺是很合宜的,绮尔维丝要租它是很对的。然而她的神魂稍定之后却与她的丈夫数说种种不好的地方,说天井里潮湿得很,楼下的房子里又没有阳光。唉! 这是染风湿病的一个好地方! 总之,假使她一定要租,他们的意见也决不能阻止她去租,是不是?

到了晚上,绮尔维丝老实地笑着承认说如果人家拦阻她租那店铺,她会害起病来。然而在未实行以前,她想要领古波去看一看地方,看看有没有方法能减少一些房租。她的丈夫说:

"好,如果你愿意,就是明天吧。你在将近六点钟的时候到国家路我工作的地方去找我,我们一块儿回家,顺便经过金滴路。"

原来这时候古波正在替人家做一所三层楼新房子的屋顶,这一天他恰好要安装最后的几张锌片。屋顶差不多是平的,古波在上面摆了两个四脚架,架上铺着一块很宽的木板,作为他的工作台。五月美丽的斜阳把烟囱映成金色,古波在明净的天空里,俯身就着他的工作台,拿着一把大剪刀,安然地剪他的锌片,竟像一个裁缝在自己家里裁剪裤子一般。他有一个助手,是十七岁的孩子,身子瘦弱,头发是黄的,把身子倚着邻家的墙壁,抽着一个很大的风箱在吹旺一炉烈火,每抽一抽,炉上就喷出许多火星。

"喂,西多尔,把铁放在火里!"古波说。

那助手把铁放进了煤炭里,那炭在白昼里现出淡红的光芒,然后他又抽那风箱。古波手里拿着最后的一张锌片。那锌片应该安置在房顶边上靠近滴水的地方,这是一个坡度很陡的地方,一个大洞直下到街上。古波如同在自己家里,穿着一双布鞋,拖着脚前进,嘴里哨着一支名叫"喂!小羊儿!"的曲子。到了洞口,他用一个膝盖顶着一个烟囱的边沿,身子有一半凭空,一条腿悬挂着。当他转身呼唤那懒家伙西多尔的时候,他用手攀着一个屋角,因为他的下面就是马路的人行道。

"慢性人!快点!……把铁递给我!……小瘦鬼,你望着天,天上不会掉下烤熟的鸟来的!"

然而西多尔还是不着忙,他很感兴趣地望着邻近的屋顶,又望着巴黎城中格莱纳尔方面升起的一道浓烟,这很可能是一场火灾。后来他终于伏在屋顶上爬到洞口,把烧红的铁递给古波。于是古波开始焊接那一块锌片。他蹲着,或探着身子,或半个屁股坐在屋边,或一只脚企着,或一只手扳着,他都能得到身体重量的平衡。他做事很稳,胆子很大,敢于冒险,成了习惯。他不怕街道,街道却怕他了。他没有放下他的烟斗;不时掉转身子,安然向马路上吐痰。

"呃!博歇太太来了!"他忽然这样叫,"喂!博歇太太!"

他看见那女门房穿过街道。她听见了他的声音,抬头认得是他。于是在屋顶上和马路上两人就谈起话来。她扬着头,双手插在围裙口袋里。他这时站起来了,左臂抱住了一个烟囱,俯身向下面望着她。

"您没有看见我的妻子吗?"他问。

"当然没有。她要到这里来吗?"那女门房回答说。

"她要到这里来找我……您的家里人都好吗?"

"好啊,谢谢您,就是我最不好,您瞧……我到克里酿古街去买一小块羊腿。红风磨旁边的肉店的羊腿只卖十六个铜子。"

他们把声音提高,因为有一辆车子在国家路经过,路很宽,行人却很少;他们说话的声音拼命提高,于是惹得一个老妇人凭着窗子向外望。那老妇人怔怔地望着对面屋顶上的古波,好像生怕他随时会坠到地上似的。

"好!再见!我不愿意搅扰您。"博歇太太说。

古波转身,又把西多尔递给他的铁接过来。那女门房正要走开,忽然看见对面人行道上绮尔维丝领着娜娜来了。博歇太太已经抬起头来,要告诉古波,忽然绮尔维丝拼命打手势叫她不要说话。为了不让屋顶上听见她的声音,她悄悄地把她所顾虑的事告诉博歇太太:她怕她的丈夫一眼看见她,一时有所感动,就会坠下楼来。在四年之内,她只有一次到他工作的地方去找过他,今天是第二次。她不能在旁观看她的丈夫悬在半空里,连那麻雀都不敢到的地方,她一看见就要发抖的。博歇太太说:

"当然,这不是好玩的。我的丈夫是个裁缝,我不像您这样担心。"

"您不晓得",绮尔维丝说,"起初的时候,我整天到晚都提心吊胆。我常常梦见他头破血流,躺在一张担架上……现在呢,我不那么担心了。一切都习惯了。不做工就没有面包吃的……然而这是很贵的面包,因为是要用骸骨换来的。"

她不说话了,把娜娜藏在她的裙子里面,生怕那女孩喊叫起来。她不由自主地向上望去,脸色大变,恰巧古波正在滴水的旁边,焊接那锌片最靠外的一边。他不能达到尽头,于是他尽量地向下俯,他慢慢地把身子向外挪移,一霎时,他的上身已经探出悬空在马路上,不再用手扳着墙,从容地做他的工;他仔细地用手移动那红铁,从下面就可以看到焊接时冒出来的白烟。绮尔维丝不说话,心如刀割,不知不觉地把双手举起来作祈祷的姿势。这时候古

波已经重新回到了屋顶上部,她大声呼了一口气,看见他不慌不忙,最后又向马路吐了一口痰。他瞥见了她,便嚷道:

"哈哈!有人在窥探我!她真傻瓜,是不是,博歇太太?她没有叫我……好,你等我一等,我还要做十分钟呢。"

他还要装置一个烟囱帽,这不过是一件很小的工作。绮尔维丝和博歇太太停留在人行道上,谈论本区的事情;又照管着娜娜,不许她把脚涉到沟渠里去;那两个妇人常常抬头望着屋顶,微笑地点头,表示她们在耐心等候并不着急。对面那老妇人还没有离开她的窗子,她望着古波,她也在等候着。

"这老母羊,她要偷看什么呢?这样丑的一副嘴脸!"博歇太太说。

屋顶上那锌工高声地唱:"啊!摘杨梅多么好啊!"

现在他弯着腰就着工作桌子在剪他的锌片,他先在锌板上用圆规划了一道线,然后用大剪刀剪成扇子形,又用锤子轻轻地打成了尖帽形。西多尔又抽起他的风箱来。太阳在房子后面隐没了,还吐着一种玫瑰色的余光,渐渐变淡,成为浅紫色。在青天之下清澈无比的空气中,两个工人的身影显得格外长大,与那工作台桌和风箱的古怪影子相伴着。

烟囱帽剪好之后,古波又叫道:

"西多尔!拿铁来!"

但是西多尔已经不见了。那锌工一面咒骂着,一面放眼寻找,通过那开着的天窗里呼唤他。后来他终于在隔了两家的屋顶上找见了他,那孩子在屋顶上逍遥地散步,稀少的黄头发在风中飘扬,他眨着眼睛望着广袤的巴黎。古波气冲冲地骂道:

"喂!懒骨头!你以为你是在乡下吗?你好像贝朗瑞先生,也许你还在做诗呢!……你快把铁拿来呀!从来没有看见过在屋顶上散步的!快把你的情人领了来,好唱情歌给她听!……快把铁给我,懒货!"

他一面焊接锌片，一面向绮尔维丝嚷道：

"好，完了……我就下来。"

他要安烟囱帽的烟囱正在屋顶的中央。绮尔维丝放了心，仍旧微笑地看他的动作。娜娜忽然看见了她的父亲，也高兴得拍起她小手来。她坐在人行道之上，为的是向上看得清楚些。她拼命地叫道：

"爸爸！爸爸！爸爸！看呀！"

古波想要俯身向下看，不觉失了脚。于是他突然像一只四脚忙乱的小猫，从斜下的屋顶溜了下来，要扳也扳不住了。

"嗳呀！"他喊叫时声音都变了。

他跌了下来，他的身体团着像一个球，在半空打了两个筋斗，直撞在马路上，像一包很重的衣服从高处坠到地上似的。

绮尔维丝大吃一惊，拼命地喊了一声，双臂朝着天呆立不动。有好些行人都跑了过来，大家围成一团。博歇太太惊吓得腿都软了，双手抱住了娜娜，掩着她的脸，不让她看。这时候对面那老妇人似乎满意了，安然地关上了她的窗子。

四个男人终于把古波抬到卖鱼路口的一家药房里。他在店里的一条裤子上面躺了差不多一个钟头，等候人家到拉里布吉埃医院去找一副担架来。他还能够呼吸，但是那药房老板频频摇头。现在绮尔维丝跪在地上，不住地哽咽，泪流满面，两眼昏黑，如痴似醉。她机械地伸出手来，轻轻地抚摩她丈夫的四肢。后来她看见药房老板禁止她抚摩，于是连忙把手缩了回来。但是几秒钟之后她又摸他，因为她忍不住要知道他的身体是否还有热气，而且以为摸他可以令他好过些。后来担架到了，人家说要抬到医院里去，她站起来猛然地说：

"不，不，不到医院里去！……我们住在金滴路。"

人家向她解释，说如果她把她的丈夫搬到家里，将来医药的费用要贵得多。她固执地回答说：

"金滴路,我把门口指给你们看……这与你们有什么相干呢?我有的是钱……这是我的丈夫,是不是? 他是我的人,我要他。"

人家只好把古波送到他的家里。药房门前堆着一大群的人,当那担架穿过人群的时候,本区的妇女们都热烈地谈论绮尔维丝:她虽然是一个跛脚,然而她很有见识;她一定能救活她的男人,至于医院里就不行了,医生们对于重伤的人故意把他弄死,以便省却许多麻烦。博歇太太把娜娜送回她家去之后,仍旧到这里来很伤感地叙述这一场横祸,滔滔不绝地说得非常详细。

"我要买羊腿去,我走到这里,我看见他跌下来。这为的是他的女孩,他想要看她,劈哩吧啦! 就跌在地上! 唉! 天啊,我希望这一辈子不要再看见第二个人这样跌下来……我还得去买我的羊腿。"

在八天内,古波的伤势很重。他的亲眷邻居,人人都以为他时时都可以翻白眼死去。绮尔维丝请了一个很贵的医生,他每出诊一次要五个法郎,他说恐怕还有内伤。这一句话吓煞人,区里的人都说古波的心被跌得脱落了。绮尔维丝熬了几夜,脸色变黄了,她的意志很强,听了人家的话只耸一耸肩。她的男人的右腿折断了,这是人人都知道的;人家会把它医好,毫无问题。至于他的心被跌脱了,这不要紧,她可以把他的心重新装好。医心的方法她是知道的,只要小心调护,加上很深厚的爱情就行了。她自信必能把他医好,当他的身子发烧的时候,她只要坐在他的身边把手抚摩他,就可以免除他的痛苦。她没有一分钟怀疑。在整个一星期内,人家只看见她在他的身边,很少说话,一心要救活他,忘了她的儿女,忘了她的家,忘了巴黎全城。到了第九天的晚上,医生终于敢担保医好古波了,于是她倒在一张椅子上,腿软了,脊骨酸痛,泪珠满面。这一夜她才算肯把头倚着床脚睡两个钟头了。

古波的一场横祸扰动了他的亲属,古波妈妈陪着绮尔维丝熬夜,但是每晚到了九点钟她就在椅子上睡着了。洛拉太太每天工作完毕回家,一定兜一个大圈子到古波家里来打听消息。罗利欧夫妇在起初的时候每天来两三次,愿意守护病人,并且搬了一张安乐椅来给绮尔维丝。后来不久大家对于调护病人的方法又吵起嘴来了,罗利欧太太夸说她自己救活的病人不少,难道她还不懂得方法吗?她又骂绮尔维丝撞着她,而且不许她近她的弟弟。当然,瘸子应该希望医好古波;因为假使她不到国家路去搅扰他,他就不至于跌下来的。而且,她这样护理他,包管她要送他的终的。

绮尔维丝看见古波脱离了危险之后,便不坚持守在床边一步也不离开了。现在人家再也不能弄死她的男人了,她可以让人们接近他,不必担心了。他的亲属都到卧房里来。养病的时期该是很长,医生说要四个月。当古波昏昏睡着的时候,罗利欧夫妇骂绮尔维丝真糊涂。说她何苦把丈夫留在家里?假使在医院里,他的病要好得快上一倍。罗利欧希望自己也害一场什么病给她看,看他是否会迟疑一秒钟,不进拉里布吉埃医院里去。罗利欧太太认识一个从拉里布吉埃医院出来的女人,她在里面每天早晚还吃鸡肉呢!罗利欧夫妇计算了又计算,计算这四个月养病的费用:先说每天的工资没有了,再说那医生,那药品,后来又要好酒好肉。假使古波仅仅吃光了储蓄的款子,他们就算是万幸了;然而他们将来还要负债,这是一定的!噢!这是关于他们自己的事。尤其他们不要想依赖亲戚,亲戚都不富裕,养不起一个在家里养病的人。瘸子倒霉!活该!是不是?谁叫她不像别人一样办,把她的男人送到医院里去呢?这样十足地证明她是一个骄傲的人。

有一天晚上,罗利欧太太存心不良,突然问她说:

"喂?你们的店铺呢?什么时候可以去租呢?"

"对了,那门房在等候你们呢。"罗利欧冷笑着说。

绮尔维丝气闷得说不出话来,本来她早已完全忘了店铺的事了。她晓得这种人幸灾乐祸,以为此后他们的店铺成为泡影了。自从这天晚上起,他们果然窥伺机会来取笑她的消灭了的幻梦。

当大家谈起一种不能实现的希望的时候,他们就笑着说,等到她在马路上开一家大商店做个老板娘那一天就好了。背着她的面的时候越发是些冷嘲热讽的话。她不愿意说他们这样没有良心,然而事实上罗利欧夫妇对于古波遇了横祸,致使绮尔维丝不能在金滴路开洗衣店却显出很高兴的样子。

就是她自己也想开玩笑,表示她甘心情愿牺牲她的金钱来治好她的丈夫。每次她当着他们的面,在时钟玻璃罩里面取出存款簿子的时候,她就愉快地说:

"我要出去租我的店铺了!"

她不愿意把钱一次取出来。她每次只取一百法郎,为的是不使她的柜子里堆着这许多钱;而且她希望会有什么神灵降临,使古波忽然复元,不至于把款子完全用尽。每次她从储蓄处取钱回来之后,就在一张纸条上计算她还有多少钱存在那边。这不过为的是做事要有条理而已。金钱尽管越花越空,她还是很有理智地怡然含笑在计算他们的消耗殆尽的积蓄。在遇祸事的时候,手里有钱,能够在正当的用途上用了,岂不已经是一种安慰吗?她毫不懊悔,小心谨慎地又把那储金簿子放在玻璃罩里时钟的后面了。

当古波在害病的时期,顾奢母子对待绮尔维丝很好。顾奢太太完全听候她的驱使,每次下楼一定问她要不要买糖,买盐,或买奶油;到了晚上,如果她家做清炖肉,她一定把肉汤送过来给古波。甚至于有时候她看见她太忙了,便替她料理厨房,洗涤碗碟。每天早上,顾奢把绮尔维丝的水桶拿下楼去,在卖鱼路的水龙头上取了水送上楼来;这可以替她节省两个铜子。晚饭后,如果古波的亲戚们不来骚扰,顾奢母子一定过来陪伴古波夫妇。从八点到十点,在两个钟头内,顾奢吸着烟斗,望着绮尔维丝在病人的床边忙碌。他每晚说不上十句话。他的黄色大脸压在宽阔的肩膀上,看见她把水药斟在杯里,悄悄地用茶匙搅动糖块,一声不响,令他十分感动。后来他看见她为古波整理被褥并且用和婉的声音安慰他的时候,他越发感动了。他从来不曾看见过这样好的一个妇人,她的跛脚并没有什么要紧,尤其她是跛脚而又能整天到晚为她的丈夫而奔走,越发显得她有功劳。人家没有什么可说的,她除了坐下来吃饭的时间之外,不曾坐过一刻钟。她不断地跑到药房里去,她不嫌脏什么都做,卧房无论怎样乱她总是尽力把它收拾整齐;虽然如此,没有一句怨言,甚至于夜里她疲倦极了,眼睛不闭站着都要睡觉,她还是很温和。顾奢在这满是药饵的房子里看见了这样尽忠的妻子死心塌地服侍古波,不觉对她发生了很大的情谊。有一天,他对古波说:

"唉!老朋友,你现在病好了。我不用替你担忧,你的妻子就是上帝!"

顾奢也应该结婚了。他的母亲替他找到一个门当户对的女子,也是织花边的女工,她非常希望他娶她为妻。他不愿使她伤心,所以他答应了,甚至于婚期已经定为9月初旬。成家的款子早已储蓄了起来。但是,当绮尔维丝对他谈起这一桩亲事的时候,他摇了摇头,慢慢地说:

"古波太太,世上的妇女不能个个都像您。假使女人个个都像您,我情愿多娶几个。"

两月之后,古波已经能起床了。他走路不远,只能从床前走到窗口,而且还要绮尔维丝扶着他。他在窗口旁边坐在罗利欧送的安乐椅上,他的右腿搁在一张小凳子上。古波平日爱笑那些在结冰的日子滑倒跌折了腿的人,现在自己遇了这一场意外,十分气恼。他缺少涵养,他在床上两个月只晓得骂人,折磨人。整天躺在床上,用绳子绷着腿像一条香肠,这生活真不是生活!呀!天花板被他看熟了!房间的角落上有一道裂缝,他闭了眼睛就可以画出来!等到能坐安乐椅的时候,他又说出另外一些抱怨的话,难道叫他常常粘在椅子上像一个木乃伊吗?这街道并没有趣味,没有一个行人,而且整天闻到漂白水的臭味。不行,真的,他变得太衰老了,他宁愿减寿十年,换取怎样使身体强健的方法。而且他常常极力表示不满意他的命运。说他遭这场横祸真是冤枉;这不应该落在他的身上,因为他是一个好工人,不躲懒,也不喝酒。假使这祸落在别人身上,他还可以理解;至于他自己呢,实在是冤枉。他说:

"从前古波爸爸喝醉了酒,坠楼死了。我不能说他是该死的,然而那事情总还可以解释……我呢,我空着肚子做工,肚子里没有一滴烧酒。好! 我只想要转身向娜娜做一做笑脸,竟滚到地下来! ……你们不觉得这个未免太过了吗? 如果有一个上帝,那上帝把事情安排得太奇怪了! 我是永远不服气的!"

当他的腿痊愈了之后,他隐隐地怀恨他的工作。整天到晚像猫一样沿着滴水檐爬来爬去,真是一种倒霉的行业,绅士们却不是傻瓜! 他们把我们送到死路上去,而他们自己却胆怯到爬梯子也不敢爬;只晓得围炉取暖,不管穷人的死活。他结果还说谁住的屋子就该是谁盖屋顶。好啦! 如果要说句公道话,就该说这么一句:如果你不愿淋湿了身子,就请你自己盖房子好了! 后来他又追悔没有学会另一种行业,漂亮些的,而且危险少些的,例如做个木器工人。唉,这又是古波伯伯的罪过,做父亲的有一种坏习惯,往往把自己的行业传授给儿子。

又有两个月,古波还要拄着拐杖才能走路。他先是能够下楼,在门前吸他的烟斗。后来他能到外面的大马路去,在太阳底下走动走动,坐在公共板凳上休息几个钟头。他渐渐又快活了,整天到晚道遥闲游使他好说话的毛病变得更厉害了。他享受生活的乐趣,什么事也不做,四肢松弛,筋骨在甜梦中懈怠了。一种惰性趁他养病的机会慢慢地侵入了他的肌肤,使他感觉到无所事事的舒服。他的身体复元以后,越更成了爱开玩笑的人,他觉得生活是美的,他不懂得这种生活方式为什么不能永远延长下去。当他能够离开拐杖的时候,他到更远的地方去散步,到各工地去看望他的朋友们。他抱着手臂对着那些正在兴工的房子,时而冷笑,时而摇头;他嘲笑那些忙碌的工人们,他伸长了他的腿给他们看,证明辛勤的工作给他身体上带来了什么结果。他当着别人在工作的时候,这样到处嘲笑人,满足了他那怀恨工作的心愿。当然,将来他不得不再工作,然而越迟越好。唉!也怪不得他不发奋!他觉得躲躲懒是多么舒服啊!

每逢下午,古波无聊的时候,就到罗利欧夫妇家里去。罗利欧夫妇很可怜他,和颜悦色地招待他。在他初结了婚的几年,他受了绮尔维丝的影响,已经同他们疏远了。现在他们再笼络他,笑他怕老婆,说他不是一个男子汉。然而罗利欧夫妇表示很知进退,一面也故意地称颂绮尔维丝的功劳。古波对妻子发誓,说他的姐姐十分爱她,劝她不必那样对她不好;这时他还不同她吵嘴。有一天晚上,古波夫妇第一次吵嘴,为的是爱弟纳的事情。古波在罗利欧夫妇家里过了一个下午,回家的时候,晚饭还没有预备好,而且孩子们嚷着要吃,于是他在爱弟纳的头上重重地打了两下。他为这件事还喃喃地骂了一个钟头:这孩子不是他的,他不懂为什么他容他住在家里,他终于要把他驱逐出去。在这以前,他容留着那孩子,并没有这许多闲话。第二天他又说起他的体面来。三天以后,他从早到晚竟用脚踢那孩子的屁股,吓得那孩子一听见他上楼就逃到顾奢家里,顾奢太太留他在桌子旁边做他的功课。

绮尔维丝早已又做工了。她用不着再移动那时钟的玻璃罩,她所积下的钱都已吃光了;现在她不得不艰苦地工作,因为她一人要供养四张嘴了,全家的衣食要她一人维持。当她听见人们可怜她的时候,她忙着替古波辩护:你们想一想!他病了这许久,现在他的脾气变急了,也怪不得他。将来他的身体好了些,脾气也会好些的。又当人们说古波似乎已经复元了,可以回到工地里去了,她便连声反对:不,不,还不行呢!她不愿意他再害病。她还记得医生的话呢!她劝阻他去工作,每天早上都劝他耐心等待不必勉强。她甚至于把一个法郎悄悄地放在他的衣袋里。古波承受这个,以

为这是很自然的事情;他借口说有种种痛苦,好叫她娇养他;到了
六个月之后,他还是在养病的时期。现在他每天去看别人做工的
时候,很愿意与朋友们进酒店里喝一杯酒。大家在酒店里说几句
笑话,坐五分钟,倒还不错,也不至于辱没了谁。虚伪的人才在门
口徘徊,渴死了也不肯进来呢!从前人们嘲笑他,实在笑得有理,
一杯酒哪里就会杀死了人呢?但是他拍一拍胸膛,说他只肯喝葡
萄酒;始终只喝葡萄酒,不喝烧酒;葡萄酒延长人的寿命,不会使人
不舒服,也不醉人。然而他天天没事做,从这工地走到那工地,从
这酒店到那酒店,他回家的时候却近乎醉了。绮尔维丝在这种日
子里总是把门关了,假说自己头痛,以免顾奢母子听见古波醉后的
糊涂话。

　　然而绮尔维丝渐渐地发愁了,她每天早晚都到金滴路去看那
店铺,那店铺始终不曾租了出去;她自己闪闪躲躲,好像一个大人
做这样儿戏的事情觉得不好意思似的。这店子重新又搅扰她的脑
筋;夜里熄了灯之后,她睁着眼睛幻想那得不到手的快乐。她重新
又做她的预算:房租二百五十法郎,装修和工具一百五十法郎,预
备半个月的生活费一百法郎,至少共需五百法郎。她所以不肯常
常说出口来的原因,是因为恐怕显得她可惜那些储蓄的钱被害病
的古波吃光了。她往往忽然脸色苍白,险些儿说出她的愿望,但后
来总是又把快到唇边的言语收回来,竟像怀着不正当的思想似的。
现在须要再工作四五年,然后才能积得这一笔大款子。她恨不得
即刻开店;开店之后她就可以供养一家,不必倚靠古波的工作,让
他从容休养好使他对工作重感兴趣;这么一来,她可以对前途有把
握,不再提心吊胆;原来她有时候看见古波快活地唱着歌回家,说
他请"靴子"喝过一瓶烧酒,还讲述"靴子"在酒馆中闹的种种笑话
时,她是提心吊胆的。

　　一天晚上,绮尔维丝独自在家,顾奢进来以后,不像平日一样
不久就走。他坐了下来,吸着烟斗望着她。他该是有一句重要的

话要说，然而他正在研究，正在考虑，找不着适当的话开口。静默了许久以后，他才决定了主意，从嘴里拿出了烟斗，一口气直说下去：

"绮尔维丝太太，您肯容许我借钱给您吗？"

她正低头向着横柜的一个抽屉，要找一些破布，听了他的话便抬起头来，满面通红。那么，他已经看见她今天早上在那店铺门前呆看了差不多十分钟吗？他难为情地微笑着，好像他说了得罪她的话似的。但是她连忙拒绝，说她不晓得何时才能还钱，她决不肯向人告贷。再说，这一笔款子也实在太大了。他坚持要借，越说越不好下台，她终于嚷道：

"您的婚姻呢？我当然不肯要您结婚的钱呀！"

"噢！您不必顾虑"，他说着，也脸红起来，"我不结婚了。您要知道，我另外有一种打算……真的，我宁愿把钱借给您。"

于是两人都低下了头。他们之间有了一种很甜蜜的情绪，大家都不说出来。绮尔维丝接受了。顾奢已同母亲说过。现在他们穿过了平台，立刻去看她。顾奢太太神色严重，有几分悲哀，她沉静的脸俯在她挑花的绷子上。她不愿意违反她儿子的意见，然而她不赞成绮尔维丝的计划；她老实地说出缘故来：古波学坏了，他将来会把她的店铺吃光的。她尤其不能原谅古波，说他本该在养病的期间内学习文字；顾奢愿意教他读书，他竟拒绝了，骂说知识是使人类消瘦的东西。他们两人几乎因此伤了和气，各人做各人的事去了。然而顾奢太太看见儿子哀恳的神情，只得好好对待绮尔维丝。事情就这样决定了，顾奢把五百法郎借给古波夫妇；他们将来每月还他二十法郎，延长到什么时候就是什么时候。

古波知道了事情之后，笑着对妻子说：

"喂！那铁匠打你的主意了！唉！我放心得很，他这人太笨了……我们将来一定还他的钱。真的，假使他遇到了骗子，他可要上大当了。"

　　到了第二天，古波夫妇就租了那店铺。绮尔维丝整天到晚从新路跑到金滴路，往来不止数十次。本区的人看见她满面春风，身手轻快，竟不显得是个跛脚，于是人家传说她被医生施了手术了。

五

　　恰巧博歇夫妇自从四月房租期满之后就离开卖鱼路，到金滴路的大房子里来做门房了，真所谓有缘到处能相逢！绮尔维丝在新路住惯了没有门房的屋子，无拘无束，现在到金滴路来要受人家的约束，偶然泼了一桶水，或晚上把大门关得重些，就要同人家吵嘴，她正因此而烦恼起来，做门房的都不是好人！可是和博歇夫妇在一起，倒是一种快乐。大家都是熟人，永远可以相处得很好，像一家人一样。

　　租房的那一天，古波夫妇来签租约；绮尔维丝走过那高大的门洞的时候，不觉伤心起来，她要来住这所大房子了！这所房子像一个小城市那样广阔，到处是过道、走廊和楼梯。灰色的墙面，窗口上晒在太阳里的破衣服，石砖塌陷阴沉沉的天井，从墙里传出来的作工的声浪，这一切都扰得她很不安宁，她又欢喜又害怕。喜的是已经遂了心愿，怕的是做事不成功，将来在这种对饥饿的艰苦斗争中遭到挫折，现在她仿佛有了一种预感似的。她似乎觉得做了一件很大胆的事情，好像把自己投进了一个正在动作的机器中间；同时她听见楼下那些工场里传出了锁匠的铁锤声与木匠的刨子声。这一天那染坊里流出来的水是浅绿的苹果色。她微笑地跨过了那水，她以为这颜色是幸福的预兆。

　　他们与房东的约会恰恰就在博歇的门房里。房东马烈士哥是和平路一家很大的刀剪店的老板，当年却是沿街磨刀的小商人。

现在人家说他已经赚了几百万了。这是五十五岁的一个男子，很强壮，骨架很大，佩着勋章，然而他的一双大手却仍旧是当年那工人的手；他喜欢把房客们的刀剪都收了去，亲自磨砺，作为他的一种乐趣。人家说他并不骄傲，因为他常常在各门房黑暗的角落里呆几个钟头算他的账。他就在门房里办理一切的事情。古波夫妇看见他坐在博歇太太的油腻的桌子前面，听她诉说 A 号楼梯第二层那女裁缝怎样口出不逊不肯交付房钱。签了租约之后，他同古波握了握手。他是爱工人的，以往他经历了不少的艰难，然而工作是一切成功的基础。他先把那上半年的房租二百五十法郎数过了，装进了口袋之后，才谈他的生活，把他的勋章给他们看。

绮尔维丝看见了博歇夫妇的态度，觉得自己有点难为情。他们假装不认识她，他们围绕着房东献殷勤，鞠躬致敬，倾听他的言论，不住地点头赞成。博歇太太突然出去驱逐一群儿童，因为他们在自来水管前面弄水，把水管开了，水浸湿了天井。她回来的时候，挺着身子，态度严肃，一面走过天井，一面用眼望着所有的窗子，似乎要整顿房子里的秩序；她抿了一抿嘴唇，意思是说现在她有三百房客在她的手下，她是多么有权威啊。博歇重新又说起那三楼的女裁缝，他主张驱逐了她；他计算延迟付款的日期，活像一个忠于职务的了不起的管家。马烈士哥先生赞成驱逐的意见，但是他想要再等候半年。把人家扔在路上是残忍的事情，而且这样并不能使房东得到一个铜子。绮尔维丝轻轻地打了一个寒战，自问将来有一天她不幸而不能交付房租，是否也会被人家扔在路上。门房里烟气氤氲，笼罩着污黑的家具，湿气很重，光线黯淡，像地窖一般；窗子的前面，光都落在一个裁缝的工作桌子上，桌上放着一件预备翻新的旧外衣。博歇的女儿宝玲，是一个四岁的赭发女孩，坐在地上，乖乖地望着一个锅子里炖着的一块小牛肉，肉的香味很浓，扑进她的小鼻孔，使她很高兴。

马烈士哥先生重新伸出手来，要与古波握手道别；古波却同他

谈起修理房屋的问题,说他口头上曾经答应过将来这样办的。马
烈士哥先生动气了:他并没有答应过他什么话;再说,人家从来不
替店铺修理房子的。但是他却同意去看一看地方,古波夫妇与博
歇都跟着他去。那卖线商人早已把他自己所装置的货架和柜台搬
走了;店里是赤裸裸的,显出污黑的天花板;墙也破了皮,当年所糊
的黄纸都脱落下来了。在空洞震响的屋子里,又起了一场激烈的
争论。马烈士哥先生嚷着说应当由店主人自己花钱装修店铺,因
为店主人可以到处用金子点缀,而房东却不能这样办。后来他又
叙述他在和平路装修他的店铺,用了两万多法郎。绮尔维丝是个
女人,到底是固执一点,说出了她认为不容辩驳的道理:在平常的
一个住宅里是要糊墙纸的,是不是? 那么,为什么他不把店铺和住
宅一样看待呢? 她不要求别的事情,只希望他刷白一下天花板,改
糊一下墙纸就行了。

这时候博歇的态度严肃,有不可猜测的样子,他转身望着空
中,并不表示意见。古波徒然向他使了许多眼色,他假装不肯轻易
滥用他的力量来影响他的主人。后来他终于表示了一种态度,微
笑了笑,点了点头。马烈士哥先生发怒了,带着不快活的样子,摊
开了双手,竟像一个吝啬人被人夺了他的金子似的;然而他终于对
绮尔维丝让了步,答应了修理那天花板和墙纸,但他要她支付一半
的纸价。他说着连忙走开,不愿意再听什么话了。

当博歇独自一人伴着古波夫妇的时候,他很爽快地拍了几拍
他们的肩。喂! 事情妥了是不是? 假使没有他,他们要想糊墙纸、
刷天花板就做不到。他们注意到了吗? 那房东使眼色暗中问他,
看见他微笑然后才决定了主意。后来他又对他们说心腹话,他承
认自己是这所房子的真主人:辞退房客是由他决定的,他喜欢谁就
租给谁,收到了房钱他可以在柜子里保存半个月。到了晚上,古波
夫妇想要酬谢博歇夫妇,于是买了两瓶酒送给他们,以为这样才是
有礼,而且这事情也值得报酬。

自从星期一起，许多工人们到店里来动工了。买纸是最重要的一件事。绮尔维丝想要一种灰底蓝花的纸，好把墙壁弄得风光些。博歇愿意领她到纸店里去，由她自己挑选。但是他受了主人的正式吩咐，每一卷纸不能超过十五个铜子。他们在纸店里足足耗费了一个钟头，绮尔维丝挑来挑去始终只挑了一种很好看的纸，价值十八个铜子一卷，她觉得其余的都很丑，于是她十分沮丧。末了，博歇让步了，他可以设法把事情弄妥，必要的时候他可以多报一卷纸。绮尔维丝回家的时候买了一块糕点给宝玲，她不喜欢落后，争先向这位门房太太献殷勤有许多好处呢。

那店铺本该在四天内完工的，后来却延长到三个星期。起初的时候，大家只说简单地用碱水洗擦店面的墙壁。但是那原来黄色的墙面又肮脏又黯淡，绮尔维丝便听了人家的劝告，把整个店面都漆成浅蓝色，镶黄边，于是修理的工程一时做不完了。古波始终不去做他的锌工，每天一早就到这里来，看工程进行是否顺利。博歇放弃了修补外衣或裤子的工作，也来监视工人们。他们两人背着手，站在工人们的面前，吸烟、吐痰，整天到晚批评各处的粉刷。他们时时刻刻指摘人家，就是拔去一个小钉子他们也要费许多踌躇加以种种研究。刷墙的油漆匠是两个嘻嘻哈哈的大汉子，他们也时时刻刻离开他们的梯子，走到店里来参加辩论；经过几小时，摇头晃脑地望着没有做完的工作。天花板粉刷得还相当地快，只有油漆的工程老是做不完，因为不容易收干。每天将近九点钟的时候，油漆匠们把颜料桶子拿了来，放在一个角儿上，四面望一望，又出去了；人家再也看不见他们了。他们去吃早饭去了，也许他们还在米拉路上做了一点不相干的小活。有时候古波领了一群人去喝一杯酒，博歇、那两个油漆匠与过路的朋友们，都被他邀了去，这又是虚度了一个下午。绮尔维丝心里很不好过。忽然间，在两天之内，一切都完成了，油漆干了，墙纸糊好了，秽物放进垃圾车里去了。工人们好像游戏一般地把工作赶完，在梯子上吹口哨，唱起歌来,惊动了全区。

　　他们立刻搬了进去。在起初的几天,绮尔维丝像孩子般快活,当她出去买东西回来,经过马路的时候,她故意徘徊着,向她的新居微笑。远远地,沿着一排黑乎乎的店面望去,看见她的店面很新鲜,很鲜明,上面挂着浅蓝色的招牌,牌上写着"上等洗衣店"字样,字是黄色的。在橱窗里,后面用纱布帘隔着,四边糊着蓝纸,为的是使洗过的衣服显得洁白;里面陈列着男子的衬衣、妇女的帽子,还有黄色的铜帽钩。她觉得她的店铺很漂亮,是青天的颜色。到了里面还是蓝色,墙纸像花布一样画着一个花棚,棚上有些牵牛花;工作桌子很大,占了屋子的三分之二,桌上盖着一块很厚的桌布,桌布下面是一幅粗布桌帷掩住了桌脚。绮尔维丝坐在一张小凳子上,满意地呼了两口气,欣赏她店铺的清洁,目不转睛地望着她那新器具。她的眼光首先注视在她的机器上头,这是一个火炉,可以同时烧十块烙铁,这些烙铁是放在围着火炉的斜放着的铁板上的。她跪了下来,凝视着,时时刻刻恐怕她那愚笨的学徒多添了煤炭,以致把炉子烧坏了。

　　店铺后面的住宅是安排得很适宜的,古波夫妇睡在第一个卧房里,他们在那里做饭而且吃饭;房后有一个门直通院子。娜娜的床在右边的卧房里,这是一个大房间,太阳从一个圆形的天窗里照下来。至于爱弟纳呢,他在左边的卧房里,地板上常常堆着许多脏衣服。然而有一件不方便的事,这事古波夫妇起初还不肯承认:屋子的墙壁十分潮湿,自从下午三点钟以后就看不见阳光。

　　在本区里,这新店铺很能令人注意。人家怪古波夫妇做事太急,自己造成困难。真的,他们已经把顾奢所借的五百法郎都用在布置屋子上头,竟不能依照原定的计划保留着半个月的生活费。第二天早上,绮尔维丝第一次打开店门的时候,钱包里只剩下六个法郎。但是她并不苦恼,顾客们来了,生意很有希望。一星期之后,星期六,在未睡以前,她在一张纸片上计算了两个钟头,计算了之后,她的脸上放出光彩,把古波推醒,告诉他说有整千整百可赚,假使他们会办事的话。

"好,好!"罗利欧太太向全金滴路的人们嚷着说,"我的傻瓜弟弟越做越奇怪了! ……只倚靠瘸子来维持生活了。这样对他很好,是不是?"

罗利欧夫妇与绮尔维丝成了死对头了,当她修房的时候,他们险些儿气死了;只要远远地看见了那两个油漆匠,他们立刻从另一边的人行道上走,咬牙切齿地回到他们的家里。这样一个无聊的女人也开起店铺来,正经人岂不都要没有办法了吗?到了第二天,那女学徒把一碗灰浆拼命向外一泼,恰巧罗利欧太太走过,就一路大吵大闹,说她的弟妇故意叫女工们侮辱她。一切的关系都断绝了,他们和她相遇的时候只是狠狠地互相注视。

"呃,真是漂亮的生活!"罗利欧太太常常这样说,"她开店的钱,人家晓得是什么地方来的!她由铁匠那里弄来的钱……那些人还会有好的吗?那铁匠的父亲为着避免杀头的刑法,不是自己拿刀子割断了脖子吗?总之,是这一类的肮脏的历史罢了!"

她老实不客气地说绮尔维丝同顾奢睡过觉。她自己造谣,说有一天晚上,她曾经撞见他们两人一块儿坐在外面大马路的凳子上。她一想起这一个结合,想起她的弟妇所得到的快乐,这个因为样子丑而正经的妇人越发生气了。每天她嘴边总带着她心里的话,她说:

"这残废人,她有什么,能引得人爱她?我呢,有人爱我吗?"

从此以后,她向邻居们说了许多闲话,把全部历史告诉了他们。结婚的那一天,绮尔维丝的神气已经很奇怪了!唉!她的鼻子很灵,她早已料到将来会弄到什么地步。后来那瘸子假仁假义,很和婉地对待她与她的丈夫,所以他们看古波的情面,答应做娜娜的代父代母;而且这样的一场洗礼,竟累她花了许多钱。现在呢,你们看吧,那瘸子纵然死在临头要一杯水喝,她也不会给她的。她不喜欢放肆的人，也不喜欢淫妇。至于娜娜呢，假使她肯上楼来看望她的代父代母，我们一定欢迎；母亲有罪，女儿无罪，是不是？至于古波呢，他用不着人家的忠告，无论谁处在他的地位，一定把他的妻子浸在水桶里，打她两个耳光；也罢，这是他的事，人家也管不了许多，只希望他稍微顾全亲属的体面就是了。天啊！假使她自己做了这种事，给她的丈夫罗利欧当场撞见，决不会安然了事的，他早已把剪刀插进她的肚里了！

博歇夫妇认为这座房子内争吵的情形太严重了，都说罗利欧夫妇没有道理。当然，罗利欧夫妇不是坏人，很安静，整天到晚工作着，而且他们从来不迟付房租。但是，老实说，关于这件事是妒忌的心理把他们弄疯了。再说，他们也太悭吝了！呃！人家上楼看他们的时候，他们竟把酒瓶藏起来，不给人家喝一杯酒；总之，这些人也是下流人。有一天，绮尔维丝给博歇夫妇买了一瓶杨梅酒，加上些汽水，他们正在门房里喝酒，恰巧罗利欧太太走过，她挺直了身子，故意在门房的前面吐了一口痰。自从这时候起，每逢星期六，博歇太太打扫楼梯和廊子的时候，故意留下许多垃圾在罗利欧夫妇的门口。

"好呀！"罗利欧太太嚷着说，"这些贪吃鬼，竟被瘸子喂饱了啊！他们都是一流的人！……但是我不能让他们惹我！我要告诉房东去……昨天晚上我看见博歇这坏蛋挨擦哥特龙太太的裙子呢。这样年纪的妇人，已经有了半打孩子，他还去调戏她，嗯？真是猪狗都不如！……他们如果再做肮脏事，我就报告博歇妈妈，好叫她打她的男人一顿……哼！让大家笑一场才好呢。"

古波妈妈常常来看望两家的夫妇，很欢喜听她的女儿或她的媳妇说话，并且随声附和着。常常留在他们家里吃晚饭，一晚在罗利欧家，一晚在古波家。在这时候，洛拉太太不再到古波家来了，因为她同瘸子吵了一次嘴，为的是一个兵士的事情。那兵士把剃刀割断了他情妇的鼻子；她袒护那兵士，说那一刀很有爱情，却不说出理由来。她又把罗利欧太太刺激得更发怒，因为她告诉她说瘸子当着许多人面前把她叫做牛尾巴，毫无顾忌。天啊！是的，博歇夫妇和邻居们现在都叫她"牛尾巴"了。

在这种吵闹的情况下，绮尔维丝还是安然站在她的店门口，微笑地向朋友们点头施礼，表示她的情谊。她熨了一件衣服之后，停一停，喜欢走到门口向着马路微笑，想起自己是一个商人，占了街道的一段，心中不禁充满了虚荣。金滴路属于她了，邻近的路属于她了，全区也都属于她了。当她身穿白色的短衣，赤着双臂，披着因工作忙碌而散乱的金黄色头发，探头向左右两头望去的时候，她一眼便能看到行人、房屋、街道和青天：左边是金滴路的尽头，很安静，人很少，像外省的村镇，有些妇女们站在门口低声交谈；右边几步之外是卖鱼路，路上车声喧阗，行人络绎不绝，十分拥挤，使这个路口形成一个繁华热闹的地方。绮尔维丝喜欢看马路，爱看那些货车在高低不平的石路上颠簸，行人们在窄小的走道上的拥挤，交通时常受到碎石堆的阻碍；她门前的三公尺长的那段阳沟，在她心目中希望它是一条十分清洁重要的大河，然而这一条奇异而生动的河，却流着染坊里流出来的种种颜色的而杂着黑色污泥的水。她又爱看那些商店，本路上有一家很大的杂货店，店中摆着许多用细眼的线网拦着的干果；有一家衣帽店，店里悬挂着许多工衣在迎着微风飘动。在那鲜果店里和肠子店里，她瞥见柜台的角上有些漂亮的猫儿在安然打呼。她的邻居是一家煤炭店，那老板娘魏古鲁太太向她回礼；这是一个矮而肥胖的女人，脸是黑的，眼睛放光，背倚着店面，偷闲与男子们说笑，这个黄色的店面上画着许多木柴，装饰得像乡间的小板屋子似的。她的另一个邻居是伞店，是瞿朵尔歇太太母女二人开的，她们从来不露面，她们的店窗是黯淡的，她们的门是关着的，门上装饰着两把锌制的小阳伞，伞上涂着浓浓的银朱。绮尔维丝在未进店以前，往往向对面望去，对面是白色的大墙，没有一个窗子，只有一个很大的车门，从门口望进去可以看见一个熔炉冒着火焰,院子里堆着许多小车,车把朝着天。墙上有三个大字"蹄铁行",周围画着些马蹄铁。整天到晚,铁锤在铁砧上震响,火星照耀着黯淡的院子。墙脚有一个洞,洞像柜子一般大小,在收买破铜烂铁和炸马铃薯的商贩之间,有一家钟表店,店里有一位穿长衣的先生,外貌很清洁,用一些很精巧的工具不住地修理那些钟表,他的前面有一张工作桌,桌上许多玻璃杯,下面罩着些很精细的零件。他的身后约有两三打的时钟,钟摆同时摆动着,这和马路上的可怜相以及那蹄铁店里有节奏的打铁声,真有互相陪衬之妙。

本区的人觉得绮尔维丝长得很好。当然也有人说她的坏话,然而大家众口一词地说她的眼睛大得好看,嘴也并不怎样宽,牙齿也很洁白。总之,这是一个金发美人,除了她的腿不说,她尽可以与最美丽的人相比。她已经到了二十八岁,胖起来了。她的细致的眉目变粗了些,显得是一个享福的妇人。现在她有时候在一张椅子上想入非非,等候着烙铁,模糊地微笑,脸上露出十分快活的样子。她变得贪吃了。人人都这样说她,但是,相反的,这并不是一种很坏的毛病。当一个人赚了几个钱,可以买些好吃的东西的时候,如果还甘心吃马铃薯皮,岂不是呆子吗?再说,也因她的工作太辛苦了,把一身分做两人去应付顾客们,每逢衣服急等着要用的时候,她关上了店门,还亲自熬夜工作。本区人都说她运气好,一切都很兴隆。大房子里的人像马第尼耶先生、洛门舒姑娘、博歇夫妇的衣服都交给她洗;还有卖鱼路许多贵妇人,从前照顾福公尼耶太太的,现在都被她拉了来。到了头一个下半月,她已经要用两个女工了,一个是蒲独花太太,一个是克莱曼斯姑娘——从前住在七楼的那个高大的女子。连同她那女学徒奥古思婷,一共是三个人在她的店里。奥古思婷比一个丑男子还丑。假使别人,当生意忽然兴旺的时候,一定会手忙脚乱的。她忙了整个一星期,在星期一吃些好酒好肉,是可以原谅的。再说,她需要这个,假使她不吃些好的来满足她的食欲,她就没有气力来熨她的衣服了。

　　绮尔维丝从来没有像现在这样和蔼可亲,她像羊一般温和,面包一般可爱。她虽然把罗利欧太太叫做牛尾巴,算是报仇;但是除此之外她并不怀恨一人,人人都得到她的原谅。当她舒舒服服地吃了中饭、喝了咖啡之后,她越发宽宏大量了。她的话是:"如果我们不愿意像野蛮人那样过生活,我们就应该互相原谅,是不是?"当人家说她为人很好的时候,她就笑起来。她会是个凶恶的人吗?她自己辩护说,她没有可以叫人说她好的地方。难道她的希望不都实现了吗?难道她还有更大的野心吗?她记得当年她没有屋子居住的时候,她的目的只是:能工作,有面包吃,自己有一个窠,抚养孩子们,不被丈夫打,能够死在自己的床上。现在已经超过了她的理想,一切都有了而且更好了。她笑着又说,至于说到死在自己的床上,她自料可以达到目的的,但是她希望越迟越好,当然啦。

　　尤其是对于古波,绮尔维丝为人很好,从来不说一句坏话,不背着丈夫埋怨一声。古波终于再做锌工了;现在的工地在巴黎的另一头,所以每天早上她给他两个法郎,给他吃中饭、喝酒、买烟草。但是每星期总有两次,古波在中途停留,同一个朋友喝两个法郎的酒,然后回家吃中饭,编一段谎话向妻子解释。甚至于有一次,他去得并不远,只在教堂路的一家酒店里,同"靴子"与其他三个朋友吃了一顿好酒好菜:一盘螺蛳,一盘烤肉,几瓶老酒。后来那两个法郎不够用了,他竟打发一个伙计把账单送给他的妻子,说如果她不付钱他就要被店家扣留了。绮尔维丝笑了笑,耸了耸肩,她的男人开一开心,有什么害处呢?一个女人想要得到家庭的和睦,应该对丈夫放宽些。假使你多嘴,那就会打起架来!天啊!一切都应该放明白些。古波的腿还没有好全,而且他被朋友拉着,他不能不跟别人一样,否则人家要骂他是个傻瓜呢。再说,这并不要紧,假使他喝醉了回来,他就睡觉,两个钟头之后他的酒气也就过去了。

这时候到了很热的暑天了。6月的一个星期六的下午,是工作最紧张的时候,绮尔维丝亲自把煤炭加在机器里,烟筒呼呼地响,烧着十块烙铁。这时候太阳直照在店面上,人行道上的热气也侵袭进来了,回光在店里的天花板上跳动着;阳光被墙纸映蓝了,照在工作桌子上耀人的眼目,阳光里的微尘活像要落在洁白的衣服上一样。这里的温度真要把人热煞。店门敞开着,然而没有一点儿风吹进来。那晾在空中、用铜丝悬挂着的衣服正在吐出湿气,不到三刻钟就坚硬得像刨花一般。在这酷热之下,大家静默着,只有些烙铁的声音,而这些烙铁声因为是从棉垫上发出来,所以并不很响。

"好吧!"绮尔维丝说,"如果我们今天不愿意热得熔化成铁水的话,我们应当把内衣脱掉!"

她蹲在地上,正在把洗过的衣服放进一个瓦盆里过浆。她穿着白色的裙子,把短衣袖子撩了起来,露出肩膀,胸臂也赤裸着,肌肤变成粉红色;她的汗出得太多了,以致那一头散乱的金发粘住了她的皮肤。她小心地把那些女帽、男衬衫的前胸、裙子、妇人的裤子等都放进乳白色的浆水里,先在一个桶里用手揉匀衣服上没有浸着灰浆的地方,然后一件一件地卷好,放在一个方形的筐子里。她说:

"蒲独花太太,这筐衣服归您。您赶快拿去,这干得很快,如果等一个钟头,那我们又得重做了,是不是?"

蒲独花太太是一个四十五岁的妇人,很瘦,很矮,紧紧地裹着一件栗色的旧上衣,她正在熨衣服并不出一点汗。她甚至于没有脱下她的帽子,这是一顶黑色的帽子,帽上的绿色缎带都变黄了。那工作桌子对她是太高了,她直挺挺地站在桌前,抬着胳膊,拿着烙铁熨衣服,她的动作好像被人牵着线动作的傀儡似的。忽然间,她嚷道:

"呀! 不行! 克莱曼斯姑娘,快把您的上衣穿起来。您要知道,我是不喜欢人家失礼的。像您这样敞着店门呆在这里,已经使得对面的那三个男人站在那里不走了。"

克莱曼斯喃喃地骂她做老傻丫头。她自己热得喘不出气来,当然可以随她的方便;难道人人都有石棉般不怕热的皮肤吗? 再说,人家看见了什么呀? 她说着举起了双臂,这个美丽的姑娘,她的胸部挺得几乎要胀破了内衣,她的肩膀把那短袖弄得咔喳咔喳地响。克莱曼斯在三十岁以前行为非常放荡;往往度过良宵以后,第二天总是四肢无力,头昏脑胀,在工作时也打瞌睡。然而人家仍旧留她做工,因为没有一个女工能像她那样会熨男人的衬衫,她对熨男衬衫有她的特长。遇到这种时候,她总是把胸部拍几拍,说:

"这是我的事,用不着去麻烦别人。"

"克莱曼斯,把您的上衣穿起来吧",绮尔维丝说,"蒲独花太太说得对,这是不雅观的……人家对我这店铺会胡说八道。"

于是那高大的克莱曼斯穿上了衣服,嘴里叽哩咕噜,这些假正经人! 难道过路的人们没有看见过女人的奶子吗? 她把怒气发泄在女学徒奥古思婷身上,奥古思婷正在她的身边熨袜子和手帕,她推她,用肘撞她。但是奥古思婷是一个阴险好多事的坏女子,她忍耐着不作声,却悄悄地在克莱曼斯的衣服后面吐了一口痰,算是报仇。

这时候绮尔维丝拿起一顶女帽,这帽子是博歇太太的,她想要把它整理好。她已经预备好了灰浆,要把帽子漂新。她拿着一根两头圆的铁棒放在帽底轻轻地搅着,忽然看见一个妇人进来。这妇人的骨骼很大,脸上有红色的雀斑,裙子是湿了的。她是一个洗衣工的女工头,她在金滴路的洗衣场上雇用三个女工。绮尔维丝嚷着说:

"俾夏尔太太,您来得太早了! 我对您说过今天晚上……您现在就来了,你把我的工作都搅扰了!"

但是那洗衣女工头慌忙地说恐怕晚了不能在当天用颜色,所以绮尔维丝很愿意立刻把脏衣服给她。她们两人同到左边爱弟纳的卧房里抱了好几大包衣服出来放在店铺后面的地上。分类的工作花了半个多钟头。绮尔维丝在周围分了几堆,男衬衣扔在一堆,女衬衣扔在另一堆,手帕、袜子、抹布,又各在一堆。当一个新主顾的一件衣服经过她手的时候,她用一根红线绣了一个红十字作为标志。在酷热的空气里,这些脏衣服被人翻动,便发出一些臭味来。

"唉! 嗳呀呀! 臭得很!"克莱曼斯说时掩着鼻子。

"呸!"绮尔维丝安然地说,"假使是干净的,人家就不会给我们洗了! 脏衣服当然有气味,有什么好说的! ……刚才我们算过是十四件女衬衫,是不是,俾夏尔太太? ……十五件,十六件,十七件……"

她继续高声报数。她习惯了污秽,并不觉得心中作呕;她的赤裸的、粉色的手臂插进了那些油腻染黄的衬衫、肉汁染污了的毛巾、汗液渍透了的袜子的中间。然而她的脸俯在衣堆上,一阵恶气扑鼻,使她感到松懈无力了。她坐在一张小凳子上,弯着腰,双手慢吞吞地伸向左右拣衣服,竟像被这人体的恶臭熏醉了似的,她的眼睛昏了,仍旧模糊地微笑。她变得这样懒洋洋的,似乎是因为脏衣服的恶臭熏浊了空气所致的。

她正在翻动一件渍满了尿的褪裤,认不出是谁家的当儿,古波进来了。

"驴子养的! 太阳多么厉害啊! ……"他吃吃地嚷道,"直晒在人的头上!"

古波说着,用手扳着那工作桌子,以免倒在地上。这是第一次他醉得这样厉害。在这以前,他只微带醉意回到家来,没有什么了不得。但是这一次他的眼上有一个小伤痕,大约是朋友在玩笑中推他误伤了的。他的鬈曲的头发已有几根是白的,今天大约是挨近了某酒店的一个肮脏的墙角,所以他的颈窝上的一簇头发上粘着了一些蜘蛛网。他仍旧很快活,只是形容憔悴了些,老了些,下腭骨更加突出,然而依他说他始终是一个可爱的男子,皮肤还嫩,很可以博得一个公爵夫人的欢心呢。

"让我解释给你听",他向绮尔维丝说,"这是因为那芹菜脚,你是认识他的,他的一条腿是木头做的……他要回故乡去了,所以他想请我们吃一顿……唉!我们快活得很,只嫌太阳厉害些……马路上的人都受不了啦……真的,人人都像喝醉了似的……"

由于克莱曼斯听他说他看见马路上的人都醉了的话,感到十分有趣;于是他自己也非常快活起来,竟嚷道:

"呃!那些醉汉子!他们滑稽得很!……然而这不是他们的罪过,是太阳的罪过……"

全店的人都笑了;蒲独花太太不喜欢醉汉,却也笑起来了。奥古思婷笑得张开了嘴,合不拢来,只管喘气。然而绮尔维丝怀疑古波并没有直接回家,却先到罗利欧夫妇家里耽搁了一个钟头,受了他们不良的教唆。他向她发誓说不是的,于是她也笑了起来,表示自己很宽宏大量,甚至于不责备他又损失了一天的工作。她喃喃地说:

"他说这许多糊涂话!……天啊!谁能像他这样说糊涂话呢?"

后来她又用慈母的口气说:

"你去睡觉吧,好不好?你看,我们忙得很,你在这里妨碍我们……我们算到了三十二块手帕,俾夏尔太太;还有两块,三十四块……"

但是古波并不想睡觉,他在店里踱来踱去,左摇右摆,像钟摆一般,而且冷笑地现出不听劝而嘲弄的神气。绮尔维丝想要趁早打发俾夏尔太太出去,于是她叫克莱曼斯替她报数,她自己去记账。克莱曼斯每拿起了一件脏衣服,一定骂一句粗话,她数说顾客们的坏处和床头的丑事;每见一个小洞或一个小污点就说了许多玩笑话。奥古思婷假作不懂,像学坏的小女孩一样侧耳倾听。蒲独花太太抿着嘴唇,觉得她不该在古波跟前说这种话;男人用不着看见脏衣服,所以讲礼貌的人家避免当着男子的面打开脏衣服。至于绮尔维丝,她认真做她的事,似乎没有听见。她一面记账,一面专心地望着那些脏衣服,好叫她一过目就能认识;她从来没有弄错过,凭她的敏感或衣服的颜色,她对每一件都能叫得出姓名来。这些毛巾是顾奢母子的,一看就晓得,因为他们没有拿来揩锅底。这一件枕头套一定是博歇家的,因为博歇太太常常在她的衣服上染有发膏。要辨别马第尼耶先生的羊毛背心也很容易,因为他的皮肤上好出油,汗液把背心都染黄了。她还晓得许多特别的秘诀,她认得那些穿着绸裙过街的人的内衣,又记得某人每周弄脏了多少袜子,多少手帕,多少衬衫,又记得某人的衣服总是破裂在一定的地方。因此她有了许多有趣的话说,譬如洛门舒姑娘的衬衫就可以提供她许多批评,那些衬衫是在上部破了的,可见洛门舒这老姑娘的肩骨是尖的;那些衬衫是永远不脏的,哪怕她穿了两个星期,仍旧很干净,这可以证明到了这种年龄的人已经像一块朽木,榨不出一点液汁来了。在店里,每逢点货的时候,她竟可以批评金滴路全区的人物。

"这却是些好东西!"克莱曼斯打开了一个包袱嚷着说。

绮尔维丝忽然起了嫌恶的心理,将身倒退说:

"这是哥特龙太太的包袱。我再也不愿意洗她的东西了,我正在找推托的理由……我不是难相处的人,我生平摸了不少令人作呕的脏衣服,然而老实说,她的,我实在不愿意洗。这使我恶心得要呕吐……这妇人不晓得是怎样做的,把衣服弄得这样邋遢!"

她说着又催克莱曼斯赶快些,但是克莱曼斯继续注意地看,把手指插进衣服的破洞里,说了许多隐语,而且把衣服晃动,竟像挥着胜利的旌旗一般。这时候绮尔维丝身边的衣服堆得越来越高了。她仍旧坐在小凳上,衬衫与裙子遮住了她的全身;她的面前有的是被单、桌布、裤子,一大堆肮脏的东西;她在这越积越高的衣堆里,赤裸着双臂,赤裸着胸膛,几簇金发粘在两鬓上,脸更红了,神色更疲倦了。她又重新表现出她的安然微笑,小心仔细做老板娘的态度,忘了哥特龙太太的衣服,再也不觉得臭了,她把一只手向衣堆里掏寻,看有没有错误。奥古思婷喜欢把一铲一铲的煤炭放进机器里,现在放得太多了,把铁板烧得通红。斜阳射在店面上,店里面热得像火烤一般。古波给热气激得更醉了,忽然温柔起来,他走向绮尔维丝,张开了两臂,很感动地说:

"你是一个好妻子。我要同你接吻。"

但是那些脏衣服拦住了他的路,他的脚被地下的裙子一绊,险些儿跌了一跤。

"你真是麻烦!"绮尔维丝说时并不生气,"你安静地坐着吧,我们已经做完了。"

不行,他想同她接吻,他需要这个,因为他很爱她。他一面吃吃地说着,一面躲开了那一堆裙子;却又碰到了那一堆衬衫;后来他固执地要向前走,左脚绊着右脚,竟倒在许多毛巾的当中。绮尔维丝开始有些不耐烦了,把他一推,嚷着说,他要把一切都搅乱了。然而克莱曼斯说她不应该这样,甚至于蒲独花太太也说她没有道理,总之,他是好意,他要吻她,她尽可以让丈夫接吻。至于俾夏尔太太,她的丈夫是一个锁匠,每天喝醉了酒回家的时候还一定把她毒打一顿呢!所以她说:

"古波太太,您真幸福!假使我家里的那一个喝醉了的时候能像这样,我就快活极了!"

绮尔维丝息了怒,已经后悔她的鲁莽举动,于是她把古波扶起来,然后微笑地把脸儿凑近他。但是古波在众人跟前并不难为情,竟摸她的奶子。

"这并不只是说说罢了",他喃喃说,"你的脏衣服的气味可真难闻呀!然而,你看,我还是爱你!"

"放手吧,你惹得我发痒了",她嚷时笑得更厉害,"好一个大傻瓜!谁也不像你这样傻里傻气的!"

他抓住了她不放手。她凭他摆布,那些脏衣服的气味熏得她有几分发晕,然而她并不嫌古波口里的酒气。在这个混浊的空气里,他们嘴对嘴重重地这样接吻,这好像是他们感到生活厌倦走向堕落的第一步。

这时候俾夏尔太太已经把那些脏衣服包裹起来。她谈到她的女儿爱拉丽,今年才两岁,已经像大人一般懂事了,人家可以让她自己在家,她从来不哭,也不玩弄火柴。她一面说,一面把一个一个的包袱放到肩上,包袱太重了,几乎压折了她的肩头,她的脸孔上的雀斑变紫了。

"这真受不了,我们上了烤炉了!"绮尔维丝一面说,一面揩她的脸,然后重新浆洗博歇太太的帽子。

大家瞥见那机器通红,都说要赏奥古思婷几个巴掌。那些烙铁也都烧红了。她真见了鬼吧!人家一转身,她就做一两件坏事!现在非得要再等一刻钟,才能用那些烙铁。绮尔维丝铲了两铲炉灰把火盖住了。她又想出一个法子,用铜丝挂一副被单在天花板底下,像一种帘子,好减少太阳的热气。于是大家在店里觉得很舒服了。店里的气候还是很温和,然而使人感到仿佛是关在家里面,一个光线挺亮的卧室里,与社会远隔了一样;虽然在被单之后还可以听见街道上行人的脚步的声音;于是大家很自由地,可以随便了。克莱曼斯首先脱去了她的短衣。古波始终不肯睡觉去,人家容许他留在这里,他答应在一个角儿上静坐着,因为这时候在这样酷热的空气里是睡不着的。

"这个捣乱鬼把我那小铁棒拿去做什么啦?"绮尔维丝说的是奥古思婷。

人家常常寻找那小铁棒,往往在想不到的地方找见了,大家说是那女学徒故意捣鬼,把它藏了起来。绮尔维丝终于把博歇太太的帽子弄好了,她把帽子的花纱边取了下来,用手拉平,然后用烙铁轻轻地烫了一烫。这顶帽子的前面有许多花样,一道一道的缎带中间,加着一道一道的绣花边。她不声不响,很用心地用一种带木把的小烙铁把帽子上的缎带和绣花边仔仔细细地烫好了。

这时候大家都不说话,一时间,人们仅仅听见熨衣的暗哑的声音。那老板娘,那两个女工,一个学徒,在一张宽大的方桌的两边,一个个都在工作着,弯着腰,两臂不住地向前后活动。每人的右边有一块方砖,那砖被热铁烧坏了。桌子的中央有个凹盘子,盘里满盛着清水,水里浸着一块破布和一个小刷子。一束百合花插在一个旧酒瓶里,雪白的花朵正在开着,把桌子点缀得像一个小小的花园。蒲独花太太已经把绮尔维丝所预备好的那一筐衣服熨好了,筐子里面盛的是饭巾、裤子、短衣、袖头等。奥古思婷的袜子、毛巾,还没有熨完,因为她只管扬着头在看一个苍蝇飞来飞去。至于克莱曼斯呢,自从早上到现在,她已经熨到第三十五件男衬衫了。

"始终只是葡萄酒,不要烧酒!"古波忽然这样说,因为他觉得有声明的必要,"烧酒对我有害处,我不该喝。"

克莱曼斯用一块包着牛皮的铁片从机器里拿起了一块烙铁,靠近她的脸,看看够不够热,然后放在石砖上擦一擦,在她腰间系着的抹布上抹了一抹,又熨她那第三十五件男衬衫,先熨前胸和两个袖子。她熨了一会说:

"嗬!古波先生,喝一小杯烧酒并不坏。我呢,烧酒会使我有精神……再说,您要知道,越喝越有趣。唉!我犯不着戒酒,我晓得我活不长的。"

"您说这种丧气话,讨厌极了!"蒲独花太太抢着说,因为她不喜欢听悲哀的谈话。

古波站了起来,生气了,以为人家冤枉他喝了烧酒。他拿他自己、他妻子和他女儿的头来赌咒,说他没有一滴烧酒下肚。他走近克莱曼斯,对着她的脸呵了一口气,叫她闻一闻是否有烧酒的气味。后来等到他的鼻子碰着了她赤裸的肩膀,他就哈哈大笑起来,他想看一看她的臂膀。克莱曼斯已经折好了那衬衫的后幅,把两面都熨过了,正在熨袖子和领子。但是因为他始终挨着她的身子,弄得她熨错了一个折纹,所以她不得不拿起凹盘旁边的刷子来刷匀衬衫上的灰浆。

"太太",她说,"请您不要叫他这样挨近我吧!"

"不要给她捣乱吧,你真不懂事! 我们忙极了,你懂吗?"绮尔维丝安然地说。

她们忙极了,又怎么样? 这并不是他的错处,他没有做什么坏事,他并没有碰一碰,他只是看一看。难道上帝所创造的美丽的东西是不许人家看的吗? 这狡猾的克莱曼斯,她倒是有好看的臂膀呀! 她尽可以给人家看,给人家摸,赚两个铜子,没有一个人给了钱会后悔的! 这时候克莱曼斯不再反对了,她对这醉汉的粗鲁的恭维话反倒笑起来。甚至于她也和他开起玩笑来。他嘲笑她专会熨男衬衫。是的,始终只是男衬衫,她在男衬衫里面生活着! 啊! 天啊! 她很晓得男衬衫是怎样做的,她的手里不知经过了几百个男衬衫呢! 区里黄发的、棕发的男子们都穿她熨过的衬衫。她一面听他说,一面继续地工作,笑得肩头都摇动了。她在衬衫背面折了五条折纹,用烙铁在衬衫的前胸上熨过,又把前襟烫了一烫,折好了。

"这像一面旗子!"她说时笑得更厉害了。

奥古思婷觉得这话很奇怪,也哈哈地笑起来。人家便责骂她。这个淘气的孩子,她听了她所不应该听懂的话也笑了! 克莱曼斯把自己的烙铁递给她;原来那些烙铁的热度减了,不够烫浆过的衣服的时候,就给那女学徒烫那些袜子和毛巾。她拿烙铁的手法很笨,竟把自己的手腕烫了一大块。她哭了起来,骂克莱曼斯故意烧她。克莱曼斯去取了另一块烙铁来烫衬衫的前襟,乘势安慰她同时又恐吓她,说如果她再哭,她就用热烙铁烫她的两个耳朵。这时候,她在前襟的下面垫了一块呢布,慢慢地推动那烙铁,让那灰浆能够自行均匀后才慢慢烫干。衬衫的前襟变得又硬又亮,像一幅硬纸一般。

"坏蛋!"古波骂了一声,仍旧停留在她的身后,满面醉容,不肯走开。

他踮着脚抬高了身子咯咯地笑着,他的笑声像没有擦油的滑车声音一样。克莱曼斯紧紧地靠在工作桌子上,反着手背,两肘向上张开,低着头;她赤裸的肌肤膨胀起来,两肩耸起,筋络在嫩肉里活动;她的胸部突出在敞着胸的衬衫里隐约可见,粉红的肌肤上湿透了汗。于是他伸出手来,就要摸她。

"太太,太太!"克莱曼斯嚷着说,"请您叫他老实些,好不好! ……如果他再这样,我就要走了。我不愿意受人家欺负的。"

绮尔维丝正在把博歇太太的帽子放在一个包着布的帽架上,小心地用小烙铁熨那帽子周围的花纱边。她抬起头来,恰恰看见古波双手伸在克莱曼斯的衬衣里面乱摸。

"真的,古波,你真是不懂事",她说时显出烦恼的样子,好像在责骂一个只吃果子酱而不连着面包吃的一个小孩,"你快睡觉去吧。"

"对了,古波先生,您还不如睡觉去。"蒲独花太太说。

"好!"他不断地冷笑,吃吃地说,"你们可笑得很! ……难道开开心都不行吗? 女人们我是晓得的,我从来没有伤损过女人。摸摸女人,不再进一步,只是为了尊重女性,对不对? ……再说,把货品摊开来不是要叫人挑选吗,不是吗? 为什么这高大的金发女子把自己的一切都显给人看呢? 呃! 这是不好的……"

后来他又转身向克莱曼斯说:

"你要知道,乖乖,你不该装腔作势的……如果为的是有人在这里……"

但是他不能说下去了,因为绮尔维丝轻轻地用一只手揽住了他,另一只手掩住了他的嘴。他还在嬉笑地挣扎着,她硬把他推向店后面的卧房里去。他摆脱了她那掩嘴的手,开口又说他很愿意睡去,只要那高大的金发女子来暖一暖他的脚。后来大家听见绮尔维丝替他脱鞋子,脱衣服,像慈母般温存他。当她扯开他的短裤子的时候,他哈哈地大笑,怡然地仰倒在床的中央;他两腿乱动,又说她惹他发痒。末了,她小心地像包裹孩子一样给他盖好了被,问他舒服不舒服。他并不回答,只大声叫克莱曼斯:

"喂,我的乖乖,我在这里了,我等着你呢。"

当绮尔维丝回到店里来的时候,奥古思婷竟被克莱曼斯打了一巴掌,因为蒲独花太太在机器里取出来一块肮脏的烙铁,她并没有注意,竟烫黑了一件短衣;克莱曼斯替自己辩护,说那烙铁是奥古思婷放的,其实是她自己没有弄干净,烙铁上还留着灰浆烧焦的痕迹,而她骂天骂地,说那脏烙铁不是她的;那女学徒看见她这样不讲理,一时发起怒来,竟当面吐了一口痰在她的衣服上。因此,她狠狠地打了奥古思婷一巴掌。奥古思婷忍着泪,把烙铁上面烤焦的灰浆刮了去,用蜡烛擦了一擦,然后用抹布揩干净。但是她每次经过克莱曼斯背后的时候,她一定含着一口唾沫,吐在她的裙子的后面,她看见那唾沫由裙子上流下来,禁不住心里暗笑。

绮尔维丝仍旧熨那帽子周围的花纱边。在这突然变得沉寂的空气里,大家很清楚地听见店铺后面古波的混浊声音。他很天真地独自笑着,说了许多短语:

"我的妻子,真糊涂!……她真糊涂,要我睡觉!……呃,太糊涂了,正在白天,而且人家并不困!"

但是他忽然打鼾了。于是绮尔维丝放了心,叹了一口气,很高兴地知道他终于休息了,在软温的床上做他的醉梦了。她一面很快地而且仔细地熨那帽子,一面在大家的静默中用连续而和缓的语调说:

"你们说有什么法子?他失去了理智,没法和他生气。纵使我推他,也没有什么用处。我宁愿顺着他说,让他去睡;你们看,这样一来立刻就完了,我可以安静了……再说,他并不凶恶,他很爱我。刚才你们看见了的,他为了要同我接吻,几乎跌破了头。这还算很好呢;有许多男子喝醉了酒之后还去找些女人……他呢,他一直就回家来了。他很喜欢同女工们开玩笑,然而他不会再进一步。克莱曼斯您听见了吗? 您不必伤心。您晓得一个醉汉是怎样的,喝醉了酒,杀了父母还记不清呢! ……唉! 我很原谅他,他和别人一样,有什么可说的!”

她懒洋洋地说出这些话来,毫不激动,她已经听惯了古波的粗言野语,虽然还不一味地对他献殷勤,然而看见他在家里捻女人的大腿的时候已经不觉得有什么害处了。当她不说话以后,众人还是不作声。蒲独花太太每次拿一件衣服,总是把工作桌的桌帏下面的筐子拉出来;衣服烫过之后,她举起了她小巧的手臂,把衣服放在货架上。克莱曼斯已经熨折好了第三十五件男衬衫。工作多得很;大家计算过,赶快做去也得要熬到夜里十一点钟。现在全店的人,不再有人使她们分心,正在努力熨烫。她们赤裸的手臂一来一往,把她们粉红的肉色映着桌上雪白的衬衫。机器里又加了煤炭,太阳从被单的间隙穿过来,直照在炉子上,一种不可见的火焰鼓荡着空气,日光里热不可当。在天花板下悬挂着的裙子和桌布的水汽里,大家热得呼吸不出来,奥古思婷嘴里的津液都干了,舌头都伸到了嘴唇外面。生铁烧红的气味、灰浆的酸味、烙铁的焦臭,在像从洗澡盆发出的那样的潮热的气味里,夹杂着四个露肩的女人的发髻的油腻气和颈窝的汗臊臭;同时那百合花在瓶中的绿水里凋谢了,吐出极纯粹的浓香味。在烙铁烫衣和火钳拨火的声音里,有时候杂着古波的鼾声。这鼾声很均匀,像一个嘀嘀嗒嗒的时钟,在调整店里的工作。

酒醉的第二天,古波从早到晚都不舒服,头发乱了,嘴臭了,牙床和脸都肿了。他起得很晚,在八点钟才洗脸梳头;他还吐痰,在店中逗留,不肯到工地去。所以这一天又完了。早上,他自己抱怨说他的腿都软了,说何苦喝这许多酒,把体质都弄坏呢?但是,他遇见了一群无赖,他们拉住了他不放手,所以他不由自主地也去喝酒;处处遇着骗局,他终于上了当!想象不到地上了当!唉!不行!他再也不这样做了!他不愿意这样年纪轻轻地死在酒店里!但是,中饭后,他的精神又恢复了,他连喊了几声"唉!唉!"表示他还有好的嗓音,还很响亮。他开始否认昨天的狂饮,说只是略为有些兴奋。叫人家不必担心他,他的身子很结实,尽量喝酒也不会眨一眨眼的。于是整个下午他在附近一带闲游。当他缠扰那些女工缠得不可开交的时候,他的妻子只好给他一个法郎,好叫他不在店里骚扰。他一出门,先到卖鱼路小麝香猫烟店里去买了他的烟草,如果他遇见了一个朋友,便大家喝一杯酒。后来他到金滴路口的福朗素华酒店里花去了他那一个法郎,因为那店里有新来的很好的葡萄酒惹得他喉咙发痒。这是一个老的酒店,店是黑的,天花板是低的,旁边有一间乌烟瘴气的小饭厅,在厅里可以吃便餐。他在这店里一直逗留到晚上做转盘赌酒游戏;他在这店里能赊账,福朗素华答应他,说永远不把酒账送给他的妻子。昨天弄脏了地板,今天应该用水洗一洗!是不是?昨天酒喝多了,今天应该再喝一杯,消一消昨天的酒。再说,他始终是个好人,不肯招惹女人,只爱开玩笑。就是他醉了的时候,还是很客气;他恨那些满口秽话的醉汉子,拿棍子打也打不醒来!他像一只金丝黄雀那样欢欢喜喜地回到了家里。

有时候,他要作弄绮尔维丝,便问她说:

"你的情人来过了吗?再也看不见他了,我应该去找找他。"

他说的情人就是顾奢。顾奢果然避免常来,一则怕妨碍他们,二则怕惹旁人说话。然而他专找些借口,或把脏衣服送来,或从店门前经过不知道有多少次。他往往喜欢逗留在店铺里面的一个角落上,经过几个钟头,坐着不动,只是吸着他那短烟斗。十天里总有一天晚上，吃完饭以后，他居然放胆来坐坐；他并不多话，缄着口怔怔地望着绮尔维丝，只是听了她说话要笑的时候他才把烟斗从嘴里拿出来。当星期六晚上店中人熬夜的时候，他便坐在店里怡然忘情，似乎在这里比去看戏更有兴趣。有时候，那些女工们烫衣服直烫到早上三点钟。天花板下一根铁丝系着一盏灯，灯罩下映成一片明亮的圆光，映得桌上的衬衫成为白雪的颜色。那女学徒关上了店面的遮窗板，但是七月的夜晚天气还是很热，大家让店门开着。夜渐深了，女工们渐渐把衣服解开，好舒服一些。她们在灯光下露出细嫩的肌肤，尤其是绮尔维丝，她变胖了，淡金色的肩像丝绢般放出光辉，她的颈上有婴孩般的一道折痕，她的颈涡儿被他看熟了，他闭着眼睛也画得出来！机器的热气、烙铁下湿衣服的水汽，都弄得他有几分头昏；他的思想迟钝了，眼睛只管望着那些女人们忙着工作，摇动着她们的赤臂，整夜辛苦，为的是本区的人们星期天有干净的衣服可穿。店铺周围的房子里人们都睡着了，马路上渐渐沉寂。十二点钟响了，后来又是一点钟，两点钟。街上的车辆与行人都没有了。现在那黑暗无人的马路上只剩有店门里射出来的一道灯光，像一幅黄布铺在地上一样。有时候听见远远传来的脚步的声音，一个行人渐渐走近来；当他踏过那一道灯光的时候，听见里面的熨衣声，觉得奇怪，匆匆地对那赭色灯光下的几个露胸的妇人望了一眼，便又走向前途去了。

顾奢看见爱弟纳使绮尔维丝为难，又见古波常常用脚踢他，想要救他，于是雇用他到自己那螺丝钉厂里去抽风箱。打钉的职业固然不太有意思，因为熔炉很脏，而且终日只是打铁，颇嫌单调，但这却是收入很可观的职业，每天可以赚十个以至十二个法郎。爱弟纳十二岁了，假使他的性情与这事业相近，不久他就可以做起铁匠来。爱弟纳到了制钉厂以后，绮尔维丝与顾奢之间又多了一重联络。顾奢把爱弟纳送回家来，同时把他的行为报告她。人人都笑着对绮尔维丝说，顾奢对于她发生了爱情。她自己也很晓得，她像少女般害羞,脸红得像海棠一般。啊! 可怜的亲爱的少年,他倒真讨人喜欢! 他从来没有对她提过这个,没有一次不规矩的举动,也没说过一句淫邪的话。这种忠厚的人,真是世间少有。她虽然不说出口,其实她心里很快活,觉得这样被人爱竟像圣女般受人敬爱。当她遇着不如意的事情的时候,她就想起顾奢,一想起他就觉得松快了许多。他们两人在一块的时候并不拘束,他们微笑地正面相视,只不说出他们的感想。不必想到坏事上头,这是有理智的爱情;当人们能够安静,同时又能得到幸福的时候,应该保持着安静才是。

　　但是夏天快完的时候,娜娜却把家庭都搅乱了。她六岁了,已经显得是个女无赖。绮尔维丝不愿意她常常在她的脚边歪缠,所以每天早上把她领到波龙索路一个幼儿园里去。保姆是若思姑娘。她到了幼儿园里,往往把女同学们的后面的衣襟打一个结,或在她保姆的烟匣里装些烟灰。她还想出了许多人们所想不到的淘气的事。若思姑娘把她开除了两次,后来仍旧收留她,为的是每月可以多得六个法郎。从幼儿园出来之后,娜娜为了发泄被关在教室里的闷气,便在院子和大门洞里大噪大闹,闹得熨衣的女工们耳都聋了,叫她快出去玩耍。她的同伴有一个是博歇的女儿宝玲,另一个是绮尔维丝当年的老板娘的儿子,名叫维克多。维克多是一个十岁的大傻孩子,专爱同小女孩们到处乱跑。福公尼耶太太与古波夫妇还相当地和好,亲自送儿子来同娜娜做伴。再说,大房子里的儿童很多,时时刻刻有些孩子在四面的楼梯里爬上爬下,在天井里打架,像一群噪闹争食的麻雀一般。哥特龙太太一个人就生了九个,黄发的、棕发的,一个个不梳头,不揩鼻涕,裤子提得很高,袜子搭在鞋背上,褂子破裂了,露出他们油垢的皮肤。另有一个妇人,是送面包的,住在五层楼上,也生了七个。每一间卧房里都有一群孩子出来。这些红嘴的寄生虫,每逢下雨就在雨里洗澡;这里头,有几个高大的,似乎很顽皮;有几个肥胖的,大腹便便,已经像

个大汉子;有许多小的;有几个很小很小的,才从摇篮里溜出来,走
路还不稳,很笨的样子,当他们想要快跑的时候就四脚往地上爬。
在这一般小虾蟆里,娜娜是个头儿;她对于比她大两倍的女孩子还
摆小姐架子,她仅仅肯给宝玲与维克多一点权力,因为这两个是她
的心腹,遇事都支持她的意愿。这个坏女孩不住地扮做母亲,替孩
子们脱衣穿衣,把各人的身体都检验过,玩弄他们,俨然是一个有
了坏品行的大人的专制行为。孩子们由她指导,做了许多该挨耳
光的游戏。他们都踏进那染坊里流出来的颜料水里,出来的时候
两腿或红或蓝直到膝盖;随后她跑到了锁匠的店里,偷了些钉子和
碎铁,又进了木匠店里,倒在很大的刨花堆上;这些刨花堆很有趣,
人家可以滚在里头只把屁股露出来。全院子都属于她了;小鞋子
踏得橐橐地响,每逢他们一群人出发的时候就起了一阵尖锐的喊
叫声。有些日子,院子还不够用,于是他们走进了地窖,又跑上了
楼梯,穿过了廊子,又走下楼来,再爬另一个楼梯,再走另一个廊
子,在几个钟头之内并不厌倦,始终叫嚣着,竟像一群害虫,把一所
大房子闹得天翻地覆。

　　"这一班坏蛋,可恨极了!"博歇太太嚷着说,"真的,大约他们
吃了饭没事做,才生这许多孩子,还抱怨说没有面包吃呢!"

　　博歇说穷家生孩子好像肥料堆里生菌子一样。那女门房整天
到晚嚷着,用扫帚恐吓他们。她终于把地窖的门关锁了,因为她打
了宝玲几个巴掌,宝玲告诉她,说娜娜打算在地窖的黑暗里做医
生,娜娜拿着棍棒,要给孩子们吃药。

　　果然有一天下午,发生了一件很不好的事,其实这是必然会发
生的。娜娜发明了一种很滑稽的游戏,她到门房的前面偷了博歇
太太的一只木屐,她用一根绳子把木屐系住了牵着走,算是一辆车
子。维克多又出了一个主意,把马铃薯皮装满了那木屐。于是孩
子们组织成了队伍。娜娜先走,手里拉着木屐。宝玲与维克多分
别排在她的左右。一群孩子都按着次序跟在后面,大的先走,小的

后走,互相拥挤着;一个像靴子一般高、穿着裙子的幼儿,歪戴着一顶破帽子,跟在最后面。这一队孩子唱着一些悲哀的调子,"喔呀!""啊呀!"的唱着。娜娜说是送葬,那些马铃薯皮就算是死尸。当他们在院子里兜了一个圈子以后,重新又开始转。他们觉得有趣得很。

"他们在做什么?"博歇太太说着便出了门房来看,因为她时时刻刻不放心,而且窥探着。

后来她看懂了,就大怒说:

"这是我的木屐!啊!这一班坏蛋!"

她分别打了他们几下,先在娜娜的脸上打了两下,又踢了宝玲一脚,说这笨货竟让人家把母亲的木屐偷去了!恰巧绮尔维丝在水龙头上放满了一桶水。她看见娜娜的鼻子流血了,正在哽咽着,她几乎要跑上前去扯那女门房的发髻。谁像打牛一般地打孩子?除非是没良心、下流而又下流的人!当然博歇太太同她争辩,一个人有了这样一个坏女儿,应该把她关在房里才是。末了,博歇自己也走出了门房,叫他妻子进去,不必同那下流的人费许多话。于是他们就这样完全翻了脸。

在事实上,古波夫妇与博歇夫妇之间,自从一个月以来,已经不太和睦了。绮尔维丝的天性是慷慨的,她常常送他们一些酒、肉汤、橘子和一些糕点。有一天晚上,她把一盘剩余的生菜送到门房里,是些野莴苣和紫菜头,因为她晓得博歇太太喜欢吃生菜。但是到了第二天,洛门舒姑娘告诉她,说博歇太太当着众人的面把生菜倒在地上,骂说她还没有穷到吃人家吃剩的东西。绮尔维丝听了这话,面色都变白了;从此以后,她决定不再送东西了:酒、肉汤、橘子、糕饼都不送了,什么也不给了。这时候博歇夫妇的嘴脸可就难看得很了!他们觉得古波夫妇偷了他们的东西一样。绮尔维丝明白自己的错处:假使她从前不是糊里糊涂地常常送东西给他们,他们不会养成坏习惯,也就不至于同她不好了。现在那女门房竟说她是最坏的人。到了十月付房租的期间，她向房东马烈士哥先生进了许多谗言，说绮尔维丝把赚来的钱都买好酒好肉吃了，以致她的房钱迟付了一天；马烈士哥也很不礼貌，竟走进店里，也不揭帽，就问房钱，然而绮尔维丝立刻就把房钱给了他。当然博歇夫妇现在与罗利欧夫妇联络起来了，他们与罗利欧夫妇在门房里和和气气地喝酒，大家重新言归于好。假使没有那瘸子，他们永远不会不和的！现在博歇夫妇认识了她了，他们明白罗利欧夫妇怎样受她的欺侮。当她走过的时候，他们都在门口冷笑她。

绮尔维丝终于有一天到罗利欧夫妇家里来，为的是古波妈妈的事情。古波妈妈已经六十七岁了，她的眼睛完全花了，她的腿也不行了。她不得已而放弃了那最后一家的工作，如果人家不救济她，她就要饿死了。绮尔维丝觉得这样年纪的妇人，有了三个儿女，上不着天，下不着地，实在是可耻的事。古波不肯同罗利欧夫妇说话，说绮尔维丝尽可以到他们家里去说一说，她的心中愤愤不平，就上楼去了。

到了七楼，她并不敲门就进去了，像一阵狂风似的。她看见里面的陈设丝毫没有变动，像当年他们第一次冷冷地招待她的时候一般。仍旧是原来那一幅褪色的呢布幔隔开了卧房与工作室，这铳形的房子竟像为一条泥鳅而建筑的。罗利欧在里面的长桌上做他的链子，用钳子把一个一个的链环衔接好。同时罗利欧太太站在老虎钳前面，从抽丝板孔里拉金丝。在白昼里，那小熔炉映出了粉红色的火光。

"是的，是我"，绮尔维丝说，"我们在伤了和气的时候，我这一来，你们觉得奇怪吗？但是我来并不为的是我，也不为的是你们，你们该晓得……我是为着古波妈妈而来的。是的，我来看看，我们是否让她等着别人施舍一块面包给她吃。"

"好！这样进来！胆子真是不小！"罗利欧太太说。

她说着便掉转了背，重新拉她的金丝，假装不知道她的弟妇在

旁。但是罗利欧已经把灰白的脸抬了起来,嚷道:

"您说什么?"

其实他听得很清楚,他又说:

"又是些闲话,是不是? 古波妈妈真好,到处向人家诉苦! ……然而前天晚上还在这里吃饭。我们尽我们的力量做事。我们不是大富翁……不过,如果她到别人家里去说闲话,就请她住在那里好了,因为我们不喜欢人家打听我们的事情。"

他重新拿起了链子,也掉转身子,似乎不得已地说:

"如果人人给她五个法郎一个月,我们也给她五个法郎。"

绮尔维丝安静了,看了罗利欧夫妇像不相识的路人的一副嘴脸,自己都寒心了。她每次踏进他们的门口都感觉得不舒服。她的眼睛望着地上木格里的金屑,很有理智地向他们解说,古波妈妈有三个儿女,如果每人给她五法郎,只有十五个法郎,这实在不够,拿这点钱是不能生活的,至少要加上了三倍才行。但是罗利欧嚷起来,叫他每月到哪里去偷十五个法郎呢? 人们可笑得很,看见他们有金子就说他们是富翁。后来他又批评古波妈妈:她不愿意减省了早上的咖啡,她要喝酒,种种苛求,竟像一个有财产的太太。对啊! 人人都喜欢舒服,但是一个人如果不晓得积蓄钱,老来只好像许多人一样束紧肚皮。再说,古波妈妈并没有到了不能工作的年纪,当她想要拿盘上的一块好肉的时候她的眼睛却看得很清楚;总之,她是一个堕落的老太婆,只希望享福。纵使他有法子想,他也认为赡养一个游手好闲的人是不对的!

然而绮尔维丝还是愿意和解,她镇静地批驳这些不正当的理由,她竭力要感动罗利欧夫妇。但是那丈夫终于不回答她了。那妻子这时候在熔炉的前面,正在用硝酸洗涤那金链子,硝酸在一个长把的铜罐里。她始终故意掉转了背,好像距离很远。绮尔维丝还在陈说,同时看他们在充满黑尘的工作室里工作,弯着身子,衣服是缝补的,油腻的。他们天天这样机械地工作,变得像老工具那

样毫无情感了。忽然间,她发起怒来,嚷道:

"对了! 我宁愿这样! 你们留着你们的钱吧! ……我来赡养古波妈妈,你们听见吗? 前几天我收留了一只猫,今天我尽可以收留你们的母亲。将来什么都缺少不了她的,她的咖啡,她的酒,都不怕没有! ……天啊! 是多么不要体面的家庭啊!"

罗利欧太太忽然掉转了身子。她摇荡着她的罐子,好像要把硝酸泼到她的弟妇的脸上似的。她吃吃地说:

"快滚出去,否则我要撞祸了! ……您不要打算那五个法郎,我连一个小萝卜也不肯给! ……不,一个小萝卜也没有! ……好呀,五个法郎! 妈妈将来做你们的女仆,还要我拿五个法郎赡养你们吗? 如果她到您家去,请您告诉她:她尽可以饿死,我不会送一杯清水给她……好啦,走吧! 不要踏脏了我的地板!"

"多么厉害的妖精!"绮尔维丝说着,猛烈地把门关上了!

到了第二天,绮尔维丝就接古波妈妈到她家里来,她把她的床安置在娜娜所住的那间大屋子里,这屋子的光线是从一个圆形的天窗里射下来的。搬家并不麻烦,因为古波妈妈的全副家具只有一张床,一个核桃木的高柜,一张桌子,两把椅子;他们把那柜子放在堆积脏衣服的卧房里,把桌子卖了,把椅子换过了草垫。古波妈妈在初来的晚上就扫一扫地,洗一洗碗盘,表示她不是吃闲饭的人,因为她很高兴有了安身之处了。罗利欧夫妇气得要死,更因为洛拉太太又与古波夫妇和好了。有一天,两姊妹为着争论绮尔维丝的事,竟揪打起来,洛拉太太赞许绮尔维丝,说她能尽媳妇之道;后来她看见她的妹妹生气,越发要作弄她,便索性说绮尔维丝有很美丽的眼睛,说她的眼睛可以燃得着一片纸;说到这里,两姊妹互相打了耳光,发誓不再相见。此后洛拉太太往往在晚上到店里来消遣,与克莱曼斯谈了许多淫邪的隐语寻开心。

三年过去了。大家和了又吵,吵了又和。绮尔维丝瞧不起罗利欧夫妇与博歇夫妇,以及其他的与她说不来的人。如果他们不高兴,他们尽可以走开,是不是? 她能赚她的钱,那是主要的。本区的人们终于非常尊重她,因为人家很难找到这样一个好主顾,一到期就付账,不计较小事,也不拼命讲价。她在卖鱼路古特鲁太太的店里买面包,在波龙索路那胖查理的店里买肉,在金滴路的洛昂克尔的店里买杂货,洛昂克尔的店铺恰在她的店铺的对面。福朗素华是金滴路口的酒商,常常送酒来给她,每次一筐五十瓶。她的邻居魏古鲁卖给她煤,只照煤公司的批发价目;这位魏古鲁太太的屁股大概都变青了,因为有许多男人都捻她。这些商人,可以说,都很殷勤诚实地供应她的货物,因为人家知道对她和气总不会吃亏的。因此,每逢她出去的时候,虽然拖着鞋,不戴帽子,四面八方的人都向她问好。她的住宅向街道开着,她住在这里,前后左右的街道都像是她的住宅的附属品。现在她出去买东西的时候喜欢在外面逗留,因为熟人很多,相处得很好。当她没有时间做饭的时候,她就到饭店里买几份菜,她同那饭店老板谈天。饭店在她的洗衣店的另一边,是一个大厅,玻璃窗满是尘土,后面的院子里有黯淡的日光映进来。有时候,她捧着许多碗碟,在楼下的某一个窗子的前面谈话;从窗子里望进去,是一个鞋匠的卧房,床上是零乱的,地板上堆着许多破布,两个折腿的摇篮,与一个装松香的瓦罐,里面盛着黑水。但是她所最敬重的邻人是对面那钟表店里穿着长衣服的一位先生,他的样子很干净,用精巧的工具不住地检查那些钟表。她往往穿过街道向他施礼,安闲微笑地注视着,那柜子般大小的店铺里,许多时钟的钟摆在忙乱地摆动,所报的时间各个不同,热闹得很。

六

秋天的一个下午,绮尔维丝把洗好了的衣服送到白门路的一个主顾家里去了之后,又回到卖鱼路来,太阳快下山了。上午下了一场雨,天气很温和,潮湿的石路上吐出一股泥土的气味;绮尔维丝抱着一个大筐子,很觉得吃力,稍有些气喘,脚步迟缓了,身子有些瘫软;她一面走路,一面模糊地起了食欲,越疲倦越增加了要求娱乐的念头。她很想要吃些好的东西,于是她抬起眼睛,瞥见了马尔加代路的牌子,猛然想起了顾奢,有意到打铁厂去看他一看。他曾经说了好多次,说如果有一天她想要看打铁的时候,不妨多走两步,到铁厂去看他。再说,当着别的工人面前,她可以要求见见爱弟纳,她似乎果真是专为寻找她的儿子而决定进厂去的一样。

那制钉厂应该是在马尔加代路,然而她不晓得是在哪一段,因为这里的旷地很多,房屋很疏,而且往往没有门牌。哪怕人家把全世界的金子都给她,她也不肯住在这条路上。这条路很宽阔,很脏,被附近许多工厂的煤烟熏黑了,路砖坍陷了,许多污秽的水滞留在车辙里。路的两边,有一排一排的厂屋,许多带玻璃窗的大工厂,都是些灰色的建筑,像没有完工似的,露着砖和木架。工厂的旁边杂着许多丑陋的住房与黯淡的小饭店,参差不齐,迎风欲倒,房屋间隙的地方可以望见旷野。她只记得顾奢说过,那制钉厂在一个废铁和破布的堆栈的旁边,那堆栈的价值几十万法郎的货物都露天堆在地上。在许多工厂的喧闹声中,她竭力想要找出方向:

有些屋顶上许多小细管子,发出猛烈的汽笛的声音;有一家锯木厂发出均匀的机器锯木声,像忽然扯破了一块棉布的声音;还有许多制纽扣的工厂里的机器嘀嘀嗒嗒和旋转的声音,这一切把土地都震动了。她怔怔地向蒙马特望去,一时没有主意,不晓得该不该更走远些;忽然一阵狂风把一个大烟囱的煤烟刮下来,把街道都弄脏了。她闭了眼睛,正在喘不出气来的时候,忽然听见铁锤叮当地响:她不知不觉地竟到了制钉厂的门口,她看见旁边果然堆满了无数的破布,她认定那的确是顾奢的制钉厂了。

然而她还踌躇,不晓得从什么地方进去。一道篱笆的缺口处有一条小路,这条小路似乎穿过一个拆房工地里的砖灰堆。一堆污泥阻住了去路,所以人家在上面放了两块木板。她终于冒险走上了木板,向左转弯,走进了一大堆颠倒放着的货车和破旧的房屋中间,房屋的梁柱还是矗立着,她迷失在里面不知道怎样走。破房子里面,一片红色的火光照耀着,冲破了垂暮的夜色。这时候铁锤的声音已经停止了。她谨慎地前进,走向那放光的地方,忽然有一个工人从她身边走过,那工人的脸被煤炭染黑了,嘴上满是邋遢胡子,用他的一双无光的眼睛斜着看了她一眼。

“先生”,她问,“有一个孩子,名叫爱弟纳的,在这儿工作,是不是?……我是他的母亲。”

“爱弟纳,爱弟纳”,那工人一面用嘎声说话,一面一摇三摆地向前走,“爱弟纳吗?不,我不认识他。”

他张开了嘴,嘴里喷出了一阵酒气,竟像打开了塞子的酒桶一般。他在这黑暗里遇着一个女人,老大不高兴,正在唠叨着,绮尔维丝向后退了一退,同时还问道:

“那么,顾奢先生是不是在这儿工作呢?”

“啊!顾奢,是的!”那工人说,“我认得顾奢!……如果您是来找顾奢的……请您到里面去吧。”

他在转身的时候,用破铜的声音叫道:

"喂！金嘴,有一个女人来找你!"

一阵碎铁的声音掩盖住了他的呼声。绮尔维丝向里面走去,走到了一个门口,探头望去。这是一间宽大的房子,她起初什么也看不出来。那熔炉在一个角落上,像灭了似的,只放出一些微光,使黑暗显得更深沉了。房子里面黑影憧憧往来。有时候有些巨大的黑影遮住了火光,这些工人们的影子显得特别大,使人猜想到,他们的四肢一定很粗壮。绮尔维丝不敢冒昧,只从门口低声叫道:

"顾奢先生,顾奢先生……"

忽然间,一切都光明了。在风箱的声音里,一道白亮的火焰冲起来了。那厂屋清楚地现出来了,原来是木板做的墙壁,四角加了砖墙,很粗地砌了几个窗眼。煤烟把厂屋染成了深灰的颜色。梁下悬挂着许多蛛网,像许多破衣在那里晾着,年代越多,蛛网上所积的尘土越重。墙的周围的货架上,零乱地堆着许多废铁,许多破烂的器具,大大小小,混在一起,现出坚硬而黯淡无光的样子。那白亮的火焰仍旧向上冲,像一道太阳的光芒照在平地上,照得木座上的四个光溜溜的铁砧反射出了带金星的银色回光。

这时候绮尔维丝看出了熔炉前面站着的是有漂亮黄须的顾奢,爱弟纳在拉风箱,另有两个工人在那里。她只看见顾奢一人,于是她走上前去,站在他面前。

"呃? 原来是绮尔维丝太太! 真是意外的喜事啊!"顾奢说时,脸上露出喜悦的神气。

但是他看见同事们做嘴脸,他连忙改口,把爱弟纳推到她的跟前,说:

"您来看您的孩子……他很乖,他的手腕开始有力了。"

"好!"她说,"到这里来真是不容易,……我好像到了世界的尽头了……"

于是她叙述她怎样来的。后来她又问为什么工场里的人不知道爱弟纳,顾奢笑起来,他向她解释,说这里人人都把爱弟纳叫做

"小兵"，因为他的头发剃得光光的，好像兵士的头一般。当他们谈话的时候，爱弟纳不拉风箱了，熔炉的火焰降低了，淡红的光亮渐渐熄灭了，厂屋渐渐变得黑暗了。顾奢心中感动，怔怔地望着微笑的绮尔维丝，在微光中看见她的容貌显得十分鲜艳。两人在黑暗里，一句话也不说，后来他似乎想起了一件事，打破了沉寂说：

"绮尔维丝太太，请您允许我，我还有一点工作没有做完。请您留在这里，好不好？您并不妨碍谁。"

她停留在这里。爱弟纳重新拉起风箱来，熔炉里又冒出火星；那孩子想要在母亲面前表示有腕力，越发努力抽起风箱来。顾奢站着，照顾着熔炉里烧着的铁条，手里拿着钳子等候着。那明亮的火光强烈地照耀着他，没有一点儿阴影。他的衬衣的袖子卷起了，领子敞开了，露出他赤裸裸的臂和赤裸裸的胸，女子般的粉红色的肌肤，上面生着金黄色的小毛；头略低着，陷在露出肌肉的两肩中间；他聚精会神地用眼睛盯着那火光，不眨一眨。他像一个正在休息的巨人，丝毫没有使用他的力量。等到那条铁烧白了以后，他用钳子钳了起来，放在铁砧上用铁锤均匀地把铁条打成几段，好像把玻璃轻轻地打成几段似的。然后他把打断了的铁条一段一段的放进了火里，再一一地夹出来，加工制造。他做的是六角铆钉。他把成段的铁条放进了一个制钉的模型里，先压成一种六角形的钉头，最后才把完成了的铆钉扔在黑土上，起初钉子是红的，不久便渐渐熄灭了。他不住地打了又打，右手抡着一把五斤重的铁锤，每打一锤就完成一节工作，他做得这样熟练，所以他一面打着，一面还可以看人并且和人谈话。铁砧的声音清脆，好像银子的声音。他没有一点汗珠，很舒服地、很随便地打铁，竟像晚上在家里剪图画一般，并不费一点儿气力。

"噢！这是些小铆钉，只有二十毫米……"他说这话为的是答复绮尔维丝的问题，"每天尽可以做三百个……然而要有习惯，否则手臂就很容易迟钝了……"

　　她问他每天完工之后他的手腕是否觉得麻痹，惹得他笑起来，难道她以为他是一个小姐吗？十五年来，他的手腕久经锻炼，它和工具摩擦久了，现在已经变为钢铁了。不过她的话也有道理：假使有一个人，他从来没有打过铁，忽然叫他玩弄五斤重的铁锤，不到两个钟头，包管叫他手腕累得受不了。这似乎没有什么了不得，然而往往有许多结实的男子打了几年的铁就丧了命呢。这时候其他的工人也一齐在打铁，光亮中他们巨大的影子在晃动着，熔炉里取出来烧红的铁条冲破了黑暗，铁锤下打铁溅出来的火星，映在铁砧上竟像太阳放出的光芒，绮尔维丝被熔炉的火光吸住了，快活得竟不想走开。她绕了一个大圈子才能走近爱弟纳，为的是怕火星烧了她的手；忽然间，她看见一个肮脏而多胡子的工人进来，原来就是她在院子里问他话的那一个。

　　"喂，太太，您找着了吗？"他含醉带讥笑地说，"金嘴，你要知道，是我指点太太来找你的……"

　　他名叫"咸嘴"，人家又把他叫做"不渴总喝"，是一个顶呱呱的脚色，专会打铁钉，不过他每天要喝一瓶最烈的酒，润一润他的铁锤。刚才他去喝了一杯，因为他觉得肚子里干得慌，等不到六点钟。当他知道"小兵"名叫爱弟纳的时候，他觉得很滑稽，他笑起来，露出一嘴黑牙齿。后来他又认出了绮尔维丝，昨天他还同古波喝了一杯酒呢。人家可以同古波说起"咸嘴"，他一定会立刻说：这是一个好朋友！啊！古波这家伙倒很和气，不轮着他的时候他也常替人付账。他又说：

　　"我晓得您是他的妻子，我很高兴。他配得上有一个美丽的妻子……是不是？金嘴，太太不是一个美丽的女人吗？"

　　他表示他会奉承女人，渐渐逼近了绮尔维丝，她拿起了筐子放在自己的面前，以免他挨着她的身体。顾奢心中不快活，他懂得咸嘴暗中在取笑他对于绮尔维丝的友谊，于是他嚷道：

　　"喂，懒货！那些四十毫米的钉子什么时候才做呢？……酒鬼,你现在喝足了酒,舒服了,有勇气做工了吧?"

顾奢说的是某家订做的大铆钉,需要两个铁匠打铁。

"你如果愿意立刻就做,小孩子!"咸嘴回答说,"还像孩子那样吮手指头竟要充做大人。就算你长得壮,更壮的我还见过呢!"

"对了,不错,立刻就做。来吧,我们两人做吧!"

"我们在做了,坏蛋!"

他们因为有绮尔维丝在旁,所以鼓起勇气互相挑战。顾奢把早已做好了的铁条放进火里,然后把一个很大的铁钉模型安置在一个铁砧上面。咸嘴由墙上取了两把二十斤的大锤下来,这是厂里最重的铁锤,工人们把一把叫做费芬,另一把叫做得代儿。他继续吹牛,说他曾经替敦克尔克灯塔做过许多大铆钉,做得这样精致,足可以像首饰那样陈列在博物院里。老实说,他不怕人家同他竞争;在遇见顾奢小弟弟以前,在巴黎全城的工厂里找不出像他这样一个好工人来。人家尽管笑他,但是人家看见他的工作就知道了。

"太太,等一会您来批评一下。"他转身向绮尔维丝说。

"不要再吹牛了!"顾奢说,"小兵,用力些,这炉子不够热!"

但是咸嘴还问道:

"那么,我们合起来打,是不是?"

"绝对不是! 各打各的钉子,我的朋友!"

这一个提议吓得大家出了一身冷汗,这一下子,咸嘴虽然胆子大,也急得口中发干了。四十毫米的铆钉,由一个人来打,是从来没有见过的事;而且这些钉子该做圆头的,越发艰难了,真是一种杰出的工作。另外三个工人离了他们的工作来看,其中有一个瘦汉子赌一瓶酒,说顾奢一定会输的。这时候金嘴与咸嘴都闭了眼睛去拿了一把铁锤,因为费芬比得代儿重了半斤的缘故。咸嘴的运气好,摸着了得代儿;金嘴碰到费芬。在等候炉中的铁烧白的当儿,咸嘴鼓足了勇气,立在铁砧的前面,转着多情的眼睛向绮尔维

丝望去;他摆好了姿势,脚踏着地,像是预备打架的样子,看他的手
势已经预备挥动那大铁锤了。

"好,开始吧。"顾奢说时,自己也把手腕一般粗的一块铁放进
了铁钉的模型里。

咸嘴仰着身子,双手抡起了得代儿。他的身材矮小干瘦,胡子
像山羊,眼睛像豺狼,头发梳得不好。他每打一打就喘了一口气,
脚离了地,好像是用力太过所致。这是一个粗暴的人,他恨铁太硬
了,所以好像要同铁打架似的;当他以为把它痛打了一顿以后,他
还咕噜了一声。别人的手臂也许会被烧酒弄软,然而他的血管里
需要的是烧酒而不是血液;刚才的一杯酒把他的骨节烧热了,他觉
得像汽机一般有气力。所以今天晚上是铁怕他,他把铁打扁了像
打小臭虫一般容易。看呀! 得代儿那把大铁锤,像蒙马特的舞女
那样在狂舞呢! 因为热铁冷得很快,非快打不可。打了三十下,咸
嘴已经把他的钉头打好了。但是他气喘了,他的眼睛突出来了,他
听见手臂在窄窄地响,更使他狂怒起来。于是他气急了,嘴里骂着
跳起来又打了两下,仅仅为的是替他的痛苦报仇。等到他把钉子
从模型里取出来以后,那钉子已经变了形,钉头凹凸不平,打得很
不好。

"呃! 打得快吧?"他还这样大着胆子说着,把钉子给绮尔维
丝看。

"先生,我是不在行的。"绮尔维丝很有涵养地说。

然而她分明看见得代儿的最后两锤把钉子打坏了,于是她很
快活,她抿着嘴唇忍住笑,因为现在顾奢很有赢的机会了。

现在轮着顾奢了。在开始以前,他多情而有信心地看了绮尔
维丝一眼。他不慌不忙,先看准了距离,然后抡起铁锤,均匀地敲
打。他的动作很有法度,很温和,很活泼,很准确,费芬并不像下流
人那样乱舞,只像一个贵妇人仿效古人的舞蹈似的,步伐很有节
拍。费芬动作很稳,它先很有规则地打在烧红的铁钉头上,随后很

准确地把钉头的形状打好了。当然,金嘴的血管里没有烧酒,只有血液,只有纯洁的血液,血液产生的力量直灌注到铁锤上头,支配他的工作。这个大汉子,做起工作来真是把好手!熔炉里火焰的光亮正好照在他的脸上。他的鬈曲的短发垂在他的额上,他的金黄色的美丽的胡子被火光映得发亮,他的脸真的成为金脸了。再者,他的颈像柱子一般粗,像孩子的颈一般白;胸膛很宽,上面足可以横躺着一个女人,他的肩与臂都长得和雕刻的一般,可以说好像是照美术馆里的巨人描摹出来的。当他用力的时候,可以看见他的肌肉膨胀起来,皮里起了许多肉峰。他的肩,他的胸,他的颈,都胀大了。他的周围放出了光辉,竟像一个美丽的天神。他的眼望着铁,用锤子已经打了二十下,每打一下便呼吸一次,太阳穴上仅仅有两点大汗珠流下来。他在计算:二十一,二十二,二十三。费芬的动作仍旧不失贵夫人的风度。

"他的姿势真漂亮!"咸嘴冷笑地说。

这时候绮尔维丝在顾奢的对面,很感动地微笑着看他,天啊!由此看来,男子们真是傻!这两个在这里努力打铁,不是为了向她献殷勤吗?噢!她很懂得,他们是为了她,而在用铁锤竞赛,他们好像两只红色的大公鸡在一只小白母鸡的面前逞强。人类很需要新发明创造,是不是?有时候,表示心绪的方法真是奇怪得很。是的,得代儿与费芬在铁砧上雷动的声音,都为的是她;这些铁被打扁了,为的是她;这炉子大放光明,火星活跃,也为的是她。他们为她而在锻冶爱情,他们借此来争取她,看谁打铁打得好,谁就可以得到她。的确,这也真能博得她的欢心,女人是喜欢人家恭维的。尤其是金嘴的铁锤打动她的心怀;她的心也像铁砧,被锤子打得铿铿地响,伴着她的脉搏跳动的声音。这似乎是一件不可解的事,然而好像有一些什么很结实的东西打入了她的心坎里,有几分像那铆钉的铁。太阳刚要落山,在她没有进来以前,她沿着潮湿的街道走着的时候,有了一个模糊的欲望,似乎是想要吃些好东西;现在她觉得满意了,好像那金嘴的锤子已经给她充饥了。啊！她对他的胜利毫不怀疑,胜利一定会属于他的。咸嘴太丑陋,他穿着很脏的工衣,活像一只猴儿在跳跃。她等候着,满面通红,然而她喜欢这样强烈的热度,费芬最后的几下,震得她全身非常舒服,竟像一道电气从她的头流到脚底似的。

顾奢始终计算着。

"二十八！"他说时把锤子放在地下,"完了,您看吧。"

那钉子的头很光滑,很完整,没有一点毛病,像小球一般浑圆,真像首饰匠的工作。工人们望着钉子动着头,这没有什么可说的,只有五体投地而已。咸嘴竭力想要说些笑话,然而吞吞吐吐,终于说不出话来,便回到他的铁砧跟前低了头。这时候绮尔维丝挨近顾奢,好像为的是要看清楚些。爱弟纳已经放手不拉风箱了,炉火重新又变暗了,像没落的斜阳,忽然间,已经成为沉沉的夜色。顾奢和绮尔维丝,在煤烟和铁屑染黑了的厂屋与锈铁的气味当中,被这夜色围住了倒反觉得愉快。他们竟像在森林里幽会,没有别人在旁似的。他握着她的手,好像他已经占有了她似的。

后来到了外面,他们并没有交谈一句话。他找不着什么话,只说假使不是还有半个钟头的工作,她尽可以把爱弟纳领回去。她终于走了,他忽然又叫住了她,想要多留她几分钟。

"请您来呀,您还没有都看完呢……呃,真的,还有很好看的呢。"

他把她领到右边另一个厂屋里,这里面他的老板安装了一整套的机器。到了门口,她忽然踌躇起来,不知不觉地起了一种恐怖。那大屋子被机器震得在颤动,许多大黑影在红焰中浮动。但是他微笑地安慰她,发誓说没有什么可怕的;只要她小心,不让她的衣服滚进轮齿里去就是了。他走在前面,她跟着走,在这震耳欲聋的机器声中有种种不同的杂响;浓烟里有许多忙碌的工人,混在摇动的机器的手臂当中,令她看不出哪是人,哪是机器。经过的路是很狭窄的,他们不得不跨过许多障碍物,避开许多洞子,侧着身躲开小货车。在这种场合,大家互相听不见说话。她还没有看见什么,只见一切都在跳动着。后来她觉得头上好像有翅膀在飞舞,她就抬起了眼睛,停住了脚步,看见天花板下有许多大皮带,交织成一个很大的蛛网,皮带转动得像永远没有完似的;那汽机装在一个角落上,隐藏在一垛小砖墙的后面;所以那些大皮带似乎是自己在转动,在黑暗里均匀地运行,像一只夜莺飞时那样从容。但是她险些儿跌了一跤,因为她的脚误绊了散布在地上的通风管,这些通风管把这一个风扇的风送到机器旁边的各个小熔炉里。他开始叫她看这个,他把风放到一个熔炉里,熔炉四周放出很阔的火焰,炫目的火苗窜出来,很像牙齿的形状,颜色很淡。火光太强了,所以工人们的小灯只像太阳旁边的小星。后来他提高了声音,向她解释;他领她去看那些机器:那些机器夹剪把铁条剪成了一节一节的,剪成的短节从机器后面吐出来;还有那些制钉的机器,很高,很复杂,把铆钉的头一压就压成了;又有削切的机器,把铆钉削切平整,不剩一点渣滓;又有制螺丝纹的机器,由女工们运用,钢轮的的哒哒地响,轮上的油放出光辉。她可以这样按着程序,看全部工作的进行,从靠着墙的铁条看起,直看到最后制成了的铆钉,装满铆钉的许多箱子堆积在厂房的角落里。于是她懂得了,微笑地点了一点头。然而她终不免有点儿胆寒,觉得自己的身子这样小,这样脆弱,在这些粗大的机器中间,真有被压碎了的危险。有时候,她听见了那削切机一声沉着的长啸,竟令她掉转身来,出了一身冷汗。她习惯了在黑暗里看那些不动的工人们校正那些机轮,忽然那熔炉里又吐出一圈火光。她不由自主地始终只看那天花板下的大皮带,那机器的血液和生活力,看那默默无言巨大的力量在那黑暗模糊的房架下面通过。

这时候顾奢在一个制铆钉机器的前面停了脚步,他瞪着两眼怔怔地望着,低头沉思。那机器每天打许多四十毫米的铆钉,像一个巨人那样毫不费力。真的,这工作真是非常简单,那机器像一个火夫自动地把一节一节的短铁条从炉里取出来,随后送进模型里去锤打,模型不断地经水流冷却,免得失去钢性;机器的螺丝往下一松,制成的铆钉就跳出来,掉在地上,钉头溜圆,好像模子里铸出来的一般。在十二小时内,这机器能制成数百公斤的钉子。顾奢不是凶恶的人,然而他有时候很想抢起费芬来把这些机器都打得粉碎,因为他恨那机器的手臂比他的手臂更结实。他虽然自己推想,说肉体是不能与铁相争的,然而他终不免因此而伤心。将来总有一天机器会损害到工人身上;他们的工钱已经由十二法郎降到九法郎,人家还说要再减低呢;而且这些机器毫无趣味,它们制造铁钉只像制造香肠一般。他向这机器望了整整的三分钟,不说一句话;他皱着眉头,他黄色的美丽的胡须都愤怒得竖了起来。后来他似乎忍住了,他的神气渐渐缓和了。他转身向着绮尔维丝,这时候她正紧挨着他,他惨然微笑说:

"啊!这实在超过我们了!但是也许将来可以为大家造福。"

绮尔维丝也不管造福不造福,她只觉得机器制成的钉子不好。她热烈地嚷着说:

"您懂得吗?机器制成的钉子太齐整了……我比较地喜欢您所做的。因为至少可以看得出一个艺术家的手法来。"

她这样一说,使他非常喜欢,因为他怕她看了机器之后会瞧不起他了。说哩!他虽然比咸嘴强,机器更比他强。他终于在院子里与她分别了,他险些儿把她的手握碎了,因为他太快活的缘故。

绮尔维丝每逢星期六都到顾奢母子家里,为的是把洗过的衣服送给他们。他们仍旧住在金滴新路那所小房子里。她在第一年内,每月还他们二十法郎,算是还那五百法郎的债;为着不使账目混乱起见,他们在每月底才算账一次;她在洗衣应得的工钱外再补足一些,凑二十法郎给他们,因为顾奢母子每月的洗衣费往往不超过七八个法郎。依此计算起来,她已经还了一半的债了;不料有一

天到了付房租的期限,她的顾客们失信,欠她的钱,所以她没法子
筹款过这一关,只好跑到顾奢母子家里借钱支付房租。另有两次
为着支付女工们的工钱,她又来找他们,以致她的债仍旧回升到四
百二十五法郎。现在她不再偿还一个铜子了,仅仅在洗衣的账内
扣除。这并不是因为她的工作减少,也不是因为她的生意不好。
恰恰相反,她的工作加多了,她的生意更兴隆了。但是他家有了无
底洞,她的钱似乎熔化了;当她能够度过关头的时候,她已经心满
意足了。天啊!只要能够生活,还有什么可抱怨的呢?她渐渐胖
起来,对一切都懒得认真了,再也没有气力去顾虑前途了。也罢!
金钱总是会来的,存起来岂不要上锈吗?顾奢太太仍旧像慈母一
般对待绮尔维丝。有时候她委婉地教训她两句。这并不为的是她
的债,只因为她爱她,生怕她跌筋斗。至于她自己的款子呢,她甚
至于不肯说起。总之,她对她是很体贴的了。

绮尔维丝参观制钉厂的第二天恰恰是月底的星期六。她要亲
自把衣服送到顾奢家去。当她到了顾奢家的时候,那衣筐子把她
的手臂压得这样累,以致她气喘了两分钟。人们不晓得洗过的衣
服有多么重,尤其是有被单在里面。

"您把所有的衣服都拿来了吗?"顾奢太太问。

顾奢太太对于这件事是很严格的。她要人家把衣服都送了
来,不许缺少一件,依她说是为了有秩序。她还有一个要求,便是
要洗衣妇在一定的日期和一定的钟点到来,这样办,大家都可以不
糟蹋时间。

"噢!一切都拿来了。您晓得我是不肯遗漏的。"绮尔维丝微
笑地回答说。

"这是真的",顾奢太太承认说,"您学了许多短处,只这一个短
处您还没有。"

当绮尔维丝把筐里的衣服搬出来,放在床上的时候,顾奢太太
就恭维她:说她不像别人烫焦了衣服或弄破了衣服,也不弄脱纽

扣；不过她放青矾太多而且把男衬衫的前面浆得太硬了。

"您看，这真是一块硬纸"，她说时把衬衫揉得窄窄地响，"我的儿子不会埋怨的，然而这衬衫会割破他的脖颈，明天我们从文新尼回来的时候他的颈上会显出血痕的。"

"不，请您不要这样说"，绮尔维丝不如意地说，"穿的衬衫应该稍为硬一点儿，要不然身上好像披了一块破布似的。请您看一看那些先生们……你们的衣服是我自己洗的，我自己烫的。从来没有一个女工摸过，都是我一手料理。我情愿洗十次，烫十次，因为这是你们的东西，您相信我的话吧。"

她吞吞吐吐地说了最后这两句，脸上轻微地起了红晕。她恐怕人家看出她喜欢亲手烫顾奢的衣服。当然，她没有肮脏的思想；但是她不免有几分羞惭。

"唉！我并不是批评您的工作。您的工作做得好极了，我是晓得的，"顾奢太太说，"所以，您看这珍珠帽子。只有您会烫这种绣货。而且那些折痕也齐整得很！呃，我立刻认得出是您亲手做的。当您把一块抹布交给一个女工的时候，我一定看得出来……是不是？请您少放一点儿灰浆就是了！顾奢是不愿意摆老爷架子的。"

她一面说着，早已把账簿拿了来，用笔勾销了那些送来的衣服。一件都不缺少。当她算账的时候，她看见绮尔维丝把一顶女帽算六个铜子，她惊叫了一声，然而她终于承认这并不比时价更贵；后来她又看见男衬衫是五个铜子，女裤子是四个铜子，枕套是一个半铜子，围裙是一个铜子，老实说，这价钱很相宜，因为别的洗衣店要多算两个小钱甚至于多算一个铜子呢。这时候绮尔维丝早已把那些脏衣服报了数，顾奢太太一一登记下来，绮尔维丝都装进了她的筐子里，然而她还不走，好像有一个要求，却不好说出口，现出很为难的样子。

"顾奢太太"，她终于说了，"如果您不要紧的话，这一个月我想要领洗衣服的钱。"

　　恰好这一个月的数目很大,她们刚才一块儿算过账,竟达到十法郎另七个铜子。顾奢太太严重地注视了她一会,然后回答说:

　　"我的好孩子,您要怎样都可以。既然您需要钱用,我不愿意拒绝您……不过您如果想要还清债务,这恐怕不是您所应走的路;我说这话,是为您设想,您懂吗? 真的,您应该当心才好。"

　　绮尔维丝低头承受她的教训,吃吃地说她自己写给了煤炭商人一张借据,这十个法郎就是拿去凑数还那煤商的。但是顾奢太太听见了借据的话更变得严厉了,她给她举一个例子:自从人家把顾奢每日的工钱从十二法郎减至九法郎之后,她已经把费用减省了。一个人在年青的时候不老成,到老了就会饿死的。她还忍着一段话没有说:她不说她把衣服给绮尔维丝洗,完全为的是让她借此还清她的债;从前一切的衣服都是她自己洗的,如果此后绮尔维丝再要她掏钱包拿这么一笔款子出来,她仍旧要由她自己洗了。当绮尔维丝得了十法郎另七个铜子之后,她道了谢,立刻就走了。到了楼梯口,她觉得松快了,想要跳起舞来,因为她已经养成了不怕为难和要钱不要脸的习惯,所以每次脱离了困难就觉得幸运,等下次的困难来了再说。

　　恰在这一个星期六,绮尔维丝从顾奢的楼上走下来的时候有了一个奇遇。她看见一个不戴帽子高大的妇人走上楼来,她只得抱着筐子,倚着栏杆躲避;那妇人的手捧着一张纸,纸上有一尾很新鲜的鲭鱼,鱼鳃还带血。好,她认得是维尔吉妮,当年她在洗衣场里曾经撩起过她的裙子。两人彼此对看了一看,绮尔维丝把眼睛闭了,因为她一时以为维尔吉妮要把鲭鱼扔到她的脸上来。哪里知道,不! 维尔吉妮还轻微地笑了一笑呢,于是绮尔维丝觉得自己的筐子堵住了楼梯,想要表示有礼貌,便说:

　　"我请您原谅。"

　　"我早已原谅您的一切了。"维尔吉妮回答说。

　　她们停留在梯级上谈话,忽然和好了,大家不肯露出半句影射到过去的事情的话。这时维尔吉妮已经二十九岁了,她变成了一个体格很好的女人,只嫌面部长了些,两绺头发是漆黑的。她立刻叙述了她的历史,为的是炫耀一下子:她现在是结了婚的了。她在春天的时候嫁了一个从事做过精细木工的工人,他也曾为国家服务,现在他请求做一个警察,因为国家的职位可靠些而且有体面些。恰巧现在她买了一尾鲭鱼回去给他。她说:

"他很爱吃鲭鱼。这些坏男子,我们不免要娇养他们,是不是?……请您上楼吧。您可以看一看我们的家……我们何必在这儿当过堂风呢。"

绮尔维丝也叙述了她自己的婚姻,说她从前也住过这个住宅,而且还在这里生了一个女儿呢。维尔吉妮听了,越发催她上楼,重到自己享过福的地方总是一件乐事。她从前在河的那一边,在大石头地方住了五年,正当她的丈夫在当兵的时候,就是在大石头与她认识的。但是她愁闷起来,她希望回到金滴区里来住,因为这区里的人都与她相识。现在她住在顾奢家的对面,已经半个月了。唉!她的东西还是七零八乱的,只好渐渐收拾就是了。

到了楼梯口,她们终于互相告诉了名字:

"古波太太。"

"布瓦松太太。"

从此以后,她们便堂皇地互相称呼为古波太太与布瓦松太太,为的是欣幸地做了太太,不再像当年处于那种暧昧的地位了。然而绮尔维丝还存着一些不信任的心理。也许维尔吉妮假意做好人,与她讲和,为的是便于报复她当年在洗衣场里撩裤子露屁股的仇恨。绮尔维丝心中警惕,嘱咐自己处处留神。现在维尔吉妮客气得很,她自己也该客气才好。

到了楼上的卧房里,看见维尔吉妮的丈夫布瓦松坐在靠近窗的一张桌子前面正在工作。这是一个三十五岁的男子,面如土色,上下唇有红色的胡须。他做的是些小匣子。他的工具只有一把小刀,一只像锉指甲的锉一般大小的锯子,还有一瓶胶水。他所用的木料是从旧雪茄烟匣子上取下来的,这是一些桃花心木的薄板,他切磋琢磨,做出了极细致的作品。一年到头,一天到晚,他都做同样的匣子,宽六公分,长八公分,不过他画了些斑纹,创造了些盖子的形式,在匣子中隔出许多格子。这为的是消遣,为的是消磨光阴,以便等候着当局任命他做警察。在他的旧职业的种种木器工作中,他现在只爱做小匣子的一种工作,他所做的东西并不出卖,只拿来赠送他相识的人。

布瓦松站了起来,恭敬地向绮尔维丝施礼,他的妻子介绍说是一个老朋友。但是他不是爱谈话的人,早已把小锯又拿起来。他只不时用眼睛瞟了一瞟那放在横柜上的鲭鱼。绮尔维丝很喜欢能够重新看见她的旧住宅,于是她说当年她的家具陈设在什么地方,又指着一个地方说当年她在地上分娩。呀!真所谓有缘终能再会!当年她们互相不见面了之后,谁能料到能够这样重逢,而且先后同住在一间卧房里!维尔吉妮再叙述她与她丈夫的事:他已经承继了一个姑母的遗产,大约不久他可以使她开店铺;现在她暂时继续做缝工,东做一件衣服,西做一件衣服。谈了整整半个钟头之后,绮尔维丝终于要走了。布瓦松仅仅转了一转身。维尔吉妮送她出来,说不久要去回看她;再说,她家的衣服要给她洗,这是当然的。当她把绮尔维丝留在楼梯口的时候,绮尔维丝以为她想要说起郎第耶与那擦铜女工阿黛儿的事了。她怀着一腔怒气,等候她说。然而她们终于没有半个字提到这些讨厌的事情,她们分别的时候还很客气地说了一个再会。

"再会,古波太太。"

"再会,布瓦松太太。"

这是她们的友谊的起点。八天以后,维尔吉妮每次经过绮尔维丝的店铺一定进去谈天,她一谈就两三个钟头,布瓦松很担心,以为她被车压伤了,特来找她,他的脸色很苍白。绮尔维丝天天和维尔吉妮见面,不久就感觉到一种奇异的忧虑:她一听见她开口说一句话,立刻以为她要谈起郎第耶;维尔吉妮在店里的时候,绮尔维丝不由自主地想起了郎第耶。这是傻极了的事,因为她实在不管郎第耶,也不管阿黛儿,也不管他们两个人现在变成怎样了;她绝对不提出一个问题;她甚至无心想知道他们的消息。不,这不是出于她的本意的事情,她的脑筋里有他们两人的影像,好比一句讨厌的歌曲留在嘴里,一时撇不开。再说,她并不怀恨维尔吉妮,这当然不是维尔吉妮的罪过。她很喜欢和她谈天,有许多次她还把她挽留再谈一会儿,然后才让她走呢。

冬天来了,这是古波夫妇在金滴路所度过的第四个冬天,这一年的12月与1月的天气特别冷,冰冻得连石头都可以裂了。元旦之后,雪在马路上三个星期不融化。这并不妨碍工作,恰恰相反,冬天乃是烫衣服的好时令呢。店里的气候好极了!窗子上从来不像杂货店与对面的帽子店的窗子上那样结有冰花。机器里装满了煤炭,维持着一种浴室的气候;桌上的衣服的水汽蒸腾,令人以为是在夏天;大家都很舒服,关着门,到处都有热气,热得那么厉害,险些儿使得人睁着眼睛都会打瞌睡哩。绮尔维丝笑着说她以为是在乡间,真的,车子在雪上走,不再喧嚣了;行人们的脚步声音也几乎听不见;在严寒的沉寂里,只传来儿童的声音,原来是一群儿童沿着那蹄铁店的马路边做了一个滑冰场。有时候她走到门上的一个玻璃格子跟前,用手把水汽揩净了,看区里的人遇到这样的天气变成了什么样子;但是邻近的店铺里没有一个人探出头来,全区被大雪包住了,竟像睡着了似的;她只向旁边的煤炭店的老板娘点一点头,看见她正在散步,头上也没有戴帽子,她把嘴咧成一条长缝,因为天气冷得太厉害了。

在这严寒的时令,最好是在正午喝一杯很热的咖啡。女工们没有什么好埋怨的,老板娘做了很浓的咖啡,不像福公尼耶太太只给人家喝一杯淡水。不过古波妈妈担任冲咖啡的时候,她要耗费好多时间,因为她对着暖壶就打起瞌睡来,于是女工们在吃了中饭之后只好烫烫衣服等候咖啡。

列王节的第二天,十二点半钟响了,咖啡还没有做好。这一天,咖啡壶的过滤器不灵。古波妈妈用一只小匙敲打着滤器;大家听见那咖啡不慌不忙、一点一滴地流下去。克莱曼斯说:

"请您不要管它吧,不要把咖啡搅浑了……今天我们一定有好吃好喝的!"

那高大的克莱曼斯正在烫一件男衬衫,用指甲压平了一些折痕。她感冒得很厉害,眼睛肿了,一阵一阵的咳嗽把她咳得弯了腰,靠在工作桌子旁边。尽管这样,她仍然不围一条围巾,只穿着一件十八个铜子的羊毛衫,周身发抖。她旁边的蒲独花太太却裹着一件厚呢衣服,直裹到她的耳朵。她正在熨一条裙子,把裙子放在一块承衣板上,那板靠着一张椅子的背;地上还铺着一幅被单,以免裙子擦着地弄脏了。绮尔维丝独自占了桌子的一半,她在熨一些绣花的纱窗帘,她伸直了手臂,把烙铁推得很直,以免误作折痕。忽然间那咖啡哗哗地大流特流,惹得她抬起头来。原来是奥古思婷把匙子插进了滤器,弄成了一个洞,所以咖啡很容易流下来。绮尔维丝嚷道:

"你少动手不行吗? 你心里想什么呢? 现在我们要喝泥汤了!"

古波妈妈早已把五个杯子摆在桌子的一个空角上,于是女工们都放下了工作。那老板娘先在每一个杯子里放了两块白糖,然后亲自斟咖啡。这是一天里的好时刻。这一天,每人拿起了杯子,蹲在一张小板凳上,在那机器的前面,正要喝咖啡,忽然店门开了,维尔吉妮颤抖着走进来。她说:

"啊! 朋友们,真冻坏了! 我的耳朵都冻得发木了。唉! 是多么冷的天气啊!"

"呃? 原来是布瓦松太太!"绮尔维丝嚷着说,"好,您来得巧……就请您同我们喝咖啡吧。"

"呃! 我不会不肯的! ……只要穿过马路,就冷得透骨!"

幸亏还剩有一些咖啡。古波妈妈又去取一个杯子来,绮尔维丝为了表示礼貌,便让维尔吉妮自己放糖。女工们在机器的旁边腾出一个小小的位置给维尔吉妮。她还发抖一会儿,鼻子红红的,把僵了的双手抱着那杯子取暖。她是从杂货店里来的,为了等候买几两干酪,她就冻坏了。她说着便赞赏店里的温度:真的,叫人以为是进了一座锅炉房,热气使人这样舒服,死人到这里也会活起来呢。后来她的身子不发僵了,便把两腿伸直。于是她们六个人慢慢地同喝她们的咖啡,停止了工作,让桌上的衣服在那里吐出潮气。只有古波妈妈与维尔吉妮是坐在椅子上的;其余的人都坐在小板凳上,竟像坐在地上一般;奥古思婷甚至于把铺在裙子下面的被单拉过一个角来,躺在那上面。大家凑着杯子,正在尝试咖啡,一时并不说话。

"这咖啡倒还好。"克莱曼斯说。

但是她忽然咳了一阵,几乎噎得出不来气。她把头倚着墙壁,好叫她咳嗽得力些。维尔吉妮说:

"您真糟了! 从哪里传染来的这个病?"

"谁晓得呢?"克莱曼斯说时,用袖子揩她的脸,"这大约是那天晚上,我从大阳台舞场出来的时候有两个女人在门口打架。我想要看一看,所以我停留在大雪之下。呀! 打得好厉害! 真是令人笑煞。一个人的鼻子被抓破了,血流在地上。另一个人像我一样瘦长,她看见了血就走开了……于是到了夜里我就咳嗽起来。还有一个原因:男人们都是糊里糊涂的,当他们同一个女人睡觉的时候,他们整夜把被窝掀开……"

"真是好德行!"蒲独花太太喃喃地说,"您在找死呢,我的孩子。"

"我愿意找死! ……活着有什么乐趣? 把整天的工夫都耗费

在机器的旁边，从早到晚，血都要烤干了，只赚五十五个铜子，唉，不行！您要知道，我受够了！……您放心，可惜这咳嗽不能把我送终，它会来也会去的。"

大家静默了一会。克莱曼斯在跳舞场里很快活地喧哗，到了工厂里却把这希望早死的念头引起众人的烦恼。绮尔维丝是很知道她的，只不肯多说，仅仅说：

"您在享尽了欢乐以后还不快活吗！"

其实绮尔维丝希望人家不谈起女人打架的事，因为她怕维尔吉妮联想到当年洗衣场里打屁股的历史。恰巧维尔吉妮微笑地望着她说：

"唉！昨天我看见两个女人互相揪发髻，把头发也揪散了呢……"

"是谁？"蒲独花太太问。

"路的尽头那收生婆和她的女仆，那女仆是一个黄发的小女人……唉！那女子真会吵嘴！她向那收生婆嚷道：'是的，是的，你替那卖果子的女人堕了一个胎！如果你不付我的钱，我要到警察局里报告去。'她随说随骂，骂的话凶得很！那收生婆立刻噼啪地打了她一个耳光。于是那女仆对着她主人的脸扑上去，又抓又揪头发，闹得不可开交！后来幸亏那卖熟肉的拉开了她们。"

女工们都很客气地笑了一笑。后来各人喝了一口咖啡，现出高兴谈话的样子。

"您相信她替人堕了一个胎吗？"克莱曼斯问。

"说哩！区里都传遍了呢"，维尔吉妮说，"您要知道，我并不在场……然而这是她的职业，哪一个收生婆不堕几个胎呢？"

"可好！"蒲独花太太说，"人家太傻了，去找她们！谢谢吧，何苦给她们挖肚子……你们听我说，有一个太上的法门。每晚喝一杯圣水，用拇指在肚子上画三个十字，那胎儿自然就会消灭。"

这时大家以为古波妈妈睡着了，谁知道她却摇头反对。她呢，她晓得一个十拿九稳的好法子，每隔两个钟头吃一个熟鸡蛋，又在腰上贴几张菠菜叶，包管成功的。其余四个妇人都严肃地相对望着。但是奥古思婷是一个常常无故地快活的人，人家也不知道她为什么快活，这时候她突然笑起来，像母鸡的声音。大家本来已经忘了她。绮尔维丝揭起了那裙子，看见她在被单上面躺着像一只小猪，四脚朝天。她把她从裙子下面拉了出来，打了一巴掌，她就站起来了。这小丫头，她笑什么？大人们谈话，她应该偷听吗？再说，现在她该把洗过的衣服送到巴第诺尔，洛拉太太的一个女朋友家里去。绮尔维丝一面说，一面把筐子放在她的臂下，把她推向店门。那女孩子气愤愤地哭着，出了店门，脚踏着大雪走了。

这时候古波妈妈、蒲独花太太、克莱曼斯三个人正在争论熟鸡蛋和菠菜的功效。维尔吉妮却低头沉思，手捧着她的杯子，低声说：

"天啊！打了架又接吻！如果心地好，总会相处得好的……"

她说着便探身向绮尔维丝微笑了一笑，说：

"是的，当然，我不恨您……洗衣场的事情，您还记得吗？"

绮尔维丝觉得十分难为情，这恰是她所时时刻刻顾虑的。现在呢，她猜想要谈到郎第耶和阿黛儿的问题了。这时候那机器呼呼地响，那管子给烈火炙得通红。在懒意正浓的时候，女工们故意把喝咖啡的时间延长，做工越迟越好；她们望着马路上的雪，现出贪吃与怠惰的样子。她们说了许多知己的话；她们说假使她们每年有一万法郎的收益，她们怎样办呢？呃，她们便可以整个下午围炉取暖，不必再工作了。维尔吉妮坐近了绮尔维丝，为的是不给别人听见她的话。绮尔维丝觉得全身又软又懒，大约因为屋子里太热的缘故；她懒到这地步，竟没有气力来转移谈话的方向；她甚至于等候维尔吉妮再说话，因为她的心中十分感动，只不肯说出来罢了。维尔吉妮说：

"我说这话，不会使您伤心吧？我早就想要说，话到了唇边，不知道有多少次了。也罢，既然我们谈到这里……当做谈话的资料，好不好？……唉！当然，关于过去的事情，我不恨您。我用人格担保！我没有记恨在心。"

她把杯底的咖啡搅了一搅，为的是搅匀了杯底的白糖，然后喝了三口，嘴唇里发出轻微的声音。绮尔维丝的心里十分难受，始终只等候着；她自问维尔吉妮对于打屁股的事情是否真的能像这样原谅她，因为她看见维尔吉妮的黑眼睛冒火了。这女人大约是记恨在心，表面上却假装宽宏大量。维尔吉妮又说：

"您有一层是可以原谅的。人家当年对您做了一件肮脏、一件可恨的事情，也怪不得您……我是公平的人，我说公平的话！假使是我，我早已拿起刀子来了！"

她又喝了三口咖啡，又在嘴唇里发出轻微的哨声。这时候她不拖拖拉拉地说话了，她一口气说下去，并不停止：

"所以对他们并没有带来幸福。呃，真的，不，一点幸福也没有！……他们搬到很远的地方去了，住在哥拉西耶的一条肮脏的街上；这街道经常有污泥直没到膝盖。我呢，两天之后，我在早上离了巴黎，到哥拉西耶去同他们吃中饭，我坐的是公共马车，老实说吧，真是好长一段路呀！好，亲爱的，我到了那边，看见他们已经在那里打架了。真的，我一进门就看见他们互相赏耳光。好！这所谓情郎情妇！……您要知道，阿黛儿，用绳子勒死她都不值得。她是我的妹妹，然而我不免也要说她是一个脏货。她对我做了许多坏事，说起来话太长了，而且这只是我们姊妹间的事情……至于郎第耶呢，您是晓得他的，他也不是好人。为了一点小事，他可以打你！当他打人的时候，老实不客气地握紧了拳头……他们打起架来真是认真地打。人家上楼的时候总是听见他们打架的声音，甚至于有一天警察都来了。因为郎第耶要在中饭的时候喝一碗豆油汤，阿黛儿认为豆油汤气味难闻，于是他们互相把油瓶子扔在脸上，锅子、汤盆子都扔碎了。总之，这是惊动全区的一场大闹。"

　　她还叙述了许多场大闹,她说不尽他们的事,因为惊人的事情太多了。绮尔维丝静听着这一段历史,不说一句话;她的脸色变了,唇边露出烦躁的一道皱纹,好像在微笑。将近七年,她没有听人说起过郎第耶了。她绝对料不到郎第耶的名字到了她的耳朵里的时候会这样烧热她的心。他当年那样薄待她,她现在还很想知道他变成怎么样,真是她自己也想象不到。现在她不能再妒忌阿黛儿了,然而她不免暗笑他们的打吵,她的脑海里现出一个满身发青的阿黛儿,她便觉得有趣,算是报了她的仇了。她情愿停留在这里直到明天,为的是爱听维尔吉妮的报告。她不提出什么问题,因为她不愿意显得她关心到这地步。这好像人家忽然替她填满了一段缺陷,目前她的过去和她的现在直接相连了。

　　这时候维尔吉妮终于又把嘴凑着杯子;她的眼睛半闭着,在咂那些白糖。绮尔维丝懂得自己该说一两句话了,于是假装不关心的样子,问:

　　"他们始终住在哥拉西耶吗?"

　　"哪里!"维尔吉妮说,"我没有告诉您吗? 他们不再在一块儿,已经八天了。有一天早上,阿黛儿把她的衣服搬走了。郎第耶并没有追她。"

　　绮尔维丝轻轻地叫了一声,又高声地说:

　　"呀! 他们不在一块儿了吗!"

　　"谁呀?"克莱曼斯停止了与古波妈妈和蒲独花太太两个人的谈话,这样地问她一句。

　　"谁也不是,这些人都是你们不认识的。"维尔吉妮回答说。

　　但是她审视着绮尔维丝,看见她十分激动。于是她更挨近她,似乎存心不良,要再叙述她那些历史。后来她忽然问她:假使郎第耶再来追求她,她怎么办? 男子们是很奇怪的,郎第耶很可以重寻旧日的爱情。绮尔维丝听了便挺直了身子,表示很坚决很自重的神气。她已经嫁了人了,假使郎第耶重来,她唯有赶他出去而已。

他与她之间不能再发生什么关系，甚至于一握手也是不行的。真的，假使她有一天正眼望这男子一眼，就算她是没有心肝的人了。她说：

"我很晓得，爱弟纳是他的，这个关系是我所不能断绝的。如果郎第耶希望与爱弟纳接吻，我就会把他送给他的，因为我们不能禁止一个父亲爱他的儿子……至于我呢，您要知道，布瓦松太太，我宁愿意给人家剁成肉酱，也不允许他的指头摸我一摸。这是完了。"

说到最后两句的时候，她向天画了一个十字，算是永远的誓愿。她希望把这一场谈话打断，于是她似乎从梦中惊醒，向女工们嚷道：

"喂！你们以为衣服不用人烫也会自己烫好了的吗？……这一班懒骨头！去！……做工吧！"

那些女工们并不慌忙，她们被惰性传染了，双臂无力地垂在裙子上，一只手始终拿着她们的空杯，杯里只剩有一些咖啡的渣滓。她们继续谈话。克莱曼斯说：

"我说的是塞烈斯田，我从前认识她。她有怕猫毛的精神病……你们要知道，她到处看见有猫毛，她常常把舌头这样打滚，因为她以为她的嘴里充满了猫毛。"

"我呢"，蒲独花太太说，"从前我有一个女友，她的肚子里有一条大蛔虫……唉！蛔虫的嗜好真不少！……当她不吃鸡肉的时候，那蛔虫就在肚子里绞她的肠子。你们想想看，她的丈夫每天只赚七个法郎，还不够给她的蛔虫解馋呢……"

"假使她遇见了我，我早就把她医好了"，古波妈妈抢着说，"真的，只要吃一只烤熟的小老鼠，那小老鼠立刻就把那蛔虫毒死了。"

绮尔维丝自己也因快活而懒惰了，然而她自己抖一抖精神，站了起来。好！整个下午都拿来消遣了！这么一来，钱包里不会满的！她首先回到桌上烫她那些纱窗帘；但是她看见窗帘上着了一点咖啡,所以她在未烫以前不得不先用一块湿布擦去那污点。那些女工们在机器的前面伸了一个懒腰,然后无精打采地各去寻找她们的烙铁的把套。克莱曼斯只一动身又咳嗽起来,几乎咳出了舌头。后来她烫完了她那男衬衫,用别针别好了袖子和领子。蒲独花太太也烫起她那裙子来。维尔吉妮说:

"好!再会吧!我这一次来,为的是买几两干酪。布瓦松会猜我在路上冻坏了。"

但是,当她在街上刚走了几步的时候,忽然又开了店门,嚷着说她看见奥古思婷在路的那头和一些儿童正在溜冰玩耍。这淘气的丫头出去已经整整两个钟头了。她满面通红地跑了回来,喘着气,臂夹着筐子,发髻被一个雪球盖住了。她听到人家骂她,她只现出狡猾的样子,说地上的冰太滑了,所以走不动。大约有个淘气的孩子把些冰块悄悄地塞进了她的衣袋里开她的玩笑,所以一刻钟之后她的衣袋有许多水点流在地上,好像漏斗一般。

从此以后,每逢下午都是这样过去的。在本区里这个店铺成了怕冷的人的避寒处了。金滴路全路的人都知道这店里的气候很暖。有许多爱说话的女人们不断到这里来,她们坐在机器的前面,围炉取暖,裙子撩到膝盖。绮尔维丝因为有这样暖的气候而很自负,往往招引些人到来,罗利欧夫妇和博歇夫妇嘲笑地说她学贵族妇人开交际会。其实她想要对人表示殷勤慈善,所以她看见路上的穷人冷得发抖的时候就请他们进来取暖。她最可怜一个老油漆匠,他是七十岁的一个老翁,住在屋顶上的一间小顶楼里,几乎冷得饿得要死;他的三个儿子打仗死了,现在他已经两年不能执笔作画,生活漂泊不定。他的名字叫做伯鲁伯伯。当绮尔维丝瞥见伯鲁伯伯在雪里践踏取暖的时候,她立刻唤他进来,在店里的火炉旁边替他腾出一个位置;她往往还强迫他吃一块夹着一些干酪的面包。伯鲁伯伯的身体变成了弓形,胡须是白的,脸皮皱得像一只老苹果,他不说一句话,只静听煤炭迸溅火星的声音。也许这声音能使他联想到五十年的画工,记忆起了当年在巴黎的四面八方站在梯子上替人家画门,替人家粉刷天花板呢。

"喂,伯鲁伯伯,您在想什么?"绮尔维丝有时候这样问他。

"不想什么,什么都想。"他笨头笨脑地回答说。

那些女工们取笑着说他有心病,他只当听不见,重新陷在静默里,现出黯然而沉思的样子。

从这个时期起,维尔吉妮往往向绮尔维丝说起郎第耶。她似乎喜欢以她的旧情人来缠扰她的心绪,说了许多假定的话来令她烦恼。有一天,她说她遇见了他;绮尔维丝一声不响,她也不再说什么;到了第二天她才说他同她谈了许久,都是谈到绮尔维丝的话,而且说得很多情。她在店里的一个角落上对她低声耳语,把绮尔维丝的心都扰乱了。郎第耶的名字到了耳边,就使她的心头烧了一阵,好像他还留了一些什么在她的心上似的。当然,她自信是心情坚定的人,她想要做个正经的妇女,因为正经就可以造成大部分的幸福。在这件事情上,她并没有想到古波,因为她对丈夫并没有对不住的地方,连心思也是干净的。然而她想起了顾奢,她心里反倒游移起来,竟成了心病。她觉得她渐渐回忆到郎第耶的前情,就似乎是对不住顾奢;他们虽然没有互相承认爱情,但已经有很好的情谊了。当她自以为对于她的好朋友成为罪人的时候,她就天天愁闷起来,她愿意除了丈夫之外只对他一人有情。这情意是最高尚的,超过了那些肮脏的思想;维尔吉妮却专窥探她的脸色,希望她重寻旧欢。

当春天来了的时候,绮尔维丝到顾奢身边去躲避,因为她一坐在椅子上一想事情便想起了她的第一个情人;她的脑海里浮现出这样一个景象,郎第耶丢弃了阿黛儿,把衣服重新放进了他们的箱子里,搬上了车子,一直回到她家来找她。她出门的日子,往往在马路上突然害怕起来;她以为听见后面有郎第耶的脚步的声音,她战战兢兢地不敢回头,觉得似乎他的手就来搂她的腰了。当然,他会窥伺着她,总有一个下午他会遇见她的;她想到这里,出了一身冷汗,因为他如果遇见她,一定会像当年那样开玩笑,吻她的耳朵的。她最怕这一着,在未吻以前她的耳朵先聋了,耳里嗡嗡地响,她什么都听不见了,只听见她的心头突突地跳。每逢她有了这种恐怖的时候,那铁厂是她唯一的逃避的地方,顾奢的大铁锤铿铿地响,驱除了她的噩梦,她在顾奢的保护下,又变为安静而微笑的人了。

　　多么好的时令!绮尔维丝特别小心地洗熨白门路的主顾的衣服;她常常亲身把衣服送去,因为每星期五这一行可以经过马加代路,可以走进铁厂里:这是一个现成的借口!当她到了路口的时候,她突然觉得轻松了,快活了,在这空旷的地基和许多灰色的工厂之间,她觉得好像到乡村里娱乐去;煤炭染黑了的街道和屋顶上管子里喷出来的蒸汽竟像郊外树林里的青苔小道与夹道的绿荫一般地令她心旷神怡。她爱厂屋的浓烟弥漫了天涯,蒙马特的山顶堵住了天空,显出它那些灰色的房子和整齐的窗子。她在将到的时候放慢了脚步,跳过了那些积水渠,她很喜欢穿过那拆房工地里无人的角落。到了厂房里面,那熔炉放出光辉,哪怕是正午,光辉亦不稍减。铁锤的声音与她心跳的声音相应。当她进去的时候,她满面通红,颈窝上的黄发轻飘,像一个赴约会的妇女一般。顾奢等候着她,胸臂都裸着,这几天来他把铁砧打得更响,好叫她远远地便听见砧声。他猜着是她,黄胡须的脸上露出微笑,默不作声地欢迎她。但是她不肯搅扰他的工作,她请他再拿起铁锤,因为当她看见他用肌肉突起的双臂挥舞铁锤的时候,她更爱他。她走到风箱旁边,轻轻地在爱弟纳的脸上拍了一下,然后她滞留一个钟头,静看锤打钉子。他们交谈的话并不多。然而哪怕同在一间卧房里,把门关上了两重,也不过只能如此表示他们的爱情而已。咸嘴嘲笑的话并不妨碍他们,因为他们甚至于都听不见了。一刻钟之后,她的呼吸艰难些了;那热气和浓烟臭味令她有几分头昏,然而同时一阵一阵的铁锤却使她从脚跟到喉咙全身都受到震动。她不再希望什么了,这就是她的快乐。纵使顾奢把她搂在怀里也不会令她这样大大地感动。她挨近了他,为的是叫铁锤的风掠着她的脸,好使她自己仿佛也在接受他的锤打一样。当那些火星溅在她娇嫩的手上的时候,她并不把她的手缩回来,倒反觉得痒得快活。他呢,他当然猜中了她所玩味的幸福;他把难做的工作都留到星期五,好叫他能用他的全副力量和一切的技巧博取她的欢心,他喘着气,颤动着腰,不惜付出他全部的气力,险些儿把铁砧打成两截,因为这样他能使她快乐。经过一个春天,他们的爱情竟把铁厂闹得天翻地覆,在熔炉的烈火前,震撼的厂房,煤烟飞舞的艰苦劳动中,竟有这样寓有诗意的爱情。像红蜡般被打扁和揉软了的铁上仿佛印着他们坚强的情痕。每逢星期五,绮尔维丝和金嘴分别了之后,她从容地向卖鱼路上走去,满意地,松快地,身心都安静了。

她对于郎第耶的恐怖渐渐减了,她又恢复了理智。在这时期,她尽可以再过很幸福的生活,谁知古波却变坏了,真倒霉!有一天,她恰好从铁厂回来,看见一个工人正在哥仑布伯伯的酒店里买了几杯烧酒款待"靴子、烤肉、咸嘴",她看那工人似乎像古波。她连忙走过,不让他们看出来她在窥探他们。但是她忍不住回头一看:果然是古波,他在把一杯烧酒倒进喉咙里,看他的手势已经很熟练了。唉!他说谎了!现在他喝起烧酒来了!她垂头丧气地回来,又起了对烧酒的恐怖心。他喝葡萄酒的时候,她原谅他,因为工人是需要葡萄酒滋养的;至于酒精呢,恰恰相反,它是一种毒物,可以夺去工人的食量。啊!政府何不禁止人家制造这种毒物呢?

到了金滴路的时候,她看见全店的人都乱纷纷的。那些女工们早已离了工作桌子,都到了院子里向上面望着。她问克莱曼斯是什么缘故。克莱曼斯回答说:

"这是俾夏尔伯伯在打他的老婆,他吃醉了酒,在门口等候她从洗衣场回来……就用拳头打着她赶她上了楼,现在他正在卧房里毒打她……喂，您听，这不是他们吵闹的声音吗？"

绮尔维丝连忙上楼，因为俾夏尔太太是她的洗衣妇，而且很勤快，所以她对她很有情谊。她希望劝止他们。到了第七楼的时候，看见卧房的门开着，有几个房客在楼梯口上呐喊，同时博歇太太站在门前嚷道：

"你们放手好不好？……大家要去找警察来了，你们听见了吗？"

没有一个人敢冒险进房，因为大家知道俾夏尔的为人，当他醉了的时候竟像一只猛兽，而且他从来不曾醒过。他很少做工，当他做工的时候他把一瓶烧酒放在他那老虎钳旁边，每隔半个钟头喝一杯。他非这样就不能生活下去，假使人家把一支火柴放近他的嘴，他嘴里的酒精会烧起火来的。

"我们不能让她被人打死啊！"绮尔维丝发抖地嚷着说。

她说着便进去了，那卧房是一间顶楼，很清洁，只是又空又冷，因为床上的被单也被那男人拿去换酒了。在打架的时候，桌子被推到了窗前，两张椅子翻了筋斗，四脚朝天。俾夏尔太太在卧房中间的地上，她的裙子被洗衣的水渍湿了，还粘在她的大腿上；头发被扯脱了，脸上流血，气喘得很厉害，俾夏尔每次用脚踢她的时候，她就连声叫着"嗳唷！嗳唷！"他起初是用双拳打她的，现在他用脚踢她了。

"啊！娼妇！……啊！娼妇！……啊！娼妇！……"他气喘喘地骂着，骂一声就踢一下，越骂越发狂，越踢越重，越踢得重越气喘。

后来他都喊不出声音了，仍旧疯狂地不作声地踢着；他那直挺挺的身体穿着一件褴褛的工衣，满是肮脏的胡子的脸都变青了，秃了顶的额上显出许多红色的伤痕。平台上的人们说他因为早上她不肯给他一个法郎，所以他打她，大家听见楼梯脚下有博歇的声音，他在呼唤他的妻子博歇太太：

"你下来吧,让他们去拼命吧,这样可以少两个流氓!"

这时候,伯鲁伯伯已经跟随着绮尔维丝到了房里,他们两人想要合力劝解俾夏尔,把他推到门口去。但是他转过身来,一言不发,嘴上吐着泡沫。酒精使他毫无光彩的眼睛里冒出火来,竟像要杀人似的。绮尔维丝的手腕伤了;伯鲁伯伯也跌倒在桌子上。地上的俾夏尔太太双眼紧闭,张着嘴,气喘得更厉害了。现在俾夏尔不打她了,他转过身去,气愤愤地向旁边打,向空中乱打。在这打架的时候,绮尔维丝看见他们四岁的女儿拉丽躲在卧房的一个角儿上望着她的父亲殴打她的母亲。她的双臂搂着她的妹妹亨丽爱特好像在保护她,她的妹妹昨天才断了奶。她站着,头上包了一块花布,脸色大变,神情严重。她怔怔地望着,心里在沉思,没有一点眼泪。

俾夏尔碰着一张椅子,跌倒在地上,人家让他在那里躺着打鼾;伯鲁伯伯帮助绮尔维丝把俾夏尔太太扶了起来。现在俾夏尔太太呜呜地大哭起来;拉丽走近来怔怔地望着她哭,因为她见惯了也就忍得住了。绮尔维丝下楼的时候,房子里的人安静了,她的脑海里始终浮现着那四岁女孩子的眼神,很严肃,很有勇气,竟像一个成年的妇人的眼神一般。克莱曼斯一眼望见了绮尔维丝,便嚷道:

"古波先生在对面的人行道上,看他像是很醉的样子!"

古波恰恰穿过马路,他摸不着那店门,险些儿把头磕在玻璃窗上,他醉得脸色惨白,咬紧了牙齿,鼻子也堵住了。绮尔维丝看见他的皮肤的颜色,立刻认出是哥仑布伯伯的烧酒的力量。她想要笑着扶他上床,像平日他喝了葡萄酒和和气气的时候一般。然而他并不开口,只推了她一下;自己倒在床上的时候,他举起拳头向着她。他活像七楼那个打妻子打得困倦了然后倒在地上打鼾的醉汉,于是她觉得身子冷了半截,她想起了男人们,想起了她的丈夫,想起了顾奢,想起了郎第耶;她的心碎了,绝望了,知道她是永远没有幸福的了。

七

　　绮尔维丝的生辰是在6月19日。古波家的节日,是要大吃特吃的,这种宴会,席散后大家的肚子胀得像皮球一般,可以支持一个星期不饿。大家把钱花个干净,每逢家里有了几个铜子的时候,非吃光不可。大家在历书上胡乱找些圣诞节日,无非为的是借口多吃几顿好酒好肉。维尔吉妮非常赞成绮尔维丝把好酒好肉吃在肚子里。做妻子的,有了一个喝酒败家的丈夫,与其让他把家中的钱都拿去买烧酒,倒不如把肚子填一填还好些。钱财反正是要流出去的,给肉店里赚了去,胜于给酒店里赚了去。绮尔维丝变成贪吃的人了,也就自暴自弃,把这话当做原谅自己的理由。也罢!家里一个钱也积不下,乃是古波的罪过。她又胖了许多,她的脚更显得跛了,因为她的腿充满了脂肪,越发显得短了。

　　这一年,在一个月以前,大家早已谈起了她的生日。大家想主意点菜,想起了好吃的菜都馋得用舌头舔嘴唇,全店早已渴想大吃大喝一场。要拼命地娱乐,同时又要不平凡,而且要很出色;天啊!好时节不是天天有的!绮尔维丝的主要心思是在盘算请哪些客人;她想要请十二个人,不多,也不少。她,她的丈夫,古波妈妈,洛拉太太,一家已经是四个人了。她又要请顾奢母子与布瓦松夫妇。起初的时候,她打定主意不请她的女工们——蒲独花太太与克莱曼斯,为的是不让她们太熟而太随便了,但是大家常常在她们跟前谈起生日的事,使她们垂涎盼望着,她终于也叫她们来。四加四,八,又加二,十。她硬要凑够十二个人,而且她又觉得近来罗利欧夫妇向她讨好,所以她想要与他们说和,于是决定了:罗利欧夫妇到时候下楼来吃饭,大家举着酒杯重归于好。当然,亲眷们是不能永远成仇的。再说,人逢佳节,铁石心肠也会感动;这是不能拒绝的一个机会。博歇夫妇知道了绮尔维丝存心讲和之后,即刻又来与她亲近,赔了许多笑脸,说了许多客气话,于是她又不得不请他们吃饭。好!十四个人了,孩子们还没有算在里头呢!她从来还没有这样宴请过宾客,所以弄得她手忙脚乱,然而她觉得很有光荣。

这生日恰是一个星期一,这算是有运气:绮尔维丝预备在星期日下午就开始做菜。到了星期六,众女工们匆匆忙忙地做完了工作以后,大家在店里讨论了许久,讨论的是究竟吃什么好。仅仅有一味菜是三个星期以前就决定了的:是一只烤肥鹅。大家说起的时候都露出贪吃的眼神,甚至于那鹅已经买来了。古波妈妈还去把鹅拿了来,给克莱曼斯与蒲独花太太掂掂份量。大家喝起彩来,因为那鹅很大,皮很厚,包着一肚子的脂肪。

"在未吃鹅以前,先来一个清炖肉,是不是?"绮尔维丝说,"一盘汤和一小块清炖肉总是好的……不过还要一盘带汁的菜。"

克莱曼斯提议一盘兔子肉;但是大家天天吃的,已经吃腻了。绮尔维丝想要做一味更出色的菜。蒲独花太太提到了白汁小牛肉,她们彼此相视而笑,越笑越高兴。这是一个好主意,什么也比不上白汁小牛肉来得好。

"随后还要一盘带汁的菜。"绮尔维丝说。

古波妈妈想起了鱼,大家做出一副不赞成的嘴脸,把烙铁碰得格外响,没有一个人喜欢吃鱼,一则鱼是吃不饱的,二则鱼的周身都是骨头。那小学徒奥古思婷竟敢说她喜欢扁鱼,克莱曼斯一掌把她打得闭上了嘴。末了,老板娘想起了一味猪排骨加马铃薯,大家听了都满面春风;忽然看见维尔吉妮飞跑进来,满脸通红。绮尔维丝嚷道：

"您来得真巧！古波妈妈，您把那畜生拿来给她看一看。"

古波妈妈又去把那肥鹅拿了来，维尔吉妮双手接住，连声叫好。呀！好重的一只肥鹅！但是她立刻把它放在桌上，在一条裙子和一包衬衫中间。她的心神贯注在别处；她把绮尔维丝拉到后面的卧房里，一口气直说出：

"喂，好朋友，我要报告您……您总也料不到我在路口遇见了什么人？就是郎第耶，我亲爱的！他在那里徘徊守候着……所以我就飞跑了来。我替您担心，您懂吗？"

绮尔维丝的脸色大变。这男子还要打她什么主意呢？而且恰在这预备做生日的时候他来了！她从来没有过好运气，想要安安静静地快乐一场也不行！然而维尔吉妮说她为人太好了，其实何苦提心吊胆呢？呸！假使郎第耶敢来追求她，她只消叫警察捉他进监牢就是了。原来自从一个月以来，她的丈夫得了一个警察的位置之后，她的神气十足，开口就说要捉人家进监牢。她说话的声音越来越高，说她希望自己在马路上被人调戏，好叫她能把那放肆的野男子送到警察局里交给布瓦松；绮尔维丝摇手求她住口，因为那些女工们在听她们的话。她先回到了店房里，假装镇静的样子说：

"现在呢，还要一味蔬菜，是不是？"

"呃，肥肉煮豌豆好不好？"维尔吉妮说，"我呢，我专喜欢吃这个。"

"对了！对了！肥肉煮豌豆！"众人都赞成；奥古思婷高兴了，拼命地把火铗在机器里大拨其火。

第二天是星期日，三点钟的时候，古波妈妈就把家里的两个炉灶生了火，又向博歇太太借了第三个炉灶来也生了火。到了三点半钟，一味清炖肉早已在一个大锅子里煮着。这锅子是向隔壁的饭店里借来的，因为家里的锅子似乎太小了。他们决定在前一天就把白汁小牛肉和猪排骨预备好,因为这种菜再热的时候更好吃些;不过那拌小牛肉的白汁却要等到就席的时候才加上去。星期一还有许多工作要做呢,肉汤、肥肉豌豆、烤鹅,都是星期一的事。三个炉灶的火把后面的卧房映得通红;奶油和面粉在小锅里煮着吐出一种烧焦了的面粉味;同时那大锅子竟像一个锅炉那样,水汽飞冲,把锅盖撼得隆隆地响。古波妈妈与绮尔维丝各围着一条白围裙,忙碌地在室中奔走不停,剥芹菜,找盐,找胡椒,并且用木匙在锅内翻动猪肉牛肉。她们已经把古波赶了出去,为的是不至于有人碍她们的手脚。然而整个下午她们总不免有许多人来搅扰她们。厨房里的气味是这样香,所以楼上的女邻居们一个个陆续地下楼来,托故进到店里,无非为的是要看她们在煮什么菜;她们都滞留着不走,等候绮尔维丝不得已而把锅盖揭开。后来将近五点钟的时候维尔吉妮来了。她又看见了郎第耶,真的,现在走路是非遇见他不可的了!博歇太太也说在路口瞥见他鬼鬼祟祟地探头探脑。恰巧绮尔维丝打算出去买一个铜子的烧焦的葱头加在清炖肉里,她听见了这话便发抖起来,不敢出去了。又加上博歇太太和维尔吉妮恐吓她,叙述了许多可怕的故事,说有许多男人的外套里往往藏着刀子或手枪等候女人。是的! 天天报纸上都有登载,一个坏男子看见旧情妇享福,一时愤激了,什么事做不出来呢? 维尔吉妮献殷勤,愿意出去买葱头,妇女之间是应该互助的,谁肯让这可怜的女子被人家杀害呢? 当她回来的时候,她说郎第耶不在那里了;大约他是因为知道人家发现了他,所以走开了。一直到晚上她们围着锅只是在谈论他。博歇太太劝绮尔维丝告诉古波,绮尔维丝大吃一惊,求她千万不可露出半个字。唉! 这么一来,越发不得了! 她的丈夫大约已经猜中了几分,所以这几天以来,他临睡的时候喃喃地咒骂,而且用拳头捶墙壁。她一想到这个,双手颤抖起来,怕的是他们两个男人为她而互相火并。她是晓得古波的,他的炉忌心很重,尽可以拿着大剪刀同郎第耶拼命。当她们四个人谈论这种惨事的时候,灶上的肉汤正在徐徐地烹煮着。古波妈妈把锅盖揭开,那白煮小牛肉和猪排骨正在微微地摇动着,发出轻微的声音。那清炖肉在锅里打鼾,像一个朝着太阳睡觉的诗人。她们终于每人喝了一小碗肉汤,尝一尝味道。

　　星期一终于到了。现在绮尔维丝有十四个人吃饭,生怕地方不够坐。她决定在店房里摆酒席;她一早起来便用一把尺量了一量屋子,看桌子应该怎样安放。她须要搬开那些洗过的衣服,拆卸工作桌;她另用几个桌架把工作桌支起来作为饭桌。恰在这搬动什物的当儿,一个女主顾走来吵闹了一场,说她自从星期五就等候她的衣服;人家瞧她不起,现在她立刻就要她的衣服。于是绮尔维丝道了歉,大着胆子说谎,这不是她的罪过,她正在扫除她的店房,女工们要在明天才来;那女主顾息了怒,她把她送出了门口,答应说她明天一早就先替她烫衣服。然而那女主顾走了之后,她便骂起来,真的,假使人家顺从了主顾们的话,便连吃饭的时间都没有;为了他们眼睛看着舒服,难道就要人家不顾性命吗? 人家又不是他们养的狗啊! 好! 哪怕是皇帝亲自把他的领子送来,哪怕可以赚十万法郎,这个星期一她决不肯烫一烫衣服,因为现在她也要乐一乐了。

　　整个上午的时间是用来买东西的,绮尔维丝出去了三次,每次回家时身上都是东西累累,像一匹骡子。但是当她要再出去买酒的时候,她发觉她的钱不够了。酒呢,尽可以赊了来;但是她家里不能一个钱也不留,因为恐怕还有想不到的许多小用费呢。在后面的卧房里,她和古波妈妈愁容相对,算了一算,至少还需要二十法郎。这四个五法郎的银币,由哪里找得来呢? 古波妈妈从前曾在巴第诺尔戏院的一个小女伶的家里收拾房子,所以现在她先开口说起了当铺。绮尔维丝笑了一笑,心中松快了。她没有想起当铺,是不是糊涂了呢? 于是她连忙把她的黑绸女袍折好,包在一个包袱里,用别针别好。后来她亲自把包袱放在古波妈妈的围裙里面,叮嘱她压紧在她的肚皮上,以免邻居们看见,因为用不着让他们知道。她又从店门窥探着,看有没有人追随着古波妈妈。但是古波妈妈还没有走到那煤炭店的门口,绮尔维丝又叫她:

"妈妈!妈妈!"

她把她叫进了店里,从指头上褪下了她的结婚戒指,说:

"喂,把这个也拿了去,我们可以多得一些钱。"

当古波妈妈把二十五法郎拿回来给她的时候,她快乐得跳起舞来。她要再去买六瓶老葡萄酒好就着她的烤盘吃,罗利欧夫妇一定会被她吓倒了的!

半月以来,古波夫妇有一个希望:他们想要压倒罗利欧夫妇。当这两个鬼鬼祟祟的男女,真称得起是两口子,有了一盘好菜的时候,不是像偷了来的那样关起门来吃的吗?真的,他们用一条棉被遮住了窗子,掩住了灯光,使人家以为他们睡觉了。人们看不见灯光,当然不会上楼;于是他们独自二人大吃一顿,匆匆忙忙的,而且不敢高声说一句话。甚至于第二天他们不敢把肉骨头抛在垃圾堆里,因为恐怕人家知道他们吃了好东西;罗利欧太太亲身走到路口,把肉骨头投在水沟眼里。有一天早上,绮尔维丝撞见她把满满的一筐牡蛎壳泼进了水沟。唉!这两个贪吃鬼太悭吝了,种种的做作无非为了极力表示他们很穷。好!现在我们要给他们一个教训,叫他们看看我们不是守财奴。绮尔维丝愿意把酒席摆在街道上,把过路的人们都请来喝酒,如果她能够的话。银钱是为了要用而制造出来的,不是预备发霉的,是不是?银钱崭新的时候,在太阳里闪出光亮,倒是挺好看的。她现在与他们大不相同:当她有一个法郎的时候,她就装出有两个法郎的样子。

三点钟的时候,古波妈妈和绮尔维丝一面摆着桌子,一面谈论着罗利欧夫妇。她们把几个大窗帘挂在店窗上,但是天气太热,她们还是把店门开着,全街的人都在饭桌面前走过。她们每摆一个水瓶、一个酒瓶或一个盐罐的时候,总故意要刺激一下罗利欧夫妇。她们好好地布置,务必要使他们能够看得出器皿的精致;而且她们特地保留最美丽的碗碟给他们,知道他们看见了瓷器会动心的。

"不,不,妈妈,您不要把这些饭巾给他们! 我还有两块挑花的呢。"绮尔维丝说。

"好,那么,他们一定要气煞了!"古波妈妈喃喃地说。

她们相视而笑,站在白色的大桌子的两头,眼看着那十四副刀叉摆得齐齐整整的,不免引起她们的骄傲心。在店的中间,这竟像一张小礼拜堂里的供桌一样。绮尔维丝又说:

"我不晓得他们为什么这样悭吝! ……您要知道,上月他们还撒谎呢:那妻子到处告诉人家,说她在送货的时候遗失了一条金链子。您看,这样的一个女人还会遗失什么吗? ……这只因为他们想要故意叫苦,好不给您那五个法郎。"

"我的五个法郎,我仅仅收过两次。"古波妈妈说。

"您敢打赌吗? 下月他们又要捏造一个理由了……怪不得他们吃一盘兔子肉的时候要把窗子堵起来。假使人家看见了,人家就有权利说他们:'既然你们吃一盘兔子肉,你们很可以给你们的妈妈五个法郎呀。'唉! 他们坏到了这地步! ……假使我们不收留您,不知您现在变成怎样了!"

古波妈妈点了点头。这一天,因为古波夫妇大宴宾客,她完全反对罗利欧夫妇了。她喜欢做菜,喜欢在锅子旁边谈天,喜欢人家过节日摆酒席闹得家里乱哄哄的。再说,平日她和绮尔维丝也算合得来,但是有些日子她们为些琐碎事情吵起嘴来,这是家庭中常有的事;古波妈妈叽哩咕噜,说她听凭媳妇支配,不幸得很。她到底不免保留着对于罗利欧太太的疼爱,无论如何,她总是她的女儿。

"是不是?"绮尔维丝又说,"假使您在他们家里,您不会长得这样胖的。没有咖啡,没有鼻烟,什么享用也没有! ……我来问您,他们肯不肯放两条褥子在您的床上呢?"

　　"当然不肯啦",古波妈妈说,"等一会他们进来的时候,我要对着门口坐下看他们的嘴脸。"

　　她们事先想到罗利欧夫妇来到时候的嘴脸就使她们笑起来,然而她们不能站着呆看那桌子。古波夫妇的中饭吃得很迟,一点钟才吃了一些熟肉,因为三个炉灶都不空闲,而且他们不愿意把洗好了的碗碟弄脏了。到了四点钟,绮尔维丝和古波妈妈又开始做菜。开着的窗子旁边靠着墙在地上摆着一个烤炉,烤炉上烤着那一只肥鹅;鹅太肥了,要用力才塞得进那烤箱里。奥古思婷坐在一张小凳子上,炉火映得她满脸通红,她正在一本正经地用一把长柄的匙子,取油浇那烤鹅。绮尔维丝照管那猪油煮豌豆。古波妈妈被这许多好菜肴弄得昏头昏脑地乱转着,在等候时间好把那猪排骨和白汁小牛肉重新热一热。将近五点钟的时候,宾客们开始到来了,先是那两个女工——克莱曼斯与蒲独花太太,二人都换了好衣服,克莱曼斯穿蓝,蒲独花太太穿黑,克莱曼斯拿着风吕草,蒲独花太太拿着向日花。恰巧绮尔维丝的双手被面粉染白了,只好把手伸在背后,然后在每人的脸上重重地吻了两下。维尔吉妮跟着也进来了,她装束得像一位夫人,袍子是印花的,一个披肩,一顶帽子;虽然她只穿过了一条街道,竟认真地打扮起来。她拿来的是一盆红石竹花。她自己把绮尔维丝搂在怀里,搂得很紧。后来,博歇拿着一盆相思草,博歇太太拿着一盆木樨花,洛拉太太拿着一盆柠檬香,都来了;洛拉太太的紫绒袍子被花盆染了些泥土。大家互相拥抱,都挤在卧房里;三个炉灶和一个烤炉吐出了很浓的炭气,锅子里煎炒的声响掩盖了人声。有一位客人的袍子掠着了烤箱,大家都因此惊动。那烤鹅的香味是这样浓烈,使众人的鼻孔都张开了。绮尔维丝很客气地向各人道谢了他们的花,同时又用一只凹盘调和那小牛肉和白汁。她把那些花盆都安放在店里的餐桌的一头,并不除去那些白纸带。花的幽香和菜肴的气味相混合了。

"您要不要人家给您帮一帮忙?"维尔吉妮说,"唉!我一想到您辛辛苦苦地把这一桌酒席预备了三天,可是人家一下子就扫得干干净净,我真难受!"

"说哩!"绮尔维丝说,"事情不做是不会成的……不,您不要弄脏了您的手。您瞧,一切都预备好了。只有那汤……"

于是大家不拘束了,女人们把她们的披肩和帽子安放在床上,又把裙脚撩起,用别针别住,免得弄脏了。博歇叫他妻子回到门房里去守门,等到吃饭时间再来;他的妻子刚一转身,他立刻把克莱曼斯推到机器旁边,问她怕不怕人家搔胳肢窝。克莱曼斯听见了便笑得弯了腰,喘不过气来,身子袅成一团,两乳险些儿胀破了上衣,原来她只要想起了搔胳肢窝早已觉得周身发毛了。其他的女人们不愿意妨碍厨房的工作,也都走到了店房里来,背倚着墙,面朝着桌子,但是她们继续地由那开着的房门和绮尔维丝谈话,有时候大家听不清楚,于是她们又走到后面去,围着绮尔维丝说话,屋里又骤然充满了声音,绮尔维丝手里拿着冒热气的汤匙顾不得回答她们。大家说说笑笑,任情乱说了一番。维尔吉妮说她已经隔了两天不吃饭,为的是保留一个空肚子。克莱曼斯比她说得更厉害:她学英国人,早上喝了一碗清汤,泻一泻肠胃。于是博歇说出一个立刻消食的好法子,这法子是在吃了每一盘菜之后立刻用门挤一挤肚子,这也是英国人的秘诀,所以他们可以每天一连吃十二小时的东西,不至于累坏了肠胃。一个人被请赴宴的时候,要吃得多才算有礼,是不是?人家买了些牛肉、猪肉、肥鹅,并不是预备留给猫吃的。唉!老板娘可以放心:人家会替她吃得干干净净,明天她甚至于用不着洗碗碟呢。大家都到锅子和烤箱上面来嗅一嗅,好像嗅一嗅可以开胃似的。妇人们竟学少女们那样淘气,她们互相推拉着玩耍,从这房间跑到那房间,把地板都震动了,她们的裙脚把厨房的气味都鼓荡起来,喧哗得震耳欲聋,笑声和古波妈妈剁肥肉的刀声相应和。

顾奢到来的时候,恰巧听见大家跳着大笑大闹寻开心。他胆怯得不敢进来,双手捧着一棵美丽的白玫瑰花树,花茎高达他的脸面,鲜花和他黄色的胡须相混合。绮尔维丝看见了他,连忙跑上前去,她的两颊被炉炭炙得通红。但是他不晓得怎样放下他的花盆,她双手接了过来之后,他又吞吞吐吐地不敢同她吻抱。是她自己踮起了脚,把脸贴着他的嘴唇;他心昏意乱,竟吻在她的眼上,吻得很重,险些儿把她弄瞎了。他们两人的心头都突突地跳着。

"唉!顾奢先生,这太美丽了!"她说着便把那玫瑰花树安放在其他的花的旁边,这玫瑰把其他的花都压倒了。

"哪里话?哪里话?"他连声说着,找不出别的话说。

他长吁了一口气,精神稍为恢复了,然后告诉说她不必等候他的母亲:她的腰骨痛,不能来了。绮尔维丝很懊丧,她说要把一块鹅肉留下来,因为她一定要顾奢太太吃她的鹅肉。这时大家不等候什么人了。古波吃了中饭之后就去邀请布瓦松了,这时候他们大约在本区里散步,他们说过六点钟一定回来的,大约不久就到了。面汤差不多熟了,于是绮尔维丝呼唤洛拉太太,说时间到了,可以上楼去叫罗利欧夫妇了。洛拉太太的神气立刻变得严重了:原来是她调停了两家,议定了办法。她重新戴上了帽子,披上了披肩,挺着身子走上楼去,露出很重要的样子。楼下绮尔维丝继续地搅她的面汤,一句话也不说。大家忽然变得庄重,恭恭敬敬地等候着。

洛拉太太先进门来,她已经在马路上兜了一个圈子,显得把调停的事情做得格外慎重些。她手扶着那大开的店门,罗利欧太太穿着绸衣,走到了门口便停了脚步,宾客们都站了起来,绮尔维丝依照议定的办法,上前同她接吻,说:

"好,请进吧。已经完了,是不是? ……将来我们两人都和和气气就是了。"

罗利欧太太回答说:

"我但愿这样永远和好。"

当她进来了之后,罗利欧又在门口停住了脚步,等候绮尔维丝同他接了吻然后走进店来。他们夫妇二人都没有带花来,他们以为如果第一次就送花给这瘸子,未免显得对她太屈服了。这时候绮尔维丝叫奥古思婷拿了两瓶葡萄酒来,然后她在桌子的角儿上斟了许多杯酒,请大家都来喝。每人拿起了酒杯相碰,表示祝全家的友爱。大家静默了一会就喝起酒来;妇女们都举起杯来一口喝干。

"饭前的酒是再好没有的了,至少比被人在后面踢一脚要好得多。"博歇说时,把舌头咂得洽洽地响。

古波妈妈对着店门坐着,为的是要看罗利欧夫妇的嘴脸。她悄悄地扯了一下绮尔维丝的裙子,然后把她引到后面房里去。她们两人俯在汤锅上面,低声谈话。

"呃?多么丑的嘴脸!"古波妈妈说,"您没有看见他们;我呢,我却窥探着他们……当她一眼看见了酒席,她的脸这样地皱起来,她的嘴直裂到了耳朵边;他呢,他憋住了气,只管咳嗽……现在您看看他们吧,他们嘴都发干了,正在咬自己的嘴唇。"

"妒忌到这地步,实在可怜。"绮尔维丝喃喃地说。

真的,罗利欧夫妇的嘴脸真难看。当然,没有一个人愿意给别人压倒的,尤其是在亲属之间,一家得意,另一家就生气,这是自然的道理。不过,人家都能自己检点,不当众出丑,是不是?然而,罗利欧夫妇却不能自己检点!他们反倒做眉做眼,龇牙咧嘴,后来闹得太显明了,以致宾客们都注视他们,问他们是否身子不舒服。唉!十四份餐具,雪白的饭巾,许多预先切好的面包,全桌鲜明,叫他们怎样忍受得了呢!这叫人看起来像是大马路上的一家大饭馆呢。罗利欧太太用眼向周围望了一下,看见了那些花便低下了头不愿再看;她怀疑那宽大的桌布是新的,忍不住悄悄地用手摸了一摸。

"我们什么都预备好了!"绮尔维丝笑着回到店里来,双臂裸着,金黄色的头发在太阳穴上飘荡着。

宾客们在桌子的周围踱来踱去,一个个都饿了,轻轻地打呵欠,显出厌烦的样子。

"等老板回来,我们就可以开始了。"绮尔维丝又说。

"好!那么,再等下去肉菜都要冷了⋯⋯"罗利欧太太说,"古波常常会忘记的。您不应该让他出去啊。"

这时候已经是六点半钟了。一切的肉菜都煮透了,那鹅恐怕要烤得太熟了。于是绮尔维丝很不如意,说要派一个人出去找一找,到那些酒店里看看有没有古波。顾奢愿意去,她要陪他去;维尔吉妮担心自己的丈夫,也要一块儿去。三个人没有戴帽子,并排着走,把人行道都占满了。那铁匠穿着礼服,左臂挽着绮尔维丝,右臂挽着维尔吉妮:他说他是两耳的筐子。她们觉得这话很滑稽,于是站住了脚,笑得两腿都直不起来了。他们在熟肉店的大镜子里照见了自己,越发笑得凶了。在全身漆黑的顾奢的两边,两个女人像两个满身是花的姑娘,维尔吉妮穿的是印有玫瑰花束的纱衣服,绮尔维丝穿的是白底蓝点的袍子,手腕裸着,颈上系着灰色绸领结。路上人人都回过头来看他们走过,看见他们很快活,很鲜艳,在星期一竟穿着星期日的好衣服,在六月的微温的天气里在卖鱼路的人群中拥挤着。但是这不是寻开心的时候。他们一直地走向各酒店的门口,探进头去,在柜台的前面寻找。难道古波这坏蛋已经到凯旋门喝酒去了不成?他们走遍了卖鱼路,找遍了各处的酒店:先到了小灵猫酒店——是以李子酒著名的;又到了巴该妈妈家——她把奥利安酒只卖八个铜子;又到了蝴蝶酒店——是车夫们约会的地方。到处都没有古波。他们正要向大马路走去,走到那零售酒商福朗素华的门前的时候,绮尔维丝忽然轻轻地叫了一声。

"什么呀?"顾奢问。

　　绮尔维丝不再笑了,她的面色变得很白,激动得这样厉害,几乎跌倒在地。维尔吉妮立刻明白了,原来她看见福朗素华的店里有郎第耶坐在一张桌子的前面安然地在那里吃晚饭。绮尔维丝和维尔吉妮拉了顾奢匆匆地走过去。等到绮尔维丝能说话的时候才说:

　　"刚才我的脚都扭痛了。"

　　末了,走到了路底,他们在哥仑布伯伯的酒店里发现了古波和布瓦松。他们两人在许多男子当中站着,古波穿着灰色的工衣,气冲冲地嚷着,在柜台上打了几拳。布瓦松今天不上班,穿着一件栗色的旧大衣,听着古波说话,无精打采地,静悄悄地,翘起了他的一嘴红胡子。顾奢把两个妇女留在走道上,自己进去把手搭在古波的肩上。但是古波瞥见绮尔维丝与维尔吉妮在外面,就生气了。谁把这些女人给他派来了?现在竟有娘子军来追他了吗?好!他偏不走,她们尽可以自己吃她们的肮脏晚饭去。顾奢为了要他息怒,只好顺从他,让古波买一杯酒给他喝;他还偏要在柜台前再逗留整整的五分钟。当他终于出来了之后,他对他的妻子说:

　　"这样对我是不行的……我高兴停留在哪里就停留在哪里,你懂不懂?"

　　她一句话也不回答,只是周身发抖。她大约已经同维尔吉妮谈起了郎第耶,所以维尔吉妮把她的丈夫和顾奢推在前头,叫他们先走。然后她们两人在古波的左右,缠住他说话,不让他看见什么。他并不很醉,他的昏乱因为吵嚷太多了,却不是因为喝酒太多。她们似乎想要沿着左边的人行道走,他为了开玩笑,把她们推开了偏向右边走。她们惊惶地快跑了过来,极力要遮掩住福朗素华的门口,但是古波似乎已经晓得郎第耶在里头。绮尔维丝吓得发呆,只听见他喃喃地说:

　　"呃,是不是,我的乖乖,这里头有一个我们的旧朋友。你不要以为我是容易受骗的……看你鬼鬼祟祟的眼光,难道我看不出来吗?"

于是他骂了许多毒狠狠的话,她这样鬼头鬼脑的,并不是找他,却是找她以前的乌龟。后来他忽然又痛恨郎第耶,大骂起来。唉! 那强盗! 唉! 那坏蛋! 他愿意他们两个人里面总有一个像便道上被杀的兔子一样! 然而郎第耶似乎没有听见,还是慢慢地吃他的酸菜小牛肉。这时候大家又聚在一起。维尔吉妮终于把古波拉走,走到了路口,他忽然息了怒。但是无论如何,回店的时候总比不上出店时那么快活。

宾客们围着桌子,等候得脸上露出不耐烦的样子。古波在妇女们面前一摇三摆地向各人一一握了手。绮尔维丝有几分闷闷不乐,低声让大家就座。忽然间,她看见因为顾奢太太不来,罗利欧太太旁边空了一个座位。

"我们一共十三个人!"①她十分伤感地说。她许久以来就觉得家运不好而这又是一种新的不祥之兆。

妇女们本来已经坐下,又站了起来,露出很担心而且很不如意的样子。蒲独花太太自愿告退,因为依她说这事不是好玩的;再说,纵使她不走,她什么也不肯吃了,因为对她是没好处的。博歇冷笑起来:他觉得十三个比十四个更好些,因为少一个人大家更可以多分一点儿肉菜。

"等一等! 有办法了!"绮尔维丝说。

原来她恰恰看见伯鲁伯伯穿过街道,她就离席去叫他。那老工人进了门来,腰弯弯的,脸板板的,身子直挺挺的。

"我的老先生,请坐。您很愿意同我们在一起吃饭,是不是?"绮尔维丝说。

他只点了一点头,他很愿意,因为在他是怎样都可以的。

"呃! 请他比请别人好些,"她又低声说,"他常常是吃不饱的。

––––––––––––

① 欧洲人以十三为不祥的数目。

今天他至少可以尽量吃一顿……现在我们只管吃，心中没有什么可以忧虑的了。"

顾奢感动得眼眶都湿了。其他的人也起了怜悯之心，觉得这样很好，而且可以替众人增福。但是罗利欧太太似乎不高兴坐在那老头子的旁边，她把椅子移开些，用讨厌的眼光望着他那鸡皮般的手和缝补而褪色的短衣。伯鲁伯伯低着头，看见他面前的盘子上盖着饭巾，不知道怎样办才好，他终于把饭巾揭开，轻轻地放在桌子边上，不晓得把它摆在膝头上。

后来绮尔维丝送上了面汤，宾客们拿起了调羹，忽然维尔吉妮注意到古波又不见了。也许他又回到哥仑布伯伯的酒店里去了，全座都生气起来。也罢！这一次再也不去追他了，假使他肚子不饿，随他在马路上游逛！但是，在汤快要喝完、调羹碰到盘底的当儿，古波忽然又进来了，左臂抱着一盆丁香，右臂抱着一盆凤仙。全席都鼓起掌来。他很殷勤地把两盆花安放在绮尔维丝的酒杯的左右，然后俯下身子同她接吻，一面说：

"我的乖乖，我把你忘了……不要紧，像今天这样一个日子，我们总该相亲相爱的。"

"古波先生今天晚上表现得很好"，克莱曼斯俯着博歇的耳朵说，"他做得恰到好处。"

古波的这种好举动挽救了席上一时受到破坏了的快乐。绮尔维丝安了心，又变得笑容满面。席上各人把面汤喝完了。后来大家纷纷传递酒瓶，开始喝第一杯酒，喝一些好酒可以把面条送下肚里。但是厨房里却传出了孩子们吵嘴的声音。原来爱弟纳、娜娜、宝玲、维克多，都在那里。人们早已决定把他们四个人安排在一张桌子上，嘱咐他们乖乖地吃饭。奥古思婷照管着那些炉灶，只好捧着盘子放在膝上吃了。

"妈妈！妈妈！奥古思婷把她的面包放在烤箱里了！"娜娜忽然这样嚷着。

绮尔维丝连忙跑进去,撞见奥古思婷正在很快地吞着一口很热的东西,原来她把一块面包浸在滚热的鹅油里吃了。吃了之后,这个可恶的孩子还嚷着不肯承认,所以绮尔维丝打了她一个巴掌。

牛肉汤之后,来了一味白汁小牛肉。那小牛肉是放在一只盛生菜的大碗里的,因为家里没有很大的盘子。席上大家都笑了起来。

"这可要变得严重了。"很少说话的布瓦松也说了这一句。

这时候是七点半钟了。他们已经关上了店门,不让区里的人们窥探。尤其是对门的那钟表匠,他把眼睛瞪得像杯口那样大,显得那样嘴馋,以致使大家难以下咽。店窗上挂着的窗帘,反映过来一片匀净的白光,毫无阴影,照着桌子上摆的很整齐的餐具,和白纸条点缀着的花盆;在这种黯淡的将近黄昏的微光里,座上众宾客显得格外风雅。维尔吉妮找着话说了:她注视那挂着纱窗帘的屋子,她说雅得很。当一辆货车经过马路的时候,震得酒杯都在桌上跳起来,并且使妇女们不得不像男子们一般地大声说话。但是大家很少谈话,检点着自己的举动,顾全礼貌。只有古波一人穿着短衣,因为他说在知己朋友之间不必拘礼,而且穿短衣是工人的光荣。那些女人们穿着胸衣,涂着油膏的头发闪出光亮;那些男子们挺着胸,手肘离开了桌子,恐怕弄脏了他们的衣服。

嗬!妈的!白汁小牛肉碗里真空了一大块!大家虽然少说话,可是嚼得真有劲。那大碗的东西渐渐凹下去,一只匙子插在很稠的黄色肉汁里,肉汁凝结得像冻了一般。大家在那里头捞寻小牛肉;肉总是可以找得到的,大碗从这个手传到那个手;大家低着头在碗里寻找香菇。宾客们后面靠着墙的大面包好像太阳底下的雪人,很快地融化了。嘴嚼的声音之外,只听见酒杯落桌的声音。肉汁太咸了,需要四瓶酒来冲淡些;这白汁小牛肉真嫩,很容易下咽,却在肚子里造反。还没有容人喘一口气的工夫,猪排骨又上桌了:一只凹盘盛着猪排,拌着许多圆溜溜的马铃薯,热气腾腾地摆在桌上。大家欢呼了一声,哈哈！太美了！人人都喜欢吃这个,这一下子可以好好开开胃；每个人都斜着眼睛映映地望着那盘子,一面先把刀子在面包上揩干净等候着。吃的时候,大家肘碰肘的,一面满嘴嚼着东西,一面说话。呃！这些排骨的肉多么嫩呀！这又好吃又柔软,真使人觉得它会顺着肠子溜下去,一直溜到脚跟。那些马铃薯也好吃极了,这菜并不太咸,恰因有了马铃薯,越发时时刻刻须要用酒浇一浇了,他们又开了四瓶葡萄酒。大家的盘子里都扫得干干净净,所以不必换盘子来吃肥肉豌豆。唉！蔬菜不是重要的,大家开着玩笑,一匙一匙地放进嘴里。这真是适合女人们的口味的菜了。豌豆里最好吃的是煎肥肉,烤得恰到火候,颇有马蹄的气味。两瓶酒就够了。

“妈妈！妈妈！奥古思婷把手放在我的盘子里。”娜娜忽然又这样嚷。

“你真讨厌！打她一巴掌就是了！”绮尔维丝说时正在把豌豆塞进嘴里。

在厨房里孩子们的桌子上,是娜娜做女主人。她坐在维克多的旁边,又让她的哥哥在宝玲身边坐下；这么一来,他们俨然两对夫妻。起初的时候,她很客气地向宾客们敬菜,笑容满面像一个大人一般；然而现在她因为太爱吃肥肉了,便把所有的肥肉都保留给她自己。奥古思婷鬼鬼祟祟地在孩子们的周围徘徊着,趁此机会便把肥肉抓了一把,借口说要给大家均分。娜娜气极了,便咬她的手腕。

“呀！你要知道”,奥古思婷喃喃地说,“我要去报告你的母亲,说你在吃了白汁小牛肉之后叫维克多同你接吻。”

但是一切都照旧恢复了秩序,因为绮尔维丝和古波妈妈进厨房里来取那烤屉上烤的肥鹅。在那大餐桌上,大家仰靠着椅背呼吸着。男人们解开了背心上的纽子,女人们把饭巾揩她们的面孔。酒席好像中止了似的,只有几个宾客的下腭还在摇动,毫不理会别人,继续一口一口地吞吃面包。大家让吃下去的食物沉一沉,等候着。夜色慢慢地上来了,窗帘后面的日光更显灰暗了。奥古思婷拿了两盏灯来,桌头放一盏,桌尾放一盏,在明亮的灯光下显出了杯盘狼藉,刀叉染满了油腻,桌布上酒痕斑斑,到处是面包屑。这时候一阵热香传来,大家掉头向厨房里望着。

"我们来帮你们一帮,好不好?"维尔吉妮问。

她说着便离开了椅子,走到厨房去。妇女们一个一个都跟了过去。她们围着烤屉,很留神地注视着绮尔维丝和古波妈妈把那肥鹅从屉内拖了出来。这时起了一阵喧哗,其中杂有儿童们欢呼跳跃的声音。这好像是一场凯旋:绮尔维丝捧着那肥鹅,手臂硬挺挺的,脸上汗淋淋的,默然微笑,满面春风;妇女们跟着她走,跟着她笑;同时娜娜在最后面,拼命地瞪大了眼睛,踮起了脚观看。那鹅到了桌上,肥胖胖的,黄澄澄的,油汁浇了一身;大家并不立刻下动员令。他们又惊叹,又肃然起敬,你望我,我望你,一句话也不说,各各点了一点头。我的爷!多么肥的家伙!多么粗的大腿!多么大的肚子啊!

"这一只肥鹅,大约不是吃泥长大的!"博歇说。

于是大家根究这鹅的身世。绮尔维丝说出它的来历:这是卖鱼巷的鸡鸭店里最肥的一只鹅,她亲自去挑拣来的;她借煤炭店的天秤称了一称,有十二磅半;她烧了三篓炭才把它烤熟,烤出了三碗鹅油。维尔吉妮打断了她的话头,抢着自夸说她看见过那还没有烤的生鹅;她说鹅皮是那样白,那样嫩,她几乎要生吃了呢。那些男人们都笑起来,馋涎欲滴。只有罗利欧与罗利欧太太抿着嘴唇,他们看见瘸子的桌子上有这样一只肥鹅,险些儿气死了。

"嗳呀,我们不能把它整个吞下肚子里去啊!"绮尔维丝说,"谁来切开呢?……不,不,我不敢切。它太大了,我害怕。"

古波自告奋勇,天啊!这简单得很:只要握住了四肢,一撕;撕下来的鹅肉还是很好吃的。然而大家同声反对,把古波手里的厨刀硬抢了过去，唉！不行！如果要他切，他会把这盘菜弄得乱七八糟的！大家想了一会，要找一个会切的男人。末了，洛拉太太很客气地说：

"你们听我说，应当让布瓦松先生切……是的，当然是布瓦松先生……"

众人似乎还不懂得，于是她更有意谄媚，说：

"当然该是布瓦松先生，因为他用惯了武器。"

她说着便把手里的厨刀递给那警察，全席都笑着赞成。布瓦松像军人般硬挺挺地点了点头，便把那鹅拿到他的面前。他的左右两边坐着的绮尔维丝和博歇太太都闪开了身子，让他的双肘能活动，便于用刀。他大模大样，慢慢地切着，用眼睛盯着那鹅，好像要把它钉在盘子上似的。他把那厨刀插进鹅肚里，切得窄窄地响，罗利欧忽然起了爱国的念头。他嚷着说：

"呀！假使这是一个哥萨克兵，岂不痛快！"

"布瓦松先生，您同哥萨克兵打过仗吗？"博歇太太问。

"不，但是我同北非的阿拉伯兵打过仗；现在没有哥萨克兵了。"布瓦松说着，已经把一只翅膀割了下来。

这时候大家都不作声，众人都伸着脖颈，眼睛望着那厨刀。布瓦松准备着一个惊人的举动，忽然间，他最后一刀，把那鹅的臀部切开了，而且矗立在盘子里，那尾椎骨朝着天，这有一个名堂，叫做"主教的帽子"。于是欢呼之声大起。唉！世上只有当过兵的人能在团体里博得人家的欢心！这时候那鹅却在臀部后面的大窟窿里流出许多浓汁来，博歇看见了，便开玩笑说：

"我预定这一块，好叫它在我的嘴里撒尿。"

"噢！脏男子！说肮脏的话！"妇女们齐声嚷着说。

"不，我从来没有见过这样讨厌的男人！"博歇太太说时，比别的妇人更加发怒，"你快住口，不要惹得大家都恶心！……你们要知道，一切都该吃完的！"

在这喧哗声中,克莱曼斯再三恳求说:

"布瓦松先生,您听我说,布瓦松先生……您替我保留那尾椎骨,好不好!"

"亲爱的,依理说那尾椎骨是该归您的。"洛拉太太暗暗取笑说。

那鹅被切开了。那警察让大家瞻仰了那"主教的帽子"几分钟之后,又把鹅肉切成了一块一块摆在盘子上。这时候大家可以取来吃了。但是那些妇人们解开了长袍之后还连声叫热。古波说这是在自己家里,还怕邻居们窥探吗?于是他把店门大开,那酒宴在车马喧阗、行人杂乱声中继续进行着。这时候大家的嘴已经休息了许久,肚子里又有些空了,各人又恶狠狠地吃起烤鹅来。博歇很滑稽地说他只因为等候那鹅,竟使那白汁小牛肉和猪排骨都落到腿肚里了。

哈哈!刀叉的声音响得多么厉害!老实说,众人当中没有一个记得从前曾经这样拼命大吃过。绮尔维丝大模大样,肘放在桌上,也不说话,只管大块大块地吃鹅肉,生怕失去了一口;她只对于顾奢觉得有几分羞惭,以为在他跟前像一只母猫那样贪吃,实在颇难为情。然而顾奢看见她这样爱吃,他自己也大吃起来。再说,她虽然贪吃,却仍然是和蔼可亲!她不说话,然而她时时刻刻起来照顾伯鲁伯伯,把一些好吃的东西放在他的盘子上。说起来真是令人感动,那贪吃的绮尔维丝竟肯从她自己嘴里省下来一块翅膀给那老头子,可惜那老头子似乎不懂得好坏,只是低着头什么都吃,吃得这样的多好像他的胃已经失去了接受面包的能力。罗利欧夫妇把怒气完全发泄在烤鹅肉上面,他们要吃一顿,饱三天,恨不得把那盘子、那桌子、那店铺都一扫而光,好叫瘸子一下子就破产。妇女们都喜欢吃鹅骨架子,骨架是女人爱吃的东西。洛拉太太、博歇太太、蒲独花太太都在啮着鹅骨;古波妈妈却爱吃鹅颈,用她最后的两只牙齿去撕那颈上的肉。至于维尔吉妮呢,她喜欢吃烤成焦黄色的皮,于是每个客人都把鹅皮递给她,为的表示殷勤;这么一来,布瓦松不得不用严厉的眼光望着他的妻子,命令她不要再吃,因为她已经吃够了:从前有一次,她吃了一只烤鹅,肚子胀起来,竟在床上睡了半个月。但是古波因此生气了,把一块鹅腿送到维尔吉妮的盘子里说:妈的! 假使她不吃了这个,就不能算是女人! 谁见过吃鹅肉会吃坏人呢? 恰恰相反,鹅肉还可以医治胃病呢。人们只吃鹅肉,不吃面包的话,只像吃点心一般。他呢,他尽可以吃一个整夜不至于害病;他说着便赌气拿了一整块的鹅腿塞在嘴里。这时候克莱曼斯快把鹅的尾椎骨吃完了,她用嘴唇咂得啧啧地响,忽然又在椅子上笑得直不起腰来,因为博歇低声向她说了些不规矩的话。天啊! 是的,大家应该尽量吃一顿,吃了再说! 既然天天不能有好酒好肉吃,有吃的时候如果不大嚼一顿真算是一个笨人。真的,他们的肚子渐渐膨胀了。女人们都变胖了。呸! 这一班贪吃鬼竟放起屁来了! 他们的嘴张着,下巴粘满了油腻,他们的面孔活像屁股一般,面孔是这样红,叫人说是家业兴旺的富翁的屁股哩。

说到酒呢,呀! 在餐桌上竟像赛纳河水一样,直往肚子里流! 而且好像土地干透了,遇到雨,虽然流成沟渠,一下子就被吸干了! 古波把酒瓶高高举起往下倒,好看那一细条红酒溅起泡沫来;一个酒瓶空了的时候,他把它倒过来用手挤那瓶口,开玩笑学妇女们挤牛奶的熟练手势。又一个酒瓶被打开了口! 店里的一个角落上的空酒瓶渐积渐多,他们又把桌布上的骨头渣滓扔在那上头。蒲独花太太要喝水,古波生气了,亲自把水瓶抢过来,难道上等人还喝清水吗? 难道她不怕肚子里生青蛙吗? 于是大家尽量把杯中酒向嘴里倒,一杯一杯直向喉咙里倒,只听得咕嘟咕嘟地响,活像大雨滂沱的时候房檐下水管里的水声。向嘴里倒的都是葡萄酒,对不对? 起初喝的时候觉得有木桶味,喝惯了就觉有榛子香味了。唉! 天呀! 天! 耶稣会里的人尽管怎样说,这葡萄汁总算一种最有价值的发明！众人都笑了，都赞成他的话，总之，工人没有酒便不能生活；挪亚爸爸在开辟天地的时候种植葡萄，本来为了锌工、裁缝和铁匠的呀。葡萄酒可以洗肠胃，可以使疲劳的身体得到休息，可以使懒惰的人兴奋起来；再说，你喝足了酒开心的时候，国王虽然不是你一家人，巴黎就像属于你一样；工人虽然没有钱，被资产阶级藐视，也有他们的许多乐趣，人们纵然责备他时常求得一醉，而他唯一的目的只是要使生活愉快！呃！到了这种时候，谁还瞧得起皇帝呢？也许皇帝也会喝醉了酒，但是无论如何，人家总瞧不起他，人家不相信他比别人醉得更有意思，比别人更快乐，呸！贵族是什么东西！古波大有讽刺世人的意思。他觉得女人可爱，他又拍一拍衣袋里的三个铜子，好像要显示他的百万家财似的。顾奢平日是很有节制的，现在也醉了。博歇的眼睛都变小了。罗利欧的眼睛也没有神了，同时布瓦松在他做过军人的满面风尘的脸上露出越来越严厉的眼神。他们已经醉得都动不了啦。那些妇人们也都微醉了，脸颊上露出酒意，噢！她们里面虽然都穿着很薄的短裤，却想脱去她们的衣服，于是先把她们的颈巾除了下来；至于克莱曼斯的举动，简直已经失去了常态。忽然间，绮尔维丝想起了那六瓶老酒，她刚才忘了把那酒和鹅肉一起送上来，现在她去拿了来，把各人的酒杯斟满了。于是布瓦松拿着酒杯，站起来说：

"我恭祝老板娘的健康。"

一阵椅子声响，全席都站了起来，伸出了手臂把酒杯互相撞碰，一片欢呼声为绮尔维丝祝寿。

"五十年后再在这儿聚会！"维尔吉妮嚷着说。

"不，不"，绮尔维丝感动而微笑地说，"到那时候我太老了。将来总有一天我自己喜欢走了呢。"

这时候，区里的人从开着的店门望进来，像是参加他们的宴会。灯光射到了街道上，行人们在灯光里停了脚步，笑着看这些人这样快乐地喝酒。车夫们俯在他们的座子上，一面鞭打他们的马，一面向店里瞟了一眼，开玩笑说："喂，你难道不付钱吗？……呃！那肥胖的母亲！我替你去找一个收生婆来吧！……"鹅肉的香味使全街的人都笑逐颜开，杂货店的伙计们在对面的人行道上，他们以为自己也在吃着鹅肉；那卖水果和卖牛肠的两家老板娘时时刻刻站在自己的店门前嗅着空气中的鹅香味，同时咂着她们的嘴唇。老实说，全街要害起消化不良病来了。居道尔歇母女是隔壁那伞店的老板，人家向来不常看见她们，现在她们也先后穿过街道，眼睛斜斜的，脸红红的，像刚做完了面饼似的。那钟表店的老板坐在工作桌前面，在他欢跃的时钟中间激动得都不能再工作了，因为他算了算酒瓶的数目，就把他算醉了。"是的，气煞了邻居们了！"古波这样嚷着。然而人们为什么要躲起来吃呢？席上的人兴高采烈，也就不怕别人看见他们吃饭了，恰恰相反，他们看见这群馋涎欲滴围观的人，反倒使他们感觉得意而且兴奋。他们恨不得冲破了店面，把酒席搬到街道上去，在那里当众吃饭后的果品好哄动全街。这酒席并不会叫人作呕，何苦关着门像一群自私自利的人呢？古波看见了那钟表匠露出渴得要死的样子，便远远地举起酒瓶给他看，他也远远地点头领受，于是古波把一瓶酒和一个杯子送去给他。他们与路上的人都发生了兄弟般的情谊。每逢一个人走过，他们就请他喝酒。看见一些似乎好相与的行人，便索性请他们进来。好酒好肉的香味渐传渐远，以致金滴全区的人都闻到了，使他们馋得肚子里咕噜咕噜地作响。

　　一会儿的工夫，那煤炭店的魏古鲁太太在店门前来回走过了好几次。

　　"呃！魏古鲁太太，魏古鲁太太！"全席这样嚷着。

　　她走进来，笑容满面，身子胖得把胸衣都要胀破了。男人们很喜欢摸她，因为他们可以摸遍她的全身也摸不着一根骨头。博歇叫她坐在他的身边，他立刻悄悄地在桌子下面摸她的膝头。她习惯了这个，只安然地喝了一杯酒，还告诉大家，说邻居们都趴在窗上看,说这所房子里的人们开始有些不满意。

"唉,这是我们的事情",博歇太太说,"我们是门房,我们自然会对安静负责……如果有人来抱怨,看我们怎样对待他吧。"

在后面的房间里,娜娜又和奥古思婷恶狠狠地打了一架,因为她们两个人都要用面包擦那烤屉里的鹅汁。那烤屉在地砖上乱滚了一刻钟,像旧锅子铛铛地响。现在娜娜正在调护维克多,因为他有一块鹅骨哽在喉咙里;她把她的手指按着他的下巴,迫使他吞了些大块的白糖,当作药吃。然而她一面还是不放松那大桌子,她时时刻刻出来要酒、要肉、要面包给爱弟纳和宝玲吃。

"呀!你不要再来啰唆好不好!"她的母亲说。

孩子们已经吞吃不下了,然而他们还要吃;他们用叉子打着桌子,打得很有节奏,好刺激自己的食欲。

在喧哗中,伯鲁伯伯和古波妈妈谈起话来,那老头子被好酒好肉弄得脸色变白了。他在谈起他那些在克里米亚战死的儿子们。呀!假使他的孩子们还在,他天天不愁没有面包吃。古波妈妈的舌头都吃得有些厚了,俯身向他说:

"您不要说吧,有孩子们倒反是淘气的事呢!我呢,您看我在这儿像是很幸福的样子,是不是?好!我哭了不止一次呢!……不。请您不必希望有孩子吧。"

伯鲁伯伯摇了摇头,又说:

"现在人家到处再也不要我做工了,我太老了。当我走进工厂的时候,那些年轻人都取笑我,问当年是不是我给国王亨利第四擦过靴子……去年,我油漆过一座桥梁,还可以每天赚三十个铜子;整天在桥面伏着,河水在下面奔流。自从那时候起,我就咳嗽了……今天是完了,到处人家都不要我了。"

他望了望他那一双可怜的僵硬的手,又说:

"这是容易懂得的,既然我不中用了,人们当然不用我。他们有道理,假使我处在他们的地位,我也像他们一样办……您要知道,我的不幸就是没有死。对了,这是我的错处,一个人不能工作的时候就该睡着等死才是道理。"

罗利欧听见了便说:

"真的,我不懂为什么国家不救济那些残废的工人们……前几天我在报纸上还看见这个……"

但是布瓦松以为自己应该替政府辩护,于是他说:

"工人们并不是军人。残废院是为军人而设的……我们不应该要求那些不可能的事情。"

这时候饭后果品上桌了,中间安放着一个大蛋糕,像庙宇的形式,庙顶是西瓜做成的,庙顶上插有一朵假玫瑰,玫瑰的旁边有一只蝴蝶飞着,蝴蝶是银色的纸制的,用一根铁丝支着。玫瑰花心里有两滴胶水,算是两滴甘露。此外在大蛋糕的左边有一只凹盘,盘上放着一块白色的干酪;右边另一只盘子上面有许多搅碎了的带汁的杨梅。然而桌上还有一盘生菜,这是用油拌的大叶莴苣。

"博歇太太",绮尔维丝殷勤地说,"您再吃一点儿生菜吧。您最爱吃生菜,我是晓得的。"

"不,不,谢谢您吧,我吃的都到这里了!"博歇太太回答说。

绮尔维丝转身又劝维尔吉妮,维尔吉妮把手指插进嘴里,像是要摸嘴里的食物似的,她说:

"真的,我的肚子满了,没有空了,想再吃一口也不能了。"

"唉! 您勉强一下子吧",绮尔维丝微笑地说,"总还有一点空地方的。肚子不饿也可以吃生菜的……您还能放过吃莴苣的机会吗?"

"你们留着明天吃酸生菜吧,酸生菜更好吃。"洛拉太太说。

那些妇女们都喘口气,眼望着那生菜,觉得可惜。克莱曼斯说有一天在中饭的时候她吃了三捆水芹菜。蒲独花太太更厉害了,她并不剥干净菜皮,便吃了许多菜头;她仅仅加了一点儿盐,就吃下去了。她们一个个都爱生菜,一买就是好几捆。她们有这一场谈话帮助着,又把那生菜吃完了。

"我呢,我愿意在菜园里趴着吃!"博歇太太说时满嘴是菜。

后来大家对着那饭后糕点傻笑。糕点不能算一味菜!它来得迟了些,但是不要紧,人家毕竟要吃它。大家既然预备拼命吃一顿,区区的杨梅和糕点能够使他们为难吗?再说,大家并不忙,有的是时间,就是吃一个整夜也未尝不可。大家先把杨梅和干酪放在各人的碟子上。这时候男子们燃着了烟斗;那六瓶老酒已经喝完了,他们又喝寻常的酒,一面喝酒,一面吸烟。但是大家想要绮尔维丝立刻把那大蛋糕切开。布瓦松很有礼,站起来摘了那玫瑰花献给老板娘,全席都同声喝彩。她只好用别针把那花别在左胸上,在心的一边。她每动一动,那蝴蝶便飞舞起来。

罗利欧忽然发觉了一件事,便嚷道:

"喂!原来我们是在你们的工作桌上吃饭!……好!好!也许从来没有人在这上面做了这么许多工作呢!"

这不怀好意的笑话竟获得了很大的成功,一时大家纷纷说了许多隐语:克莱曼斯每吃一匙杨梅的时候一定说她在烫衣服;洛拉太太说那干酪有灰浆的气味;罗利欧太太喃喃地说妙极了,在这木板上辛辛苦苦地挣下来的钱,一顿就吃光了。大家笑嚷了一阵。

忽然间,一个人的高声迫使人人都静默下来。这是博歇,他站起来,摇头摆尾,在唱《爱情的火山》,这首歌的名字又叫作《诱惑女人的兵士》:"白拉文,是我诱惑美人们……"

一阵喝彩的声音欢迎第一段歌曲。对了,对了,大家就唱歌吧!各人唱各人的歌,这是比什么都有趣的。众人或把肘支在桌子上,或仰靠在椅背上,听到好的地方就点头,唱到叠句的地方就喝酒。博歇这坏东西专会唱滑稽的歌曲。当他摹仿那兵士,张开了五指,把帽子戴在脑后的时候,真是惹得瓶子也会笑起来呢!唱了《爱情的火山》之后,他立刻接着唱《昌富男爵夫人》,这也是他的拿手好戏。他唱到第三段的时候,转身向着克莱曼斯,带淫荡的声

调,慢慢地唱着:

> 那男爵夫人家中有客,
> 其实只是她的四个姊妹;
> 三个是黑发,一个是金发,
> 八只眼睛都会叫人销魂!

全席都很快活,跟着唱了叠句。男人们按着节拍用脚跟击地,女人们拿起刀子敲她们的酒杯。众人齐声又唱道:

> 他妈的!
> 谁付巡逻队的酒钱?
> 他妈的!
> 谁——付——巡逻队的酒钱?

店窗的玻璃都震响了,唱着的男女们喘出的气把窗帘都吹动了。在这时候,维尔吉妮已经出去了两次,回来之后,附着绮尔维丝的耳朵低声向她报告一件事。到了第三次,她回来的时候,在喧哗声中向绮尔维丝说:

"亲爱的,他始终还在福朗索华的酒店里,他假装看报纸的样子……这事就有几分蹊跷了。"

她说的是郎第耶。她出去了三次,就为的是去侦探他。每次报告的时候,绮尔维丝的神色总有些严重。

"他醉了没有?"她问维尔吉妮。

"没有",维尔吉妮回答说,"他似乎很清醒的样子。这才可虑呢!他既然清醒,为什么还停留在酒店里呢?……天啊!天啊!但愿不发生什么意外才好!"

绮尔维丝很担心,请她住口。忽然间,大家静默了一会,于是蒲独花太太站起来唱她的《靠岸去》歌!众宾客默默地专心望着她,布瓦松把他的烟斗放在桌子上,好听得清楚些。她挺直了那矮小的身子,在黑帽下面露出她灰白的脸。把左拳向前伸着,现出很

骄傲的样子,她的歌声粗壮胜过她瘦小的身子:

> 大胆的海贼,
> 竟敢来追我们!
> 活该他自己倒霉,
> 他的罪绝不能宽赦!
> 孩子们,架好大炮,
> 满喝一杯,就去杀强盗!

呃,这却是正经的歌,然而令人想起当时的真实情景。布瓦松在海上旅行了许多年,所以他越发点头赞赏。再说,人们很感觉到这歌是表示蒲独花太太的心情的。古波向前倾着身子告诉大家,说有一天晚上,蒲独花太太在小鸡路遇着四个男人想要强奸她,竟被她打跑了。

这时候大家虽然还在吃大蛋糕,绮尔维丝已经由古波妈妈帮着送了咖啡来。大家不让她坐下,一个个都嚷说轮着她唱了。她推辞着不肯唱,她的脸色煞白,似乎很不舒服;大家笑着问是不是鹅肉把她胀坏了。于是她用柔弱而和婉的声音唱一个:"呀!你让我睡觉吧!"当她唱到叠句的时候,联想到睡眠中的好梦,她的眼睑稍为垂了下来,她黯然的眼神直贯注到马路上的黑暗里。绮尔维丝唱了之后,紧接着布瓦松向妇女们点头致敬,开口唱一首名叫《法兰西的酒》的饮酒歌;但是他唱得不太流利;只有最后一段爱国的唱词受人欢迎,因为他在唱到三色国旗的时候把酒杯举得很高,摇了几摇,然后张大了嘴,把酒倒进了喉咙里。后来大家接着唱了好些抒情歌;博歇太太唱的摇船歌里提到了威尼斯和摇船的人,罗利欧太太唱的西班牙歌里提到了塞维尔和安达露斯,罗利欧甚至于唱起阿拉伯花香的淫荡歌曲来。在这油腻的桌子的周围,和众人的口里吐出的酒肉气味里,竟现出了天边的晚霞,映着皎白的酥胸,漆黑的云鬓;又有月下琴声伴着甜吻;还有一班舞妓随步散着许多珍珠宝石;男人们很快活地吸着他们的烟斗,女人们很欢欣地微笑着,大家自以为到了阿拉伯正在闻着花香呢。当克莱曼斯颤着喉咙学鸟声唱着她的《请您筑一个巢儿》的时候,很博得众人的欢心,因为这令人联想到鸟语花香的乡村风味和在文新尼树林里吃兔子肉时所看见的情景。然而维尔吉妮却接着又回到了滑稽歌上头,唱了一首《我的哩叽叽①》,她摹仿卖酒的女人,一只手臂弯弯地插在腰间,另一只手在空中作斟酒的姿势。因此席上的人都恳求古波妈妈唱《那耗子》,古波妈妈拒绝了,说她不晓得唱这种淫邪的歌曲。然而她终于用破碎的嗓音唱起来,她带皱纹的脸上,一双小眼闪烁着;那唱词中的隐语,那唱词中说到丽丝姑娘看见耗子而束紧了裙子表示害怕的那几句,她都故意提高嗓门来唱。全席都笑了;那些女人们动了心,忍不住眼睒睒地向男人们望着;总之,这不是肮脏的歌曲,因为这里头并没有粗野的词句。博歇要实行歌中的话,于是沿着魏古鲁太太的腿装作一只耗子的行动。这样闹下去,险些儿不成体统了,幸亏绮尔维丝向顾奢递了一个眼色,他便用低音唱了一首《嘉代尔辞行曲》,使众人恢复了安静而端重的气氛。他的嗓音很有力量,从他的黄胡子里出来的声音竟像一个铜喇叭。他唱到那兵士呼唤他的一匹黑马的时候叫了一声"啊!我的好伴侣!"他的声音是这样雄壮,使众人的心都跳了,大家等不到他唱完,已经喝起彩来。

"伯鲁伯伯,轮着您了! 您唱您的歌吧。越老的歌儿越妙呢! 唱吧!"古波妈妈说。

于是全席都转身向着那老头子。要求他,鼓励他。他褐色的老脸上露出呆钝的神情,似乎不懂大家的话。大家问他是否会唱《五个母音》。他低了头,说记不得了;当年的好日子的歌曲都在他的头脑里混乱了,大家正要不再麻烦他,他忽然似乎记起来了,便用重浊的声音吃吃地唱道:

———————————

①　巴黎人的隐语,把烧酒叫做哩叽叽。

　　特鲁啦啦,特鲁啦啦!
　　特鲁啦,特鲁啦,特鲁啦啦!

　　他的脸上显得活泼起来,大约这些叠句唤醒了他当年的快乐,只有他自己能够玩味,他听着自己那渐唱渐暗的声音,像孩子一般眉飞色舞:

　　特鲁啦啦,特鲁啦啦,
　　特鲁啦,特鲁啦,特鲁啦啦!

　　这时候维尔吉妮又走过去附着绮尔维丝的耳朵说:
　　"喂,亲爱的,我又刚从那里来。因为我觉得很开心……好!郎第耶已经离开了福朗素华的酒店了!"
　　"您在外面没有遇见他吗?"绮尔维丝问。
　　"不,我走得很快,没有留心看。"
　　但是维尔吉妮抬起了眼睛,忽然住口,叹了一口气,又说:
　　"呀!天啊!……他来了,他在对面的人行道上,他的眼睛望着这里呢。"
　　绮尔维丝大吃一惊,大胆地望了一望。有许多人拥挤在路上听酒席上的人们唱歌。那杂货店的伙计们,那兽肠店的老板娘,和那钟表匠聚在一起,好像在看戏似的。有几个军人,几个穿长衣的绅士,还有三个五六岁的女孩子互相拉着手,现出严重而惊奇的神情。郎第耶果然也站在第一排,安静地听着望着。他这样来胆子真不小。绮尔维丝觉得浑身浇了冷水似的,她不敢动了,同时伯鲁伯伯还继续地唱道:

　　特鲁啦啦,特鲁啦啦,
　　特鲁啦,特鲁啦,特鲁啦啦!

　　"好!老朋友,您唱的够了!"古波说,"这首歌您记得全吗?……将来有一天我们很快乐的时候再请您唱吧!"
　　许多人都笑了。那老头子突然住了口,用他那一双无光的眼睛望了桌子一周,便又回复他呆呆沉思的态度。咖啡喝过了,古波又说要酒。克莱曼斯又吃了些杨梅。歌唱停止了一会,大家谈起今天早上有人发觉隔壁另一所房子里有一个妇人自缢死了。现在轮到了洛拉太太,然而她要预先准备一下,她把饭巾的一角浸在一杯水里,然后按在她的太阳穴上,因为她觉得太热了。后来她又要了一小口烧酒,喝了下去,把嘴唇揩了半天。

"上帝的孩子,是不是?"她说,"上帝的孩子……"

她的身材高大,像个男子,鼻骨高起,双肩方方的像一个军人。她开始唱道:

> 被母亲抛弃的、无所依归的孩子,
> 终久可以找一个神圣的地方安身。
> 无所归依的孩子乃是上帝的孩子,
> 他一见他就会把他抚养成人。

她的声音遇着某几个字眼的时候缓缓地颤动着,使它成为哀调;她仰眼望天,同时右手在胸前摆动,抚着她的心口,做出感动的姿势。这时候绮尔维丝因为看见了郎第耶伤了心,忍不住哽咽起来,她似乎觉得那歌说着了她的痛苦,她就是那被母亲抛弃的、无所依归的孩子,等候上帝保护她。克莱曼斯醉得很厉害,忽然呜呜地痛哭,她的头俯在桌上,用桌布来掩护她打噎。大家伤感地静默了一会,那些妇女们都掏出手帕揩她们的眼睛,面孔板板地露出伤感的神情;男子们略低着头,眼怔怔地向前呆望,眼睑下垂,布瓦松气噎着,咬紧了牙关,把烟斗的嘴咬破了两次,咬下来的渣滓,一口一口地吐在地上,但仍旧不停地吸烟。博歇的手原是放在魏古鲁太太的膝上的,现在他不捻她了,因为他模糊地觉得良心不安,而且起了恭敬的念头,同时两行热泪从他的两颊上流下来了。这些尽情欢乐的人们这时候竟像法官一般严肃,像绵羊一样慈祥。呃!酒从他们的眼里流出来了! 歌声又起,更慢了,更动人了,众人都对着杯盘痛哭,解开了衣纽,一个个都十分伤感。

　　但是绮尔维丝和维尔吉妮不由自主地只管向对面的人行道上望着。博歇太太也瞧见了郎第耶,她忍不住轻轻地惊叫了一声,同时还不住地揩她的眼泪。于是她们三个人都现出提心吊胆的样子,无可奈何地相向摇头。天啊! 假使古波转过身来望见了他,岂不是两虎相逢,要互相残杀吗! 她们的神色太不同了,以致古波问道:

　　"你们在看什么呀?"

　　他说着便倾着身向外望去,认出是郎第耶。他喃喃地说:

　　"妈的! 这太难堪了! 呀! 那肮脏驴子,呀! 那肮脏驴子! ……不行! 这太难堪了! 非得要有个结束不可! ……"

　　他站了起来,吃吃地说了些威吓的话,绮尔维丝低声劝他:

　　"你听着,我哀求你……放下刀子……坐下吧……不要惹祸才好。"

　　原来他在桌上拿起了一把刀子,维尔吉妮从他手里抢了过来,但是她不能阻止他出去而且走近郎第耶。席上众人正在伤感,并没有感觉到,只管哭得更厉害些;同时洛拉太太用断肠的声调又唱道:

> 人家抛弃了的孤儿,
> 她的哭声只有树和风听见。

　　最后一句好像一阵悲风吹来,令人落泪。蒲独花太太正在喝酒,因为感触太深,竟把酒倾倒在桌布上。这时候绮尔维丝的身子冷了半截,把一只拳头塞住了嘴以免叫嚷,惶恐地眨着她的眼睛,预料随时会看到那边两个男子当中有一个被杀倒在街道上。维尔吉妮和博歇太太也十分关心地注视着这一幕。古波想要扑在郎第耶身上,然而他被外面的冷风忽然一吹,险些儿倒下坐在水沟里。郎第耶双手插在衣袋里,只是向一旁闪了一闪。现在他们两人互相辱骂起来,尤其是古波骂得最厉害,他把郎第耶骂做病猪,说要吃他的肠胃。人们听见他们盛怒的声音,看见他们凶猛的姿势,竟像要互相扭断臂骨似的,绮尔维丝吓昏了,紧闭着眼睛,因为已经有不少时候了,她看见他们面对面地互相走近,以为他们就要互相吞并了。后来她什么也听不见了,于是她又睁开了眼睛,却看见他们在安然地谈话,她不禁惊讶得发呆了。

洛拉太太悲啼的声音又起了,她另唱了一段歌:

　　　　到了第二天,人家把她救回来,
　　　　已经是半死了,这个可怜的女孩!……

"世上的坏女人真不少啊!"罗利欧太太说时,人人都赞成她的话。

这时候绮尔维丝向博歇太太和维尔吉妮递了一个眼色,这件事竟能平安过去了吗?古波和郎第耶仍旧在人行道上谈话。他们还是互相骂着,然而骂的却是朋友间的轻薄话。他们互相叫做坏蛋,声调里却含着感情。因为人们都注视他们,所以他们沿着店铺并肩散步,每走了十步又打一个回旋。他们两人又热烈地谈判了一番。忽然间,古波似乎又生气了,郎第耶却在推辞,古波只得再三邀请他。古波终于推着郎第耶穿过了街道,邀他进到店里。

"这是好意的,您相信我吧!"古波说,"您进去喝一杯酒……人终是人,人类是应该互相了解的,是不是?……"

这时候洛拉太太唱完了最后的叠句。那些妇女们用手帕擦着眼泪,同声随着唱道:"无所依归的孩子是上帝的孩子。"

大家非常赞赏洛拉太太,她坐了下来,假装心碎的样子。她说要喝一点儿什么,因为她唱歌时感情太冲动了,生怕神经受了伤。这时候全席都注意到郎第耶了,他安然地坐在古波的旁边,已经把大蛋糕浸在一杯酒里吃起来了。除了维尔吉妮和博歇太太之外,没有一个人认识他。罗利欧夫妇觉得有几分蹊跷,然而他们不晓得底细,只表示冷淡的态度。顾奢早已看出绮尔维丝有些激动,所以他斜着眼睛望那新来的人。大家很不自在地静默了半天,然后古波简单地说:

"这是一个朋友。"

他说着，转身向他的妻子又说：

"你活动活动吧！……也许还有热的咖啡。"

绮尔维丝很温和而呆呆地向他们两人先后望了一望。起初，她的丈夫把她的旧情人推进了店里来的时候，她不由自主地用双手掩住她的脸面，恰像大风雨的日子，雷声响时她就用手掩着脸面一样。她觉得这是不可能的，否则那些墙壁也会坍倒下来压死众人的。后来她看见窗帘也没有动一动，他们二人竟坐了下来，她突然又觉得这是自然的了。那鹅肉在她的肚子里作怪，因为她吃得实在太多了，这倒可以阻止她胡思乱想。一种快乐的惰性使她麻木了，她稳坐在桌子上，只希望人家不麻烦她就行了。天啊！何苦提心吊胆！别人既不担心，而且事情似乎自然会了结得能使人人满意，她又何必过虑呢？于是她站起来，去看还有没有咖啡。

在后面的房间里，孩子们都睡着了。奥古思婷在吃饭后果品的时候，时时刻刻欺压他们，抢他们的杨梅，说了许多可恨的威吓他们的话使他们不敢声张。现在她不舒服了，蹲在一张小凳子上，脸色煞白，一声不响。那肥胖的宝玲把头偎着爱弟纳的肩打瞌睡，爱弟纳自己也倚着桌子睡着了。娜娜坐在床前的毯子上，把一只手臂搂着维克多的脖颈，紧紧地靠着他；她闭着眼睛打瞌睡，同时又用微弱而连续的声音叫道：

"噢！妈妈，我很不好过！……噢！妈妈，我很不好过！……"

"呸！"奥古思婷喃喃地说时，自己的头也斜在肩上了，"他们醉了，他们竟像大人们一般地唱了歌呢。"

绮尔维丝看见了爱弟纳，心上又受了一个打击。她觉得呼吸不出来了，想起了这孩子的父亲正在这里吃糕点，竟不说要吻一吻他的儿子。她险些儿要把爱弟纳唤醒，把他送到他的怀里。后来她回心一想，觉得事情能安然地过去倒也很好。在酒席快要终了的时候扰乱起来，实在不很适宜。于是她拿了咖啡壶仍旧回到席上来，替郎第耶斟了一杯咖啡，他似乎并不注意她。

"那么,现在轮着我了",古波用含糊的声音说,"呃! 人家以为我会唱得很好,特地留我在最后……好吧,我给你们唱那个《多么肮脏的孩子》。"

"对了,对了,唱《多么肮脏的孩子》!"全席都嚷着。

喧哗又起了,郎第耶被人忘记了。那些妇女们预备好了她们的杯子和刀子,好陪着唱叠句。古波采取一种下流的姿态跷起了他的两条腿,大家望着他,预先就笑起来。他用老妇人的嗄声唱道:

> 每天早上,我起来的时候,
> 心中烦闷得像乱麻的样子;
> 我派他到克莱弗河去买一尾鲜鱼,
> 给他拿去了四个铜子。
> 他在路上耽搁了三刻钟,
> 回来的时候,
> 他偷喝了我的半瓶烧酒:
> 唉! 多么肮脏的孩子!

那些妇女们敲着酒杯,非常快活地齐声唱道:

> 多么肮脏的孩子!
> 多么肮脏的孩子!

金滴路上的人也来参加了,全区都唱《多么肮脏的孩子》。对面的那钟表匠,那几个杂货店的伙计,那卖牛肠的女人,那卖水果的女人,都晓得这一首歌,于是他们跟着唱叠句,而且互相打耳光开玩笑。真的,只是古波家里的好酒好肉的气味终于把全街上的人熏得晃晃摇摇地都醉了。怪不得到了这个时候,酒席上的人实在是醉得够瞧的了。自从面汤后的第一杯纯酒以后,大家的醉意越来越浓。现在是酒席终场了,在两盏吐出炭气的赭色灯光里大家都吃得饱饱的在乱吵乱嚷。众人喧哗的声音竟掩住了深夜的车声。有两个警察以为是有了什么骚扰,都跑来看,但是他们看见了布瓦松,便点头施礼,并着肩沿着黑暗的商店走开了。

这时候古波唱到这一段了:

> 有一个星期天,天气很热,
> 我去柏蒂维奈特
> 看望一个洗粪坑的人,
> 他就是我的叔叔第耐特;
> 向他要了些樱桃核;
> 谁知一拿回来就被那畜生偷去:
> 唉!多么肮脏的孩子!
> 唉!多么肮脏的孩子!

歌声是这样的响亮,把屋子都震动了,在微温而安静的黑夜里,他们嚷得这样高声,连他们自己也喝起彩来,因为再也没有人能比他们嚷得更高声了。

席上的人没有一个记得这酒席是怎样散场的,他们只记得夜很深了,连路上走过的一只猫都没有了。也许大家曾经拉着手在桌子的周围跳舞了一番。当时大家沉湎在黄色的烟雾中,脸红红地跳着舞,笑得嘴都咧到了耳边。到了收场,大家一定照法国的习惯又喝了一巡酒;但是他们不记得是否有一个人开玩笑,把盐放进了酒杯。那些孩子们大概是自己脱了衣服上床睡觉。到了第二天,博歇太太自夸说昨夜曾经打了博歇两个巴掌,因为他和魏古鲁太太在一个角落上谈话的时候挨得太近,但是博歇什么也记不得,只说这是笑话。有一件众人所公认为不合理的事:是克莱曼斯的行为,真的,以后大家不要再请她喝酒了,她终于把全身露给人家看,又呕吐起来,把窗帘也弄脏了。男子们却走了出去到了马路上,罗利欧和布瓦松的肚子作怪,直跑到了熟肉店的门前。一个人有没有教养,总是看得出来的。所以像蒲独花太太、洛拉太太和维尔吉妮这几位太太,尽管她们被暑气弄得不舒服,也仅仅到后面的房间里脱下她们的胸衣罢了;维尔吉妮甚至于要在床上躺一躺,以免闹什么乱子。后来宾客们似乎渐渐散了，一个个先后溜走了，都是互相陪伴着的；他们沉没在黑暗的街道上，还有一阵最后的喧哗，只听得罗利欧夫妇气冲冲地吵嘴，伯鲁伯伯拼命地唱他的"特鲁啦啦"。绮尔维丝记得顾奢走的时候还哽咽起来；古波始终唱着；至于郎第耶呢，他大约是等到了最后才走，她还记得她的头发里来了一阵微风，但是不知道是郎第耶吹她呢还是夜间的热风。

洛拉太太说夜深了，不肯回巴第诺尔去，因此人们把床上的一条褥子拿了下来，把店房里的桌子推开了些，把褥子铺在一个角儿上。于是她就在面包屑当中睡了。整个夜里，古波夫妇酒醉饭饱，鼾声如雷；邻家的一只猫从那开着的窗子跳了进来，啮那鹅骨，它的细齿发出轻微的声音，把那鹅的骸骨终于葬身在它的肚子里。

八

到了第二个星期六，古波没有回家吃晚饭；直到将近十点钟，他把郎第耶带了回来。原来他们一块儿在蒙马特杜马店家里吃了羊腿来的。古波说：

"当家的，你不要责备人吧。你瞧，我们很老成……唉！同他在一块儿是没有什么危险的，他只会叫人向正经的路上走。"

于是他叙述他们是怎样在洛歇叔雅路相遇的。晚饭后，郎第耶不肯到墨球咖啡馆去喝酒，说一个人同一个贤惠而标致的女人结了婚之后便不该再到那些下流跳舞场去胡闹了。绮尔维丝微笑地听他说。当然，她不想骂人，因为她觉得有些难为情。自从做生日那一天之后，她料定终有一天会再与她的旧情人再见面的。但是，在这夜深的时候，大家快要睡觉了，他们两个人忽然到来，实在出她意料，所以她两手颤巍巍地把披散在颈上的头发重新盘起一个髻子来。

"你不晓得"，古波说，"既然他这样知趣，不肯在外面喝酒，你尽可让我们喝一喝……呀！你该让我们喝一喝吧！"

这时候那些女工们早已走了，古波妈妈和娜娜也睡了。当他们回来的时候，绮尔维丝已经拿起一扇门板，现在她索性让店门开着，却去取了几只杯子放在工作桌的角头上，又拿了一小半瓶的白兰地酒来。郎第耶仍旧站着，避免与她直接谈话。然而当她替他斟酒的时候，他却嚷道：

"太太,请您只斟小小的一滴儿就够了。"

古波用眼睛看了他们一眼,便老实不客气地发起议论来。唉!他们不必装模作样了!过去是过去的了,是不是?假使十年八年之后还记恨在心,那么,还有谁可以再见面呢?不,不,他是明白事理的人。他晓得他们是些什么人,一个是好女子,一个是好男子,两个都是朋友呀!他很放心,他晓得他们都是正经的。

"唉!当然啦!……当然啦!……"绮尔维丝连声说着,垂下了眼睑,也不晓得她自己说的是什么话。

"只是一个妹妹,现在仅仅是一个妹妹了!"郎第耶接着也喃喃地说。

"妈的!我们不要装绅士派头,你们快些互相握手吧!"古波说,"一个人有了一只杯子在手,便比百万富翁还要幸福。我把友谊看得比什么都要紧,因为友谊是友谊,没有比它更高尚的了。"

他说着便把拳头捶胸,现出非常感动的样子,他们只好劝他安静些。于是他们三个人一声不响地互相撞酒杯,一块儿喝酒。这时候绮尔维丝可以任情看一看郎第耶了;前次做生日的时候,她模模糊糊地没有看清楚他。现在她才觉得他胖了,圆了,腿与臂都粗笨了,因为他的身子很矮,所以显得臃肿了些。但是他的面部还保存了一些美丽的轮廓,显得他是过惯游手好闲的生活的人;他常常小心修饰他的两撇薄薄的胡子,所以人家只会依照他的实在的年龄说他才有三十五岁,不会把他说的更老些。今天他穿的是一条灰色的裤子,一件深蓝色的大衣,戴一顶圆帽子,打扮得像一位绅士先生;他甚至于有一只表和一条银表链,表链上系着一只戒指,那是一种纪念品。

"我要走了,我住得很远。"他说。

他已经到了街道上,古波还叫他回来,要他答应在每次经过店门的时候,一定进来坐一坐。这时候绮尔维丝悄悄地进到里面去了一会儿,把爱弟纳推了出来;爱弟纳只穿着一件衬衫,已经带着睡容了,他揉了一揉眼睛,微笑着。但他看见了郎第耶之后,他很害怕而且很为难,于是他很担心地望了古波一眼,又望了绮尔维丝一眼。

"你不认得这位先生吗?"古波说。

爱弟纳低着头不回答。后来他才轻轻地点了一点头,表示他认得这位先生。

"好,那么,你不要装傻了,快去同他接吻吧。"

郎第耶很庄重地、很安静地等候着,等到爱弟纳敢走近他的时候,他便弯了腰,把两颊递给爱弟纳接吻,然后他自己也在那孩子的额上重重地吻了一吻。这时候爱弟纳才敢细看他的父亲。忽然间,他哽咽地哭起来,像发了疯似的走进去了;古波嚷着骂他是个野东西。

"不,这因为他太伤感了。"绮尔维丝说时面色变了,她自己也在伤感。

"唉!他平日很和善,对人很好",古波说,"我教训他很严,将来您看就知道了……将来他会与您相熟了的。我们应该使他认识认识人……总之,只是看在这一个孩子身上,你们就不该再记恨了,是不是?我们早应该为他做这件事情;您要知道,我宁愿把头割了去,也不肯阻止一个父亲同他的儿子见面。"

他说到这里,便提议把瓶里的酒喝完。于是他们三个人重新又撞起杯子来。郎第耶并不觉得诧异,现出很镇定的样子。临走的时候,为着想要报答古波的礼貌,他执意要帮他关店门。他把门板都放下了之后,拍干净了双手,然后向古波夫妇恭祝夜安。

"你们好好地睡吧。我要竭力去追上那公共马车……我答应你们,不久我一定会再到店里来的。"

自从这一晚之后,郎第耶常常到金滴路来,他等到古波在家的时候才进门来,在门外先探问他的消息,假装专为访他而来的。他仍旧穿着大衣,剃了胡须,梳了头发,规规矩矩地坐在店窗前,同他

们谈话,竟像一个受了好教育的男子。这样一来,古波夫妇渐渐地
听到了他的生活的详细情况:在最近的八年之内,有一个时候他曾
经管理过一个帽厂;当人家问他为什么现在不再开帽厂了的时候,
他只说是一个同事不好。那同事是他的同乡,是一个无赖,为了女
人们便把那帽厂吃得精光。但是他依然保存着他以前做过老板的
资格,像保存一个贵族的头衔一样,这是他不能轻易放弃的。他不
住地说不久他就有一宗很好的事情,说有许多帽店愿意安置他,愿
意把许多很重大的职务交托给他。目前他暂时清闲,无事可做,只
把双手插在裤袋里,像一位绅士一样在太阳底下散步。当他垂头
叹气的时候,如果人家告诉他说某处有一个制造厂要招些工人,他
便微微地一笑,表示可怜的样子,说他不愿意为别人辛苦而自己还
吃不饱。古波也说他这风流汉子过的生活不像当年的生活了。
唉!这是一个会打算的人,他晓得处置事情,大约是做了些什么生
意,否则不会有这满面春风的样子。他那些洁白的内衣和漂亮的
领带是要钱才买得来的啊!有一天上午,古波看见他在蒙马特大
马路上叫人家替他擦鞋子。实际是:郎第耶非常爱议论别人,至于
关涉到他自己的事情,他便闭口不提,否则就是说谎。他甚至于不
肯说他住在什么地方。他只说他住在一个朋友家里,很远很远,要
住到他找到了好事情才搬家。他不要别人去看望他,说是因为他
是终日不在家的。他往往这样说:

　　"要找十个位置也不难。只是有一层,我犯不着走进有些地方
去停留二十四小时又出来……所以,有一个星期一,我到蒙鲁歇区
尚丕昂店里去就事。晚上的时候,尚丕昂同我争论政治,我恨他啰
唆,因为他与我的政见不同。好!到了星期二,我就不辞而别;现
在不是我们做奴隶的时代了,我不愿意每天赚七个法郎就卖了我
的身子。"

　　这时候是 10 月初旬了。郎第耶很客气地买了几束紫罗兰来
分给绮尔维丝和那两个女工们。他渐渐来得密了,差不多天天都

到店里来。他似乎想把全店以至于全区的女人都得到手里；他先从克莱曼斯和蒲独花太太着手，他不分年纪大小，一样地向她们献殷勤。一个月以后，两个女工都十分爱他了。他又常常到门房里去问候博歇夫妇，对他们十分谄媚，所以他们也非常地称赞他有礼。至于罗利欧夫妇呢，当他们知道了绮尔维丝做生日那一天突然到来的那一位先生是谁之后，他们便十分作呕，深恨绮尔维丝竟敢引她的旧情人到家庭里来。但是，有一天，郎第耶上楼去看他们，殷勤地请他们替他认识的一个女人做一条金链子，他们竟请他坐下，后来他们被他的谈话迷住了，竟留他坐了一个钟头。他们甚至于自问为什么这样出色的一个男子能够和那瘸子在一块儿生活了许久。到了后来，郎第耶到店来的时候不再有一个人讨厌他了，因为他这样会逢迎金滴路的人们，所以人们都似乎觉得他来拜访古波是很自然的事情了。只有顾奢一人是无精打采的，他在店中的时候，如果郎第耶到来，他立刻出门去，免得不得已而同他结识。

　　然而在这人人对郎第耶表示亲爱的时候，绮尔维丝在起初的几个星期里却觉得自己的生活受了很大的动摇。自从维尔吉妮把心腹话告诉了她之后，她的心胸里便燃烧起来，现在觉得她的心还在燃烧着。她最大的恐怖，是没有力量抵抗，假使有一天晚上他碰见她独自一人，而且要同她接吻，怎么得了！她太过分地想念他了，她的心里满是他的影子。但是她一天一天地安静下来，因为她看见他那样明理，哪怕是背着人的时候，他也不正眼望她，也不用手指头碰她一碰。后来，维尔吉妮看破了她的心事，便笑她为什么会有这种坏念头？她怕什么呢？再没有一个男子比他更有礼貌的了。她当然没有什么可以顾虑的。有一天，维尔吉妮故意做成圈套，把他们两人推到一个角落上，使他们谈到感情上头。郎第耶庄重地用堂皇的言词说明他的心已经死透了，他愿意此后专为他的儿子而努力。他从来不说起克罗德，这时候克罗德仍旧住在法国南方。他每天晚上吻爱弟纳的上额，如果爱弟纳停留在他跟前，他找不着什么话和他说，便不顾他，只顾向克莱曼斯献殷勤。于是绮尔维丝的神魂安定了，觉得心里对过去的事情已经死了。有了郎第耶在跟前，倒使她磨灭了布拉桑和好心旅馆的回忆。她常常看见他，却使她不想他了。她甚至于想起了她和他当年的结合反倒使她感觉厌恶了，唉！完了，完得干干净净了。假使有一天他敢向她请求那事，她要报答他两个耳光，还要告诉她的丈夫哩。因此她怀着十二分的柔情重新想起了对顾奢的友谊，觉得良心上没有什么不安了。

有一天早上，克莱曼斯到店的时候就述说她昨天晚上将近十一点钟的时候，撞见郎第耶先生和一个女人挽着臂一同走路。她用许多很肮脏的字眼叙述，还加上了许多恶意，要看绮尔维丝脸上的神气。呃！是的，郎第耶先生在洛列德圣母院路上走；那女人的头发是金黄色的，是大马路上的一个脏货，就是那些穿着绸衣里面裸着屁股的坏女人。她想要开玩笑，便跟着他们走。那脏货走进了一家熟肉店买了好些小虾米和一些火腿。到了洛歇福谷路，那脏货独自上了楼，郎第耶站在人行道上，扬头望着那房子，等候楼上的女人在窗子里招手叫他进去。克莱曼斯虽然加上了许多令人听了作呕的评语，绮尔维丝继续安然地熨着一件白色女袍。她听到有些地方，只微微地笑了一笑，她说普罗旺斯省的人都是见了女人就着了迷的；无论如何，他们少不了女人，哪怕从垃圾堆里用铲子铲出来的女人，他们也会要的。晚上，郎第耶来了的时候，克莱曼斯便提起那金发女人和他逗笑，惹得绮尔维丝也很开心。他呢，他似乎以能被那个女人接待他为光荣。他说，天啊！这是他的一个旧女友，如果对别人没有妨碍的时候他还不时同她往来。这是一个很阔气的姑娘，有的是红木家具。他又顺势叙述她的情人们：一个是子爵，一个是贩卖陶器的大商人，一个是官吏的儿子。他呢，他喜欢香喷喷的女人。他说着便把那女人替他洒过香水的一块手帕放在克莱曼斯的鼻子下面给她闻，恰巧在这时候爱弟纳进来了。于是他忽然变得庄重了,吻了一下那孩子的上额,说他无非是开开玩笑,算不得什么,他的心已经死透了。绮尔维丝正在低头熨衣服,听了他的话便点头表示赞许他。克莱曼斯终于受到她自己的恶意的报应,原来郎第耶不动声色,已经摸过她两三次了,因为她不能像马路上那脏货那样涂香水,所以她妒忌死了。

春天再来的时候,郎第耶完全成了古波的一家人,他于是说要住到本区里来,好叫他能与朋友们常常亲近。他想要在一个干净的住宅里租一间带家具的卧房。博歇太太和绮尔维丝亲自替他奔走,找寻这样一间房子。邻近的马路都让他们找遍了。但是他是一个太不容易满足的人,他要有一个大天井,又要在楼下,总之,理想中的舒服样样都要。现在他每天晚上到了古波家里的时候,似乎在测量天花板的高低,研究各房间的分配,羡慕这样的一所屋子。唉!他不要求别的了,只愿在这样安静而暖和的屋子里占一个小角落就心满意足了。每次他察看了一遍之后,便一定这样说:

“呀!你们住的地方真舒服!”

有一天晚上,他在店里吃晚饭,吃到饭后果品的时候又吐出这一句话来;现在古波同他已经很熟了,都你你我我地称呼了,忽然对他嚷道:

“如果你高兴,老朋友,你就该住在这儿来……我们设法安插你就是了。”

于是他说如果把那存放脏衣服的房间打扫一下子,便可以成为一个漂亮的卧房。只要把爱弟纳搬到店房里来睡,每晚把一条褥子铺在地上给他就行了。

“不,不”,郎第耶说,“我不能承受这个,因为这使你们太不方便了。我晓得你们是真心实意的,然而我们挤在一块儿未免太热了……再说,你们要知道,各人有各人的自由。假使我住到这里来,每天必须从你们的卧房经过,这并不是一件很开心的事。”

“哈!哈!傻瓜,你只会说傻话!”古波说时哈哈大笑,拍着桌子,为的是叫他注意好听得清楚些,"喂,人是会想办法的,是不是?
那卧房共有两个窗子。好! 我们可以把一个窗子拆卸来,改为一
个门。你懂吗? 这样你就可以从天井里进你的卧房;如果我们高
兴的话,还可以把那通两个卧房的门堵塞住。你看不见我们,我们
看不见你;你在你的家,我们在我们的家,这样一来,行了吧?"

大家静默了一会。郎第耶喃喃地说:

"啊! 是的,这么办呢,我不说不行……然而我还认为不好,将
来我会给你们添许多麻烦的。"

他避免注视绮尔维丝,但他显然在等候她的一句话然后答应。
绮尔维丝听了她丈夫的提议,心里很不愿意;她并不怕郎第耶来住
之后会伤了她的体面或令她提心吊胆,但是她自问将来她的脏衣
服放到什么地方去呢? 然而古波极力夸说同住的好处。五百法郎
的房租总未免太多了些。好! 郎第耶住他们一间有家具的卧房,
每月可以给他们二十法郎的房租,这在他并不算贵;在他们呢,到
了付租金的时候,他们有了郎第耶的款子的帮助便容易得多了。
他又说他可以设法在他们自己的床下安放一只大箱子,全区的脏
衣服都可以放得进去。于是绮尔维丝迟疑了一会儿,似乎用眼睛
探询古波妈妈的意见;然而几个月以来,郎第耶带了许多药品来医
治古波妈妈的气喘病,所以他已得到了她的心许。绮尔维丝终
于说:

"您当然不至于妨碍我们,总有法子安插的。"

"不,不,谢谢您吧;你们太好了;然而我不能不知自量。"

这一次古波却吵嚷起来了,怎么? 他还总在装糊涂吗? 人家
既然说是真心实意的! 他搬了来住,是对他们有好处的,他懂不
懂? 后来他又气冲冲地叫道:

"爱弟纳! 爱弟纳!"

那孩子正在桌子上打瞌睡,被古波叫得惊跳起来。

"爱弟纳,你向他说你要他来……呃,向这先生说……大声地

说：'我要您来'！"

"我要您来！"爱弟纳蒙眬地嚷了一句。

大家都笑起来，但是郎第耶立刻又显出庄重而感动的神气，他从桌子上伸过手来，与古波握手，说：

"我接受了……我们两方面都为的是诚恳的友谊，是不是？是的，为我的儿子我接受了。"

到了第二天，那房东马烈士哥先生来在博歇夫妇的门房里逗留一个钟头，绮尔维丝趁此便同他说起郎第耶的事情。起初的时候，他表示担心，生气地拒绝了，竟像绮尔维丝要求他拆一间厢房似的。后来他到店里很仔细地审察了一周，仰头察看楼上的房子会不会因此受震动，然后允许她拆改，只有一个条件：不能要房东花费一个钱。古波夫妇只好签了一张字据给他，声明将来退租的时候把房子恢复原状。当天晚上，古波领了好些朋友来：一个泥水匠、一个木匠、一个油匠，都是他的好朋友，每天把正当的工作做完了之后才来，只算帮朋友的忙。安上一扇新门，把房子粉刷一次，已经花了不止一百法郎，还有工作辛苦的时候酬劳的酒未算在内。古波向他的朋友们说将来他的房客第一次付租金的时候他就付给他们钱。此外便是安置家具的问题了。绮尔维丝把古波妈妈的高柜子留在房间里，又从她自己的卧房里搬来了一张桌子和两把椅子；此外，还要买一张洗脸桌子和一张床给他，连被褥在内计算共需一百三十法郎，这款子是约定按月摊付的，每月付十法郎。如果在十个月内郎第耶的房租都可以拿来还清了债务，将来他们就很有利益可图了。

郎第耶搬家的日子在 6 月初旬。头天晚上古波自愿到他家里帮他把他行李箱子搬来，以免他花费三十个铜子的马车钱。但是郎第耶却为难起来，假意说箱子太重，其实他始终想要隐瞒着他的住址。他在下午将近三点钟的时候到来，这时古波不在家。绮尔维丝在店门前远远地认得马车上的箱子是她的旧物，于是她的面色大变。原来这箱子是她在布拉桑辛辛苦苦地搬到巴黎来的，今日却破烂不堪，只用绳子捆着。她看见这只箱子又重新回来竟像她常常所梦见的情形，使她想到当年那擦铜女工也是放在马车上把它运走了的！这时候博歇来帮助郎第耶搬箱子。绮尔维丝恍恍惚惚地跟着他们走，一声不响。当他们把箱子安放在卧房的中央之后，她勉强找话说：

"呃？一件好事做完了，是不是？"

她正在恢复平静的时候，看见郎第耶只顾去解那些绳子，竟不瞧她一眼，于是她又说：

"博歇先生，请您喝一杯酒吧。"

她说着便去取了一瓶酒和几只杯子来，恰巧布瓦松穿着警察制服从店门前经过，她向他稍为点了一点头，眨了一眨眼，笑了一笑，布瓦松完全明白了。当他值勤的时候人家向他递眼色，这就是叫他喝酒的意思。他甚至于常常在店门前徘徊几个钟头，等候绮尔维丝向他递这种眼色。这时候他为着不让别人看见，便从天井里走过来，偷偷摸摸地喝他的酒。郎第耶看见他进来便笑着说：

"哈！哈！巴丹克①，原来是您！"

他开他的玩笑，把他叫做巴丹克，表示他瞧不起皇帝。布瓦松面孔板板地受他的称呼，也不晓得他到底生气不生气。其实他们两个人虽然政治上的见解不同，却变成了两个好朋友。

"你们要知道"，博歇说，"皇帝在伦敦的时候也做过警察；是的，老实说，他还收留过一些喝醉了的女人呢。"

这时候绮尔维丝已经斟了三杯酒放在桌上。她觉得心里酸甜苦辣齐来，不愿意喝酒，但是她逗留着，看郎第耶把箱子的绳子都解开了；她一心只想要知道箱子里是些什么，她记得当年的箱子里的一个角头上是一堆袜子，两件脏衬衫，一顶旧帽子。不知这些东

---

① 巴丹克(Badingue)是拿破仑第三的诨号。

西还在里头不在,她会不会再看见当年的旧东西呢? 郎第耶在未揭箱盖以前,先举杯请大家一同喝酒说:

"祝你们健康。"

"祝您健康。"博歇和布瓦松同声回答说。

绮尔维丝重新又斟了酒。那三个男子用手揩了揩他们的嘴唇。后来郎第耶终于把箱子打开了,箱里散放着许多报纸、书籍,又有许多旧衣服和一包一包的内衣。他陆续地从箱子里取出了一口小锅、一双靴子、一个鼻子已经碎了的洛特鲁罗兰①的半身像,还有一件绣花的衬衫、一条工作裤子。绮尔维丝俯着身子,觉得箱子里一阵烟油的气味冲上来,这是不清洁的男人的气味,可见他只讲究他的外观。不,那旧帽子已经不在箱子的左边的角头上了。在那里却有一个绒线球是她所不认得的,大约是女人的赠品。于是她安静了,只感觉到有一种模糊的悲哀,仍然继续看他检点那些物件,同时她在暗中研究哪些件是她那时候的物品,哪些件是别的妇人的物品。

"喂,巴丹克,您不认识这个吗?"郎第耶又说。

他把在布鲁塞尔出版的一本小书递到布瓦松的眼前,书名是《拿破仑第三的恋爱史》,书里有许多插图。在书中的许多轶事当中,有一段叙述拿破仑第三怎样诱惑一个厨子的女儿,她只有十三岁;插图上画着拿破仑第三赤裸着两腿,只佩带着大绶勋章,在追赶一个女孩,因为她不肯顺从他的淫欲。

"呃! 对了,的确有这种情形! 这是免不了的!"博歇是个心怀淫念的人,因此他也高兴地嚷起来。

布瓦松一时惊讶,不知如何是好,他找不着一句话替皇帝辩护。这是载在书本里的,他不能说不是事实。于是郎第耶始终把那图画放在他的眼前,表示出恶作剧的样子;布瓦松举起双臂冲口

---

① 洛特鲁罗兰(Ledru-Rollin,1807—1874)是法国的大政治家。

嚷道：

"好！是啊，又怎么样呢？难道这不是人类的天性吗？"

郎第耶被他这一句话堵住了嘴。他把他的报纸和书籍都排列在柜子里面的一块横板上，表示出深恨在桌子的上面没有一个挂着的小书架，于是绮尔维丝答应替他买一个。他所有的书是路易白朗的《十年史》——缺了第一卷，其实他始终不曾见过第一卷；拉马丁的《吉隆特党人》——是两个铜子买来的；虞仁·萧的《巴黎的秘密》和《飘泊的犹太人》；此外还有一大堆关于哲学和人道主义的书，都是在那些旧书店里搜罗来的。但是他最注意望着他的报纸，现出很恭敬而且很感动的样子。这是他不少年来收集的报纸，每次他在咖啡馆里看报纸，看见了某一篇文章合乎他的意思的时候，他便买了那报纸，保存起来。因此保存了一大包的报纸，什么年月什么题目都有，堆积零乱，毫无次序。当他把那包报纸从箱底拿了出来之后，他很亲热地拍着那包裹对那两人说：

"你们看见吗？呃！这是老子的，世上没有一个人敢自夸有这样美妙的东西……这里面的东西是你们再也想不到的。老实说，假使我们把这里面的主义实行一半，社会就要被澄清了。呃！你们的皇帝和他的绅士们都要遭殃了……"

说到这里，那警察的胡子翘了起来，面色大变，打断了他的话头说：

"还有军队呢？你们对军队怎么办呢？"

于是郎第耶激怒起来了，他把拳头在报纸上打了几下嚷道：

"我主张铲除军国主义，我要民族平等……我要取消一切的优先权和专利权以及种种的尊号……我要工资平等，我要利益均沾，我要无产阶级的荣耀……一切的自由！你们懂吗？一切的自由！……还有离婚的自由！"

"是的，是的，离婚的自由，为了道德！"博歇应和着说。

布瓦松现出庄严的态度说：

"然而,如果我不要你们的自由,我也是很自由的呀。"

"如果您不要,如果您不要……"郎第耶吃吃地说,因为他的情绪太热烈了,"不,您并不自由! ……如果您不愿意,我要把您赶到加亚纳①去。是的,连您的皇帝和他的一班走狗都赶到加亚纳去!"

原来他们两人每次见面一定这样互相攻击的。绮尔维丝不喜欢人家辩论,所以她一向总加以干涉。她因看见箱子蕴藏着她当年的爱情的浓香,现在香气全消,令她一时精神恍惚;现在她恢复了精神,于是指着那三只杯子给他们看,示意叫他们喝酒。

"真的",郎第耶忽然安静了,拿起了他的杯子说,"祝你们健康!"

"祝您健康!"博歇和布瓦松同声地回答,把杯子撞他的杯子。

然而博歇却感到有些不安,摇摆着身体,用眼角瞟了布瓦松一眼,终于对他说:

"布瓦松先生,所有这一切话都是我们之间的私话,是不是?人家也常常指着您,对您说许多话……"

但是布瓦松不让他把话说完,便把手抚着心口,似乎要表示一切都存在心里。当然,他不会侦察一些朋友们的行动。这时候古波回来了,大家又喝了一瓶酒。布瓦松喝了酒便从天井里走到了街道上,仍旧装作威严的样子,一步一步直挺挺地向前走着。

在起初的时候,洗衣店里是很有样子的。郎第耶有他那和店铺隔离的卧房,有他的门,有他的钥匙。后来大家决定不把通两间卧房的门堵塞,所以他竟常常从店里经过。那些脏衣服也很令绮尔维丝为难,因为她的丈夫虽然说过要安置一只箱子在床下,现在他竟不管了;她只好把那些脏衣服东抛几件,西抛几件,主要是把许多脏衣服堆积在她的床下,在夏天的夜里,这是很不惬意的事情。再说,她又觉得每天晚上要在店铺的中间替爱弟纳铺床,实在

---

① 加亚纳(Cayenne)为南美洲法属圭亚那的首都,法国政府多将犯人流放于此。

讨厌得很；而且每逢女工们熬夜的时候，那孩子只好在椅子上睡着等候。本来顾奢说过要把爱弟纳送到里尔去，里尔那边他的旧老板正在招雇些学徒；现在她觉得他的意见不错，而且那孩子在家并不幸福，希望能自己做主，也恳求她答应让他去。只一层，她生怕郎第耶一口拒绝了。他到他们家里来住，唯一的目的在于和他的儿子亲近；现在他只住了半个月，他肯让他的儿子走吗？后来她战战兢兢地向他谈起的时候，他反倒十分赞成这意见，说青年的工人须要多看见几个地方。爱弟纳起程的那一天早上，他向他演说了一番，他说到他的权利和义务，然后又吻他说：

"你须要谨记着，生产的人不是奴隶，不能生产的人才是社会上的饭桶呢。"

于是店里又热闹起来，一切都安定了，大家养成了新习惯了。那些脏衣服的胡乱抛置以及郎第耶的往往来来，绮尔维丝已经见惯了。郎第耶始终谈他的大事情；有时候他把头发梳得光光的，换了一身白衬衫出门去，甚至于在外面过夜；等到他回来的时候便假装疲倦得头晕了，竟像他用了二十四小时的时间去讨论了许多重大的事情似的。实际上是他闲着不做事。唉！要他把手皮弄粗糙了是不可能的！平常的时候，将近十点钟他才起床。天气好呢，他便在下午到外面去散散步；天下雨呢他便停留在店里看他的报纸。这是于他适合的环境，他觉得在裙钗之间非常舒服，他混在女人堆里，爱听她们的粗话。他逗引她们说得越粗野越好，而他自己却只说些文雅的话头。他之所以很高兴在洗衣妇们的队里厮混的缘故，就是因为她们并不是假装道学的女人。当克莱曼斯滔滔不绝地对他大谈其话的时候，他很温和地微笑着，用手轻轻地捻他的胡子。那些女工们赤裸着手臂，流着一身汗珠，发出很浓的臭味，把店铺熏蒸着，在他看来却是理想中的乐土，他老早就想要找这么一个地方来度过他的安乐和偷闲的生活。

起初的时候，郎第耶在卖鱼路口福朗素华的店里吃饭。但是一个星期七天之中，他在古波家里吃三四次的晚饭。因此他终于愿意在他们家里包饭了。他说每逢星期六就付给他们十五个法郎。从此以后，他再也不离开店铺了，竟完全成为一家的人了。人家看见他整天到晚只穿着衬衫背心，从卧房走到店面，又从店面走到卧房，辗转循环，高声发号施令；他甚至于答复那些主顾们的问话，竟像店铺是他开的一样。他不喜欢福朗素华的酒了，于是他劝绮尔维丝此后去买魏古鲁的酒；魏古鲁是隔壁的煤炭老板，他每次同博歇去买酒，趁势便摸那老板娘。后来他又觉得古特鲁店里的面包烤得不好，于是他派奥古思婷到卖鱼巷一个维也纳人米耶开的面包店里去买。他和那杂货商人洛昂克尔也不交买卖了，他只同波龙索路那卖肉商人胖子查理做生意，因为他与他的政见相同。一个月之后，他想要人家做菜时完全用豆油。克莱曼斯开玩笑说这位普罗旺斯省的人还是离不开豆油。他亲手摊鸡蛋，把鸡蛋翻过来，两边都煎透了，硬得像一张烙饼。他又监视着古波妈妈做菜，要她把牛排煎得很熟，像皮鞋底一般；无论什么菜里都要加上许多蒜，如果他看见人家把些芫荽之类放进生菜里去，他就生气骂人家给他吃草，并且说在草里面还可以长小鱼呢。他所最喜欢吃的是一种汤，把许多面条放在水里煮得很稠，然后加上了半瓶豆油。只有他和绮尔维丝能吃这些东西，至于那些巴黎人呢，假使有一天冒险尝了一尝，恐怕把五脏六腑都吐了出来呢！

郎第耶渐渐也管起古波的家务事来了。罗利欧夫妇每月给古波妈妈五个法郎，常常怨天怨地的，于是他向古波他们说：如果罗利欧夫妇不给钱，人们可以对他们起诉。唉！难道他们瞧不起人家吗？他们每月应该给十个法郎才是道理！他自己上楼去要那十个法郎，看他那又硬又软的态度，罗利欧夫妇不敢不给他。现在洛拉太太也给十个法郎了。古波妈妈感激得要吻郎第耶的手，因为他除此之外还在家里做公正人，调停绮尔维丝与古波妈妈之间的争吵。当绮尔维丝生了气，错待她的婆婆，以至那老婆子躲在一个

角落上哭泣的时候,他把她们两个人推推拉拉的,强要她们互相接
吻,并且问她们显出这样好脾气来,难道不会叫人家喜欢吗?譬如
提到娜娜:依他看起来,人家真不会教育她。他这话实在是不错,
当古波责骂娜娜的时候,绮尔维丝便袒护她;绮尔维丝打女儿的时
候,古波却同妻子吵起嘴来。娜娜看见她父母互相吵架心里很高
兴,预料她一定会被原谅的,所以她更毫无忌惮了。现在她发明了
一种游戏,常常到对面的蹄铁店里去玩耍;她整天到晚在货车把上
打秋千;她又同许多淘气的孩子躲在被熔炉的火光照耀着的阴暗
的院子里;忽然间,她从院子里走了出来,连嚷带跑,头发散乱,衣
服肮脏,后面跟着一群无赖的小孩,好像人家一顿铁锤把这些小流
氓赶了出来似的。只有郎第耶一人能够责骂她,然而她还是会对
付他。这十岁的坏孩子竟像一个妇人一摇三摆地在他的跟前走
路,并且斜眼瞅着他,眼光里充满了邪气。他自己终于负起教育她
的责任,他教她跳舞,又教她说些土话。

　　这样地过了一年。区里的人以为郎第耶有钱生息,因为只有
这个才可以解释古波夫妇的排场。当然,绮尔维丝继续还在赚钱;
但是现在她要供养两个游手好闲的男子,店中的收入是不够的。
而且店中的生意也坏了些,有好些主顾们都不来了,那些女工们一
天到晚只晓得嬉笑着。其实郎第耶并不付一个钱,房钱也不付,饭
钱也不付,起初几个月,他还给了一部分钱,到后来他是说他不久
可以收到一笔大款子,款子到手之后他可以一次付清。绮尔维丝
不敢再向他要一个铜子。她每天的面包、酒、肉,都是赊来的。到
处有她欠的账,每天竟达到三四个法郎。她没有付一个钱给那木
器商人,也没有支付那三个朋友——泥水匠、木匠、油漆匠——的
工钱。于是这些人一个个都咕噜起来,各商店里的人们对她不像
从前那样有礼貌了。但是她似乎因负债太多而麻木了,便索性沉
迷起来,总是选最贵的东西买;自从她买东西不付现钱之后,她越
发任情地大吃特吃了。其实她的心地还很好,她梦想一天到晚赚

它几百法郎,好支付她的债主们;然而她也不知道怎样才能赚钱。总之,她是越陷越深了;她越陷得深,越说要扩充她的生意。到了夏季中,那高大的克莱曼斯走了,因为店里的工作不够分配给两个女工,而且她等候了几个星期还领不到工钱。在这衰败的时节,古波和郎第耶倒反肥胖起来,他们每天盘踞在桌子上大吃特吃,互相比赛一口吃两块肉;吃到了饭后果品的时候,他们欢笑着拍他们的肚子,好叫肚里的食物消化得快些。

区里的人谈话的最主要的材料在乎要晓得郎第耶是否真的与绮尔维丝再有勾搭。关于这件事,大家的意见并不相同,依罗利欧夫妇说:瘸子拼命地要勾搭郎第耶,然而他不再要她了,因为她的容貌已经衰老了,他在城里有许多少年的女子比她漂亮得多呢?依博歇夫妇说,恰恰相反:绮尔维丝在第一夜,等到古波打鼾之后,立刻便去再会她的前夫。这两方面的话,无论从哪一方面说,都不是好事;然而世上肮脏的事太多了,比这事更肮脏的还有,所以人们终于觉得这三角夫妇是自然的,甚至于是可爱的,因为他们从来不打架,大家保持礼貌。老实说,如果你把头探进区里别的人家内部一看,恐怕更要看不过眼呢。至少在古波家里我们还可以看见一团和气的景象,他们三个人一块儿做菜吃饭,一块儿穿裤子,一块儿睡觉,和气融融地,并不搅扰邻居的安眠。再说,区里的人都被郎第耶的好礼貌迷住了,这甜言蜜语的人竟使全区的好说话的妇女闭口不言。大家还在怀疑他和绮尔维丝的关系,当那卖水果的妇人向那卖兽肠的妇人认为他们并没有勾搭的时候,那卖兽肠的似乎觉得这是很可惜的事情,因为这么一来,古波夫妇便不会引起人们的兴趣了。

然而绮尔维丝安然地过她的生活,并不想到这种肮脏的事情。她做到了这地步,甚至于令人家怪她没有心肝。她的亲眷也不懂她为什么对郎第耶还在记恨。洛拉太太是很喜欢插进情人队里来的,所以她每晚一定到店里来;她认为郎第耶是一个不可抵抗的

人，哪怕是最高贵的妇女也不免落在他的手里。博歇太太恐怕也
不敢担保她自己的贞操，假使她的年纪轻了十岁的话。这种暗中
不断的煽惑渐渐把绮尔维丝推动，竟像她周围的女人们，能使她有
了一个情人，才觉得满意似的。但是绮尔维丝诧异起来，她并不觉
得郎第耶有这许多的诱惑力。当然，他比从前变得好些了：他常常
穿他的大衣，他在咖啡馆和各处的政治团体里受了一些教育。不
过，她是非常认识他的，她从他的两只眼孔一直望到他的灵魂，重
新使她又回想起曾经令她胆寒过的许多事情。总之，假使大家真
的喜欢他到了这地步，为什么别的女人们都不敢冒险同他勾搭呢？
有一天，她把这意思露给维尔吉妮知道，因为维尔吉妮便是最热心
的一个。于是洛拉太太和维尔吉妮想要激她一激，便向她叙述郎
第耶与克莱曼斯的恋爱。是的，她自己看不出来，其实当她有事出
门之后，他立刻把克莱曼斯拉进他的卧房里去。现在人家常常遇
见他们在一块儿，大约他是到克莱曼斯家里去的。

　　"好，是的！又怎么样？"绮尔维丝说时声音有几分震颤，"这与
我有什么关系呢？"

　　她说着便怔怔地望着维尔吉妮的黄眼睛，只见她的双眼发出
黄色的星光，像一双猫眼一般。绮尔维丝心里想：这妇人还暗恨
我，竭力要使我吃醋吗？只见维尔吉妮装作傻样，回答说：

　　"这当然与您没有关系啦……不过您应该劝他抛弃了这女子，
因为他同她来往，将来不免有杀风景的事情。"

　　最糟糕的是：郎第耶觉得自己有了倚仗，便改变了对绮尔维丝
的态度。现在他和她握手的时候，他用手捏着她的手指半天不放。
他的一双眼睛盯着她不放松，现出大胆的样子，她分明看得出他的
要求。当他从她的背后经过的时候，他把两膝挨进了她的裙下，又
向她的颈窝儿吹气，像是要对她催眠似的。然而他还等候时机，一
时还不肯用强，不肯说出他的心事。但是有一天晚上，他独自一人
陪着她在家，于是他一声不响地把她推着走，把颤巍巍的她推到了

店房后面的墙上,想要同她接吻。事有凑巧,恰恰顾奢在此刻走进门来,于是她连忙挣脱了身子。他们三个人说了几句应酬的话,好像没有经过什么事情似的。顾奢的面色变白了,低头自思他这一来真是打散鸳鸯;她之所以要挣脱身子,大约是因为她不肯给别人看见她被郎第耶接吻的缘故。

到了第二天,绮尔维丝无精打采地在店里踱来踱去,连一块手帕都无心肠烫;她须要看望顾奢一次,向他解释郎第耶是怎样把她推到墙上的。但是自从爱弟纳到里尔去了以后,她再也不敢到铁厂里去,因为那边的"咸嘴"常常带着坏意的笑来迎接她。这一个下午,她不能再忍了,于是拿起了一个空筐子出门,借口说是到白门路一个主顾家里去领些裙子来洗。当她到了马尔加代路的时候,她在铁厂的门前慢慢地走来走去,希望在外面遇见顾奢。大约顾奢也料定她会到来的,所以她等不到五分钟,他已经走出门口来,似乎是偶然相遇的样子。他轻轻地微笑着说:

"呃? 原来是您! 您是有事情出来,现在您是要回家去吧……"

他是在没话找话说,因为恰巧绮尔维丝转过身来背向着卖鱼路,所以他说她是要回家去的。于是他们两个人一同向蒙马特走去,并肩走着,并不挽着手臂。大约他们唯一的意思在乎离开铁厂,好叫人家不疑心他们是在厂门前约会的。在许多工厂的隆隆的声音里,他们低着头,沿着坍坏的街道上走。到了二百步以外,他们似乎很熟悉这一带地方似的,一声不响地向左转弯走向一块空旷的土地上去了。这是一个锯木厂和一个纽扣厂中间的一个大草场,场上有些被火熏黄了的草杂着好些青草。一只母羊系在一根桩子上,辗转地叫着,后面有一株枯树在太阳下现出它的衰残的样子。

"真的!"绮尔维丝说,"这真叫人以为是到了乡下了。"

他们走到那枯树下坐着,绮尔维丝把筐子放在她的脚前。他们的前面是蒙马特的丘陵。上面有一排一排的黄色和灰色的房屋杂着疏疏的一些绿树。当他们把头扬得更高一些的时候，就看见城上的广阔的天空十分明净，只北方浮腾着很小的几朵白云。猛烈的光线炫耀着他们的眼睛，他们遥望那平坦的天涯和灰色的郊外，尤其是注意着那锯木厂的机器的管子，只见水蒸气一口一口地吐了出来。这些管子里的长吁声似乎把他们的胸中的块垒消减了不少。

"是的"，绮尔维丝觉得沉默太久了，不好意思，所以开口说，"我刚才有事所以出门来了……"

她原是非常希望向他解释的，这时候她忽然不敢说了。她觉得惭愧万分，然而她分明觉得他们两个人到这里来无非为的是谈这个，他们用不着开口说一句话，其实他们已经算是谈起了一件事。昨天的事情像千斤的大石压在他们的心上，使他们都很为难。

于是她忽然感觉到一种很大的悲哀，眼眶里蕴着眼泪，叙述俾夏尔太太临终的情形。原来今天早上她的洗衣妇俾夏尔太太受了使人最可怕的痛苦，以后死去了。她用温和而单调的声音说：

"这是因为俾夏尔踢了她一脚，把她的肚子踢肿了。大约她肚子里被踢伤了什么东西。天啊！她整整折磨了三天，什么刑罚也不像这样惨啊！……但是假使法律要管到治死妻子的丈夫们，法庭里岂不太多事了！天天受惯了脚踢，多踢一脚，少踢一脚，算得什么？是不是？况且，那可怜的女人还怕害她的丈夫上断头台，所以她只说她因为跌在一只洗衣桶上，跌坏了肚子……她叫喊了一整夜然后绝命了。"

顾奢不说话，只用手拔地上的青草。绮尔维丝继续说：

"她的最小的儿子余勒断奶还不到半个月；这还算是那孩子的运气，因为断了奶之后，没有母亲也不会吃苦了……无论如何，总是那女孩子拉丽吃亏，现在有两个小娃娃归她抚养了。她还没有八岁，然而她很老实，很明理，竟真的像一个母亲。尽管这样，她的父亲还要毒打她……唉！世上有些人是为痛苦而生的！"

顾奢怔怔地望了她半天,嘴唇颤着突然地说:

"昨天您真叫我伤心! 唉! 是的,太伤心了……"

绮尔维丝两手交叉着,面色苍白。于是他又说:

"我晓得,这事情早该实现的……不过您应当推心置腹地老实告诉我,免得我妄想……"

他没有说完他的话,她就站了起来,已经懂得顾奢也像区里的人一样以为她同郎第耶又重归于好了。于是她伸着两臂嚷道:

"不,不,我向您发誓……昨天他推我,打算吻我,这是真的;但是他的脸甚至于还没有碰着我的脸,而且这是他第一次的妄想……唉! 我拿我的生命来发誓,拿我的孩子们来发誓,拿我的一切最宝贵的东西来发誓,您相信了吧?"

顾奢听了只管摇头,他不相信她,因为妇人们总是不肯承认的。于是绮尔维丝的神色变得非常严重,慢慢地说:

"顾奢先生,您是知道我的,我是不会说谎的……唉! 不,这是没有的事,我用我的人格担保……而且这是永远不会有的事! 您听见了吗? 永远不会! 将来如果有那么一天,我便是最下流的,下流种子,不配做您这样诚实的人的朋友了。"

她说时显出很好看很诚实的样子,以致他握着她的手,叫她再坐下来。现在他很痛快地呼吸着,在心里也笑起来。这是第一次他把她的手握在自己的手里。他们两个人都默然不语。白云在天上像天鹅那样缓缓地浮泳着,草地上那母羊回头望着他们,每隔一个长而均匀的时间便向他们发出一种温和的叫声。他们仍旧手勾着手,眼里充满了柔情,从刻画在天空中的一排一排的工厂烟囱之间,遥望着那荒凉的黯淡的蒙马特小丘的斜坡,看到那些绿树丛中的小酒店,令他们触景伤情,以至于流下泪来。

"您的母亲怪我,我是晓得的",绮尔维丝低声说,"您不必否认了……唉! 我们欠你们这许多钱!"

他表示粗暴的样子,令她住口,他拼命摇她的手,他不愿意她

谈到金钱。后来他游移了一会,终于吞吞吐吐地说:

"请您听我说,许久以来我就想要向您提议一件事……您并不幸福。我的母亲断定说您的生活变坏了……"

他有几分气窒,顿了一顿,终于又说:

"好!那么,我们应该一块儿离开这里……"

她怔怔地望着他,起初还懂得不十分清楚,因为他从来没有开口说过这种毫无顾忌的恋爱话,所以她很诧异。

"怎么一回事?"她问。

"是的!"他回答时低了头,"我们离开这里,到另一个地方去,例如比利时,如果您愿意的话……那边差不多是我的故乡……我们两个人努力工作,很快就可以过舒服的生活了。"

于是她的脸都变得通红了。哪怕他拥抱着她接吻,她也不会像这样害羞的。这真是一个奇怪的男子,竟向她提议要拐带她,像在小说里或上流社会里的事情一样。唉!在她的周围她看见过不少的工人向结过婚的妇女追求,然而他们甚至于不把她们领到圣德尼郊外去,干脆就在她们住的地方……

"唉!顾奢先生,顾奢先生……"她只这样喃喃地叫着,找不着别的话说。

"总之,到了别处,我们就只是两个人了。"他说,"有别的人就妨碍我,您懂吗?……当我对于一个人有了情谊,我不愿意看见她同别人在一块儿。"

现在她的精神恢复了,便表示很有理智的样子拒绝说:

"这是不可能的,顾奢先生。这么一来,太不合理了……我是结了婚的,是不是?而且我有几个孩子……我分明晓得您对我有情,我使您伤心。不过,假使依了您的话,将来我们的良心一定会不安,而且尝不着幸福的滋味的……我也一样,我对您很有情谊;正因这个缘故,我不肯让您做糊涂的事情。当然,这是糊涂事情……不,您要知道,我们还是保持现在这样的情形好些。我和您互相尊敬,两人心心相印,这已经是很好的事,而且给了我不少的勇气。在我们的地位说来,一个人老老实实,总会有好报应的。"

他一面听她说,一面点头。他赞成她的话,他不能反驳她。忽然间,在青天白日之下,他用双臂紧紧地拥抱着她,然后狠狠地在她的颈上吻了一个吻,活像要吃了她的肉似的。后来他放开了她,再也不要求别的事情,也不再说起他们的恋爱。她只把身体摇晃了一下,并不生气,因为她晓得他们两人都得到了一些小小的快乐。

这时候顾奢的全身从头至脚都在颤动,勉强离开了她,怕自己抑制不住自己的情欲,又要拥抱她。他恋恋不舍地踟蹰向前移动着,双手不知道做什么好,于是在地上采了几朵蒲公英,远远地扔进她的筐子里。在那些烧焦了的草地当中,有些很好看的黄色蒲公英。这种游戏渐渐使他安静下来,并且使他觉得有趣。他用他那一双因打铁而变硬了的手轻轻地折断那些野花,一朵一朵地抛着;当他抛中了那筐子的时候,他的双眼兴奋地现出笑容来。绮尔维丝挺快活地背倚着那枯树,心里也安静了,在那隆隆的锯木声中,她把自己的声音提高,好叫他能听见。当他们离开那空旷的草地,并肩走着的时候,他们谈起爱弟纳,说他在里尔很快活,于是她抱着她那装满蒲公英的筐子走了。

实际上绮尔维丝在郎第耶跟前并不能像她所说那般有抵抗的勇气。当然,她已经下了十分的决心不许他的手指头碰一碰她的身体;但是她原是一个温柔的人,喜欢讨好别人,像她这样心软,万一他摸她,难保她不像当年那样没志气。然而郎第耶也没有再尝试。有好几次他同她独自在一块儿,他总是规规矩矩的。现在他似乎在追逐那卖兽肠的妇人,她有四十五岁了,却还风韵。绮尔维丝常向顾奢谈起那妇人,好叫他放心。当维尔吉妮和洛拉太太赞叹郎第耶的时候,她便回答她们说他用不着人家钦仰他,因为邻居的妇人们一个个都爱慕他。

　　古波在区里常常嚷着说郎第耶是一个朋友，是一个真朋友。人们尽管污蔑他们，他对事情是明白的，他自己问心无愧，也就不管别人的闲话了。每逢星期天，他们三个人一块儿出游的时候，他迫使他的妻子和郎第耶挽着手臂在他前面走，意思是要在马路上显得他不顾别人闲说是非。他用眼四面望着人们，预备给他们一场没趣，假使他们敢笑一笑的话。当然，他觉得郎第耶太自负了些，在酒店里也吹牛，因为他晓得看书，又晓得像律师般说漂亮话，便往往取笑别人。但是除此之外，他声称郎第耶是一个能干人，在本区里找不出第二个像他这样能干的人来。总之，他们是互相了解的，大家意气相投，男子之间的友谊比男女之间的爱情更坚固呢。

　　可是有一件事：古波和郎第耶总是在一块儿拼命大吃大喝。现在郎第耶竟向绮尔维丝借钱了，当他知道店里有钱的时候，他往往向她借十法郎或二十法郎。他始终只说是为他那一宗大生意而用的。近来他引坏了古波，假装说同他有事要到外面去，便把他带到了附近的饭店里去许久，他们面对面坐在后面的桌子上，痛痛快快地叫了许多家里吃不到的好菜，喝了许多好酒。古波只愿意像爽快的汉子那样大吃大喝；但是他看见了郎第耶的贵族式的嗜好便令他也动了心，原来郎第耶在菜单上挑选了许多出色的好菜。料不到他竟是一个这样娇嫩、这样不容易满足的一个男人。大约南方的人都是这样的。他不肯吃容易叫人发热的东西，每一盘菜到来的时候他一定要讲到卫生的问题，当他觉得肉菜太咸或胡椒太多了的时候，他便叫伙计拿去掉换。他尤其是怕风，假使人家让一扇门开着，他便把饭店里的人都骂遍了。非但如此，而且他很悭吝，吃了七八个法郎的饭只赏给伙计两个铜子。虽然如此，人们在他跟前都有些胆怯。城内外的人们，都认得他们。他们常常到巴第诺尔的大马路去吃肠子，吃的时候还叫人家把肠子放在暖锅上。在蒙马特的下面，他们找着了公爵馆，这是本区的上等的牡蛎店。

在蒙马特的上面,他们找着了加列特磨坊食堂,到那里去吃炖兔子
肉。殉教路利拉饭店的小牛头是拿手好菜;至于克里酿古街的金
狮饭店和双栗树饭店却使他们吃到很好的炒腰子。但是他们常常
向左转,向着美城方面走,到布尔哥尼、加特伦、加布散三家饭店里
去,那里都保留着他们的座位,这是些可靠的饭店,人家尽可以闭
了眼睛叫菜,决不会失望的。这是他们鬼鬼祟祟的娱乐,到了第二
天早上他们吃着绮尔维丝的马铃薯的时候便只打着隐语,谈着这
些事情。有一天,郎第耶甚至于带了一个女人到加利特磨坊食堂
里去,到了吃饭后果品的时候,古波自己先走了。

　　一个人放荡起来,当然就不会做工作了。古波平日已经是游
手好闲的人,自从郎第耶住到店里来以后,他竟不再摸一摸工具
了。当他放荡厌倦了跑去做工的时候,郎第耶便到工场上找他,看
见他把身子像一只火腿那样悬挂在软梯上,他便拼命地嘲笑他,叫
他下来喝一杯酒。于是古波放弃了他的工作,开始娱乐,一下子就
是几天或几个星期。噢!真是痛快的娱乐!全区的酒店都让他们
跑遍了,从早到晚都是醉醺醺的,请朋友们喝酒,喝了又喝,直到夜
深,到了最后一杯,最后的蜡烛熄灭了为止!好一个郎第耶,他自
己从来不肯尽量。他让古波喝醉,于是他丢开了他,自己很和气地
微笑着回店里来。他醉了的时候人家也看不出来,在晓得他的人
可以看得出来,只要他的眼睛变小了,在妇人们身边更殷勤些,便
知道他是醉了。古波恰恰相反,现在他每次喝酒,非弄到大醉大
吐,令人作呕不止。

　　到了11月初旬,古波有一次出去玩了一趟,结果弄得他自己
和别人都没有面子。前一天,他已经找到了工作。这一次郎第耶
却是十分好意,他竭力劝人做工,说工作可以令人高兴。早上,他
在灯光里就起了床,要送古波到工场里去,庄重地说他希望他能做
一个当得起工人称号的一个人。但是他们走过小灵猫酒店的时
候,看见店门已经开了,所以他们进去喝一杯李子酒,仅仅喝一杯,

唯一的目的是在壮一壮这改邪归正的决心。只见柜台对面的一张
凳子上早有"烤肉"坐在那里，背靠着墙吸他的烟斗，现出无精打采
的样子。古波说：

"呃！原来是'烤肉'在这里消遣！喂，老朋友，你的懒性发作
了吗？"

"不，不，""烤肉"伸了一伸懒腰说，"只因为老板们让人痛
恨……昨天我已经离开了我的老板了……他们都是些流氓，都是
些坏蛋……"

古波请他喝一杯李子酒，他答应了。大约他坐在凳子上正为
的是等候人家请他。然而郎第耶却替老板们辩护，说他们有时候
也有为难的地方；他自己是个过来人，他晓得此中的甘苦。唉！工
人们也坏得很！他们不顾工作，只顾吃喝，工作很紧张的时候他们
却丢开了你，到了他们的钱用得精光了之后他们又回来工作了。
他从前用过一个工人名叫皮加尔的，他喜欢坐车子闲逛，是的，当
他领到了一星期的工钱之后，他非坐几天马车不可。唉！难道这
是做工作的人的兴趣吗？后来忽然间，郎第耶又攻击起老板们来
了。唉！他是明眼的人，他能把两方面的真相都说得很清楚。总
之，老板们都不免是些肮脏的东西，是无耻的剥削者，是吃人的大
王。至于他自己呢，他可以安静地睡觉，因为他问心无愧，他对待
他的工人们始终只像一班朋友，他宁愿不像别人一般地赚几百万，
不愿苛待工人们。

"我们走吧"，他转身向古波说，"我们应该做个规矩人，不要迟
到才好。"

"烤肉"摇摆着双手，跟了他们出来。外面太阳刚刚要升起来，
石路上的污泥的反光映成一种肮脏的景色。原来昨天下了雨，今
天的天气很温和。人家刚才把路灯熄灭了；工人们一队一队地向
巴黎市内走下去，沉重的脚步的声音震动着路旁的房屋。古波肩
上挂着锌工的口袋，昂昂然走着像一个人偶然奋发一次的样子。

他忽然转身问道：

"'烤肉'你愿意人家给你介绍工作吗？老板对我说过，叫我替他招一个朋友去，如果我能找得到的话。"

"谢谢你吧"，"烤肉"说，"我要先服点清泻药再说……你应该向'靴子'去说，因为他昨天正在找一个安身的地方……等一等，'靴子'一定在这里。"

他们走到了路的尽头的时候，果然看见"靴子"在哥仑布伯伯的酒店里。这时候虽然是清晨，店里还留着灯光，门板都卸了下来。郎第耶停留在门前，叮嘱古波快些出来，因为他们只有十分钟的时间了。

当古波同"靴子"说起了他的意思之后，"靴子"便嚷道：

"怎么？你要到那坏蛋布尔基农那里去吗？这家店铺常常给我捣麻烦！不，我宁愿没有事做，一直等到明年……但是，老朋友，你在那里也不会停留三天，我敢打赌！"

"真的吗？是一个肮脏的店铺吗？"古波担心地问。

"唉！再肮脏也没有了……人家不能动一动。那猴子①不住地看管着你。非但如此，而且他们还摆许多架子；那老板娘把你骂做醉鬼，又禁止你吐痰……我在第一天的晚上就离开了他们，你懂吗？"

"好！我晓得！我不会在他们家里吃得很久的……我预备在今天早上去试一试；但是如果那老板惹我生气，我就替你把他抓住，把他放在他老婆的肚子上，让他们像一对扁鱼一样粘在一起！"

古波听了他的朋友的话，谢他好意关照，正要走的时候，忽然"靴子"生起气来。妈的！难道布尔基农能阻止他们喝一口酒吗？那么，人竟不是人了！呸！那猴子尽可以等候五分钟啊！这时候郎第耶也由他们招呼进来喝酒，四个人在柜台前面站着。"靴子"

----

① 巴黎的工人把老板叫做猴子。

拖着他的鞋子,穿着肮脏的工衣,头上戴着他的便帽。他转着他的眼睛高声吵嚷,竟像店里的主人。近来人们公举他做醉酒皇帝,又称他作猪大王,因为他吃了许多活着的金龟虫,又啮了一只死猫。

"喂!老货!"他向哥仑布伯伯嚷着说,"把您那头等'驴尿'好黄酒给我拿来吧!"

哥仑布穿着蓝色的绒线衣,面色苍白而安静,把四只杯子都斟满了,然后他们一口喝得干干净净,以免那酒见风变酸了。

"这儿竟是好东西,酒到了哪里,哪里就觉得舒服!""烤肉"说。

"靴子"向众人叙述了一段笑话,说是星期五他喝得大醉,有些朋友们用一把石灰将他的烟斗的嘴塞住了。假使是别人,不能吸烟岂不会急死了,然而他却逍遥自得,像没事的人儿。

"先生们不再添酒了吗?"哥仑布伯伯用一种含糊不清的声音问。

"是的,请您替我们再斟上一杯酒,现在轮着我请了。"郎第耶说。

现在大家谈起女人的事情来了。前一个星期天,"烤肉"把他的女人带到了蒙鲁歇的姑母家里去。古波又问起"印度箱"的消息,原来"印度箱"是夏一欧店里一个出名的洗衣妇。大家正要喝酒的时候,"靴子"忽然看见顾奢和罗利欧走过,便拼命地叫他们。他们两人到了门口,不肯进来。顾奢不想喝什么东西。罗利欧的面色灰白,战战兢兢地攥紧了他袋子里的金链子,这是他带去送给老板的;他一边咳嗽一边向众人道歉,说一口酒就会把他弄病了的。

"你们这些伪君子,只会偷偷摸摸地喝酒!""靴子"喃喃地说。

当他把鼻子凑近了杯子之后,他又责备哥仑布伯伯说:

"老货,你已经换了另一种酒了!……你要知道,你对于我是不能做假的!"

这时的太阳渐渐高了,一种暗淡的阳光照进了酒店里来,于是哥仑布伯伯把煤气灯熄了。古波原谅他的姊夫不能喝酒,说这也不算他的罪过。他甚至于赞许顾奢,说永远不想喝酒是一种幸福。他说要工作去了,忽然郎第耶摆起架子来教训他一顿:在未走以前,至少应该还请大家喝一杯才是道理!虽然要去工作,究竟不该随便地丢开了朋友们。

"啰唆得很!口口声声离不了他的工作!""靴子"说。

"那么,轮着先生请了,是不是?"哥仑布伯伯向古波问。

古波付钱请了众人。后来轮着"烤肉"的时候,"烤肉"附着哥仑布伯伯的耳朵低声地说了两句,只见那老板摇头表示不肯。"靴子"看明白了,便把那不爽快的哥仑布伯伯骂了一顿。怎么!这样的一个老家伙竟敢欺负一个朋友吗?卖酒的谁不招徕主顾?到这个酒店里来是为的挨到侮辱吗!哥仑布伯伯仍旧很安静,摇摆着双手,在柜台前很客气地说:

"我劝您把钱借给这位先生,这样岂不是简单得多么?"

"妈的!好,我就借给他","靴子"嚷着说,"喂,'烤肉',你把钱扔到这死要钱的老货的狗脸上去吧。"

后来他又发起脾气来,看见古波的口袋还在肩膀上,越发使他着恼,便向古波嚷道:

"你活像一个奶妈!快把你的孩子卸下肩来吧,否则你的背会驼的。"

古波踌躇了一会儿,后来似乎经过很熟的考虑,安然地把他的口袋放在地上说:

"这时候已经太迟了。我吃了中饭再到布尔基农家里去吧,我推说我的老婆肚子疼就是了……喂,哥仑布伯伯,我把我的工具存放在您的凳子底下,到中午我再来拿吧。"

郎第耶点了点头,赞成这办法,一个人是应该工作的,毫无疑义;不过,遇见了朋友的时候,礼貌比什么都要紧些。他们四人渐渐地有了一种大吃大喝的欲望,他们的心迷了,手懒了,你望着我,我望着你。他们有五个钟头的闲工夫,于是他们忽然大快乐大噪嚷起来,互相打打闹闹,彼此说些亲热的话。尤其是古波,他的心松快了,觉得自己也变得年青了,把他们叫做"我的老弟兄们"。大家又请了一巡酒;喝了酒之后,他们便到虱子馆去,这是一个小小的咖啡馆,馆里有一张台球桌。郎第耶的脸上表现失望的样子,因为这地方不很干净。士尼克酒每瓶卖一法郎,每两杯卖十个铜子;主顾们都是很肮脏的,把弹子球台弄得污秽不堪,以致那些球都粘着桌了。但是郎第耶是个非常喜欢打台球的人,所以每逢球戏一开始,他便恢复了风流快活的态度,每次他打中了两球的时候便摇晃身子摆动屁股表示得意。

到了午饭的时候,古波有了一个主意,他顿了几顿脚,说:

"我们应该去叫'咸嘴'。我晓得他工作的地方……我们领他到路易妈妈的店里去吃奶油猪蹄。"

大家都拍手赞成他的意见。是的,"咸嘴"大约须要吃些奶油猪蹄了。于是他们离了台球馆。这时正在下小雨,路上变黄了。他们因在馆子里觉得太热,所以这小雨淋在他们的身上倒不算一回事。古波领他们到马尔加代路那铁厂里去。他们到了厂门的时候,离放工的时候还差半个钟头;古波把两个铜子给了一个小孩,叫他进去向"咸嘴"说他的老婆病了,要他马上回家。"咸嘴"即刻出了厂门来,看他一摇三摆,现出很安静的样子,因为他的鼻子已经嗅着好酒好肉的气味了。他瞥见他们躲在门下,便嚷道:

"呀!你们这一班坏蛋!我早已料到了……喂?我们吃什么?"

在路易妈妈家里,大家吮着那些猪蹄骨的时候,同时重新又骂起那些老板来。"咸嘴"说他的厂里有人家订做一批紧急的货。唉!那猴子在这种时候变得很好说话,人家就是不上班他也还是很客气。因为只要人家肯回来,他便觉得幸运了。再说,一个老板是绝对不敢把"咸嘴"赶走的,因为像他这样能干的人再也找不到了。吃了猪蹄之后，大家又吃了一盘炒鸡蛋。每人喝了一瓶酒。这是路易妈妈从奥维尔涅运来的酒，这是一种紫红色的酒，酒味很浓烈。有趣得很，大家都兴高采烈起来了。吃到了饭后果品的时候，"咸嘴"又嚷道：

"那老板，那坏蛋，他能把我怎样？最近他不是在他的厂里挂起了一只大钟吗？一只大钟，对待奴隶们是有用的……好！今天尽管让他们打钟去！妈的！谁敢把我拉回到铁砧上去呢？我辛苦了整整的五天，我尽可以消遣一下子啊……如果他骂我半句，我就对他不起！"

"我呢"，古波庄重地说，"我不得不丢开你们了，我要工作去了。是的，我向我的妻子发过誓……你们好好地消遣吧，我的心是陪伴着你们这班好朋友的。"

他们都嘲笑他。然而他似乎很坚决，所以当他说要到哥仑布伯伯的店里先去取他的工具的时候，大家只好送他去。到了酒店之后，他从凳子下面把那口袋拿了出来，放在他的跟前，还陪着众人喝了最后一巡酒。到了一点钟，他们还一个个争先请酒。于是古波一时讨厌起来，又把工具仍旧放到凳子底下去，因为那些工具阻碍他，他要挨近柜台就不得不给工具绊倒。这未免太傻了！明天再到布尔基农家里去也还不迟。这时其余的四个人正在辩论工资的问题，也不理会他；他也并不加以解释，只向众人提议在大马路上兜一个小圈子，以便活动活动两腿。这时候雨已停止了。他们只沿着这一排房子，垂着手臂，仅仅走了两百步，因为他们在外面见了风便都不舒服起来，所以找不着一句话来说。他们也不商量向哪里走，大家慢慢地，不知不觉地走上了卖鱼路，进了福朗素华的店里，大家又喝起酒来。真的，他们要这样休息休息。街道上到处都是泥泞，太令人发愁了，连警察也懒得出门呢！郎第耶把朋友们推进了一间小室里，室中仅仅容得下一张桌子，有一扇带磨砂玻璃的隔扇把这小室与那普通厅隔开。他平日是在小室里喝酒的,因为这样方便些。难道大家在这里还不舒服吗? 这里好像是在自己家里,随便睡觉也不必拘束呢! 他向店里要了一份报纸,把它展开来,蹙着眉头在浏览着。古波和"靴子"开始打牌。桌上摆着两个酒瓶,五只杯子。

"喂! 这报纸上放的是什么屁?""烤肉"向郎第耶问。

他不立刻回答。后来他并不抬起眼睛,便回答说:

"我在看议院里的事。你看那些不值四个铜子的共和党,好没志气的左派! 难道民众推举他们做议员为的是叫他们去做饭桶吗? ……民众信仰上帝,可是却同这班流氓部长勾搭! 我呢,假使人家举了我做议员,我一定爬上了讲坛说:'他妈的!' 呃! 没有别的说话。这就是我的政见。"

"你们知道吗? 前几天晚上,拿破仑第三在朝廷里当众同他的老婆打起架来","咸嘴"说,"真的! 拿破仑第三喝醉了,并且没有什么来由,只开一开玩笑,就打起来。"

"你们的政治真是讨厌极了!"古波嚷着说,"快给我们念那些凶杀案的消息,那还有趣些。"

他说着又回到他的牌上,说:

"我有一个三同九,又有三个夫人①……这些女人总也不离开我。"

这时候大家喝干了杯中的酒。郎第耶高声念道:

"加荣发生了一件可怕的命案,全乡的人都震动了。一个儿子用铲子打死了他的父亲,为的是要抢他三十个铜子……"

众人听了,都惊叫起来。岂有此理! 他们希望能去看他上断头台才好! 不,断头台还不够,非把他剁成肉酱不可! 还有一个溺死婴儿的案件也使他们非常气愤;然而郎第耶却原谅那溺死婴儿的女人,说一切都是那诱惑女人的男子的罪过,因为如果这坏蛋不

---

① "夫人"是牌名,即扑克牌中的十二。

种一个恶根苗在那女人的肚子里,她也不至于把孩子扔进茅坑里去。然而他们所最欣赏的是某侯爵的一件大功……那侯爵在夜里两点钟的时候从跳舞会里出来,在安瓦利特路遇着三个强盗,他奋勇抵抗他们,并没有脱去手套,只用头撞强盗的肚子,就撞倒了两个,又还扭着第三个的耳朵送他到警察局里去。唉!这是多么大的气力!只可恨他是一个贵族。

"现在你们再听吧",郎第耶接着说,"我又要念贵族的消息了:'伯利第尼子爵夫人把她的长女嫁给御营副官长瓦朗赛男爵。结婚时送的礼物仅花纱一项就值三十余万法郎……'"

"这与我们有什么相干!""烤肉"抢着说,"人家并不过问他们的内衣的颜色……那小女子尽管有许多花纱,她还不是和别的女人一样吗?"

郎第耶好像要把那新闻读完的样子,"咸嘴"把他的报纸抢了过来,自己坐在上面,说:

"呀!不必再念!够了!……你瞧,报纸的用处,就是垫屁股!"

这时候"靴子"还在看他的牌,忽然把桌子拍了一拍,表示他的胜利,原来他已经做到九十三点了。

"老朋友,你输了。"大家向古波说。

大家重新又叫了两瓶酒,从此杯子不再空了。大家的醉意越来越浓了。将近五点钟的时候,渐渐成为令人憎厌的局面,所以郎第耶再也不作声,只想溜开。到了人们大吵大闹,把酒倒在地下的时候,他就更不喜欢了。恰在这时候古波站起来做醉汉画十字的游戏。郎第耶趁着大家喝彩的当儿,悄悄地走到了门口。朋友们竟没有看见他走了。他自己也喝了不少酒,但是到了外面,略为走动走动,也就清醒过来了;他安然地回到了店里,告诉绮尔维丝,说古波同好些朋友们在一块儿。

过了两天,古波还没有回来。他大概在区里到处闲逛,只不晓得他究竟在哪儿。有些人说在巴该妈妈的店里见过他，又有人说在蝴蝶馆里，也有人说在咳嗽小孩子酒店里。不过，有些人说他只是独自一人，有些人却说他同着七八个像他一样的醉汉在一块儿。绮尔维丝耸了耸肩，现出容忍的样子。天啊！这只要习惯了也就不管他了。她不去追她的男人，纵使她看见他在一家酒店里，她也只是躲开他，以免招他生气；她只是等候他回来，夜里她在店门内静听着是否有他在门外打鼾。他常常在夜里睡在一堆垃圾上，一张路凳上，一块荒地里或横躺在沟渠上。到了第二天，他的酒气还没有全消，便又出发，到各处喝酒去，时而失去了他的朋友们，时而又找到了他们。他去得很远，回来的时候已经昏迷了，他看见马路在他的眼里晃动，看见太阳落了又升，升了又落；一心只想喝酒，而且当场就醉。当他醉了的时候，什么都完了。然而绮尔维丝到了第二天仍不免到哥仑布伯伯家里去看看是怎么样了；人家只说看见他到店里来了五次，却不能说他究竟到哪里去了。她无可奈何，只好把凳子底下的工具先拿回家里来。

当天晚上，郎第耶看见绮尔维丝烦闷，便提议陪她到一家咖啡音乐馆里去，解一解她的愁。她起初不肯，说她没有心肠去寻欢笑。假使不是这个缘故，她是不会拒绝的，因为郎第耶的态度很诚恳，她断不会想到他存着坏心肠。他似乎很关心她的不幸，而且表示自己是最怜爱她的人。过去古波从来没有在外面住过两夜，所以这一次她很担忧，每隔十分钟，她不由自主地拿着她的烙铁到门口站着向街道的两头张望，看她的男人有没有回来。依她说，她觉得两腿受了芒刺似的，叫她站也站不住。当然，古波尽可以折断一条腿，跌在一辆车子底下，永远不回来，她倒反觉得少了一个人缠累她。她自己辩护，说他既然甘心做下流东西，她再也没有一点儿夫妻的情分了。然而不晓得他究竟回来不回来，叫人时时刻刻记挂着，却是一件讨厌的事情。上了灯之后，郎第耶又劝她听音乐去，于是她也就答应了。她觉得拒绝一场娱乐是太傻的事，既然她的丈夫可以大吃大喝了三天,现在还不回家,她也不妨出去开开心。她的店倒闭了也不算一回事,因为她开始觉得没有生活的乐趣了。

大家匆忙地吃了晚饭。到了八点钟,绮尔维丝请古波妈妈赶快领娜娜去睡觉,以便她能和郎第耶携手出门。她把店门关上了,从天井的门走出去,把钥匙交给博歇太太,说如果她的猪丈夫回来,就烦她开门让他进去睡觉。这时候郎第耶换了一身好衣服,嘴里哨着一支曲子,在门下等候着她,她也穿上了她的绸衣。他们紧紧地挽着臂,从容地沿着街道走去,各店的灯光照耀着他们,他们微笑着低声谈话。

那咖啡音乐馆在洛歇叔雅路,原是一家小咖啡馆,后来人家在院子里盖了一个木板棚,然后扩充为音乐馆。一串电灯球把门前照得通明。有几幅很长的广告粘在几块木牌上,靠在阴沟的边上。

"我们到了",郎第耶说,"今晚是阿曼黛姑娘初次登台,是一个杂艺的歌女。"

他忽然看见"烤肉"也正在那里看广告,"烤肉"的一只眼眶有了一道黑痕,大约是昨天他被人家打了一拳。

"喂!古波呢?"郎第耶问时用眼四面张望,"你们和古波失散了吗?"

"是的!好久了!昨天就失散了!""烤肉"回答说,"昨天由巴该妈妈的店里出来的时候,大家打了一架……您知道这是因为和那巴该妈妈的伙计讲理,为了一瓶酒,要我们付两次钱……我是不喜欢耍拳头的……于是我溜走了,到别处去睡了一觉。"

他已经睡了十个钟头,然而他还在打呵欠。他酒醉已经完全醒了,可是他的神情还是呆呆的,他的旧褂子上满是些绒毛,大约昨夜他是没有脱衣服就睡到床上去的。

"先生,您不晓得我的丈夫在什么地方吗?"绮尔维丝问。

"是的,我完全不晓得……我们离开巴该妈妈的店铺的时候已经五点钟了。呃！……也许他顺着马路往下走去了。是的，我似乎看见他同一个车夫走进蝴蝶馆去了……唉！这太愚蠢了！真的，实在太不好了！"

郎第耶和绮尔维丝在咖啡音乐馆里很快活地消遣了一夜。到了十一点钟，馆门关了，他们不慌不忙地散着步回家。这时候冷气稍稍有些刺人，听音乐的人一群一群地出来了。在树下阴影里有好些妓女在狂笑，因为男人们在和她们大开玩笑。郎第耶低声唱着阿曼黛姑娘的一首歌，名叫《是我的鼻子里发痒》。

绮尔维丝的心神昏昏，像醉了似的，也跟着他唱尾声。她在音乐馆就觉得很热。她喝了两次酒，再加上拥挤的人群的气味和香烟的气味把她冲昏了。尤其是她看了阿曼黛姑娘之后有一种很强烈的感触。她自己绝对不敢像歌女那样当众裸着身体。唉！说一句公道话，那女人的皮肉的确能令人爱慕！她带着放荡的情绪和好奇心静听郎第耶叙述那歌女的详细的事迹，竟像只有他才知道得特别清楚似的。

绮尔维丝按了三次门铃，博歇夫妇还没有来开门。

"他们一个个都睡着了。"她说。

门终于开了，但是门洞里很黑。她敲门房的玻璃，要取她的钥匙，博歇太太蒙眬地向她嚷着说了一段话，她起初完全不懂，后来她听懂了，原来那警察布瓦松已经把古波送了回来，古波醉得不像样子了。那钥匙大概就插在门锁上。

他们进了门之后，郎第耶嚷道：

"嗳呀！他在这里做了些什么？臭得这样厉害！"

真的，实在臭得不堪。绮尔维丝去找火柴，脚踏在一片湿东西里面。当她燃着了一支蜡烛之后，他们看见眼前真是一场大杀风景的事。古波把五脏六腑都吐了出来，卧房里都吐满了。床上、地毯上吐的都是斑斑点点，甚至于那横柜也溅满了。古波躺在床上，大约是布瓦松扶他睡下的；他倒在秽物当中只管打鼾。他像一只猪在污泥里，脸的一半是邋遢的，张着嘴吐出一阵一阵的臭气来；他的头的周围都是他吐的脏东西，他的已经斑白的头发浸在那肮脏的东西里面。绮尔维丝一时愤激，气冲冲地骂道：

"唉！这只猪！这只猪！他把什么都弄脏了……呀！一只狗也不会这样，就是一只死了的狗也要比他干净些。"

他们两个人都不敢动，不晓得把脚放在什么地方。古波从来不像今天这样大醉归来，把卧房弄得没有一点干净地方。所以他的妻子对他所保存的一线爱情因此又受了一个大大的打击。从前他喝醉了酒回家的时候，她殷勤地服侍他，并不讨厌他。但是现在他实在令人太难堪了，她的脾气也发作了。她甚至于不肯用粪钳子去夹他！她一想起了这脏汉子的肉会挨着她的皮肉，立刻起了憎恶的念头，竟像人家要逼她在一个为害梅毒而死了的人的尸体旁边睡觉似的。她喃喃地说：

"我总得要睡觉啊。我不能回到马路上去睡呀……噢！我尽可以从他的身体上跨过去！"

她极力想要跨过那醉汉，却在横柜前面的一个角落上止步了，免得滑倒在秽物上。古波把全床都挡住了。郎第耶微笑了一笑，料定她今夜不能睡在她自己的枕头上，于是他握住她的手，低声热烈地说：

"绮尔维丝……你听我说，绮尔维丝……"

她懂得了，挣脱了他的手，一时心神无主，她也像当年一样你你我我地称呼起来。

"不，你放手吧……我哀求你，奥古斯特，你回你的卧房去吧……我要想法子……我从他的脚上跨到床上去就是了……"

"嗳呀！绮尔维丝，你不要做傻瓜吧。这里太臭了，你不能停留在这里……来吧。你怕什么？他听不见我们，你放心吧！"

她还奋斗着，极力摇头表示不肯。她虽然心中很乱，然而她要表示她一定不走，于是她开始脱衣服，把绸衣扔在一张椅子上，只剩一件白衬衫和一条白衬裙,白皎皎地露出她的酥胸和臂膀。这是她的床,是不是? 她一定要在她的床上睡觉。她尝试了两次,要找一块干净地方跨过去。但是郎第耶并不放松,他把她拦腰搂抱着,说了许多激发春情的话。唉! 她真倒霉! 前面是一个肮脏的丈夫,阻挡她规规矩矩地钻进她的被窝里去;后面是一个淫邪的男人,他只晓得趁着她的不幸,想要把她再得到手! 郎第耶渐说渐把声音提高,她哀求他住口。她侧着耳朵向娜娜和古波妈妈睡觉的小室里静听,听见一种很大的鼾声,大约那老婆子和那女孩子都睡着了。

"奥古斯特,你放手吧,你再嚷就要惊醒她们了",她合着掌说,"我劝你放理智些。在另一天,另一个地方……不要在这里,当着我的女儿的面前……"

他不再说话了,只微笑地等着;然而他慢慢地在她的耳朵上接吻,像当年他开玩笑时一样使得她的耳朵里觉得震响。于是她觉得娇柔无力了,耳朵嗡嗡地响,肌肉里起了一阵寒战。然而她又向前试走了一步,忽然又不得不退回来。唉! 不行! 臭气太大了,她如果睡进被窝里去,连她自己也会醉了。这时候古波被酒气弄瘫了四肢,挺直地睡着像一个死人,歪着嘴只管吐出臭气,全街的人都可以进来吻他的妻子,他的身上的一根毫毛也不会动一动的。

"也罢!"她吃吃地说,"这是他的罪过,我不能够……呀! 天啊! 呀! 天啊! 他拒绝我上床,我没有床了……不,我不能够,这是他自己的罪过。"

她颤巍巍地,毫无主意了。当郎第耶把她推进自己的卧房里的时候,娜娜把她的小脸贴着小室门上的玻璃偷看。原来娜娜恰恰醒来了,她悄悄地爬起来,只穿着一件衬衫,带着睡容。她先看她的父亲在床上乱吐乱滚;然后她把脸孔贴着玻璃上,直看到她的母亲穿着衬裙进了对面那男子的卧房为止。她的神情十分严重,因为她被肉欲的好奇心所冲动,她的一双眼睛带着邪气,睁得很大。

九

　　在这一个冬天,古波妈妈一时气塞,险些儿死去了。每年到了12月,她自知她的气喘症是会来缠她两三个星期的。她不是十五岁的人了,到圣安东尼节她就有七十三岁了。她虽然很高很胖,然而身子很弱,很容易就气喘起来。医生说她将来会因咳嗽而死去的,只叫一声"小宝贝,晚安",这老婆子就会断气的!

　　古波妈妈卧病在床的时候,她的脾气就不好了。的确,娜娜和她所住的小室里没有一点可以使人高兴的地方。在娜娜的床和她的床中间,仅仅容得下两张椅子。墙壁上的纸是些褪色的旧纸,破得都吊下来了。天花板上那圆形的小天窗透进一些黯淡的阳光。在这里头,居住的人很容易衰老,尤其是一个呼吸困难的人。夜里还过得去,因为她睡不着的时候可以静听娜娜打鼾,这倒是一种消遣。至于白天呢,从早到晚都没有一个人陪伴她,所以她就叽里咕噜,哭了许久,把头在枕上翻来覆去,连声说:

　　"天啊!我是多么不幸呀!……天啊!我是多么不幸呀!……坐监牢!是的,他们要让我死在监牢里!"

　　当维尔吉妮或博歇太太到来探问她的病状的时候,她并不答复,立刻向她们抱怨说:

　　"呀!我在这里所吃的面包代价太贵了!我到不相识的人家里去住也不会这样受苦!……您看,我要喝一杯药茶,他们却送了一大壶水来,这分明是怪我喝得太多了……譬如娜娜吧,她是我抚养长大的,现在她一早就赤着脚走了,我再也看不见她了。人家也许会说我的气味难闻。然而夜里她却睡得很熟,一次也不醒,也不问一问我舒服不舒服……总之,我对他们不错,他们却在等候我断气。唉!他们的希望不久就可以实现了!我没有儿子了,那黑心的洗衣妇已经把我的儿子夺去了!假使她不怕犯法的话,她会打我,会治死我呢!"

实际上有时候绮尔维丝对待她也狠了一些。店里的生意变坏了,人人容易生气,一言不合就会吵起嘴来。有一天早上,古波醉醒了,觉得身子不好过,于是他嚷道:"那老婆子天天说她快要死了,然而她始终没有死!"这一句话戳伤了古波妈妈的心。人家怪她累人家供养,老实不客气地说,假使她不在这里了,倒可以搏节下一笔大款子呢。其实她自己的行为也不是很合道理的。当她看见她的长女洛拉太太的时候,她哭诉她的苦楚,说她的儿子、儿媳妇要让她饿死,好叫洛拉太太给她一个法郎,然后她为了解馋买东西吃了。她又向罗利欧夫妇造了许多可恶的谣言,说他们每月所给的十个法郎都被绮尔维丝任意乱用了,说她买了些新帽子,又买了些糕点在暗地里吃了,说还有些更污秽的事情是她不敢说出口的。有三四次,她险些儿把一家人弄得打起架来。她时而袒护这几个,时而袒护那几个,总之,家庭里真是一团糟。

这一年冬天,有一个下午,正是她气喘得最厉害的时候,罗利欧太太到来问病,在病榻前遇见了洛拉太太,古波妈妈眨了几眨眼睛,示意叫她们弯下腰来听她说话。然而她几乎是不能说话的了。她喘了半天,然后低声说:

"这真可以的!……昨天夜里我听见他们了。呃!呃!那瘸子和那卖帽子的家伙……他们闹得多么凶!古波的面子可好看!真够瞧的!"

她一面气喘,一面咳嗽,断断续续地述说她的儿子昨天夜里回来得很晚,大约是醉得半死才回来的。她因为睡不着,所以一切的声音都给她听见了；她听见那瘸子赤着脚在地砖上行走，又听见郎第耶小声叫她，又听见他们轻轻地推开了那通两间卧房的门，还听见了其余的一切。这大约延长到了天明，然而她不晓得究竟延长到几点钟，因为她虽然一心要听，却不由自主地睡着了。她又说：

"最可恨的是娜娜大约也听见了。平日她是握着拳睡得很熟的，恰巧昨天夜里她整夜只是翻来覆去，竟像有火炭在她的床上似的。"

洛拉太太和罗利欧太太似乎都不觉得诧异。

"唉！"罗利欧太太说，"大概第一天就已经开始了……既然古波喜欢这个，我们犯不着出头。但是无论如何，这未免有伤我家的名誉了！"

"我呢"，洛拉太太抿着嘴唇说，"假使我在这里睡，我就要吓她一吓。我要胡乱嚷她两句，譬如说'我看见你了！'或是'警察来了！……'有一个医生的女仆对我说过，说她的主人告诉过她，有时候这么一来，可以立刻吓死了一个女人。假使她当场被吓死了，那真是活该，所谓犯什么罪就受什么刑罚了。"

不久以后，全区的人都知道绮尔维丝每夜都到郎第耶的卧房里去。罗利欧太太当着女邻居们的面前大吵大嚷地说她愤懑极了；她可怜她的弟弟，说他被他的妻子从头到脚都涂黄了①；依她说，她所以还到店里去的缘故，无非为的是她那不得不在这污秽的环境里过活的可怜的老母罢了。于是区里的人都怪绮尔维丝，说大约是她引坏了郎第耶。只看她的一双眼睛就知道了。呃！虽然外面的谣言很厉害，人家仍旧爱这狡猾的郎第耶，因为他始终很有礼貌地对待众人，常常捧着报纸在街上一面走一面看报，尤其是在女人们的跟前献殷勤，常常有糖果或鲜花送给她们。天啊！他呢，这是他做男子汉的本分；男人终是男人，有女人上前搂他的脖颈的

————————
① 法国人以黄色为乌龟的颜色。

时候,难道你叫他抵抗吗? 至于她呢,没有什么可原谅的地方,金滴路的人都被她羞辱了。罗利欧夫妇是娜娜的代父代母,常常把娜娜拉到他们家里询问详情。当他们婉转曲折地询问她的时候,她低着头,垂着眼皮,掩盖着她眼里的热情,装作痴呆的样子。

在这众愤汹汹的当儿,绮尔维丝安然地过生活,似乎疲倦得要睡着的样子。起初她觉得她的罪孽很重,很肮脏,她自己也憎恶自己。当她从郎第耶的卧房里出来之后,她把双手洗过,又浸湿了一块抹布,把身子擦得几乎破了皮,像是要除了她的污垢似的。假使这时古波要同她开玩笑,她便生气,颤巍巍地跑到店后面去换衣裳;当她的丈夫刚刚同她接了吻之后,她也不容郎第耶摸她一摸。她在换男人的时候恨不得把皮肉也换了。然而不久以后,她渐渐养成了习惯。每次都要洗身子,岂不是太辛苦了? 她的惰性把她弄软了,她感觉到她有享福的需要,她应当摆脱一切麻烦尽量享受幸福。她对自己很殷勤,对别人也很殷勤,只求把事情办妥,好叫人人都不受委屈就好了。但愿她的丈夫和她的情人都满意,而且店里的生意也马马虎虎地过得去,大家肥胖胖的,很高兴地过着清闲的生活,整天到晚笑口常开就好了,还有什么可抱怨的呢! 是不是? 再说,既然事情办得这样妥当,人人都满意,她就算不得是犯了大罪;按说犯罪的人是要受惩戒的,她既没有受到惩戒,自然也没有犯什么罪。于是她的淫乱的生活便成为习惯了。现在事情变得像饮食一样有规律;每逢古波喝醉了酒回来的时候,她便走到郎第耶的房里去睡,至少星期一、星期二、星期三,这三天是归郎第耶的。她把她的夜景均分了。甚至于有时候古波打鼾的气息重了一点儿,她也趁着他熟睡的时候离开他,到郎第耶的枕上去继续她的好梦。这并不因为她对郎第耶的情感好些。不,她只觉得他干净些,她在他的房里睡得舒服些,像洗了澡一般畅快。总之,她好像一只母猫,喜欢在洁白的棉絮里团着身子睡觉。

古波妈妈不敢明明白白地说起这话。但是,每逢吵了一次嘴,绮尔维丝骂了她之后,她不免说了好些指桑骂槐的话,她说她认识好些痴呆的男子与好些混账的女人;此外她还喃喃地骂了些更凶的话,显出当年她充当做背心的女缝工时的一张利嘴。起初的几次,绮尔维丝只把眼睛盯住她,并不回答。后来她也学着古波妈妈一般地不明白说出,只指着普通一般人说,却暗暗替自己辩护。一个女人有了一个醉汉做丈夫,他天天在污秽生活里,他的妻子另找一个干净的地方,这是很可以原谅的。她更进一步说郎第耶的丈夫的资格也比得上古波,也许更胜些呢。她不是在十四岁就认识了他吗?她不是给他生了两个孩子吗?好,在这种情形之下,一切都是可以原谅的,没有一个人能责备她。她说这是自然的规律。再说,她叫人家不必给她找麻烦。她生起气来的时候,便要索性把各人的马脚都揭露出来。金滴路不是那样干净的,魏古鲁太太在她的煤炭店里整天到晚卖弄风骚。那杂货店老板的妻子洛昂克尔太太同她自己的小叔子睡觉,这个小叔子是一个脏东西,人家都不肯用粪钳子钳他呢。还有对面的钟表匠,看他很道学的样子,却犯了一件丑事,险些儿被人家送进法院里去,因为他同他亲生的女儿勾搭,那不要脸的女儿天天在马路上拉人。她索性越说越扩大了,指着全区大骂,说她要花一个钟头的工夫才能把区里的人们污秽的历史数清。他们无论父母儿女,都和畜生一样睡在一堆,在污秽里打滚。唉!她是晓得的,淫秽的事到处都有,周围的屋子里都给毒气熏蒸了!是的!是的!巴黎的男女为了穷苦便都混在一起!人家尽可以把男女两性放进一只灰桶里,可以搅出一大堆足够培养德尼平原上的全部樱桃树的肥料呢,每逢人家逼迫得她不可开交的时候,她便嚷道:

"我劝他们最好不要向空中吐痰吧,否则痰会落在他们自己的鼻子上的!各人生活在各人家里,如果他们想要依照自己的方式来生活,他们就应该让那些好人依照自己的生活方式生活……是不是?我呢,我觉得一切都是好的,只有一个条件:不要被跌下水沟的人拉下去就好了。"

有一天,古波妈妈精神比较清醒些的时候,于是绮尔维丝咬紧了牙根向她说:

"您好好躺在您的床上享受享受吧……您听我说,您真不会做人,您看,我对您多么好!我从来没有当面数说过您当年的生活!唉!我是晓得的,好干净的生活!在古波伯伯活着的时候还另有两三个男人呢!……不,您不要咳嗽了,我的话说完了。我这话无非为的是要求您不再啰唆我,也就是了!"

那老婆子听了险些儿喘不过气来。到了第二天,顾奢来催他的母亲的衣服,恰巧绮尔维丝不在家,古波妈妈叫住了他,留他在她的床前坐了许久。她很晓得顾奢与绮尔维丝的友谊,近来她看见他很愁闷,知道他在怀疑发生了什么不好的事情。她为的要找话说,又为着要报昨天吵嘴的仇,于是老实不客气地把事实报告了他,说时一面哭,一面抱怨,竟像绮尔维丝不良的品行害了她似的。顾奢从那小室出来之后,便靠在墙上,悲哀得连气都出不来了。后来绮尔维丝回来了,古波妈妈便向她嚷着说顾奢妈妈要她马上把衣服送去:烫过也好,没有烫过也好。但是她是那样兴奋,绮尔维丝早已猜着她说了她的坏话,料定她自己会遇到一场很悲痛、很伤心的事。

她的面色大变了,四肢事先就瘫痪起来,她把衣服放进了筐子里,出门去了。几年以来,她没有偿还过顾奢一个铜子。她的债始终还是四百二十五法郎。每次洗衣的钱她都领了去,说她的手头很紧。这在她是一种很大的羞耻,因为她竟像利用顾奢的友谊去骗他的钱似的。古波不像从前那样有廉耻了,冷笑着说顾奢大约在暗地里已经搂过她的身体许多次,那么欠他的债算是还清了。她虽然和郎第耶有了勾搭,听了古波的话还愤怒起来,问她的丈夫是否已经甘心情愿吃这一类的面包。她说他不应该对她说顾奢的坏话,她对顾奢的友谊算是她的幸福的一部分。因此,她每次把衣服送到这些好人的家里的时候,刚走上楼梯的第一级,她总觉得她的心有些忐忑不安。

"噢!您总算来了!"顾奢太太一开门就说,"将来我要死的时候,我派人找您去好了!"

绮尔维丝进了门来,很难为情,甚至于不敢说一句道歉的话。现在她不守时间了,往往要累人家等候她几个星期。原来她渐渐放任自己,一切的事情都没有条理了。

"我在一星期前就等候您了",顾奢太太说,"等候还不算,您还要说谎,叫您的学徒来编一段话对我说:说你们正在烫我的衣服,今晚就可以送来;或说遇了一场意外,包袱掉在水桶里了。在这种时候,我花了整天的时间等候您,老是不见您到来,累得我提心吊胆。唉!您真不懂事……让我看看,您这筐子里是些什么?都拿来了没有?一个月以前的一副被单拿来了吗?上一次没有拿来的衬衫,现在有了吗?"

"是的!是的!衬衫拿来了,在这里。"绮尔维丝说。

但是顾奢太太诧异地嚷起来。这衬衫不是她的,她不要。人家把她的衣服都换了,真是荒唐到这步程度!上一个星期已经有两块手帕不是她的,手帕上没有她的记号。这种事真令她不开心,这衬衫不晓得是哪里来的!总之,她只要她自己的东西。

"还有被单呢?"她又说,"遗失了,是不是?……好,亲爱的,您应该想法子,我明天一定要的,您听懂了吗?"

大家静默了半天。最能使绮尔维丝的心灵震撼的是:她觉得她的背后是顾奢的卧房,而且房门半开着。她猜顾奢一定在房里;假使他听见他的母亲责骂她,而且责骂得有理,令她无言可答,岂不是讨厌的事情!于是她勉强装做很温和柔顺的样子,低了头,连忙把衣服放在床上。但是事情更糟了,顾奢太太又把衣服一一地察看过。她拿起来又扔下去说:

"呀!您现在的工作差得远了!人家不能天天再恭维您

了……真的,现在您把工作弄得乱七八糟的……喂,您看一看这衬衫的前面,竟烧焦了,褶子上有了烙铁的痕迹。而且那些扣子都脱落了。我不晓得您是怎样弄的,一个扣子也留不下来……唉!岂有此理!这一件内衣我是不付钱的!您瞧,污垢都还存在,您只是拿去烫平了些。谢谢吧!假使衣服非但烫不好,而且还洗不干净,那么……"

她住了口,计算衣服的件数。后来她又嚷道:

"怎么!您就只送了这些来吗?……还差两双袜子、六块饭巾、一块桌布、好些条毛巾……您真瞧不起我!我曾经叫人对您说过,烫过也好,没有烫过也好,一切都拿来还我。古波太太,如果一个钟头之后您的学徒不把其余的送了来,我们就要伤感情了,我预先告诉您!"

这时候顾奢在他的房里咳嗽,绮尔维丝轻轻地跳了一跳。天啊!她在他的跟前,竟受人家这样对待!她很难为情!忸怩地停留在屋子的中央,等候把脏衣服拿走。但是顾奢太太把账算过了之后,安然地回到窗前坐下,补缀一件花纱的披肩。

"脏衣服呢?"绮尔维丝胆怯地问。

"不,谢谢您吧,这一个星期没有什么要洗的。"顾奢太太说。

绮尔维丝的面色变了,人家不照顾她的生意了,于是她完全昏迷了,只好坐在椅子上,因为她的两腿支不住她了。她并不想要替自己辩护,仅仅找着这么一句话:

"顾奢先生病了吗?"

是的,他病了,他本该到铁厂里去的,却回到家里来,躺在床上休息。顾奢太太庄重地说着话,和平日一样穿着黑衣服,修士般的帽子罩着她的白色的面孔。她说人家把打钉工人的薪水又减了,从九法郎减到七法郎,因为现在有了机器,便用不着许多工人打钉了。她说明现在他们母子对于一切都要求撙节,所以她想要再由她自己亲自来洗衣服。当然,假使古波夫妇能把她儿子借出的款子还了她家,那就恰是时候。但是他们既然没有力量还钱,她也不会叫催债的官吏去催迫他们。当她提起了债务之后,绮尔维丝低下头,似乎在看她敏捷的手法,一针一针地挑补那花纱的网眼。只听得她又说:

"但是,如果您肯把自己的手头收紧些,您还可以达到还清债务的目的。因为其实您吃得很好,用钱也很多,我敢断定……假使您每月仅仅还我们十个法郎……"

她忽然住了口,因为顾奢在房里叫她:

"妈妈!妈妈!"

她进房之后,差不多立刻就出来了,仍旧坐下,却把谈话的题目改变了。大约是顾奢哀求她不必向绮尔维丝讨债。但是,过了五分钟,她不由自主地又说到债务上头。唉!今天的事是她早料到了的,古波喝酒弄坏了店中的生意,而且他会把他的妻子不知要拖累到什么地步呢,假使她的儿子肯听了她的话,绝对不会把那五百法郎借出去。那么,今天他岂不已经结了婚?还会像这样悲悲哀哀的,成为一辈子不幸的人吗?她越说越兴奋,心肠变狠了,明白地怪绮尔维丝和古波商量好了来欺骗她痴呆的儿子。呃!是的!世上有些女人做了好些年假仁假义的人,到头来她们的坏品行终于显露出来了!

"妈妈!妈妈!"顾奢第二次又叫她,声音更猛烈了。

她站了起来,进房里去了。她再出来的时候,仍旧补缀她的花纱,却向绮尔维丝说:

"请进去吧,他要见您呢。"

绮尔维丝颤巍巍地走了进去,让房门开着。这一场情景使她有了很大的感触,因为这显然是在顾奢太太跟前承认他们两人之间的爱情了。她重新看见那安静的卧房,墙上尽是图片,房中央一张狭小的铁床,活像一个十五岁的青年的卧室。顾奢长大的身体躺在床上,他的四肢被古波妈妈的密告弄得瘫痪无力了,眼睛红红的,他美丽的黄须上还带着泪痕呢。在他的脾气刚发作的时候,大约是把他可怕的大拳头捶破了枕套,所以枕头里面的羽毛都掉出来了。

"您听我说,妈妈错了",他说话的时候的声音差不多是低的,"您并没有欠我一个钱。我不愿意人家说起这件事。"

他支撑起身子,怔怔地望着她,眼睛里立刻流出两行热泪来。绮尔维丝说:

"顾奢先生,您的身子不舒服吗?您怎么样了?请您告诉我。"

"没有怎么样,谢谢。昨天我太疲倦了。我要静静地睡一下。"

后来他的心碎了,忍不住这样嚷道:

"呀!天啊!天啊!这事本来是不该做的,不该!您已经向我发过誓了。现在却成了事实,完了!……呀!天啊!这叫我太难过了!请您走吧!"

他说着便作手势叫她走,现出和婉而哀恳的样子。她并不走近床前,只是顺从了他的请求走了出去,呆呆地找不出一句话安慰他。到了外面的房子之后,她拿起了她的筐子,然而她始终不出去,总想要找一句话说。顾奢太太仍旧补缀那披肩,并不抬头,但是结果还是她开口向绮尔维丝说:

"好!晚安。请您派人把我的衣服送来,改日我们再算账吧。"

"呃,就这样吧。晚安!"绮尔维丝吃吃地说。

她慢慢地把门带上了,在未走之先,她在屋子里望了最后一眼,看见到处很整齐很干净,显得是正派的人家。她呆呆地回到了自己的店里,像那些不必担心道路的母牛一样,自然而然地回了家。

古波妈妈坐在机器旁边的一张椅子上,这是第一次她离开了她的床。但是绮尔维丝甚至于不责备她一句话,因为她太疲倦了,骨节酸软,活像被人家打了似的;她想生活终久是要很艰难的,除非立刻死去,否则叫她怎么能够挖去她自己的心呢?

现在绮尔维丝什么都不顾了,她把社会上的议论都不放在心上。每逢遇到新发生的困难的时候,她只晓得每天做她的三顿饭,借此开心。纵使店房坍了也不要紧;只要她不被压在下面,她就是过赤贫的生活也不管了。呃!店铺果真要坍了,并不是一下子坍下去,而是一天一天慢慢地坍下去。那些主顾们渐渐地一个个都生气了,于是把衣服送到别家去洗。马第尼耶、洛门舒姑娘,甚至于博歇夫妇,都回到福加尼耶太太的店里去洗衣服了,因为那边不像这里会耽误日期。譬如一双袜子,要催三个星期;一件洗过的衬衫,上面还带着前一个星期的油垢;这一切终于使人感觉厌烦了。但绮尔维丝的一张嘴是不饶人的,他还向主顾们叫嚷"你们走吧,一路平安",她甚至于说她如果闻不着这些臭衣服的气味还更高兴呢!好!全区的人都可以丢开她,她从此可以减少了许多秽物堆积在店铺里;再说,少了些主顾岂不更清闲吗?现在她所保存的只是一些坏主顾,例如哥特龙太太一类的女人,她们的衣服又脏又臭,因为没有一家洗衣店愿意洗,所以才送到她这里来。店铺是完了,她只好把最后的一个女工蒲独花太太辞退;剩有她自己和她的学徒奥古思婷,而奥古思婷又是越大越蠢的东西;这么一来,她们只剩下两个人,还常常没有工作;她们往往一屁股坐在凳子上呆等着整整的一个下午。总之,生意完全坏了,破产的气象来了。

当然,越穷越懒,越懒越不讲究干净了。这店铺当年粉刷的是蔚蓝色,绮尔维丝为此而骄傲的。现在呢,令人都认不得了。窗上的玻璃和板壁从上到下被街上的车子溅了许多污泥,她也忘了去洗刷它。板架的铜棍上悬挂着三件灰色的破旧衣服,是在医院里死了的主顾留下来的。说到店铺的内部,更可怜了:天花板下晾着的衣服的湿气把墙壁上的纸弄得脱了胶,那些吊着的破花纸活像被尘土重压着的蜘蛛网一般;那机器破了,被火钳洞穿了,扔在一个角落上像旧货店里堆积的废品。那工作桌像被一营兵士用来做过饭桌似的,酒、咖啡、果子酱的痕迹到处都有。此外还有灰浆的酸气、霉菌的臭气、残肴的油腻气。但是绮尔维丝觉得在这里头很舒服。她看不见店里一天比一天肮脏,她索性听其自然;破碎的墙纸和油腻了的窗板都给她看惯了,她也会穿那些破了的裙子,她也不再洗她的帽子了! 她甚至于觉得脏的地方是温柔乡,她蹲在这里头觉得很快活。让那些东西七零八乱,让尘土塞满了各处的孔穴,到处都是厚厚的一层。屋子里暮气沉沉,充满了清闲的气氛,这倒使她认为是陶醉的乐土呢。首要的事情是安闲,其余的她都不管。债务一天比一天增加,但是现在她再也不担心了,她已经丧失了诚实的观念。理它呢! 还债也好,不还也好,事情是渺茫的,她宁愿不管这些。当某一家店铺不肯再赊账给她的时候,她便到旁边另一家赊去。全区的店铺她都欠了账,每隔十步又是一个债主。单就金滴路说,现在她再也不敢从那煤炭店前面经过,那杂货店和果子店的前面她也不敢经过了。因此,当她到洗衣场去的时候,只好绕道从卖鱼路走,累她多走了整整的十分钟。她的债主都骂她做坏女人。有一天晚上,从前卖家具给郎第耶的人来了,大闹起来,把邻居都闹得不安;说如果她不给他的钱,他就要在她的身上取偿。当然,这种闹法是令她不安的,不过她只像一只被打的狗摇了几摇她的身体,她的晚饭还是好好地吃下去了。呸! 这些无礼的禽兽真是啰唆! 她没有钱,难道叫她去制造钱币不成? 再说,商人们骗钱不少了,叫他们等一等也是活该。晚上她在屋子里安然地睡着了,以免想到将来势所必至的那一天。不用说,将来一定要倒闭的! 然而在未倒闭以前也犯不着担心!

　　恰巧古波妈妈的病好了。在一年之内,店里还马马虎虎过得去。夏天的时候,工作自然多了些,城外的女人的衣服裙子也有好些送了来。这么一来,破产的景象缓和了,然而每星期的生意总不免差了些;而且生意不是天天一样的:生意坏的晚上大家朝着空锅子叹气,生意好的晚上大家饱吃一顿小牛肉。现在人们只看见古波妈妈在街道上,把些包袱藏在她的围裙下面,像散步一般地走向波龙索路的当铺里去。她驼着背，像一个虔心信教的人到弥撒会里去似的：原来她并不嫌这种事情不好，因为这种弄钱的法子令她开心，而且使她像一个卖装饰品的女商人，她更觉得高兴。波龙索路的当铺里的职员们同她很熟了，他们把她叫做"四法郎妈妈"，因为她把那些像两个铜子的奶油一般大小的包袱送了来，他们给她三法郎的时候，她老是要求四法郎。绮尔维丝情愿把店铺都卖掉；她越当卖东西越发狂，假使人家肯当头发，她还情愿把头发剪下来呢。这太方便了，当她家里等候四磅面包的时候，便忍不住到那边要钱去。一切的什物都到当铺里去了，内衣、衣服，以至于家具、工具，凡可以当的都当了。起初的时候，她利用生意好的日子的钱去把东西赎了出来，等到下星期再拿去当就是了。后来她渐渐不顾她的东西，甘心抛弃了，把当票转卖给了别人。只有一件事令她伤心，便是她不得不把她那心爱的时钟拿到当铺里去，为的是催债的警察来了，她被迫还了二十法郎的账。从前她说过宁愿饿死，不愿动一动她的时钟呢。当古波妈妈把时钟放在一个小帽盒里拿走的时候，她倒在一张椅子上，双臂软了，两眼湿了，竟像人家把她的家财抢尽了似的。但是，当古波妈妈回来的时候，手拿着二十五个法郎，她料不到能当这许多钱，仿佛得了这五个法郎的余利，她也就得了安慰；她立刻差古波妈妈去买了四个铜子的一杯酒来，庆一庆这五个法郎的意外之财。现在当她们两人和气的时候，往往在工作桌的一个角头上摆上酒一同喝，这酒是混合的：一半烧酒，一半杨梅酒。古波妈妈很有本领，她会把满满的一杯酒藏在围裙的袋子里带回家来，不致泼了一点一滴。这是不必让邻居们知道的，是不是？其实邻居们谁不知道呢！那卖果子的妇人、那卖牛肠的妇人和那杂货店的伙计都说："喂！你瞧！那老婆子到当铺里去了。"或者说："你瞧，那老婆子把酒藏在衣袋里呢。"这么一来，全区的人都不高兴绮尔维丝了。她把什么都吃了，她的店铺快完了。呃，呃，再吃不了几口，什么都要吃光了。

　　在这种种不顺利的当儿,恰是古波身广体胖的时候。这醉汉竟健壮起来。他吃得很多,不管那坏蛋罗利欧说酒是杀人的东西,他回答他说酒能养生,所以他的肚子满是脂肪,膨胀得像鼓一般,说着便拍他的肚皮。他可以把肚皮当做锣鼓,奏起音乐来。罗利欧是没有肚子的,听了他的话便很惭愧,于是他说这是黄的脂肪,不是好的脂肪。无论怎么样说,古波从此更任性喝酒,为的是他的健康。他醉了的时候,灰白的头发是蓬松的,嘴巴骨像猴子的嘴巴骨,说话是含糊的腔调。而且他又像一个快活的孩子,当他的妻子向他诉说困难的时候,他便把她推开。呸! 难道天生男人,为的是叫他们操心不成? 店里尽可以没有面包,也不关他的事。他每天早晚要吃两顿,至于面包是从哪里来的,他却不肯操心。他隔了几个星期不工作之后,他越发变为苛求的人了。再说,他始终很亲热地拍郎第耶的肩。当然,他不知道他的妻子做了不正当的事;至少博歇夫妇和布瓦松夫妇是这样说的,他们赌咒说古波一点儿也不知道,万一他知道了,那就是一场大祸了。但是他的亲姊姊洛拉太太却摇头说她认识些丈夫是不嫌这种事的。至于绮尔维丝自己,有一天夜里,她从郎第耶的房里回到自己的房里的时候,屁股上受了一下打击,吓得她的身子冷了半截;后来她终于放心了,相信是她误撞了床沿。真的,这种情形太可怕了,她的丈夫怎么能够同她开这样的玩笑呢?

　　郎第耶的身体也不衰弱。他自己很留心调养,他用他的裤带量他的肚子的大小,常怕把带扣抽紧了或放松了。他觉得他的身体恰好,为着讲究漂亮起见,他不愿意瘦了些或胖了些。因此,他对于食物也就讲究起来,他计算菜肴的质量,好叫他的身材没有变化。哪怕店里没有一个铜子,他还要吃鸡蛋,吃牛排,吃滋养而容易消化的东西。自从他和古波分享绮尔维丝之后,他完全把自己当做一家人了;他看见桌上摆着几个法郎便拿来放进了袋子里,他任意驱使绮尔维丝,喃喃地骂人,比古波更像店中的老板。总之,这是有两个丈夫的一家店铺,这闯进来的丈夫比那真丈夫的手段高些,竟把店里一切上等的东西都拿到了手,妻子让他先尝,肴馔让他先拣,其余的一切也是他占优先权。呃!古波家的精粹都归了他了!他当众搅他的奶酪也不会觉得难为情。他很喜欢娜娜,因为他爱标致的小女孩。他渐渐不顾爱弟纳了,依他说,男孩子是应该自己想办法的。当人家来问古波的时候,每每看见他在店后走出来,只穿着衬衫,跋着拖鞋,还现出讨厌的样子,像被人搅扰的一个丈夫一样;而且他说他与古波没有分别,叫人家有话尽管同他说好了。

在这两位先生之间,绮尔维丝不能天天快乐。谢谢上帝!她的健康却并不坏,她也像他们一样胖起来了。然而她要满足两个男人的愿望,时时要照料他们,实在是她能力所不及的事情。呀!天啊!一个丈夫已经把你累煞,何况两个?最糟糕的是:他们这两个坏蛋非常和睦。他们从来不吵嘴,每天晚上吃了饭之后,把手肘靠着桌边,当面互相取笑;他们整天到晚相依相傍,像两只寻快乐的小猫。每逢他们发怒归来的日子,他们却在她的身上消气。去吧,打她吧!她一味忍耐着,因为他们一块儿吵吵嚷嚷倒可以变为更好的朋友。而且她是不能而且不敢答辩的。起初的时候,一个吵嚷,她便递眼色哀求另一个,希望他说一句和好的话。不过这法子不很有效。现在她屈服了,她缩着肥胖的双肩,不再抵抗,原来她懂得他们喜欢推推拉拉和她开玩笑,因为她的身子圆得像一只皮球。古波很粗俗,往往用些野蛮的字眼骂她。郎第耶恰恰相反,他找些没有人会说的字眼,然而说了出来更能伤她。幸亏大家对一切都养成了习惯,这两个男人辱骂的言语落在她的身上竟像很轻的羽毛。到后来她甚至于宁愿他们发怒,因为当他们做好人的时候越发来缠扰她,累得她不能安静地烫一顶帽子。于是他们要求些好菜,她不得不做:叫她放盐就放盐,不放盐就不放盐;说白就白,说黑就黑。她得要同他们温存,让他们一个个在棉絮上安然睡觉。到了一星期之后,她的头脑和四肢都疲倦了,像一个疯子一样呆呆地瞪着眼睛。唉! 这样的生活把一个女人折磨死了。

对的,古波和郎第耶都在折磨她,这话很是恰当。她好像一支蜡烛,被他们把两头燃烧着。当然,古波是没有受过教育的,但是郎第耶却受过太多的教育了,至少可以说他所受的教育像一个不爱清洁的男人穿着一件白衬衫一样,衬衫上免不了有许多油垢。有一天夜里,她梦见她自己在一口井的旁边,古波用拳把她向前推,郎第耶却搔她的腰,叫她快些跳下去。好! 这梦就像她的生活。呀! 她本是一个好人,现在她变坏了,是没有什么可怪的。本区的人们责备她不好的行为的时候,实在责备得不公平,因为她的不幸不是她所造成的。有时候,她反躬自问,立刻打了一个寒噤。后来她又想:如果不是这样,恐怕事情更糟了。有两个男人,不比失了两只手臂好些吗? 她终于觉得她的境地是自然的,世上这种境地多着呢,她努力要在其中找出一些幸福来。她是一个多么忠厚老实的庸人,证据是她既不恨古波又不恨郎第耶。她在快活戏院的一出戏剧里看见了一个淫妇憎恶她的丈夫,因而毒杀了他,为的是她的情人;她看了戏便生气起来,因为她觉得她自己并没有这种心理。三个人好好地相处,岂不更合情理吗? 不,不,那种傻事是做不得的;生活已经没有多大的乐趣了,何苦更生枝节呢? 总之,哪怕怎样负债,哪怕怎样受穷苦的压迫,假使古波和郎第耶少骂她一些,少磨折她一些,她已经就很安静,很满意了。

不幸将近秋天的时候家庭里更不和了。郎第耶自以为瘦了,他的脸上越来越露出不如意的神气。他对于一切都说责备的话,他嫌马铃薯做得不好,说这种坏东西,他吃了下去,肚子会绞痛的。现在小小的争吵也会弄到大闹起来,每个人都把店中穷苦情况做话头来互相谩骂;后来好容易才能讲和,各个回到床上睡觉去了。没有糠吃的时候,驴子会打架的,是不是? 郎第耶料定店铺快要倒闭了,一切都精光了,他越想越生气,因为他知道将来有一天他不得不拿起帽子,到别处找他的巢穴与面包去了。他在这所房子里养成了习惯,人人都同他温存,这真所谓想象中的乐土,他到别处是不会找得着的。说哩!已经吃得很饱了,盘子里还能再有肉菜吗?于是他只气冲冲地怪他的肚子不好,现在店铺已经给他吃进肚里了。然而他不仅不这样设想,他还恨别人在两年之内就变穷了。真的!古波夫妇经不起困难!因此他又骂绮尔维丝不会撙节。妈的!将来如何是好?要不是他的朋友们恰恰丢开了他的话,他几乎已经同人家商量好了一件很好的事情,他在一家工厂里可以有六千法郎的薪水,足够供给全家过很好的生活。

到了12月,有一天晚上,他们只能望着桌子充饥。连一个小萝卜也没有了。郎第耶的神情黯淡,很早就出门去,在街道上闲走,想要找另一个店家,因为那店家的厨房的气味可以令人舒展一下眉头。他往往停留在机器旁边沉思几个钟头。后来忽然间,他对布瓦松夫妇表示很好的友谊。他再也不开玩笑,不把布瓦松叫做巴丹克了,甚至于对他让步,说皇帝也许是个好人。他尤其是敬重维尔吉妮,说她是一个上等的女人,说她将来一定会当家。总之,他显然是在拍他们的马屁。人家甚至于以为他想要在他们家里包饭吃。然而他的头脑是两重的,他的思想复杂得很。维尔吉妮同他说过,说她希望开一家店铺,卖些什么东西,于是他逢迎她,说她的计划好极了。对的,她的身材很高,很活泼,为人很和气,的确很够做一个女老板,唉!她要赚多少钱都可以呢!既然她承继了她姑母的遗产,本钱已经预备好许久了,她何妨少做几件衣服,到商场上来混一混呢?他又数说一班正在发财的人,譬如路口那卖果子的妇人和城边卖瓷器的一个女人都是向着兴旺的路上走的;因为这是一个最好的时期,柜台前的尘垢也卖得掉哩。然而维尔吉妮还在迟疑,她要找一家店铺租下,却又不肯离开本区。于是郎第耶拉她到没人的地方去,低声同她谈了几十分钟的话。他似乎用力催促她,她不再说不肯了,似乎允许他照他的话做去。这好像他们两人之间的秘密,他们互相递眼色,说话很快,连握手的时候也显出他们鬼鬼祟祟的态度来。从这时候起,郎第耶一面吃干面包,一面把眼睛探古波夫妇的神色;他又变为很多话的人了,常常用抱怨贫穷的话闹得他们头昏。一天到晚,他殷勤地数说苦楚,绮尔维丝的耳朵里尽是这种话。天啊,他说这话并不为的是他自己,他陪着朋友们饿死也是甘心的。不过,有见识的人总该注意到自己的境地才好。面包店、煤炭店、杂货店,及其他的店里,至少共欠下了五百法郎的账。再说,又拖欠了两期的房租,一共又是二百五十法郎;那房东马烈士哥先生甚至于说如果在1月1日以前他们不付房钱,就要把他们赶走呢。店里的东西都送到当铺里去了,再也没有什么东西可以拿去抵押三个法郎了,因为店里是光了;墙上仅仅剩有一些钉子,而且只有三个铜子的两笔账目可收。绮尔维丝算到这账便大大地感到困难,生起气来,把拳头打了桌子几下,或者竟像一个笨人一样哭起来。有一天晚上,她嚷道:

"明天我要走了! ……我宁愿把钥匙留在门上,到街道上睡觉去,比在这里这样提心吊胆还好些。"

"假使找得着一个人接手,把店铺出顶还算有见识些",郎第耶狡猾地说,"当你们两人都决定把店让人的时候……"

话未说完,她早激烈地抢着说:

"立刻出顶! 立刻出顶就是了! ……呀! 让给了人家我就周身松快了!"

于是郎第耶说了许多会打算盘的话,出顶的时候,大约这两期所欠的房租是可以由新房客去付清。于是他放胆提到布瓦松夫妇,说维尔吉妮要找一家店铺,也许这店铺就合她用也未可知。现在他记得她说过恰要这样的一间店房呢。但是绮尔维丝一听见了维尔吉妮的名字忽然默不作声了。等一等再看吧;一个人生气的时候往往说要丢了自己的家,然而考虑了一下之后,事情不是这样容易的。

从此之后，郎第耶尽管天天进忠告，绮尔维丝回答说她曾经遇过更坏的境地而她还能够脱离了困难。将来她没有了她的店铺，前途岂不是更要好看了吗！这样不会给她带来面包的。不，她还打算另招女工，另拉主顾呢。她说这话，为的是抵制郎第耶的好理由。他极力说她为债所缠，决没有再爬起来的希望。然而他的手段不高明，又提起了维尔吉妮的名字，于是她气冲冲地执意不肯。不，不，决不！她始终怀疑维尔吉妮没有良心；维尔吉妮渴望要她的店铺，无非想要使她难堪。她宁愿在马路上随便找一个女人让给她，却不肯让给那假仁假义的维尔吉妮，因为她一定等候了许多年，专候她破产呢。唉！这事把一切的真相都显示出来了！现在她懂得为什么那坏女人的黄眼睛像猫眼一般放光了！呃，是的，维尔吉妮死也忘不了洗衣场打屁股的深仇，她的恨心直留到现在。好，如果她是有见识的，如果她不愿意被打第二次的话，她就该好好地把屁股遮起来。她不久就要挨打的，叫她预备好了她的后部吧。郎第耶听了这种恶话，先把绮尔维丝教训了一顿，把她叫做泼妇，后来甚至于骂古波做村夫，怪他不晓得教妻子尊敬朋友。然而他懂得大家怒气一发，会把一切都带累了，所以他赌咒不再管别人的事，因为好心是没有好报的。从此之后，他果然不再提到出顶的话，他只等候机会，将来再把旧话重提，劝服绮尔维丝。

正月到了，天气很坏，又湿又冷。古波妈妈咳喘了整整的一个12月，到了诸王节的时候，她简直卧床不起了。这是她的年病，每年的冬季她都预备害病的。但是这一个冬季她的身边的人们都说她除非挺直了双脚的时候才有出卧房的希望；其实她也喘得厉害，喘出了棺材的气味来。她虽然还胖胖的，有一只眼睛已经看不见了，有一半面孔已经歪了。当然，她的儿子儿媳妇不至于要她的命；不过她拖了这许久，这样累人，人家便希望她早死，好叫大家都舒服些。她自己死了也快活些，因为一个人活得这样老了，死也没有什么遗憾了。他们只叫过一次医生，那医生竟不再来了。人家给她喝些药茶,这不过表示不是完全不理她罢了。时时刻刻人家都进房来看她是否还活着。她喘得太厉害了,不能说话了,但是她有一只眼睛还是好的,于是她灼灼地用眼睛盯着人们。她在这一只眼睛里表示许多层意思:一则惋惜青春不再来,二则慨叹儿子儿媳妇们这样急急地要摆脱她,三则愤恨那坏透了的娜娜,她每天晚上公然地披着一件衬衫便由那玻璃的房门去窥探她的妈妈。

有一个星期一的晚上,古波醉了回来。自从他母亲的病症危险了之后,他常常伤感。这一晚他睡着了,握着双拳打鼾;绮尔维丝来回走了一会。她在夜里用一部分的时间照管古波妈妈。再说,娜娜也表示自己很有勇气,她常常在那老婆子的身边,说如果她听见她死了,她一定会报告大家的。这一夜娜娜睡着了,古波妈妈也像安静地在打盹,郎第耶从他的卧房里呼唤绮尔维丝,劝她到他房里休息休息,她终于顺从了他。他们两人只留一支蜡烛燃烧着,那蜡烛在高柜子后面的地上。将近三点钟的时候,绮尔维丝突然从床上跳起来发抖,心里突突地跳着。她觉得刚才有一股冷气在她的身上掠过。这时候那蜡烛已经烧完了,她在暗地里系好了裙子,神志恍惚,双手发热。她东摸西摸,碰了好几件家具,然后到了小室里,点着了一盏灯。在这黑暗的静默里,只听见古波打鼾的一高一低的两种声音。娜娜仰身躺着,鼓着嘴唇,轻轻地在呼吸。绮尔维丝把灯放低,灯火的影子在地上跳跃着,灯光照着古波妈妈,看见她面色惨白,头垂在肩上,双眼睁着。原来她已经死了。

绮尔维丝一声不响,身子冷了半截,谨慎地,悄悄地回到郎第耶的卧房里。他已经又睡着了。她俯了身子嘟哝地说:

“喂,完了,她已经死了。”

他困倦得懒得睁开眼睛,蒙眬地埋怨她说:

“呸!你睡吧,不要啰唆我!……她死了,难道我们能救活她不成?”

后来他把一只手肘支起了身子,问:

"几点钟了？"

"三点钟了。"

"只三点钟！那么，你睡下来吧，否则你会受凉的……等到天亮的时候再说就是了。"

然而她不听他的话，完全把衣服穿好了。于是他再滚进了被窝里，把鼻子靠着墙，喃喃地说女人们的脾气总是很倔强。难道屋子里死了人，还忙着向众人报告不成？在半夜的时候，这事真令人不快活，他因有了这种不好的心绪以致睡不成觉，实在可恼。这时候绮尔维丝把她的东西都搬到她的卧房里来，连压发针也拿来了，然后坐下，任情地哭起来，再也不怕人家撞见她同郎第耶在一起了。其实她还爱古波妈妈，她看见她选择了这样不适合的时间去世，起初她只觉得麻烦，觉得害怕，现在她又觉得悲伤了。她在静寂里放声哭起来，哭声很高，而古波还不住地打鼾，他什么也听不见，她呼唤他，摇撼他，结果还是决定让他静睡，因为她仔细一想，假使他醒来，倒反多了一种缠累呢。当她回到尸体旁边的时候，她看见娜娜已经在床上坐着，正在揉着眼睛。原来娜娜懂得了，她伸长了脖颈看她的祖母，表示她这坏透了的女孩的好奇心；她一句话不说，有几分发抖，一则诧异，二则满意，因为她等了两天，到这时候才真的能看见死人，这原是小孩子不容易看得见的呢。古波妈妈噎出了最后一口生气之后，面孔变瘦了，变白了；当着这种情形，娜娜的黄色眼睛像一双猫眼睛一样睁得很大，和她每晚到玻璃门后偷看那一件孩子们所管不着的事情的时候恰恰相同。

"喂，你起来吧"，绮尔维丝低声说，"我不愿意你停留在这里。"

娜娜依依不舍地溜下床来，一步一回头，眼光不离尸体。绮尔维丝不晓得把她安置到什么地方去等候天亮，觉得很是为难。结果是决意叫她穿好衣服，这时郎第耶穿着短裤和睡鞋也来和她在一起了，因为他睡不着，他对于自己的行为有几分惭愧。他一起床，一切都有办法了。

"叫她睡在我的床上去吧,有的是地方。"他说。

娜娜用一双明亮的大眼睛望着她的母亲和郎第耶,装做痴呆的样子,像新年人家给她巧克力糖的时候一般地痴呆。当然,她用不着人家推她,她几乎脚不着地,披着衬衫赤着小脚便走,像蛇一般地钻进了那暖气未散的被窝里,她那纤细的身子直挺挺地躺着,使被窝都鼓不起来。每次她的母亲进来的时候,看见她的眼睛闪烁,不言不动,也睡不着,满面通红,好像在思索什么事情似的。

这时候郎第耶帮助绮尔维丝替古波妈妈穿好了衣服,这不是一件容易的事,因为死人的身子是重的。人家绝对猜不到这老婆婆会这样胖,这样白。他们替她穿上了一双袜子、一条白裙、一件短衣,戴上了一顶帽子;总之,给她穿上了最好的衣服。古波始终还在打鼾,鼾声有两种音阶,一种是重浊而下降的,一种是干脆而上升的;这真叫人以为是礼拜堂里行礼时的音乐呢。当那死人的衣服穿好了,干干净净地挺卧在床上的时候,郎第耶斟了一杯酒喝了,为的是恢复精神,因为他的心都乱了。绮尔维丝在柜子里搜寻,要找她从布拉桑带来的一个耶稣苦难像;但是她忽然想起大约是古波妈妈自己已经拿去卖了。他们把火炉升起火来,两人喝完了那一瓶酒,坐在椅子上蒙眬地半睡半醒熬过了下半夜,大家很烦闷,很不高兴,像他们自己做了一件错事一样。

将近七点钟的时候,天色未明,古波终于醒来了。当他知道了这不幸的事的时候,起先眼睛还是干的,叽里咕噜着,以为人家同他开玩笑。后来他忽然跳下床来,跑到死人跟前倒下去,吻她,像牛一般地大哭起来,流出了很大的泪珠,他拉被单揩他的眼睛,弄得那被单全湿了。绮尔维丝看见她的丈夫这样伤心,她十分感动,重新又哽咽起来,再也不恼他了,是的,她料不到他竟还有这样好的心肠。古波一时懊丧,越发觉得身子不舒服了。他用手指搔着头发,他的嘴里满是黏液,显得是醉了的第二天的人,他虽然睡了十个钟头,酒气还是未退。现在他握着拳头怨天怨地。天啊! 他这可怜的母亲,他平日那样爱她,现在她竟去了! 呀! 他的头多么痛,真要把他痛死了! 他的脑袋里好像有热炭在燃烧,他的心好像被人挖去了! 命运这样折磨人,真是不公平啊!

"喂,古波,勇敢一些吧",郎第耶鼓励他说,"你应该恢复你的精神才好。"

他说着便给他斟了一杯酒,然而他不肯喝。

"我是怎么回事? 唉! 我的胃里觉得有铜腥味……这是妈妈。我看见了妈妈,就觉得胃里有铜腥气……妈妈! 天啊! 妈妈! 妈妈! ……"

他重新又像孩子般哭起来。他终于把那一杯酒喝了,为的是压一压胸中的烈火。郎第耶不久就走开了,借口说他去通知亲眷,而且到市政局报告去。其实他须要到外面吸一吸空气,所以他不慌不忙,吸着香烟,玩味那清晨的凛冽空气。从洛拉太太家里出来了之后,他还走进巴第诺尔的一家小食店里喝了一大杯热咖啡。他在那店里逗留了整整的一个钟头,把事情细细地考虑。

到了九点钟,亲眷们都到洗衣店里聚会,仍让店窗板关着。罗利欧并不哭;而且他有紧急的工作,所以他脸上做悲哀的样子转了一个转,早已回家去了。罗利欧太太和洛拉太太吻了古波夫妇之后,流了两行小小的泪珠,便用手帕子擦自己的眼睛。罗利欧太太用眼睛很快地瞟了死人的周围一眼,突然提高了声音,说人家没有常识,不该在尸体的身边点着一盏灯;于是他们派娜娜去买一包大蜡烛回来。好! 好! 你在瘌子家里死得好,她把你安排得像这个样子! 多么蠢的妇人,甚至于不会处置一个尸体! 难道她一辈子没有埋葬过一个人不成? 洛拉太太只好上楼去向邻居们借了一个耶稣苦难像下来;那像又太大了,木雕的黑十字架上钉着一个硬纸做的耶稣,盖满了古波妈妈的胸腔,险些儿把她压扁了。后来大家又找圣水,但是本院里没有一个人有圣水,累得娜娜又跑到教堂里去取了一瓶来。转瞬间,小室里的景象已经变了,小桌上一支蜡烛

在燃烧着,旁边有满满的一杯圣水,水里浸着半截杨枝。现在如果
有客到来,至少不会嫌不合礼了。于是大家把店里的椅子团团地
排列着,预备接待宾客。

　　到了十一点钟,郎第耶才回家来。他已经在殡仪馆里询问过
了。他说:

　　"棺材的价钱是十二法郎。如果你们要做一场弥撒,另外要加
十法郎。此外还有柩车,价钱是依照装饰的好坏而定的……"

　　罗利欧太太听了,抬起头来,现出诧异而担心的样子,喃喃
地说:

　　"无论怎样做,妈妈是不能还魂的了,是不是?……那么,我们
要看自己的财力说话才好,实在用不着这些排场。"

　　"当然,我也是这样想呢",郎第耶又说,"我只记了价目回来给
你们做个参考罢了……请你们把你们所要的东西告诉我,中饭后
我去吩咐殡仪馆里预备就是了。"

　　微弱的阳光从窗板的缝儿里透照进来。大家低声在屋子里说
话。那小室的门大开,从敞着的门显出了死亡的沉寂。院子里升
起了儿童们喧笑的声音,一群女孩子在冬天黯淡的日光下打转。
忽然间,大家听见娜娜的声音,原来他们曾把她差遣到博歇家去,
现在她溜出来了。只听得她把鞋跟踏着天井,用她尖锐的声音命
令众人,同时又用雀儿啁啾的声音唱着一首歌:

> 我们的驴子,我们的驴子,
> 它的脚受了伤。
> 太太叫人家在它的脚上
> 系一条漂亮的带子。
> 还有紫色的鞋子,
> 呀! 紫色的鞋子!

绮尔维丝等了一等,她随后说:

"当然,我们不是有钱的人,但是我们仍旧想要不失体统……

古波妈妈虽然没有什么留给我们,我们不能因此就把她当做一条狗那样抛进土坑里去……不,我们应该做一场弥撒,还要替她弄一辆不很坏的柩车……"

"谁付钱呢?"罗利欧太太猛然地问,"我们是不能的,因为上星期我们损失了一笔款子,你们也是不能的,因为你们的钱包空了……呀!你们为了想要博得社会上的称赞,弄到这种地步了,还不细想一想吗?"

于是大家征求古波的意见,古波吞吞吐吐地表示无可无不可的样子,他竟在椅子上又睡着了。洛拉太太说她付她份内的钱,她赞成绮尔维丝的意见,说不该失体统。于是她们两人取了一片纸来,在纸上计算:一共约需九十法郎,因为她们讨论了许久之后,决定在柩车上加一幅狭小的横帔。绮尔维丝说:

"我们一共三份,每份给三十法郎,不见得这样就会破产。"

但是罗利欧太太气冲冲地嚷道:

"好,我,我不肯!是的,我不肯!……这并不是三十法郎的关系。假使我有钱,假使金钱能够使妈妈还魂的话,我给十万也是甘心的……不过,我是不喜欢摆架子的人。你们有一家店铺,打算要向区里的人摆架子。但是我们却不能和你们相比。我们是不装腔作势的……唉!你们自己设法把事情弄妥吧。你们尽可以在柩车上点缀些天鹅绒,如果你们觉得开心的话。"

"人家不要您一个钱",绮尔维丝终于这样回答说,"我就是要把我自己卖出去,我也不愿意自己良心上受责备。我没有您,已经把古波妈妈养活了半世;现在埋葬她,我没有您就不行了吗?……从前不是有一次我把话对您直说过吗:路上的饿猫我也拾回家里来养呢,何况您的母亲,我肯看见她在水沟里不救吗?"

于是罗利欧太太哭起来,就要走开,幸亏郎第耶把她阻止了。这时候她们越吵越凶,洛拉太太拼命地叫了几个"嘘!嘘!"悄悄地走进了小室里,很抱歉地、很担心地看了那死人一眼,竟像恐怕她

醒了转来,听见人家在她跟前吵嘴似的。这时候院子里的女孩们
又兜了一个圈子,娜娜尖锐的声音掩住了其他各女孩的声音:

　　　　我们的驴子,我们的驴子,
　　　　它的肚子受了伤。
　　　　太太叫人家在它的肚皮上,
　　　　系了一块肚兜子。
　　　　还有紫色的鞋子,
　　　　呀! 紫色的鞋子!

　　绮尔维丝听得不耐烦,同时正在悲哀,几乎要哽咽起来,于是
她对郎第耶说:

　　"天啊! 这些孩子们唱着歌是多么招人讨厌啊! 您去叫她们
住口,而且把娜娜踢几脚,赶她到门房里去吧!"

　　洛拉太太和罗利欧太太回去吃中饭,说过一会儿再来。古波
夫妇也坐在桌上,吃些熟肉,然而他们的肚子不饿,竟不敢动他们
的刀叉。他们非常烦闷,闷得都发呆了,因为他们觉得有那可怜的
古波妈妈压在他们的肩上,而且死者的悲惨景象似乎把各房间都
充满了。他们的生活被弄乱了。起初的时候,他们转来转去,找不
着一件东西,竟像玩乐过度的第二天那样疲倦。吃了饭以后,郎第
耶立刻拿了洛拉太太的三十法郎和绮尔维丝的六十法郎出门,到
殡仪馆去了。这六十法郎是绮尔维丝头上都没有戴帽子、像疯妇
一般地到顾奢家里去借了来的。到了下午,有好些女宾客来了,她
们一个个怀着看热闹的心理,然而她们一进门便叹气,而且眼泪在
眼睛里打滚,好像要哭似的。她们走进了那小室,一个个紧紧地望
着那死人,同时在自己的胸上画十字,而且去摇动那圣水瓶里的杨
枝。后来她们回到店房里坐下,大家说起可爱的古波妈妈,说不住
口,而且说来说去不过是那一句话,竟说了几个钟头。洛门舒姑娘
注意到死者的右眼还是睁着的,哥特龙太太再三地说以她的年纪
而论,她的肉色算是很好的了,福加尼耶太太诧异地说三天前还看

见她喝咖啡,为什么死得这样快呢?真的,人死起来真快,每人随时都可以死的!将近晚上的时候,古波夫妇开始觉得厌烦起来,把一个尸体存留这许久,是家里的人的很大的烦恼。政府应该另定一个法律才是。还要整整的一个晚上,整整一夜,又整整一个上午,唉!不行!这真够受了!一个人不再哭的时候,悲哀就变为厌烦,终于不讲规矩了,是不是?古波妈妈在那狭小的卧室里无声无息硬挺挺地躺着,她的气味渐渐布满了全宅,使众人感觉到是一种沉重的负担。她家里的人也不顾她,不尊敬她了,仍旧照常做起他们的事来。这时候洛拉太太和罗利欧太太都来了,绮尔维丝向她们说:

"今晚你们在这里同我们在一起吃饭吧。我们太悲哀了,大家不要再离开才好。"

他们在那工作桌上摆了晚饭,看见了盘碟之后,一个个回忆到当年的大庆生日的酒席。这时候郎第耶回来了,罗利欧也来了。绮尔维丝无心做菜,只叫糕点店里送了一味肉饼来。大家正在坐下的当儿,博歇进来说马烈士哥先生要求与主人见面。那房东马烈士哥先生果然进来了,他的神色严重,大衣上挂着他的大勋章。他静默地施了礼以后,一直走到那小室里跪下。他是一个虔心信教的人,他专心地像牧师般祈祷了一会,向空中画了一个十字,把杨枝水滴在尸体上。这时全家都离了桌子,站着望他,大家都很受感动。马烈士哥先生做了他的宗教仪式之后,回到店房里来向古波夫妇说:

"我这一次来,为的是那拖欠的两期房租。你们预备好了没有?"

绮尔维丝看见他当着罗利欧夫妇说出这话来,觉得十分不如意,于是吞吞吐吐地说:

"不,先生,还没有完全准备好。您是懂得的,我们遇了这一场祸事……"

"当然,各人有各人的苦处",马烈士哥先生说时,展开了十只大手指,显得是当年曾经做过工人,"我很抱歉,我不能再等了……如果后天我收不到房租,只好不得已而采用逐客的法子了。"

绮尔维丝合着手掌,双眼含泪,一言不发,只表示哀恳他的神情。他摇了摇他那多骨的大头颅,表示哀恳是没有用处的。因为尊敬死人的缘故,大家不能争论。他谨慎地把身子向后退着说:

"搅扰了你们,万分对不起。——后天早上,请不要忘了。"

他走的时候经过那小室,重新又很虔诚地对着那开着的房门,遥遥地向尸体施礼,然后出去了。

起初大家吃得很快,好不显出吃东西的乐趣。但是,到了饭后果品的时候大家便吃得慢了,因为一个个都想要吃个舒服。有时候,绮尔维丝或洛拉太太,或罗利欧太太轮流站了起来,走到小室里去望那尸体一眼,但是嘴里还是满满的,甚至于饭巾也没有放下。她们看完尸体回来坐下,咀嚼着嘴里的东西的时候,其他的人又接着去看她一回,看那小室的情形有没有变化。后来她们渐渐懒起来了,古波妈妈竟被忘记了。他们做了一大缸很浓的咖啡,预备喝了咖啡之后一夜不睡。八点钟的时候,布瓦松夫妇来了,大家请他们喝一杯咖啡。郎第耶自从早上起就在等机会,现在窥探绮尔维丝的面色,似乎觉得机会到了。当大家谈到可恶的房东走进有死人的家里讨债的时候,他忽然说:

"这脏货原是一个耶稣会员,看他的样子倒好像是在做弥撒呢!……假使我处在您的地位,我一定把店房交还他!"

这时候绮尔维丝疲倦极了,又委靡,又烦躁,于是她顺着他说:

"是的,当然啦!我不会等到官厅里的人来的……唉!我受够了!唉!我受够了!"

罗利欧夫妇巴不得看见瘸子失了店铺,于是他们很赞成她的话。唉!一家店铺的开销多么大啊!她替别家做工,虽然每天只能赚三法郎,至少她用不着开销,没有亏本的危险。他们说了,又催促古波，叫他也跟着说。他喝了许多酒，不住地伤感，独自对着盘子只管哭。这时候绮尔维丝似乎给他们说服了，郎第耶便向布瓦松夫妇递个眼色。于是那高大的维尔吉妮和颜悦色地开口说：

"您要知道，我们可以商量的。我可以继续您的租约，您的事情可以由我向房东接洽……总之，这么一来，您总可以安静了。"

绮尔维丝听了，像打了一个寒战似的全身摇晃，回答说：

"不，谢谢您吧。我晓得在什么地方去找钱来付房租，如果我愿意的话。我将来还要工作，我有两只手，还怕不能挣脱出了难关吗？"

郎第耶连忙接着说：

"我们将来再谈这个吧。今天晚上不是说这话的时候……迟些吧，譬如说明天吧。"

这时候只听得洛拉太太在小室里轻轻地惊叫起来，原来室内的蜡烛烧尽了，她进去的时候以为蜡烛熄灭了，所以吃了一惊。众人忙着另点着了一支，然而他们一个个都摇头，说死人身边的蜡烛熄灭了，是不好的预兆。

大家开始守夜了。古波躺在床上，据他说并不是睡觉，只躺着思索事情。然而五分钟之后就打起鼾来。娜娜被他们送到博歇夫妇家里去睡觉的时候，哭了起来。原来自从早上她睡在郎第耶的大床上觉得很暖和，便希望晚上仍旧在那里睡。布瓦松夫妇停留到半夜。他们终于用一个盛生菜的碗做了一些饮料来喝，因为咖啡太刺激妇人们的头脑。这时候大家转到倾吐情感的谈话上头，维尔吉妮说起乡村来：说她希望将来人家把她埋在树林的一角，墓上有好些野花。洛拉太太早已在她的柜子里藏着一幅被单预备将来殓她自己，而且她常常把一束香草熏着那被单，好使葬了以后鼻子里还能闻到香味呢。随后，布瓦松紧接着叙述今天上午他捉住了一个美丽的女子。这女子是在一家熟肉店里偷了东西的，她被捉到了警察局之后，人家把她的衣服脱了，看见她的腰的前面后面悬挂着十节香肠。罗利欧太太听了，便装做嫌脏的样子，说她不愿吃这些香肠，众人因此都悄悄地笑了。这一夜大家并不寂寞，并且还保持着礼节。

大家恰恰把酒喝完的时候，只听得一种奇异的声音从小室里传出来，隐隐地像流水的微响。众人都抬起头来，你望我，我望你。郎第耶安静地低声说：

"这没有什么，她只清一清她的肚子罢了。"

这样一解释，众人也放了心，又低下头，把杯子重新放在桌子上。

后来布瓦松夫妇告辞了。郎第耶跟着他们走，据说是到一个朋友家里睡去，把他的床让给女人们，好叫她们每人轮流在床上休息一个钟头。罗利欧独自回家去睡觉，口里喃喃地说自从他结婚以后他还没有独自睡过觉哩。剩有绮尔维丝和洛拉太太她们姊妹俩伴着那打鼾的古波。她们围着火炉，炉上温着咖啡。她们很疲倦地弯着腰，把手放在围裙下，脸俯在火炉上，在全区的静寂里用很低的声音谈着话。罗利欧太太不住地叹息：她没有黑色的衣服，而她又想避免买衣服，因为她家境实在很困难。于是她问绮尔维丝：古波妈妈做生日的时候人家赠送过她一条黑裙，现在这裙子是否还存在？绮尔维丝只好去把那裙子找了来。只消在腰间打一个折，就可以马马虎虎穿起来了。然而罗利欧太太还要些旧衣服，她说起那床，说起那高柜子，说起那两张椅子，同时用眼睛四面张望，看有什么东西可以均分的。大家几乎生起气来，洛拉太太还公平些，出头劝和说：古波夫妇赡养了妈妈，便承受了她的旧衣服与旧家具也是应该的。于是她们三个人重新围着火炉打瞌睡，不时说些单调的话。这一夜使她们感觉得特别漫长。有时候，她们自己振作振作精神，喝了些咖啡，又探头向小室里张望。小室里的蜡烛是不许剪的，烛花渐积渐大，火焰变为红色而惨淡的样子。将近天明的时候，炉火虽然很旺，她们忍不住冷得发抖。她们一则心焦，二则因为说话太多而疲倦了,舌头干了,眼睛涩了,呼吸也困难了。洛拉太太一下子倒在郎第耶的床上,像男人般打起鼾来;其余两个人的头低垂得几乎要碰到膝头,也在火炉边打瞌睡。到了天色微明的时候,她们忽然打了一个寒战,醒了过来,看见古波妈妈的蜡烛恰又熄了。在黑暗里,流水似的微声又起来了,罗利欧太太高声说着解释的话,为的是安她自己的心。

"她只清一清她的肚子罢了。"她一面说,一面另点一支蜡烛。

出殡的时间是十点半钟。唉!昨天熬了一个整天,昨夜熬了一个整夜,今天还有一个上午!绮尔维丝虽然没有一个铜子,假使有人早来三个钟头把古波妈妈抬了去,她情愿给他一百法郎呢!呃!我们虽然爱人,然而死人终于叫我们是一种沉重的负担;而且越是我们爱的人,在他们死了之后越希望快些摆脱他们。

幸亏出殡这一天的上午有许多可以分心的事情,他们有种种的准备要做,他们先吃了早饭,然后七楼的那杠夫巴苏歇伯伯来了,他把棺材和糠袋带了来。这老头子,他的酒气未消。昨天喝醉了,今天八点钟还是醉醺醺的。

"好,到了!是这里,是不是?"他说。

他把棺材放了下来,像新的箱子般卡咋卡咋地响。

但是,在他把糠袋扔在一边的当儿,一眼看见绮尔维丝在他跟前,于是他瞠着眼,张着嘴,半天才说:

"对不起,我弄错了,人家对我说是您家,谁知不是的。"

他已经把那糠袋拿起来要走,绮尔维丝叫他回来,说:

"请您把袋子留下。是的,就是这里。"

"呀!妈的!要说清楚才好!"他拍着大腿说,"我现在明白了,原来是那老的那一个……"

绮尔维丝的面色变得惨白了,原来巴苏歇伯伯把棺材送来是为她预备的!他仍旧很客气,找话解释他的误会:

"您看是不是?昨天人家告诉我,说楼下有一个女人去世了。

于是我以为是……您要知道,这种事,在我们这一行里,左耳听进去,右耳便溜了出来……然而我终不免要恭贺您一声。迟些终是好些,虽然活着也不见得快乐。呃,真的,活着也不见得是好的!"

她听他说时,随听随向后退,仿佛生怕他用他的一双肮脏的大手把她抓进棺材里去一样。从前已经有一次,在她结婚的那一天晚上,他对她说他认识好些女人,说她们巴不得他去收拾她们,收拾了,她们还感谢他呢。绮尔维丝还没有到这地步,所以她一想起就觉得寒心。她的生活变坏了,然而她还不愿意这样早就走;她宁愿挨几年的饿,也不愿立刻就死。

"他醉了",她说着表示嫌恶而害怕的神气,"政府至少不该用一些酒鬼来收尸。人家付的钱可是不少呢。"

这时候那杠夫变得轻侮无礼了,他喃喃地说:

"喂,亲嫂嫂,下次再来,我是愿意为您效劳的,您懂吗? 只要您向我一招手就行了。我呢,我就是女人的安慰者……您不要向巴苏歇伯伯的脸上唾痰,比你更阔气的女人也被他抱走了呢。她们让我摆布并不埋怨一声,因为她们得在黑暗里继续她们的睡眠,她们是很满意的啊。"

罗利欧听见了吵嚷的声音,便跑了来,严厉地说:

"住口,巴苏歇伯伯! 这种开玩笑是不合礼的。假使人家告发您,您一定会撤差的……滚出去吧! 您太不守规矩!"

杠夫走开了,然而人家听见他在街道上喃喃地只管说:

"规矩,什么规矩! ……世上本来没有规矩……没有规矩……只有诚实罢了!"

十点钟终于响了,柩车还没有到。店里已经来了许多人,是些邻人和朋友们,其中有马第尼耶先生、"靴子"、哥特龙太太、洛门舒姑娘。时时刻刻总有一个男人或女人的头探出店门外看那柩车来了没有。丧家的人都在店房后面,同各人一一握手。短时间的沉寂,不时被短促的低语声间断了。大家不耐烦地等候着。有时候又听见衣服窸窣的声音；罗利欧太太忘了她的手帕；洛拉太太却去找一本祈祷书来借给人家。各人一进门，便看见小室的中央的床的前面有一具棺材开着；而且各人不由自主地从眼角里估量那棺材，大家以为那肥胖的古波妈妈一定会进不去。众人你望我，我望你，一个个存着这种心理，只是不说出口来。忽然间，通街道的门被人推开了。马第尼耶先生进来，拱着双手，用庄重的声音报告说：

"他们来了！"

这还不是柩车。只是四个杠夫，一个随着一个进来，脚步很忙，脸色通红，手是搬家具的人的粗手，穿着因时日过久被棺材擦破了、擦白了的黄黑色衣服。巴苏歇在前面，虽然很醉，然而很规矩，原来他到了做事的时候立刻变为知礼的人了。他们一声不响，略低着头，早已把眼睛去估量古波妈妈的轻重了。事情做得很快，只消打一个喷嚏的工夫，那可怜的老婆婆已经被殓好了。一个矮小而斜眼的年轻人早已把糠倒进了棺材里，搅了几搅，像是要做面包似的。另有一个高大的汉子，看他的脸很滑稽，他把一条被单盖在上面。一！二！三！他们四个人，两人抬头，两人抬脚，早已把死尸抬了起来，比翻一张烙饼还快就扔进了棺材。在旁边伸长了脖子观看的人以为古波妈妈自己跳进了棺材里呢。她溜进那里头，竟像到了她的家里。唉！紧凑得很！太紧凑了，人家还听见她的尸体摩擦那新木所发出的声音呢。棺材的四面八方都给她塞满了，真像一幅图画嵌在镜框里。总之，她是进去了，旁观的人都诧异起来，这一定是昨天她的身子缩小了！这时那四个杠夫都站起来等候着，那斜眼的矮子把棺盖揭开，邀请丧家的人来做最后的告别。同时巴苏歇伯伯口里咬着铁钉，已经预备着他的铁锤。于是古波和他的两个姊姊，及绮尔维丝一班人都跪了下来吻那临行的妈妈，大家流了许多热泪，泪珠落在僵硬冰冷的脸上。一阵呜咽的声音起了。棺盖放下了，巴苏歇伯伯很有技巧地钉他的铁钉，每一枚只钉两下,不多也不少;在这锤棺的声音里,没有一个人肯再哭了,完了,起棺了!

"在这时候何苦这样排场!"罗利欧太太看见枢车到了门前时向她的丈夫说。

那枢车把全区都惊动了。那卖兽肠的妇人叫杂货店的伙计来看,那钟表匠出来站在便道上,邻人们也都凭窗望着。人人都在谈论那白纱缕子的横帔。啊!古波夫妇把钱用来还债不更好些吗?但是,罗利欧夫妇说得好,一个人爱撑场面的时候,无论如何总要现出原形来的。同时绮尔维丝却暗指罗利欧夫妇说:

"真不要脸!这两个守财奴甚至于不肯送一束紫罗兰来给他们的母亲呢!"

不错,罗利欧夫妇实在是空手到来的。洛拉太太却送了一个纸花圈来。人家又在棺材上放了古波夫妇所买的一个鲜花圈和一束鲜花。那四个杠夫要在肩上十分用力才能把那尸体抬了起来。送丧的队伍要许久才安排好。古波和罗利欧穿着礼服,手拿着帽子,做引丧人。古波在早上喝了两杯白酒,提起了他的精神,这时候他挽着他姊夫的手臂,腿还是软的,头还是昏的。后面跟着走的是些男子们。马第尼耶先生周身穿黑,神色庄重;"靴子"在他的工衣上面披上一件大衣;博歇的黄裤子特别引人注目,此外还有郎第耶、哥特龙、"烤肉"、布瓦松一班人。妇女们跟在后面,第一排是罗利欧太太和洛拉太太姊妹二人,罗利欧太太穿的是改过后的死者的裙子;洛拉太太披着一件披肩,罩着她那草草做成的丧服,衫上点缀着一枝紫丁香。再后便是维尔吉妮、哥特龙太太、福公尼耶太太、洛门舒姑娘及其余的女亲友们,一个跟着一个。那枢车摇摇摆摆慢慢地从金滴路走下去,四面八方都有人画十字,脱帽子。到了路口,那四个杠夫便领头先走,两个在前,两个分在左右。绮尔维丝留在后面,为的是要关锁店门。她把娜娜交托给博歇太太,然后飞跑去赶队伍,同时娜娜被那女门房拉住,只准她站在门槛下观看,她很有兴味地注视着她的祖母乘着那美丽的车子向路底隐没了。

恰在绮尔维丝气喘喘地赶上了队伍的时候,顾奢也赶来了,他加进了男人们的队伍里,然而他回身向她点头施礼,看他那样温和,她忽然觉得命薄,重新流下泪来。现在她不止是哭古波妈妈,却是哭一件很可痛心的事情,这事情她是说不出口的,使她十分气闷。一路上她只用手帕捂着她的眼睛。罗利欧太太的脸上没有半点泪痕,用眼睛斜看她,意思是怪她假慈悲,装场面。

在教堂里,仪式是很快就完了的。但是那弥撒却耽搁了一些时候,因为那神甫太老了。"靴子"和"烤肉"宁愿停留在外面,因为恐怕人家要他们布施。马第尼耶先生时时刻刻观察着那些神甫们,后来他向郎第耶说他观察的结果:这一班滑稽的神甫口里乱说拉丁文,其实他们自己也莫名其妙;他们替你葬一个人也像施洗礼或婚礼一样,他们的心上是没有一点儿情感的。后来马第尼耶先生又非难那许多繁文缛礼,说那些烛光、那些哀怨的声音和那些在丧家的人跟前的种种炫耀都是无谓的。真的,亲属死一次竟像死两次:家里一次,教堂里一次!男人们都说他的话有理,这时候又是一个难挨的时间,弥撒做完了之后还有叽里咕噜的一阵祈祷声,送丧的人一个个还得在棺材前面走过,同时洒着圣水。幸亏墓地不远,教堂区的公墓就从面临马尔加代路的那个小花园的门穿过去就是。送葬的人纷纷走到了墓地,一面踏着脚,一面各人谈各人的事情。土地是硬的,大家踏得很响,像是借此取暖似的。人家已经把棺材停在墓穴的旁边,那墓穴被冷气激透了,颜色像一个石灰窑。送葬的人们在墓穴的周围排列着,大家很不高兴,一则因天气太冷不耐烦等候,二则讨厌看那窟窿。后来有一个神甫穿着白衣服从一间小屋里走了出来,他周身颤抖着,人家看见他每次念一句祈祷文的时候,口里便吐出白气来。他画了最后一个十字便走开,没有心再祈祷了。于是挖墓穴的人便拿起铁锹铲土,然而土地冻得太硬了,他只能把很大块的土拨下墓穴里去,像炸弹般打在棺材上,打得隆隆地响,令人以为是棺材被打破了。哪怕你是最自私的人,听见了这泥土打棺材的声音也不能不感到伤心。大家的眼泪又流下来。到了他们离开墓地之后还听见那像爆炸的声音哩。"靴子"呼了几口气在他的手指上,高声说:"呀!妈的!那可怜的古波妈妈不会觉得太暖了!"

这时候还有些亲友们停留在马路上伴着丧家的人们,古波向他们说:

"太太们和诸位先生们,假使你们容许我们请你们吃一点儿东西……"

他说着便先走进了马尔加代路的一家名叫"墓地风光"的酒店里。顾奢重新向绮尔维丝点头施礼之后,便要走开,绮尔维丝停留在马路上,把他叫回来,为什么他不肯喝一杯酒呢?他说他忙得很,他就要回工厂里去。于是他们互相怔怔地望了半天,一言不发。

"我请您原谅,我借了您六十法郎",绮尔维丝终于喃喃地说,"那时候我像疯了似的,我忽然想起了您……"

"唉!这没有什么,我早已原谅您了",顾奢抢着说,"您要知道,假使您遇着不幸的事,我一切都可以帮忙……但是请您不要向我妈妈说起,因为她有她的见解,我不愿意忤逆她。"

她始终只怔怔地望着他;看见他这样好心,这样悲哀,而且有这一簇美丽的黄胡须,她几乎愿意接受他从前的提议,跟他走到什么地方去享一享人生的幸福。后来她又起了一种坏念头,她想无论如何要向他借那两期的房租才好。她的心跳着,用温柔的腔调说:

"我们大家没有伤感情,不是吗?"

他摇了摇头,回答说:

"没有,当然,我们大家永远不会伤感情的……不过,您要知道,一切都完了。"

他说着便大踏步地走了,让绮尔维丝昏昏沉沉地呆在那里。她所听到的他最后的一句话,像钟声般在她耳朵里铛铛地响。在走进酒店的时候,她听见内心深处隐隐地在说:"一切都完了! 好!一切都完了! 如果一切都完了,我是没有什么办法的了!"她坐了下来,吞了一口面包和乳酪,看见面前有满满的一杯酒,又举起来一口喝干了。

这是楼下的一个长厅,天花板是低的,厅里摆着两张大桌子。桌子上顺序摆着几瓶酒,几方面包,还有三碟干酪。送葬的人们草草地吃东西,也不用桌布,也不用刀叉。更远一些,在火炉旁边,那四个杠夫把中饭吃完了。

"天啊!"马第尼耶说,"每人都要轮到的。年纪老的让位给年纪轻的……等一下你们回去之后,会觉得你们的屋子很空了。"

"唉!"罗利欧太太连忙说,"我的弟弟要把屋子退了,这店铺已经破产了。"

大家对古波用工夫,努力怂恿他把租约让给别人。洛拉太太自己在近来与郎第耶和维尔吉妮都很要好,而且她以为他们两人之间已有了爱情,所以想要帮他们的忙,便努力装做惊惶的样子,说破产与坐监牢的可怕。忽然间,古波生气了,原来他喝酒太多了,伤感的心情变成了一种怒气。他向他的妻子劈面嚷道:

"你听我说。我要你听我说! 你老是依你自己的主张办事!这一次我老实对你说,我要依我的主意行事了!"

"好!"郎第耶说,"要是好话说不服她,就得用锤子把这道理钉进她的脑子里去!"

他们两个人都攻击了她一会。然而说话并没有妨碍嘴巴骨咀嚼的动作。那些干酪渐渐不见了,瓶里的酒也像喷泉一般流尽了。绮尔维丝被他们打击得软化了,她一句话不回答,嘴里始终是满的,她匆忙地吃着,竟像一个饿极了的人。当他们说够了之后,她

才轻轻地把头抬起来,说:

"你们说够了,是不是? 我并不稀罕那店铺! 我也不要了! ……你们要知道,我不稀罕! 一切都完了!"

于是他们再叫些干酪和面包来,大家正经地讨论。布瓦松夫妇愿意继承租约,而且替他们担保那两期的欠租。博歇昂然地代表房东,应承这种办法。他又当场租给古波夫妇一个住所,这是七楼空出来的一间屋子,恰与罗利欧夫妇同一个廊子。至于郎第耶呢,呀! 他很想保留他的卧房,如果这不至于妨碍布瓦松夫妇的话。布瓦松立刻应承了:这并没有什么妨碍的;政见虽然不同,好朋友终是合得来的。郎第耶把事情弄妥了,再也不参加一句话,只把很大一块面包加着干酪塞在嘴里。他把身子向后仰着,虔诚地吃他的面包,心里暗喜,用眼睛轮流地瞟着绮尔维丝和维尔吉妮。

"喂! 巴苏歇伯伯!"古波叫道,"请你们也来喝一杯好不好? 我们不是骄傲的人,大家都是工人!"

那四个杠夫已经走出了门口,又走进来同他们碰杯。并不是他们说埋怨的话,其实刚才那尸体太重了,也值得喝一杯酬劳的酒。巴苏歇伯伯始终把眼睛盯着绮尔维丝,却没有说一句不合礼的话。绮尔维丝觉得不舒服,便站起身来,离开了那些喝醉了酒的男子们。古波喝得大醉,重新又大声哭起来,说他还在伤心。

到了晚上,绮尔维丝回到家里的时候,坐在一张椅子上怔怔地出神。她似乎觉得那几间房子太大了,人太少了。真的,这么一来,她当然少了一重拖累。然而她不仅是把古波妈妈留在马尔加代路小园地的墓穴里。也可以说,这一天同时她埋葬了她自己的生命的一部分,她的店铺,她做老板娘的威风还有其他的种种,所以对她说来,她失去的东西太多了。呃! 屋子空了,她的心也空了,活像一切都搬空了,真是破产的景象。她觉得自己也感到厌倦了,将来她再恢复吧,如果她能够的话。

到了十点钟,娜娜脱衣的时候,顿脚大哭起来。她要睡在古波

妈妈的床上。她的母亲极力使她感到害怕,然而这孩子心情早熟,
对死人并不害怕,只抱有好奇的心理;绮尔维丝为着耳边清静,终
于允许她躺在古波妈妈睡过的地方。这女孩,她喜欢大床,她可以
随意躺着打滚。这一夜,她在这舒适温暖的鸭绒褥子上睡得很
舒服。

十

古波夫妇的新居在七楼，要从 B 号楼梯上去。要到他们家里，先得经过洛门舒姑娘的门前，从走廊里向左转，随后还要再拐弯。第一个门是俾夏尔的家。对面有一间不通空气的小屋子，算是一间卧房，上面是直上屋顶的楼梯：在这小屋子里住的就是伯鲁伯伯。再过两个住家，便是巴苏歇所住的房子。巴苏歇的紧隔壁是古波家，是向着天井的一间卧房带着一间小厅。罗利欧夫妇住在最尽头，从古波家沿着廊子走去，只须经过两个住家。

一间卧房，一间小厅，现在古波夫妇所栖止的地方也就如此而已。而且那卧房只有手掌般大小，一切事情都要在那里做，睡觉在那里，吃饭在那里，做什么都在那里。那小厅里仅仅容得下娜娜的一张床，她只好在父母的卧房里脱衣服；而且夜里让小厅的门开着，以免妨碍她的呼吸。地方太小了，家具摆不下，所以绮尔维丝离店的时候把许多东西让给了布瓦松夫妇。一张床，一张桌子，四把椅子已经把住宅塞满了。然而她还没有勇气同她那心爱的柜子分离，所以又把它搬进房里来，把窗子遮住了一半。一扇窗子被挡住了，以致光线不足，令人生愁。当她想要看看天井的时候，因为她的身体太胖了，窗口容不下她的两只胳膊肘，所以她只好斜着身子，扭着脖颈，然后才能够向下望去。

起初的时候，绮尔维丝坐着只管哭，她住惯了宽阔的地方，现在住到这里来，连转动身体都不方便，似乎太难堪了。她觉得闷气,只好凭着窗,扭着脖颈,在墙壁和柜子之间挤着。每日向天井呆看几个钟头,只在这地方她才能够呼吸,然而这天井只能引起她的悲观。她看见对面向阳的房子,忽然回想起当年的好梦:当年她希望租有的那六楼的一个窗口,每逢春天,窗前一盆西班牙豆所长的细长的豆苗袅绕在一个线网架上,开了豆花,向着太阳微笑。现在她的房子背着太阳,在阴影里,窗前那几盆香草活不到一个星期就会死去。唉!生活越变越坏了,这不是当初她所希望的生活啊!到了中年,非但不能锦上添花,倒反滚进肮脏的地方来了!有一天,在凭窗眺望的时候,她忽然起了一种奇怪的感想:她回忆起她当年在廊檐下,门房旁边,仰着头,第一次观察这一所房子时的情形。回首十三年,旧事重上心头,给了她一个很大的刺激。那天井的景象还没有变化,只房面的墙壁稍为黑了一些,破了一些;现在那下水的铅铁管已上了锈,臭气直升上楼来了。窗外的绳子上晾着好些衣服和屎尿沾污了的褓裸。天井的砖地坍陷了,锁匠的煤渣和木匠的刨花堆在一起,显得很脏。甚至于那自来水管的一角潮湿的地方,还有那从染坊里流出来的一洼蓝色的水,这蓝色倒还像当年一样鲜艳呢。然而她呢,现在她觉得自己变了,憔悴了。她已经不是当年,在下面朝天扬着头,很满意地、很有勇气地存着占有一处好住所的野心的那个女人了!现在她住的是正在屋顶下最小最脏的角落里,是没有一道阳光肯来光顾的地方。她不能满意她的命运,所以她的眼泪不是无故流出来的。

　　然而古波太太稍为习惯了之后,在这新居里家庭生活起初过得并不很坏。冬天差不多过去了,卖给维尔吉妮的家具的钱也就够他们把屋子陈设一下。而且春天才到,运气就来,原来外省有人雇请古波到爱当伯去做工。他到了那里,受了乡村的空气的影响,做了三个月的工,没有醉过一次。可见巴黎到处有烧酒的气息逗引一班醉汉,所以他们一离开了巴黎的空气就有了救星。回到巴黎之后,他的面色像玫瑰一般鲜艳,他带了四百法郎回来。他们把这钱先付了布瓦松夫妇替他们担保的两期房租,又还了本区几处最紧急的债。有两三条马路是绮尔维丝所不敢经过的,现在她敢走过了。当然,现在她重新做熨衣妇的短工。福公尼耶太太只要人家逢迎她,她就做好人,所以仍旧肯雇请她,甚至于给她三法郎一天,把她当做工头看待,为了顾全她当初做过老板的颜面。由此看来,他们夫妇似乎不怕没有饭吃了。假使一面工作,一面积蓄,绮尔维丝料定可以把债务还清,将来有一天不至于再过难堪的生活。不过,因为她丈夫能赚了一笔大款子,所以她才存有这种热望。其实她在心境清凉的时候也知道要随遇而安,说好日子原是不能长久的。

这时候最能令古波夫妇难堪的就是看见布瓦松夫妇盘踞了他们的店铺。他们本来不怎样妒忌,然而人家却惹他们生气,故意在她们跟前称赞后来人怎样会点缀新居。博歇夫妇,尤其是罗利欧夫妇,口里不住地称赞。依他们说,世上竟没有更漂亮的店了。他们说布瓦松夫妇发现那店房脏极了,单说刷洗店房的碱水已经花了三十法郎。维尔吉妮踌躇了一些时候,决定做杂货生意,卖些糖果、巧克力、咖啡、茶叶等等。郎第耶极力劝她做这生意,因为据他说好吃的东西最能赚大钱。店铺的门面漆的是黑色,加上了黄色的线条,便是很文雅的两种颜色。三个木匠来做了一星期的工,安置了好些货架、玻璃格子,又做了一个柜台,柜台上装置些横板,预备放些像糖食店一般的玻璃罐。那承继的遗产给布瓦松储蓄了许久,现在却消耗了不少。然而维尔吉妮扬扬得意了;罗利欧夫妇再加上博歇夫妇的帮腔,对绮尔维丝说起那店铺的时候,连一个货架子、一个玻璃格子或一只玻璃罐都不肯放过,因为他们看见她的面色变了更觉得开心。一个人无论怎样不羡慕别人,但是到了人家穿了你的鞋子却来践踏你的时候,你不能不生气啊。

除此之外,还有男女的问题,人家说郎第耶与绮尔维丝脱离关系了。全区的人都说这样好极了,可以使街道上的风气转好一些。

脱离关系的一切好处都归于郎第耶,因为区里的妇人们始终爱他。人家越说越详细,竟说绮尔维丝向郎第耶歪缠得太厉害了,他只好打她两巴掌,叫她安静些。当然,没有一个人说的是真正的事实,能打听得事实的人又嫌事实太简单了,太没有兴味。你要说郎第耶和绮尔维丝脱离了关系也可以,但是所谓脱离只是不像从前每日每夜占有她罢了;其实当他想要她的时候,他一定还是到过七楼去找她,因为洛门舒姑娘往往看见他在可疑的时间从古波家里出来呢。总之,关系虽然未断,勉强来往,大家都没有多大的快乐;这只是习惯一时改不了,而且双方都还很客气,如此而已。不过,现在情形复杂了,因为区里的人们都说郎第耶和维尔吉妮又同盖一床被了。关于这一层,区里的人们也是神经过敏。当然,郎第耶在打维尔吉妮的主意,这是很显明的,因为她在屋子里替代了绮尔维丝的一切。恰巧大家传出一个笑话,说有一夜郎第耶到隔壁的枕上去找绮尔维丝,却把维尔吉妮找回房来,留她睡到天亮的时候才认得是她,因为在黑暗里他以为是绮尔维丝。这一段故事令人笑痛了肚子,其实他还没有这样进步,他仅仅敢捻她的大腿罢了。罗利欧夫妇也常常把郎第耶与维尔吉妮的爱情在绮尔维丝跟前说起,希望能刺激起她的妒忌。博歇夫妇也一样,他们说从来没有看见过这样可羡慕的一对好情人。在这一切情形之下,最奇怪的是金滴路的人似乎并不恼这新的三角夫妇;从前区里的人对绮尔维丝的道德批评得那样严,对于维尔吉妮却这样宽。也许是这街坊的人们的宽宏大度都因为她的丈夫是一个警察吧。

幸亏绮尔维丝并不因妒忌而伤心。郎第耶的负心,在她是不足介怀的,因为她的心早已不在乎他们两人之间的关系了。她不期然而然地听到了许多不干净的事情,知道郎第耶与种种荡妇发生过关系,甚至于马路上的野鸡也可以同他结合的;她想到这里,便毫不妒忌,仍旧对他很客气,甚至于没有怒气去同他绝交。话虽这样说,假使她的情人真的有了新恋,她不见得这样容易能忍受的。维尔吉妮与马路上的荡妇们当然不同。郎第耶与维尔吉妮编造出这种事来，分明是存心气她；她虽然不起妒忌的念头，然而她恨他们不把她放在眼里。所以，每逢罗利欧太太或其他的可恶的家伙在她跟前故意说布瓦松戴了绿帽子的时候，她的面色变得惨白了，心中起火。她抿着嘴唇避免生气，因为她不肯给仇人看见而快乐。然而她大约是同郎第耶吵过嘴来，因为有一天下午洛门舒姑娘以为听见了一种打耳光的声音。再说，他们一定曾经有过不和，所以郎第耶隔了半个月不同她说话，后来是他先回来就她，于是大家像没有事一样，重新又和气一团了。绮尔维丝情愿忍气吞声，她不愿意把生活弄得更坏，所以无心再与维尔吉妮揪头发了。唉！她不是二十岁的人了，她不爱男人了，她甚至于要打他们不会像以前那样因为爱男人而打人家的屁股，牺牲她自己的地位。不过，她不免总要把这些事记在心头。

至于古波呢，他却嘲笑起来，他从前是好相处的丈夫，故意不愿意知道自己戴绿帽子，现在却笑布瓦松的妻子偷人了。在他自己家里这不算什么；在别人的家里，他却觉得这事很滑稽了。当邻居的妇人们去打听消息的时候，他自己也辛辛苦苦地参加。呸！这个布瓦松，亏他还佩带着剑在街道上推别人哩！后来古波的狂气发了，便索性开绮尔维丝的玩笑。好！她的情人老实不客气地丢开她了！她真没有运气：第一次她同那些铁匠们没有好结果，第二次她同帽商也没有好收场，可见得她所选择的人都是不正经的。为什么她不找一个泥水匠呢？泥水匠惯于把石灰搅得很结实，他们的爱情也就会粘得很结实的。当然，他说这种话只算是笑话，然而绮尔维丝因此也变了面色，因为他把一双灰色的眼睛紧紧地盯着她，竟像要把这话钉进她的身上似的。当她说到了不干净的话的时候，她从来不晓得他是在开玩笑呢还是当真呢。一个自年头醉到年尾的男人是没有理智的；世上有些丈夫在二十岁的时候很会吃醋；到了三十岁，喝了烧酒之后，就很能通融，不管妻子贞洁不贞洁了。

唉！古波在金滴路上是多么放肆啊！他把布瓦松叫做乌龟。呸！那么爱说是非的人们现在可以闭上他们的狗嘴了！现在乌龟不是他了。呀！他难道不晓得吗？当初他在表面上似乎不知道，无非因为他不喜欢人家说他的闲话而已。各人认识各人的家庭，身上什么地方发痒就搔什么地方。他呢，他不觉得发痒，所以他不能为了博取别人的欢心而搔自己的身体。好，那警察，他知道不知道？然而这一次是事实了，人家撞见了一双情人，不能说是谣言了。他因此生起气来，他不明白为什么一个政府的职员竟能忍受这样的一场家丑。布瓦松大约是喜欢吃人家舔过的东西吧？然而有些晚上，古波烦闷起来，觉得独自伴着妻子在屋顶下面一间小屋子里厮守太无聊了，忍不住下楼去，勉强把郎第耶拉上楼来。他觉得自从他的朋友不与他同居之后，他的房间里太寂寞了。当他看见郎第耶与绮尔维丝冷冷地不高兴的时候，他便想法子调停。妈的！人家的闲话哪里管得了许多！他们各行其是地取乐谁能管呢？他说着便冷笑，他那醉汉的一双不安定的眼睛显露出他的旷达的心胸，他须要把一切都和郎第耶分享，好叫生活有兴趣些，尤其是遇着这样的晚上，绮尔维丝更不晓得他是在开玩笑呢还是当真呢。

在大家言三语四的当儿，郎第耶只当没有那一回事。他表示自己是他们的一个很规矩的亲属，有三次他阻止了古波家和布瓦松家的争闹。两家和洽的时候他就喜欢了。他把坚决而温柔的眼光监视着绮尔维丝和维尔吉妮，她们相互间始终只好装做很有情谊的样子。他呢，他对于她们两个人都有权威，暗暗地用计骗她们来养肥自己。这坏蛋，古波家被他吃了，还没有消化，已经又吃起布瓦松家来了。唉！他没有什么难为情的！吞了一个店之后他又着手吃第二个店。总之，天下只有这种人有运气。

这一年的6月，娜娜领第一次的圣体了。她快到十三岁了，已

经生得很高,有一种不顾羞耻的样子。因为她的行为不端,前一年
人家就不要她听圣课了。这一次神甫所以准她领圣体的缘故,无
非怕她不再到教堂里来,马路上便多了一个不信教的人。娜娜一
想起领圣体可以有白衣服穿,便喜欢得跳起舞来。罗利欧夫妇是
她的代父代母,答应给她买一件白衣服,同时逢人便说,说得这所
房子里的人都知道了;洛拉太太送给她面纱和帽子,维尔吉妮给她
的钱袋,郎第耶给她的经文。所以古波夫妇等候行礼,用不着太担
心。甚至于布瓦松也选择了同一个日子请人喝酒,庆祝他们的乔
迁之喜,这大约是听了郎第耶的劝告。他们邀请古波夫妇和博歇
夫妇吃饭,因为博歇的女儿也第一次领圣体。那一天晚上他们预
备吃一味羊腿,加上几味别的菜。

　　行礼的前一天,恰在娜娜欢天喜地地望着那横柜上陈列着的
种种赠品的时候,古波喝得醉醺醺地回来了。巴黎的空气又把他
弄坏了。他说了许多醉话责备他的妻子和女儿,还有许多肮脏的
字眼,是在这时候这地方所不该说的。娜娜时时刻刻听惯了这种
肮脏的谈话,连她自己也学坏了。每逢吵嘴的日子,她老实不客气
地把她的母亲骂做母牛。

　　"拿面包来!"古波嚷着说,"笨女人们,我要吃晚饭……你们这
两只母狗,有这许多衣服!你们要知道,如果我没有晚饭吃,我就
要坐在这些东西上头了!"

　　"他喝醉了就不讲理了!"绮尔维丝忍不住气喃喃地说。

　　她又转身向他说:

　　"我们正在烧菜,你何苦同我们瞎闹呢!"

　　娜娜装做很温和的样子,因为她觉得这一天应该不闹才好。
她继续注视着横柜上的赠品,故意低着头,装做不懂得她父亲的粗
言野语。然而古波醉了的时候是十分爱胡闹的,所以他挨着她的
脖颈向她说:

　　"我要把你的白衣服扔到毛坑里去!呃!你想要像从前那一

个星期天那样,把纸球儿塞在胸衣里当做你的奶子吗?……你先不要高兴! 我分明看见你在扭屁股呢! 你看见了好衣服就心痒了! ……快滚开,贱丫头! 把你的手抽回去,替我把这一切都扔进一个抽屉里去,否则我要把你的东西扔掉!”

娜娜低了头,始终不回答。她把那网眼纱帽拿起来,问她的母亲这帽子值多少钱。古波伸长了手,想要抢那帽子,绮尔维丝推开了他嚷道:

“你不要难为她吧! 这孩子,她很可爱,并没有做坏事!”

于是古波满嘴胡说起来:

“呀! 你这两个娼妇! 母亲和女儿,恰是一对! 一面勾引男子,一面祈祷上帝,真可以的啊! 小淫妇,你敢说不是吗? 我要用一只麻袋给你做衣服,看能不能替你搔痒! 是的,用一只麻袋,好叫你和你的神甫们都不舒服! 难道我要让人家把你教坏不成? 妈的! 你们都听我的话好不好!”

古波说要扯破那些物件,绮尔维丝正伸长了手臂要拦住他的时候,娜娜忽然气冲冲地转过头来,用眼睛紧紧地望着她的父亲。她忘了神甫吩咐她要谦恭的话,咬着牙狠狠地说了一声:

“猪猡!”

古波吃了晚饭之后,立刻打起鼾来。第二天他醒来的时候又变成了一个好人,昨晚的酒气还有,然而他客气多了。他特来看他的女儿梳妆,他很赞赏那白衣服,觉得只这一点儿东西已经把一个孩子打扮成一位小姐了。总之,依他说,做父亲的到了这日子,当然为他的女儿而骄傲了。呀! 娜娜漂亮得很,她的衣服太短了,她含羞微笑像一个新娘。她下了楼来,在门房的门口遇见了宝玲也穿好了白衣服,她停了脚步,用眼睛在宝玲身上估量了一番,然后很客气同她招呼,因为她看见宝玲装束得像一个包裹,比不上她自己风光,所以她满意了。两家的人一齐出发到教堂里去,娜娜和宝玲拿着经文先走,风把她们的面纱吹得鼓起来,她们用手撩住,她们并不谈话,只兴高采烈地用眼睛看街上许多人从店里走了出来,她们耳边听见人家说她们很漂亮,于是她们装做很虔诚的样子。博歇太太和罗利欧太太走在后面,因为她们故意在后面谈论瘸子,说她把家财败完了,幸亏亲戚们赠送了娜娜许多东西,否则她决不能使她的女儿领圣体。呃!一切都是亲戚们赠送的,甚至于一件新的衬衫,也是亲戚们为娜娜领圣体而买的。罗利欧太太最注意那一件白衣服,因为是她的赠品,每逢娜娜走得太近铺户,以致衣裙上挂有尘土的时候,她便把她骂做脏丫头。

在教堂里,古波时时刻刻只是哭,这是傻事,然而他忍不住。这情景使他感动了:那神甫庄重地行礼,那些女孩们像天使般地列队进行;风琴的声音打动了他的心,案上的檀香迫得他用鼻子只管嗅,像人家把一束香花放在他的鼻下似的。总之,他触景生情,心灵上有所感动。正在那些女孩子们吞吃圣体的时候,有一首极有声韵的圣歌,似乎直入了他的内腑,不禁使他打了一个寒战。他的身边有好些富于感情的人也用手帕揩眼泪。真的,这是一个好日子,是人生最好的日子!不过,出了教堂之后,他同罗利欧到酒店里喝一杯酒,看见罗利欧的眼睛没有湿,而且嘲笑他,于是他生气了,便埋怨那些神甫们烧了些什么魔草令人家的心软起来。再说,他也犯不着隐瞒,他实在流了些眼泪,这可以证明他不是铁石心肠的人。他说着又叫了一巡酒来,与罗利欧喝了。

到了晚上,布瓦松家的入宅喜酒很是热闹。自开筵直到散席,大家和气一团,没有吵闹一句。坏日子到来的时候也有些好时间,能叫相恨的人们暂时相爱。郎第耶的左边是绮尔维丝,右边是维尔吉妮,他对于她们两人都很客气,尽量地运用温柔的手段,像周旋于群雌之间的一只雄鸡。对面是布瓦松,他安静而庄严,不失警察的本色,与他在街上巡逻的时候一般的心地澄清,无思无虑。这一天酒席上的皇后是娜娜和宝玲,人家容许她们不脱衣服。她们因怕弄脏了白衣服,所以直挺挺地坐着。她们每吃一口,人家便嚷着叫她们抬起下巴,规规矩矩地吞下去。娜娜厌烦起来,终于把酒流在胸衣上,大家忙着把她的胸衣脱了,立刻用一杯清水把那酒痕洗个干净。

后来吃到了饭后果品,大家正经地谈论孩子们的前程。博歇太太已经替女儿选择好了职业,预备叫宝玲进某工厂里做金银的细工;在那里头,每天可以赚五六个法郎。绮尔维丝还不晓得怎样,因为娜娜的性情并不近于任何职业。呀!她只晓得东跑西跳,这就是她性情所近的;除此之外,她什么都不会做。

“我呢”,洛拉太太说,“假使我处在您的地位,我就叫她学做假花。这是干净而可爱的职业。”

“做假花吗?”罗利欧说,“做假花的都是些坏女人。”

“好,那么,我呢?”这位高大的寡妇抿着嘴唇说,“您要知道,我不是一只母狗,听见人家吹口哨便四脚朝天呀!”

席上众人都叫她住口。

“洛拉太太!唉,洛拉太太!”

大家向她使眼色,叫她看那两个女孩子,原来她们正在把鼻子凑进杯子里忍住笑呢。为着顾全体统起见,男人们也选用一些文雅的字眼来说话。然而洛拉太太不接受大家的教训。刚才她说的话,在最上流的社会里她也听见人家说过呢。再说,她自负她会说话,人家常常恭维她谈论一切的事情,甚至于在孩子们跟前,也不会失了体统。

“请你们打听打听,做假花女当中有不少好人哩!”她嚷着说,“她们也像别的妇女们有耳目口鼻。她们会自己检点,她们做事有选择的能力……这就是从做假花得来的。我呢,我也因为做假花而保全的……”

“天啊”,绮尔维丝抢着说,“我并不嫌恶做假花。只要娜娜喜欢这个就好了;我们不该违反孩子们的禀性……喂,娜娜,你不要装傻,你回答我吧,你喜欢做假花吗?”

这时候娜娜低头向着她的盘子,用一只湿了的手指去粘取盘上的糕点的碎渣,然后咂她的手指。她不慌不忙,然后挺调皮地笑了一笑,终于说:

"是的,妈妈,我喜欢。"

于是事情立刻妥当了。古波愿意洛拉太太在明天起就把娜娜领到开罗路她的工厂里去。因此,席上众人便庄重地谈起人生的义务来。博歇说现在娜娜和宝玲领了圣体,便算是大人了。布瓦松接着说她们此后应该晓得做菜,晓得缝补袜子,而且晓得料理家务。众人甚至于说起她们的婚姻和将来她们所生的儿女。那两个女孩子心里暗笑,你挨我我挨你的,想起自己成了妇人,心里便兴奋起来,觉得难为情,白衣上烘出粉红的面色。但是最令她们心痒的是:郎第耶取笑她们,问她们是否已经有了小丈夫。于是大家追着娜娜承认她很爱维克多·福公尼耶——她的母亲的老板娘的儿子。

临走的时候,罗利欧太太向博歇夫妇说:

"好!这虽然是我们的教女,然而他们既然叫她做扎花女工,我们便不再过问她的事了。将来马路上又多了一个野鸡……不出半年,她可以替他们赚酒钱了。"

当古波夫妇上楼睡觉的时候,他们承认一切都很顺利,而且布瓦松夫妇并不是恶人。绮尔维丝甚至于觉得那店布置得很干净。起初她以为到她的旧地方去饮酒,而且人们都扬扬得意,她一定会因此伤心;谁知结果她不曾有一秒钟伤心,连她自己也诧异起来。娜娜一面脱衣服,一面问她的母亲:住三楼的,上月才出嫁了的那位姑娘,她的衣服是不是也像她自己的衣服一样是纱布做的?

这就是古波家最后的好日子了。两年的光阴过去了,他们越老越穷。尤其是冬天令他们难过。天气好的时候他们有面包吃;冬天呢,雨雪交加,肚子里又是空空的,大家只好在西伯利亚一般冷的房子里念着面包二字充饥。12月的寒气从他们的门底下透进来,它所带来的是一切的灾难:工厂里没有工作了。寒气把人弄懒了,潮湿的天气显出最凄凉的景象来。第一个冬天,有时候他们还生火炉,围炉踡曲着,宁愿挨饿,也不甘心挨冷;到了第二个冬天,火炉里竟不能起火,炉铁生愁,更增加了屋子里的冷气。而且,最令他们垂头丧气的是他们的房租。唉!正月的房租!屋子里没有一个小萝卜可吃,而博歇伯伯还把房东的收条送来!这一阵北风,更把他们冻煞!下一个星期六,马烈士哥先生来了,披着一件很厚的大衣,他那一双粗大的手上套着一副羊毛的手套;他的嘴里始终不离逐客二字,同时外面大雪纷纷,活像想把白色的被单铺在街道上给他们预备一张床似的。为着支付房租,他们几乎卖了自己的肉。炉里空空,盘里空空,无非为的是房租。其实非但他们一家,而且全所房子里也怨气冲天。每一层楼都有人哭泣,悲哀的音乐充满了楼梯与走廊。纵使每家有了一个死人,也还不至于有这种可怕的悲哀的景象。这真是末日了,活不成了,无产阶级被压碎了。四楼某房客的妻子到美男路口暂做几晚拉客的生意,六楼的一个泥水匠偷了老板的东西。

当然,古波夫妇首先只该埋怨自己,生活虽然艰难,假使他们会理家,会积钱,总还可以支持。试看罗利欧夫妇,每逢租期,他们一定能够支付房租。不过,他们的生活也实在太苦了。娜娜学做假花,还不能赚钱,而且她的衣食和种种零用也还花了不少。绮尔维丝在福公尼耶家里终于被人瞧不起了。她的手艺一天坏似一天,烫衣服往往烫得不成样子,以致福公尼耶把她的工钱减为两个法郎。她非但不会做工,而且她很骄傲,很会生气,动不动就拿出当年老板娘的身份来。有些日子,她不上工;又有些日子,她赌气离了工场。譬如有一次,她看见福公尼耶太太把蒲独花太太雇了来,她自己与她从前的女工并肩工作,她觉得面子上十分过不去,所以一连半个月她不上工。经过了这些狂妄的事情之后,人家因为可怜她然后再收容她,于是她更是一肚子的闷气了。当然,每逢一星期终结,她的工钱并不多;她往往叹说,有一个星期六结账,倒反是她欠老板娘的钱呢。至于说到古波呢,也许他还在工作,然而他所得的工钱大约进贡给国家了,所以,自从爱当伯雇用他工作的那一次之后,绮尔维丝就没有看见过他的工钱。到了发工资的日子,当他进门的时候,她不再看他的手了。他摆着双手,空着裤袋子回来,甚至于往往手帕都没有了。呃!是的,他的手帕丢了,或者是被哪一个坏朋友偷去了。起初的几次,他还报一报账,编造了许多假话:十个法郎捐给了某种慈善事业,二十法郎从袋子的窟窿里溜了出去——说时把袋子给她看,又五十个法郎还了某种债务。后来他再也不肯费脑筋去编造谎话了。钱花了就是了!钱不在他的袋子里,却在他的肚子里,换一个方法把钱带回家来不行吗?绮尔维丝听从博歇太太的劝告,有时候也到工厂门口守候她的男人,预备截取他新拿到手的钱,然而这也没有多大用处,有些朋友通知了古波,叫他把钱藏在皮鞋里,或甚至于藏在那不好说出口的地方。博歇太太对于这一层原是十分精通的,因为博歇往往把十法郎的一个金币藏起来,预备给他的情妇们买兔子肉吃;她把他的衣服鞋袜处处细心搜检,她往往在他的便帽的帽檐里搜了出来,原来博歇把钱缝在布和皮子的中间。唉!古波哪里肯用金子镶帽檐呢?他只把它吞在肚子里。绮尔维丝毕竟不能拿剪刀去剪开他的肚皮啊!

呃!真的,古波家一天比一天衰败,这是他们自己的过失。然而世界上有许多事情是人家所不肯承认的,尤其是在贫穷的时候。所以他们只怪命运不好,说上帝和他们过不去。现在他们的家真是吵得不像个样子了。他们整天互相纠缠着,然而他们还没有揪打,即使吵得最凶的时候也仅仅打几个巴掌而已。最惨的是:现在"感情之笼"开了,感情像鸟儿般飞出去了。古波、绮尔维丝、娜娜都带着冷面孔,一言不合就互相吞并,眼睛里露出恨意来。似乎有一样什么东西破坏了,幸福的家庭里的血液循环系统完全消灭了。

呀！当然,假使现在绮尔维丝看见古波在屋顶的滴水檐边装锌板,离地十二或十五公尺,她再也不会像当年那样提心吊胆了。她不会把他推下地来;然而假使他自然地跌了下来,好! 地球上岂不从此减少了一个饭桶! 每逢吵嘴的日子,她便嚷着说人家为什么不把他放在一张担架床上抬了来! 她只等候这个,这就是她的幸福了。这醉汉,他有什么用处呢? 他只会使她流泪,只会吃了她的一切,只会把她迫到做坏事。呃! 男人们这样无用。人家把他们扔进坟墓里去越快越好,人家可以因此得了解放,还可以在墓地上兴高采烈地跳舞呢! 当那母亲喝一声“杀!”的时候,那女儿也跟着喝一声“打!”娜娜每天在报纸上看了许多马路上的横死的事件,因此引起了不孝的念头。唉! 可惜她父亲的运气太好了,车子撞翻了他,他的醉意还未消呢,这无用的东西,不知什么时候才死啊。

在这穷愁抑郁的生活里,绮尔维丝还听见邻近有人啼饥号寒。这一层楼是穷苦的一层楼,三四家的人好像都约定了每天不吃面包似的。房门尽管开着,却没有什么厨房里的残肴气味送出门来。沿着廊子尽是死气沉寂,而且四壁空着发出声响,恰似辘辘的饥肠。有时候,这里突然掀起一片愁苦的声音,女人们流眼泪,孩子们叫肚子饿,大家借着吵嘴来忘掉饥饿。人人的喉咙里好像有小手在搔痒,大家张着口打呵欠;只要呼吸一下空气,肚子就加了几分恐慌。食物缺乏到了这种程度,连那些小苍蝇也活不成了。绮尔维丝觉得最可怜的是伯鲁伯伯,他住在屋顶的小楼梯底下的一个小房间里。他躲着像一只田鼠,把身子团成一团,因为这样比较地暖些。他躺在一堆麦秆的上面,好几天不动弹了。饿起来的时候,他甚至于不愿出门;既然没有人请他在外面吃饭,何苦出去给北风吹开了胃口呢? 他一连三四天不见人,邻居们推开了他的房门,看他是不是完了。不,他还活着,却只有三分生气,仅仅一只眼睛睁着罢了。唉! 连死神也忘了他哩! 绮尔维丝每逢有面包的时候一定扔一些碎片给他。虽然她的脾气变坏了,虽然她因为丈夫的缘故便痛恨男人，然而她始终很诚恳地怜悯生物。这伯鲁伯伯，这可怜的老头子，因为他拿不动工具便被人家抛弃了他，在她看来只是一只可怜的狗，是一只已经没有用处的畜生，屠夫们甚至于不肯要它的皮肉或它的脂肪。她看见他时时刻刻只在廊子的另一头，被上帝和人类抛弃了，只用自己身上的养料滋养自己，身体缩小，渐渐返回到儿童的身材，像一个桔子搁在火炉上，一天比一天干瘪了，叫她看了无限伤心。

还有一件令绮尔维丝十分伤心的事，是那杠夫巴苏歇伯伯恰恰住在她的隔壁。她的卧房和他的卧房之间只隔了一层薄薄的板壁。他只要把手指搁在嘴里，她就会听见。每天晚上，当他回家的时候，她不由自主地静听他的举动，只听得他把黑帽子向横柜上一扔，发出了一种喑哑的声音，像一铲的泥土落在地上似的；又听得他把黑大衣挂在墙上，把墙壁摩擦成为一种声音，像夜莺振动羽翼似的；一切的黑衣冠都扔在房里，她觉得完全是丧家的景象。她静听他在房中行走，听见他动一动便提心吊胆，听见他拍着一件家具或碰着一只盘子便吓得跳起来。她心里总是忘不了这醉汉子，她隐隐地怕他，同时又想要知道他的举动。他呢，他是个快活神仙，天天酒醉饭饱回家，咳嗽，吐痰，嘴里唱着歌，还说了许多不干净的话，在室内乱了一阵然后到他的床上睡觉。她因此面色大变，自问他在隔壁捣什么鬼，她越想越起了可怕的念头。猜他把一个死人驮了回来安置在他的床底下。天啊！报纸上不是登载过一件新闻吗？一个殡仪馆的伙计把许多小孩子的棺材带到他的卧房里藏着，好让他将来一次搬到墓地上去省了许多麻烦。真的。每逢巴苏歇回来的时候，板壁之间好像有死人的气味透过来，令人觉得身子在许多荒冢的当中，真像是与鬼为邻。这老头子真吓人，他往往独自一人笑起来，竟像他觉得他的职业有趣味似的。当他不再喧闹，躺在床上的时候，他打鼾的声音是非常可怕的，以至于打断了绮尔维丝的呼吸。她侧着耳朵静听了几个钟头，疑心有许多人正在隔壁送葬哩。

呃! 最糟糕的是:绮尔维丝越怕越关心,甚至于把耳朵凑着板壁好叫她听得清楚些。这时候她对于巴苏歇,活像良家妇女们遇见了美男子的时候的心情,她们很想尝一尝美男子的滋味,然而她们不敢,因为礼教把她们束缚住了。是的! 假使恐怖的心理不把绮尔维丝束缚住了,她很想要摸一摸那死神,看死究竟是怎样的。有时候她的神情很奇怪,她停止了呼吸,专心等候巴苏歇伯伯的举动有什么神秘的启示,古波看见了便笑她,问她是否对于隔壁的扛尸伯伯发生了爱情。她生起气来,说邻居这样惹她讨厌,她非搬家不可;然而当那老头子再回家来的时候,坟墓的气味又来了,她不由得又想入非非了。看她兴奋而又害怕的样子,活像一个妻子打算一刀划破婚约,同时却在踌躇。他不是向她说过两次吗? 他说要把她包裹起来,送到一个什么地方去,到了那里,可以睡得很浓,便忘了人世一切的凄惨。也许那地方果然是好也未可知。她渐渐起了尝试这种味道的热望。她很想试它十五天,或一个月。唉! 尤其是冬天,房租到期的日子,她受生活的压迫最厉害的时候,能够睡它一个月岂不是好! 然而这是不可能的:假使你要开始睡它一个钟头,就永远不会醒转来;她想到这里觉得寒心,于是死的念头烟消云散了,仍旧觉得活着好些。

但是,到了正月的一天晚上,她狠狠地把板壁打了两拳。原来她度过了悲惨的一个星期,人人都欺压她,她没有钱了,没有生存的勇气了。这一天晚上她的身子不舒服,身上忽冷忽热,眼睛里看见灯光不住地晃动。有一阵,她曾经有意从窗子里跳下楼去,后来她不跳楼,却把拳头打着板壁叫道:

“巴苏歇伯伯! 巴苏歇伯伯!”

那杠夫脱了他的鞋子,同时口里唱着《三个美人儿》。今天他工作的成绩大约很好,所以他似乎比平日更兴奋。

“巴苏歇伯伯! 巴苏歇伯伯!”绮尔维丝高声地叫。

　　他听不见她叫吗？她立刻可以把身子给他，任他驮在背上，送到他平日送那些妇人所到的地方去。因为妇女无论贫富，一到他的手里都得到了安慰。她听见了他唱《三个美人儿》觉得很伤心，因为她晓得一个男子的情妇太多了，便瞧不起她们了。

　　"什么事？什么事？"巴苏歇伯伯说，"是谁觉得不舒服了？……好！好嫂子，我们走吧！"

　　但是绮尔维丝听了这带痰的声音，忽然好像在噩梦中惊醒了。她做了什么呢？她一定是曾经拍了那板壁，所以巴苏歇伯伯才答应她。她在恐怖的时候，顿觉腰间被人打了一棍，屁股也被人捏了一捏，恍如看见那杠夫把他那粗大的双手伸过板壁来要揪她的头发。于是她害怕地把身子向后退了一退。不！不！她不愿意，她还没有预备好。她虽然打了那板壁，这大约因为她转身的时候在无意中把手肘撞着板壁罢了。这时候她忽然幻想她的脸白得像瓷碟一般，直挺挺的被那老头子抱了起来，送她到墓地上去，于是她觉得一阵恐怖从她的膝盖直升上了她的肩头。

　　"喂！一个人也没有了吗？"巴苏歇在静寂中说，"等一等，我对于女人总是客气的。"

　　"不，没有什么"，绮尔维丝终于吞吞吐吐地说，"我不需要什么。谢谢您吧。"

　　那杠夫口里喃喃地睡着了，她提心吊胆地静听他，不敢动一动，生怕他又要以为她在拍板壁。现在她发誓以后留心。哪怕她到了快要断气的时候，她也不再求救于他了。她说这话，为的是安慰自己，其实有些时候她虽然害怕，同时她对于那杠夫仍旧存着又惊又爱的心理。

　　在这穷苦的环境里，眼看着自己操心，别人也操心，大家过着凄凉的生活的时候，绮尔维丝却在俾夏尔家里得了一个好榜样。那小拉丽是个八岁的女孩，长得像冬瓜一般大小，却像大人般把家里收拾得干干净净。她的工作很是艰苦，她要照管两个小娃娃，一个是她的弟弟余勒,三岁;一个是她的妹妹亨丽爱德,五岁。整天到晚她须得照管他们,甚至于扫地或洗碟子的时候也不得不用眼睛监视着他们。自从俾夏尔伯伯一脚踢死了他的妻子之后,拉丽便变成了一个小主妇。她什么话也不说,然而她实际上替代了她的母亲,她那畜生般的父亲对待她像对待她的母亲一样,当年怎样毒打妻子今天也怎样毒打女儿。当他醉了回家的时候,总得要有些妇女任他摧残才过得去,他甚至于不注意到拉丽的年纪小,所以他打的时候也把她当做一个老皮囊。他的一个巴掌可以盖住了她整个的脸,她的肌肤太嫩了,所以他五指的痕迹在她的脸上竟留了两三天。时而一顿拳,时而一顿脚,她说一声"是"或"不是"都可以换得一顿毒打。她像一只战战兢兢温柔的小猫,瘦得令人下泪,而她的父亲像一只疯了的狼一般抓着她的身子,她只睁着一双美丽的眼睛忍气吞声,不敢埋怨半句。是的,拉丽没有反抗过,她略低下了头,好保护她的面孔;她忍着不哭不喊,以免惊动了邻人们。当她的父亲用脚踢得她在屋子四角乱滚而厌倦了的时候,她才在地上休息一会,等到有了气力才爬起来,立刻又开始工作,替她的弟弟妹妹们洗身洗衣,替全家预备晚饭,而且不让家具上有一点儿尘埃。至于被打,也是她的日常功课。

绮尔维丝对于拉丽起了很大的怜悯心,她把她当做平辈的妇人看待,认她是上了年纪而且对生活有认识的人。其实拉丽的面孔是黄黄的,神情很老成,也很像一个年老的女子。当人家听她谈话的时候,人家会猜她是三十岁的人。她很会买东西,很会缝补,很会理家,当她谈起孩子的事情来的时候,竟像她自己生过两三胎似的。八岁的女孩子说出这种话,听见的人们都忍不住笑;后来人们又觉得一阵心酸,连忙走开,以免为她流泪。绮尔维丝往往拉她来,尽自己的能力给她些食物或旧衣服。有一天,她把娜娜的一件旧衣给她试穿,忽然一阵伤心,因为她看见拉丽的脊梁都青紫了,手肘的皮破了,血还流着,这可怜无辜的一片薄皮包着瘦骨,竟像一把枯柴。好！巴苏歇伯伯尽可以预备棺材，她这样挨下去是挨不久的。然而拉丽哀求绮尔维丝，叫她一句话也不要说。她不愿意人们因她而难为她的父亲。她替他辩护，说假使他没有喝酒，他就不像这样凶恶了。他醉了就疯了，不晓得自己做的是什么事了。唉！她是原谅他的，因为一个人对于疯人的一切举动都应该原谅。

从此之后，绮尔维丝注意监视着，当她听见俾夏尔伯伯上楼的时候，她努力设法调停。但是，十次中有九次，连她自己也挨了俾夏尔的打。白天的时候她回家来，往往遇见拉丽被绑在铁床脚上；这是俾夏尔的好法子，他每次在出门之前用很粗的几根绳子系着她的腿与腰部，人家也不晓得是什么缘故；这大约因为烧酒激坏了他的脑子，所以他希望他不在家的时候也可以虐待他的女儿。拉丽直挺挺的整天被捆在床柱上，连小腿都被捆得发麻了；甚至于有一夜俾夏尔忘了回家，她就在床柱边熬了一夜。当绮尔维丝心中不平、要替她解开的时候，她还哀求她不要移动了绳子，因为她父亲每天回来还要察看绳结，假使结子走了样儿，他又要大大地发怒了。真的，她并不觉得苦，她觉得这样可以休息；她微笑着说这话，然而她的一双嫩腿早已肿起来成为死肉了。她所伤心的是她被绑在床边之后家里的工作便不能做了，只好眼巴巴地望着秩序零乱了。唉！她的父亲应该发明别的法子才好。话虽如此说，她还能够照管那些孩子，弟妹们也都听她的教训，她把余勒和亨丽爱德叫近她的身边，替他们揩鼻涕。她的腿虽被绑，手还闲着，所以她在未得释放以前便利用这时间打绒线，以免虚度光阴。尤其是俾夏尔解绳子的时候她觉得痛极了，她在地上躺了整整的一刻钟，然后才能站得起来，因为她的腿的血脉已经不流通了。

俾夏尔又发明一个小玩意儿，他把几个铜子在炉子里烧红了，然后把它们安放在壁炉的一个角儿上，于是他叫拉丽去买两磅面包。拉丽毫不猜疑，便在壁炉上拿铜子，忽然喊一声痛，连忙扔掉了铜子摇摆她那被烧焦了的一只小手，于是他就发怒起来了。唉！

谁见过这样的笨丫头！现在她拿钱也拿不稳了！他说她如果不立刻把铜子拾起来，他就要剥她的皮。那女孩子踌躇了一会儿，他拼命地打她一个很响亮的耳光，把她打得眼里乱冒金星。于是她一言不发，两泪齐流，拾起了那些铜子便走，一路上把铜子在掌中拨动，好教它们冷得快些。

醉汉的心肠凶狠到什么地步，是我们所料不到的。譬如有一天下午，拉丽把一切都安排好了，正在同孩子们玩耍。窗子开着，空气流通，风从廊子里来，轻轻把房门吹动。拉丽说：

"这是大胆先生。请进，大胆先生。请您进来坐一坐吧。"

她说着向门鞠躬，算是对风施礼。亨丽爱德和余勒在她的背后跟着也施礼，他们很喜欢这玩意儿，捧着肚子大笑起来，竟像被人家搔了胳肢窝似的。她看见他们这样开心，她自己也眉飞色舞，这真是每月难逢一次的事了。

"早安，大胆先生。您的身体好吗，大胆先生？"

忽然间，一只鲁莽的手把门推开，俾夏尔伯伯进来了。这时候房中的景象全变了，亨丽爱德和余勒仰身向后倒在墙上，拉丽一时被吓呆了，仍旧是鞠躬的样子。俾夏尔手拿着车夫用的一根新鞭子，柄子是白木做的，很长；皮条的尽头是细长的绳子。他把鞭子安放在床的一个角儿上，并不像平日一般地用脚踢她，然而她已经留心，她把腰部迎上去的时候已经先留着心了。他一阵冷笑，露出他的一床黑齿，他这时候很醉，很快活，面上显出眉飞色舞的样子，他说：

"喂，贱丫头，你在这儿快活，是不是？我在楼下就听见你跳舞了……呃，你上前来吧！近些，妈的！脸对着我！我不想要闻你的屁股！看你发抖得这么厉害，难道我碰着你了不成？……你先替我脱了鞋子再说。"

拉丽看见他不踢她，越发害怕了，面孔变成土色，低头替他脱了鞋子。他坐在床沿上，穿着衣服躺下去，睁着眼睛看着拉丽在屋子里的举动。拉丽在屋子里打旋转,被他的眼睛盯得呆了,心里越怕,手脚越发不由自主,终于打碎了一只杯子。于是他并不动一动,只把那长鞭子举起来给她看,说:

"喂,小牛儿,你看一看,这就是给你的赠品。是的,我为了你,又花了五十个铜子才把这家伙买了来……有了这家伙,我用不着起来,哪怕你跑遍了屋子里的四个角儿,我也打得着你。你要不要试一试?……呀!你打起杯子来了!……好!嗬!跳舞吧!向你那大胆先生鞠躬吧!"

他竟用不着起床,只安然地仰躺着,头放在枕头上,在卧房里大抽特抽他的长鞭子,活像马夫打他的马似的。后来他把手臂放低,专用鞭子打拉丽的腰部,把她一卷一松,抽得她像陀螺那样乱转。她摔倒在地上,想要爬着逃走;但是他又打她,她只好又站起来。

"哦!哦!"他说,"这好比赶驴子!……冬天的早上,这样一来,舒服得很,是不是?我睡觉,我不会伤风,我远远地打你,用不着走动,不至于伤了我的冻疮。在这角头上,嗬!打中了!贱丫头!在那角头上,嗬!也打中了!又在另一个角头上,哈!哈!还是打中了!呃!如果你滚到床底下去,我就用鞭子的柄杵你……哦!哦!哒哒!赶驴子!赶驴子!"

他的嘴里吐出了一点儿白沫,黑色的眼眶里突出黄色的眼睛。拉丽魂飞魄散,一面喊痛,一面在屋子的四角乱窜,时而滚在地下,时而靠着墙上。但是那长鞭子的细皮条打遍了她的全身,耳边听得好像一阵爆竹,鞭在皮上经过便留下一条一条伤痕。她真像人家教她学跳舞的一只猴子。呃!好看得很!她像跳绳的女孩子那样两脚乱跳,同时嘴里拼命叫喊着。这时候她气都喘不出来了,她不由自主地乱蹦乱跳像一只有弹性的皮球,她也懒得再找躲避的地方,只闭着眼睛让他打。她那虎狼父亲扬扬得意了,骂她做娼妇,问她受够了没有,又问她现在是否懂得她是逃不了的。

忽然间,绮尔维丝进来了,原来她听见了拉丽喊痛的声音,她进门之后,对着这种景象,心中十分不平,大怒地嚷道:

"呀!臭男子!你快放手好不好,强盗!我要到警察局里告你去!"

俾夏尔像一只被人打搅的猛兽,喃喃地说:

"喂!原来是您,瘌婆子!您管您自己的事情去吧!难道我打她还要戴上手套吗?……您是看得出的,我为的是教训教训她,使她知道我的手臂是很长的。"

他说着又是一鞭,打在拉丽的脸上。拉丽的上嘴唇破了,血流了。绮尔维丝拿起了一张椅子,预备同俾夏尔拼命。然而拉丽向她伸手,作哀恳的样子,说这没有什么,这已经完了,她说着便拿围裙的一角去吸干自己唇上的血,又叫弟妹们住口,原来那两个孩子看见姊姊被打,竟像他们自己被打似的,都呜呜咽咽地大哭起来。

当绮尔维丝想起了拉丽的时候,便不敢自恨薄命了。她希望有这八岁的女孩的勇气。真的!全层楼的妇女们合起来还比不上拉丽一人能够忍耐痛苦哩!绮尔维丝看见她吃了三个月的干面包,连面包的碎片也得不到一饱,瘦极了,弱极了,以致扶着墙壁走路。当她把吃剩的肉悄悄地送给她吃的时候,觉得心如刀割;原来她看见她一言不发,双眼含泪,把那肉细细地咬碎了然后吞下去,因为她的喉咙变小了,太粗的食物便不能进去了。虽然如此,她始终温和,始终尽心竭力,比中年的人更有理智;她能尽母亲的责任,但是她毕竟年轻力薄,几乎因此辛苦死了。绮尔维丝看了这受苦而宽容的女孩的榜样,便努力要学她,忍受着自己的痛苦。拉丽只是终日默默地睁着一双黑眼,露出乐天安命的样子,人家看得出她的眼神里含着无限的悲哀,然而她始终一言不发,只把眼睛睁得很大而已。

其实在古波夫妇家里,烧酒的毒也开始作祟了。绮尔维丝料定将来有一天她的男人也会像俾夏尔一样买一根新鞭子回来教她跳舞。她因害怕自己将来的不幸,当然越发可怜拉丽现在的不幸。
是的,古波的品行更坏了。现在烧酒给他脸上增加好颜色的时候
已经过去了。他不能像从前那样拍着他的上身说是烧酒把他养胖
了的;当初那几年他有的是黄色的脂肪,现在这些脂肪融化了,他
变瘦了,颜色也变得灰绿了,像池塘里的尸体的肉色一般。他的胃
口也坏了,他渐渐不喜欢吃面包,甚至于吃了红烧肉也作呕。人家
尽管把烹调得很好的肉给他吃,他的肠胃已经封闭了,他的牙齿软
了,嚼不动了。为着养他的身体起见,每天需要一瓶烧酒;这是他
的日常滋养品,是他的肠胃里所能消化的唯一的食料。早上起床
之后,弯着腰要坐整整的一刻钟,一面咳嗽,震得骨节作响,一面伸
着脖子,吐出一口一口的苦水,使他喉咙里都觉得发涩。他的呕吐
是不免的,人家尽可以事先就替他预备一个垃圾桶。他非等到喝
过第一杯烧酒之后是连站都站不起来的,酒到了就能安慰他,这真
是一种灵药,酒中的火把他的肠胃炙得舒服极了。但是在白天,他
的精神又好了。起初,他觉得皮肤上发痒,手脚都像被什么虫子咬
了似的。他因此笑起来,说他的老婆开他的玩笑,把一些什么毛放
在被单里叫他的身上发痒。后来他的两腿渐渐重了,身体上的发
痒变为难堪的肌肉抽疼了,好像被钳子夹了肉似的。他觉得这个
不很开心了,他不再笑了,突然在街上停了脚步,昏昏乱乱的,耳边
嗡嗡地响,眼前乱冒火星。他似乎看见一切都是黄的,房子也在晃
动,他旋转了三秒钟,生怕跌在地上。又有些时候,赤日当空照着
他的身体,他忽然打了一个寒战,竟像一桶冷水从他的肩头流到他
的屁股似的。最令他生气的是他的两手也颤动起来,尤其是右手,
看它颤动得那样厉害,一定是有了病症了。妈的! 他不是男子了!
现在他变成一个老妇人了! 他狠狠地伸张着筋肉,抓起了他的杯
子,赌咒说要拿稳了它,然而他虽然用足力量,那杯子仍旧在跳动,
向左跳,向右跳,跳得很急促,而且很均匀。于是他生气了,又拼命
地喝酒,说他喝了十来瓶酒,以后就可以把一桶酒抬起来连手指头

也不会颤一颤呢。绮尔维丝劝他，说如果他希望不发颤，就该不再喝酒。他不管她的话，又喝了许多瓶作为试验，醉了便生气，骂那些过街的马车扰乱了他的酒兴。

到了3月的一天晚上，古波回家的时候，满身湿透了。原来他同"靴子"在蒙鲁歇吃了一顿鳝鱼，回来的时候经过富尔诺与卖鱼路交界的地方遇到一场骤雨。到了夜里，他咳嗽得很厉害，他的脸色很红，身上发烧，气喘得像一个破风箱。第二天早上，博歇夫妇叫了一个医生来看他，那医生诊听了他的脊背之后，悄悄地把绮尔维丝拉到一边，劝她立刻把她的丈夫送到医院里去，原来古波有了肺炎了。

当然，绮尔维丝的心里并不难受。从前的时候她宁愿给人家剁成肉酱，不愿把丈夫交托给医院里的人们。譬如他从屋顶跌下来那一次，她为了调护他，把家财吃得精光了。但是这种好情感是一时的，到了男人们堕落了之后就完了。不，不，现在她不肯再挨那种辛苦了。人家尽可以把他从她手里抢了去不再还给她，她还千谢万谢哩。话虽如此说，一到担架床到来人家把古波像家具一般地搬运去了的时候，她又抿着嘴变了颜色。她口里尽管叽哩咕噜地骂了一千个"活该"，心里却希望柜子里有十个法郎，好叫她把他留在家里。她伴送他到了拉里布齐埃医院，眼看着看护们把他扶上了床，同时又看见那一个广阔的大厅里排列着许多病人，一个个都像死人的面孔，他们把身子抬起来，看人家搬运来的新伴侣；这里头真要把人闷死，屋子里充满了发烧的人们的气味，那些痨病鬼的呻吟声，几乎使人难过得要把肺都吐出来；而且那厅子活像一块墓地，一行一行的白床便像一行一行的坟墓。当古波在床上睡定了之后，她便走了，临走时找不着一句话说，袋子里也没有一个钱留给他。到了医院的外面，她回头望一望房子。她想起了当年古波高高地站在滴水檐的旁边装置他的锌板，同时在太阳下唱歌。那时节，他还不喝酒，他的皮肤鲜艳得像一个女子。她呢，她在好心旅馆里凭窗找他,看见他在半空中,他们两人便相向挥动他们的手帕,远远地互相微笑。是的,当年古波在那上头工作,他也没有想到是为自己而工作。现在呢,他并不像站在屋顶上的一只快活的麻雀了,他只在地面上的医院里筑了他的窝了,面黄肌瘦,正在那里等死。天啊! 在今天看来,恋爱的时代是多么远了啊!

　　到了第三天,绮尔维丝到医院里去探消息,看见床已经空了。一个看护妇向她解释,说人家把她的丈夫送到圣安娜病院去了,因为昨天他忽然发疯了,吵嚷了许多疯话。唉! 他是完全疯了,他说要碰墙,又哭哭喊喊的,害得那些病人都睡不着。这似乎都是由于酒毒。这酒毒本已潜伏在他的身体里,现在他得了肺炎,一时衰弱无力,酒毒便趁此机会发作使他神经错乱。绮尔维丝回到了家里,心烦意乱,不知如何是好。唉! 她的男人现在竟疯了! 假使人家惹恼了他,将来的生活可就好看了! 娜娜嚷着说应该让他留在医院里,否则他终于会把妻子、女儿都屠杀了的。

　　一直到了星期天,绮尔维丝才能到圣安娜病院去。这竟是一次长途旅行。幸亏从洛歇叔雅路到哥拉西耶的公共马车恰恰经过那病院的附近。她从健康路下了车,买了两个桔子,好叫她不至于空手进门。疗养院里有许多阴暗的院子,很长的廊子,到处有的是酸臭的药气,人们到了这里决不会感到快活。但是,当人家把她引进了一个小房间的时候,她看见古波似乎很快活,这真令她诧异起来。这时候他恰蹲在他的宝座上,他的宝座是一只木箱,很干净,没有一点儿臭气;旁边的人都在发笑,因为她恰巧碰见了他屁股朝天,在那里大便。哈! 哈! 病人的动作是不必拘礼的,对不对? 他扬扬得意,像一个教皇一样,仍旧像当年那样会说俏皮话。唉! 他的病好得多了,他的肚子里能够消化了。

　　“肺炎呢?”绮尔维丝问。

　　“扫清了!”他回答说,“他们用手把它拔除了。我还有点儿咳嗽,这只是个尾声罢了。”

在离了他的宝座,预备回到床上的时候,他又开玩笑说:

"你的鼻子结实得很,你不怕臭气熏坏了你!"

于是这些病人越发说起俏皮话来了。其实他们也有他们的快乐,他们用不着咬文嚼字也可以很有趣很幽默地在一起说些笑话来互相表示他们的快乐。唉!一个人如果没有见过病人,怎能知道重新看见病人恢复正常而感到的乐趣呢?

当他到了床上之后,她把那两个桔子给他,他很感动。他仍旧变为好人了,因为现在他喝的是药茶,不再在酒店里的柜台前盘桓了。她听见他说话很有条理,像好的时候一样,她十分诧异,她终于敢说起他曾经疯狂了。他自己也取笑说:

"呀,是的,我实在说了一阵胡话!……你想不到,我看见了许多老鼠,我爬着追赶它们,要把一撮盐放在它们的尾巴底下。你呢,你在呼唤我,因为有许多人要迫你走过去。总之,是种种的糊涂事,我还在白天里看见了许多鬼……呀!我记得很清楚,我的头脑还结实。现在是完了,我睡着的时候还做了些噩梦,然而谁没有噩梦呢?"

绮尔维丝在他身边陪伴着他直到晚上。六点钟的时候,医生来看一次,叫他伸出手来;他的手差不多是不发颤了,只是指尖上稍微有些颤动。然而天色黑了之后,古波渐渐害怕起来,他在床上坐起来了两次,怔怔地望着屋子里地上黑暗的角落。忽然间,他伸长了手臂,活像要打死墙上的一只什么动物似的。

"什么事?"绮尔维丝惊惶地问。

"老鼠,老鼠。"他喃喃地说。

静默了一会儿之后,他昏昏地打瞌睡,忽然又挣扎着,断断续续地嚷着说:

"妈的!它们咬我的衣服了!……唉!脏畜生!……小心!快裹紧你的裙子!当心那些脏东西!在你的后面……妈的!它翻筋斗了!它们在笑呢!……脏货!坏蛋!强盗!"

　　他向空中打了几巴掌，把被单拉上来掩住他的胸膛，像是看见了些胡须邋遢的男人们要来打他似的。于是一个看护跑来了，绮尔维丝吓得一身冷汗，退出去了。但是，过了几天，她再来的时候，看见古波完全好了，噩梦也没有了，他像婴儿般爱睡，每夜睡十个钟头，手脚不动一动。因此人家允许他的妻子把他领回家去。不过，在出院的时候，医生照例对他说了许多好话，劝他仔细思考。假使他再喝酒，他会再病起来，而且性命难保。是的，这要看他自己能不能留心了！试看他不醉的时候是多么快活和气。好！他应该在家里也继续圣安娜病院的生活，自以为还被人关锁着，而且世上没有酒店存在，这么一来，就好了。

　　"那先生的话有理。"绮尔维丝同他搭公共马车回金滴路的时候说。

　　"当然，他说得有理。"古波回答说。

　　但是，他沉思了一会儿之后，又说：

　　"唉！你要知道，偶然喝它一小杯，不见得就能够毒死了人，而且还能够助消化呢。"

　　当天晚上他便喝了一小杯烧酒，以助他的消化。在一星期之内，他还显得谨慎的样子。其实他还是忘不了酒，他并没有顾虑会在病院里送命。于是他终于敌不过爱酒的心理，喝了第一杯之后，他不由自主地又喝第二杯、第三杯、第四杯；半个月之后他便恢复了他的酒量，每天非一瓶强烈的烧酒不可了。绮尔维丝气得要死，几乎同他打架。唉！当她看见他在医院里恢复了他的理智的时候，她还希望重新得到一种规矩的生活哩！好，又一次绝望了，这肯定是最后一次了！呀！既然现在没有什么可以矫正他，甚至于"死"字也吓不住他，于是她也发誓不再顾家了。家务糟到了十二分，她也不当它一回事。而且她说她自己也要逢场作戏，乐它一乐。于是地狱的生活再开始了，一天一天地堕落在污泥里，从此再也没有过好日子的希望。娜娜在她的父亲打她耳光的时候，恨恨地问这个无用的东西为什么不一直留在病院里。她说她要赚钱给他买酒,好叫他死得快些。绮尔维丝方面也是一样,有一天,古波后悔不该结婚,她便大吼起来。呀!他说她是别人吃剩了的贱骨头!呀!他又说她在马路上装做贞洁的女人,勾引他,希望他收留她!妈的!他竟有胆子敢这样说!他的话哪一句不是说谎!老实说,当初她不肯要他。她曾经劝他再三考虑,他还跪在她跟前求她决定呢。假使事情可以重新来过的话,她一定会说不肯!她宁愿给人家割去一只手臂,不愿嫁给他。是的,在他之前她是有过人的,但是一个女人虽然有过人,然而很勤快,便胜过一个懒惰的男子为了喝酒而污辱了他自己和他妻子的人格!这一天,古波家里第一次真的打起架来,打得太厉害了,以致一柄旧雨伞和一把扫帚都被打断了。

绮尔维丝果然实行她的话,她更颓废了:她更常常不上工,整天到晚同人家谈天,懒惰到了极点。一件东西从她的手里掉下来的时候,那东西尽可以停留在地上,断断不会是她弯腰把它拾了起来。她故意把自己养胖些,她过的是舒服的生活;除非垃圾堆积到要把她绊倒,否则她不会扫一扫地的。现在罗利欧夫妇过她的房门的时候故意掩着鼻子,说这简直是一团毒气。他们静悄悄地在廊子的尽头生活着,这一层楼就只有他们一家不穷苦,所以他们关门不出,以免人家向他们借一个法郎。唉!真是好心人!真是客气的邻居!是的!如果你去敲门问他们借一根火柴,或借一撮盐,或一壶清水,包管他们劈面把房门关上!除此之外,他们的舌头真像毒蛇的舌头。当人家求救于他们的时候,他们嚷着说不管别人的事,然而一到关系人家的名誉的时候,他们却又管人家的事了,整天到晚播弄是非了。他们常常把门闩上,又把一张被单挂在门上,遮住门缝与锁孔,于是他们制造谣言取乐,同时他们的手却一秒钟也不离开金丝。尤其是瘸子败家的事令他们整天到晚说不厌,咿咿唔唔的,像受人抚爱的猫一般。唉!朋友们,你们看!衰败到这地步！他们窥探她出去买食物,看见她回来的时候只在围裙下带了一块很小的面包,他们就笑得前仰后合的。他们常常计算她绝粮的日子。他们晓得她家的尘埃很厚,许多盘碟堆积着不洗,凡是越来越加甚的懒惰与穷苦的事情他们都知道。至于她的衣服呢,这种令人作呕的破旧衣服连拣破布的老婆子还不肯要哩!天呀天！她的生意在哪里？这黄发的娼妇,当年她在她那蓝色的漂亮店里可扭够了屁股哩!这就是贪吃贪喝的结果呀!绮尔维丝猜透他们会说她的坏话,所以往往脱了鞋子,把耳朵挨着他们的房门静听;谁知给那被单挡住,听不见他们的声音。只有一天她撞见他们正在把她叫做"大奶子",原来她虽然因食物太坏而饿空了肚皮,她的胸前还是很凸的。她在别处也撞见他们说过她的坏话;她为着怕别人批评,所以仍旧同他们说话。她明知他们这一班脏货会当众欺侮她,然而她甚至于没有答辩的气力了。再说,现在她只想及时行乐,有快乐的时候便动一动,如此而已,何苦同别人争吵呢？

有一个星期六,古波说过要领她去看马戏,去看一看女人们骑马而且跳圈子,这是值得出去一趟的。恰好古波做了半个月的工,工钱领了来,花两个法郎是不算多的。他们甚至于要在外面吃晚饭,因为今晚娜娜的老板领了一件紧急的工作,她非在工场里熬夜不可。但是,到了七点钟,古波没有回家;八点钟,也不见他的影子。绮尔维丝气极了。她的醉汉子一定把领来的工钱拿到本区的酒店里去同他的朋友们买好酒好菜吃了。她已经洗好了一顶帽子;而且自从早上以来辛辛苦苦地缝补了一件旧衣服的三个大窟窿,希望可以见得人。后来到了九点钟,她的肚子空了,脾气发了,于是她决定下楼,到附近的地方去寻找古波。

"您要找您的丈夫吗？"博歇太太看她脸上神色不对就说,"他在哥伦布伯伯的店里。刚才博歇还同他吃了些樱桃哩。"

绮尔维丝道了谢,直挺挺地走到街上,存心要扑在古波身上,同他大闹一场。这时候天下着细雨,使她走路更是没兴趣。但是她到了酒店门前的时候,忽然想起如果她得罪了她的男人,连她自己也有不妥。于是她害怕起来,变为安静而谨慎了。那酒店的煤气灯亮了,一道一道的白光好像日光,各种颜色的大小瓶子把它们的颜色映在墙上。她在那里停留了一会儿,弯着脊背,把眼睛凑在橱窗的玻璃上,从陈列着的酒瓶子中间向厅的后面窥探古波。看见他同他的朋友们坐在一块儿,他们围着一张锌板的桌子,一个个都被烟斗的烟雾遮住脸,都变成蓝色而模糊不清了。她听不见他们的说话,只看见他们指手画脚,下巴向前,眼睛突出,她觉得有一种奇异的感想。唉!男人们丢开了他们的妻子,丢开了他们的家,到这么一个闷气的地方来,这是可能的吗?雨点沿着她的脖颈流下来了,她站了起来,走到了外面的大马路上,心中考虑着,一时不敢进去。好!古波是不愿意人家歪缠他的,如果她进去,他会怎样接待她呢?再说,这里也不是正经妇人所应该进去的地方。这时候她在湿透了的树木下面,还在踌躇,忽然打了一个寒战,她心里细想,她这样被雨淋打,一定会染上疾病的。她又两次回来,站在玻璃窗前,重新把眼凑近玻璃,看见那一班醉汉在室内,始终只在谈天喝酒,她越发愤激了。酒店里的灯光映在马路的积水上,雨点打在水上,好像汤正在滚起泡子一般。每逢酒店的门一开一关,震得门上的铜发响的时候,她便让开,脚踏在积水里。末了,她说自己太傻了,于是把门一推,一直走向古波的桌子。总之,她是来找她的丈夫的,是不是?既然他说过今天晚上要领她到马戏场里去,那么她这一来算是得了他的允许的。也罢!她不希望在马路上守候着,像肥皂一样被雨点淋得融化了。

"呃?原来是你,我的老太婆?"古波冷笑地说,"呀!她真是滑稽得很!……是不是?她滑稽得很!"

于是"靴子、烤肉、咸嘴"都笑了。是的,他们觉得这很滑稽,然而说不出什么理由。绮尔维丝有几分昏昏乱乱的,只是站着。她

似乎觉得古波还和气,于是她大胆说:

"你要知道,我们该到那边去了,现在我们应当快点走,我们还可以赶得上到那边去看一点儿东西呢。"

"我站不起来了,我被凳子胶住了!真的,我不骗你!"古波仍旧笑着说,"你如果不相信,你尽力拉我的手臂试一试看,妈的!再用力些!喂,拉吧!……你瞧!是那驴子哥仑布伯伯把我钉在凳子上了。"

绮尔维丝相信了他的话就这样拉他,但是拉不动;当她放开了古波的手臂的时候,那一班朋友们觉得这玩意儿很滑稽,便大笑大嚷起来,互相摩擦着肩头,好像几匹驴子被人用铁刷刷顺了毛似的。古波笑得把嘴咧得很大,使人家都能看见他的喉咙。

"呆婆子!"他终于说,"你尽可以坐一分钟啊。我们在这儿不比到外面去踏泥水好些吗?……呃!不错,我没有回家,因为我有事情耽搁。现在纵使你和我怄气也没有什么用处……喂,你们请走开吧!"

"如果太太肯坐在我的大腿上,岂不更舒服些。""靴子"殷勤地说。

绮尔维丝不愿给人家取笑,于是拉了一把椅子来,离桌子几步远坐了下来。她细看他们喝的是什么,看见杯子里的烧酒像金子一般放光,桌子上流着一涡残酒,"咸嘴"一面谈话,一面浸湿了他的手指,在桌子上写了一个女人的名字:欧拉丽,是几个很大的字,她觉得"烤肉"的身体瘦得不堪,只像一束铁钉。"靴子"的鼻子起了花纹。他们四个人都是很肮脏的,他们的胡须又邋遢,又发臭,好像洗夜壶的刷子一般,身上穿的是破旧的工衣,指甲是黑的,手上的油腻积得很厚。但是,人家还可以同他们喝酒,因为他们自从六点钟喝酒到现在还是规规矩矩的呢。绮尔维丝又看见两个男人正在柜台前喝酒,醉得太厉害了,他们互相把酒杯送到下巴底下,浸湿了他们的衬衫。那肥胖的哥仑布伯伯伸长了他的大手臂,安然地给他们斟酒。——这一双大手臂好像是酒店的护身宝。——
这时天气很热,在强烈的煤气灯光里,烟斗喷出来的烟雾越聚越
厚,像灰尘一样渐渐地把喝酒的人都遮住了。从这云雾里发出了
一阵喧嚣,声音混杂震耳,夹杂着沙哑的人声、撞碰的杯声、咒骂
声、拳打桌子的声音,闹得天翻地覆。所以绮尔维丝脸上显出不自
在的神气,因为这种景象在一个女人看来不是好看的,尤其是没有
看惯这景象的一个女人;她的呼吸艰难了,眼睛发烧了,烧酒的气
味充满了一屋,把她弄得头昏了。忽然间,她感觉得背后好像有什
么东西,使她感到非常不舒服。她回头看见那狭小的院子里,玻璃
房顶下面那蒸馏机正在动作,使她想到这是制造人间地狱的一种
可怕的东西。一到晚上,蒸馏机上的那些铜器减少了许多光辉,仅
仅有一盏红灯照耀着。那机器的影子映在后方的墙上,像是许多
有尾巴的妖精,它们张开了大嘴似乎要吞灭整个的人类。

“喂,我的娘子,你不要噘着嘴!”古波嚷着说,“你要知道,人生
何必忧愁!……你要喝什么?”

“我当然不要喝什么啦”,绮尔维丝回答说,“我还没有吃晚
饭呢。”

“好!越发应该喝酒了!喝一滴什么就可以充饥的。”

她仍旧是愁眉不展的,于是“靴子”又向她献殷勤说:

“太太大约喜欢香甜的东西吧。”

“我喜欢不喝酒的男人”,绮尔维丝生气地说,“是的,我喜欢人
家把工钱带回家去,而且,能够实行他答应过人家的话。”

“呀!原来你为这个生气!”古波仍旧冷笑地说,“你要你那一
份。那么,呆婆子,你为什么拒绝喝酒呢?……你喝吧,这不就是
你那一份好处吗。”

她怔怔地把眼盯住了他,显出严重的样子,额上起了一道皱
纹。随后,她用迟缓的声音回答说:

“呃!你说得有理,这是一个好主意。这么一来,我们可以一

块儿把钱喝光了。"

"烤肉"站起来,去替她叫了一杯茴香酒。她把椅子移近,居然就着桌子喝起来了。当她喝茴香酒的时候,忽然想起了一件事,她记得当年她在这里同古波吃过一份醉李子。那时节,他们坐在门的旁边,那时候他正向她追求;当时她只咬了一口李子,却不肯喝那浸李子的烧酒。现在呢,她竟喝起烧酒来了。唉!她认识她自己,她没有一点儿志气。人家只要用手指在她的腰上弹一弹,就可以使她在酒缸里打筋斗。她甚至于觉得那茴香酒很好喝,也许太甜了些,不太对胃口。她一面呷她的杯子,一面听"咸嘴"叙述他与那肥胖的欧拉丽结合的经过。这是一个在马路上卖鱼的妇人,她很乖巧,当她把车子推在街道上经过酒店的时候,她一定嗅得出来"咸嘴"在哪一家。朋友们尽管报告他,叫他躲起来,但是她往往捉得着他;昨天她甚至于把一尾鱼扔在他的脸上,警诫他没有上工场去。哈哈!这太滑稽了!"烤肉"与"靴子"笑弯了腰,在绮尔维丝的肩上拍了几拍;绮尔维丝像被人搔胳肢窝似的,不由自主地也笑起来。于是他们劝她学那肥胖的欧拉丽,把她烫衣服的烙铁拿到酒店的柜台前烫古波的耳朵。

"好,谢谢你!"古波说时把他妻子喝干了的酒杯翻了过来,"你喝得不错!你们瞧,喝酒不见得就是坏事!"

"太太再来一杯好不好?""咸嘴"问。

不,她喝够了。然而她在踌躇,那茴香酒扰乱了她的心肠,她情愿喝一些什么强烈的东西医一医她的肠胃。于是她斜着眼睛望她背后那蒸馏机,那蒸锅像一个卖锅子的胖女人的肚子,那管子像她的鼻子,伸得很长,而且是弯弯曲曲的,那蒸锅吐出来的酒气使她打了一个寒噤,令她又害怕又存着欲望。是的,这好像一个女妖精的铜腑铁脏,腑脏里的祸水一滴一滴地流出来。这真是毒物的源泉!这样可恨的东西应当把它埋葬起来。然而她不免想要把鼻子凑进去嗅一嗅那气味,纵使她的舌头被酒毒烧焦了也不要紧。

"你们喝的是什么?"她悄悄地向男人们问,她的眼睛被他们的杯里的金光炫耀着了。

"我的娘子",古波回答说,"这是哥仑布伯伯的樟脑酒……你不要做傻子,是不是? 我们要给你尝一尝。"

人家拿了一杯烧酒来给她,她喝了第一口,她的嘴巴骨就收缩了。古波拍着大腿又说:

"哈哈! 这么一来,你的喉咙舒服了吧! ……你把它一口喝下去。每次多喝一杯酒,医生就少赚六法郎。"

喝到了第二杯,绮尔维丝不再觉得肚子饿了。现在她同古波重归于好了,不再怪他失信了。他们下次再到马戏场去就是了,几个女人骑马兜圈子有什么好看呢? 哥仑布伯伯的店里没有雨,他的工钱虽然为了烧酒而花了,至少还落在肚子里,而且喝这种酒真像喝透明光亮的黄金水。呀! 她情愿劝人们喝酒了! 生活对她不见得怎样快乐,而且她能和他一同把钱花光,觉得倒是一种安慰。既然她觉得舒服,何不就留在这里呢? 当她懒起来的时候,哪怕人家放大炮,她也不会动一动的。她在温暖的空气里坐着,上衣粘住了背脊,身子舒服得很,四肢也就发软了。她把肘支在桌子上,眼睛远远地望着,独自笑起来,因为她望见两个顾客:一个胖子,一个矮子,坐在邻桌上,醉极了,互相拥抱着大吻特吻。是的,她笑那酒店,笑那肥胖的哥仑布伯伯,笑那些吸烟斗、吵嚷、吐痰的酒客,笑那辉煌的灯光在镜子里映出烧酒的瓶子来。酒店里的气味不妨碍她了;非但不妨碍,她反觉得鼻子很舒服,这气味竟是很香的呢。她短促地呼吸着并不觉得闷气,她的眼睑略闭了些,在尝试她那昏昏欲睡的滋味。后来她喝了第三杯烧酒,她便双手托着腮,眼里仅仅看见古波和那几个朋友们了。她的脸和他们的脸挨得这样近,脸上以致被他们的呼吸都嘘热了,她只怔怔地看他们的脏胡子,好像要计算他们共有几根毛似的。这时候他们都很醉了,"靴子"的嘴里流着口涎,衔着烟斗,他的神情沉静而严肃,像一个半睡半醒的老牛。"烤肉"叙述了一段故事,说他曾经把瓶子举起,瓶底向上,把一瓶酒倒在嘴里,唚喋地吞了下去。这时候"咸嘴"到柜台上拿了一个转盘来,同古波赌东道。

"两百!……你真阔,每次的大数目都归了你。"

那转盘又卡喳卡喳地转动了,玻璃面下面,一个代表财运的高大的红色女人在旋转着,旋转快了,只看见转盘中间成了一个红点,像一滴红酒似的。

"三百五十!……不晓得你是怎样捣鬼的!啊!我不赌了!"

绮尔维丝对于转盘也发生兴趣。她拼命喝酒,而且把"靴子"叫做"我的儿子"。她的背后那蒸馏机仍旧动作着,像地下的泉水的声音。她没法阻止它,没法喝干它,心中动了怒气,恨不得跳在那机器上像跳在一只畜生身上一样踢它几脚,踢破它的肚子。她觉得一切都混乱了,她看见那机器似乎在摇动,又觉得那些铜爪抓住了她,同时她觉得那烧酒从她的头直灌到她的脚。

后来她觉得那厅子也在跳舞了,煤气灯光晃动得像一些流星,绮尔维丝醉了。她听见"咸嘴"与哥仑布伯伯大吵大闹,这老板竟是一个强盗!然而这里却不是强盗村啊!忽然间,大家拥挤起来,叫喊起来,只听得一片翻桌的声音,原来哥仑布伯伯老实不客气地把众人赶出门口去了。出了门口,众人肆口大骂,把他叫做坏蛋。天始终下着雨,一阵轻轻的冷风吹着。绮尔维丝和古波失散了,一忽儿找着了他,一忽儿又失散了。她想要回家,她摸索着那些店户,好让她认识路途。这突如其来的夜色使她十分惊异。到了卖鱼路口,她坐在水沟里,以为是在洗衣场里。沟里的流水使她头昏得十分难受。末了,她总算到了家了,直挺挺地从门房走过,分明看见门房里罗利欧夫妇与布瓦松夫妇正在伴着博歇夫妇吃饭。他们看见她那种好看的情形,大家面上露出怪相表示感到恶心的样子。

她始终不晓得她怎样爬上了七楼。到了七楼,正要沿着廊子

走的时候,拉丽听见了她的声音,便跑了来张开了两臂,很亲热地笑着说:

"绮尔维丝太太,爸爸没有回家,我请您去看一看我的孩子们睡觉好不好?……唉!他们可爱得很!"

但是,她看见了绮尔维丝痴呆般的面孔,连忙倒退,周身发抖。原来她看惯了无光的眼睛和扭歪的嘴唇,而且分辨得出烧酒的气息。于是绮尔维丝一言不发,深一脚浅一脚地走过去了;同时拉丽站在自己的门口,默默地、肃然地,用一双黑眼睛送着她。

十一

　　娜娜长大了,变成了一个下流的女孩子,只十五岁便长得像一头小牛似的肥胖,皮肤十分洁白,胖到人家说她是一个线球。是的,她是这样的,十五岁,就没有一点含羞的样子,常常露出她的一床牙齿大笑,而且也不穿胸衣。她有一副饶舌的女人的面孔,白得像浸在牛奶里一样,皮肤上像桃子一样有很多细毛,鼻子很有趣,嘴唇很红,两眼像两盏明灯,所有的男子都希望在她这盏明灯上点烟斗。她的头发是金黄色的,像新鲜的荞麦的颜色,加上了赭色的斑点,成为耀目的金冠。呀!罗利欧夫妇说得好,这是一个美丽的娃娃。看她这样年纪小,似乎还要人家替她揩鼻涕;然而她的肩臂已经很粗很圆,已经带着妇人的气味了。

　　现在娜娜不再把纸球儿塞在胸衣里了,她的奶子长出来了,是一对像新绸缎那样雪白的奶子。她并不因此觉得难为情,她希望奶子长得很大,大得像奶妈的一般,因为少年人的心是不知足而毫不顾虑的。她最能惹人起意的是:她习惯了把半寸的舌尖伸出洁白的牙齿之外。当然,她对镜自照的时候,也觉得这模样好看。所以她一天到晚只管伸出她的舌头,为的是做美丽的女子。

　　"快把你的舌头缩进去!"她的母亲常常这样骂她。

　　古波往往也参加在内,拍着桌子,破口骂道:

　　"快把你那红带子收进去!"

　　娜娜显得是很爱打扮的人。她不常常洗脚,然而她穿很紧的鞋子,累得她很受痛苦;人家看见她痛得脸变青了,问她为什么,她回答说她的肚子痛,不肯说她爱打扮。当家里没有面包吃的时候,她很难得到妆饰的用费。于是她异想天开,从工场里把扎花的彩带拿了些回来,做了一些妆饰品和彩结来缝在肮脏的衣服上。到了夏天就是她得意的时令了,她穿着六个法郎买来的一件细棉布女袍,度过许多星期日,在金滴全区内炫耀她美丽的金发。真的,从外面的大街到城墙的要塞,从克里酿古街到教堂路,没有一个人不认识她。人家把她叫做"小母鸡",因为她的皮色又嫩又鲜艳,真像一只小母鸡。

尤其是有一件衣服最合她的身材,这是一件带有红点的白色女袍,非常简单,没有一点儿镶饰品。裙子短了些,恰好露出她的脚;她的袖子十分宽阔,直露出了她的两肘;她悄悄地在楼梯的黑暗角头上把胸衣解开用别针把领口别成一个心的形状,不让她的父亲古波看见,恐怕他打她,露出她的雪白的颈子和笼罩在金色暗影里的酥胸。此外没有什么别的妆饰,只有一条玫瑰色的彩带系在她金黄色的头发上,彩带的两头在她的后颈上飘荡着。她这样打扮像一束娇艳的鲜花,她显示出青春少女的美妙。

在这时期内,她每逢星期日都有约会,她约会的是什么人都有,凡是过路的用眼瞟过她的男子,一个个都是她所要会的。她等候他们,等了整整的一个星期,心头充满了欲望和烦闷,觉得有在马路上和男子们成群结队地在太阳底下散步的必要。从早上起,她就打扮,穿着衬衣在横柜上挂着的镜子里徘徊好几个钟头。这所房里的人都可以从窗子外面望见她,所以她的母亲生了气,问她披着衬衫散步够了没了。然而她还是光着腿,肩上披着衬衣,蓬松着头发,安然地用糖水在额上把头发梳成弯钩形,并且缝补她的衣裙和鞋上的纽扣。古波看见了便冷笑,打趣地说她这样很风光,她尽可以扮一个野女人,给人家看,可以卖两个铜子!他对她嚷道:"把你的肉藏起来吧,免得我吃不下去面包!"其实她很可爱,在蓬松的金发之下现出洁白细致的身子；她听了这话怒极了，以致皮肤变为桃红色，然而她不敢回答她的父亲，只是狠狠地咬紧了牙，气得她那美女的赤裸的玉体全身颤抖起来。

　　吃了中饭之后，她立刻溜开，下楼到院子里去了。这个星期日这所房子里非常安静，似乎人都睡着了。下面那些工场都关了门，从那些住宅开着的窗子里露出些已经准备好了的晚餐的餐桌。一对一对的夫妇正在城郊散步，为的是回来吃晚饭的时候胃口好些。四楼有一个女人正在移动她的床和家具，用整天的工夫在刷洗她的卧房，一面唱她的歌，唱了几个钟头始终只是那一首，声音和婉而且凄怆。在大家不上工的时候，院子里空空洞洞的，娜娜、宝玲和别的大姑娘，闹嘈嘈地在那里拍羽毛球玩耍。她们五六个人，年纪差不多，都成了这所房里的皇后，都能博得男子们羡慕的眼色。当一个男人从院子里走过的时候，便发出一阵尖锐的笑声，裙子窸窣的声音像起了一阵风似的。在她们的头上，空气中充满了节日热闹而闲散的气氛，飞扬着散步的人群惹起来的灰尘。

　　但是，拍羽毛球的游戏不过是她们脱逃的妙法，忽然间，房子里变得完全沉寂了，她们早已溜到了街上，走到了外面的大马路上。于是她们六个人手拉手地横排在马路上走着，穿着浅色的衣服，光着头，头发上系着彩结子。她们的眼睛很活泼，用眼角四面张望，一切的事物都给她们看见了。她们扬着头哈哈大笑，露出她们肥胖的下巴。有时候正在她们欢笑的当儿，有一个驼背的人走过，或一个妇人在界石的旁边等候她的狗，她们的队伍被打断了，有几个落在后面，另有几个拼命地在前面拉着她们一块儿走。她们摇摆她们的屁股，时而混在一团，时而分离队伍，一则为了要惹人们注意，二则可以把新发育的身体在胸衣里显出来。这马路真像是属于她们的，她们是在那里长大的，以前幼年时代曾经沿着各店户撩起她们的裙子玩耍；现在为了再系好她们的袜带她们竟又把裙子撩到大腿。在这缓步闲游尘土飞扬的人丛中，在大马路的细高的树木下,她们从洛歇叔雅区直跑到圣德尼区,撞了许多人,截断了许多队伍,掉转头来带着笑说了许多不三不四的话。她们那随风飘起的女袍在经过的路上给人们留下了少年无礼的印象,她们在青天白日之下展览她们那种淫秽粗俗的态度。她们的颈窝被汗浸湿了,像一些出浴的处女,很能令人起意。

娜娜走在中间,她的玫瑰色的女袍在太阳底下放光。她挽着宝玲的手臂,宝玲的袍子是白底黄花的,也在太阳底下闪出光亮。她们两人是一群里最胖的最不怕羞的,最有妇人气概的,所以她们领导着这一群人,听见人家的恭维或看到人家的注视都令她们昂着头表示洋洋得意。其他的女孩们排列在她们的左右,极力装模作样,好叫人们重视她们。娜娜和宝玲心里很有诡计,很晓得怎样卖弄风骚。她们所以喘着气拼命奔跑着,无非为的是要显出她们的白袜子,并且使她们头发上的彩结随风飞舞。再说,如果她们忽然停了脚步,假作喘气的样子,扬着头,胸间也在突突地跳动的话,那地方一定有几个她们认识的男子。在这种时候,她们便有气无力地走着,相视而笑,吱吱喳喳地说私话,同时偷偷用眼窥探着。她们在街道上撞来撞去,无非为的是想要偶然遇着认识的男子。有些少年穿着新衣服,戴着圆帽子,拉住她们在阴沟旁边停留一会儿,同她们开玩笑,想要搂她们的身体。又有些不到二十岁的工人,穿着不整齐的灰色工衣,交叉着双臂慢慢地同她们谈话,他们把烟斗里的烟吹进她们的鼻子里。这是没有什么要紧的,这些男孩子差不多同她们的年纪一样小呢。然而在这许多人中间,她们已经有个选择了。宝玲往往遇见哥特龙太太的一个儿子,他是一个十七岁的木匠,常常买苹果给她吃。娜娜远远地在马路的另一头便瞥见维克多·福公尼耶,他是洗衣店老板娘福公尼耶太太的儿子,她同他往往在暗地里亲嘴。仅仅亲嘴而已,没有更进一步,因为她们都是狡猾透了的,不肯做不明不白的糊涂事。然而人们对于她们两个人的事情,却说了许多难听的话。

　　当太阳下山的时候,她们的最大快乐是停下步来看那些耍把戏的人。有些变戏法的人,有些卖气力的大力士都来到了,他们把一张破烂的毯子铺在大马路的地上。于是一班游手好闲的人都走拢来,围成一个圈子,那些打拳的人们穿着褪色的紧身衣在众人当中卖弄他们的力气。娜娜和宝玲在人最稠密的地方站着看了好几个钟头,她们的鲜艳的女袍和肮脏的工衣摩擦着。她们裸露的臂、裸露的胸、裸露的头发,被酒和汗的气味熏蒸着。然而她们只管嬉笑,觉得很开心,并不觉得心中作呕。她们的周围有许多醉汉说的一些粗鲁的话和肮脏的事情,她们都听惯了,所以她们只回头一笑,毫不觉得羞耻,她们的白绸般的面孔上不起一点儿红晕。

　　只有一件事令她们不如意,就是遇着她们的父亲,尤其是当他们醉了的时候。所以她们常常当心打听,而且互相报信。

　　"喂,娜娜",宝玲忽然叫道,"古波伯伯来了!"

　　"呀!"娜娜讨厌地说,"他还没有醉,不过我管他妈的! 我还是溜开吧! 您要知道,我不愿意他打我! ……呃? 原来他竟醉得颠头摆脑了! 妈的! 但愿他跌破脑袋就好了!"

　　又有几次,古波一直走过来,她一时来不及逃避,便蹲下身来,嚷着说:

　　"你们快遮住我吧! ……他来找我了! 他说过的,如果遇着我闲逛,他要打碎我的尾巴骨哩!"

　　后来古波走过去了,她重新站了起来,那些女孩子跟在他后面走,一个个哈哈大笑。他找得着她也罢,他找不着她也罢,这总是一个很好玩的捉迷藏! 然而有一天博歇走来扯着宝玲的耳朵拉了回去,古波也来赶娜娜,用脚踢她的屁股,把她赶回家里去。

　　太阳渐渐低了,她们兜了最后的一个圈子,到了游人都疲倦以后,她们才在黄昏里缓步回家。空气中的尘埃渐厚,把天空弄得渐重渐浊了。金滴路恰像外省的地方,许多老婆子站在门口,不时有一阵人声打断了这空旷无车的区域的沉寂。她们在院子里停留了一会,重新拿起网拍来拍她们的羽毛球,好叫人家以为她们没有离开院子一步。她们编好了一段谎话,然后上楼,然而回到家里之后往往用不着说谎,原来她们的父母早已因某一味肉菜太咸或不熟而吵起嘴来,只忙着互相打耳光,忘了责骂她们了。

现在娜娜成为一个女工了。从前她在开罗路第特维尔的店里做学徒,现在升了女工,每天可以赚四十铜子。古波夫妇不愿意叫她换地方,因为那边有洛拉太太照管着她;洛拉太太在店里是一个工头,已经十年了。早上,绮尔维丝望着时钟,同时娜娜独自一人,穿起了她那太短太窄的一件旧女袍,欢欢喜喜地辞了母亲出门去了。洛拉太太担任监督娜娜到店的时间,将来告诉绮尔维丝。她们给她二十分钟从金滴路走到开罗路,这时间尽够了,因为少女的腿像鹿腿一样跑得很快。有好几次,她到得虽然不误时,然而看她那样喘气,她的脸上飞红,显见得她在路上玩耍了十分钟,然后用十分钟的工夫跑到了店里来。又往往有些时候,她迟到了七八分钟,然而她整天到晚同她的姑母温存,眼里露出哀求的神情,努力要使她感动,好叫她不再向绮尔维丝说起。洛拉太太是懂得青春时代的情形的,于是她向古波夫妇说谎,然而她却整天到晚唠唠叨叨地教训娜娜,说她自己有怎样重大的责任,又说一个少女在巴黎的马路上闲逛是多么危险的事情。天啊!她自己年轻的时候,人们也曾追逐过她,所以她懂得危险!她不断地顾虑有淫秽的事情发生,所以她用一双热情的眼睛盯着她的侄女儿,热诚希望这个可怜的小姑娘能够长久保持她的天真。她一再说:

"你要知道,一切都该告诉我。我待你好极了,假使你有了祸事,我只好投河去死……你听我说,小猫儿,假使有些男人们同你说话,你应该都告诉我,不要漏了一个字……呃?你对我发誓人家没有同你说什么吗?"

于是娜娜笑起来,笑得很滑稽地抿着她的嘴。不,不,男人们不同她说话,她走得太快了。再说,他们有什么话好同她说呢?她同他们有什么关系呢？她因此便天真烂漫地解释她迟到的原因：她往往停住了脚步看街上的图画，有时候她又送宝玲走了些路，因为宝玲说了许多故事给她听。假使人家不相信，尽可以跟着她走，她甚至于没有离开过左边的人行道，她老老实实地走，还走在许多走得快的小姐前面，活像一辆车子那样快。其实有一天洛拉太太在小地砖路撞见了她昂着头，同三个扎花女正在哈哈大笑，因为一个男人在楼窗里向着她们做理胡子的手势。然而娜娜生了气，赌咒说她刚才只进了一家面包店里买了一个铜子的面包。

"呀！你们放心，有我照顾着呢!"洛拉太太对古波夫妇说，"我担保她，像担保我自己一般。如果有一个脏货要摸她一摸，我就要同他拼命。"

第特维尔的作坊是二楼的一间大房子，一张宽阔的工作桌子安放在些架子之上，占满了这间房的中心。墙上灰色肮脏的纸破了，露出一道一道的石灰，沿着四壁安放着好些货架，架上堆着许多旧纸匣、纸包，还有许多废品，上面蒙着很厚的一层尘埃。天花板给煤气灯熏黑了，活像涂上了一层煤烟。两扇窗子开得很大，所以女工们不必离开工作桌子，也可以望见对面街道上的行人。

洛拉太太为着做榜样起见，常常是先到的。后来那房门一会儿开一会儿关经过一刻钟之久，那些汗流满面、头发蓬松的做花姑娘才陆续进来。七月的一个早上，娜娜最后来到——其实这也是她平日的习惯。

"好!"她说，"假使我有车子岂不快活!"

她戴的是一顶黑色的小帽，她也懒得用刷子刷它一刷。现在她帽子也不脱，便走近了窗子，俯着身左右观望，看路上的行人。

"你看什么?"洛拉太太不放心地问，"是你的父亲送你来的吗?"

"不，当然不是的"，娜娜安然地回答说，"我不看什么……我看天气热得很。真的! 天天这样跑，一定会害病的!"

　　这一天早上果然热得人们呼吸困难。女工们把窗帘放了下来,却从帘子缝里窥探马路上的行动。她们终于开始工作了,众人排在桌子的两边,只有洛拉太太一个人占着桌子的尽头。她们一共八个人,每人的面前各有一瓶浆糊、一把钳子和其他的工具。桌子上杂乱地放着一捆铁丝、一些棉花,还有绿色的和栗色的纸以及绫绸丝绒剪成的各种花叶花瓣。桌的中央有一只水瓶,瓶里插着一束两个铜子的鲜花。这花是一个女工拿来的,昨天在她的胸衣上已经蔫了。

　　其中有一个名叫丽安尼,是一个漂亮的棕发女子,她一面低着头用彩绸做花,一面说:

　　"呀!你们不晓得,嘉洛林真倒霉,每晚有一个男子来等候她。"

　　娜娜正在剪一张绿纸,嚷道:

　　"呸!那男人只当面对她好,背后还不是找别的女人!"

　　全屋子的人都悄悄地笑起来,洛拉太太只好表示出严肃的样子,她板着脸喃喃地说:

　　"我的孩子,你真可以,你真会胡说!我要把这话传给你的父亲,我们看他怎样处治你。"

　　娜娜鼓起了嘴巴,像是忍着笑似的,呸!她的父亲!他说的胡话更多呢!忽然间,丽安尼低声很快地说:

　　"喂!你们当心!老板娘来了!"

　　第特维尔太太是一个态度冷淡、身材高大的妇人,这时候她果然进来了。平日的时候她只在楼下的店里。女工们很怕她,因为她是从来不说笑话的。她慢慢地绕着桌子走了一周,女工们现在都低了头,很静默、很勤快地工作着。她把一个女工骂做蠢妇,迫着她重做一朵菊花。后来她走了,走时的态度也像进来的时候一样直挺挺的。

　　"嗬!嗬!"娜娜喃喃地说,众人也都跟着她嘟哝。

　　洛拉太太想要装出严肃的态度，便说：

　　"姑娘们，真的，姑娘们！你们恐怕要令我不得不采取……"

　　然而人家不听她的话，人家不很怕她。她在平日待人太宽了，看见小女工们的眼睛笑盈盈的，她自己也发生兴趣，于是悄悄地把她们拉在一旁，细问她们的情人的近况，甚至于遇着桌子空闲了一个角儿的时候，她还替她们用纸牌占卦哩。当人家谈起恋爱的话的时候，她那高长僵硬的身子也不免颤跳起来，像一个好事的老太婆一样。她只是听了粗野的字眼便生气，但愿人家不用粗野的字眼，什么话都可以说的。

　　真的！娜娜完全受了工场女工们的教育！唉！当然，她有她的才干！然而假使她不同那些被穷苦的环境和恶习惯染坏了的姑娘们来往，也不至于坏到这种程度。她们一个紧挨着一个，怎么不会一块儿腐烂呢？譬如一筐子的苹果，其中有一大半是腐烂的，其余的也自然跟着腐烂了。当然，她们在交际场中还守规矩，做事不肯显得太卑污，说话不肯显得太粗野，总之，装得很像正经的姑娘。不过，在暗地里，在耳朵边，肮脏的话便盛行了。她们每逢有两个人同在一起的时候，便非大谈其野话，捧着肚子大笑一场不可。再说，晚上回家的时候，她们互相陪送，同时便说许多心腹的话，说许多令人吃惊的故事，因此她们两个女孩子便在行人拥挤的马路上徘徊，一时不忍回家了。娜娜一班人还是规矩的女子，此外还有许多一夜不归的女工们，她们的发髻梳得蓬蓬松松的，裙子也皱得不堪，令人疑惑她们没有脱裙子睡觉；她们一进作坊便带来了下流跳舞场的恶空气和夜里不正经的坏气味。因为昨夜快活了一夜，第二天便懒得软弱无力，无精打采，声音都哑了，眼睛上起了黑圈子，洛拉太太老实不客气地把这种圈子叫做"恋爱的拳头打的伤痕"。在工作桌上摆着的娇嫩鲜艳的纸花当中引起了一种淫乱的风气，娜娜嗅觉到身边有了一个夜里胡闹过的女子的时候，她自己也心醉了。许久以来，她坐在丽沙的身边，丽沙是有名的胖女子；她把灼灼的双眼紧紧地望着丽沙,好像她早已料定她会胖起来似的。她要学会些新见识是不容易的事情,因为她在金滴路上已经得到了一切的见识了。不过,在作坊里,她看见人家实行,她渐渐生了心,希望轮着自己也去实行一下。

"闷热得很!"她说时故意走近一个窗子,像是要把窗帘更放低些。

然而她俯着身子,向马路左右张望。同时,丽安尼瞧见了一个男子在对面的人行道上停留着,便嚷道:

"这老家伙,他在那里做什么? 他在这里窥探了一刻钟了。"

"这个坏蛋",洛拉太太说,"娜娜,你快回来坐下吧! 我说过不许你停留在窗子前面!"

娜娜回到了座位上,拿起了紫罗兰,包裹它的花茎;这时候全场的人都关心着那男子。这男子大约有五十来岁了,穿得很整齐,身上披着一件大衣;他的脸色灰白,神气庄重,很有神气,灰黑的胡须修得很整齐。他在对面的药草店的门前停留了一个钟头,抬头只管望着工场的窗子。女工们嘻嘻地笑着,笑声被马路上的喧闹声音淹没了;她们弯了腰,很忙碌地工作起来,不时用眼角望着那老头子。

"呃?"丽安尼说,"他手里拿着有一副眼镜! 唉! 这是一个阔气的人……他当然是在等候奥古思婷啦。"

奥古思婷是一个高大的丑女子,她没好气地回答说她不喜欢老头子。洛拉太太摇了摇头,抿着嘴笑了笑,这一笑里隐藏着许多意思。

"亲爱的,你说得不对,老头子更懂得温存。"

丽安尼的身边坐的是一个矮胖的女子,这时候她在丽安尼的耳边悄悄地说了一句话;丽安尼忽然仰倒在椅子上,哈哈地笑弯了腰,用眼望了一望那老头子,笑得更厉害了。她断断续续地说:

"对了! 唉! 对了! ……呀! 索菲这家伙! 她真坏!"

"她说的是什么？她说的是什么？"全场的人都怀着好奇心问她。

丽安尼笑出了眼泪，用手帕揩干了，却不回答。当她安静些了之后，重新扎着花，同时说：

"那话是不能说的！"

人家尽管追究她，她只是摇头不说，却狂笑起来。奥古思婷恰坐在她的左边，求她低声告诉她。丽安尼终于答应了，便把嘴唇凑着她的耳朵，告诉了她。奥古思婷也仰倒在椅子上，捧着肚子大笑起来。她自己又把那话传给坐在她左边的一个女工，才过一刻工夫传遍了全屋子，一个个都高兴地笑得喘不过气来。等到大家都知道了索菲的脏话之后，她们你望我我望你的，一齐大笑起来，然而不免有几分羞惭，脸上红了些。这时仅仅洛拉太太一个人不知道。她十分不高兴地说：

"姑娘们，你们这样做，真是没有礼貌……在众人的跟前是不应该低声说私话的……这大约是一件什么有伤风化的事了，是不是？唉！你们真可以的！"

她虽然热烈地想要知道索菲的脏话，然而她不敢要求人家告诉她，她低了头假装正经，但是她听见了女工们的谈话却觉得心中快乐。原来她们哪怕是说了一句平常的话，譬如关于工作的话，只要有一个人说起，其他各人听了便想到坏地方上去。她们把话的意思歪曲了，加上了一个肮脏的解释，譬如有一个人简单地说了一句"我的钳子裂了"，或者说"谁在我的小壶里搜寻过东西"，她们便推想到很奇怪的意义上去。现在她们把一切的字眼的意义都移到对面人行道上鹄立着的那老先生的身上。唉！他的耳朵里该发响了！她们因为想要学乖，便说了许多糊涂话。然而她们觉得这玩笑很有趣，于是她们兴奋的眼睛里露出放荡的神情，越说越厉害了。洛拉太太没有什么好生气的，人家并没有说粗野的话呢。她自己也说了一句令人捧腹的话，因为她问：

"丽沙姑娘,我的火熄灭了,请把您的给我吧。"

"呀,洛拉太太的火熄灭了!"全场嚷说。

她听了,想要解释几句:

"姑娘们,你们将来有了我这年纪的时候……"

但是人家不听她的话,大家只说要叫那老先生来燃着洛拉太太的火。

大家嬉笑的时候,娜娜快活极了。凡是意义双关的话,没有一句骗得过她。她自己也说了许多更厉害的字眼,仰着颈,捧着下巴,笑得很开心。她在淫邪的环境里好像鱼在水中一样。而且,她一面在椅子上捧腹大笑,一面还能够好好地扎花。呀!她的手法巧极了,用不着卷一支香烟的时间。她一手抓了一张绿纸条,嗬!真快!一下子就卷在一根铜丝上。再加上一滴胶水,便成了一枝鲜艳的花茎,适合妇人们应用了。她的妙处完全出在她的手指上,这是纤细的十只手指,软若无骨,很柔和,很可爱。在做花的行业里只学会了这个,然而她做得很好,所以全作坊的花茎都归她做了。

这时候对面人行道上那老先生已经走了。工场里安静了下来,人们在酷热的天气里工作着。十二点钟响了,吃中饭的时间到了,她们一个个都坐不安定了。娜娜连忙走向窗前,嚷着说如果她们愿意的话,她可以下楼替她们买东西吃。于是丽安尼托她买两个铜子的虾米,奥古思婷托她买一包炸马铃薯,丽沙要一捆小萝卜,索菲要一条香肠。娜娜正待下楼,洛拉太太看见今天她这样喜欢凭窗张望,觉得奇怪,于是迈开了大步赶上了她说:

"等一等,我同你去,我也要买些东西。"

下了楼来之后,她瞥见那老头子在小路上像一支大蜡烛那样站着,正在同娜娜眼目传情,娜娜的脸上飞红。她的姑母一把拉住了她,拉她走下了街道,同时那老头子也跟着她们走。呀!原来那老头子是为娜娜来的!好!太好了!十五岁半的女子竟这样叫男人们跟在裙边！洛拉太太气冲冲地质问娜娜。唉！天啊！娜娜也不晓得，只是他跟她已跟了五天了，她每次出门一定遇着他；她以为他大约是商界中人，是的，是一个纽扣店的老板。洛拉太太心中起了很大的感触。她掉转了身子，用眼角儿偷看那老头子。她说：

"人家很看得出他是有钱的。我的小猫，你听我说，你的事情都应该告诉我才好。现在你不必怕什么了。"

她们一面谈话，一面走进了熟肉店、水果店、烧烤店，挨着一家一家的店户进去买东西。许多油腻的纸包裹着那些买来的东西，堆满了她们的手掌。然而她们始终很客气，一摇三摆，常常向背后微笑地使眼色。洛拉太太自己也卖弄少女般的风韵，原来那纽扣店的老板始终跟着她们。

"他这人态度不俗"，她回到小路里说，"假使他存心忠厚的话……"

在上楼的时候，她似乎忽然想起了一件事，突然问娜娜说：

"喂，我想起一件事来了。索菲所说的话，全场姑娘们都咬着耳朵传遍了，究竟是什么脏话？"

娜娜也不再装模作样了。不过，搂住了洛拉太太的脖颈，迫她退下了两层梯级，因为这话真的不能高声说了出来，甚至于在楼梯上也是不能的。于是她咬着耳朵告诉了她。那话太粗野了，她的姑母只好摇了摇头，睁圆了眼睛，撇了撇嘴。总之，现在她知道了，再也不觉得心痒了。

女工们把食物放在膝头上吃，不肯弄脏了那工作桌子。她们匆匆忙忙地吃，因为她们讨厌吃东西，宁愿把吃饭的时间去望马路上的行人或在屋角上说些倾心置腹的话。这一天，她们努力要晓得那老头子躲在什么地方，但是这一次他真的不见了。洛拉太太和娜娜互相使眼色，缄着口不说话。这时候已是一点十分钟了，她们还不忙着拿钳子做工，忽然间，丽安尼哨了一声"不鲁鲁！"意思是说老板娘来了，她们立刻坐在椅子上低头做工。第特维尔太太进来,很严肃地兜了一个圈子。

自从这一天起,洛拉太太拿她侄女的第一次的遭遇作为她自己的乐事。她不再放松她,整天到晚陪着她,以为这是她的责任。当然,娜娜觉得有几分讨厌,忽而她一想到被姑母把她当做宝贝般守护着,她未免因此自负。那纽扣店老板跟在后面,他们两人在路上所谈的话实在令娜娜心热,所以使她起了学坏的念头。唉!洛拉太太是懂得人情的,就是那纽扣店老板年纪这样老,这样有规矩,也会使她感动起来。上了年纪的人毕竟比少年人更通达人情。不过,她仍旧监视着娜娜。是的,除非她死了,否则他得不到她的侄女儿!有一天晚上,她走近了那老先生,老实不客气地骂他所做的事不应该。他很恭敬地向她施礼,不回答一句话,因为他是此中的老手,听惯了人家的亲属的责骂。他有这样好的礼貌,她真的不好生气。但是她对娜娜尽许多爱情上的忠告,隐隐地说出男人的种种坏处,叙述了许多坏女人的故事,说她们后悔不该走那一条路,娜娜听得不耐烦,白色的脸上显出凶恶的眼光来。

但是,有一天,在卖鱼巷里,那老头子竟敢把头伸到姑母和侄女的中间,说了些不该说的言语。洛拉太太着了慌,说她自己也不放心了,于是把全盘的事情告诉了她的弟弟。古波家里便大闹了一场,先是古波打了娜娜一巴掌,谁教给她的?这贱丫头,竟勾起老头子来!好!她尽管这样做,下次他撞见了的时候,包管割断了她的脖子!谁看见过?一个流鼻涕的女孩便想要污辱家门!他摇着她的身体说,妈的!此后她应该走得直,坐得正,将来是由他来监视她了。每天她回家之后,他立刻审验她,正对着她的面孔紧紧地望着她,看她的眼上有没有接吻的痕迹。他嗅她,反复查她的身体。有一天晚上,她又被打了一顿,因为他在她的颈上发现了一道黑痕。坏丫头,她竟敢说不是接吻的痕迹,只说是丽安尼开玩笑打伤了她,所以颈上起了青痕。好!他才要赏她些青痕呢。将来他打断了她的手脚的时候也不许她作声。又有几次,当他脾气好的时候,他却嘲笑她。真的! 她竟是男人们要吃的一块好肉! 其实她身体平扁得像一尾鳊鱼,她的肩上有个凹,人家可以放进拳头呢! 娜娜没有犯过那样的罪却受了痛打,她的父亲用许多不堪入耳的话骂她,于是她敢怒不敢言,像一只被困的野兽。

绮尔维丝比古波明理些,她常常说:

"你不要再说她吧! 你说得太多了,将来反倒要使她因此生了心呢!"

呃! 是的,她生了心了! 她起了这念头,周身发痒,总想要试一试。他教她常常在这思想里生活,哪怕是一个贞洁的女子也会因此发生欲火呢。说也奇怪,他骂得她太厉害了,她因此懂了好些她所不懂得的事情。于是她渐渐有了些奇怪的举动,有一天早上,他看见她在一个纸包里抓了些东西涂在她的脸上。原来这是一些扑粉,她的面孔本是很洁白细腻的,却扑了厚厚的一层粗粉。他用那纸包抹她的脸,几乎抹破了她的皮,骂她做磨坊主人的女儿。又有一次,她觉得她的黑帽子太可耻了,便带了些红色的彩条回来装在帽子上。他气冲冲地问她那些彩条是哪里来的,卖身换来的呢,还是偷来的? 娼妇呢,还是小偷呢? 也许她已经兼做了这两种人了。后来又有几次,他看见她手里有许多好东西,譬如玛瑙石的戒指、一对小花边的袖子、一只镀金的心,就是姑娘们喜欢挂在胸间的那一种。古波要把一切都捣碎了,然而她气汹汹地保护她的物件:这是她的东西,有的是一些太太赠给她的,有的是她在作坊里和人交换来的。譬如说那金心,是她在阿布基路上拾来的。她的父亲一脚踏碎了她的金心之后,她直挺挺地站着,脸色都气白了,颈筋都胀起来了,心里忿忿不平,几乎要扑在他的身上,抓他几下来报仇。唉! 两年以来她做梦也想要这金心,现在却给人家踏碎了! 不行! 她觉得未免太过了,忍不住气了!

古波这样处治娜娜,与其说是他是正经的,倒不如说他在恶作剧,因为他往往没有道理,所以娜娜更气愤不过了。她甚至于不上作坊去了；当古波打她的时候，她瞧不起他，回答说她不愿意再到第特维尔那边去了，因为人家叫她坐在奥古思婷旁边，奥古思婷一定吃了什么臭东西，她的口和鼻都臭极了。古波亲自把她送到开罗路去，而且要求那老板娘常常派她坐在奥古思婷旁边，算是罚她。在半个月之内，每天早上，他辛辛苦苦地走下了卖鱼区，把娜娜直送到工场的门口。他在街上停留五分钟，然后相信她是进去了。但是，有一天的早上，他在圣德尼路的一家酒店里遇着了一个朋友，他进去坐了一会儿，十分钟之后，他瞥见娜娜摇晃着她的身子匆匆地走向路底去了。原来在这半月之内，她任凭他在下面等候，她上了两层楼，却不进第特维尔太太的作坊，只坐在一个梯级上专候古波走开。当古波要归罪于洛拉太太的时候，洛拉太太便气愤愤地说她不能受他的教训。她已经把应该说的话都向她的侄女儿说了，叫她不可亲近男人，至于娜娜仍旧喜欢那些坏蛋，这却不是她的姑母的罪过了。现在她洗手不管了，发誓不再管娜娜的事，因为她是晓得的，在亲戚们中间，有许多人造谣言，竟说她把娜娜引坏了，说她眼看侄女儿走错了路才甘心。再说，古波又从那老板娘的口里打听得娜娜是被丽安尼引坏了的，现在丽安尼已经不再扎花，却去过那吃喝玩乐的生活了。当然，娜娜只爱在各街上占些小便宜，其实她还是可以冠冕堂皇结婚的。但是，假使人家希望把一个完整的毫无裂痕的娜娜像知道自重的小姐一般地嫁给一个丈夫，便应该趁早行事，否则恐怕来不及了！

在金滴路上，人家常常谈起娜娜的老头子，竟像是人人所认识的一位老先生。唉！他始终很有礼貌，甚至于有几分胆怯，然而他也能坚持，也能忍耐，在她的后面不远紧跟着她，像一只柔顺的小狗一样。甚至于有几次，他一直进到了院子里。有一天晚上，哥特龙太太在三楼的楼梯口遇见他，他便低了头，慌忙地沿着栏杆溜下楼去了。罗利欧夫妇恨恨地说如果他们的侄女儿再把男人们引进屋子里来，他们只好搬到别的地方住去，因为这事讨厌得很，每逢人们下楼梯,在梯级上总是遇见些男人在那里等候着、嗅着的时候,真的,人家会说屋子里有了疯狗呢!博歇夫妇可怜那老头子,唉,这么可敬的一位先生竟给一个淫荡的小女子迷住了。这是一个商人,人家看见过维耶特路上有他的纽扣店,假使他遇着一个正经的女人,那女人岂不有福吗?多亏博歇夫妇的报告,当那白白的脸、下垂的嘴唇、灰黑色的胡须修得很整齐的老先生追随着娜娜的时候,大家知道那老头子不是一个下流人,所以全区的人都很尊重他,甚至于罗利欧夫妇看见了他,也不免肃然起敬呢。

在起初的一个月,娜娜觉得她那老头子很有趣。他常常只在她的左右前后徘徊。这真是一个小孩子,他在马路上人群中扯她的裙子,竟像若无其事似的。至于他的腿呢!像两根木炭或两支火柴一般!他的头上没有头发了,只颈上还有疏疏的几根,压得平平的,所以她常常故意问他的理发匠是谁。呀!多么有趣的一个老头子!

后来她看惯了他,却不觉得那么有趣了。她的心里隐隐地怕他,假使他走近她,她打算叫喊起来呢。有许多次,她在一家珠宝店的前面站住的时候,她忽然听见他在背后吞吞吐吐地说了好些话。呃!他说得不错,她很想要一只小十字架,再搭一条丝绒围巾,或一对珊瑚耳环;她要的耳环要小到叫人家认为是几滴血她才高兴。纵使她对珠宝并没有多大的野心,但她实在讨厌再穿那些破旧的衣服,因为她利用作坊的碎料补衣服都缝补烦了,尤其是她那一顶黑帽子,她虽然从第特维尔太太家里偷来一些纸花插在上面,实在还是不好看。她在泥水里走路,车子把泥溅在她的衣服上,同时那些橱窗里陈列的好东西又炫耀着她的眼睛,她便起了许多渴望。她希望穿好衣服,到饭馆里吃饭,到戏院里看戏,而且有一间漂亮的卧房连带着许多好家具。她存着这种热烈的希望,使她停下步来,她的脸色都变白了,她觉得有一股热气从她的大腿直升上来。她看着熙熙攘攘的行人们,恨不得要享一享福。事情凑巧得很,恰在这时候那老头子在她耳边低声提出了好些建议。唉!假使她不怕他,她马上会答应他的!然而她憎恨这不相识的男人,所以她虽然有了不正当的欲望,还不肯顺从他。

但是,冬天到来之后,古波家的生活更过不下去了。每天晚上娜娜一定挨打。当父亲打得疲倦了以后,母亲又赏她几个巴掌,教训她要品行端正。而且他们三个人往往一齐动手,一个打她,另一个袒护她,以致三个人终于打成一团滚在地砖上,盘碟也打破了不少。非但如此,而且他们天天吃不饱,冷得要死。假使娜娜买了一些好东西,譬如一个彩结或几个袖纽子,她的父母便没收了她的,拿去卖了。她自己没有一点东西,只在钻进破布的被窝以前照例要领受一顿巴掌;她把一条黑裙子盖在她的身上,算是她的被单,这使她冷得发抖。不行!这样的生活是挨不下去的,她不愿意在这里断送了性命。许久以来,她的父亲是不算数的了,像这样天天喝醉了的父亲不能算是一个父亲,只能算是一只肮脏的狗,她很希望能摆脱他。现在她的母亲也堕落了,她也喝酒了,她甘心进哥仑布伯伯的店里去找她的男人,无非想要他请她一块儿喝酒。她安然地坐了下来,不像第一次那样显出憎恶的神气了,她把杯子一口喝干,还把手肘支在桌子上坐了几个钟头,出店的时候眼睛都没有神了。当娜娜从酒店经过的时候,看见她母亲在店里,凑着酒杯,在男人们的粗言野语中颓然地坐着,于是她大怒起来,因为少年人另有嗜好,不懂得烧酒的好处。在这些晚上,她家里的景象真是好看了,爸爸醉了,妈妈也醉了,屋子里没有面包,却充满了烧酒的毒气。总之,一个女圣人也不愿意在这里住了。也罢!等不到几天她就要走了!这是他们自己把她逼走的!

有一个星期六,娜娜回到家来,看见她的父母的情形都令人厌恶。古波横躺在床上打鼾。绮尔维丝团坐在椅子上,歪着头,一双没有神的白眼向空中呆望着。剩下的一些红烧肉,她也忘了把它煮热。一支蜡烛在她身边,她也没有剪烛花,烛光黯然,显出陋室的衰颓景象。

"是你吗,小毛虫?"绮尔维丝说,"好! 你的父亲要收拾你呢!"

娜娜不回答,脸色变得很白,眼望着这冷火炉,这没有盘碟的桌子,这充满愁惨景象的屋子,这一对呆呆的醉鬼,真使她感到阴森可怕。她也不脱帽子,只在卧房里转了一圈;后来她咬紧了牙关,开了房门便走了。

"你又要下楼吗?"她的母亲问时头都掉不过来。

"是的,我忘了些东西,我就上来的……晚安吧。"

然而她不回来了。第二天古波夫妇醒来之后,互相打起架来,他说娜娜被人拐走了是她的过失,她却说是他的过失。呀! 假使她只管跑个不停,现在已经去远了! 然而像人家教孩子们追赶麻雀似的,他们可以撒一把盐在她的背后,也许会把她捉回来的! 她这一走,绮尔维丝更受了一个大大的打击,因为她虽然自暴自弃,当初还怕给女儿做坏榜样,还有几分顾忌,现在,自从她的女儿跑了以后,她觉得堕落更深了一层,自己尽可以放心学坏了。真的! 这坏女儿一走,把绮尔维丝的肮脏裙子上仅存一点儿的正气都带走了。她喝醉了三天,怒冲冲地捏着拳头,骂了她的淫邪女儿许多粗野的话。古波到外面的大马路上走了一遍,凡是过路的野女子一个个都给他细看过了,找不着娜娜,于是他安然地仍旧吸他的烟斗;不过在吃饭的时候他往往站起来,举着手臂拿着刀,大骂娜娜污辱了他;随后他又坐下来吃他的晚饭。

在这所房子里各家的女儿,每月像雀鸟出笼一般地飞去了的很多,所以没有一个人觉得古波家的事情奇怪。然而罗利欧夫妇却洋洋得意了,呀! 他们早就说过娜娜会走的。这也活该,谁看见过扎花的女工们里头有不学坏的呢? 博歇夫妇和布瓦松夫妇也冷笑起来,说了许多世道人心的话。只有郎第耶一个人狡猾地替娜娜辩护,他装做道学先生的样子,说逃走了的姑娘原是犯法的;然而他又说娜娜实在长得太美了,年纪又轻,怎能忍受穷苦生活呢?

有一天，罗利欧太太在门房里喝咖啡，向博歇夫妇说：

"你们不晓得吗？这事像青天白日一般地显明，还不是瘸子卖了她的女儿吗！……是的，她卖了娜娜，我有的是证据！……我们整天到晚撞见的那老头子，他已经上楼去交了定钱。瘸子便要钱不要女儿了。昨天晚上有人在安比居戏院里遇见了那老先生和那小姑娘……我不会说假话的！他们两人的确在一块儿呢!"

他们一面争论这个，一面喝完了咖啡。总之，这是可能的，比这事更厉害的还有呢。从此之后，区里最庄重的人也终于跟着说绮尔维丝卖了她的女儿。

现在绮尔维丝拖着破鞋子，不顾人们的批评了。哪怕人家在马路上把她叫做贼婆子，她也不会回头看一看的。一个月以来，她不在福公尼耶太太家里做工了，因为她常常吵嘴，所以福公尼耶太太只好赶走了她。在几个星期之间，她到过八家洗衣店，她在每一家工场里只做两三天的工作，便给老板娘赶走，因为她工作不留心，不干净，连自己的行业也忘了。后来她自己觉得不行了，便放弃了烫衣的工作，只每天在新路的洗衣场里洗衣，做一天算一天的工钱。她践踏着脏水，同油垢打交道，又回到了洗衣行业里最艰苦而最容易的工作上；这工作虽然还做得下去，不过她因此堕落得更深了。再说，洗衣的工作把她弄得更丑了，当她从洗衣场出来的时候，简直是一只沾染污泥的狗，周身湿了，皮肤都染蓝了。她虽然常常没有面包吃，却长得一天胖似一天，她的腿也扭得很厉害了，每逢她同别人并肩走路的时候，险些儿把人撞一个筋斗，因为她的脚跛得太厉害了。

当然，一个人堕落到了这地步，妇女的傲气自然消了。从前的绮尔维丝是很自负的，很爱打扮的，须要有感情，有礼貌，受人重视的，现在她一概不管了。人家尽可以用脚踢她的身前身后，她也不会觉得的，她变为麻木无力的人了。因此，郎第耶完全放弃了她，甚至于不肯再摸一摸她的身体。他们双方都渐渐感到厌倦了，这也算是多年结合的自然的收场。在她看来,她倒可以少了一件苦役。她再也不管郎第耶和维尔吉妮的关系了,当年她是那样愤愤不平,现在她却漠然地不再关心了。如果他们愿意的话,她还可以替他们捧蜡烛呢! 现在没有一个人不晓得那事了,郎第耶与维尔吉妮却安然地享福。其实也方便得很,布瓦松每隔一天便得要在外面值夜,当他在外面街道上挨冷的时候,恰是他的妻子同他的邻居在被窝里取暖的时候。唉! 他们并不慌忙,他们在耳朵里听得他在黑暗而空旷的马路上,沿着店铺橐橐地走着,然而他们不肯把头伸出被窝来。一个警察只晓得尽职务,是不是? 于是他们安静地睡到天亮,然后奉还他的所有物,同时这严厉的布瓦松却在看守别人的所有物。金滴全区的人都笑这滑稽的事情,大家觉得警察的妻子偷人实在有趣得很。再说,郎第耶算是霸占了这块地方了,店铺和老板娘都属于他了。他吃了一个洗衣店老板,现在他又正在啃一个杂货店老板,将来他再造就些线店老板娘、纸店老板娘、女帽店老板娘,他的口还够大,一个个都会被他吞下去的。

　　从来没有人看见过一个男子这样会吃糖的,郎第耶劝维尔吉妮做糖果的生意,实在是为他自己设想。他原是勃罗旺斯省的人,怎叫他不爱吃甜的东西呢? 他只要吃糖丸、口香糖、糖球、巧克力糖,也就可以生活了。尤其是糖球,他把它叫做"甜杏仁",他一看见了就喉咙发痒,唇边流出口涎来。一年以来,他只靠糖果维持他的生命。当维尔吉妮请他替她看守店铺的时候,他往往把抽屉拉开,偷了一把塞在嘴里。又有许多次,五六个人正在谈天,他却揭开了柜台上的玻璃缸的盖子,伸手进去抓了一些东西咀嚼着。那缸子始终开着,渐渐空了。人家再也不注意这事情,这是他所谓一个小毛病。后来他又想出了一种借口说他永远伤风,喉咙发炎,要靠糖润一润。他始终不工作,而他计划中的事业却一天大似一天。这时候他正在计划一种新发明,他想做一种"雨伞帽子",天晴的时候是一顶寻常的帽子,但是天下骤雨的时候那帽子可以自然地在头上撑开成为一把雨伞。他答应将来把所得的利益的一半分给布瓦松,他甚至于往往向他借二十法郎做实验费。将来的事还未可知,现在店里的糖却都溶在他的嘴里了。巧克力糖所制的雪茄,红糖所制的烟斗,也都进了他的嘴里。当他吃饱了糖果之后,忽然变为多情了,于是在一个角落上和老板娘接吻;维尔吉妮觉得他全身都甜的,嘴唇像杏仁糖一样又香又甜。这时候,他真变成一个值得人同他接吻的人! 老实说,他全身都是甜蜜的,博歇夫妇说他只要把一只手指浸在咖啡里,那咖啡便可以成为很好的糖汁。

郎第耶常常有糖吃,心变软了,便对绮尔维丝表示关心,他向她进了许多忠告,骂她不该不喜欢工作。呸! 一个女人到了这年纪,应该知道回头了! 他又怪她始终爱吃好东西。但是,纵使人家不值得帮助,帮助人家总是应该的,所以他努力替她找些小小的工作。他劝维尔吉妮决定叫绮尔维丝每星期来一次,替她打扫店铺和卧房,洗濯是她的内行,每次她可以赚三十个铜子。每逢星期六的早上,绮尔维丝拿了她的水桶和刷子到店里来做这污秽而低贱的工作。她从前是漂亮的金发的老板娘,高高地坐在柜台上,现在她却到这里来用抹布做工作,然而她似乎并不伤心。这是她骄傲的末路,是她的气概全消的时候了。

有一个星期六,她实在辛苦极了。天下了三天的雨,主顾们似乎把全区的污泥都带到店里来了。维尔吉妮却坐在柜台上像一位贵夫人那样,梳得一头好发,带着一条小领子,袖子上还有好些花边。她的旁边,红漆的凳子上坐的是郎第耶,看他那昂然舒服的样子,叫人猜是店中的老板;他把手懒洋洋地伸进薄荷糖的罐子里,照例抓糖吃着。维尔吉妮抿着嘴唇,用眼睛看着绮尔维丝工作,忽然嚷道:

“喂,古波太太! 那一个角头上的污垢您还没有洗去呢! 请您替我再擦得干净些。”

绮尔维丝听从了她的吩咐,她转过身去到那角头上再洗再擦。

她在肮脏的水当中跪着,弯着腰,耸起肩头,手臂变紫了,变硬了。她的裙子被浸湿了,粘住了她的屁股。她蹲在地上像是一堆肮脏的东西似的,头发蓬蓬的,短衣的破孔里露出她身上凸起松软的皮肉,随着工作的紧张,皮肉都在跳动。她出的汗很多,额上一滴一滴像雨点般流下来。

"越是加油干,擦得越发亮。"郎第耶庄重地说时,嘴里满是糖球。

维尔吉妮仰着身子,像一位公主的神气,半闭着眼睛,始终照管着那洗涤的工作,而且说了好些指摘的话:

"再往右边擦一擦。现在,请您注意板壁……你要知道,上星期六我是不很满意的,许多脏的痕迹还存留着呢。"

于是维尔吉妮和郎第耶挺着腰坐着,像在御座上一般,越发显得威风,同时绮尔维丝在他们的脚下黑泥里擦着地。维尔吉妮大约是快乐了,所以她的一双猫眼里一时闪出黄色光亮,微笑地望着郎第耶。唉!当年洗衣场里打屁股的深仇,她始终记在心上,现在她报了仇了!

正在绮尔维丝停止擦地的时候,后面的房间里起了小锯子的声音。她从开着的门望去,看见布瓦松侧面坐在暧昧的阳光里,原来今天是他的假期,所以他利用这闲暇的时间做他的小匣子。他坐在一张桌子的前面,正在聚精会神地雕刻一只红木雪茄盒上的花纹。

"喂!巴丹克!"郎第耶仍旧叫他这外号,表示他的友谊,"我预订您的盒子,准备送给一位姑娘。"

维尔吉妮恨恨地捻了他一把,他很风流,不住地笑着,算是以德报怨,悄悄地在柜台下摸她的膝头,沿着她的大腿做老鼠爬;当那丈夫抬起头来,现出他那土色的面孔与红色的胡须的时候,郎第耶很自然地把手缩了回来。

"对呀!"布瓦松说,"奥古斯特,我正是为您才做的,这算是一种友谊的纪念品。"

"呀！那么，我只好保留着这东西了！"郎第耶说，"将来您看，我要用彩带把它系在颈上呢。"

忽然间，似乎这念头引起了另一个念头，他又说：

"说到这里我又想起一件事来，昨天晚上我遇见了娜娜。"

这消息一来，把绮尔维丝一震，便坐在店中的一涡脏水里。她手拿着刷子，气喘喘的，汗流满面。

"呀！"她简单地咕噜了一声。

"是的，我正沿着殉教路走的时候，看见前面有一个老头子挽着一个小女子走着，我对自己说，这小妮子是我认识的……于是我加紧了脚步，便与娜娜正碰个对面了……您放心，不必怨恨她，她是很幸福的，一件羊毛女袍披在身上，一个金十字架系在颈上，而且她的样子是很快活的呢！"

"呀！"绮尔维丝又说，她的声音更喑哑了。

郎第耶已经吃完了那些糖球，又在另一个罐子里抓了一块麦芽糖放在嘴里，继续地说：

"这孩子，她学坏了！您不晓得，她的胆子很大，竟示意叫我跟着她走呢。后来她把她的老头子安顿在一个咖啡馆里……唉，那老头子妙得很！……那老头子不见了！……于是她回到一个门下同我相见。她真狡猾，可是也真可爱，像一只小狗般对我很亲热！是的，她同我接了吻，她想要知道众人的消息……总之，我遇着了她，我是很快活的。"

"呀！"绮尔维丝第三次又说。

她蹲着身子，始终等候着。她的女儿没有提到她一声吗？在沉寂里，又听见布瓦松的小锯子的声音。郎第耶越说越高兴，把麦芽糖吮得啧啧地响。

这时候维尔吉妮又重重地捻了郎第耶一把，然后说：

"好，如果我遇见她，我一定会走到马路另一边去。是的，让这样一个女子当众向我施礼,我的脸会红的……古波太太,并不是因为您在这里我才说,您的女儿实在是一个烂货。布瓦松每天捕捉那些女人比她还高尚呢。"

绮尔维丝什么话不说也不动,眼怔怔地向空中望着。她终于慢慢地摇了摇头,好像为了表示她心中的意思,同时那贪吃的郎第耶又喃喃地说:

"这烂货,吃了不怕不消化的!她像小鸡肉一样嫩呢!……"

这一次维尔吉妮很凶恶地望着他,他只好住了口,悄悄地同她温存好让她安静下来。他窥探着布瓦松,看见他正在专心做匣子,于是他利用这时间,把那麦芽糖塞进维尔吉妮的嘴里,维尔吉妮向他嫣然一笑。后来她把怒气移到绮尔维丝身上,说:

"请您赶快些好不好?像一块界石那样待着,工作是做不完的……喂!请您动作快些吧,我不希望今晚还在水里踏来踏去。"

她把声音放低些,凶恶地又说:

"她的女儿做了荡妇,难道是我的罪过不成?"

绮尔维丝当然听不见这话。她重新揩擦那地板,她弯着腰,伏在地上工作着,活像一只疲倦了的青蛙。她的双手抓着那刷子,把一堆黑水向前推动,污泥溅到她的身上,甚至于染脏了她的头发。她把脏水都扫到沟渠里去,现在只要再用清水洗一次就行了。

大家静默了半天以后,郎第耶觉得闷气,便高声嚷着说:

"巴丹克,您不晓得,我昨天在里伏利路看见了您的老板。他的身体糟蹋得不堪了,再也活不了半年了……呀!也难怪!他过的是那样的生活!"

他说的是皇帝。布瓦松也不抬头,冷冷地说:

"假使您做了政府首脑,您便不会这样胖了。"

郎第耶忽然假装严重的神气说:

"唉!好朋友,假使我是政府首脑,事情就会好些了,我敢对您写保证书!……近来对外的政治真叫人着急。我对您说,只要我认识一个新闻记者,把我的意见传给他……"

他越说越兴奋,麦芽糖吃完了,他又开了抽屉,在里面拿了好几块葵花软糖塞在嘴里,同时指手画脚,又说:

"这是很容易的……假使我做了政府的首脑,我先把波兰再建立起来,又创设一个斯堪的那维亚的国家,来镇住北部的大国……然后我把德意志的许多小王国合成一个共和国……至于说到英国,这不是什么可怕的,假使英国动一动,我就派十万军队到印度去……除此而外,我要把土耳其王赶到阿拉伯去,又把教皇赶到耶路撒冷去……唉,这样一来,欧洲很快就弄好了,是不是?喂!巴丹克,您瞧一瞧……"

他顿了一顿,又抓了五六块葵花软糖。

"好,您瞧,比吞这个还快呢!"

他说着便张开了嘴,把那些糖一块一块抛进嘴里去。

布瓦松细想了整整的两分钟,然后说:

"皇帝有别的计划呢。"

"您不要说吧!"郎第耶激烈地说,"他的计划,人家都晓得的!欧洲人都瞧不起我们……推勒里王宫里的侍从们天天在桌子下的两堆粪土中间把您那烂醉如泥的老板拉了出来!"

布瓦松听了,便站了起来,他向前走了几步,把手抚着心胸,说:

"奥古斯特,您的话伤了我了。辩论是可以的,但是不该伤损个人才好!"

于是维尔吉妮出头干涉,叫他们不要吵闹。她心里有她的盘算,他们两个人什么都可以分享,何苦不住地争论政治呢?他们两人还叽哩咕噜地在嘴里说了许多话。后来布瓦松要表示自己并不记恨,于是把刚才做完了的匣子送给郎第耶。盖子上面刻有几个斑纹的字:送给奥古斯特作为友谊纪念品。郎第耶十分喜欢,仰挺着身子,几乎倒在维尔吉妮身上。布瓦松用土色的脸上的一双混浊眼睛望着他们,没有生气的样子;然而有时候他的红胡须自然而然地摇动起来,态度奇怪,假使不是深知他的性格的郎第耶,恐怕要令人担心起来呢。

郎第耶的胆子很大,所以女人们喜欢他。布瓦松刚一转身,他便起了滑稽的念头,在布瓦松太太的左眼上接了一个吻。平常的时候,他也狡猾,也小心;然而当他辩论了政治之后,他便敢冒一切的危险,为的是要在他的朋友的妻子身上出一出他的气。他厚着脸皮,背着布瓦松,悄悄地与她温存,算是对于皇帝报仇。不过,这一次他却忘了绮尔维丝在他跟前。她已经把店铺洗清了,揩干了,站在柜台的前面,等候人家给她三十个铜子。她看见他吻维尔吉妮的眼睛并不动心,觉得这是很自然的,她犯不着多管。维尔吉妮却似乎有几分不自在。她把三十个铜子当着绮尔维丝的面扔在柜台上。绮尔维丝一动也不动,好像仍旧在等候着,原来洗涤的工作把她弄疲倦了,身上又湿,样子又难看,像被人家从秽水里拖出来的一只狗一样。

"那么,她没有向您说什么吗?"她终于这样问郎第耶。

"谁呀?"他嚷说,"呃,是了,娜娜!……是的,她没有说别的什么话。"

绮尔维丝手里拿着三十个铜子走了。她的破鞋子染了污泥,印在地上,渍渍地一片声响,真像一种奏音乐的鞋子。

本区的酒徒们现在都说她因为女儿堕落了,所以她喝酒安慰自己。她自己在酒店的柜台前喝烧酒的时候也装做悲哀的样子,希望借酒自杀似的。每逢她醉了回家,她只说她心中痛苦。但是正经人们都耸耸肩,知道她借痛苦的题目喝酒。总之,这也可以叫做酒瓶里的痛苦。当然,起初的时候,她还因娜娜逃走的事而伤心,她的心里毕竟还有一点儿正气,未免令她愤懑起来。再说,一个母亲总不肯说自己的女儿同一个路人一见面就卿卿我我地亲热起来。然而她的头脑昏了,心醉了,精神钝了,所以这羞耻的心理也保留不久了。她的心神是不定的,她尽可以整整一星期不想念她的女儿,但是,忽然间,她起了一种慈爱或愤怒的念头,——有时候是空着肚子,有时候是饱了——她恨不得在某些地方捉住娜娜,也许她要吻她,也许她要打她,这要看她那时的心意如何了。她终于没有一种很清楚的羞耻心了。不过,娜娜是她的,是不是?一个人有了一件东西,是不愿意看见它烟消云散的啊!

她起了这种念头的时候,立刻像警察一般地注视着那些马路。呀!假使她遇见了她的脏货,她是要怎样把她带回家啊!这一年本区大变了样。人们开辟了马尚达大马路和奥尔那诺大马路,把以前的卖鱼路的界线都消灭了,并且直通到城内的大马路。这叫人都认不得了。卖鱼路的一边的房子都拆除了,现在金滴路上可以望见很空旷的天空,阳光够了,空气也流畅了。以前在那方面挡住视线的破旧房屋都没有了。现在奥尔那诺大马路上,起造了一所六层楼的大房子,雕刻得像一个教堂一样,窗子是宽敞的,窗帘是绣花的,很有豪富的气象。这白房子恰在金滴路的前面,像是把它的白光照耀着这小街道似的。甚至于每天郎第耶与布瓦松为了这所房子争论起来。郎第耶不住地谈到巴黎的拆建工作,他骂皇帝到处起造些宫殿式的房屋,预备把工人们赶到外省去。布瓦松被他气得变了面色,回答说,恰恰相反,皇帝首先想到工人们,说他在必要的时候,为了使工人有工作,就是把巴黎全城都拆平了他也肯的。绮尔维丝住惯了黑暗的街道,也觉得讨厌那美丽的土木工程。只因为区里变为美丽的时候恰是她衰败的时候,所以她觉得讨厌。一个人落在污泥里,决不喜欢美丽的日光照在头上的。因此,每逢她找寻娜娜的日子,不得不跨过那些建筑材料,沿着正在兴工的人行道走,踢着栅栏几乎跌倒的时候,她就大怒起来。奥尔那诺大马路的建筑物成为她的眼中钉了,这种房子是娜娜一类的坏女人住的!

有好几次,她得到了关于娜娜的种种消息。世上不少的长舌

头喜欢忙着向你传播坏新闻。是的,人家向她说娜娜是没有经验
的女子,一时生了气,竟抛弃了她那老头子。其实她在他家很好,
人家爱她,同她温存,假使她会处世,甚至于还可以得到自由呢。
然而青年人是痴呆的,她大约是跟一个什么坏少年走了,人家知道
得不十分真切。有一个消息似乎是的确的:有一天下午,在巴士底
广场上,她向那老头子要了三个铜子去小便,那老头子还在广场上
等候她,她就借此溜了。在上流社会里,人家把这个叫做英国式的
小便。另有一些人发誓说人家曾经看见她在教堂路的一个跳舞场
里跳舞,那跳舞场名叫狂热厅。从这时起,绮尔维丝决意常常到各
下流跳舞场里去。她每经过一个舞场门口必定要进去看一看,古
波也陪她进去。起初的时候,他们仅仅在舞厅里打了一个转,细看
那些胡乱跳舞的荡妇们的面孔。后来有一天晚上,他们有几个钱
了,便坐在一张桌子上,喝一瓶酒,一则借此解渴,二则可以等一
等,看娜娜来不来。到了一个月之后,他们已经忘了娜娜。他们进
跳舞场喝酒为的是他们自己的快乐,他们喜欢看人家跳舞。他们
往往把手肘支在桌子上,几个钟头彼此不说一句话,在舞厅浑浊的
空气中,黯红色的灯光下呆呆地用他们无神的眼睛望着这班街头
荡妇,在颤巍巍的地板上跳舞也觉得十分有趣。

　　恰好在 11 月的一天晚上,他们进到狂热跳舞厅里取暖。门外
一阵小小的寒风吹得行人脸都发疼;厅里充满了人。只听得一片
粗言野语的声音。每张桌子上都有座客,到处都挤满了人,简直是
人肉市场;那些喜欢秀色的人,大可以饱餐一顿。他们夫妇二人兜
了两个圈子,找不着一张空的桌子,于是他们决定站着,等候有一
群人离了厅,然后就座。古波穿着肮脏的工衣,头上戴着一顶没有
帽檐的小呢便帽,摇摇摆摆地站着。他挡住了人们的走道,看见一
个瘦小的少年,误撞了一下他手肘后,就擦着他的大衣的袖子走过
去,好似怕沾惹了古波身上的什么脏东西一样。

　　古波气冲冲地把烟斗由他的黑嘴里抽了出来嚷道:

"喂！您不能道一声歉吗？……非但不道歉,您看见人家穿的是工衣,还装出嫌脏的样子!"

那少年回过头来,正打量着古波,然而他还在继续说:

"坏蛋!你打听打听!工衣是最美丽的衣服,是的,是工作的衣服!……如果你愿意,我就赏你两个耳光替你擦干净你那大衣……谁见过这样卑污的小人,竟敢污辱工人呢!"

绮尔维丝劝他息怒,他只是不理,还拍着他的工衣,骂着说:

"这里头有好汉子的胸膛!"

这时候那少年混进人丛里去了,同时还喃喃地说:

"这是一个肮脏的无赖!"

古波想要追他,呸!穿起一件大衣便要欺侮人吗!这大衣想是还没有付钱的呢!有了这一张皮,便好去拐骗一个女人,不花一个铜子啊!假使他捉住了他,一定要叫他跪在地下,向工衣施礼赔罪。可是人太拥挤了,实在走不动。绮尔维丝和他慢慢地绕着跳舞的人们的周围走着;观看跳舞的人们挤了三重,每逢一个男子或一个妇人举起了腿,显出了一切的时候,他们便一个个眉飞色舞了。他们夫妇俩都长得矮,所以他们踮起了脚,想要看些东西,但他们只看见发髻和帽子在那里跳动。乐队用他们那些破裂的铜器,奏出如风似雨的狂乱的音乐,把舞厅都震动了。跳舞的人们的脚步,踏起了一阵尘埃,把煤气灯的光弄得更呆滞了,厅里的气候真要把人热煞。

"你瞧!"绮尔维丝忽然说。

"什么呀?"

"那边,那丝绒帽子。"

他们把脚更企高了些,看见左边有一顶丝绒帽子,帽上两根旧羽毛在摇摆着,这真像枢车上的羽毛。但是他们仅仅看见这顶帽子在人丛里狂跳,时而浮起来,时而沉下去,时而打转。他们一会儿在人群中看不见那帽子了,一会儿又看见那帽子在人群中出现了,那帽子晃动得这样奇怪,使他们周围的人都笑起来,虽然不知道帽子下面是谁,只要看见那帽子乱舞便忍不住笑。

"怎么样?"古波问。

"你认不得那发髻吗? 一定是她,否则你可以割去了我的头!"绮尔维丝喘着气回答。

古波用力一推,把人群推开了,妈的! 不错,是娜娜! 她打扮可够漂亮呢! 她的身上只穿着一件旧绸衣,衣服后面被咖啡店的桌子染上了许多油腻,裙子上脱落的花边都拖在地上。她的肩上并没有披肩,只有一件胸衣,纽子也纽得不齐整。唉! 这贱人! 她本来有一个老头子小心地照顾她,然而她却堕落到这地步,跟随了什么坏蛋,还被人家打也说不定呢! 这也不要紧,她还是很鲜艳的,很可爱的,披着头发像一只美丽的鬈毛狗,那大帽子下面还露出一张绯红的嘴。

"等一等! 让我替你去教训教训她!"古波又说。

当然,娜娜并没有想到,她正在那里扭得高兴呢! 她把屁股向左边一扭,向右边一扭,弯着腰行了一个大礼,脚抬得很高,几乎要碰到伴舞男子的脸,像是要把她自己劈成两半似的! 人们围成了一个圆圈,对她喝彩;她受到观众热烈情绪的鞭策,兴奋得把裙子都撩了起来,直撩到膝头,像陀螺般的打旋转,忽然弯下身去几乎要伏倒在地上,随后又美妙地全身扭动,轻巧地舞蹈起来,舞得叫人渴望把她抱到一个角头上恣意地抚摸她!

这时候古波扑在跳舞的人身上,扰乱了他们的舞步,众人都用拳头打他。于是古波嚷道:

"我同你们说,这是我的女儿! 你们让我过去吧!"

恰巧这时候娜娜正在向后退,弯着腰,帽子上的羽毛几乎要扫那地板,把屁股耸得圆圆的,并且还轻轻摆动着,为的是要把姿势弄得好看些。忽然间,她背后受了一脚,恰踢在屁股上,她直起腰来,认得是她的父母,她的面色大变了,唉! 真倒霉!

“出去!”跳舞的人们哄着说。

但是,古波看见那同娜娜跳舞的男子恰是那穿大衣的瘦少年,于是他便不管众人的话,他骂着说:

“呃,是我们来了! 你料不到,是不是?……我们在这儿捉住了你,而且你的男子就是刚才对我失礼的那个不懂事的人!”

绮尔维丝咬着牙齿推他说:

“你不要再说了!……用不着这许多解释!”

她说着便上前,狠狠地赏了娜娜两个耳光,第一个把带羽毛的帽子都打歪了,第二个在那雪白的脸上打起了一块红痕。娜娜呆了,受了耳光,也不哭,也不反抗。音乐仍旧继续下去;众人生了气,激烈地嚷道:

“滚出去! 滚出去!”

“好,滚吧!”绮尔维丝又说,“你先走! 你不要打算脱逃,否则我叫你到监牢里睡觉去!”

那瘦少年见机,早已走开了。于是娜娜先走,身子硬挺挺的,想起了运气不好,精神还是发呆。当她作势不肯走的时候,身后挨了一拳,她只好又向门口走去。他们三个人在舞厅的众人喊叫和嘲笑声里出去了;同时那乐队奏完那一场跳舞的音乐,声音这样大,喇叭里竟像吐出炮弹似的。

生活重新开始了,娜娜在她旧时所住的小房里睡了十二个钟头之后,在一星期内,表示她回头做好人了。她缝补了一件朴素的衣服,她戴一顶女帽,把帽带子系在发髻上。甚至于兴奋起来,她说要在自己家里工作:一则因为在自己家里要赚多少可以自由,二则不至于听见作坊里的脏话。于是她去找了工作来,把工具安置在一张桌子上,起初的几天,每天早上五点钟就起床,扎她那些紫罗兰的梗子。但是,她做了几十打,送给了人家之后,她便对着工作伸懒腰,双手麻痹了,因为她在外面空闲了半年,所以她失去了扎花的习惯,而且被房子关闭得气闷不堪。于是瓶里的浆糊干了,花瓣和绿纸都染了油痕,老板甚至于来了三次,同她大闹,要她赔偿那些糟蹋了的材料。娜娜常常被她的父亲殴打,而且一天到晚同她的母亲揪在一团,她们两人当面互相骂了许多不堪入耳的话。这是不能延长下去的了;到了第十二天,娜娜又走了,走时身上披着那朴素的衣服,头上戴着那小帽子,算是她的全副行李。罗利欧夫妇看见娜娜回家而且悔过自新的时候,妒忌得要死,现在看见她又走了,于是捧着肚子大笑,几乎笑倒在地。妙啊,第二次登台,姑娘们快要到圣拉萨监狱里去了!哈哈!这太滑稽了。娜娜逃走的手段很高强。好!现在古波夫妇如果要留住她,只有把她关进鸟笼里的一个法子了!

在大庭广众之间,古波夫妇假装庆幸少了一层缠累。其实她们气愤极了,然而怒气只是一时的。不久以后,他们打听得娜娜在本区里再做不正当的生意,他们的眼睛并不眨一眨呢。绮尔维丝本是骂她污辱了家门的,现在却不管人家说话了,哪怕她在马路上遇见了她的女儿,她也不肯打她一巴掌,恐怕打脏了手。是的!什么都完了!哪怕她看见她的女儿赤裸裸地饿死在马路上,她也会安然地走过去,不肯说这脏畜生是从她的肚子里钻了出来的哩。娜娜轰动了所有附近的跳舞场,从白后宫直至狂热跳舞厅,人们都认识她。当她走进蒙马特仙境的时候,人们爬到桌子上,看她表演"龙虾嗅地"的舞蹈。在红府舞厅里,人们两次把她赶了出来,她只好在门外徘徊,等候熟悉的人们出来。大马路上的黑球宫和卖鱼路上的老爷府是一些上等跳舞厅,她有衣服穿的时候才敢进去。但是,在本区许多跳舞场当中,她特别喜欢那隐士跳舞场,这是在一个潮湿的院子里的,她还喜欢那罗贝尔跳舞场,在嘉特兰路,这是两处肮脏的小舞场,用半打洋灯照耀着,里面的人的衣服很可以随便,他们都很满意,都很自由,甚至于跳舞的男女伴侣可以退到后面互相接吻,没有人去搅扰他们。娜娜有时候穿上等衣服,有时候穿下等衣服,她真像一个变化无穷的仙子,时而打扮做一个阔气的妇人,时而做一个灶下的丫头。呀！她过的是好生活！

有许多次,古波夫妇在一些不干净的地方似乎看见他们的女儿,他们掉转了身子,走到另一边去,好叫他们不至于不得已而承认她。他们再也不高兴让整个跳舞场取笑他们,而把这样的一个脏东西拉回家去了。但是,有一天晚上,将近十点钟的时候,他们正要睡觉,忽然有人用拳头敲门。原来是娜娜安然地到来要求一个地方睡觉。天啊！看她那个样子！头是光着的,衣服是破的,鞋子是没有鞋跟的,这种打扮,真有被警察捉到局里去的资格。当然,她受了一顿打;后来她像饿虎一般地吃了一块硬面包,疲倦地倒在床上睡着了,齿间还有最后的一口面包未曾吞下。从此以后,这把戏继续下去。当娜娜觉得衣服好了些的时候,忽然在一个早上逃走了。谁也看不见她了！过了几个星期,或几个月,她似乎失踪了;忽然她又回到家来,也不说是从什么地方回来的,有时候脏得值不得用粪钳子钳她,而且上下身都受了伤,有时候穿得很好,但是因为淫佚过度,软得都站不住脚。她的父母也看惯了,殴打是没有用处的了。他们尽管打她踢她,禁不得她把家里当做旅馆,一星期只住一两天就走了。她晓得家里的床的代价是一顿打,她自己考虑,如果有利益,她便回来受一顿打也甘心。再说,他们也打厌了,古波夫妇终于不再过问娜娜的事情了。她回家也好,不回也好,只要她不让大门开着,就算了。天啊！习惯可以消磨正气,也像消磨别的事物一样呢。

只有一件事令绮尔维丝忍不住气,这就是:她的女儿回家的时候还穿着漂亮的女袍和带羽毛的帽子。不行！这种奢华是她所忍受不了的。娜娜尽可以淫佚,如果她愿意的话,然而她到母亲家里来的时候,至少她应该穿女工的衣服才是道理。那些漂亮的长女袍把这所房子里闹得满城风雨,罗利欧夫妇只晓得嘲笑;郎第耶被逗引得快活了,便在娜娜周围打转,要闻一闻她的香气;博歇夫妇禁止他们的女儿宝玲和这娼妇亲近。绮尔维丝又恨娜娜睡得太

多,当她逃走了一次回来之后,她直睡到中午,袒露着胸膛,发髻蓬
松散乱,发上满是别针,面色惨白,呼吸短促,像是要死的人一样。
绮尔维丝在上午摇了她五六次,说要把一桶水倒在她的肚子上。
这懒惰的美女,半裸着身体,被邪气弄胖了,过度淫乱以后呼呼地
睡得一醒也不醒,简直气煞了她的母亲。娜娜睁开了一只眼睛,又
闭上了,而且睡得更浓呢。

有一天,绮尔维丝老实不客气地责骂她,说她不知如何卖身,
糟蹋到了这地步然后回家。她说过以后,便用她那湿淋淋的手去
摇她的身体。娜娜生了气,用被裹紧了身子,嚷着说:

"我受够了!妈妈!我们最好不要再谈男人。当初你做了你
所愿意做的事,现在我也做我所愿意做的事。"

"怎么?怎么?"绮尔维丝连声说。

"呃!是的,我从来没有对你说过,因为这与我不相干,但是你
毫无顾忌,爸爸打鼾的时候,你只穿着亵衣,穿着袜子,走来走
去……现在你不喜欢这个了,然而别人却喜欢这个呢。快给我闭
上嘴吧,当初你不该给我做榜样呀!"

绮尔维丝面色大变,双手颤动,呆呆地转身走了;娜娜挺着胸,
双臂揽着枕头,重新又呼呼地睡着了。

古波只晓得喃喃地骂,不再想打她耳光了,他完全丧失了头
脑。真的,也不必怪他是没有道德的父亲,其实酒毒发作的时候,
他已经没有善恶的辨别力了。

现在局面算是定了。他喝了半年的酒,然后病起来,进了圣安
娜病院,这算是他过一次乡村生活。罗利欧夫妇说是烧酒老爷到
他的别墅去了。几个星期之后,他从病院出来,身体复原了,便又
重新糟蹋自己,直至卧病在床的一天,他又须要到病院里保养去
了。在三年之内,他进了七次圣安娜病院。区里的人们说人家特
别给他保留着一间病房。但是,最坏的情形是:这个不知悔改的醉
鬼每进院一次,他的病便更深一层,人家可以预料将来他有结果的

一天,因为他的身体的机件一件一件都坏了。

　　唉! 他病得顾不到修饰了! 人家一看见他便像看见一个活鬼。酒毒老实不客气地在他的身上发作了,烧酒渗进了他的身体,一天一天的把他收缩,活像药房中玻璃罐里的胎儿,被药水渐渐弄得收缩了。因为他太瘦了,当他站在窗前的时候,人家可以从他骨节里透视过去,看见日光。他的两颊凹下去了,眼眶里常常流泪,流下的黄蜡可以供一个教堂之用;只有他的鼻子变美了,很红,而且有了花纹,活像一朵石竹花长在他那憔悴了的脸上。凡是晓得他的年龄的人们,知道他只有四十岁,然而看见他走过的时候弯着腰,老态龙钟,像那些陋巷一般陈旧,大家替他发抖。他的双手颤动得更厉害了,尤其是右手,震动到那程度,以致有好几天他只好双手捧起他的酒杯,然后才能放到唇边。唉! 妈的! 这一双震动的手! 他的全身糟蹋了还不要紧,他只恨这一件事! 人们常常听见他辱骂他的双手。又有几次,人家看见他对着双手瞻望了几个钟头,看他那一双手像青蛙一般地跳动,他一言不发,也不生气,好像正在研究身体内有什么机关会把它们弄得这样跳动。有一天晚上,绮尔维丝看见他是这种情形,同时他那醉汉的烤干了的脸上流着两行很大的眼泪。

　　最后的一个夏天,娜娜回到父母家里过夜,而这时候恰是古波最坏的时候。他的声音完全变了,竟像烧酒把他喉咙里的声带改换了一样。他有一只耳朵聋了。后来在几天之间,他的眼力也减低了,他下楼必须扶着栏杆,如果他不愿意跌倒的话。至于他的健康呢,是人家所谓休息的状态了。他头疼得很厉害,一阵头昏时好像看见三十六支蜡烛在乱晃。忽然间,他的臂和腿也起了一阵大痛;他的脸色惨白了,不得已只好坐在一张椅子上,呆呆地坐了几个钟头。甚至于有些时候,大痛之后,他的手臂瘫痪了整整的一天。有许多次,他竟是卧床不起。他曲蜷着身子,躲在被窝里,他的呼吸很重、很短促,像一只有病的野兽一样。于是从前在圣安娜病院里有过的那种疯狂症状这时又发作了。他被很高的热度烧得胡说八道，他疯狂得扯破了自己的工衣，咬坏了他的家具。有时候他却大大地伤感，像一个女子哽咽着，埋怨说没有一个人爱他。有一天晚上，绮尔维丝和娜娜一块儿回家，看不见他在床上了。他把那长枕塞在被窝里替代了他自己，而他自己却躲在床和墙之间，牙齿不断地震颤。她们找着他的时候，他说刚才有许多人要来杀他，她们母女二人只好再把他扶上床去睡觉，像安慰孩子一般地安慰他。

　　古波只接受一种药物：那就是一瓶烧酒，只要一喝下喉，他就像胃里挨了一棍，立刻站起来了。每天上午，他是这样医好他的酒症的。他的脑子是空了，他的记忆力早已没有了，所以他刚站起来之后，立刻又忘掉他的疾病了。他自以为从来没有害过病。是的！他好比人家临死还自称身体强健呢。再说，他对于其他的事情也是一样糊涂，譬如娜娜在外面玩了六个星期才回家来，他好像觉得她是刚才下楼做了一件事便上楼来了似的。她往往挽着一个男人的手臂在路上遇见他，而且嘻嘻地笑，他却认不得是她。总之，他是不算数的了，假使她找不着椅子，她尽可以坐在他的身上他也不知道的。

　　天气初有霜冻的时候，娜娜又脱逃了，她借口说是到水果店里去问有没有煮熟的梨子。她觉得冬天来到了，她不愿意在熄灭了火炉的前面冷得牙齿打战。古波夫妇只骂她做不中用的东西，因为他们老等着总不见她拿梨上楼来。大约她还会回来的，上一个冬天，为了买两个铜子的烟草，她在三个星期之后才买了回来。然而一个月一个月过去了，娜娜始终不回来。这一次大约她跑得很远了。6月到了的时候，她也不曾随着日光回来。真的！这一次可完了，她一定在什么地方找到白面包吃了。有一天，古波夫妇穷得要命，于是把女儿所睡的一张铁床卖掉，卖了整整六个法郎，他们到圣杜安酒店去痛饮一番，把钱都花光了。那床占地方对他们大有妨碍。

7 月的一个上午，维尔吉妮看见绮尔维丝在店前走过，便叫她进来，请她帮忙洗碗，因为昨天郎第耶领了两个朋友来大吃一顿，所以盘碟脏得多了些。绮尔维丝正在洗郎第耶所吃的那一只油腻很厚的盘子的时候，郎第耶却正在店里消化他肚里的食物，他忽然嚷道：

"您不晓得，您做母亲的！前几天我还看见了娜娜呢！"

维尔吉妮坐在柜台上，望着那些越来越空的糖罐和抽屉发愁，同时又拼命地摇头。她忍着不肯说得太多，因为她终于觉得情形越来越坏了。郎第耶常常看见娜娜，唉！她敢打赌！只要有一个女人在郎第耶的脑筋里转，他是什么坏事都可以做得出来的！这时候洛拉太太也来了，最近她与维尔吉妮十分要好，维尔吉妮向她倾吐了许多心腹话，所以这时候她做出一副极风趣的嘴脸，向郎第耶问道：

"您说您看见了娜娜，这是什么意思？"

郎第耶听了这话很自负，笑了一笑，扭了扭他的胡子，回答说：

"唉！当然是好的意思呀！她坐在车子上；我呢，我在马路上踏着污泥走……真的，我同你们发誓！这也用不着辩护的，那些同她你你我我地称呼的世家子弟，都是很幸福的！"

他的眼光露出兴奋的神气，这时候绮尔维丝正在店的后面揩着一只盘子，他回头向她说：

"是的，她坐在车子上，打扮得很阔气！……我都认不得她了，因为她太像上流社会的妇人，她的雪白的牙齿衬着鲜艳的面孔真像一朵鲜花！后来是她用手套向我招手，笑了一笑……我想她是把一个子爵弄到手了。呀！她爬得高得很！她可以瞧不起我们这些人了！那坏丫头，看不出她有这福分！……可爱的小猫！呀！您想不到有这样的一只小猫啊！"

绮尔维丝手里的盘子早已干净了，放光了，然而她仍旧只管揩着。维尔吉妮心里正在盘算,因为明天她应该支付两处的货款,她不晓得怎样应付,所以正在担心;同时那肥胖的郎第耶正在咀嚼那些糖果,原来那店铺已经被他吃了四分之三,现在充满了破产的空气了。真的,他再嚼几块杏仁糖,再吞几只麦芽糖,布瓦松家的生意就一扫而光了。忽然间,他瞥见布瓦松正在对面走过,指挥刀打着大腿,衣服纽得紧紧的,原来今天是他值日。郎第耶看他这样子快活得他叫维尔吉妮望她的丈夫。他说:

"喂!您看这巴丹克,今天他的神气很好……小心看他那神气像是要到什么地方去捉拿人家呢。"

当绮尔维丝上楼来的时候,看见古波呆呆地在床沿上坐着,病又发作了。他用一双毫无精神的眼睛注视着地砖。于是她自己也坐在一张椅子上,四肢酸软,双手垂在肮脏的裙子上。她在他的面前坐了一刻钟,一句话不说。

"我得了些消息",她终于喃喃地说,"人家看见了你的女儿……是的,你的女儿很阔气了,用不着你了……她可真有福气呀!……呀!天啊!我巴不得处在她的地位啊!"

古波始终凝视着地砖。后来他抬起他那憔悴了的面孔,呆呆地笑了一笑,说:

"喂,我的乖乖,我并不留你……你只要洗干净还不算太难看。人家说得好:最破旧的锅也不怕找不到锅盖子的……只要能使你的日子过得好一点……"

十二

　　这大约是房租到期后的星期六,约在正月 12 或 13,绮尔维丝记不很清楚了。她失了记忆力,因为已经经过很长的时间没有一点热东西放进她的肚子里了。呀!这真是一个地狱里的星期!屋子里搜罗净尽,两个四磅重面包从星期二直支持到星期四,后来又找着昨天剩下的一片干的面包皮吃了;现在隔了三十六小时没有吃一点儿东西,这真所谓对着空食橱跳舞了!唉!她所感觉到的只是那残酷的冬天,天空弥漫着乌云像一个漆黑的锅底,大雪还迟迟不肯下降哩。一个人遇着饥寒,哪怕你扎紧了你的腰带,肚子也是不会饱的。

　　也许今天晚上古波会带一些钱回来吧,他说他上工去了。一切都是可能的,不是吗?绮尔维丝虽然失望了千百次,终于不能不希望这钱。她自己经过了种种波折之后,在区里找不着一块抹布来洗濯了。甚至于请她收拾房子的一个老太婆现在也把她赶出门来,说她偷了她的烧酒喝。到处人家都不要她了,她是完了;其实她也觉得合算,因为她堕落到这地步,竟宁愿饿死,不愿动一动她的十个手指头。也罢,假使古波把他的工钱带回家来,大家还可以吃些热的东西。在这时候,十二点钟还没有到,于是她躺在草垫的上面等候,因为人躺着的时候比较能够忍耐饥寒。

　　绮尔维丝叫做草垫的东西,其实只是堆在一个角儿上的一堆干草。原来她的卧具早已陆续地到了区里的拍卖行里去了。起初,在穷极了的日子里,她把褥子里的羊毛抽了出来,藏在她的围裙下面,拿到美男路去卖,每磅十个铜子。后来那褥子里面空了,有一天早上,她索性拿褥套去换了三十个铜子,为的是买咖啡。那两个枕头跟着走了,随后那长枕也出去了。剩下只有木床,她不能拿走,因为恐怕博歇夫妇看见屋子的抵押品出了门,会嚷得全房子里的人都知道。但是,有一天晚上,她探得博歇夫妇正在吃饭,于是由古波帮助着,她把那床拆散了安然地搬了出去,先是床板,后是床背,最后是床架,一块一块地运出了外面。这床卖了十个法郎,给他们吃了三天的好酒好菜。难道干草不是已经够用了吗?后来甚至于他们的被单也去找他们的褥套作伴去了,现在他们把卧具都卖完了,他们饿了二十四小时,现在大吃其面包,几乎害了不消化的病。他们把干草铺在地上,常常压成碎屑又用扫帚把草屑扫回来,也不见得比别的东西更肮脏。

在那一堆干草上,绮尔维丝并不脱衣服,蜷曲着像一只小狗,两脚缩进了破旧的裙子里,好叫她的身体暖些。这一天,她瞪着眼睛,脑海中思来想去都是一些不愉快的事情。呀!不行!人不能不吃东西这样继续活下去,现在她不觉得饿了;但是,她觉得胃里很沉重,同时她的脑子里似乎是空的。当然,四壁空空,叫她哪里找快乐的对象呢!这真是一个狗窝,猎狗们还不肯住呢!她的无光的双眼凝视着赤裸裸的四壁。许久以来,当铺早已把一切都吸收去了。剩有一个横柜、一张桌子、一张椅子;然而柜子上的大理石面和柜子里的抽屉也跟着那木床在同一的道路上消灭了。一场火灾也扫荡不到这般干净,陈列品也都完了,先从时钟卖起,卖了十二法郎,直卖到家庭的照片,因为有一个女商人买了那些相片框子;这女商人很客气,绮尔维丝往往把一只锅子、一个熨斗、一柄梳子送去给她,她依照物价高低,给她五个铜子、三个铜子或两个铜子,她上楼来的时候便可以有一块面包在手里了。现在仅仅剩下一副破旧的烛剪,拿去要换一个铜子,那女商人却不肯了。唉!假使她知道谁肯收买秽物与尘埃,她立刻可以得一笔钱,开店铺,因为她的卧房实在脏得不堪了。她只看见屋角上有许多蜘蛛网,这些蜘蛛网也许可以做刀伤药使用,可惜还没有商人来买。于是她掉转了头,知道没有做生意的希望了,宁愿注视那积雪的天空。然而那天空的冷气却侵进了她的骨髓。

讨厌的事真不少! 然而何苦多思多虑呢? 只要能睡得一觉就好了! 她哪里能睡得着! 房租的事又来缠扰她的脑筋了。那房东马烈士哥先生昨天亲自到来,说在一星期内,假使他们不付那两期的欠租,他一定赶他们走。好! 他要赶就让他赶,到了马路上不见得比这房里更坏些! 您瞧! 这坏蛋! 他穿着大衣,带着羊毛手套,上楼来向他们要房租,竟像他们把钱藏在什么地方似的! 妈的! 纵使她有钱,与其付房租,倒不如先买些东西吃! 真的,这个大肚子,她觉得他太混蛋了,她要把他摆在她的屁股后面去![①] 那畜生古波一进门先要打她几下,她也想叫他到房东去的地方去。她的屁股后面的地方很宽,能够把一切人都摆进去! 她对一切人都不满,她想借此摆脱他们。古波有一根大棍子,他叫做驴扇子。他常常扇他的老婆,扇得她会出一身大汗。她呢,她也不是太好惹的,她会咬,会抓人家的脸。于是他们在卧房里常常打架,打得兴致浓了,连面包都不想吃了。然而她终于连拳打脚踢也和其他的事一样摆在屁股后面了。古波尽可以整整的几个星期不工作,整整的几个月只是醉着,疯狂了回家,而且想要打她,她也习惯了,她只觉得他讨厌,如此而已。在这些日子,她却把他摆在屁股后面了。是的! 她的猪猡男人,在屁股后面! 罗利欧夫妇、博歇夫妇、布瓦松夫妇,都在屁股后面! 全区藐视她的人们,都在她的屁股后面! 全巴黎的人都在那里,她毫不关心地用手掌一拍,把他们都摆在那里去了,这样,她觉得报了仇,也就快乐了。

---

① 法国俗语,把人"摆在屁股后面去",就是置之不理或满不在乎的意思。

　　不幸得很,一个人虽然对一切都成了习惯,却还不能养成不吃面包的习惯。只有这一件事能令绮尔维丝失望。她无论堕落到沟渠的底里,变了坏人中的坏人,走过人们的面前的时候看见人们歪嘴,她一概不管,不好的礼貌不在她的心上了,只有辘辘的饥肠搅得她肚子难以忍受。唉!她早已同盘菜告别了,现在她只碰着什么便吃什么。在大节庆的日子,她到肉铺里买了些卖剩下的将要变臭的四个铜子一磅的肉屑,加上了一些马铃薯,放在一只小锅上烹煮,或者把一个牛心切成小块煮熟便是她的好菜。另有几次,当她有酒的时候,她做了些面包丁煮汤,真像鹦鹉吃的。两个铜子的干酪,稀稀的几个马铃薯,半磅煮熟了的豆子,已经算是她不能常常吃到的上好的菜肴。她堕落至于买那些下等饭店里吃剩的肉菜,一个铜子,她可以买到一盘鱼骨,杂着好些吃剩下的碎肉。后来她堕落得更低了,她向慈善的饭店主人乞取食客们吃剩的面包片,又求一个邻人许她在他的灶上煮那些面包片,做一盘面包汤。又有几天的早上,她饿极了的时候,甚至于伴着一群狗在各店门前徘徊,希望人家把吃剩下了的肉菜倒在门前的沟渠里。在那种地方,她往往得到许多好菜吃,有腐败了的西瓜,有臭了的鲭鱼,还有好些牛排、猪排,然而她小心察验那些排骨,生怕其中有了蛆虫。呃!是的,她到了这地步了,这种事可以令讲究饮食的人们作呕。然而假使他们三天没有吃过一点东西,我们看他们到底能不能同他们的肚子赌气!恐怕他们要趴在地上,彼此像朋友们一般地吃脏东西了!呀!穷人们空了腑脏,震着牙齿,饥寒交迫,竟在这灿烂的巴黎吃起肮脏的东西来!唉!当年她不愿吃肥鹅的肝肠;现在她为着最坏的肉菜还可以打架呢!有一天,古波偷了她的两张面包票去换酒喝,她险些儿用铲子一铲打死了他,因为她饿极了,所以被偷了一块面包就怒气冲天。

　　这时候她向那黯淡的天空凝视得太久了,她辛苦地打了一个瞌睡。她冷得这样厉害,竟梦见天上的雪落在她的身上。忽然间,她一下子惊醒了,觉得一阵心焦,打了一个寒战,立刻站了起来。天啊!难道她快要死了吗?颤巍巍地,呆呆地,她看见天色还亮着呢。夜色还没有来吗?一个人肚子里没有一点儿东西的时候,觉得时间是多么长啊!这时候她的肠胃也跟着她醒了,立刻绞得她难受。她倒在椅子上,低了头,把双手放在大腿下取暖;同时她已经预算古波带了工钱回来之后立刻便去买东西吃晚饭:一块面包,一瓶酒,两份煮熟了的牛胃。只听得巴苏歇伯伯的小时钟已经报了三点了。唉!这才三点钟!于是她哭了起来。她决没有气力再等到七点钟了!她的全身摇晃了,像一个女孩受了大痛苦似的,她弯了腰,压紧了肚子,希望不觉得饿。呀!生孩子比肚子饿还好些!她因为饥饿并不减轻,于是她生了气,站了起来,在房中来回走着,希望哄饿神睡觉,像人家抱着孩子踱来踱去,希望哄那孩子睡觉一般。她在那空空的卧房的四角来回走了整整半个钟头。忽然间,她双目呆呆的停住了脚步。也罢!她要去向罗利欧夫妇借十个铜子,尽管他们怎么说都可以,她甘心舔他们的脚,如果他们愿意的话!

这七楼是穷人所住的地方,每逢冬天,他们往往互相告借十个铜子,或二十个铜子,算是互相帮助。不过,人们宁愿饿死,不愿到罗利欧夫妇家里借钱,因为人家晓得他们很不容易拿出一个钱来。绮尔维丝去敲他们的门的时候,显示出很大的勇气。她在走廊里很觉得害怕,后来一敲了门,忽然心中松快了,好像患牙痛的人敲了牙科医生的门似的。

"请进。"罗利欧尖声地说。

唉!这里头多么暖啊!那冶炉把它的白光照耀着那狭窄的工作室,同时罗利欧太太把一捆金丝放在炉里在烧。罗利欧坐在工作桌前,因为热得厉害,额上满是汗珠;他正在用吹火管焊接那些链环。房里有一阵香味,原来一个锅子里煮着一味白菜汤,那汤所发出的水蒸气使绮尔维丝的心翻了过来,险些儿令她晕倒。

"呀！原来是您！"罗利欧太太喃喃地说时，并不请她坐下，"您想要怎么样？"

绮尔维丝不回答。这一个星期她同罗利欧夫妇的感情并不十分坏。然而借十个铜子的话停留在她的喉咙里，因为她看见博歇昂然地坐在炉子旁边，正在说别人的闲话。这畜生，看他竟像瞧不起一切的人们似的！他笑得两颊突起来把鼻子遮住了，像一个屁股！真像个屁股！

"您想要怎么样？"罗利欧又问。

"您没有看见古波吗？我以为他在这里。"绮尔维丝终于吞吞吐吐地说了。

罗利欧夫妇和博歇冷笑起来。不，当然，他们没有看见古波。他们不能常常请他喝酒，怎能这样常常见他呢？绮尔维丝鼓起了勇气，又吞吞吐吐地说：

"他同我说过他回来的……是的，他说他带钱回来给我……现在我非常地需要钱……"

一时沉寂起来。罗利欧太太拼命地煽她的炉火，罗利欧低了头，注视着手指间的金链子，同时博歇的笑口仍旧开着，两颊仍旧突起来，令人有意把手指头塞进他的嘴里去探一探究竟是怎么一回事。

"假使我只有十个铜子就好了。"绮尔维丝低声说。

沉寂继续下去。

"你们不能借给我十个铜子吗？……唉！今晚我就还你们的！"

罗利欧太太掉过身子来，把眼睛盯住了她，好！一个大叫花子来缠我们了！今天借十个铜子，明天借二十，此后再也没完没了！不，不，不行！我向您发誓，您休想！

"但是，亲爱的"，她说，"您分明知道我们是没有钱的！喂！您瞧我这衣袋里面！您可以来搜我的身上……当然，我是情愿借的。"

"心里是愿意的",罗利欧接着说,"不过,一个人不能够的时候,就没法子了。"

绮尔维丝十分谦恭,点头赞成他们的话。然而她不走,她用眼角偷看墙上挂着的金丝,又看罗利欧太太用两只小手臂拼命地从抽丝孔里拔那些金丝,又看她丈夫的手指下一堆一堆的金链环。她心里设想这微黑的坏东西,只给她小小的一点儿,她便可以买一顿很好的晚饭。这一天,那工作室本是很脏的,堆着许多铁屑,许多灰尘,许多揩不干净的油垢;然而她觉得是一间金碧辉煌的屋子,竟像一家银行。所以她和颜悦色地大着胆又说:

"我一定还你们的,我一定还你们的……十个铜子不会使你们不方便的。"

她的心里非常难受,她却不愿意承认自从昨天以来没有吃过东西。后来她的腿软了,生怕流下泪来,又吞吞吐吐地说:

"你们做个好人吧! ……你们不晓得……是的,我到这地步了,天啊! 我到这地步了!"

于是罗利欧夫妇抿着嘴唇,互相递了一个眼色,现在瘸子竟做起叫花子来了! 好! 堕落到极点了! 他们是不欢喜这个的! 假使他们知道她来借钱,他们早已关了房门拒绝她进来。人们应该常常当心提防叫花子,因为叫花子们往往借题闯进人家的屋子,偷了些宝贵的东西然后走了。尤其是罗利欧家有东西可偷,人家尽可以把十只手指胡乱一抓,合了拳头,立刻就有三四十个法郎到手。从前已经有好几次,他们注意到绮尔维丝站在金子的前面那种奇怪的样子,早就提防她了。呃! 这一次,他们更要监视她了。恰好她越走越近,脚到了木格板边了,罗利欧也不回答她的要求,只粗野地嚷着说:

"喂,请您当心些! 您又要用您的鞋底把我的金子带走了! ……真的,叫人会说您的鞋底上涂了油,预备把金子粘了去。"

绮尔维丝慢慢地向后退。她靠着一个货架一会儿,看见罗利欧太太注视她的双手,于是她伸开了她的双手给她看,也不生气,俨然是一个堕落了便忍受一切的妇人。她只柔声地说:

"我没有拿什么,你们可以看。"

她说着便走了,因为那白菜汤的浓香和那工作室的奇暖把她激得实在忍受不住了。

呀!好极了!罗利欧夫妇再也不留她了!一路平安吧,下次再也不必希望他们给她开门了!他们看她的嘴脸已经看够了,他们不愿意看见家里有穷苦的人进来,尤其是自找穷苦的人!于是他们很自私地享受快乐,觉得房里很暖,又有白菜汤可吃,便算上了天堂了。博歇也快乐起来,又鼓胀他的两腮,显露出他幸灾乐祸的笑容。他们觉得报了仇,当年瘸子的威风,那蓝色的店铺,那些好酒好菜,以及其余的一切,都起了反响了。这可以证明爱吃的人的结果!懒人,爱排场的人,爱吃的人,终会有这样的一天的!

"这是什么派头!竟来敲十个铜子的竹杠!"罗利欧太太看见绮尔维丝一转背便说,"是的,我管他妈的,难道我会立刻借给她十个铜子,好叫她喝酒去?"

绮尔维丝在走廊里拖着她的破鞋子,身体沉重,肩头垂下来了。当她到了房门口的时候,她不进去,她怕进她的卧房。倒不如走来走去,一则身体暖些,二则可以心里不烦。她经过顶楼的楼梯底下的时候,她伸长了脖颈,探一探伯鲁伯伯的斗室,这一位大约也饿极了,因为三天以来他只在梦中吃饭。然而现在他不在家,只剩下了他的窝,于是她起了一种妒忌心,以为人家邀请他到什么地方吃东西去了。后来她经过俾夏尔家的门口,听见了呻吟的声音,钥匙始终在门上,于是她走了进去。

"有什么事呀?"她问。

那卧房是很干净的,这分明可以看出来拉丽在上午还打扫了房子,收拾了家具。房里虽然被灾难的风吹去了一切的什物,而且那醉汉子又吐得很脏的,然而拉丽一来,把一切收拾得干干净净,仍旧有可观的样子。虽然不是富家,还可以使人感到当家人是很勤快的。这一天,她的两个孩子——亨丽爱德和余勒——找着了一些旧图画,于是他们在一个角落上把那些图画裁剪玩耍。但是绮尔维丝看见拉丽躺在那狭小的吊床上,把被单盖到下巴,面色惨白,她觉得很奇怪。唉!她躺着了!那么,她是病得很重了!

"您怎么样了?"绮尔维丝担心地问。

拉丽不再呻吟了,她慢慢地把白色的眼睛睁开,想把颤动的嘴张开,现出微笑的样子。

"我不怎么样",她很低声地说,"唉!真的,我不怎么样。"

后来她的眼睛又闭了,勉强地说:

"这几天来,我太疲倦了。于是我偷懒,休息一会,您瞧!"

但是她那小脸上起了许多青痕,显出十分痛苦的样子,所以绮尔维丝忘了自己的痛苦,竟合掌跪在她的跟前。一个月以来,她看见她扶着墙壁走路,咳嗽得弯折了腰,大有要进棺材的样子。现在拉丽甚至于咳嗽不出来了,她只是打噎,好些血丝从她的口角流了出来。她似乎轻松些,又说:

"这不是我的错处,我觉得我并不强壮。我勉强支持着把房子收拾齐整些……这还干净,是不是?……我还想要揩窗子上的玻璃,但是我的双腿已经支持不住了。我这样做傻不傻呢!也罢,做完了事,我就睡下来了。"

她改口又说:

"请您看一看我的孩子们,看他们把剪刀割伤了手没有?"

她住了口,静听一种很重的脚步的声音直上楼梯,她发抖了。俾夏尔伯伯凶狠地把房门一推。他照旧是喝醉了酒,双眼眬眬,显出一团怒气。当他瞥见拉丽躺着的时候,他拍着大腿冷笑,把墙上挂着的大鞭子摘了下来,喃喃地骂道:

"呀!妈的!这太不像话了!我们真要笑了!……现在娼妇

们在正午也睡起觉来了！……懒鬼，难道你瞧不起《圣经》吗？……好！噢！起来吧！"

他说着，早已把鞭子在床上空打得噼啪地响。但是她哀恳地说：

"不，爸爸，我哀求你，不要打吧……我同你发誓，你将来会伤心的……你不要打吧！"

"你给我跳起来，否则我要打断你的骨头！……"他嚷得更厉害了，"你起来不起来？笨货！"

于是她有气无力地说：

"我不能够，你懂吗？……我就要死了。"

绮尔维丝扑在俾夏尔的身上，抢了他的鞭子。他发呆了，停留在那吊床的前面，这孩子说的是什么话？这不过是假装可怜，叫人家给她糖吃罢了！一个人年纪这样轻，又没有害病，怎么会就死了呢？呀！他要试验她一下，看她是不是说谎！

"将来你看，我的话是真的"，她说，"只要我能够的时候，我从来不肯使你伤心的……到了现在请你做个好人，同我告别吧，爸爸。"

俾夏尔耸了耸鼻子，生怕上了当。然而这是真的，今天拉丽的面孔很奇怪，变长了，变得严肃了，竟像一个成年的人一样。卧房里死亡的气氛把他的酒气冲散了，他用眼向周围一望，像一个久睡初醒的人一样，他望见房里的什物收拾得很齐整，那两个孩子也很干净，正在那里嬉笑地玩耍。于是他倒在一张椅子上，吃吃地说：

"我们的小母亲，我们的小母亲……"

他仅仅找到这样一句话，然而在拉丽从来没有受过他的宠爱的，觉得这话已经很有情感了，于是她安慰她的父亲。她这样就走了，最伤心的是她还没有完全把孩子们抚养成人。将来全靠他照料他们了，是不是？她用将死的声音对他说明怎样照料他们，怎样使他们清洁。他发呆了，酒气又涌上心头，垂着头睁着一双圆眼望

着女儿咽气。他的心里起了种种的情绪,然而他再也找不着一句话来说,而且中了酒毒太深,不能哭了。拉丽顿了一顿,又说:

"你再听我说。我们欠那面包店四法郎零七个铜子,你应该付这钱……哥特龙太太借了我们的熨斗去,将来你该向她要回来……今天晚上我没有做晚饭,但是还剩下来一些面包,你把马铃薯煮熟就行了……"

直到最后的一口气,这可怜的女孩子还像是一家的小母亲。唉!这样一个人,将来是没人接替的了!她之所以死,是因为在她这年龄就有了一个真正母亲的理智,而她的娇嫩狭小的心胸,还容不下这么大的慈母之爱呢。而且失去这个宝贝,也是这凶恶的父亲自己罪过。他当年用脚踢死了那妈妈,现在又杀了她的女儿!两个好天使都葬进了沟渠里,将来他只好像一只丧家狗一样饿死在马路上了!

这时候绮尔维丝险些儿哽咽起来,她勉强忍住。她伸出手来,想要安慰那女孩;那破旧的被单滑了下来,她想要重新替她盖好,把床整理整理。于是那将死的孩子的小身体露出来了,呀!上帝啊!是多么凄惨!是多么可怜!石头也会流下泪来的!拉丽全身赤裸裸的,只有半截的亵衣盖在肩上当做衬衫。是的,全身赤裸裸的,加上许多血痕更显出牺牲者的惨状!她没有肉了,骨头穿破了她的皮。她的两胁之间有一条一条的青纹直到她的大腿,鞭子的痕迹留得很真。左臂上留下了一圈铅色的伤痕,竟像一把老虎钳子把这火柴般大小的手臂挤碎了。右腿上有一处裂痕还未封口,大约是每天早上收拾房子的时候被碰伤了的。自头至脚,她全身都是紫黑的伤痕。唉!这对于儿童的屠杀,这醉汉子手下的牺牲者,真是十字架下惨不忍睹奄奄一息的弱者!在教堂里人们所崇拜的赤裸裸的牺牲者的圣体还没有这样纯洁呢。绮尔维丝重新蹲在地上,呆看着床上这可怜的身体,竟忘了把被单扯上来。她的嘴唇颤动,只想要祈祷。

“古波太太，我请您不必……”拉丽喃喃地说。

她说着便用她的短臂扯那被单，现出害羞的样子，替她父亲难为情。俾夏尔仍旧发呆，眼睛紧紧地望着他所造成的尸体，不住地摇动他的头，动作迟钝，像一只困窘的畜生。

绮尔维丝用被单把拉丽盖好了之后，不能在那里再停留了。那将死的女孩子渐渐弱了，不说话了，只是用她的眼睛，那忍耐多愁的黑眼睛盯在她那两个孩子身上，那两个孩子却正在剪图画玩耍。卧房里充满了黑影，俾夏尔呆呆地面对着垂死的人吐出他的酒气。呀！生活是多么可厌恶呀！是多么肮脏的事情啊！绮尔维丝离了那屋子，下了楼，蒙蒙眬眬地失了知觉，心里充满了苦味，情愿躺在公共马车的轮下，来结束她的生命。

她一面跑一面咿唔地咒骂她的命运，不觉已经到了一个工场门前，这就是古波所说的他工作的地方。她的双腿把她送到了这里，她的辘辘的饥肠仍旧在歌唱，它唱的是有九十次叠唱的一首悲歌①，是她梦里也能背诵的！这么一来，如果她在门口捉住了古波，她便要抢他的工钱，立刻买东西回家做晚饭去。她咂指头已经咂了两天了，现在再等候小小的一个钟头，总还挨得下去的。

这是夏尔特路口卖炭路，是一个最坏的十字街口，冷风从四面八方吹来。妈的！在马路上走来走去，可不暖和呀！假使有皮衣服穿着倒还好些！天空仍旧是铅色的，大雪在天上聚集着，像一顶冰帽盖住了金滴全区。一点儿什么还没有落下来，然而空中十分沉寂，正在预备给巴黎披上一件又新又白的舞衣，把她化装成另一种仪容。绮尔维丝仰头祈祷，请求上帝不要立刻把那片片的白纱扔下地来。她顿了几顿脚，注视着对面的一家杂货店，后来她又转身走回来，因为犯不着在未吃晚饭以前先把肚子弄得太饿了。那十字路口没有什么可以消遣的，只有几个行人裹着羊毛围巾匆匆

---

① 这意思说是一首永远唱不完的歌。

地走过,因为冷风侵进了屁股的时候谁有闲工夫从容地散步呢?
然而绮尔维丝看见工场门口也有四五个妇人像她一般地守候着,
这些人一定也是不幸的人,特来守候她们的丈夫的工钱,以免它飞
进了酒店里去。其中有一个高大的妇人,像一个警察,靠着墙站
着,预备捉拿她的男人。有一个矮小穿黑衣服的妇人,神情很谦
卑,在对面的人行道上散步。又有一个笨拙的妇人领着两个小孩,
把他们东拉西拉,他们冷得发抖,而且啼哭着。绮尔维丝和她的巡
哨的伙计们一个个都从工场门口走过一次又一次,斜着眼睛互相
望着,却不说话。噢,巧遇! 巧遇! 是的,我不管! 她们用不着互
相结识然后知道她们丈夫的事情。她们一看就知彼此都是穷苦公
司中的成员! 在这正月冷得可怕的天气里,看见她们踏来踏去,一
声不响地交叉走着,越发令人觉得更冷了。

　　然而工场里没有一只小猫溜出来。末了,一个工人出来了,跟
着是第二个、第三个;然而这些人大约都是好人,是诚心诚意地把
工钱带回给老婆的,所以他们看见门前徘徊的人影便都摇一摇头。
那高大的妇人越发挨近门口了;忽然间,一个脸黄的矮子小心地把
头伸出门来,那妇人立刻扑上去。唉! 这事是很快就办妥了! 她
搜他的身上! 抢了他的钱。嗬! 没有钱了,没有酒喝了! 于是那
矮男子很懊恼,垂头丧气地跟着他那女警察走了,流着眼泪哭得像
一个小孩。这时候仍旧有许多工人们出来,那肥壮的婆子领着她
的两个小孩走近了门口,有一个黑头发的、神情狡猾的高大汉子瞥
见了她,便连忙跑到里面去报告她的丈夫;于是那丈夫把两个五法
郎的银币分藏在两只鞋子里,然后一摇三摆地走出门来。他把一
个孩子抱起就走,她跟上去和他吵闹,他却编了些谎话对老婆说。
工人们当中有些快活的家伙,他们一跳便跳到了街上,忙着把半月
的工钱拿去同朋友们买好东西吃了。又有些愁闷的工人,面容憔
悴,因为他们在半月内只做了三四天的工,把很少的工钱捏在手
里,自怨懒惰,骂了许多醉汉的言语。但是最可怜的是那谦卑的穿

黑衣服的妇人：她的男人是一个美少年，在她身边一撞就走过去了，撞得那样厉害，险些儿把她撞倒在地上。于是她独自回家，沿着各店户蹒跚地走着，两行热泪不住地奔流。

末了，那队伍已经完了。绮尔维丝在马路的中央挺直了身子，只管望那门口。她感觉情况不妙了。这时候还有两个工人迟迟地出来，然而始终没有古波。后来她向工人们问古波为什么还不出来，其中有些说谎话的便嘲笑着回答说古波恰恰同郎第耶、马歇一道从后门出去领母鸡撒尿去了。于是绮尔维丝懂得了，这又是古波的一句谎话，随便骗她就是了！她便慢慢地拖着她的破鞋子，从卖炭路走下去。她的晚饭在她的前面跑走了，她眼怔怔地望着它跑了，在黄昏里打了一个寒战。这一次真的完了，没有一个钱，再也没有希望了，只剩有黑夜和饥寒。唉！好一个杀人的黑夜，更压在她的肩上了！

她有气无力地走上了卖鱼路，忽然听见了古波的声音。是的，他在小灵猫酒店里，正在要"靴子"请他喝酒呢。那好诙谐的"靴子"在本年夏天居然手段高妙，真的娶了一个妇人做妻子。那妇人虽很衰老，却很有钱。呀！这是殉教路的一位夫人，并不是城边的一个不三不四的女子！因此这幸福的"靴子"像绅士般生活着，手放在衣袋里，穿得好，吃得好。他胖了许多，胖得人家都认不得他了。朋友们都说他的妻子要找工作非常容易，在她所认识的先生家里要领多少工作都可以。有了这样一个妻子，加上了乡村的一所房子，这就是人生的乐事了。所以古波非常羡慕"靴子"，这坏蛋，他的指头上还带了一只金戒指呢！

在古波出了"小灵猫"门口的时候，绮尔维丝把一只手搭在他的肩上。

"喂，我等你！……我饿了！你不给我吃饭的钱吗？"

古波听了，瞪起了眼睛，说：

"你饿了，就吃你的拳头吧……先吃一个，留一个明天吃！"

他觉得她太可恶,在众人跟前叫起命苦来!呃!怎么样!他并没有做工呀!面包店里可还在做面包呀!他又不是一个奶妈,她何必向他诉苦呢!

"你希望我去偷东西吗?"她用暗哑的声音说。

"靴子"摸了一摸下巴,做出调停的神气,说:

"不行,偷东西是犯法的。但是,一个女人如果会随机应变……"

古波抢着便喝了一声彩,对啊!一个女人是应该随机应变的。不过他的妻子一生只是不中用的。假使他们夫妇饿死在干草堆上,还是她的罪过呢!后来他又说到羡慕"靴子"的话了。这猴子,多么阔气!看他真像一个大地主,内衣是雪白的,还有漂亮的薄底鞋!呃!做丈夫能够如此,真算不错了!他的老婆才是会当家的人呢!

古波和"靴子"直向外面的大马路走去。绮尔维丝跟着他们走。静默了一会儿,她又在古波后面说:

"我饿了,你晓得吗?……我从昨天起就盼望你的钱了。你应该找一点东西给我吃才好。"

他不回答,于是她更伤心地说:

"你就这样不理我了吗?"

他气冲冲地掉转头来,骂道:

"不行!妈的!我没有钱!你快放了我,否则我要打你了!"

他说着早已举起了拳头。她将身子向后退,似乎打定了一个主意。

"好吧,我放了你,我很可以找到一个男人。"

忽然间,古波快活起来了。他假意开玩笑,其实他催促她去做这种事,妙啊!这才是一个好主意啊!晚上在灯光下她还可以做生意呢。假使她勾得上一个男子,他举荐给她一个饭店,名叫加布三饭店,那里有许多小房间,而且吃得很好。绮尔维丝的面色大

变,神情凶恶,直向外面的大马路走去,同时古波还向她嚷道:

"你听我说,我是爱吃糕点的,请你带些糕点回来给我吃……假使你那先生穿得很好,你就要他一件旧大衣回来,我好拿去换钱买酒喝。"

绮尔维丝被这邪恶的话逼迫得越发走得快了。后来她独自一人混进了人丛里,然后把脚步放慢了。她的主意是坚决的了,拿偷东西与做这事相比较,她宁愿做这事,至少她不会妨害别人。无论如何,她只是把自己的所有物去换衣食罢了。当然,这是一件肮脏的事,然而这时候她的脑筋里干净与不干净的观念竟含混起来了;一个人饿穿了肚皮的时候没有工夫谈这许多哲学,有面包到口时就先吃了再说。她直走上了克里酿古街。可恨那夜色迟迟不来,她暂时只好沿着大马路兜圈子,竟像一个贵妇人在晚饭以前先散一散步似的。

这一区的地方变漂亮了,她因此感觉羞惭。现在各路都显得十分开阔了,马尚达大马路直通巴黎的中心,奥尔那诺大马路直达郊外;这两条路在城边互相贯通。在这两条大马路上建筑了许多高大的新房子,马路的两侧还保留着卖鱼巷和卖鱼路;这两条黑暗而破旧的小路是像肠子那样弯弯曲曲的。许久以来,因为城门洞拆除了的缘故,外面的马路已经加宽了,两边是便道,中间是人行道,道旁种了四行小枫树。这是一个很大的通衢,四面各路伸展到很远的地方,拥挤喧阗的人群,淹没在一望无际的新兴工程里。但是,在那些又新又高的房子当中,还杂着不少的飘摇欲倒的陋室;在那些雕刻的门面的旁边,还有许多污黑的墙壁和晾着破衣的窗子。在这繁华的巴黎城内,人家要很快地建筑一个新城,然而郊区的穷苦景象还不免染污这新建的工地呢。

绮尔维丝落在这大马路的人丛里,沿着那些小枫树走着,觉得自己孑然一身,被世人遗弃了。那些大路的远景更使她感到肚里空虚。唉!在这人山人海里,当然有不少生活舒服的人,竟没有一个慈善家能够知道她的境况,把十个铜子塞到她的手里!是的!
世界太大了,太美了,她的头昏了,腿软了,在这广寞无边的灰色的
天空之下,她只觉得彷徨不知所之。这晚景是巴黎的肮脏的黄昏,
街道似乎都变丑了,叫她起了要死的念头。夜色渐浓,远景模糊,
渐成泥土的颜色。绮尔维丝已经是疲倦极了,恰好又遇着放工的
时间。这时候那些住在新房子里的戴帽子的夫人们与穿好衣服的
先生们都沉没在那些从工场里弄得脸黄肌瘦的男女工人们的队伍
里。马尚达大马路与卖鱼路吐出一队一队的工人,个个都因从低
处走到高处而喘吁吁的。公共马车和出租马车的隆隆之声越来越
重了,在这许多一辆一辆的空着回家的大小货车中,有越来越多的
穿着工衣的人群塞满了便道。有些运货夫的肩上搭着肩担,也是
做完了工回去的。另有两个工人大踏步并肩走着,指手画脚地高
声谈话,却不互相注视;另有些穿大衣戴便帽的人,独自一人低着
头沿着人行道走;其余的五个一群,六个一队,互相追随着,眼睛无
光,手插在衣袋里,并不交谈一句话。其中有几个嘴里还衔着熄了
的烟斗。又有四个泥水匠坐在合租的一辆马车里,车经过的时候,
车窗里露出他们白色的面孔,他们的石灰桶在车上颠动着。还有
几个油漆匠摇晃着他们的颜料罐;一个锌工扛着一具长梯子,险些
儿撞瞎了人家的眼睛;又有一个水管匠,背上驮着他的小箱子,在
黄昏里吹着他的小喇叭,吹出悲哀的调子。呀!这悲惨的音乐声
伴送着这许多疲倦了的牛马似的人群,恰与他们的脚步声相唱和
呢!又是一天完了!真的,日子太长了,而且永远往复不已。吃了
面包睡在床上,肚里还没有消化,已经又是红日当窗,又不得不带
上苦恼的链子了!然而其中也有些快活的人嘴里吹着口哨,他们
挺直了身子囊囊地急跑,晚饭在家中向他们招手呢。绮尔维丝混
在人丛里,被人们东撞西碰,她也满不在乎;只是这些男人,到了疲
倦而且饥饿的时候,却没有工夫对女人表示殷勤呢。

忽然间,绮尔维丝抬起头来,认得前面是当年的好心旅馆。这

小房子里曾经开过一家非法的咖啡店,所以被警察局查封了,现在没有人居住,店窗上贴满了广告,灯笼也破了,墙壁被雨打得绽开了,上面盖上了青苔。它周围的景象却丝毫没有变更,那纸店与烟店仍旧在那里。后面,从那些低的房子望过去,还可以望见那些高高的破旧五层楼。不过,那大阳台跳舞场却不存在了,当年灯光辉煌的十个窗子的大厅,现在变成一个糖厂,只听见厂里有不断的机器声。然而她的可恨的生活却是在这好心旅馆的一间坏房子里开始的。她站着,抬头望那第一层楼的窗子,看见一块窗板吊了下来,于是她回忆起她同郎第耶度过的青春,与他们初次的争吵,以及他抛弃她的时候那种可恶的态度。这都不要紧!那时节她的年纪很轻,在今天回忆起来,一切都是快活的。天啊!仅仅二十年,她已经堕落到徘徊在马路上了!那旧旅馆令她触目伤心,于是她沿着大马路,向蒙马特走上去。

　　在路旁长凳之间的沙堆上,夜色虽然渐浓,还有些孩子们在那里玩耍。这时候工人走过的还不少,有好些女工匆匆地跑,要弥补她们为了观看店窗的陈列品而耽搁了的时间;一个高大的女工在将近她家的第三个门口停了下来和陪送她的男子握手告别;另有几对男女在分手的时候约定夜里相会的地址:或在狂热厅,或在黑球宫。在人群中,有些领工作回家的工人在臂下夹着他们的包裹。一个烟囱匠的肩上搭着皮带,拖着一辆小车,车上充满了许多废物,险些儿给一辆公共马车压坏了。这时候行人渐渐少了,却有许多没有戴帽子的妇人再下楼来,原来她们已经在灶里生起了火,匆匆地下楼买东西做晚饭。她们拥挤着众人,跑进了面包店与熟肉店里,出来的时候双手充满了食物,匆匆地又上楼去了。又有些八岁的女孩被差遣下楼买东西,于是她们沿着各店户走,胸前抱着几个四磅的大面包,面包像她们的身材一样高大,好比她们的黄色的美丽的玩偶。她们遇见了图画的时候,便把脸挨着那些大面包,站着呆看了三五分钟。后来人海涸了,人群疏了,工人们都回家去了;白昼完了以后,在路灯的烈焰之下,又起了人们图安逸的心理,于是娱乐从此开始了。

呀!是的,绮尔维丝过完这一天了!她比这些腿酸手痹的工人们更疲倦,他们的走过却激动了她的心灵。她尽可以躺死在这里,因为工作没有她的份了,而且她在生活里也曾受了不少的痛苦,现在她要说:"轮着谁呢?我,我受够了!"这时候所有的人都吃晚饭了。这真完了,太阳已经收起了它的光辉,长夜漫漫不知怎样挨得过去。天啊!辛苦了二十年,现在如果能舒舒服服地躺在地上,永远不再起来,就算是大幸福了!绮尔维丝在饿极了的时候不由自主地想起了当年的好日子,吃的好酒好菜,也曾快活过来。尤其是有一次,是封斋节的星期四,天气冷极了,她痛痛快快地娱乐了一场。那时节,她的头发是金黄的,面色是鲜艳的,长得很是不错。新路的洗衣场里的人们推举她做皇后,并不嫌她是个跛脚。于是大家把些花草点缀着几辆车子,伴着皇后在街上游行;街上的人纷纷争先恐后地来看她。有些先生们举起了望远镜,竟像看一个真皇后一样看她。当天晚上,大家吃了一顿好酒好菜,跳舞直到天明。皇后,是的,皇后!头上一顶花冠,肩上一条绶带,做了二十四小时的皇后,时钟的指针绕了两周!现在她被饥饿折磨得身子移动都迟缓了,眼怔怔地望着地,活像要寻找她那堕落在沟渠里的皇后的花冠似的。

她重新抬起头来,她看见前面是几处被人拆毁了的屠宰场,门面倒了,露出又暗又臭的院子,里面还有血渍。她走下了那大马路之后,立刻看见拉里布吉埃医院。灰色的大墙上露出两侧扇面形的房屋,排列着许多很整齐的窗子;围墙上有一个门,这门是全区的人所害怕的,因为这是死尸的门。门是很坚固的橡木做的,没有一点儿裂痕,肃静得像一块墓碑。于是她要躲开这门,索性走远些,直走到铁路的桥。很高的铁栏杆遮住了道路,她在从远处射来的巴黎的灯光的照耀下仅仅望见车站的一角,那车站的屋顶被煤烟熏黑了。她在这空旷的地区里听见了火车头的啸声和转车盘有韵节的转动声。后来从巴黎开出来的一列要从这里经过的火车，气喘喘地来到了，车轮转动的声音越来越响了。她只看见一道白光走近了铁栏杆，像一阵风似的去远了。但是那桥被震动了，她自己也被这开过去的火车震撼着。她回过头来，像是要用眼睛追随那不见了的火车头一样，她只听见那些轮声渐远渐灭了。在这一方面，她模糊地以为看见了乡村，那里，在旷空的天空下面有许多参差不齐的屋子，或左或右，各不相连，墙壁是没有粉刷的，墙上糊着大幅的被机器吐出的煤烟熏黄了的广告。唉！假使她能和火车一样出发到那边去，离开这些穷苦的房子，岂不是好！这么一来，也许她可以再活下去呢！后来她掉转了身子，呆呆地念那些张贴在铁桥上的广告，这些广告是各种各样颜色的，其中一张很漂亮的蓝颜色的小广告是为了一只失落了的小母狗悬奖五十法郎。唉！这畜生大约是被人宠爱过的了！

绮尔维丝慢慢地走着。在模糊的夜色里，路灯已经亮了。那些很长的，原来渐渐浸在黑暗里的马路，现在忽然变得光明了，截断了夜色，直冲到极远的暗淡的天边。一阵大风吹过，各商店一连串小小的灯光在那没有月亮的广寞的天空下面把这一带显得更广阔了。这时是跳舞开始的时候，也是晚上喝酒的时候，各酒店里，各跳舞场里，各咖啡馆里都有很亮的灯光。这恰是工厂里支付半月工钱的时候，许多爱吃爱喝的人正在马路上拥挤着。街上充满了欢欣的空气，然而大家只到快乐而止，还没有到放肆的程度。许多人在下等的饭店里大吃特吃；从亮晶晶的玻璃窗里望过去，望见有些人嘴里充满了食物，正在嬉笑，甚至于顾不得吞下肚子里去。酒店里早已有许多酒客坐着指手画脚地谈天。只听得一片骂人的声音，有尖声，有浊声，杂在街上行人们的脚步声里："喂！你来不来吃？……你来得好，懒骨头！让我买一杯酒给你喝……呃？宝玲也来了！好！好！我们来痛快乐一回！"酒店的门和舞场的门噼

啪地开了又闭,闭了又开,一阵一阵的酒气与小喇叭的声音传了出
来。哥仑布伯伯的酒店里被灯光照得透明,活像教堂里做大弥撒
时的光景,许多人都在门外排队等候进去。妈的! 叫人猜是真的
弥撒会,因为里面那些好汉子唱的歌曲活像圣歌,两腮鼓着,肚子
也胀得圆圆的。只要看他们起头时候就这样有兴致! 今天晚上巴
黎不知要有多少醉鬼呢。有些有钱的人领着他们的妻子出来游
玩,他们摇着头这样说。马路的灯光仅仅照耀着一小部分的天空,
其余的地方还是黑得死气沉沉的,冰冷的。

　　绮尔维丝站在哥仑布的酒店门口沉思,假使她有两个铜子,她
一定进去喝一杯烧酒,也许一点烧酒已经可以充饥了。啊! 她喝
过了的烧酒不少了! 她的确觉得是好东西。她远远地瞻仰着那蒸
馏机,觉得她的不幸是从那里来的,于是她梦想将来勉强有法子维
持生活的时候一定会用烧酒来断送自己的余生。但是一阵冷风吹
在她的头发上,她看见夜色全黑了。好,时候到了! 假使她不愿意
在众人欢乐的时候死去,就该在这时候放出勇气来对人表示好意
了。再说,仅仅望着别人大吃特吃,能救自己肚里的饥荒吗? 她再
把脚步放慢些,四面张望。那些树木下面的黑影更浓。过路的人
很少,只有几个很忙的人,匆匆地穿过大马路去了。邻近的热闹的
马路的风光到了这黑暗而无人的小路便消灭了。路上只有些女人
站着等候,她们很有耐心,站着许久不动,硬挺挺地像那些瘦小的
枫树一般。后来她们移动了身体,把破鞋子在冰冷的地面上拖着,
走了十步,双脚又好像胶粘在地上一样。其中有一个身躯粗大的
妇人,腿与臂好像虫足一般细小,所以越发显得臃肿。她的身上穿
着一件黑色的破旧绸衣,头上围着黄色的丝巾。另有一个瘦长的
女人,她没有戴帽子,只穿着一件女仆的围裙。此外还有好些重新
涂脂抹粉的老妇人,又有好些肮脏的少妇,脏到了那地步,就是拾
破烂的男人也不肯要她们。绮尔维丝还不内行,努力要学她们的
样子。一种初处世的幼女的感触使她的喉咙都发紧了,她不晓得

她害羞不害羞,她只像是在一个噩梦中行事。她直挺挺地站了整整的一刻钟。有好些男人们很快地走过,并不回头望一望。于是她也活动起来了,她看见一个男人把手插在衣袋里,吹着口哨走来,她竟敢上前,用哽咽的声音说:

"先生,请听我说……"

那男人斜着眼睛望了她一眼便走,他的口哨子吹得更响了。

绮尔维丝放大了胆量。她的晚饭始终在她的前面奔跑,她空着肚子追赶,一时热心得忘了辛苦。她拖着脚步走了许久,不晓得时间,也不晓得道路了。她的周围,那些黑色而哑口无声的妇人们在树下往来走着,像笼中的鸟一般,只在一定的范围之内打转。她们从黑暗里闪闪躲躲地走了出来,走到路灯的光明里,显明地露出了她们的衰白的面孔。后来她们摇摆着裙上映出的白纹,仍旧回到黑暗里重寻那沉沉的夜色的风味。有些男人们停了脚步,借谈话开玩笑,结果是哈哈地笑着走了。又有许多谨慎的人们远远地便躲开了。时而有些喧哗的声音,只听得男女低声吵闹,气冲冲地讲价,忽然又归沉寂了。绮尔维丝无论走到哪里都看见有些女人疏疏落落地站在那里侦察着行人,竟像被种植在那里似的,每隔二十步便有一个。队伍排得很远,全巴黎都给她们守卫住了。她呢,她被人家看不起,于是生气了,要换地方,便从克里酿古街走向教堂路去了。

"先生,请听我说……"

但是那些男人们都走过去了。她觉得那些屠宰场的血腥难闻,于是又离开了那里。她放眼一望当年的好心旅馆,看见窗门紧闭,显得黑黢黢的。她经过拉里布吉埃医院,机械地沿着墙计算那些窗子的数目,窗里的灯光安静而黯淡,活像临终的人床前的蜡烛。她又穿过那火车站的桥,听见那些火车的哨声像绝望的哀音似的冲破了沉寂的夜气。唉!夜晚使一切都显出悲哀的景象!后来她掉转了身子,又去瞻仰刚才看过的那些房子,而且参加那些女人们的巡哨。她这样走了十次,二十次,并不在一张路凳上休息一下。呀! 没有一个人要她! 因为人家这样嫌她,她更觉惭愧了。她又向医院走下去,又向屠宰场走上来。这是她的最后的散步,她听见屠宰场的染血的院子里有宰牛的声音,又看见医院里的各病房的灯光黯淡,知道有许多人在那些公共的病床上死了。她的生命也就到了这地步了。

"先生,请听我说……"

忽然间,她瞥见地上自己的影子。当她走近路灯之下的时候,模糊的人影渐渐逼真了,这是一个很大的影子,又大又短又圆,显得非常滑稽。肚子、奶子、大腿,都混为一团。她的脚跛得那样厉害,以致她每走一步,那影子就翻一个筋斗。唉! 这真是一个怪物了! 后来她走远了,那影子也渐大了,盖满了马路,一步一鞠躬,活像那些墙壁和树木就要碰破她的鼻子似的! 天啊,她是多么滑稽,多么可怕! 她从来不像现在这样明白自己变丑了。于是她忍不住看自己,用眼睛跟随着那影子的跳动,一面向路灯那方走去,呀! 在影子旁边走着她倒算得是一个美人了! 多么奇怪! 这应该可以立刻把男人们引诱来了吧! 她放低了声音,只敢在行人的背后吞吞吐吐地说:

"先生,请听我说……"

这时候大概是夜深了,区里的景物渐减了。那些小饭店都关了门,酒店里的灯光也变红了,里面传出醉汉们含糊不清的声音。起初的欢笑,现在变为怒骂和殴打了。一个衣服褴褛的人骂道:"我要捣碎了你,请你好好数一数你自己的骨头! ……"在一个下等舞场的门口有一个荡妇同她的情人揪打,骂他做猪猡,那情人回答说:"那么你的妹妹呢?"只说了这一句,找不着别的话说。酒店里的醉汉们一闹,稀疏的行人们都感觉到醉汉们会凶狠地互相揪打,于是脸色都变了。这时醉汉们果然打了一架,其中有一个倒在地上,四脚朝天;打他的人以为他死了,便囊囊地踏着鞋子逃走了。

有几群人高声唱歌,然而随后沉寂了一阵,不时杂着醉汉们打噎呕吐的声音。每逢工厂发工钱的日期总是这样的,从六点钟起,烧酒多得快要流到街道上来了!街道给醉汉们吐得满地皆是,爱干净的行人不得不大步跨过去。好!这一区真是干净了!假使有一个外国人在早上未扫街以前到来参观,岂不给他一个好印象!但是,这时候那些醉汉们好像在自己家里,还管什么欧洲吗?妈的!衣袋里拔出刀来,这小节日竟以流血为收场了。有些妇人很快地走过去,男子们徘徊着,眼睛像狼似的。夜色更浓了,丑恶的现象更多了。

绮尔维丝只管走着,摇动着两腿,走上走下,目的只是在不住地走。她的眼睛疲倦了,而且她的跛脚把她摇晃得打瞌睡了。她忽然惊醒,睁眼四面张望,觉得刚才她失了知觉走了百余步,竟像一个行尸!她疲乏的两脚在她的破鞋里渐渐地肿胀了。她的身体疲倦极了,肚子里空极了,她竟不复觉得有身体了。她心里最后只有这样一个念头,就是:这时候她那娼妇女儿娜娜也许正在吃牡蛎哩!后来一切思想都混乱了,她只瞪着一双眼睛,因为她没有这么大的力量来思想了。她全身的感觉都迟钝了,只有一种感觉始终存在:她觉得天气冷得要命,是她一生所不曾感受过的。唉!死人们在坟墓里也不会冷得像她这样厉害呢!她把千斤重的头颅抬了起来,脸上受到了一阵冰冻的冷气。原来是那天上的雪终于降下来了,那雪很细很密,一阵微风把它吹得打旋转。人们等候了它三天,现在它下得正是时候了。

绮尔维丝在初起的风雪里惊醒过来,走得更快了。有些男人忙着回家,匆匆地跑,肩上已经满是白雪。然而她看见其中有一个慢慢地从树下走来,于是她走过去,又说:

"先生,请听我说……"

那男人停了脚步,但是他似乎没有听见她说什么?他伸出了一只手,低声喃喃地说:

　　"请您慈悲慈悲……"

　　于是他们两人互相注视着，呀！天啊，他们到了这地步，伯鲁
伯伯做了叫花子，古波太太在街上拉客！他们瞪着眼，张着嘴，彼
此相对望着。这时候他们可以握一握手，说一声同病相怜了。那
老头子徘徊了一夜，不敢走近一个人；而他所走近的第一个人却与
他同是一样的饿鬼！上帝啊！这是不是一件可怜的事呢？工作了
五十年，结果做个叫花子！金滴路上鼎鼎大名的洗衣店老板娘，结
果到了沟渠边来！他们始终互相怔怔地望着，始终不说一句话，后
来他们各走各的路，冒着大雪走了。

　　这真是一场大风雪，在广寞的空中，那雪被风卷着，竟像从天
的四角同时吹了下来似的。飞尘弥漫，令人看不见十步之外的东
西。区里的房屋隐没了，大马路也似乎消失了，竟像那雪神静悄悄
地把他那白色被单罩住了醉汉们所呕出的秽物。绮尔维丝很艰难
地仍旧向前走，然而她彷徨无主了。她摸索着那些树木，然后才晓
得路途。她前进的时候，昏暗的空气中露出些煤气灯的微光，像一
些将熄的火把一样。后来她穿过了十字街口，忽然间，那些灯光也
不见了，她被卷入了黑暗的风雪中，辨不出方向来。她的脚下被白
雪盖住了的土地只向后退。许多灰色的墙把她围住了。她停住了
脚步迟疑不前，同时又掉转头来望着，猜想着大雪的幕后有许多广
阔的马路，许多望不到头的路灯；全巴黎正在酣睡，到处没有行人，
现出无限的黑暗来。

　　她站在马尚达大马路和奥尔那诺大马路交叉的地方，正在打
算躺到地上，忽然听见脚步的声音，她连忙跑上前去，但是大雪遮
住了她的眼睛，只听见脚步的声音渐走渐远，竟分不出是向左或向
右去了。后来她终于瞥见了一个肩膀宽阔的男子，像一个黑点一
般摇摇晃晃地钻进了一重大雾里。唉！这一个，她一定要他，决不
肯放手了！于是她跑得很快追上了他，扯住了他的工衣。

　　"先生，先生，请听我说……"

那男人掉过头来,原来就是顾奢。

好!好!现在她竟拉着了"金嘴"!唉!她一生怎样得罪了上帝,以致今天被他这样折磨?她竟给顾奢看见她混进野鸡的队伍里,向他摇尾乞怜,这真是倒霉到极点了!而且这时候他们恰在一盏路灯之下,她瞧见了映在地上的自己丑恶的影子,活像点缀雪景的一幅滑稽画。她令人相信她是一个醉了的妇人。天啊!她没有吃一片面包,没有喝一滴葡萄酒,竟被人家认为是醉了的人!这是她的罪过,为什么她要醉了呢?当然,顾奢以为她喝了烧酒,而且曾经胡闹了一场的。

这时候顾奢怔怔地望着她,同时大雪把一瓣瓣的白花撒在他黄色的美髯之上。后来她低下了头正待向后退的时候,他拉住了她。

"您来吧。"他说。

于是他先走,她跟着他。两人悄悄地沿着墙,穿过了许多静寂的街道。那可怜的顾奢太太在10月里已经死了,害的是很重的风湿症。顾奢始终住在新路的小房子里,过的是黯淡而孤独的生活。这一天,他因为在工厂里照管一个受了伤的同伴,所以他回来很晚。当他开了门,点着了一盏灯之后,他回头看绮尔维丝,看见她很谦卑地在楼梯平台上站着。他很低声地说,好像恐怕他的母亲还能听见似的:

"请进。"

第一间卧房是顾奢太太的,他很孝敬地把一切的东西都保存原状。近窗的一张椅子上还放着那挑花绷子,旁边仍旧是一张靠背椅,像是等候老太太再来似的。那床是收拾好了的,假使她能离了坟墓回来伴着儿子过夜,她还可以在那床上睡觉呢。那卧房保持着一种正直仁慈的气氛,还是很肃静的。

"请进。"顾奢更高声地说。

她战战兢兢地进了房来,像一个下流女人到了可敬的地方似的。他呢,他这样的把一个女人引进了他那死了的母亲的卧房里,他的脸色也变白了,心头也震撼了。他们蹑着脚悄悄地穿过了那卧房,像是害羞,又像是生怕顾奢太太听见一样。后来他把绮尔维丝推进了他自己的卧房之后,便把门关上了。这里是他自己的地方。这是她熟悉的一间狭小的房间,房里一张小铁床,床前一块白色的床帷,恰似学生的宿舍。墙上他所剪的图画仍旧贴在那里,现在竟贴到天花板了。绮尔维丝对着这种清洁的景象,不敢上前,只远远离着那盏灯。这时候他一言不发,忽然一阵热狂,便想要抱住她,拥在怀里。但是她觉得疲弱极了,喃喃地说:

"唉!天啊!……唉!天啊!……"

那火炉被炭火掩住了,然而炉内还有火;炉上的锅里有一味红烧肉正在吐出热气,原来顾奢知道他今晚回家迟些,所以把肉在锅里温着。绮尔维丝被热气激得松快了些,恨不得四脚爬地,上前就在锅里吃东西。她的肚腹比她还忍不住,饿得要裂了,她只好叹了一口气,低下了头。但是顾奢已经懂得了,他把红烧肉拿到桌上来,切了几块面包,而且斟酒给她喝。

"谢谢!谢谢!"她说,"唉!您真是个好人!谢谢!"

她吞吞吐吐地说,甚至于话都说不清楚了。当她拿叉子的时候,她发抖得那般厉害,那叉子竟掉了下来。她饿到了这地步,她的头竟像老人一般颤巍巍的。结果她只好用手指头拿菜吃。当她把一块马铃薯塞在嘴里的时候,她忽然哽咽地哭起来。两行粗大的眼泪从两腮上流下来,直流在面包上。她始终只管吃,拼命地吞着那湿透了眼泪的面包,同时她喘得很厉害,她的下巴还抽动着。顾奢迫使她喝酒,好教她不至于噎着;然而那酒杯碰着她的牙齿却发出的的得得的声音。

"您还要不要面包?"他低声问。

她只管哭着,时而说要,时而说不要,连她自己也莫名其妙。唉!上帝啊!饿极了的人吃饭是多么好,同时又是多么凄惨啊!

他呢,在她对面站着望她,这时候在明亮的灯罩之下,他看得很清楚了。唉!她多么老了!多么衰颓了!室中的热气把雪融化了,从她的头发与衣服上流下来。她那可怜的颤巍巍的头上一绺一绺的斑白的头发,被风吹乱了。她的脖颈陷在肩窝里,身体臃肿丑陋,令人因此流泪。他记起了当年他们两人的爱情,那时节,她的肌肤鲜艳,熨衣服时她的颈上显出一道美丽的皱纹,活像一个婴孩一样。他往往到她店里瞻仰她的美貌,看几个钟头也不讨厌。后来她又到他的铁厂里,他们享受了许多快乐,他打他的铁,她停留着看他的铁锤挥舞,唉!夜里他咬着枕头,不知咬了多少次,恨不得把她领到自己的卧房里来。那时节,他一心希望得她到手,假使他得到了她,恨不得要把她揉碎呢!现在呢,她是他的了,他可以要她了。她吃完了她的面包,她揩干了锅里的眼泪,原来那静悄悄的泪珠始终滴到锅里去。

绮尔维丝站了起来,她吃完了。她低着头很难为情,停留了一会,不晓得他要不要她。后来她以为看见他的眼里起了一团热火,于是她把手放在亵衣上,开始解第一个纽子。但是顾奢早已跪在地上,握住了她的手,温和地说:

"我爱您,绮尔维丝太太,唉!我还爱您,无论到了什么地步我也爱您,我向您发誓!"

她看见他跪在地上,惊喜地连忙说:

"请您不要说这话,顾奢先生!呀!您不要说这话吧,这叫我太痛苦了!"

他执意地说他一生对爱情是始终如一的,于是她越发伤心丧气了。

"不,不,我不愿意了,我太惭愧了……请您看上帝的情面,站起来吧。该是我跪到地下才是道理!"

他颤巍巍地站了起来,吃吃地问道:

"您肯允许我吻您吗?"

　　她因为出乎意外,心里震撼到了十分,找不到一句话说。她只点头表示愿意。天啊! 她是他的人了,他喜欢怎样做她都可以! 然而他仅仅伸长了嘴唇,喃喃地说:

　　"我们这样就够了,绮尔维丝太太。这就是我们一切的友谊,不是吗?"

　　他吻她的额,吻她的斑白的头发。自从他的母亲死后,他没有吻过一个人。他的生活里只有他的好朋友绮尔维丝存在。当他这样恭敬地吻了她之后,他向后退到床上倒下,哽咽起来。绮尔维丝不能在这里再逗留了;当人们彼此相爱的时候,遇到了这种情形,太凄惨了,太可鄙了。于是她向他嚷道:

　　"我爱您,顾奢先生,我也十分爱您……唉! 这是不可能的,我懂得! ……告别了,告别了,否则,我们两人都要毁灭了!"

　　她说着便飞奔地穿过了顾奢太太的卧房,仍旧到了马路上。当她的神志清醒了之后,她回到了金滴路按铃,博歇把门索拉开了。房子内是漆黑的。她走到了里面,活像进了丧家里。这时候夜深了,破旧的大门洞好像鬼怪的一张大嘴。呀! 当年她还有过野心,要在这里占有一个地位呢! 那时节难道她的耳朵是塞住了,竟听不见墙后面失望的悲惨声音吗! 自从她的脚踏进了这门之后,她就走上了衰败的道路。是的,在这些工人住的坏屋子里头,人堆人,不免要使人染上了穷苦的虎列拉,也怪不得倒霉! 这一夜,房子内的人似乎都死了。她只听见博歇夫妇在右边打鼾;同时,在左边郎第耶和维尔吉妮哄哄地呼吸,像两只觉得热而睡不着的小猫,闭了眼睛只管呻唔着。到了院子里,她以为真的到了墓地,大雪落地成为白堆,墙面是深灰色,没有灯光,像已成废墟的墙壁一般,而且没有一点声息,全房都被饥寒埋葬了。染坊里流出一道秽水,在白雪里开了一道黑痕,她不得不大踏步跨了过去。这水乌黑的颜色就是她的思想的颜色。唉! 那时候的深红浅蓝漂亮的颜色都流净了,现在只剩一洼黑水了!

后来在上这七层楼的时候,她忍不住在黑暗里笑起来,这是一种丑笑,笑得她十分痛苦。她记得当年她的志愿:安静地工作,常常有面包吃,有相当干净的一个家可以睡觉,好好地把孩子教养,不被丈夫殴打,而且能在床上死去。唉!真是可笑极了!她的志愿竟是这个样子实现了的啊!她不工作了,没有东西吃了,睡在一堆秽物上面。她的女儿呢,在那不干净的地方游逛;她的丈夫呢,只给她吃拳头。现在她只好死在地砖之上,而且这事是可以立刻实现,假使她回到了房里之后,有跳窗子的勇气的话。唉!当年她并没有向上帝祈求三万法郎的年金和社会上的尊敬啊!真的!在这世界上,哪怕你的志愿怎样小,结果还是不能如愿的,甚至于没有面包吃,没有狗窝睡,这就是一般人的命运。她忽然笑得更厉害,因为她想起了当年的一种奢望,她曾经希望熨二十年衣服之后到乡村里休养去。好!现在她快到乡村里去了!那城外的墓地就是她所住的乡村!

当她走到廊子里的时候,竟像一个疯了的妇人。其实她最大的痛苦在乎已经向顾奢告了永别,他们两人之间从此完了,不能再相见了。后来又有其他一切愁苦的思想都来打击她的脑筋。她经过俾夏尔的门口的时候,伸头进去一望,看见拉丽死了,看她有欣幸长眠的样子,此后她永远可以安乐了。唉!孩子们比大人更有福呢!巴苏歇伯伯的房门露出一线灯光,她一直地走进他的房里,因为她一时兴奋,要同那女孩一路同行。

这一夜,巴苏歇伯伯特别快乐地回了家来。他醉得太厉害!不管天气冷,竟躺在地下打鼾。大约他还做了一个好梦,所以他在睡眠里也带笑容。一盏小灯闪烁,照耀着他的衣冠;帽子在一个角儿上被他踏扁了,他的黑外衣被他扯来盖在脚上,当做一条被。

绮尔维丝一眼看见了他,立刻呜咽起来,声音太大了,竟把他惊醒。

"妈的!您快把门关上吧!您不怕冷死人吗?……呃?原来

是您！……有什么事？您想要怎样？"

于是绮尔维丝伸长了双臂，自己也不晓得自己说的是什么，只管热烈地哀恳他说：

"唉！您带我去吧！我受够了！我愿意走了！……您不该再记恨我当年的话。天啊，当年我还不晓得！一个人没有到这地步哪里会晓得呢！……唉！对了！一个人终有愿意走的一天！……请您带我走吧，请您带我走吧，我还要嚷着向您道谢呢！"

她说着便跪了下去，因为希望甚殷，以致脸色惨白了。她一辈子还没有这样跪在一个男人跟前呢。巴苏歇的面孔是丑的，嘴斜了，皮肤被出殡的尘埃染脏了，然而她觉得他美，像太阳一般地有光辉。这时候那老头子半睡半醒，以为她是在恶意地开他的玩笑。他喃喃地说：

"喂，您不要来捣乱了！"

"请您带我去吧"，绮尔维丝更热烈地说，"您记得吗？有一天晚上，我敲了几下板壁，后来我又说我没有敲过，因为那时节我还太糊涂呢……但是，现在请您动手吧，我再也不害怕了！请您领我睡觉去，您看我会不会动一动……唉！我只有这一种愿望了！唉！将来我还会很爱您呢！"

巴苏歇对女人始终很殷勤，以为一个女人对他发生了爱情，他就不该推开她才是道理，她是衰败的人了，但是当她兴奋的时候，几分风韵犹存呢！于是他用坚定的口吻说：

"您说的话真是不错，今天我又收拾了三个。假使她们还能把手放到口袋里，她们一定会给我许多酒钱的……不过，好嫂子，事情是不能这样就办妥的……"

"带我去吧，带我去吧，我愿意走了。"绮尔维丝始终嚷着。

"说哩！事前还有一种小小的手续，您晓得不晓得？那就是死！"

他说着在喉咙里用力咽了一下，好像要吞了他的舌头似的。

后来他觉得他的笑话说得好,他自己也冷笑。

　　绮尔维丝慢慢地爬了起来。唉!连他也不能帮她的忙吗?她呆呆地回到了她自己的房里,倒在干草上面,后悔不该吃了东西。唉!穷苦叫人死也死不痛快呀!

十三

　　这一夜,古波在外面过夜了。到了第二天,绮尔维丝收到她的儿子爱弟纳寄来的十个法郎。原来爱弟纳在火车上做机器工人,知道家中并不富裕,所以他不时寄十个或五个法郎回家。她做了一味清炖肉,独自一人吃了,因为古波在第二天也没有回来。星期一看不见人,星期二还是看不见他的影子。整个星期过去了。呀!妈的!假使有一个妇人拐了他去,这就可以叫做好运气了!但是,恰好在星期天,绮尔维丝收到一张印刷品。起初她还害怕,以为是警察局的一封信。后来她看了那信,知道她的男人在圣安娜病院快死了,她这才放了心。那信里的话虽然说的比较客气,然而事情总是一样的。是的,不错,果然是一个妇人拐了古波去,这妇人名叫挤眼娘子索菲,是醉汉们的好女友。

　　呸!绮尔维丝哪里肯去看他?他是认得路的,将来他自己会从病院回来;人家在院里医好了他不止几十次了,现在何妨再医好他一次,再叫他站起来玩一次滑稽的把戏给人看呢?呀!今天早上她还听见人家说,有人看见古波伴着"靴子"在美城区的几家酒店里混了整整的一个星期呢!呃!一点儿不错!甚至于"靴子"做东道;他大约在他的丑老婆面前百般说好话,所以才使得她把靠某种好玩意儿赚来的钱给他买酒请朋友喝了!呀!他们吃的是好干净的钱!这钱吃了是会害种种的疾病的,古波病起来也是活该!绮尔维丝最生气的是:她想起那两个自私自利的男子竟忘了领她去同喝一杯！谁看见过！娱乐了一个星期，竟不请一请女人们！一个人独自喝酒也活该他独自死去，呃！

　　但是，到了星期一，绮尔维丝留着一顿好晚饭，——是吃剩的一些豆子和一瓶烧酒——借口说散步可以开胃，便出门去了。因为横柜上那病院的一封信也叫她心烦。这时雪已经融化了，天色晴和，令人意爽。她在正午就出门，因为路途很远，须要穿过巴黎，而且她的腿又走不快。马路上的人很是拥挤，然而她觉得有趣，高高兴兴地走到了病院。当她报了姓名之后，人家向她叙述了一件骇人听闻的事情：原来古波是在新桥的河里被捞起来的，他以为看见一个胡须邋遢的人阻住了他的去路，所以他从桥栏杆上跳下河里。跳得真好，是不是？至于古波为什么到了新桥，连他自己也解释不清楚。

　　这时候一个看守人把绮尔维丝领进去。她上了楼梯，忽然听得一阵吵嚷的声音，令她觉得一股冷气侵进骨髓。

　　"您听！他吵闹得多么厉害！"那看守人说。

　　"谁呀？"她问。

　　"当然是您的男人啦！自从前天起他就这样吵嚷了，而且他又乱跳乱舞，等一会儿您瞧。"

　　呀！天啊！这是何等的景象！她一时发呆了。那小室从上到下都铺着很厚的垫子，地上放着两个草垫相叠着；另在一个角落上放着一条褥子，一个长枕，没有别的东西了。古波在那里乱跳乱嚷。他的工衣破旧不堪，四肢乱动，活像狂欢节里一个化妆的丑角！唉！这个丑角叫人看了并不开心，他可怕的举动却令人的毛发都竦起呢！看他的打扮，是将死的人了。妈的，这是一个独自跳舞的男子！他撞在窗上，然后转身向后退，双臂打着节拍，双手动摇，竟像他要摇断他的手，打在一切的人们的脸上似的。在下等跳舞场里也有些滑稽的人模仿这种跳舞，然而他们模仿得不像。假使人们要看真的醉汉跳舞是怎样玄妙，就该看这位酒中圣人。他歌唱的曲调也有它的特性,这是在狂欢节胡唱的曲调,一张嘴开得很大,放出嘎哑的喇叭的调子,接连几个钟头不变。古波像一只被人打断了脚的狗一般地叫喊着。

"上帝啊! 他是怎样了? ······ 他是怎样了?"绮尔维丝害怕地说。

一个医生——是一个黄发的肌肤鲜艳的少年——穿着一条白色的围裙,安静地坐着,正在写记录。病情是奇怪的,所以医生不离开病人。

"您可以停留一会儿,如果您愿意的话",他对绮尔维丝说,"但是请您保持安静的态度······ 您试同他说话,他会连您也不认识的。"

古波果然好像不认识他的妻子了。她初进来的时候没有把他看清楚,因为他跳得太厉害了。当她当面仔细看他的时候,被他吓呆了,她的双手垂了下来。唉! 这是可能的吗? 他竟有这样的一副面孔:眼里带血,嘴唇上满是疮疤! 假使她在马路上遇见他,一定不会认得他的。他做的嘴脸太多了,忽然把嘴一扭,把鼻子一掀,把腮一凹,竟像畜生的嘴脸一般。他的皮肉上这样发热,以致周身都冒出气来;他的皮肤像是上了漆似的,汗珠慢慢地流下来。当他热狂地跳舞的时候,人家却懂得他是不舒服的,看出他的头是重的,四肢是在疼痛的。

这时候那医生在椅背上弹着手指头,绮尔维丝重新走近了他,说:

"喂,先生,这一次是很严重的吧?"

那医生点头不答。

"喂,他不是在低声说话吗? ······您听见吗? 他说的是什么?"

"他在说他所看见的东西",那医生喃喃地说,"请您不要再说话,让我静听。"

古波用断断续续的声音说话,然而他眼里的快活的神情可以看得出来。他向地上左看右看,忽然又转身,好像在文新尼森林里散步,独自一人在说话。

"呀! 这真好看,真有趣……有好些板屋,真像一个临时市场。还有好听的音乐! 多么好的酒席! 他们在里面真闹得凶! ……妙极了! 灯亮了! 空中有红色的气球,它们正在跳动,它们飞了! ……哈哈! 树上多少灯笼呀! ……天气好极了! 喷泉瀑布,到处在流水,呀,水唱歌了,活像儿童合唱团……那瀑布妙极了!"

他说着便挺立起来,像是要听清楚些那瀑布的美妙的歌声;他拼命地呼吸,像是在喝那喷泉吐出来的清水。但是他的脸上渐渐露出忧虑的神情。于是他弯了腰,急急地沿着小室的四壁奔走,同时用沉着的声音发出恨恨的言语:

"这一切都是诡计……我要当心……住口,你们这一班无赖! 呃! 是的,你们瞧不起我! 你们在那里喝酒,同你们的娼妇谈笑,都是为了气我……我要捣毁了你们的板屋! ……妈的! 你们不要再吵好不好?"

他握紧了拳头,发出了一种重浊的喊叫声,弯了身子向前奔跑,后来他害怕了,牙齿震得窄窄地响,断断续续地说:

"这为的是要我自杀! 不,我不肯跳下去……这一片水,表示我没有勇气! 不! 我不肯跳下去!"

那瀑布见他走近便避开,见他退后便又前进。忽然间,他呆呆地四面张望,用一种几乎完全模糊的声音吃吃地说:

"糟糕! 人家雇些大力士来对付我了!"

"我走了,先生,晚安!"绮尔维丝向医生说,"我看见他这样,令我太难受了,我再来吧。"

她的脸色全白了。古波仍旧独自跳舞,从褥子上跳到窗前,从窗前回到褥子上,辛苦地直流汗,踏的是同一的节拍。于是她走了。但是她到了楼梯下面还听见她的男人在楼上又跳又叫呢。呀! 天啊! 外面的空气多么好! 她能呼吸了。

当天晚上，金滴路房子里的人都谈论古波伯伯的怪病。博歇夫妇现在对瘸子越发瞧不起了，然而他们请她到门房里喝一杯杨梅酒，无非希望她叙述详细的情形。罗利欧太太来了，布瓦松太太也来了。大家议论纷纷，说不绝口。博歇从前认识一个木匠：他在圣玛尔丹路脱光了衣服，赤裸裸地跳舞，终于死了；这木匠喝的是茴香酒。那些妇人们都笑弯了腰，因为这事情虽然凄惨，毕竟令人可笑。当大家不十分懂得的时候，绮尔维丝把众人推开，叫他们让出一块地方，大家注视着她，她在门房的中央扮作古波的样子，乱嚷乱跳，做出种种可憎恶的嘴脸。是的，的确是这样的！于是大家都觉得非常惊奇：这是不可能的呀！一个人这样乱嚷乱跳，一定支持不了三个钟头！好！于是她拼命赌咒说古波从昨天到现在，已经挨了三十六小时，如果人们不相信她，尽可以到那边去看看。但是罗利欧太太嚷着说："谢谢您吧！"原来她也到圣安娜病院去过，她甚至要阻止她的丈夫去看呢。维尔吉妮因为自己的店铺一天比一天衰败，带着哭丧的脸说生活不是快乐的，再也不说什么。杨梅酒喝完了，绮尔维丝向众人道了晚安。当她不说话的时候，面容立刻变为呆呆的，瞪着一双眼睛，大约她还看见她的男人正在跳舞哩。第二天起床的时候，她决定不再到那边去了。去有什么用处呢？她不希望她自己也疯了！然而每隔十分钟她又想入非非，她竟想得出神了。假使他还不住地跳，那真是奇怪了！中午到了，她再也忍耐不住了，这时候她并不觉得路远，因为希望与恐怖占据了她的脑筋了。

唉！她用不着探问消息！仅仅到了楼梯下，她立刻听见古波唱歌。调子恰是昨天的调子，跳舞恰是和昨天一样。她觉得好像她刚才下了楼来，现在又上楼似的。昨天那看守人拿着药茶壶在廊子里向她眨眼，表示客气。

"喂，老是那个样子吗？"她问。

"呃！老是那个样子。"他回答时并不停步。

　　她进去了,但是她躲在门边,因为房里有人伴着古波。那黄发而鲜艳的少年医生站着,把椅子让给一位老先生坐。那老先生带着勋章,头上光溜溜的,嘴脸是黄鼠狼的嘴脸。这一定是主任医师,因为他的眼光很是锋利,像小螺丝钻一般。所有治急症的医生们都有这样的眼光。

　　绮尔维丝不是为这医生而来的,她踮起脚从他的头上望过去,眼睛紧紧地盯着古波。这疯子,他吵嚷跳舞比昨天更厉害了。当年在封斋节的跳舞会里,她曾经见过洗衣场里的强壮的伙计们跳了一整夜舞;但是她断断料不到一个男人能享乐得这样久;她说"享乐",这只是随便说说,其实身不由主地像一尾鲤鱼在岸上跳动,怎能叫做"享乐"呢? 不过,古波汗流浃背,发出的热气更多罢了。他因为吵嚷太久,他的嘴似乎宽阔了些。唉! 怀孕的妇人们千万不可进来! 他从褥子上走到窗前,走的次数太多了,地上走成了一条小路;他的破旧鞋子把那草垫子也踏穿了。

　　唉! 真的,这没有什么好看,绮尔维丝心上震撼,自问为什么她还再来呢。呀! 昨天晚上在博歇家里人家还说她形容得太过咧! 其实她还不曾形容得一半呢! 现在她更看清楚了古波的动作,永远忘不了他的形状,她的眼睛只管向空中呆看。然而那少年与那主任医师的话被她听了好几句,那少年叙述夜里的情形,可惜她不懂他的许多字眼,然而他的意思大约是说她的男人吵嚷跳舞了一个整夜。后来那秃头的和不十分有礼貌的老先生瞥见了她,那少年立刻向他说她是病人的妻子,于是他便装做警察长的凶恶的神气向她询问:

　　"这男人的父亲喝不喝烧酒?"

　　"是的,先生,他喝一点儿,像一切的人们……有一天他喝醉了,从一个屋顶跌了下来,跌死了。"

　　"他的母亲喝不喝烧酒?"

　　"说哩! 先生,您要知道,她也像别人一样,今天喝一滴,明天

喝一杯……唉! 他的家庭很好! ……他有一个弟弟,年纪很轻就
抽风死了。"

那老医生用尖锐的眼光盯着她,忽然用粗暴的声音问道:

"您呢? 您也喝烧酒吗?"

绮尔维丝吞吞吐吐地替自己辩护,把手抚着胸口,表示她说的
是实话。

"呃! 您也喝烧酒! 当心! 您看酒毒把人弄到怎样地步……
将来有一天,您也会这样死的。"

于是她把背贴着墙,那老医生已经掉转身去。他蹲了下去,不
管他的大衣是否染了草垫上的尘土。他研究了许久古波的颤动,
而且用眼睛追随着他看他来回走过。这一天不是手颤了,却轮着
两腿颤动;这真是一个傀儡,身体像木头一样僵硬,只有四肢摇动,
好像有人在拉线似的。病势越来越厉害,叫人猜是他的皮下在奏
乐似的;每隔三四秒钟便颤一次;停了又颤,颤了又停,像冬天的大
门下被寒气侵袭的小狗一般。他的肚子与双肩也都颤动,像初滚
的开水。这种毁坏身体的方式是很奇怪的,他欢笑地走向死路,恰
像一个被搔胳肢的女子!

但是,古波不免用暗哑的声音呻吟着,他似乎比昨天更觉得痛
苦,他断断续续的呻吟叫人猜着他有种种的痛苦,好像有无数的针
在刺着他。他的皮肤上到处好像有些重的东西在压着他,活像一
只又冷又湿的畜生爬在他的大腿上,把牙齿刺进他的肉里去。后
来好像另有一些畜生粘在他的肩上,用爪抓他的脊背。

"我口渴,唉,我口渴!"他喃喃地只管叫。

那少年医生在一个板架上取了一瓶汽水给他。他双手捧起了
那瓶子,咕喙地喝了一大口,有一半汽水流在他的身上;但是他立
刻把那一口汽水吐了出来,表示嫌恶而发怒的样子,嚷道:

"妈的,这是烧酒!"

那老先生示意叫那少年给他水喝,于是那少年拿着那瓶子只

管灌他。他终于吞了一口,像吞了一把火一样,狺狺地骂道:

"这是烧酒,妈的,这是烧酒!"

自从昨天以来,他所喝的一切都像是烧酒。他越喝越觉得口渴,一切都烧痛他,他不能再喝了。昨天人家把一盘菜汤给他喝,他以为人家一定是要毒死他,因为汤里有酒精的气味。他觉得面包是酸的,是坏了的。他的周围都是毒物,那病室也发出硫磺的气味。他甚至于骂人家把火柴在他的鼻下揉搓,希望毒死他。

这时候那老医生早已站了起来,静听古波,古波在白昼里又见鬼了。他以为看见墙上有好些蜘蛛网,像船帆一般大小!后来那蛛网变成了绳网,忽伸忽缩,可大可小,竟是滑稽的玩意儿!有许多黑球在网眼里活动,这真像变戏法的人的球,起初像台球一般小,后来却变成炮弹一般大了。那些球忽大忽小,无非要作弄他。忽然间,他嚷着说:

"唉!耗子!现在是一些耗子来了!"

原来是那些黑球变了耗子,那些耗子渐变渐大,穿过了网眼,跳在褥子上,忽然化为一阵清风,又不见了。又有一个猴子从墙里出出进进,每次走得离他很近,他连忙后退,恐怕它抓破了他的鼻子。忽然间,这又变了,他大约觉得屋子动摇了,所以他恐怖地发怒地嚷道:

"对了!呸!您尽可以摇我,我不管!呸!屋子要倒下地来了!……呃!你们这班穿黑衣服的坏蛋尽管敲钟,尽管奏风琴,好阻止我去叫守卫队!……这些流氓!他们把一部机器藏在墙后!我听见那机器响了,他们要毁灭这屋子……救火呀!妈的!救火呀!人家叫救火了!火起了。唉!火焰升上来了,火焰升上来了,整个天空都烧得透明了!红火,绿火,黄火……救命呀!救命呀!"

他嚷到后来只能喘气,嘴里只咀嚼着些没有条理的话头,唇边满是白涎,直流湿了他的下巴。那老医生用指头抹他自己的鼻子,这大约是他看见病势厉害的时候的坏习惯。他转身向那少年低声问道：

"他的温度呢？老是四十度,是不是？"

"是的,先生。"

那老医生歪了一歪嘴。他紧紧地望着古波,望了两分钟。后来他耸了一耸肩,又说：

"仍旧是同样的治疗法：热汤、牛奶、柠檬汽水、水煎的金鸡纳……您不要离开他,而且有事就差人叫我。"

他出去了,绮尔维丝跟着他走,要向他问还有没有希望。但是他直挺挺地在廊子里走,使她不敢上前追问。她在那里踌躇了半天,不知道再进去看她的男人好呢还是不进去好。她已经觉得里面的情形太令人难受了。这时她又听见他仍旧嚷着说汽水是烧酒,于是她决定走了,她看这把戏已经看够了。在马路上,她听见了车轮与马蹄的声音,恍然觉得圣安娜病院的病人都跟着她,而且那老医生又恫吓了她！真的,她以为她自己也染了病了。

当然,金滴路里,博歇和其他的人们都在等候她。她才到了大门,大家早已叫她进门房里来。喂？古波伯伯仍旧挨着吗？天啊！是的,他还挨着！博歇吃了一惊,举动很不自然：原来他赌了一瓶酒,说古波伯伯挨不到今天晚上了。怎么！他还挨着吗！大家都拍着大腿,一个个都诧异起来。看不出这醉汉子却能抵抗得住！罗利欧太太计算钟点：三十六小时加二十四小时,已经是六十小时了。这宝贝！他竟跳舞吵嚷了六十小时！谁看见一个这样有气力的人呢！博歇因为赌了一瓶酒,所以勉强笑着做出怀疑的样子询问绮尔维丝,问她敢不敢担保她一转身他不立刻升天呢。唉！不是的,他跳得很有力,他还不愿意死呢。于是博歇再三坚持,请她再扮一扮古波的样子给大家看一看。呃！呃！不错,再来一下吧！这是众人的公意呢！大家说她如果肯再扮一扮岂不很好,因为有两位女邻居是昨天没有看见过的,今天她们特地下楼来看。于是博歇喝叫大家排班,把门房的中央腾了出来,众人拥拥挤挤,一个

个怀着好奇的心理。然而这一次绮尔维丝却低了头，真的，她恐怕
把自己弄病了。但她为着表示她不是要人家千呼万唤才出来的，
她便开始跳了两三步，可惜她忽然变了颜色，向后要倒下去；老实
说，这一次她可不能了。屋子里起了一阵不满意的声音：可惜得
很，她本是模仿得十分相像的！总之，她不能够也就没法子了！这
时候维尔吉妮回店去了，于是大家忘了古波，忙着谈论布瓦松夫
妇，原来他们已经败家了。昨天催债的官吏已经上门，布瓦松也快
要失去警察的职务了；至于郎第耶呢，他正在旁边的饭店老板的女
儿的周围献殷勤，那是一个漂亮的女人，她说要开一家兽肠店。还
有什么好说的！人家已经偷笑着，说那店铺已经变了兽肠店了；吃
了糖果，何妨吃些肉类呢？那乌龟布瓦松对于这一切事情，脾气真
好，呀！做警察的本该是机警的人，为什么在他自己家里却是那样
不中用呢？绮尔维丝孤零零地坐在门房的后面，众人没有再看她，
忽然间，她的手脚自然地颤动，摹仿古波。众人都住了口喝彩，说
大家要求她的也就这个，没有别的要求了。她似乎从梦里惊醒，只
管发呆，后来她一直地跑了。祝大家晚安吧！她上楼想要睡觉
去了。

　　到了第三天，博歇夫妇看见她像前两天一般地在中午出门。
他们希望她把心放宽些。这一天，圣安娜病院的廊子被古波的嚷
声与脚跟震得磕磕地响。她的手还没有离开楼梯的栏杆，早已听
见他嚷道：

　　"这许多虱子！……你们走近些，让我剥你们的皮！……呀！
他们想要杀我！呀！这些虱子！……我比你们都强呢！快滚吧，
妈的！"

　　她在房门前喘了一会儿气，他竟同一个军队打起仗来了吗？
当她进去了之后，闹声更大了，情景更好看了，古波成了怒气冲冲
的疯子了！他在病房的中央挣扎，双手向四面打击，打他自己，打
墙壁，打地上，又翻一个筋斗，又打空中；他要打开窗子，然而他又

躲起来保护自己,时而呼唤,时而答应,独自一人喧闹,竟像在噩梦
里被许多人围住了因而发怒似的。后来绮尔维丝懂得他幻想着自
己在屋顶上装置锌板,他用嘴吹当做风箱,又摇动炉里的热铁,而
且跪在地上,用大拇指按着草垫的边像他正在焊接锌板似的。是
的,当他临终的时候,他又回想起他的本行来了;他所以喊得这样
厉害,所以抓住了屋顶不放手的缘故,因为有许多人阻止他工作。
在周围的屋顶上都有许多坏蛋要作弄他。非但如此,而且那些开
玩笑的人都把许多耗子抛在他的腿上。呀! 那些肮脏畜生,他老
是看见它们! 他拼命用脚踏那地面,踏死了许多耗子;但是另有几
群耗子也来了,把屋顶都堆黑了。他又看见好些蜘蛛! 那些蜘蛛
都钻进了他的裤裆里,他用手压他的裤子,要把大腿上的蜘蛛都压
死。妈的! 他永远做不完他这一天的工作了! 人家不要他了。他
的老板要把他送进监狱去! 他正在赶工的时候,又以为肚里有一
部蒸汽机;他把嘴张得很大,吹出了许多蒸气,那些蒸气很浓,充满
了病房,从窗子里出去了。他弯了腰再吹,向外望着那一股气直上
天空,把太阳遮掩住了。

　　“呃!”他嚷着说,“这是克里酿古路的一班人,他们扮做狗熊摇
摇摆摆地来了……”

　　他蹲在窗前,恰像在屋顶上观看一班化妆的人走过似的:

　　“马队来了,有狮子,有作种种姿势的豹子……又有些儿童们
扮做狗儿猫儿……还有那高大的克莱曼斯,她的乱发上插了许多
羽毛。呀! 我的妈! 她在打筋斗,把一切都露给人家看哩! ……
喂,我的乖乖,我们非逃走不可了! ……嗳! 你们这一班坏蛋,你
们不要捉她好不好? ……不要开枪! 妈的! 不要开枪! ……”

　　他的声音越来越高,越来越粗,也越来越带恐怖了。他弯了
腰,说那赭色头发的女人和那些穿红裤子的兵士都在下面,他们正
在用枪瞄着他,墙上有一支枪指着他的胸膛,而且人家来抢他的女
儿来了。

"不要开枪！妈的！不要开枪！……"

后来那些房子都坍了,他模仿着房坍的声音,一切都消灭了,一切都飞散了。但是,他还没有呼吸的工夫,其他的景象又来了,闹得满城风雨。他狂热地想要说话,嘴里充满了许多不相连贯的字句,从喉里咕噜地吐了出来。他始终把声音提高。

"呃？原来是你！早安！……不要开玩笑,你不要叫我吃你的头发吧！"

他说着便把手抹他的脸,拼命用嘴吹开头发。那少年医生问他:

"您看见谁呀？"

"呸！还不是我的妻子呀！"

他注视着墙壁,背向着绮尔维丝。绮尔维丝害怕起来,跟着也审察那墙壁,看墙上有没有她自己。他呢,他继续地说下去:

"您要知道,你不要对我甜言蜜语……我不愿意人家缠住我……呸！你真漂亮,打扮得多么阔绰！娼妇,你这个是从哪里赚来的？你是拉客赚来的,脏货！等一等,我要处治你！……怎么？你把你的男人藏在你的裙子后面吗？这一个人又是谁？请你鞠一个躬给我看……妈的！这还是他！"

他猛然一跳,把头撞在墙上,幸亏墙上铺垫的软东西使冲撞的力量减弱了。这一撞把他摔在草垫上,只听见他的身体在草垫上弹了一下的声音。

"您看见谁呀？"那少年医生又问。

"那卖帽子的！郎第耶！"古波嚷着说。

那少年医生回头询问绮尔维丝,绮尔维丝吞吞吐吐地答不出话来,因为这一场情景把她一生的烦恼都勾起来了。这时候古波早已伸出了拳头！说:

"我的老弟！现在轮着我们两人说说了！我要把你的骨头捣碎！呀！你毫无顾忌地揽着这坏家伙到这儿来,想要当众羞辱我。

好！我要扼杀你，是的，是的，我还用不着费力呢！……你不要虚张声势……你领受这个吧！招打！一，二，三！"

他说着便把拳头向空中打击，于是一种怒气占住了他的全身，他向后退，退到了墙上，被墙一碰，他以为人家在背后攻打他。他掉转身子便同那墙拼命。他跳着，从这一角落跳到那一个角落，用肚子攻打，用屁股攻打，用肩攻打，在地下打滚，忽又站起来。他的骨软了，他的肉发出一种湿棉絮的声音。他做这把戏，同时发出凶恶的威吓与喉间粗野的喊声。然而这一场战争大约是他输了，所以他的呼吸短促了，他的眼珠从他的眼眶里突出来了。他渐渐像孩子般懦弱起来。

"凶手！凶手！……你们两人都快滚吧！唉！这些脏货，他们还在冷笑呢！你瞧这娼妇，她的四脚朝天了！……她非死不可，这是一定的……呀！那强盗，他把她屠杀了！他用刀割她的一条腿。那腿落在地上了，肚子断为两截了，满是鲜血……唉！天啊！唉！天啊！唉！天啊！……"

他满身大汗，头发在额上直立着，惊惶地向后退，猛烈地摇动他的双臂，好像要排开那些可怖的景象似的。忽然间，他很痛苦地呻吟了两声，仰着倒在褥子上，他的脚跟被褥子绊住了。

"先生，先生，他死了！"绮尔维丝合着掌说。

那少年医生上前把古波在褥子上拉了一下，不，他还没有死。于是把他的鞋子脱了，他赤裸的双脚伸在褥子边外头并排地跳起舞来，跳得很快很匀，很合节拍。

恰巧那老医生进来了，他领来了两个同事，是像他一样带勋章的，一个很瘦，一个很胖。他们三人一言不发，都弯着腰审视病人的全身；后来他们低声地很快地谈话了。他们把病人的衣服从大腿肩头都脱了下来，绮尔维丝企起了身子，看见地上陈列着一个赤条条的躯体。好！这真算够了！从两臂颤动到两腿，又从两腿颤动到两臂，现在他的躯干也跳起舞来了。真的，酒毒也在肚里寻开心了,他的腰胁间也喘吁吁地颤动着,像大声发笑时的情景一样。一切都在颤抖了,没有什么好说了!全身的皮肤像被击的鼓,身上的毛都好像一根根在跳着舞相对行礼,这恰像舞场将散的时候,跳舞的人们都互相狂乱地拉着手、踏着脚跟一样。

"他睡着了。"那主任医师说。

他说着便把病人的面部仔细指给那两个医生看,古波的眼皮闭了,脸上的神经全部都在微微地抽动。他衰颓到这地步,显得更可怕了,嘴巴骨突起了,像做了噩梦的人一样,现出死人般的丑相。那些医生瞥见了他的脚,便低头细看起来,觉得有很深的兴味。他的双脚始终在跳舞。古波尽管睡着,双脚尽管跳着!唉!它们的主人尽管打鼾,这与它们不相干,它们继续着它们的动作,也不匆忙,也不迟缓。这真是机械的一双脚,它们得快乐时且快乐。

绮尔维丝看见了医生们把手放在她的男人的身上,她也想跟着用手去摸他一摸。她悄悄地走近古波,把她的手放在他的一个肩膀上,放定了一会儿。天啊!他的身体内是怎么回事呀?原来他的肉的最里层也颤动了,连他的骨头大约也在跳呢。他的皮下似乎有一阵波涛从远处奔来,又似乎有一条小河在流动。当她用手按一按的时候,她感觉到他的骨髓里也在发出苦痛的呼声。只看他身体外部的时候,觉得到处都在波动,到处都起了漩涡,像水面上的漩涡似的,然而他的身体内部却被蹂躏得不堪了。多么可怕的工作!这是致死的工作了!这是哥仑布伯伯的酒店里的烧酒在用锄头锄他呀!他的全身被烧酒浸透了,还有什么好说的呢!这工作非完成不可,所以古波在全身骨肉颤动之中被酒神架走了。

那些医生们走了,剩有绮尔维丝伴着那少年医生。过了一个钟头,她低声向他又说:

"先生,先生,他死了……"

那少年医生看了一看病人的脚,摇头表示不是的。那赤裸的双脚露在床外,仍旧在跳舞。那两只脚并不干净,而且趾甲很长。

又过了几个钟头。忽然间,两只脚硬挺挺地不动了。于是那少年医生转身向绮尔维丝说:

"完了!"

只有死神能教那两只脚停止跳舞。

当绮尔维丝回到金滴路的时候,她看见博歇家里有一大堆的妇人正在那里兴高采烈地大发议论。她以为人家在等候她报告消息,像前两天一般。所以她推门进去就说:

"他完了!"她说时十分安静,并且现出疲倦而发呆的样子。

然而人们不听她的话,全房子里的人都乱成一团。唉!这是一件滑稽的事情,布瓦松把他的妻子和郎第耶双双捉住了。人家不晓得详细的情形,因为每一个人叙述的话另是一个样子。总之,是在他们奸夫奸妇不提防的时候被布瓦松撞见的。人们甚至于加上了许多情节,妇人们互相传述,一个个都抿着嘴唇。当然,这种光景令布瓦松露出他的本性来了,真是一只老虎!这一个平日不大说话的男子,忽然大跳大吼起来。后来人家却听不见一点儿声息,大约是郎第耶在向布瓦松进行解释了。总之,这不能再进一步了。博歇报告大家,说左近那饭店老板的女儿决定承租布瓦松的店铺,预备开一家兽肠店。郎第耶是非常喜欢吃牛肠猪肠的。

这时候绮尔维丝看见罗利欧太太与洛拉太太来了,于是她有气无力地又说:

"他完了……天啊!乱跳乱嚷了整整四天……"

于是那两姊妹没有别的办法,只好掏出手帕来了。她们的弟弟的过失固然很多,然而终是她们的弟弟。博歇耸了耸肩,说话的声音颇高,好叫人人都能听见:

"咳!世上少了一个醉鬼了!"

从这一天起,绮尔维丝往往神志不清,全房子的人都很高兴看她摹仿古波。人们用不着求她了,她只演的是义务戏,颤动她的手脚,不知不觉地发出了小小的叫声。大约因为她在圣安娜病院里看她的男人太久了,所以也染上了这个怪毛病。可惜她没有运气,不能像他那样就死了,她只会像脱笼的猴子做嘴脸,惹得马路上的孩子们用白菜心抛来打她。

绮尔维丝这样挨下去,挨了几个月,她越发堕落了,忍受着最难堪的侮辱,而且天天还吃不饱。当她有了四个铜子的时候,她立刻买烧酒喝,喝了酒便胡乱撞墙。区里最肮脏的差事都由她承办,有一天晚上,人家打赌叫她吃某种很污秽的东西,她果然吃了,赚了十个铜子。马烈士哥先生决定把她驱逐出七楼的房间。但是,恰巧伯鲁死了,屋顶的楼梯底的小窟窿空了出来,那房东便允许她在那窝里居住。现在她住着伯鲁伯伯的窝了。是在那窝里,在那干草堆上,她空着肚子被冷风侵进了骨髓。世界上不要她,她已变为愚蠢的女人,甚至于不再想到跳窗寻死了。死神只好慢慢地收拾她,让她挨到最后五分钟,甚至于人家不十分知道她是怎样死去的,人家说她害了寒热症。其实她的致命伤只是生活上的疲劳和境遇上的穷苦。罗利欧夫妇说得好:她是堕落死的。一天早上,廊子里发出了臭气,于是人们想起两天没有看见她,大家进到那窟窿里去看时,她的身子已经变青了。

恰巧是巴苏歇伯伯携着殓具来收殓她。这一天,他虽然很醉,仍旧很快活,像一只黄雀一般。当他看见了他所收拾的死人,认出是绮尔维丝的时候,他一面预备收殓,一面说了一些含有哲学意义的话:

"一切人都不得不过这一个关头……也用不着你推我搡的,人人都不愁没有位置……匆忙的是傻瓜,因为越急越慢……我呢,我巴不得博取人家的欢心。有些人是肯的,有些人是不肯的。好!挨一些时候再看吧!……譬如这一位,当初她是不肯的,后来她肯了,她肯了,人家偏叫她等一等……现在可好了!真的!她胜利了!我们快快活活地走吧!"

当他把漆黑的一双大手抓住了绮尔维丝的时候,他忽然有了

感情,想起这妇人爱慕了他许久,于是他小心在意地把她抱了起来,很慈爱地放进了棺材底里躺着,然后打了两个噎,断断续续地说:

"你要知道……你好好地听我说:是我,是快活神,又名女人的安慰者……呃!你是幸福的了!睡觉吧,我的美人儿!"

译后赘语

本书原名 l'Assommoir，这字有两个意思：屠夫所用来打杀牲畜的大槌叫做 assommoir，下流人的酒店也叫做 assommoir。我译这书的名字的时候很觉得困难。因为"酒店"的意思乃是从"屠槌"的意思引申出来的；工人们喝酒中毒，就像被屠槌打杀了一般，所以工人们的酒店叫做"屠槌"。assommoir 一字有双关意，我找不出一个有双关意的中国字来翻译。我想叫做《酒店》，又想叫做《屠槌》，犹豫未决；后来译到绮尔维丝的一段话："不良的社会好像一柄屠槌，会打破了我们的头，会把一个女人弄成毫无价值。"我想著者也许根据着这个意思定了这书的名字，所以我就决定叫做《屠槌》了，我觉得似乎比叫做《酒店》好些。

左拉写小说不避俗字，书中有不少的切口（argot），很不容易懂得。幸亏我从巴黎人的口里学了些切口，所以译来并不十分感觉困难，譬如 du chien 并不是说"狗"，却是说"妙"，诸如此类几乎每页都有。法国人攻击左拉的时候，往往骂他采用了许多野话；然而除了野话就失了左拉的风格了！

接着《屠槌》的乃是《爱情之一页》，接着《爱情之一页》的乃是《娜娜》，我先译成了《娜娜》，再译《屠槌》；我打算在将来再译《爱情之一页》，好把三部书连贯起来。我有志译《罗恭玛嘉尔家史》全书，未知能否如愿，这一则要看我有没有时间，二则要看有没有书店肯印了。

译者
二十年八月二十九日